MARION ZIMMER BRADLEY

DIE GEHEIMNISVOLLEN FRAUEN

SCHLOß DES SCHRECKENS

Zwei spannende Romane

PAVILLON VERLAG
MÜNCHEN

PAVILLON TASCHENBUCH
Nr. 02/0054

Titel der Originalausgabe
BLUEBEARD'S DAUGHTER
Aus dem Amerikanischen von Irene Bonhorst

Titel der Originalausgabe
CASTLE TERROR
Aus dem Amerikanischen von Sepp Leeb

Umwelthinweis:
Dieses Buch wurde auf
chlor- und säurefreiem Papier gedruckt.

Taschenbuchausgabe 3/2000
Der Pavillon Verlag ist ein Unternehmen der
Heyne Verlagsgruppe, München
http://www.heyne.de
Printed in Germany 2000
Umschlagillustration: The Image Bank/Andrea Pistolesi,
München
Umschlaggestaltung: Nele Schütz Design, München
Gesamtherstellung: Elsnerdruck, Berlin

ISBN: 3-453-16438-5

DIE GEHEIMNISVOLLEN FRAUEN

1. Kapitel

Ich kann den Geruch von Lavendel immer noch nicht ertragen.

Auch jetzt noch, wenn er mir aus einem Garten entgegenweht oder aus einem alten Stück Spitze aufsteigt, das lange Zeit in einem Koffer oder in einer Schublade aufbewahrt wurde, schwinden mir die Sinne und wird mir übel. Und dann wirbeln in meinem Kopf Raum und Zeit einen Moment lang durcheinander, ich fühle mich zurückversetzt in die alptraumartigen Tage von Quarry House, wo ich wie eine Puppe das Leben dieses anderen Mädchens führte, eingehüllt in eine Wolke von Parfüm.

Judith hatte eine Vorliebe für Lavendel. Und deshalb mußte ich mich mit diesem zarten, süßen Duft umgeben, den auch mein Haar und meine Unterröcke verströmten. Wenn ich mich nachmittags zum Tee in die Bibliothek hinunter begab, erreichte der Duft bereits Philips Nase, bevor er meine Schritte vernahm, denn er wandte sich jedesmal um und erhob sich, wobei sein weißes Haar im Kerzenlicht glänzte. Sein Gesicht erhellte sich zu einem Lächeln, und er pflegte stets zu sagen: »Judith, meine Liebe«. Er kam mir entgegen und nahm meine Hand, um mich die Stufen zur Bibliothek hinunterzugeleiten und mich zu dem kleinen Erkerfenster zu führen, an dem wir damals immer den Tee einnahmen.

Tannery erwartete uns dann dort – von den weiblichen Bediensteten betrat keine die Bibliothek, außer am frühen Morgen, um sauberzumachen und das Holz in den Kamin einzuschichten. Tannery brachte den auf englische Art zubereiteten Tee, wie ihn Philip schätzte, und dazu Gebäck, Kuchen und Kanapees. Das Sargent-Porträt blickte von der Wand auf uns herab, fein und unergründlich, und nach dem Tee pflegte ich zu Judiths Rosenholz-Klavier zu gehen und dort im Licht der untergehenden Sonne zu spielen, während Philip vor dem Kamin träumte. Das Haus war still, obwohl ich manchmal das ferne Schlagen der Uhr im Treppenhaus hörte oder leises Klappern von Silber und Porzellan, wenn die Mädchen im Speisezimmer den Tisch für ein offizielles Dinner deckten.

Wie friedlich alles schien, damals am Anfang, und wie gediegen. Allmählich wurde ein schrecklicher Alptraum daraus – und trotzdem saß ich genauso starr da wie das Porträt an der Wand oder wie eine mechanische Puppe, während sich nur meine Finger über die Elfenbeintastatur bewegten und das einzige Leben im Raum von den Flammen des Feuers und von der Musik auszugehen schien.

Nun, diese Zeit ist vorüber. Ich frage mich manchmal, ob sich meine Geschichte heute auch noch so abspielen könnte. Nein, gewiß nicht. Die modernen jungen Mädchen kennen sich alle besser aus. Trotz ihrer Bubikopf-Frisuren und der kurzen Röcke, mit denen sie ausgehen, als gehörten sie in den Kindergarten, sind sie aufgeklärter als die Mädchen meiner Generation. Behütet und sorgfältig abgeschirmt gegen die ruchlosen Dinge der Welt – das Fleischliche und das Teuflische – waren die Mädchen zu meiner Zeit jung und unschuldig auf eine Art, wie heutzutage nicht mehr der Fall ist. Ich aber heiratete Philip Maynard und kam nach Quarry House, bevor ich mein achtzehntes Lebensjahr vollendet hatte.

Philip muß mich zum erstenmal im Hotel in Newport gesehen haben, als ich lammfromm hinter Tante Mabel herzuckelte, in meinen weißen Musselinkleidchen mit spitzenbesetzten Halskrausen, und meinen neuen Sonnenschirm spazierentrug. Frühstück in dem kleinen Speisezimmer, eine morgendliche Promenade am Strand, Mittagessen in einem eleganten Restaurant, eine Ausfahrt am Nachmittag. Rasentennis und schließlich Dinner unter den glitzernden Kerzenleuchtern des riesigen Speisesaals im Hotel.

Ich hätte viel lieber kurze Röcke und Sandalen getragen und wäre den ganzen Tag am Strand gesessen, um den Wellen zuzusehen und so zu tun, als sei ich wieder ein Kind, mich zurückzuversetzen in die Zeiten, als ich Sandburgen baute und Mama und Papa mich wohlgefällig von ihren Liegestühlen aus beobachteten. Ich weiß heute, daß ich damals immer noch unter dem Schock litt, den mir ihr schrecklicher und plötzlicher, wenn auch gnädig kurzer Tod bereitet hatte; sie waren nach einer schweren Lebensmittelvergiftung innerhalb von einer Stunde nacheinander verstorben. Eine abgrundtiefe Abneigung gegen Mayonnaise hatte mich vor dem Schlimmsten bewahrt, abgesehen von ein paar Stunden entsetzlicher Krämpfe und Übelkeit – als mir klar wurde, daß sie beide von mir gegangen waren und ich ganz allein zurückgeblieben war, weinte ich stundenlang und wünschte mir, daß auch ich gestorben wäre.

Ich hatte Tante Mabels Angebot, einen Sommer am Meer zu verbringen, mit Freuden angenommen. Ich brauchte den langen, trägen Sommer, damit die Wunden in meinem Herzen heilen konnten. Dies war aber nicht die Absicht meiner Tante. Ich sollte dort *gesehen* werden, und alle paar Stunden hatte ich meinen *Auftritt*, jedesmal mit Sorgfalt herausgeputzt und nach einer Probe, die ihre Zustimmung finden mußte.

»Ich möchte, daß du heiratest und mir nicht am Rockzipfel hängst«, erklärte sie mir frei heraus und ohne die Dinge zu beschönigen. »Das bißchen Geld, das dein Vater hinterlassen hat, reicht nicht, daß du zur Schule gehen kannst, um deinen Lebensunterhalt später selbst zu verdienen, und ich kenne meine Pflicht. Ich habe selbst zwei Mädchen, die im heiratsfähigen Alter sind, und noch drei weitere, die heranwachsen. Wenn ich dich diesen Sommer an einen ordentlichen Mann verheiraten kann, brauche ich mir deinetwegen keine Sorgen mehr zu machen.«

Ich konnte nur schwach stammeln: »Aber ich möchte nicht heiraten, Tante.«

»Unsinn!« Ich möchte ihr gegenüber nicht ungerecht sein und muß sagen, daß sie das nicht unfreundlich sagte, sondern mit einer fröhlichen Bestimmtheit. Sie war eine große, schroffe Frau, mit gerötetem Gesicht wegen ihres engen Korsetts, und sie neigte zur Korpulenz. Sie hatte neun Kinder zur Welt gebracht und fünf davon großgezogen, während sie stets einen ›angemessenen Platz in der Gesellschaft‹ innehatte, und es wäre ihr niemals in den Sinn gekommen, daß in jungen Mädchen etwas vorgehen könnte, das ihr fremd war. »Du *mußt* heiraten, und du wirst es auch! Du dummes Ding, was willst du denn sonst mit deinem Leben anfangen?«

Das wußte ich nicht. Ich brachte nur ein paar Laute schwachen Widerstands heraus.

»Es ist außerordentlich schade, daß du dein *Debut* noch nicht hattest«, seufzte sie. »Und ich kann dir in diesem Winter keines bezahlen, da Belle ihre erste Saison hat und Sara an Weihnachten eingeführt wird. Nun, ich kann es nicht ändern, aber ich muß die Mädchen diesen Sommer in der Stadt lassen und dich mit nach Newport nehmen. Jeder, der etwas hat und ist, wird dort sein, und du wirst viele passable Männer kennenlernen. Es macht gar nichts, daß du noch nicht richtig ›eingeführt‹ bist. Vor allem brauchst du geeignete Kleidung für diesen Zweck – keine Angst, sie werden auch für deine Aussteuer geeignet sein –, und wenn du dich an meine Anweisungen hältst, wirst du eine gute Partie machen, bevor der Sommer zu Ende ist.«

Sie tätschelte mir die Wange. Das war zwar freundlich gemeint, aber ihre Hände waren hart, und meine Wangen brannten. »Komm schon, schau nicht so niedergeschmettert«, ermahnte sie mich. »Dein Vater war lächerlich weltfremd, aber ich werde versuchen, das wettzumachen.«

Dagegen konnte ich nichts einwenden. Ich hatte Papa genau so geliebt, wie er nun mal war, schlampig und unordentlich; seine abgeschabte Samtjacke war immer leicht mit Asche aus seiner Pfeife eingestaubt, und stets hatte er ein Buch in der Hand. Er unterrichtete am Knabengymnasium Latein, und seine Familie hatte ihm niemals ganz verziehen, daß er nicht mehr aus sich gemacht hatte; aber wir waren immer glücklich gewesen. Jetzt mußte ich von meiner Tante erfahren, daß er ›erschreckend schlecht vorgesorgt hatte‹ und ›vollkommen unfähig war, das Nötige für eine heiratsfähige Tochter zu tun‹. Ich hatte sogar das Gefühl, daß ihr sein Tod ganz gelegen kam, denn jetzt konnte sie einspringen und ›die richtigen Schritte unternehmen‹.

Ein Jahr zuvor wäre ich begeistert gewesen, wenn ich so viele neue, schöne Kleider bekommen hätte. Wenn meine Tante etwas in die Hand nahm, dann erledigte sie es gründlich und gut. Sie war zwar streng, aber genau und gerecht, das mußte man ihr lassen. Derselbe Schneider, der die hübsche Ballausstattung für Belles Debut gefertigt hatte, nähte meine Sommergarderobe, die gleichzeitig meine Aussteuer sein sollte, und meine Tante gönnte sie mir von Herzen. Allerdings erinnerte sie mich ständig daran, daß ihr so die Kosten und Mühen erspart bleiben würden, die ich ihr unverheiratet bereiten würde.

Für mich in meinem Zustand tiefer Trauer und Erschöpfung war diese Zeit lediglich ein Alptraum mit Maßnehmen, Abstecken, Zusammenstecken, Zusammenreihen und endlosen Anproben. Ich, die immer glücklich gewesen war in einer Matrosenbluse und einem Faltenrock, machte jetzt Bekanntschaft mit Korsetts und rüschenbesetzten Miedern, Schnürleibchen, Fischbeinstangen und Kleiderpolstern, Schärpen, Volants, Schoßjacken, Pudermänteln und Kleidern für jede denkbare Gelegenheit, vom Rasentennis bis zur Krönung eines Bischofs – breitkrempige Federhüte, Abendkleider mit Schleppen, Schirme. Da alles für ein sehr junges Mädchen geeignet sein mußte, setzte meine Tante auf eine kunstvolle Schlichtheit und kleidete mich überwiegend in Weiß und Blaßblau, aber trotzdem kam ich mir vor wie ein herausgeputzter Kinderwagen oder eine jener Puppen mit weiten

Volantröcken, die als Zierde auf den Schminktischchen der Damen saßen; ich hätte mich nicht gewundert, wenn mich jemand als Nadelkissen benutzt hätte!

Wir kamen also in Newport an. Ich hielt mich an die Anweisungen meiner Tante und versuchte sogar, lebhaft zu wirken, wenn mir Gleichgültigkeit vorgeworfen wurde. »Zerbrechlich und interessant auszusehen ist schön und gut«, ermahnte mich meine Tante in scharfem Ton, »aber wie eine sechs Tage alte Leiche auszusehen, ist etwas anderes.«

»Ja, Tante«, antwortete ich gehorsam, während ich mein bestes Lächeln aufsetzte. Ich fühlte mich wie in einem langen Alptraum, und ich fragte mich, warum um alles in der Welt irgendein Mann nach Newport kommen und sich für eine herausgeputzte Puppe in weißem Musselin interessieren sollte, wenn er eine Ehefrau und Gefährtin für seinen Haushalt suchte.

An jenem Tag waren wir zwei Wochen dort und nahmen unser Frühstück auf der Terrasse ein. Soweit ich mich erinnere, beschäftigte ich mich lustlos mit einer Scheibe Honigmelone und einem Stückchen Buttertoast, während meine Tante, die von den Vorzügen eines handfesten Frühstücks überzeugt war, mit Wonne Brötchen und Schinken verzehrte. Sie war in einer leutseligen Stimmung, obwohl sie, während sie ihre Post durchsah, immer wieder betonte, daß sie ihre Familie in der Stadt sich selbst überlassen hatte, nur um mir diese Chance zu bieten.

»Ich werde deinem Onkel in meinem nächsten Brief schreiben, daß ich recht zufrieden bin«, sagte sie lächelnd, während sie sich Sahne in den Kaffee goß. »Bisher zwei Anträge, obwohl du sicher noch bessere als diese beiden bekommen wirst.«

»Ich habe Mr. Kennedy seither nicht mehr gesehen«, sagte ich schüchtern. Ich hatte am Strand scheu mit diesem jungen, lächelnden Mann geplaudert, und er schmeichelte mir mit einem stammelnd hervorgebrachten Antrag, obwohl ich ihm, getreu meinen Anweisungen, gesagt hatte, daß er zuerst mit meiner Tante reden müsse.

»Und das wirst du auch nicht mehr, mein Mädchen«, antwortete sie äußerst gutgelaunt. »Er ist ein netter junger Mann, und wenn er zehn Jahre älter wäre, wäre er vielleicht ein guter Fang; aber gegenwärtig besitzt er keinen Heller bis auf das Geld, das ihm seine Familie zur Verfügung stellt, und er hat seine juristische Ausbildung noch nicht abgeschlossen. Als ich ihn darüber aufklärte, daß du völlig mittellos seist, löste er sich geradezu in Luft auf. Nein, Sybil. Diese Sorte Mann ist nicht das, was ich mir für dich vorstelle.« Sie lächelte wohlwollend. »Ich muß dich vor den Männern schützen, die glauben, daß du einmal reich sein wirst, und dich deswegen heiraten wollen. Weißt du, mein Kind, deine Tante hat es nicht *so* eilig, dich aus ihrer Obhut zu entlassen, daß sie dich jeden beliebigen Habenichts heiraten ließe, der nichts weiter besitzt als das, was sein Name verspricht. Wir werden mehr für dich erreichen, und wenn sich gar nichts anderes ergibt, dann gibt es immer noch Hochwürden Williams. Er hat ganz schön den Kopf verloren – wirst du vielleicht rot, dummes Ding?«

Das wurde ich bestimmt nicht. Ich konnte mir nicht vorstellen, daß irgend jemand wegen Hochwürden Oscar Williams rot werden würde. Bei den Gedanken an eine Heirat mit ihm sank mir das Herz bis hinunter zu meinen Ziegenlederstiefeletten.

»Ich gebe zu, daß er nicht gut aussieht, und seine soziale Stellung ist nicht so hoch, wie ich es mir wünschen würde«, sagte sie nachdenklich. »Ein presbyterialer Geistlicher kann seiner Frau nicht das gleiche bieten wie ein Episkopalrektor. Dennoch ist er angesehen und untadelig, und seine Kirche bietet ihm ein gutes Auskommen.«

»Außerdem hat er vier Kinder«, sagte ich mit plötzlich erwachten Lebensgeistern, »und er muß mindestens vierzig sein!«

»Ja, meine Liebe, aber darin besteht auch der Trumpf,

den du in der Hand hast«, entgegnete sie lächelnd. »Verstehst du nicht, Sibyl, Hochwürden Oscar Williams *braucht* eine Frau – ebensosehr wie du einen Ehemann brauchst. Und ich glaube, er ist nicht so arm, daß er sich kein Kindermädchen leisten könnte. Komm jetzt, trink diese gute, gehaltvolle Milch; deine Wangen sind immer noch zu blaß.«

»Ich war schon immer bleich, Tante. Ich bin sehr gesund«, protestierte ich, aber sie schüttelte den Kopf.

»Wir wollen nicht, daß du wie eine Schwindsüchtige aussiehst. Trink jetzt deine Milch, wie ein braves Mädchen, und mach dich dann für einen Spaziergang am Strand fertig. Das hellblaue getupfte Kleid aus Schweizer Musselin schlage ich vor, den passenden Schirm und eine blaue Schärpe.«

»Ja, Tante«, sagte ich unterwürfig und beugte den Kopf über meine Milch. Welchen Sinn hatte es zu streiten? Vielleicht entsprach Hochwürden Oscar einer Figur in den Büchern meines Vaters: ›ein Mann großer Tugenden unter der rauhen Schale eines ungeschliffenen Diamanten‹. Vielleicht waren die Kinder liebenswert und würden sich, da sie Halbwaisen waren, über eine freundliche Stiefmutter freuen – ich konnte mir nicht vorstellen, daß ich böse sein könnte. Und auf jeden Fall wäre es immer noch besser, die Ehrwürdige Mrs. Williams zu sein als die ›arme Verwandte‹.

Der Spaziergang am Strand – eine zutreffendere Bezeichnung wäre ›offizielles Promenieren‹ gewesen, war jedesmal eine harte Prüfung für mich. Mit feinen Stiefelchen, Handschuhen und einem Sonnenschirm wandelte ich dekorativ neben meiner Tante auf der gepflasterten Promenade einher. Ich betrachtete das Glitzern der Sonne auf dem Wasser, die Wellen, die langsam auf dem flachen Sandstrand ausrollten; doch ihr Rauschen drang nur von fern an mein Ohr, übertönt von artiger Unterhaltung. Meine Tante hatte viele Bekannte hier, und alle blieben stehen, um sie zu begrüßen und ein paar höfliche Worte mit mir zu wechseln. Ich mußte zu allen freundlich sein und lebhaft aussehen, nicht wie eine Tagträumerin. Ich hatte das entsetzliche Gefühl, wie ein preisgekröntes Kalb auf dem Viehmarkt zur Schau gestellt zu werden – und nicht anders war es auch!

Und doch, die Schönheit des Sonnengeglitzers auf dem gekräuselten Wasser trug mich fort von der Promenade und den mechanischen Antworten auf die Worte von Tante Mabels Bekannten, bis mich meine Tante wieder heftig in die straff geschnürte Seite stieß und ich einen Schmerzensschrei unterdrücken mußte. Ich stammelte: »Oh, guten Morgen, Mrs. Van Valkenberg!«

Mrs. Van Valkenberg, von eleganter Schlankheit und hochgewachsen, mit rötlichem Haar und einer eindrucksvollen Lorgnette, lächelte wohlgefällig auf mich herab. »Wie entzückend Sie heute morgen aussehen, meine liebe Sybil. Ich habe Ihrer Tante gerade erzählt, daß ich für Annabel und ihre jungen Freunde einen kleinen Hausball geben werde, und wir würden uns sehr freuen, Sie bei uns zu sehen. Natürlich habe ich Ihnen eine Einladungskarte geschickt, aber ich dachte, ich könnte es Ihnen auch jetzt schon sagen.«

Ich dankte ihr ergebenst, aber mein Mut sank. Annabel Van Valkenberg und ihre Freunde gehörten einer eigenen Clique an, und ich hatte bemerkt, wie sie mich belächelten und mit geringschätzigen Blicken bedachten. Ich wollte diesem Kreis nicht eingegliedert werden und wußte, daß ich auf dem ›kleinen Hausball‹ der Van Valkenbergs so deplaziert wäre wie ein Fisch in Schlagsahne.

Als wir jedoch auf der Promenade weitergingen, jubelte meine Tante vor offenkundiger Genugtuung. »Dummes Mädchen, du solltest außer dir vor Freude sein!« schalt sie mich. »Also, Sybil, mach jetzt ein fröhliches Gesicht. Ich dulde deine mürrische Art einfach nicht! Alle jungen Männer, die in Newport etwas gelten, werden dort sein. Du kannst das elfenbeinfarbene Ballkleid aus *Peau de Soie* anziehen. Du hast es bis jetzt noch nicht angehabt, und wenn sich deine Laune bessert und du brav sein wirst, darfst du meine Kette aus rosafarbenen Perlen tragen. Außerdem müssen wir dir ein Paar elfenbeinfarbener Satinhandschuhe besorgen; morgen nehme ich dich zu diesem Zweck mit in die Stadt. Denk nur immer daran, Kind, du wirst dort das schönste Mädchen sein. Es ist sehr edel von Magda Van Valkenberg, ein Mädchen einzuladen, von dem sie weiß, daß es viel hübscher ist als Annabel!«

Ich murmelte etwas und behielt meine Gedanken für mich. Sie wollte mich um jeden Preis glücklich machen, und wenn es mich umbrachte.

»Warum machst du ein so finsteres Gesicht, törichtes Ding?«

Ich führte die erstbeste Entschuldigung an, die mir einfiel und die einigermaßen einleuchtend war. »Ich habe mir eben überlegt, Tante, ob es sich für mich schon schickt, auf einen Ball zu gehen, schließlich sollte ich immer noch Trauer wegen meiner Eltern tragen.«

Sie hatte die Güte, wenigstens den Blick zu senken. »Ein überaus ehrenwerter Gedanke. Aber ich bin sicher, daß dein Papa nicht wünschen würde, daß du dir eine solche Gelegenheit entgehen läßt, Sybil. Er weiß, daß ich mich mit großem Einsatz bemühe, damit du im Leben ordentlich versorgt bist, und das sollte wichtiger als alles andere sein.«

Ich mußte ihr recht geben, und ich versuchte pflichtschuldigst, mich für ihre Pläne bezüglich meiner Ballgarderobe und der Blumen, mit denen ich mich schmücken sollte, zu interessieren.

»Weiße Blumen sind für eine Debutantin immer am passendsten«, grübelte sie. »Aber bei deiner ausgefallenen Haarfarbe würde man sie gar nicht richtig sehen. Ich denke, wir werden uns für rosafarbene Rosen entscheiden oder – Moment mal – vielleicht einen Strauß Vergißmeinnicht? Um Himmels willen, ich hoffe, daß niemand auf die Idee kommt, du wärest frühzeitig ergraut!«

Ich wurde rot; bis dahin hatte ich meinem Haar keine

besondere Aufmerksamkeit geschenkt, außer daß ich es morgens zu ordentlichen Zöpfen flocht und abends mit der empfohlenen Anzahl von Bürstenstrichen behandelte. Wenn mich jemand gefragt hätte, welche Farbe es hätte, hätte ich geantwortet: ›hell‹ und es damit auf sich beruhen lassen. Aber meine Tante machte ein großes Aufhebens darum. Es habe eine lächerliche Farbe, sagte sie, und sei so fein, daß sich keine Frisur damit machen ließ. Es war nicht flachsfarben wie das von Belle, und auch nicht goldblond wie das von Sara, sondern von einer sonderbaren, fast silberweißen Tönung. Meine Tante ging sogar so weit zu bedauern, daß gefärbtes Haar nicht respektabel sei. Ich war froh, daß es das nicht war.

»Es sieht aus wie die gepuderten Perücken, die mein Urgroßvater zu tragen pflegte«, sinnierte Tante Mabel. »Vielleicht wäre ein Haarband aus Goldspitze das richtige?«

»Wie du meinst, Tante«, sagte ich kraftlos und ging neben ihr her die Hotelstufen hinauf in die große, mit rotem Plüsch ausgestattete Empfangshalle.

Ein Mann, groß und schlank, in einem leichten Anzug und mit einem breitkrempigen Panamahut in der Hand wandte sich bei unserem Eintreten um und verneigte sich, und als ich sah, welche Art Lächeln über Tante Mabels Gesicht huschte, zuckte ich innerlich zusammen. Du lieber Himmel, war das wieder einer der ›geeigneten Kandidaten‹, denen sie mich vorstellen wollte? Doch dann atmete ich erleichtert auf, denn der Mann hatte weißes Haar – zwar war er groß, aber mindestens so alt wie meine Tante. Sein Schritt war selbstbewußt, als er durch die Halle kam und sich verbeugte.

»Mrs. Stanforth«, sagte er höflich, »welch ein Vergnügen!«

»Sie haben Newport seit Jahren schon nicht mehr besucht, Dr. Maynard«, sagte sie. »Darf ich Ihnen meine Nichte vorstellen, Sybil Ellis?«

Er verneigte sich vor mir und schenkte mir ein kurzes,

steifes Lächeln. »Ich kannte Ihren Vater, meine Liebe. Einige seiner Übersetzungen gehören zu den Schätzen in meiner Bibliothek. Das Gebet möge ihm meine Wertschätzung übermitteln.«

Ich senkte den Blick. »Mein Vater verstarb letztes Frühjahr.«

Er äußerte einige der üblichen Beileidsbezeigungen, aber ich bemerkte den fragenden Ausdruck, der über sein Gesicht huschte. Ich konnte fast seinem Gedankengang folgen: Was machte ich hier, an diesem Ort des Vergnügens? Ich biß mir auf die Lippe; mir war unbehaglich in der Gegenwart dieses Mannes, der meinen Vater gekannt und geachtet hatte und mich dermaßen falsch einschätzte. Aber was hätte ich sagen können? Er verbeugte sich noch einmal vor Tante Mabel und gesellte sich wieder zu dem Hoteldiener, der sein Gepäck durch die Halle trug.

Tante Mabel sagte: »Ich habe Philip Maynard seit Jahren nicht gesehen. Er hatte eine hübsche Tochter, die ungefähr in deinem Alter war, als ich ihr das letztemal begegnet bin. Vielleicht hat er auch noch andere Kinder, aber sie zeichnete sich durch besondere Schönheit aus. Sie ist das einzige Mädchen, bei dem ich eine ähnliche Haarfarbe wie die deine gesehen habe, Sybil. Und ihre Augen waren ebenso dunkel wie deine – eine bemerkenswerte Zusammenstellung. Sie trug viel Dunkelrot und Safrangelb – höchst unpassend für ein junges Mädchen, aber es stand ihr sehr gut. Du liebe Güte, ich habe ihren Namen ganz vergessen. Natürlich habe ich sie nie persönlich kennengelernt, aber ich sah sie oft mit ihrem Vater ausfahren. Sie war sehr jung, jünger als du, glaube ich, und sie hing innig an ihm.«

Diese Worte berührten die wunde Stelle in meinem Herzen. Auch ich hatte sehr an meinem Vater gehangen. Schon als kleines Mädchen hatte ich die unordentlich geschriebenen Übersetzungen meines Vaters in Schönschrift übertragen; ich hatte ihn an seine Verabredungen und Vorlesungen erinnert und war im großen und ganzen sein hingebungsvoller kleiner Schatten. Vielleicht war das, wie meine Tante sagte, eine unpassende Lebensweise für ein junges Mädchen. Aber ich war glücklich dabei gewesen, und jetzt dachte ich mit Schmerz an das ruhige, behagliche Studierzimmer bei uns zu Hause, wo Papa neben dem Kamin las oder schrieb, während ich auf dem offenen Rost Brot toastete. Ich hätte sämtliche Bälle von Mrs. Van Valkenberg hingegeben für einen Abend am Kamin bei uns zu Hause... und das war für immer vorbei. Ich biß mir auf die Lippen, als ich spürte, wie mir die Tränen in die Augen stiegen.

»Komm, meine Liebe; das Mittagessen ist bestimmt bereitet, und ich dachte, du hättest heute vielleicht Lust, es auf der Terrasse einzunehmen«, sagte meine Tante. Ich folgte ihr also pflichtschuldigst zu meinem nächsten öffentlichen Auftritt.

Nach dem Mittagessen hing eine siestahafte Ruhe über der Stadt. Meine Tante ging in ihr Zimmer, wo sie mit aufgeschnürtem Korsett und heruntergelassenen Läden eine Stunde lang ruhte. Theoretisch wurde von mir erwartet, daß ich das gleiche täte; aber ich war zu jung, um Lust auf Mittagsruhe zu haben, und zu ruhelos, um zu lesen oder zu nähen. Ich kramte einen Unterrock heraus, der ein paar Stiche am Saum vertragen konnte, aber ich fühlte mich nicht in der Lage, mich um diese Tageszeit mit Nadel und Faden zu beschäftigen. Die Sonne draußen strahlte hell, doch vom Meer her wehte eine schwache, frische Brise, die verhinderte, daß die Hitze drückend wurde.

Jeder ruhte um diese Tageszeit. Ein kleiner ruheloser Teufel führte mich in Versuchung. Ich könnte mich davonschleichen zum Strand und auf dem Sand spazierengehen, anstatt wie sonst artig auf der Promenade zu bleiben. Ein paar Minuten lang könnte ich allein sein! Aus dem Zimmer meiner Tante drang ein leises Geräusch zu mir herüber, das man, wenn sie keine Lady gewesen wäre, als Schnarchen hätte bezeichnen können. Sie würde mich nicht vermissen, wenn ich rechtzeitig zum Tee zurück wäre. Voller Verruchtheit vergaß ich meinen breitkrempigen Sonnenhut, die Handschuhe und den Schirm, sprang auf und huschte die Treppe hinunter, flitzte durch die große Eingangshalle und überquerte die Terrasse; jetzt war ich allein bis auf ein paar Hoteldienstmädchen, die aufräumten und die zierlichen Tische frisch deckten.

Vom Ende der Terrasse führte eine schmale gepflasterte Straße hinunter zur Promenade. Ich ging schnell, ohne jemandem zu begegnen, den ich kannte. Jenseits der Promenade erstreckte sich ein langer Strand, spärlich bevölkert von kleinen Kindern in Badekleidung, die mit Schäufelchen und Spaten im Sand gruben oder barfuß im Wasser plantschten. Ich hatte große Lust, mich zu ihnen zu gesellen, aber die mißtrauischen Blicke der Kindermädchen und Mütter hielten mich davon ab. Was, so schienen sie zu fragen, machte ein erwachsenes Mädchen mit aufgesteckten Haaren und langen Röcken, gekleidet für einen ordentlichen Spaziergang auf der Promenade, am Strand? Meine Ziegenlederstiefeletten knirschten im Sand. Ich wünschte, ich hätte eine Matrosenbluse angehabt und mein Haar wäre zu Zöpfen geflochten. Ich stolperte etwas in dem Sand, ging bis zu einer einsamen Stelle am Strand, wo ein Steindamm hinausführte zum fernen Grau eines Leuchtturms. Ich ging um den Damm herum. Der Sandstreifen verengte sich hier bis auf wenige Meter; es herrschte Flut, und das Wasser schwappte bis an den Rand eines langgestreckten Hangs, der mit niedrigem graugrünem Seegras und struppigen Grasbüscheln bedeckt war.

Es war schön, allein zu sein. Hier konnte ich die im Sand spielenden Kinder weder sehen noch hören. Das einzige Geräusch war das sanfte Plätschern der Wellen und die spitzen, schrillen Schreie kleiner Vögel, die am Rand des Wassers entlangrannten und nach Nahrung pickten. Ich blieb still stehen, um sie nicht zu stören, und sah ihrem Treiben zu. Waren sie die Sorte, die mein Vater ›Mutter Careys Hühnchen‹ zu nennen pflegte? Nein, es handelte sich wohl um eine Art Möwen. Ich wußte es nicht.

Obwohl die Brise frisch war, brannte die Sonne heiß. Ich war versehentlich in einen durch die Flut entstandenen Tümpel getreten, und meine Stiefel waren bis zum Knöchel durchnäßt. Ich war hier vollkommen unbeobachtet; ich setzte mich in den Sand und öffnete die Schnürsenkel meiner Schuhe; dann zog ich sie aus und lehnte sie senkrecht an einen größeren Stein. Ich zog auch meine weißen Baumwollstrümpfe aus und wackelte mit ungewohntem Vergnügen mit den Zehen. Die Sonne fühlte sich auf meinem unbedeckten Kopf so gut an! Den ganzen Sommer über hatten mich Sonnenhüte, Handschuhe und Schirme geschützt; meine Tante war besessen von der Angst, daß ich wegen meiner hellen Haut einen Sonnenbrand bekommen könnte oder – noch schlimmer – Sommersprossen.

Mit nackten Füßen kletterte ich den Hang hinauf, wobei ich den Sand zwischen meinen Zehen genoß, und blickte über die weite Fläche des Meeres. Abgesehen von dem Leuchtturm auf der einen Seite und einem Fischerboot weit draußen schien es kein Leben zu geben.

Der leichte Wind zerzauste mein Haar; Strähnen machten sich los und strichen mir übers Gesicht. Ich zog die Haarnadeln heraus, und die Haare fielen herunter und ergossen sich bis zur Taille. Ich lachte laut auf. Himmel, wie entsetzt meine Tante wäre, wenn sie mich jetzt sehen könnte.

»Was war das?« sagte eine schroffe Männerstimme, und ich schnappte erschreckt nach Luft. Ein Mann – und ich war hier barfuß und mit offenen Haaren, die mir üppig über die Schulter fielen! Ich drehte mich blitzschnell um, sah eine dunkle Gestalt, die sich aus dem Schutz eines Busches erhob, und lief von Panik getrieben davon.

»Hallo! Ich tue Ihnen nichts!« rief der Mann, doch ich rannte weiter, bis sich mein Fuß in einer Wurzel verfing, und ich der Länge nach in den Sand fiel, wobei mir ein stechender Schmerz in den verdrehten Fuß fuhr.

Ich japste vor Schreck, als der fremde Mann sich mir näherte; und dann erkannte ich mit plötzlicher, übergroßer Erleichterung, daß der Mann, der sich über mich beugte, der weißhaarige Herr war, dem ich heute morgen in der Hotelhalle begegnet war.

»Dr. Maynard ...«

Er kniete im Sand und schaute stirnrunzelnd auf mich herab. »Dummes Kind«, sagte er lächelnd, »habe ich Sie so erschreckt, weil ich so plötzlich aus dem Nichts aufgetaucht bin? Als Sie lachten, war ich verdutzt, denn ich dachte, ich sei allein. Haben Sie sich weh getan?«

Plötzlich wurde mir bewußt, daß sich beim Fallen mein Rock halb die Waden hochgeschoben hatte, und ich zog ihn wie wild nach unten. Er umfaßte mein Handgelenk und sagte: »Lassen Sie's gut sein, mein Kind. Ich bin Arzt, und mir scheint, Sie haben sich den Knöchel ziemlich schlimm verletzt; lassen Sie mich sehen.«

Errötend ließ ich es zu, daß er meinen nackten Fuß in seine große, sanfte Hand nahm. Der Fuß war an einem rauhen Felsen entlanggeschabt, und die Haut zeigte eine lange Schürfwunde; als er versuchte, den Knöchel einzurenken, schrie ich vor Schmerz auf.

»Genau wie ich dachte«, sagte er und machte ein bedenkliches Gesicht. »Glauben Sie, ohnmächtig zu werden? Ich habe kein Riechsalz dabei.«

»Ich bin in meinem Leben noch nie ohnmächtig geworden.«

»Einen Moment.« Er richtete sich auf, ging an den Rand des Wassers und kam mit einem großen leinenen Taschentuch, das er mit Meerwasser getränkt hatte, zurück; damit befeuchtete er vorsichtig meinen Knöchel. Er half mir, mich in eine bequemere Sitzstellung aufzurichten, dann sagte er: »Ich drehe mich jetzt um, dann versuchen Sie, aus einem Ihrer Unterröcke zu schlüpfen; dieser Knöchel muß verbunden werden, bevor Sie den Versuch machen, darauf zu stehen. Ich glaube nicht, daß er gebrochen ist, aber ich vermute, es handelt sich um eine schlimme Verstauchung.«

Ich protestierte: »Ich bin gleich wieder in Ordnung«, aber er wies mich streng zurecht. »Seien Sie nicht töricht, mein Kind, Sie können für Ihr ganzes Leben lahm werden, wenn Sie mit einer solchen Verstauchung zu laufen versuchen.« Er drehte mir den Rücken zu, und ich unternahm unter Schmerzen große Anstrengungen, aus meinem untersten Leinenunterrock herauszuschlüpfen. Meinen verletzten Fuß konnte ich überhaupt nicht bewegen, und er war so gefühllos wie eine abgestoßene Schlangenhaut; aber als er fragte: »Darf ich Ihnen helfen?« stieg mir die Zornesröte ins Gesicht, und ich schrie: »Nein! Ich schaffe es schon.«

Schließlich hielt ich ihm den Unterrock entgegen. Er nahm ihn mit seinen starken Händen und riß ihn der Länge nach durch; dann kniete er neben mir nieder, und ein paar Minuten später war mein Knöchel fein säuberlich und stramm verbunden.

Dann ließ er sich auf seine Absätze zurücksinken und sah mich voller Entsetzen an.

»Du lieber Gott, Sie sind Miß Ellis! Verzeihen Sie, daß ich Sie nicht gleich erkannt habe, aber heute morgen trugen Sie so einen großen Sonnenhut, und ihr Haar war aufgesteckt...« Er unterbrach sich und blickte lächelnd auf mich herab, als ich errötete. »Schämen Sie sich doch nicht«, sagte er sanft. »Mir gefallen Sie so viel besser. Sie sehen wie ein junges Mädchen aus, nicht wie eine herausgeputzte Dame. Ich hatte eine Tochter, die Ihnen ähnlich sah. Sie hatte die gleiche Haarfarbe und – was für eine Augenfarben haben Sie?« Er beugte sich vor, nahm mein Kinn zart in eine Hand und neigte meinen Kopf nach hinten. »Dunkle Augen«, sagte er zärtlich, »wie Judith. Also, mein liebes kleines Mädchen, was treiben Sie barfuß hier draußen?«

Ich mußte lächeln. Seine Stimme war so sanft, als ob ich tatsächlich ein kleines Mädchen wäre. Genauso hatte Papa immer mit mir gesprochen. Ich sah ihn an, als ob es das erstemal sei. Bis dahin war er mir einfach nur wie ein alter Gentleman vorgekommen. Jetzt sah ich, daß sein Gesicht, obwohl sein Haar weiß war, glatt und seine Augen klar und strahlend waren, mit einem eigenartigen goldgefleckten Braunton. Er war groß, aber nicht gutaussehend; seine Schultern waren breit, und seine Arme schienen sonderbar lang im Vergleich zu seinem Körper, so daß seine Haltung fast gebeugt wirkte. Ich fragte mich, woher die weiße, ausgeprägte Narbe über seinem Auge stammen mochte; sie hatte die Form eines kleinen Halbmondes. Seine großen Hände waren knochig, aber gepflegt, mit säuberlich manikürten Fingernägeln.

Er betrachtete meine bloßen Füße ohne die entsetzte Mißbilligung, die meine Tante oder sonst jemand aus ihrer Generation sicherlich an den Tag gelegt hätte; er schien einfach nur belustigt zu sein. Ich platzte ohne es zu wollen heraus: »Ich hatte es satt, immer so fein aufgemacht zu sein und auf der Promenade herumzustolzieren.«

Er lachte nicht, sondern sah mich ernst an. »Es muß furchtbar sein, eine junge Dame werden zu müsen, wenn man viel lieber ein sorgloses Mädchen wäre. Ich halte es für äußerst bedauernswert, daß Mädchen zu jungen Damen heranwachsen müssen. Sie gefallen mir so viel besser. Wie alt sind Sie denn, meine liebe Kleine?«

»Siebzehn«, sagte ich zu ihm so, wie ich es zu meinem Vater gesagt hätte. »O je, meine Tante wird mit mir schimpfen!«

»Ich werde mich um Ihre Tante kümmern«, sagte er. »Im Moment ist es die Anweisung des Arztes, daß Sie Ihren Knöchel ruhighalten müssen. Und jetzt, Sybill – Sie heißen doch Sybil, oder nicht? –, erzählen Sie mir etwas über sich.«

»Da gibt es nicht viel zu erzählen«, sagte ich schüchtern. Aber nach einer oder zwei Minuten redete ich ungeniert. Ich erzählte ihm von Vater und Mutter und ihrem plötzlichen Tod und etwa über Tante Mabel. Es tat gut, sich jemandem zu öffnen, der fast so wie mein Vater war, jemandem, vor dem ich nicht wie ein Gewinn auf dem Heiratsmarkt ausgestellt wurde.

Nach einer langen Zeit zog er seine Uhr heraus, sah auf das Ziffernblatt und drehte sie so um, daß ich es ebenfalls sehen konnte. »Fast vier Uhr«, sagte er, und ich bemerkte zu meiner Verwunderung, daß er an seiner Weste eine Mädchen-Ansteckuhr trug, die mit blauen Email-Blumen eingefaßt war. Er sah meinen Blick.

»Es war die Uhr meiner Tochter«, sagte er. »Ich trage sie immer. Aber, Sybil, wir müssen uns etwas einfallen lassen, wie wir Sie zum Hotel zurückbringen. Können Sie jetzt auf den Fuß auftreten? Falls nicht, kann ich vielleicht jemanden holen, der sie mit einem Stuhl hinträgt.«

Doch als er mich stützte, stellte ich fest, daß ich auftreten konnte, obwohl sich mein Knöchel anfühlte, als ob er von Messern durchbohrt wäre.

»Meine Tante wird toben«, sagte ich ängstlich. Gott sei Dank war es jemand wie Dr. Maynard gewesen, der mich gefunden hatte. Die Vorstellung, barfuß und verletzt von einem fremden Mann begleitet zu werden, war zu fürchterlich, um sie sich auszumalen! Auch so wäre es noch ein schockierender Anblick, wenn ich am Arm eines Mannes zurück ins Hotel käme, barfüßig, mit losen Haaren, die mir bis zur Taille hingen! Dr. Maynard schien meine Gedanken zu lesen; als wir ans Ende der schmalen Straße kamen, setzte er mich behutsam in einem geeigneten Eingang ab.

»Warten Sie hier«, sagte er freundlich, »ich werde Ihre Tante suchen und außerdem einen Promenaden-Rollstuhl.«

Als ich schließlich in die Hotelhalle gebracht wurde, war ich anständig mit einer Reisedecke zugedeckt, mein Haar war in ein Handtuch gewickelt, und zwei der Hoteldiener trugen mich die Treppe hinauf. Aber als ich in meinem Zimmer angekommen war, ließ meine Tante ihren Schimpftiraden freien Lauf:

»Also, wertes Fräulein, was hast du dir denn jetzt wieder geleistet? Mit nackten Füßen, hängenden Haaren« – sie stieß einen Schrei des Entsetzens aus – »und dein Gesicht ist sonnenverbrannt!«

»Ach, Mrs. Stanforth, Sie dürfen das Kind nicht schimpfen«, warf Dr. Maynard mit fester Stimme ein. »Ich habe angeordnet, daß sie den Fuß ruhen lassen muß; immer noch besser, einen Sonnenbrand im Gesicht zu haben, als für den Rest des Lebens nicht mehr laufen zu können!«

Meine Tante rang buchstäblich die Hände; ich wußte mit aller Erbarmungslosigkeit, welche Gedanken sie bewegten. Besser ein ganzes Leben lang nicht mehr richtig laufen können, als einen Teint zu zerstören, der mich doch zu einem Aktivposten auf dem Heiratsmarkt machte. Jedenfalls ließ sie, als wir allein waren, ihre Zofe kommen und mich ordentlich zu Bett legen, und bald war mein verletzter Knöchel kunstgerecht mit einem Leinenverband und Arnikasalbe behandelt. Sie bestellte das Abendessen aufs Zimmer, und als mein Haar wieder ordentlich geflochten und hochgesteckt war, erlaubte sie Dr. Maynard, hereinzukommen und mir gute Nacht zu wünschen, wobei er versprach, daß er morgen wiederkommen und nach mir sehen werde.

Als er schließlich gegangen war, überschüttete sie mich mit Vorwürfen.

»Wie konntest du nur so etwas tun! Wie rücksichtslos, wie grob! Nach allem, was ich für dich getan habe! Der Ball bei Mrs. Van Valkenberg ist am Freitagabend, und wie sollst du tanzen mit einem Knöchel, der auf die Größe einer Wassermelone angeschwollen ist? Du niederträchtiges, undankbares Ding! Ich trage keine Verantwortung mehr für dich! Du kannst von mir aus Hochwürden Williams heiraten und dein ganzes Leben in einer Dorfgemeinde verbringen, obwohl ich so bemüht war, dir zu einem besseren Los zu verhelfen. Ich bin verletzt, Sybil – im tiefsten Innern verletzt!«

Ich sagte nichts. Mein Verbrechen war so schwerwiegend, daß es nur noch schlimmer geworden wäre, wenn ich ihr eröffnet hätte, daß ich überhaupt nicht heiraten wollte!

2. Kapitel

Als Dr. Maynard am nächsten Tag vorbeikam, um sich nach meinem Knöchel zu erkundigen, erkannte ich noch nicht, was mir bevorstand. Ich begrüßte ihn mit gehöriger Erleichterung. Mein Knöchel war geschwollen und schmerzte, und mein Gesicht brannte vor Sonnenbrand selbst unter der kühlenden Lotion, die mir die Tante mit einer Miene, als ob sie Kohlen auf ein Feuer legte, über Gesicht und Arme verteilt hatte. Hochwürden Oscar hatte mir einen kurzen formellen Besuch abgestattet, wobei es ihm genauso peinlich war, mich im Bett zu sehen, wie mir, obwohl ich bis zum Hals in Wogen von Schals und Bettjäckchen gehüllt war. Doch Philip Maynard war alt genug, um mein Vater zu sein; er war keiner von Tante Mabels möglichen Heiratskandidaten, und deshalb konnte ich mein steifes Junge-Dame-Gehabe ablegen und ihn mit der ganzen Freude begrüßen, die ich bei seinem Besuch empfand.

Er hatte mir ein paar Gedichtbände mitgebracht. »Kein Geschenk, sondern eine Leihgabe«, erinnerte er mich. »Die Tochter von Professor Ellis hat hieran bestimmt mehr Spaß als an den üblichen sentimentalen Romanen!«

Tante Mabel hatte ihn mißtrauisch von der Seite beäugt, aber Dr. Maynard hatte ihre Skepsis weggewischt: »Ach, meine liebe Frau, ich bin doch selbst Vater. Glauben Sie mir, alles, was ich ihr zu lesen gebe, wird ebenso geeignet sein, wie ich es für meine eigene Tochter ausgewählt hätte.«

Das Buch war Scotts ›Das Fräulein vom See‹, das ich noch nicht gelesen hatte; ich verspürte eine angenehme Erregung und den schwachen, undankbaren Wunsch, Dr. Maynard möchte gehen und mich allein lassen, damit ich anfangen könnte zu lesen. Ich hatte sehr viel für Gedichte übrig, und ich freute mich, als ich sah, wie meine Tante strahlte. »*Höchst* passend«, sagte sie und reichte mir das Buch zurück, »und Sie sind überaus freundlich zu meinem unartigen kleinen Mädchen, Dr. Maynard.«

Er verbeugte sich vor ihr. Ich kam mir vor wie ein Kind, das von den Erwachsenen vergessen worden war (und froh darüber, vergessen worden zu sein), schlug die Seiten auf und bewunderte zunächst die wundervollen Stiche.

Er lächelte wohlwollend zu mir herunter. »Das war das Lieblingsbuch meiner Tochter«, sagte er. »Ich hoffe, es wird Ihnen gefallen.« Dann ging er.

Ich schlug den Innentitel auf. Dort standen in einer schönen Kupferstich-Schreibschrift die Worte:

Judith Eleanor Maynard von ihrem Papa.

Das mußte wohl die Tochter gewesen sein, deren Haare und Augen den meinen so sehr glichen. Ich fragte mich, wie sie gewesen sein mochte. Dr. Maynard war ein gütiger und liebevoller Vater, genau wie meiner. Als ich an meinen Vater dachte, traten mir Tränen in die Augen.

Seine Augen waren während der letzten drei Jahre immer schlechter geworden, und er wollte nicht bei Lampenlicht lesen; deshalb machte es ihm abends, wenn wir vor dem Kamin saßen, besondere Freude, wenn ich ihm vorlas. Ich überlegte, ob Judith Maynard wohl ihrem Vater vorgelesen hatte. Das Zimmer verschwamm vor meinen Augen, und das Hotelmobiliar wurde blasser und wich einer Vision meines Zuhauses...

»Dummes Ding«, sagte meine Tante tadelnd. »Du wirst dir die Augen verderben, wenn du weinst. Dr. Maynard hat sich äußerst freundlich verhalten, das muß ich schon sagen, aber du nimmst alles ziemlich zufrieden hin! Macht es dir denn gar nichts aus, daß du Mrs. Van Valkenbergs Hausball versäumen wirst? Denn schließlich ist Dr. Maynard kein Kandidat – was übrigens schade ist, denn er ist Witwer und reich, aber immerhin ist er fast alt genug, um dein Großvater zu sein. Oh, das hatte ich ja beinahe vergessen« – sie warf den Kopf zurück, machte große Augen und verzog die Lippen zu einem Lächeln – »als ich unten frühstückte, erkundigte sich Hochwürden Williams nach dir und kündigte an, daß er dich heute morgen besuchen wollte, um dir etwas Obst zu bringen...«

Plötzlich brach der ganze aufgestaute Ärger der letzten Wochen aus mir heraus.

»Ich hasse Hochwürden Williams«, schrie ich sie an, »ich hasse alle ›Kandidaten‹. Mir hängt es zum Hals heraus, all diesen Männern vorgeführt zu werden und diese Männer begutachten zu müssen!«

Die Kinnlade meiner Tante klappte herunter.

»Nun, ich muß schon sagen, mein Fräulein«, bemerkte sie schließlich steif, »du bist ein undankbares Geschöpf! Da laß ich all meine eigenen Angelegenheiten unerledigt, aus lauter Zuneigung und liebender Erinnerung an meinen verehrten Bruder, nur um dir einen angemessenen Platz im Leben zu verschaffen, und du benimmst dich so!« Aber ich verstand ihre letzten Worte kaum noch; ich weinte hemmungslos. Die zurückgedrängte Trauer über den Tod meiner Eltern, die Nervenanspannung der letzten Wochen, alles kam mit einemmal zum Ausbruch. Meine Tante schimpfte noch eine Zeitlang weiter, dann versuchte sie, mich zu trösten, bot mir Riechsalz an; schließlich gab sie mir eine Ohrfeige, alles ohne Wirkung. Ich nahm ihre Bemühungen kaum wahr und weinte, als ob ich niemals mehr aufhören könnte. Doch endlich hatte ich mich ausgeweint und lag erschöpft und mit einem Schluckauf in meinen Kissen; trotzdem entrang sich mir immer noch jedesmal ein Schluchzen, wenn sie mich ansah.

Meine Tante sah jetzt wirklich erschreckt aus. »Du mußt krank sein, Sybil. Du siehst aus, als ob du Fieber hättest.« Ich war nicht zu versöhnen und bedeckte meine schmerzenden Augen mit der Hand. Ich dachte: *Das einzige, worum sie sich Sorgen macht, ist, daß ich krank werden und sie mich nicht rechtzeitig unter die Haube bringen könnte!*

Meine Tante machte jetzt ein freundlicheres Gesicht als sonst. »Mein liebes Kind, du weißt doch, daß ich nur dein Bestes im Sinn habe. Dieser Sommer war sehr schwer für dich. Vielleicht könnte ein Arzt...«

»Ich will keinen Arzt«, murmelte ich, »mir fehlt nichts.«

»Ich glaube, dir fehlt so allerhand«, sagte sie in gemessenem Ton. »Du bist ein törichtes und hysterisches Kind, das nicht weiß, was gut für dich ist. Jetzt hör mir mal zu, Sybil«, sagte sie fest und setzte sich zu mir auf die Bettkante. »Du darfst nicht zulassen, daß du deine Nerven auf diese Weise ruinierst. Vielleicht war dieser Sommer etwas zuviel für dich. Aber hast du denn vergessen, welches deine Alternativen sind, mein Kind? Als verheiratete Frau wirst du ein Zuhause und eine gesellschaftliche Stellung haben. Du wirst geachtet sein, man wird dich zuvorkommend behandeln, und du wirst abgesichert sein. Im anderen Fall – nun, meine Liebe, ich kann dir für eine kurze Weile eine Bleibe bieten, aber ich habe selbst Töchter, und ich werde es auf keinen Fall zulassen, daß du Schatten auf Belle und Sara wirfst, während du selbst im Licht stehst. Du hast nicht die erforderliche Ausbildung, um dir eine Stellung als Lehrerin an einer respektablen Schule zu sichern, und eine junge Dame mit deiner Abstammung und Erziehung kann unmöglich an einer Dorfschule unterrichten oder vielleicht Schneiderin oder Maschinenschreiberin werden, selbst wenn du eine entsprechende Ausbildung hättest. Was bleibt dir sonst noch übrig? Mit deinem aufbrausenden Wesen wärst du ungeeignet als bezahlte Gesellschafterin einer verknöcherten alten Dame oder als Gouvernante für verwöhnte Kinder.« Sie strich mir über das zerzauste Haar, eine sparsame Geste der Zuneigung. »Du mußt also einsehen, meine Liebe, es bleibt dir gar nichts anderes übrig.«

Ich seufzte. Absurde Fantasien einer Flucht in den ›Wilden Westen‹ oder der Veränderung meines Namens, um als Fabrikmädchen zu arbeiten, verflüchtigten sich. »Ich bin sicher, du hast recht, Tante«, sagte ich schwach, aber Tränen strömten mir erneut übers Gesicht, obwohl ich mich mit aller Gewalt bemühte, mich zu beherrschen.

»Aber, aber«, beschwichtigte mich meine Tante. »Ich werde dir etwas kaltes Wasser bringen, dann wäschst du dir das Gesicht und liest ein bißchen in deinem hübschen

Buch, und dann ...« offensichtlich entschied sie sich gegen das Risiko, Hochwürden Williams noch einmal zu erwähnen. »Ich werde veranlassen, daß dir das Mädchen ein Tablett mit feinen Sachen zum Essen heraufbringt; vielleicht eine Hühnerbrühe und heißen Biskuit und einen feinen Pudding? Komm jetzt, hör auf zu weinen, du wirst dir die Augen und die hübschen rosigen Wangen verderben.«

Sie versuchte, mich zu trösten, und ich strengte mich sehr an, es ihr recht zu machen; aber etwas in mir war zerbrochen, und wieder kamen mir die Tränen und tropften in die Hühnerbrühe, die auf dem Tablett stand. Als das Mädchen die Vorhänge zuzog und mich allein ließ, rollten wieder Tränen über meine Wangen und auf das Kopfkissen. Auf die Fragen meiner Tante, die sich jetzt echt besorgt anhörte, konnte ich nur schluchzen: »Ich *versuche*, nicht zu weinen, ich weiß nicht, *warum* ich weine...«

Schließlich ließ sie mich allein, und ich glaube, ich muß eingeschlafen sein, denn als ich die Augen wieder öffnete, sah ich Dr. Maynard, der sich über mich beugte.

Meine Tante sagte: »Sybil, ich habe Dr. Maynard von deinem kleinen Nervenzusammenbruch heute morgen erzählt, und er erklärte sich freundlicherweise einverstanden, heraufzukommen und nach dir zu sehen, obwohl das eine Unterbrechung seiner Ferien bedeutet.«

Dr. Maynard lächelte freundlich. »Ich bin in diesem Moment nicht der praktizierende Arzt«, sagte er, »sondern ich dachte, ich könnte mal als Freund nach Ihnen sehen, kleine Dame. Wie wäre es, wenn Sie Ihren üblichen Beschäftigungen nachgingen, Mrs. Stanforth, und mich mit der jungen Dame eine Zeitlang allein reden ließen?«

Meine Tante zögerte. Ich nehme an, es widersprach ihren strengen Vorstellungen von Anstand, mich mit einem männlichen Wesen allein in meinem Schlafzimmer zu lassen, aber Dr. Maynards Alter räumte sogar ihre Skrupel aus – schließlich hatte sie selbst ja betont, daß er fast alt genug war, um mein Großvater zu sein. Sie zog sich zurück und schloß leise die Tür hinter sich.

Dr. Maynard zog einen kleinen vergoldeten Stuhl an mein Bett und setzte sich mit übergeschlagenen Beinen hin.

»Nun, mein liebes Kind«, sagte er sanft. »Wo liegen denn die Schwierigkeiten?«

Er sprach so liebevoll, und seine Stimme erinnerte mich so sehr an die meines Vaters, daß ich wieder spürte, wie sich Tränen in meinen Augen sammelten und langsam die Wangen hinabkullerten.

»Ich... ich bin so einsam«, sagte ich mit halb erstickter Stimme. »Meine Mutter und mein Vater fehlen mir so sehr, und ich hasse es, zur Schau gestellt zu werden und allen möglichen Heiratskandidaten vorgeführt zu werden...«

Er runzelte die Stirn und lächelte verschmitzt.

»Wie, Sie genießen es nicht, bewundert zu werden? Ich dachte, heutzutage wären alle jungen Mädchen ganz versessen darauf zu heiraten!«

»Ich nicht!« platzte ich heraus. »Ich wünschte, ich könnte wieder zu Hause sein, und möchte überhaupt nicht heiraten, und ganz bestimmt will ich nicht Hochwürden Oscar Williams oder irgendeinen dieser albernen jungen Männer heiraten.«

Er streichelte mir über den Kopf. »Armes Kind«, murmelte er, »Sie sind noch viel zu jung, um in diesem Spiel wie eine Marionette herumgestoßen zu werden. Frauen wie Ihre Tante – oh, ich bin überzeugt davon, daß sie eine gute, schätzenswerte Frau ist, aber ich kenne ihre Sorte, ich habe zwei Schwestern – haben eine ausgeprägte Leidenschaft, jedes junge Mädchen unter der Haube zu sehen, sobald es eben die Puppen aus der Hand gelegt hat! Also, meine eigene Tochter...« er unterbrach sich. »Ihnen darf man keine Vorwürfe machen«, sagte er voll Mitgefühl, »Sie sollten noch etliche Jahre lang ein sorgloses Mädchen sein.«

Bei seinem Mitgefühl hatte ich befürchtet, wieder weinen zu müssen, statt dessen fühlte ich mich auf sonderbare Weise friedlich.

»Aber was soll ich tun, Dr. Maynard?«

Er tätschelte mir die Hand. »Lassen Sie mich einen Augenblick nachdenken. Fürs erste, nun, Ihre Tante kann Sie gewiß nicht zur Parade vor den Heiratskandidaten zerren, solange Sie noch mit einem verstauchten Knöchel im Bett liegen, oder Sie womöglich vom Krankenlager aus verheiraten. Zunächst können Sie also entspannen und sich darauf konzentrieren, wieder gesund zu werden. Vielleicht fällt mir bis dahin etwas ein.«

Aus dem Nachbarzimmer drangen später Bruchstücke seiner Unterredung mit meiner Tante zu mir herüber. Er erklärte ihr, daß ich von zarter Konstitution und überempfindlich sei und daß ich unter einer großen nervlichen Belastung stünde; daß ich eine Zeitllang geschont werden müsse, sonst könnte sich mein Zustand verschlechtern. Ich war fast geneigt zu kichern über die feierliche Art, mit der er das alles vorbrachte. Ich spürte, daß er sich über meine Tante lustig machte und daß sie die Dinge zu verbittert sah, um es zu merken.

Jedenfalls erinnere ich mich an die Woche, während der mein verstauchter Knöchel heilte, als an ein angenehmes, friedliches Zwischenspiel in diesem aufreibenden Sommer und den Ereignissen danach. Dr. Maynard kam jeden Tag mit Büchern, Blumen, kandierten Früchten und anderen kleinen Geschenken vorbei und sagte, daß er mich für den Moment fast wie eine Tochter betrachtete. Hochwürden Oscar besuchte mich zweimal, schüchtern und wortkarg; es war ihm sogar schon peinlich, mich in einem hochgeschlossenen, langärmeligen Morgenmantel zu sehen, wenn er Blumensträuße anbrachte; große, einfallslose Sträuße, die seinem Wesen entsprachen. Stolz zeigte er in Druckschrift geschriebene Briefe seines jüngsten Kindes vor. Ich versuchte vergeblich mich zu erinnern, welches das war, denn er hatte so viel von Kate, Sadie, Hester und Naomi gesprochen, daß mir nicht mehr einfiel, welches von ihnen gerade schreiben lernte, welches vor einem Jahr seinen Zopf in Brand gesteckt hatte und welches schon eine richtige kleine Hausfrau war. Wahrscheinlich auf Anraten meiner Tante hin brachte er die Sprache nie wieder auf das Thema Heirat, und obwohl ich wußte, daß ich ihm nicht ewig ausweichen konnte, war ich dankbar. Ich las die Bücher, die mir Dr. Maynard brachte, knabberte die Süßigkeiten, genoß die Schönheit der Blumen, und während seiner häufigen Besuche, auf die ich mich immer mehr freute, war ich fast wieder wie früher, die verhätschelte einzige Tochter eines milden Vaters.

Aber ich wußte, daß dieser Zustand nicht andauern konnte. Irgendwann wäre mein Knöchel verheilt. Dr. Maynard würde abreisen. Ich würde entweder Hochwürden Oscar heiraten oder einen der anderen Kandidaten, deren Vorzüge meine Tante pausenlos rühmte. Dr. Maynard hatte versprochen, sich etwas auszudenken, aber ich konnte mir nicht vorstellen, was er unternehmen könnte. Natürlich, dachte ich, könnte er mich adoptieren. Schließlich war er ja ein reicher Mann, und obwohl sich das anhörte wie eine Geschichte aus einem der billigen, bunten Romanheftchen, die unser Dienstmädchen zu lesen pflegte, war ich doch der Ansicht, daß solche Dinge hin und wieder wirklich geschahen. Wie kämen die Autoren solcher Romane denn sonst auf diese Ideen?

Niemals wäre ich darauf gekommen, was die Lösung des Problems sein sollte.

Nach fünf Tagen ging die Schwellung meines Knöchels langsam zurück, und ich stellte fest, daß ich schon wieder leicht damit auftreten konnte. An diesem Abend humpelte ich am Arm meiner Tante hinunter in den Speisesaal; ich trug ein hellblaues Sommerkleid mit kurzen Ärmeln und einen weißen Seidenschal um die Schultern. Als wir im Speisesaal ankamen, lächelte meine Tante wohlwollend und eröffnete mir, daß sie sich eine kleine Überraschung ausgedacht hatte: Hochwürden Oscar Williams würde an unserem Tisch speisen.

Heute, nach so vielen Jahren, denke ich, daß ich gegenüber Hochwürden Oscar vielleicht ungerecht war. Er war davon bin ich überzeugt, ein ehrenwerter und arbeitsamer Mann Gottes, ernsthaft, freundlich und schätzenswert. Sogar seine Suche nach einer Ehefrau hätte man als den Wunsch auslegen können, eine Gefährtin und Mutter für seine verwaisten Kinder zu finden. Wenn ich fünf Jahre älter und vielleicht ein bißchen welterfahrener gewesen wäre, hätte ich ihn wahrscheinlich erhört und mit ihm in Freundschaft, wenn nicht gar in Zuneigung zusammengelebt.

Aber junge Mädchen sind nun mal idealistisch, und ich war zudem außergewöhnlich naiv. Die Gestalt von Hochwürden Oscar, sein dezenter schwarzer Anzug im guten ländlichen Stil, der eine Spur zu eng über seinen zur Fülle neigenden Hüften saß und schon ein wenig fadenscheinig war, erschien mir unmöglich und lächerlich. Seine Hände wirkten auf mich plump und zu weiß; sein Haar, das sich auf der Stirn lichtete, war von einer häßlichen, sandgelben Farbe; er war kleiner als ich, und seine etwas hervorstehenden Augen hatten einen sonderbar blassen Blauton. Sein kleines, rundes Gesicht war immer ein klein wenig verschwitzt. Ich erinnerte mich stets an die Worte meiner Mutter, die sie mir gesagt hatte, als ich als Schulmädchen einmal aus Versehen das Wort *schwitzen* benutzt hatte: »Pferde schwitzen, Männer transpirieren, Damen glühen.« Aber das Wort *transpirieren* war zu schwach, um die großen Schweißperlen zu beschreiben, die auf seiner geröteten runden Stirn und den Backen standen und ihm den Hals entlangliefen, um schließlich mit einem feuchten kleinen ›Plop‹ auf seinem halb erschlafften Kragen zu landen.

Meine Tante stimmte ihm darin zu, während sie sich fortwährend die Handflächen mit der Serviette abwischte, daß die Hitze sehr drückend sei.

»Aber wenn ich mir die Bemerkung erlauben darf, Miß Sybil sieht bezaubernd kühl aus«, sagte er. »Und abends ist es hier äußerst angenehm. Wie sehr ich mir wünschte, daß meine kleine Tochter das Meer hier genießen könnte. Hester hat mir geschrieben, daß es zur Zeit in der Stadt unangenehm schwül sei. Vielleicht«, wandte er sich mit einem verschämten Lächeln an mich, »ließe es sich einrichten, daß die beiden ältesten die letzten Tage mit mir hier verbringen. Möglicherweise wären Sie daran interessiert, ihre Bekanntschaft zu machen, Miß Sybil.«

Ich erwiderte irgend etwas Höfliches. Seine Gedanken waren transparent. Ich sollte als mögliche Stiefmutter für Hester, Sadie, Kate und Wer-weiß-wie-die-andere-hieß unter die Lupe genommen werden.

»Aber vielleicht ist dieser Ferienort für sie zu mondän«, fügte er hinzu, sozusagen als Nachgedanken. »Meine Töchter sollen nicht als Gesellschafts-Schmetterlinge aufwachsen, sondern als Kinder eines bescheidenen Arbeiters im Weingarten Gottes. Es widerstrebt mir, sie den... äh... Eitelkeiten der Gesellschaft auszusetzen.« Er sah sich mißbilligend im Speisesaal um. »Als ich hier ankam, wußte ich nicht... äh... ich möchte nicht intolerant sein, und ich bin sicher... äh... daß viele dieser jungen Damen... äh... ausgezeichnete Christinnen sind...«

Ich hörte ihm mit bösartigem Vergnügen zu. Wenn er den weltlichen Dingen gegenüber derart abgeneigt war, warum war er dann ausgerechnet an einen so mondänen Ort gekommen, um sich eine Gefährtin zu suchen?

»Aber... äh... natürlich gibt es eine Weltlichkeit, die nicht... äh... aus Ernsthaftigkeit und Demut entspringt, und... äh... die Jugend ist, wie der Dichter sagt, ein... äh... fließender Übergang, und wenn junge Mädchen zur Frau heranreifen, dann werden sie ablassen von Kindereien und statt dessen...«

»Arbeiterinnen im Weingarten Gottes werden?« warf ich frech ein.

»Dies ist nicht ganz ausgeschlossen, Miß Sybil. Ich entdeckte während meiner Arbeit im Weingarten... äh... bei meinen Aufgaben als Seelenhirte, daß in einer modisch herausgeputzten Brust durchaus ein ehrliches Herz voll weiblicher und christlicher Tugenden schlagen kann. Schönheit ist... äh... wohl kaum ein unüberwindbares Hindernis auf dem Weg zur Gottesfurcht...« Er hielt inne und sah mich gefühlvoll an. »Wir müssen schließlich, so wird uns gesagt, dem Kaiser geben, was des Kaisers ist, und... äh...«

»Ich bin darüber sehr froh«, murmelte ich in aller Bescheidenheit, »mich entsetzt der Gedanke, daß ich, wenn ich in den Himmel komme, dort nur häßliche, schlampig gekleidete Frauen antreffen würde.«

»Sybil macht Spaß«, sagte meine Tante fest, »sie hat gar nichts übrig für Kleider und weltliche Eitelkeit. Wirklich, ich muß mich um ihre Garderobe kümmern, Mr. Williams, sie ist so dem Weltlichen entrückt, daß sie nicht das geringste Interesse an Mode hat. Zum Beispiel hätten die meisten Mädchen Tränen vergossen, wenn sie den Ball letzten Freitag versäumt hätten, aber Sybil war mit ihren Büchern ganz zufrieden.«

»Ich freue mich, ein junges Mädchen von solcher Ernsthaftigkeit zu sehen«, sagte der Geistliche feierlich. Ich hätte meine Tante erwürgen können. Warum versuchte sie um jeden Preis, ihn davon zu überzeugen, wie hervorragend ich mich als Pfarrersfrau eignen würde?

Sie sah mich eindringlich an, während sie ihre Serviette zusammenknüllte. »Ich glaube, der Wind wird stärker«, sagte sie. »Ich muß mir einen Schal holen. Sybil, warum gehst du nicht zum Kaffeetrinken mit Mr. Williams auf die Terrasse, während ich hinaufgehe. Ich komme dann nach.«

Sie warf ihm einen Blick zu, der beinahe, wenn auch nicht ganz eindeutig, eine Aufforderung war, und mir wurde flau. Ich stand schnell auf. »Ich laufe rasch hinauf und hole ihn dir, Tante!«

»Nein, nein, meine Liebe«, sagte sie voller Güte. »Geh nur hinaus und genieße die Abendluft, mit deinem angegriffenen Knöchel sollst du keine Treppen steigen, er ist immer noch anfällig. Sie dürfen nicht zulassen, daß sie zuviel läuft, Mr. Williams.«

Das war natürlich ein Wink für ihn, mir seinen Arm zu bieten. Ich stützte mich zögernd darauf, während ich dem sich entfernenden blauen Bobasin-Rücken meiner Tante mit Widerwillen nachsah.

Hochwürden Oscar machte großes Aufheben, als er mich zu einem Platz in einer verschwiegenen Ecke der Terrasse geleitet hatte; er holte ein Fußbänkchen für meinen Knöchel, versorgte mich mit Kaffee, Würfelzucker, Sahne und einem Teller voll kleiner Kuchen, die mit grobem Zucker bestreut waren. Dann ließ er sich neben mir nieder und rührte gedankenverloren in seiner Kaffeetasse.

»Werden Sie den Rest der Saison über hierbleiben?« fragte ich ihn.

»Gott behüte, nein; Ende dieser Woche muß ich in meinen Weingarten zurückkehren – in meine Gemeinde und zu meinen Schäfchen, Miß Sybil.« Er zog ein so kummervolles Gesicht, daß ich mich intensiv meinem Kaffee zuwandte.

Dann blickte er auf, sein feuchtes rundes Gesicht strotzte vor Entschlossenheit, und ich erbleichte. Nun, ich konnte nicht weglaufen, bei dem Zustand, in dem sich mein Knöchel noch befand. Was immer kommen mochte, und ich war ziemlich sicher, daß ich genau wußte, was es sein würde, ich müßte ausharren und es hinnehmen, wie eine Dosis bitterer Medizin.

»Miß Ellis – Sybil«, sagte er voller Inbrunst, »das Leben als Diener in... äh... auf den Feldern Gottes kann sehr einsam und entmutigend sein.«

»Davon bin ich überzeugt«, sagte ich unverbindlich.

»Es hat dem Herrn gefallen, mich mit vier lieben Kindern zu segnen und mir meine geliebte Gefährtin zu nehmen, der Herr gibt, und der Herr nimmt, doch dann gibt er erneut, Miß Ellis. Im Laufe dieses Sommers habe ich eine Zuneigung zu Ihnen gefaßt... äh... ich bin ein einsamer Mann... und meine vier Töchter brauchen die sorgende Hand einer Frau, die sie in Gottesfurcht und treuem Glauben großzieht. Meine verwaiste Gemeinde wartet auf das Wirken einer Frau. Miß Ellis – Sybil, ich möchte Sie um eine große Gunst bitten...«

Übermut keimte wieder in mir auf, unwiderstehlich.

»Möchten Sie mich als Gouvernante für Ihre Töchter anstellen?«

Er sah mich an, und aus seinem blassen Gesicht sprach eine so vorwurfsvolle Würde, daß ich plötzlich nichts mehr sagen konnte, alle Schalkhaftigkeit hatte mich verlassen. Ich senkte den Blick, während er sehr leise sagte: »Ich bitte Sie noch einmal, Miß Sybil, mir die Ehre zu erweisen, meine Frau zu werden.«

So, nun war es geschehen. Jetzt konnte ich ihm nicht mehr entrinnen, ich mußte ihm eine Antwort geben. Ich biß mir auf die Lippe, wußte nicht, wie ich mich verhalten sollte, was ich anstellen sollte.

Verheiratet, mit dieser Witzfigur, dieser zappelnden Kreatur? In mir lehnte sich alles dagegen auf, und doch, was konnte ich tun? Meine Tante hatte mir zu lebhaft das Bild von den Schrecken eines Daseins als alte Jungfer gezeichnet, eines Alters, in dem man überall unerwünscht ist, und von der Gunst von Verwandten abhängig ist. Dr Maynard? Welcher schwachen Hoffnung hing ich da nach! Ich sagte leise, wobei meine Stimme bebte:

»Es ist eine große Ehre für mich, die Sie mir erweisen, Mr. Williams...«

»Oscar bitte, meine liebe Miß Sybil...«

»Ich... ich weiß gar nicht, was ich sagen soll«, fuhr ich ernst fort. »Ich bin sicher, ich würde eine sehr schlechte Frau für Sie abgeben. Ich bin jung, ich bin leichtlebig, ich wäre eine ganz und gar unpassende Gattin für einen Seelenhirten...«

»Meine liebe Miß Sybil, die Jugend ist ein fließender Übergang, und Leichtlebigkeit kann besiegt werden«, ermahnte er mich, »und außerdem glaube ich, daß Sie sich ungerecht beurteilen; ich habe keinerlei Anzeichen von Leichtlebigkeit entdecken können, außer daß Ihre Sprache mitunter unangemessen oberflächlich ist. Ich bitte Sie, überlegen Sie es sich reiflich. Sie würden ein Leben voller Frivolität und gesellschaftlicher Vergnügungen zurücklassen, das ist wahr, doch würden Sie statt dessen ein unschätzbar gutes Werk tun, wenn Sie vier mutterlosen Kindern Mutter würden.« Seine Stimme hatte ihre Feierlichkeit verloren und überschlug sich; zur Abwechslung klang sie fast menschlich und jung. »Es sind wirklich *sehr* nette Kinder«, sagte er mit einer Spur von Wehmut im Tonfall, »sie sehnen sich entsetzlich nach einer Mutter, und ich weiß, daß Sie gut zu ihnen wären. Ich habe ihnen über Sie geschrieben, und die kleine Kate hat mich förmlich *angefleht*, Sie als ihre neue Mama mitzubringen.«

In diesem Moment mochte ich ihn mehr als je zuvor. Er klang aufrichtig, und langsam begriff ich, daß sich hinter der sonderbaren Erwachsenenfassade eines Mannes, der fast mein Vater hätte sein können, ein menschliches Wesen verbarg, und zwar eins, daß manchmal genauso einsam und ängstlich war wie ich. Ich konnte mich über diesen Mann einfach nicht mehr lustig machen.

Ich sagte sehr sachlich: »Ich weiß nicht, was ich sagen soll, Mr. Williams. Ich fühle mich für so etwas noch zu jung. Sie sind sehr liebenswürdig, so freundliche Dinge über mich zu sagen. Aber...«

Ich schluckte. »Würden Sie mir noch ein wenig Zeit gewähren, um darüber nachzudenken?«

»Ich möchte gerne heiraten, bevor ich nach Hause reise«, sagte er mit tiefem Ernst, »und die Zeit wird knapp.«

»Ich...« Ich benetzte mir die Lippen. »Ich werde Ihnen übermorgen meine Antwort geben, bestimmt«, versprach ich. Alles, alles war mir recht, nur um diese Situation zu beenden. Er sah mich gefühlvoll an, und ich hielt seinem Blick stand. Auch für ihn war es nicht einfach, und er wartete voller Ungeduld. Impulsiv streckte ich die Hand aus und verflocht meine Finger mit seinen. Sie fühlten sich feucht und fett an, aber ich beherrschte meine instinktive Ablehnung und sagte ernst: »Lassen Sie mich eine Zeitlang darüber nachdenken.«

»Ich hoffe sehr...«

Ich zog schnell meine Hand zurück. »Da kommt meine Tante«, sagte ich und lehnte mich verlegen auf meinem Stuhl zurück. Aber meine Tante hatte bereits alles gesehen, das konnte ich an ihrem breiten Lächeln erkennen; ich errötete und fühlte mich nicht in der Lage, ihren wissenden Blick den ganzen Abend lang zu ertragen. Bald darauf gab ich also vor, daß mein Knöchel schmerzte, und wollte in mein Zimmer gehen, obwohl ich genau wußte, daß meine Tante sofort mit Fragen über mich herfallen würde. Ich konnte jedoch Hochwürden Oscar nicht mehr ins Gesicht sehen und mit ihm Konversation betreiben, während meine Tante zufrieden dazu schmunzelte.

Wir hatten kaum mein Zimmer betreten, als sie wissen wollte: »Hat er dir einen Antrag gemacht? Hast du angenommen?«

»Nun, ja und nein. Ja, er hat mir einen Antrag gemacht. Nein, ich habe nicht...«

»Du hast ihn doch nicht etwa *abgelehnt*, du dummes Ding?« Es war fast eine Wehklage. Ich dachte voller Grimm: Dauernd redet sie von gutaussehenden und gebildeten jungen Männern als Kandidaten, dabei hatte sie die ganze Zeit über diese Zukunft für mich im Sinn: Hochwürden Oscar Williams und vier Stiefkinder. Ich persönlich konnte darin keinen Vorteil gegenüber einer Stelle als Gouvernante erkennen!

»Nein, ich habe ihn nicht abgelehnt«, sagte ich langsam. »Ich habe ihn nur gebeten, mir ein paar Stunden Zeit zu lassen, um darüber nachzudenken. Ich wollte nicht den Eindruck erwecken, als hätte ich nur auf seinen Antrag gewartet, Tante«, fügte ich listig hinzu.

Zu meiner Erleichterung schluckte sie den Köder. »Das ist wahr. Es muß ihm schon klar gemacht werden, wie glücklich er sein kann, ein junges, hübsches Mädchen zu bekommen anstatt einer verwelkten alten Witwe, und daß du etwas entschieden Besseres bekommen könntest unter...« sie machte eine feinfühlige Pause. »...unter günstigeren Umständen.«

»Du meinst«, sagte ich, inzwischen gleichgültig, »wenn ich reich wäre und du mich nicht um jeden Preis in diesem Sommer verheiraten wolltest.«

Meine Offenheit versetzte ihr wahrscheinlich einen Schlag, aber zum erstenmal hatte sie nichts dagegen zu sagen; langsam überzog ein leichtes Rosa ihre Wangen. »Sybil, meine Liebe, du mußt verstehen... ich mache mir doch nur Gedanken darüber, was für dich das beste ist, ohne daß ich meinen eigenen Töchtern schade.«

Plötzlich war ich es leid, sie in die Enge zu treiben. »Ich weiß, Tante. Ich...« Es fiel mir schwer, aber ich brachte es über die Lippen. »...ich bin dankbar. Aber ich... ich möchte wirklich darüber nachdenken. Und zwar allein.«

Als sie mir gute Nacht gewünscht hatte und in ihr Zimmer gegangen war, nachdem sie mir noch einen ziemlich schuldbewußten Kuß gegeben hatte, zog ich mich langsam aus, wickelte mich in einen kuscheligen Bademantel und setzte mich in einen bequemen Sessel am Fenster, um hinaus in die Nacht zu blicken.

Ich kam zu dem Schluß, daß ich Williams wohl heiraten mußte. Meine Tante sah darin eine beschlossene Sache; wenn ich ablehnte, würde sie wahrscheinlich nichts mehr mit mir zu tun haben wollen, und was konnte ich dann noch tun? Und schließlich, was wollte ich eigentlich vom Leben? Selbst wenn meine Eltern noch leben würden, könnte ich nicht für immer ein beschütztes, verhätscheltes Kind bleiben. Wahrscheinlich war es wirklich besser zu heiraten, als irgendwo als Gouvernante zu arbeiten. Wenigstens gäbe es keine strenge alte Dame, die mir die ganze Zeit Vorschriften machen würde. Also gut, so sollte es denn sein! Ich würde Hochwürden Oscar heiraten, und am nächsten Abend wollte ich es ihm mitteilen.

Ich ging zu Bett und – nachdem die Entscheidung endlich gefallen war – schlief ich wie ein Baby.

Es war ein merkwürdiges Gefühl, als ich am Morgen nach dem Aufstehen in den Spiegel sah und mir klar machte, daß ich in ein paar Wochen nicht mehr Sybil Ellis sein würde, sondern Mrs. Oscar Williams, die Frau des Pfarrers, mit vier Kindern, über Nacht zu einer Familie gekommen. Ich fragte mich, ob sie mich wohl alle Mama nennen würden und was für ein Gefühl es wäre, von halbwüchsigen Mädchen von zehn und elf Jahren so gerufen zu werden.

Ich sah Hochwürden Oscar nicht im Speisesaal. Ich nahm an, daß es ihm genauso unangenehm wäre, mich zu sehen, wie mir, bis ich ihm meine endgültige Antwort geben konnte. Es gab jedoch einen sehr großen Unterschied zwischen gestern und heute. Meine Tante behandelte mich mit stiller Feierlichkeit, als ob ich mit einem Schlag eine voll erwachsene Frau geworden wäre und nicht mehr das junge Mädchen war, für das sie zu sorgen hatte. Mir war die Wandlung recht. Sie sprach höflich mit mir, so wie sie mit Mrs. Oscar Williams gesprochen hätte, nehme ich an. Und zum Zeichen meiner neuerlangten Freiheit bestand sie nicht darauf, daß ich sie bei ihrer offiziellen Promenade am Ufer entlang begleitete.

Das war vernünftig. Ich brauchte nicht länger ausgestellt zu werden, war vom Heiratsmarkt genommen worden. Ich war, was die praktischen Dinge anging, so gut wie verheiratet. Meine Tante fing an, von ihrem Haus in der Stadt zu sprechen, über ihre Pläne mit Belle und Sara im kommenden Winter – ich mußte unbedingt zu dem Ball kommen, den sie für die beiden an Weihnachten geben würde, wenn es nur irgendwie möglich wäre. Sie hätte liebend gern Hochzeitspläne für mich gemacht, wenn ich nur das geringste Interesse gezeigt hätte, aber ich glaube, sie hatte eine beinahe abergläubische Angst, daß sie dadurch mein Glück zerstören könnte.

Nach dem Frühstück entschuldigte sie sich damit, daß

sie Briefe an ihre Familie schreiben müsse – ich nehme an, sie wollte meinen Cousinen die gute Nachricht übermitteln –, und ich nahm mir einen leichten Schal, denn der Himmel war bewölkt, und ging hinunter zum Strand. Mein Knöchel war fast wieder wie früher, und ich hätte noch mehr als diesen Spaziergang auf mich genommen, nur um vom Hotel wegzukommen; es war durchaus möglich, wenn ich das Strahlen in den Augen meiner Tante richtig deutete, daß sich das Gerücht meiner Verlobung noch vor dem Mittagessen bereits im ganzen Hotel verbreiten würde, wenn nicht in der ganzen Stadt.

Langsam ging ich an dem Stück Strand vorüber, wo Kinder im Sand spielten und in dem seichten Wasser planschten. Ich schlenderte gemächlich in Richtung des einsamen Strandstreifens, wo ich eine Woche zuvor hingefallen war. Damals hatte ich einen Versuch zur Erlangung meiner Freiheit unternommen, der fehlgeschlagen war, und nichts war daraufhin geschehen; die Dinge waren höchstens eine Weile aufgeschoben worden, das war alles. Ich hatte Mrs. Van Valkenbergs Hausball verpaßt, aber mir fehlte der Sinn für Romantik, um mir vorzustellen, daß sich dadurch ein entscheidender Unterschied zu meiner jetzigen Situation ergeben hätte. Die besseren jungen Herren, die ich dort kennengelernt hätte, warteten doch alle nur auf standesgemäße junge Damen. Ich hatte noch nie an Aschenbrödel oder den hübschen Märchenprinzen geglaubt.

Das einzige, was ich gewonnen hatte, war eine Woche Aufschub und vielleicht die Freundschaft mit Dr. Maynard. Seine Liebenswürdigkeit hatte mir Kraft gegeben, jedoch nicht direkt Hoffnung in mir geweckt. Was konnte er schon tun? Und was bedeutete ich ihm? Er hatte Mitleid gehabt, das war alles. Wenn ich ihm von meiner Verlobung erzähle, was wird er sagen? Aber dies war der Lauf der Welt, und dagegen konnte man nichts machen.

Ich ließ mich im Sand nieder und breitete den Schal über meine Knie. Mein Knöchel tat jetzt weh, und die Sonne prallte auf mein Gesicht, aber mir war der rebellische Geist vergangen, der mich hätte veranlassen können, meine Schuhe auszuziehen oder mein Haar zu lösen. Es war an der Zeit, Kindereien zu vergessen und sich wie eine junge Dame zu benehmen.

Die Meeresoberfläche hob und senkte sich in trägen Wellen, und kleine Boote schaukelten auf dem Wasser. Wenn ich ein Junge gewesen wäre, hätte ich ausreißen und zur See fahren oder in den Westen gehen können, um mein Glück zu machen. Wie die Dinge jedoch lagen, konnte ich nur hierbleiben und die Stiefmutter von Hochwürden Oscars Kindern werden.

»Ich habe mir gedacht, daß ich Sie hier draußen finden würde«, sagte eine tiefe Stimme hinter mir; als ich mich umsah, erkannte ich die hochgewachsene Gestalt von Dr. Maynard. Sein Gesicht war von einem breitkrempigen Panama-Hut beschattet, und er sah zu mir herunter. »Ich bin sehr froh, daß Sie wieder laufen können, mein liebes Kind. Ich habe im Hotel Ihre Tante ohne Sie getroffen, da nahm ich an, daß Sie hierher gegangen sind. Heute stellen Sie aber die perfekte junge Dame dar«, fügte er lächelnd hinzu. »Ich hoffe, ich bereite Ihnen keine Ungelegenheiten?«

»O nein!« rief ich laut, wie ein aufgeregtes Kind. »Bitte setzen Sie sich doch, Dr. Maynard!«

»Sehr gern.« Er ließ sich auf dem Sand nieder. »Und wie stehen die Dinge bei Ihnen, meine Liebe? Haben Sie schon Pläne gemacht?«

Ich senkte den Blick und sagte nichts. Plötzlich spürte ich, wie unglücklich ich war.

Dr. Maynard berührte leicht meine Wangen mit seinen zarten Fingern. »Tränen, Sybil?«

Ich holte tief Luft. »Hochwürden Williams hat mich gebeten, seine Frau zu werden.«

»Nein!« Seine Stimme klang erschrocken und erstaunt, und er japste förmlich nach Luft. »Dieser Hanswurst! Dieser Einfaltspinsel! Also, meine Liebe, Sie können auf keinen Fall diesen Kerl heiraten! Ein Mädchen in Ihrem Alter! Was geht bloß im Kopf Ihrer Tante vor?« Er nahm meine Hand und drehte mich so um, daß ich ihm ins Gesicht sah. »Sybil, es kann unmöglich Ihr Wille sein, diesen Mann zu heiraten, oder? Sie haben ihm doch nicht versprochen, daß Sie ihn heiraten werden, oder?«

»Was könnte ich sonst tun?« fragte ich hoffnungslos. »Nein, bis jetzt habe ich das noch nicht getan; aber heute abend wird es geschehen.«

»Ihre Tante ist eine verdammte Närrin!« Er sagte das so heftig, daß es mich erschreckte. »Sehen Sie, mein liebes Kind, Sie können unmöglich... ich werde es nicht zulassen, Sybil!« Er hielt meine Hand fest umklammert. »Sybil, hören Sie mir zu. Warum kommen Sie nicht mit und leben statt dessen bei mir?«

»Oh, wenn das nur ginge«, rief ich aus, bevor ich nachdenken konnte. Dann biß ich mir auf die Lippen, als mir bewußt wurde, was ich gesagt hatte. »Wie könnte ich das, Dr. Maynard? Es wäre nicht anständig. Sie sind doch kein Verwandter.«

»Ja, so ein Pech!« sagte er und runzelte die Stirn. Dann erhellte ein plötzlicher Gedankenblitz sein Gesicht.

»Sybil, da Sie Hochwürden Williams nicht heiraten wollen, gibt es doch eine andere Möglichkeit.«

»Welche denn?«

»Heiraten Sie mich, mein Kind.«

Ich war fassungslos und mit einemmal sehr verängstigt. Die ganze Zeit über war Dr. Maynard der einzige Mann, der auf keinen Fall als möglicher Ehemann in Frage kam. Bei ihm hatte ich mich ungezwungen benehmen können, war in der Lage, das Ziel meiner Tante, mich einigermaßen gut unter die Haube zu bringen, zu vergessen. Meine Wangen glühten plötzlich vor Hitze.

»O nein... das kann ich nicht. Das kann ich nicht!«

»Warum nicht, meine Liebe? Mögen Sie mich weniger als den hochwürdigen Herrn?«

»Aber nein«, rief ich impulsiv aus. »Mehr, viel mehr!«

»Und würden Sie nicht lieber mit mir zusammenleben als mit ihm und seinen vierzehn albernen Töchtern?«

Ich kicherte. »Vier, nicht vierzehn«, sagte ich. »Aber, o ja, wenn ich es nur könnte... aber ich kann Sie nicht *heiraten!* Sie sind mehr wie...« Ich zögerte, doch schließlich beendete ich meinen Satz verlegen: »... mehr wie ein Vater.«

Er streckte die Arme aus und zog mich an seine Schulter.

»Ich hatte nicht zu hoffen gewagt und doch gehofft, daß Sie das sagen würden«, murmelte er. »Denn Sie haben all das, was ich mir für eine Tochter wünsche. Sybil, hören Sie mir zu. Ich hatte eine Tochter, sie hieß Judith, und sie sah Ihnen sehr ähnlich. Sie hatte wundervolles Haar und die dunklen Augen, den gleichen anmutigen Gang, die gleich... die gleiche Süße, die gleiche Weltfremdheit. Ihre Mutter starb, als sie noch ein Kind war, und ich habe nie wieder geheiratet, ja nicht einmal daran gedacht. Ich zog sie zu Hause auf – schickte sie niemals in eine Schule, wo sie sich wahrscheinlich zu einem kichernden Modepüppchen entwickelt hätte wie die meisten anderen jungen Mädchen. Sie war mir eine Hilfe, führte mir, so jung wie sie war, den Haushalt – nun ja, ihre Tanten unterstützten sie ein wenig dabei, aber von ihrer Kindheit an war sie mein Ein und Alles, und ich war ihr alles. Wir hatten uns gegenseitig, und das genügte uns.« Er hielt inne, und sein Gesicht verzog sich; doch er fuhr nicht fort, sondern wartete. Schließlich flüsterte ich: »Was ist mit ihr geschehen?«

»Sie starb«, antwortete er mit kalter, tonloser Stimme. »Sie starb, und mein Herz ist noch immer leer. Sie sind genau so, wie sie wäre, wenn sie noch leben würde, Sybil. Als ich Sie lachen hörte... als ich Sie mit Ihrem lose fallenden Haar sah, hatte ich das Gefühl, daß der Geist eines geliebten Menschen zurückgekehrt sei...«

Er unterbrach sich, schluckte, und ich bemerkte, daß seine Lippen zitterten; ein großer Tropfen fiel mir auf die Hand.

Seine Trauer schien frisch, genau wie meine. Sicher

konnte seine Tochter noch nicht lange tot sein, wenn der Kummer noch so stark war. Ich strich ihm über die Wange, wie ich es bei meinem Vater gemacht hätte, und er legte den Arm um mich.

»Begreifen Sie, meine Kleine? Sie können nicht zu mir kommen und einfach als Tochter mit mir leben; das wäre nicht recht. Aber Sie können mich heiraten – eine reine Formsache – und meine Tochter werden, dann wäre es so, als ob meine Tochter Judith zurückgekehrt ist. Ich möchte Ihr Vater sein, und Sie werden meine kleine verlorene Tochter sein.« Er drückte mir die Hand. »Kommen Sie, wäre das nicht besser als eine Ehe mit Hochwürden?«

Ich nickte. Es war ein abwegiger Gedanke, etwas, das mir nie in den Sinn gekommen wäre; ich hatte höchstens daran gedacht, daß er mich adoptieren könnte, aber dazu war ich zu alt.

»Die Leute werden sich natürlich die Mäuler darüber zerreißen«, warnte er mich. »Sie werden denken, es sei eine Ehe wie jede andere.« Er hatte mich nicht ausdrücklich gefragt, und ich hatte nicht ja gesagt; und doch sprachen wir beide darüber, als wäre es eine beschlossene Sache. »Macht es Ihnen etwas aus, wenn die Leute über Sie reden? Es wird nur für eine Weile sein; wir werden von hier weggehen, und Sie werden all diese Menschen nie wiedersehen?«

»Es macht mir überhaupt nichts aus«, sagte ich entschlossen.

»Wir werden reisen, wenn Sie wollen. Und wenn Sie keine Lust mehr zum Reisen haben, werden wir in unser Heim gehen, ein schönes Haus im Wald in der Gegend von Rockport. Judith war sehr gern dort, es war so still, so weitab von der übrigen Welt. Eines Tages kann ich Sie vielleicht nach Europa mitnehmen. Ich hatte beabsichtigt, mit Judith dorthin zu reisen.« Er seufzte schwer.

»Sybil, willst du mich heiraten?«

Ich sah ihm fest in die Augen und sagte:

»Ja, ich will dich heiraten.«

3. Kapitel

Ich hatte gewußt, als ich Dr. Maynard in der Hotelhalle verließ, daß meine Tante auf mich warten und daß es ein Donnerwetter geben würde. Dr. Maynard – mir fiel es noch schwer zu begreifen, daß er von nun an Philip für mich sein sollte – hatte angeboten, mich zu begleiten, aber ich hatte darauf bestanden, daß ich die Nachricht meiner Tante persönlich beibringen mußte.

»Aber von heute an obliegt es doch mir, alle Schwierigkeiten von dir fernzuhalten, mein Liebling«, beharrte er. »Dafür bin ich doch da.«

»Wenn wir verheiratet sind, darfst du dich um all meine Schwierigkeiten kümmern«, erklärte ich ihm fest, da ich wußte, daß er es so wollte, »aber diesen Schritt muß ich allein tun.«

Ich wusch mir gerade die Hände in der Porzellanschüssel in meinem Zimmer, als meine Tante an der Tür klopfte, um zu prüfen, welches Kleid ich mir für das Abendessen bereitgelegt und welche *Toilette* ich dazu gewählt hatte. »Sehr hübsch«, sagte sie anerkennend. »Du kannst Hochwürden Williams deine Antwort geben, und dann können wir mit den Planungen für eure Hochzeit beginnen. Auch wenn sie so kurzfristig stattfindet, soll sie recht hübsch werden und im übrigen...«

»Nein«, sagte ich fast zu leise, um ihren Wortschwall zu unterbrechen, »nein, Tante.«

»Was soll das heißen, nein?« fragte sie.

»Das heißt nein, Tante. Ich werde Hochwürden Williams nicht heiraten.«

Ihr Gesicht verfärbte sich dunkelrot. »Was willst du damit sagen? Sybil, ich dulde dein närrisches Betragen nicht länger! Ich habe alles für dich getan, was ich konnte, und jetzt bist du gut untergebracht und gesichert. Ich werde es nicht zulassen, daß dir irgendeine deiner Jungmädchenlaunen im Weg steht! Hör also jetzt mit diesem Unsinn auf, und zieh dich an, damit du deine Antwort geben kannst!«

»Ich werde mich anziehen, und ich werde zum Abendessen gehen, Tante«, sagte ich sanft, »aber ich werde ihn nicht heiraten.«

Der wütende Ausdruck in ihrem Gesicht verstärkte sich. »Sybil Ellis«, sagte sie mit kaum unterdrücktem Zorn, »wenn du mich zum Narren halten willst, dann tätest du gut daran, auf der Stelle damit aufzuhören. Ich habe endgültig genug von deinen Spinnereien. Ich warne dich, wenn du so undankbar bist, diese Chance zu verderben, dann werde ich dich fallenlassen; vergebens wirst du ankommen und um Hilfe weinen, wenn du dich erst als Gesellschafterin einer ermüdenden alten Dame zugrunde gerichtet hast oder in einer Schneiderwerkstatt arbeitest und Hemden nähst...«

»Nein, Tante«, wiederholte ich geduldig. »Nichts von all dem werde ich tun.«

»Was wirst du dann tun? Du bildest dir doch hoffentlich nicht ein, daß meine Familie dich weiterhin mitdurchzieht...«

»Nein, Tante. Da würde ich sogar noch lieber Oscar Williams heiraten«, sagte ich und sah, wie ihr erneut dunkle Röte ins Gesicht stieg, »aber das habe ich nicht nötig. Ich werde Dr. Maynard heiraten. Er hat mich heute gebeten, seine Frau zu werden, und ich habe eingewilligt.«

»Was?« Meine Tante geriet buchstäblich ins Taumeln, und ich suchte schnell in meinem Waschtisch nach Riechsalz.

»Es tut mir leid, Tante, wenn ich dich überrascht habe«, sagte ich. Aber insgeheim tat es mir überhaupt nicht leid, und ich glaube, das wußte sie auch. Sie preßte die Lippen wütend aufeinander.

»Was ist das für ein alberner Scherz?«

»Das ist kein Scherz, Tante.«

»Aber...« Sie ruderte mit den Armen. »Das kannst du doch nicht tun!«

»Warum nicht?« fragte ich ausgelassen. »Er ist Witwer, er ist angesehen, er ist sogar reich.«

»Aber . . . aber . . .« Wieder wurde sie puterrot. »Er ist ein alter Mann, Sybil. Er könnte dein Großvater sein.«

»Hochwürden Williams ist ebenfalls ein alter Mann«, entgegnete ich.

»Unsinn! Er ist nicht älter als ich!«

»Er hat Töchter, die fast so alt sind wie ich, Tante Mabel«, sagte ich. »Ich sehe da keinen Unterschied. Wenn ich den einen alten Mann heiraten kann, warum nicht den anderen?«

Sie sah verstört aus. Ich wußte, daß sie um Worte rang, um das auszudrücken, was in ihr vorging, obwohl sie die ihrer Generation eigene Schamhaftigkeit daran hinderte, über intime Dinge zu sprechen. Sie spitzte nur die Lippen und sagte: »Das geht einfach nicht. Man würde über dich reden. So was macht man nicht.«

Aber ich wußte, daß sie geschlagen war. Meine Hauptwaffe war die Tatsache, daß es ihr in Wirklichkeit gleichgültig war. Sie wollte mich los sein, ohne Schuldgefühle haben zu müssen. Ich sah dies ihrem Gesicht an, während sie hin und her überlegte. Dr. Maynard war reich – er war sogar Millionär. Sie konnte unmöglich etwas gegen ihn einzuwenden haben. Und vor allen Dingen, wenn ich einen so reichen Mann heiratete, könnte ihr niemand vorwerfen, daß sie übereilig gleich beim Erstbesten eingeschlagen hatte, nur um mich los zu sein.

»Nun, du bist wirklich ein gerissenes Ding, einen so guten Fang zu machen«, sagte sie schließlich einlenkend. »Er sieht gut aus, man sieht ihm sein Alter kaum an; und er ist wohlhabend. Jetzt verstehe ich, warum du Hochwürden Williams hingehalten hast. Ich glaube, du machst eine wirklich gute Partie, Sybil.« Sie sah mich an, und ein leichtes Stirnrunzeln zog sich über ihre groben Züge.

»Und irgendwie bist du nicht der Typ, auf den junge Männer ansprechen. Du hast etwas an dir – ich habe alles versucht, aber du hast einfach nichts übrig für Bälle und Feste und Mode. Vielleicht bist du die ideale Ehefrau für einen alten Mann. Er ist reich genug, daß du so weltfremd bleiben kannst, wie du bist. Du brauchst keinen Haushalt zu führen, und du bist weiß Gott gebildet und hübsch genug für ihn.« Es war fast so, als ob sie sich selbst überzeugen wollte. »Man hat schließlich schon zu meiner Jugend gesagt: ›Besser der Liebling eines alten Mannes als die Sklavin eines jungen‹.«

Ich habe nie erfahren, wie sie Oscar Williams meine Entscheidung beigebracht hat. Ich habe ihn nie wieder gesehen.

Die Hochzeit fand drei Tage später statt, sobald Dr. Maynard die Papiere hatte. Meine Tante, nachdem sie sich mit allem abgefunden hatte, hätte mich gern mit in die Stadt genommen, eine schöne Verlobungsfeier und ein rauschendes Hochzeitsfest für mich veranstaltet, aber Dr. Maynard wollte nichts davon hören.

»Wenn ein Mann in meinem Alter ein junges Mädchen heiratet«, sagte er, »wird zwangsläufig darüber geklatscht. Ich möchte eine stille Hochzeit.«

Meine Tante hatte schwache Einwände erhoben. »Aber ein junges Mädchen möchte ein prächtiges Hochzeitskleid, einen feierlichen Akt in der Kirche, einen Tag, den sie nie vergessen wird...«

»Sybil ist in jedem Kleid schön, für das sie sich entscheidet«, sagte Dr. Maynard und drückte sanft meine Hand. »Selbst wenn sie in einem Kattunkleid und einem Strohhut heiraten würde, wäre sie noch hübsch. Es gibt hier in Newport auch Kirchen, und ich glaube nicht, daß sie irgend etwas für eine mondäne Hochzeit übrig hat, oder, mein Liebling?«

»Nein, ganz und gar nicht«, sagte ich heftig und klammerte mich an Philip Maynards Arm. »Ich würde bestimmt nur über meine Schärpe stolpern und alle Geschenke kaputtschlagen... und überhaupt«, sagte ich und führte den einen Punkt an, der alle Einwände meiner hochanständigen Tante niederschlagen würde: »Eine großartige Hochzeitsfeier wäre höchst unpassend, Tante, solange ich noch um Mama und Papa trauere.«

Bei diesem Argument gab sie erwartungsgemäß mit sichtbarer Erleichterung auf; ihre Miene drückte, ich wasche meine Hände in Unschuld aus, und sie sagte: »Nun gut, aber niemand kann behaupten, ich hätte nicht mein Bestes für dich getan.« Sie half mir bei der Auswahl meines schönsten Kleides, das aus elfenbeinfarbener Seide, das ich zu Mrs. Van Valkenbergs Ball hätte anziehen sollen, und schenkte mir in einem plötzlichen Anflug von Großzügigkeit die Perlenkette, die sie mir als Leihgabe angeboten hatte, als Hochzeitsgeschenk. (Als ich sie Philip – wie er unbedingt von mir genannt werden wollte – zeigte, lachte er nur gutmütig, aber spöttisch, und murmelte: »Mein Liebling, deine Weigerung, in eine großartige Hochzeit einzuwilligen, hat der Dame zweimal die Kosten dieser Perlenkette erspart, aber ich freue mich, daß sie dir gefällt.«)

Wir hatten meine Tante gebeten, ihren Bekannten in Newport nichts zu erzählen: wir wollten nicht, daß man sich die Mäuler über uns zerriß und bei unserer Hochzeit neugierige Fremde auftauchten. An einem Freitagnachmittag heirateten Philip und ich in einer kleinen, aber hübschen Kirche.

Die Feierlichkeit fand direkt nach dem Nachmittagsgottesdienst in der kleinen Kirche statt, und als Zeugen waren außer meiner Tante nur die Gemeindemitglieder der Kirche zugegen – meist Leute vom Land und Bauern. Nur ein kleiner Vorfall verdüsterte den Frieden der Zeremonie.

Der Pfarrer beendete gerade den Gesang und sprach die Worte:

»Wenn irgendeinem der hier Anwesenden ein Grund bekannt ist, aus dem dieser Mann und diese Frau nicht im Heiligen Bund der Ehe vereinigt sein sollen, dann möge er jetzt sprechen oder für immer schweigen.«

Er machte eine Pause, und mir fuhr der Gedanke durch den Kopf, daß diese Frage bei jeder Hochzeit gestellt und nie beantwortet wurde. Der Geistliche nahm sein Buch, um fortzufahren, als im hinteren Teil der Kirche Unruhe entstand, und aus dem Augenwinkel sah ich einen großen Mann auf einer Bank ganz an der Seite, der sich erhob.

Plötzlich stockte mir das Herz. Was würde er sagen oder machen? Würde er einen Skandal heraufbeschwören, die Hochzeit unterbrechen? Inzwischen war Bewegung in die ganze Gemeinde gekommen, Köpfe wandten sich neugierig um. Philip sagte mit leiser, drängender Stimme zu dem Geistlichen: »Machen Sie weiter, bevor die Leute miteinander reden. Sehen Sie ... der Mann verläßt gerade die Kirche.« Und tatsächlich, die Seitentür wurde geöffnet, und der Mann trottete hinaus; ein Sonnenstrahl drang durch den breiten Türspalt herein und verschwand wieder, als sie zufiel.

Die Feierlichkeit nahm weiter ihren Gang und näherte sich der entscheidenden Stelle:

»Sybil Marion Ellis, nimmst du diesen Mann als deinen rechtmäßig angetrauten Ehegatten, wirst du zu ihm halten im Guten wie im Schlechten, ihn lieben und ehren, allen anderen entsagen und ihm treu bleiben, bis der Tod euch scheidet?«

Ich flüsterte: »Ja.«

Ein sonderbares Beben durchfuhr mich, während ich das Wort aussprach. Wie alle Mädchen hatte auch ich meine romantischen Träume gehabt. Sie waren jetzt vorbei. Ich war verheiratet – aber es war keine Ehe, wie ich sie mir vorgestellt hatte. Für mich würde es keine Liebe mit einem gutaussehenden Ehemann, keine lachenden Kinder geben. Ich hatte meine Träume der Sicherheit geopfert. Aber als Ausgleich würde ich einen liebevollen Vater bekommen, und ich legte für mich selbst ein leidenschaftliches Gelübde ab, daß ich ihm eine liebevolle Tochter sein würde – ihn lieben und ehren und ihm treu sein würde, bis der Tod uns scheidet.

Er streifte einen wertvollen Ring aus Weißgold über meinen Finger; seine Lippen berührten meine, sanft und zärtlich.

Bis der Tod uns scheidet.

Der Tod hatte mich bereits von den einzigen Menschen, die ich geliebt hatte, getrennt. Der Tod hatte ihn von seiner Tochter geschieden, die ihm alles bedeutet hatte. Aber jetzt hatten wir einander, und ich würde zu meinem Gelübde stehen.

Ich hätte mir damals nicht träumen lassen, was das tatsächlich bedeuten sollte.

Wir verzichteten auf einen Empfang, aber meine Tante, Philip und ich tranken mit dem Geistlichen im Pfarrhaus Tee, und meine Tante weinte ein bißchen.

»Wer war der Mann, der während der Zeremonie aufstand? Einen Augenblick lang – er sah so merkwürdig aus – dachte ich, er würde ... absichtlich stören.«

Der Pfarrer schmunzelte. »Bei mir ist bisher noch keine Trauung unterbrochen worden. Ich weiß nicht, wer er war, er gehörte nicht zu *meiner* Gemeinde.«

»Sein Gesicht kam mir irgendwie bekannt vor«, sagte meine Tante besorgt. »Kennen Sie ihn, Dr. Maynard?«

Er runzelte die Stirn, preßte die Lippen aufeinander und sah mich nervös an. »Es kann sein, daß ich ihn schon mal irgendwo gesehen habe«, sagte er schließlich. »Aber erwarten Sie nicht von mir, daß ich mich für einen Verrückten interessiere, dessen Zeitvertreib es ist, Trauungen zu stören!«

»Das wichtigste«, sagte ich, um zu vermitteln, »ist, daß er unsere *nicht* gestört hat. Vielleicht war er nicht gesund und brauchte frische Luft, vielleicht erinnerte er sich plötzlich an eine dringende Verabredung. Oder vielleicht ist er unglücklich verheiratet, und er muß bei Hochzeiten immer weinen.«

Ich brach abrupt ab. »Philip! Bist du krank, Philip?« Er stand taumelnd auf, sein Gesicht war auf einmal leichenblaß. Ich rannte zu ihm und stützte ihn mit dem Arm; mich durchfuhr Entsetzen.

Er stützte sich einen Moment lang auf meinen Arm, wobei sein Gewicht unerwartet schwer auf mir lastete, dann richtete er sich mühsam wieder auf. »Nein, mein Liebes. Ein kleiner Schwindelanfall – nichts Ernstes.« Er zerstreute die Besorgnis meiner Tante, schlug alle ihre guten Ratschläge aus; dabei blieb er immer noch höflich, war jedoch kurz angebunden: »Was Frauen doch immer für ein Aufhebens um nichts machen! Sybil, mein Liebling?« Er drehte sich zu mir um. »Ich denke, wir sollten vielleicht... wir haben noch eine ziemlich weite Strecke vor uns...«

Als ich mich in meinem Hotelzimmer umzog, zum letzten Mal innerhalb dieser vier Wände, überkam mich erneut ein Anflug von Angst. Philip war jetzt alles, was ich im Leben hatte. *Wenn ihm irgend etwas zustoßen sollte...*

Tante Mabel kam herein, gerade als ich mir mein flaschengrünes Reisekleid überstreifte. Sie sah sich sorgfältig im Zimmer um. »Ist alles bereit, meine Liebe?«

»Ich glaube schon, Tante. Ich habe gestern abend schon alles zusammengepackt.«

Sie fuhr mit der Had über den weichen Faltenwurf meines Hochzeitskleides, das auf dem Bett lag. »Ich werde das hier einpacken und dir nach Quarry House schicken«, sagte sie. »Du kannst es färben oder als Abendkleid umarbeiten lassen, oder auch für die Hochzeit deiner eigenen Tochter aufheben, falls du jemals eine Tochter haben solltest.«

»Vielen Dank, Tante.« Es gab wohl nichts mehr zu sagen. Völlig unerwartet, denn sie neigte nicht zu Gefühlsausbrüchen, küßte sie mich auf die Wange. »Ich hatte diese Ehe nicht für dich gewollt«, sagte sie frei heraus. »Aber ich hoffe, daß du sehr glücklich sein wirst, meine Liebe. Und wenn nicht, denke immer daran, daß er fast siebzig ist und schon die Natur dafür sorgen wird, daß du in nicht allzu langer Zeit eine reiche junge Witwe sein kannst. Aber, aber, du brauchst nicht so schockiert zu sein, mein Mädchen; es kann ja sein, daß du dir solche Gedanken niemals gemacht hast, aber da bist du bestimmt die einzige weit und breit.«

Ich antwortete nicht. Ich hätte wissen müssen, daß meiner Tante wieder etwas einfallen würde, um diesen Tag zu verderben. Zum Glück klopfte der Hausdiener an die Tür.

»Dr. Maynards Kutsche wartet auf Sie, Mrs. Maynard. Ich werde veranlassen, daß man Ihr Gepäck hinunterträgt.«

Vor der Tür gab es noch eine flüchtige Abschiedsszene, dann half mir Philip in die Kutsche, gab dem Kutscher seine Anweisungen, und wir fuhren zusammen davon. Ich klammerte mich schweigend an seine Hand. Ich war verheiratet. Ich konnte es fast nicht glauben. Ich *fühlte* mich nicht verheiratet, und Dr. Maynard – nein, Philip – sah genauso aus wie immer. Ich war die Gattin eines reichen Mannes. Ich wäre vielleicht bald die Witwe eines reichen Mannes – oh, verflucht sollte meine Tante sein wegen all der Dinge, die sie gesagt hatte, und der Gedanken, die sie unausgesprochen gelassen hatte.

Ich wollte nicht mehr an sie denken. Ich hielt Philips Hand, und schließlich, während die Kutsche dahinrollte, schlief ich an seiner Schulter ein.

4. *Kapitel*

Drei Tage später lag ich im Bett eines luxuriösen Hotelzimmers in New York, wohin Philip mich am Abend zuvor gebracht hatte. Es war später Morgen: die Zeiger meiner Uhr verrieten mir, daß es schon nach zehn Uhr war, und dennoch hatte ich keinerlei Verlangen aufzustehen. Vor dem Fenster nieselte dünner, grauer Regen herunter, und das Tröpfeln gegen die Fensterscheibe war friedlich und einschläfernd.

Ich war allein im Zimmer, und dennoch hatte ich keine Angst an diesem unbekannten Ort; ich wußte, daß hinter der verschlossenen Tür zum Nebenraum mein Ehemann noch fest schlief. Wenn ich Hunger hätte, müßte ich nur klingeln, und schon würde mir ein Zimmermädchen

Frühstück bringen. Aber im Moment war ich nicht hungrig.

Die Bettwäsche fühlte sich weich an, und die Seidendecke auf mir war federleicht. Auf dem Frisiertisch des Hotels lagen die elfenbeingefaßten Bürsten, die das erste Geschenk meines Mannes an mich waren und die die billigen aus Holz ersetzt hatten, die ich seit meiner Kindheit benutzt hatte.

Schon in den vergangenen Tagen war er so zuvorkommend gewesen, so eifrig bemüht, auf jede meiner Launen einzugehen, daß ich kaum noch gewagt hatte, den kleinsten Wunsch auszusprechen, sonst hätte er sofort wieder alles darangesetzt, ihn mir zu erfüllen, wie abwegig er auch sein mochte. Ich dachte mit einiger Belustigung, daß er, wenn ich gedankenverloren den Mond bewundert hätte, sofort einen Mann mit einer riesigen Leiter losgeschickt hätte, damit er ihn mir vom Himmel pflückte.

Ich hätte mir niemand Liebenswürdigeren vorstellen können, und doch war es schwer, mich daran zu gewöhnen, mit diesem Mann verheiratet zu sein. Auch war ich im eigentlichen Sinne nicht seine Frau; soweit man ringsum wußte, war ich seine Tochter.

Ich erinnere mich, wie überrascht ich war, als ich zum erstenmal in die Hotelhalle kam. Ich war zwar von der langen Reise erschöpft, aber dennoch erwachte meine bewundernde Neugier beim Anblick der dicken Plüschteppiche, der glitzernden Kristalleuchter und der weichen roten Ledersessel, die verstreut in der weiträumigen Halle herumstanden; das Ganze wirkte mehr wie ein Ballsaal als eine Hotelhalle. Dr. Maynard hatte einen Portier zu uns beordert, und als wir durch die Halle gingen, umringte uns plötzlich ein Schwarm von Pagen. Er hatte kurz innegehalten, um die Versorgung des Gepäcks zu beaufsichtigen.

»Haben Sie mein Telegramm erhalten?«

»Ja, Dr. Maynard. Wir haben Ihnen zwei unserer schönsten Zimmer reserviert, mit Blick auf den Fluß.«

»Hervorragend. Wenn Sie jetzt bitte das Gepäck meiner Tochter sofort auf ihr Zimmer befördern würden – wir sind seit heute morgen unterwegs, und meine Tochter ist sehr müde.«

Bevor ich mich von der Bezeichnung ›meine Tochter‹ erholen konnte, wurden wir unter großem Aufhebens in unsere Zimmer geleitet.

Ich war sehr beeindruckt von dem Aufzug, dem ersten, den ich je gesehen hatte, und der auf höchst beunruhigende Weise knarrte und quietschte, während er uns zur vierten Etage hinauftrug. Das Zimmer, in das man mich brachte, war luxuriös und schön, aber auch ein wenig deprimierend. Ich hatte das Hotel in Newport schon für luxuriös gehalten, aber dieses hier...!

Als wir allein waren, berührte Dr. Maynard leicht mein Haar. »Du mußt müde sein, mein Liebes. Möchtest du das Abendessen heute in deinem Zimmer einnehmen? Oder möchtest du unten essen? Es gibt einen sehr eleganten Speisesaal, und die Küche ist ausgezeichnet; wenn du jedoch zu müde bist, hat das auch bis morgen Zeit.«

»Ich glaube, ich würde lieber hinuntergehen.«

»Ganz wie du möchtest, mein Schatz.«

Als ich mich zum Abendessen umzog, war ich – zum erstenmal – ehrlich dankbar dafür, daß meine Tante so großen Wert auf Kleidung und Mode gelegt hatte. Vor drei Monaten hätte ich nicht gewußt, was ich zum Abendessen in einem noblen Hotelrestaurant anziehen sollte. Ich zog ein türkisfarbenes Seidenkleid mit dezentem Ausschnitt an und frisierte mein Haar; dann erinnerte ich mich, daß eine Dame bei offiziellen Essen, auch wenn sie im Raum stattfanden, stets einen Hut zu tragen hatte. Das erschien mir nach wie vor albern. Ich konnte mir so gar nicht vorstellen, wie meine Mama, meine müde, emsige kleine Mama ernsthaft mit einem mit Federn geschmückten Hut bei Tisch saß!

Ich war zufrieden mit dem, was ich in dem langen Spiegel sah, aber wenn ich erwartet hatte, daß die Augen meines Mannes aufstrahlen würden, wenn er meine modische und korrekte *Toilette* sähe, wurde ich enttäuscht. Als er mich die Treppe herunterkommen sah, blickte er mir mit einem Ausdruck von Mißbilligung entgegen. Er reichte mir mit formvollendeter Korrektheit den Arm, machte aber keine seiner üblichen Bemerkungen darüber, wie hübsch ich aussähe, und er schwieg, während er mich in den Speisesaal begleitete.

Hier vergaß ich für einen Moment seinen Mißmut, denn der Saal war von unglaublicher Eleganz; vereinzelt standen da kleine Tische mit blendendweißen Damastdecken, mit Arrangements aus erlesenem Kristall, in dem sich das Licht funkelnd spiegelte, ein vielfach gebrochenes Strahlen, der Glanz von Aberdutzenden von Kristalleuchtern, von denen jeder wieder mit winzigen Lichtreflexionen und Prismen glitzerte. Sein Gesicht, das bis dahin unbewegt und mißmutig ausgesehen hatte, entspannte sich etwas, als ich unwillkürlich den Atem anhielt:

»Was ist los, Judith?«

Ich bemerkte kaum, wie er mich genannt hatte. »Die Lichter – sie sind so schön!« flüsterte ich, und er lächelte und drückte mir kurz die Hand, bevor ein Kellner herangeeilt kam und uns einen Tisch zuwies.

»Was möchtest du, mein Liebes?«

Ich sagte schwach, von allem überwältigt: »Bitte bestell du für mich.«

»Schade, daß es nicht die richtige Jahreszeit für Austern ist. Es gibt ein neues Gericht mit der Bezeichnung *Austern à la Rockefeller,* aber wir werden uns mit dem begnügen müssen, was diese Jahreszeit bietet. Magst du Krebse?«

»Sehr«, sagte ich schüchtern, und er wandte sich an den Kellner, um unsere Bestellung aufzugeben. Während wir jedoch unseren köstlichen Früchtebecher auslöffelten, erinnerte ich mich an sein mißmutiges Gesicht.

»Stimmt was nicht... mit meinem Kleid? Es... es ist mein schönstes«, fügte ich verstört hinzu. »Es tut mir leid, daß ich mich mit solchen Dingen nicht besser auskenne.

Ich habe immer auf dem Dorf gelebt – meine Tante wollte mir zwar in dieser Beziehung etwas beibringen, aber ich befürchte, ich war eine sehr unwillige Schülerin.«

Ein Lächeln überzog sein Gesicht, und er griff über den Tisch, um meine Hand in seine zu nehmen. »Mein liebes Kind, entschuldige dich nie bei mir, daß du kein Modepüppchen bist. Ich verabscheue sie, und es ist mir entschieden lieber, wenn du das natürliche Mädchen bleibst, das deinem Wesen entspricht, ohne all diese Kinkerlitzchen.« Sein abfälliger Blick galt den Handschuhen, meiner Frisur und meinem Kleid. »Hast du denn keine schlichten Kleider, die zu einem jungen Mädchen passen?«

»Meine Tante hat mir gesagt, daß sie nicht für die Stadt geeignet sind.«

»Natürlich, du kannst immer noch auf deine Tante hören«, sagte er trocken.

»O nein!« stammelte ich. »Wenn es dir lieber ist... ich dachte nur, ich sollte nicht zu jung aussehen oder als ob ich nicht wüßte, was sich gehört. Ich dachte, es würde dir gefallen, wenn ich älter wirke.«

Sein Lächeln war jetzt freundlich. »Nein, mein Liebes, du gefällst mir sehr gut in deinen mädchenhaften Kleidern, und nichts würde mich mehr stören, als wenn du plötzlich eine feine Dame würdest. Hängst du sehr an dieser modischen Kleidung?«

»Eigentlich nicht«, gab ich zu, und er lachte lauthals. »Also dann, nichts wie in den Mülleimer damit!«

»Aber ich habe nicht allzuviel Kleidung«, sagte ich naiv, und er lachte erneut. »Dagegen kann leicht etwas unternommen werden! Aber, mein Liebes, iß jetzt deine Suppe, sie ist köstlich. Morgen früh ist noch Zeit genug, um über Mode, Stoffe und Spitzen zu reden.« Mit diesen Worten wechselte er freundlich aber bestimmt das Thema unserer Unterhaltung und erzählte mir von all den New Yorker Sehenswürdigkeiten, die er mir zeigen wollte, von den Museen und Kunstgalerien, den abendlichen Konzerten unter freiem Sternenhimmel im Park. Die Zeit verflog im Nu, und als wir schließlich nach oben gingen, war es schon sehr spät.

Er blieb im Korridor vor meinem Zimmer stehen. »Darf ich einen Moment hineinkommen, mein Liebes?«

»Natürlich«, sagte ich und konnte ein leichtes Erröten nicht verbergen.

Er sah sich zufrieden im Raum um. »Ich habe veranlaßt, daß man dir ein schönes Zimmer mit einem herrlichen Ausblick gibt. Hör zu, mein Liebes, ich habe dich als meine Tochter ausgegeben, weil ich all die anzüglichen Späßchen über die Flitterwochen eines frischgetrauten Paares vermeiden wollte. Du hast doch nichts dagegen, oder?«

»Überhaupt nicht«, sagte ich mit Nachdruck.

»Zu meinem Zimmer geht es hier durch.« Er deutete auf die Verbindungstür. »Und wenn du mich irgendwann brauchen solltest, darfst du dich nicht scheuen mich zu rufen.«

»Sieht dein Zimmer genauso aus wie meines?«

»Warum kommst du nicht hinüber und siehst es dir an.?«

Er hielt mir die Tür auf und führte mich hinein, ließ die Verbindungstür jedoch offen. Sein Zimmer war groß, quadratisch und freundlich, mit einem tiefen roten Ledersessel vor einem offenen Kamin, in dem ein Feuer prasselte.

»Der Abend ist kühl, und ich liebe offenes Feuer«, sagte er, »deswegen bin ich in dieses Hotel gekommen. Sie haben noch nicht diesen neumodischen Kram, diese Dampfheizung, eingebaut! Ich hoffe, das wird auch nie geschehen; eine Zentralheizung mag sich für ein Bürogebäude eignen – ich werde dir morgen ein paar Wolkenkratzer zeigen, wenn du sie sehen möchtest –, niemals aber für ein Haus, in dem Menschen *leben*. In Europa würde sich jeder totlachen über alles, was kein offener Kamin ist!«

»Warst du schon mal in Europa?«

»Ich habe meine Studentenjahre dort verbracht«, antwortete er. »Soll ich Holz nachlegen?« Auf mein zustimmendes Nicken hin beugte er sich nieder und fachte die Flammen an »Ja, ich habe fünf Jahre in Heidelberg verbracht. Möchtest du herüberkommen und dich neben mich auf den Teppich setzen?« Er nahm in dem tiefen Sessel Platz und streckte seine langen schlanken Beine mit einem Seufzer des Wohlbehagens zum Feuer hin aus, während ich mich auf dem weichen Teppich niederließ, so gut es mit meinem engen, spitzenbesetzten Korselett ging.

»Ja, und in Heidelberg bekam ich auch diese Narben, mein Kind.«

»Oh! Wie denn?«

»Natürlich in einem Duell.«

»Duell? Wie entsetzlich!« Ich konnte einen kleinen Schreckensschrei nicht unterdrücken, und er lachte. »Aber nein, was ist daran entsetzlich? Es war der allgemeine Sport aller junger Männer und Studenten dort, und ich machte mit wie alle anderen auch. Narben waren Zeichen von Mut und Ehre. Findest du sie so entstellend? Bisher hat das noch niemand so gesehen.«

»Nein«, sagte ich und hob mich auf die Knie, um mir das halbmondförmige Mal über seinem Auge genau anzusehen. »Es ist nur so... daß ich nicht gerne an Verwundungen denke.«

»Du hast ein sanftes Herz«, sagte er zärtlich und nahm meine Hand in seine. »Aber es gab keinen Studenten, der während seiner Studienzeit nicht ein oder zwei Duelle durchmachte. Ich erinnere mich an einmal...«

Ich ließ mich wieder auf den Teppich sinken und lauschte wie verzaubert seiner Stimme. Er redete eine ziemlich lange Zeit, ermutigt durch mein intensives Zuhören, und ich verlor jedes Zeitgefühl, bis die Uhr zehnmal sachte anschlug; verdutzt richtete er sich in seinem Sessel auf:

»Ach je, mein kleines Mädchen muß ja seinen Schönheitsschlaf haben! Nichts wie ins Bett mit dir, Kind!«

Ich erhob mich, leicht verkrampft durch mein langes gekrümmtes Sitzen; er half mir beim Aufstehen. Auch als ich stand, hielt er meine Hand noch immer fest und zog mich langsam zu sich:

»Gibst du mir einen Gute-Nacht-Kuß?«

»Natürlich.« Ich beugte mich vor, um ihn auf die Stirn zu küssen; er legte die Arme um mich und zog mich an seine Brust; sein Kopf war nach unten geneigt und ruhte auf mir. Seine Schultern zitterten schwach. Er sagte mit bewegter Stimme: »Ich habe ... ich habe dich so sehr vermißt!«

Dann, bevor ich etwas erwidern konnte, hob er den Kopf; sein Gesicht war blaß, aber er lächelte. »Lauf jetzt schnell ins Bett, mein kleines Mädchen«, sagte er mit fester Stimme und entließ mich, und ich, leicht verwirrt, ging. Aber die Fremdheit seiner Stimme, fast als ob er weinte, hallte noch in mir nach, als ich mich fürs Bett fertig machte; und selbst als ich in den Schlaf hinüberdämmerte, kamen mir diese Worte immer wieder in den Sinn:

Ich habe dich so sehr vermißt!

Was konnte er damit gemeint haben?

Während der nächsten Tage vergaß ich jedoch diesen merkwürdigen Vorfall, denn ich verlor mich in einem Strudel des Vergnügens.

Als erstes mußten geeignete Kleider für mich angeschafft werden. Philip verwarf fast alle Stücke aus Tantes sorgfältig ausgesuchter Aussteuer, mit Ausnahme einiger weniger blauer und weißer Musselinkleider, und führte mich in einen gewaltig großen Laden in der Innenstadt.

»Natürlich müssen deine besseren Stücke von einem guten Schneider stammen«, sagte er, »aber fertig gekaufte Kleidung ist heutzutage durchaus annehmbar.«

Ich war etwas eingeschüchtert von den weiten, mit Teppichen bedeckten Flächen, den Auslagen mit schönen Kleidern und den riesigen Spiegeln. Es gab kleine vergoldete Stühle mit Bezügen aus gestreiftem Satin und zierliche Tischchen mit Blumenarrangements. Eine schön gekleidete und frisierte junge Frau, die ihren langen schwarzen Rock wie eine Schleppe hinter sich herzog und deren spitzenbesetzte Leinenbluse ihr den Hals hoch reichte, kam herangerauscht, um uns zu begrüßen. Sie sah so durch und durch vornehm aus, daß mir die Stimme versagte, aber Dr. Maynard war nicht im geringsten verunsichert.

»Eine passende Ausstattung für meine Tochter, Madam. Wir leben während eines großen Teils des Jahres auf dem Land, deshalb braucht sie feste Stiefel und unempfindliche Kleider und eine Reitausrüstung, doch sorgen Sie bitte dafür, daß auch eine passende Abendgarderobe für die Stadt nicht fehlt und auch entsprechende Tageskleidung.«

»Ich bin überzeugt, wir haben das Passende, Sir. Haben Sie ein Konto bei uns? Oh, natürlich, Dr. Maynard, nicht wahr? Zunächst einmal, ist die junge Dame bereits in die Gesellschaft eingeführt? Geht sie viel aus?«

»Nein«, sagte Philip, bevor ich etwas antworten konnte. »Sie sollten davon ausgehen, daß alles für ein Schulmädchen geeignet sein muß.« Sein warnender Druck meiner Hand veranlaßte mich, mir auf die Lippen zu beißen. Ich war drauf und dran, mich zu widersetzen. Ich war *kein* junges Mädchen mehr. Ich war eine verheiratete Frau. Aber gleich darauf durchfuhr mich ein zweiter Gedanke: *Wenn Philip es so wünscht, will ich ihm diesen kleinen Gefallen tun...*

Ich hatte die Anprobe für die von meiner Tante ausgesuchten Kleider verabscheut, aber dies hier war etwas anderes. Die Frau schien auf Anhieb zu wissen, welche Kleider mir standen, welche Farben mir am meisten schmeichelten; als ich mich im Spiegel betrachtete, war ich so hingerissen von den Rüschen und Spitzen, dem gestärkten weißen Musselin und der Organza, den blassen grünen, rosa und lila Tönen, daß mir das strapaziöse Anprobieren gar nichts ausmachte. Ich war sehr damit einverstanden, daß die Kleider alle so geschnitten waren, daß man sie ohne Korsetts und Stangen tragen konnte. Ich hatte ohnehin nichts dafür übrig; allerdings wurde ich ein wenig rot, als mir klar wurde, wieviel Dr. Maynard – ein Mann! – über die Korsetts von Frauen Bescheid wußte. Mein Vater hätte über so etwas niemals gesprochen. Aber schließlich war Philip Arzt, und dadurch war das wohl etwas ganz anderes. Ich wurde in meiner Vermutung bestätigt, als wir später bei einem köstlichen Imbiß, bestehend aus Sandwiches und Tee, in einer nahegelegenen Teestube saßen und er mit gedämpfter Stimme sagte: »Du darfst dir nichts daraus machen, wenn ich Anweisungen über deine Unterwäsche gebe, mein Kind. In meiner Praxis als Arzt habe ich zu viele Mädchen erlebt, die an Schwindsucht erkrankten, weil sie zu wenig frische Luft bekamen, zu hohe Schuhe trugen und zu straff von ihren Korsetts eingeschnürt waren. Kein Mädchen, dem ich etwas zu sagen habe, darf sich jemals in solch ein Folterding zwängen! Hast du jemals etwas von der Eisernen Jungfrau in Nürnberg gehört?«

Ich verneinte, und er erzählte mir die Geschichte der Dame aus Stahl, in die Gefangene, die des Hochverrats oder der Glaubensabtrünnigkeit beschuldigt waren, gesperrt wurden. Mich schauderte vor Entsetzen; er entschuldigte sich, daß er mich erschreckt hatte, und auf unserem Weg zurück zu dem Geschäft – denn er bestand darauf, daß ich auch noch einen pelzgefütterten Mantel für den Winter haben mußte – führte er mich in einen Juwelierladen und kaufte mir einen wunderschönen Ring, der mit kleinen Saphiren besetzt war. Ich war so begeistert, als er ihn mir über den Finger streifte, daß ich gar nicht bemerkte, daß er gleichzeitig den schlichten goldenen Ehering abgezogen und nicht wieder zurückgeschoben hatte. Ich kann gleich sagen, daß ich ihn nie wieder sehen sollte; ich wagte nicht, ihn danach zu fragen, denn ich wußte sehr gut, daß er in mir wirklich nur noch die Tochter sah, und der Ehering war ein falsches Requisit in diesem Spiel.

Ich war nicht ganz glücklich darüber, wie kindllich einige der Kleider aussahen; aber Philip schienen sie so gut zu gefallen, daß ich mein Unbehagen nicht erwähnte. Er lächelte glücklich über das Bild, das ich abgab, als ich mein knöchellanges, gepunktetes Druckmusselinkleidchen und den Strohhut mit einem breiten Band trug, und seufzte zufrieden: »Ach, jetzt bist du wieder mein kleines Mädchen!« – was hätte ich dagegen einwenden können? Ich hatte auch nichts dagegen, als er dann bat, daß ich mein hochgestecktes Haar öffnen und es statt dessen als Pferdeschwanz mit einer großen Schleife im Nacken tragen sollte. Insgeheim dachte ich, daß ich wie fünfzehn aussah, aber wenn er Spaß daran hatte, warum nicht?

Und solange ich seine Wünsche erfüllte, gab es nichts, das er nicht für mich getan hätte. Als ich erwähnte, daß ich Musik schätzte, schickte er sofort einen Boten los, der Karten für alle Konzerte des Monats kaufen mußte. An diesem Abend führte er mich aus zu einem Symphoniekonzert, das unter dem freien Sternenhimmel stattfand; ich trug mein neues, sehr schlichtes Abendkleid aus rosafarbener Seidenorganza, mein Haar war mit rosafarbenen Bändern zusammengebunden.

»Ich freue mich sehr, daß du Musik liebst. Spielst du selbst ein Instrument?«

»Ja, aber ich besaß nie ein gutes Klavier.«

»Du wirst zu Hause einen Steinway-Flügel haben«, erklärte er mir und lächelte vor Vergnügen, »und wenn du Lust hast, kannst du bei einem wirklichen Meister Stunden nehmen. Judith spielte mir jeden Abend nach dem Tee etwas vor. Ich hoffe, auch du wirst mir sehr oft vorspielen, mein Kind.«

Natürlich versprach ich das. Die Anspannung der Wochen in Newport ließ langsam nach, und ich war wieder das glückliche, verhätschelte Kind, das ich zu Hause gewesen war. Ich brauchte nur einen Wunsch zu äußern, schon wurde er erfüllt; es war wirklich so, als wäre ich wieder ein kleines Mädchen. Ich ließ alles dankbar über mich ergehen und genoß den unbekannten Luxus wie ein Kätzchen, das im Sahnetopf sitzt.

Wir waren schon fast eine Woche lang in New York, als der erste Schatten auftauchte. Wir hatten den Tag in einer der herrlichen Kunstgalerien verbracht, wobei mir Philip Geschichten über das Leben der Künstler erzählt hatte: Er war als junger Mann in Paris gewesen und hatte dort einige der Maler kennengelernt. Als wir bei einer erfrischenden Limonade in einem der Eissalons saßen, lächelte er mich an:

»Bist du glücklich, Judith?«

»Wie könnte ich es nicht sein?«

»Gibt es irgend etwas – ganz egal was –, das du dir wünschst?«

»Du hast mir alles gegeben, was mein Herz nur begehrt.« Aber ich hatte einen Moment gezögert, und er hakte sofort ein:

»Was hättest du gern, mein Schätzchen?«

Ich antwortete zögernd: »Ich... wüßte gern, wie ich dich nennen soll. Du hast mir verboten, dich Dr. Maynard zu nennen, und Philip klingt so... so formlos, so gar nicht respektvoll...«

Ich brachte es zögernd vor und rechnete eigentlich damit, daß er lachen würde, aber seine Augen blickten ernst.

»Ich verstehe. Sag mal, wie hast du deinen Vater genannt?«

»Papa«, sagte ich unsicher, »aber...«

»Wenn das so ist, warum nennst du mich dann nicht einfach Vater, mein Liebstes? Es würde mich glücklicher machen, als du es dir je vorstellen kannst.«

Ich glaube, in diesem Moment kam mir zum erstenmal ein Verdacht, der sich auf mein Glück legte; doch vorerst war es nur eine kleine Wolke. Er hatte mir so viel gegeben und so wenig verlangt, wie könnte ich ihm diesen Gefallen verweigern?

Und genau in dieser Nacht zerbrach unsere Harmonie.

Es war fast dunkel, späte Dämmerung im Hochsommer, als wir die Hotelhalle betraten, und die Kristalleuchter waren alle schon erleuchtet. Philip wandte sich an mich und bat mich mit vollendeter Höflichkeit um Verzeihung.

»Würdest du bitte einen Moment auf mich warten, mein Liebstes? Ich möchte mich nur erkundigen, wo ich ein Telegramm aufgeben kann.« Er brachte mich zu einem Sessel und ging an die Theke. Ich sah ihm nach, groß und aufrecht wirkte er, und das flackernde Licht ließ sein silbernes Haar wie eine Krone erscheinen. Er stand eine Zeitlang am Empfang und unterhielt sich. Ich zuckte leicht zusammen, als eine Stimme hinter mir sagte: »Aber sicher, Sie sind doch Miß Maynard?«

Überrascht drehte ich mich um und sah einen Fremden vor mir stehen: einen Mann mittleren Alters, fett und gedrungen, mit einem rosigen, gutmütigen Gesicht.

»Ich dachte, ich hätte ihren Vater dort drüben an der Theke erkannt«, sagte er. »Ich hatte gehört, daß er hier absteigen würde. Erinnern Sie sich nicht an mich, Miß Judith?«

Peinlich berührt wollte ich gerade etwas sagen. Ich hätte wissen müssen, daß diese Verkleidung mich in heikle Situationen bringen würde, aber bevor ich ein Wort herausbrachte, sah ich, wie Philip eilig herbeikam. Er sah betrübt und blaß aus, und mein Herz klopfte heftig, als ich mich fragte, was passiert sein könnte. Als er jedoch den Mann neben mir stehen sah, verwandelte sich sein Gesichtsausdruck, er preßte die Lippen wütend zusammen.

Der dicke Mann grinste ihn an und streckte ihm jovial die Hand entgegen.

»Ich grüße dich, Maynard«, rief er freudig aus. »Ich habe gerade mit deiner Tochter gesprochen. Lieber Gott, alter Freund, sie sieht ja keinen Tag älter aus! Und wie lange ist es her, seit wir uns das letzte Mal gesehen haben? So, so, und was treibt dich nach den vielen Jahren in die Stadt?«

Philip zischte seine Antwort hervor: »Das geht dich

nichts an, Cartwright!« Er packte mich beinah grob am Arm und zog mich an ihm vorbei. Die Kinnlade des Dikken fiel herunter; ihm fiel offensichtlich nichts zu sagen ein. Verschreckt durch Philips Grobheit und zu erstaunt, um mich zur Wehr setzen zu können, ließ ich mich durch die Halle und zum Aufzug zerren; aber als wir außer Sichtweite der anderen Leute waren, sprach ich ihn mit Entsetzen und Widerwillen an.

»Philip, was ist los, um Himmels willen? Der Mann wollte doch nur freundlich sein!«

Philips Gesicht war so verzerrt, so weiß vor Zorn, wie ich ihn noch nie gesehen hatte, und ich krampfte mich vor Schreck zusammen; er sah wie ein Wahnsinniger aus.

»Verdammte Unverschämtheit«, wetterte Philip, »in meinen Privatangelegenheiten herumzuschnüffeln... wie konnte dieser Schnösel die Dreistigkeit besitzen... und was hast *du* dir dabei gedacht, mit ihm zu plaudern?« Er drehte sich plötzlich zu mir um, und einen Moment lang dachte ich, er wollte mich schlagen. »Was hast du Cartwright gesagt?«

Ich starrte ihn mit aufgerissenem Mund an. »Nichts«, brachte ich schließlich heraus. »Ich hatte nicht einmal Zeit, seinen Gruß zu erwidern, als er mir ›guten Abend‹ wünschte. Was glaubst du hätte ich ihm sagen sollen?«

Sein Gesicht entspannte sich etwas, aber er sah mich immer noch mit mißtrauischem Blick aus zusammengekniffenen Augen an. »Du hast überhaupt nichts gesagt?«

»Kein einziges Wort, Philip. Nicht einmal ›guten Abend‹. Oh, bitte«, flehte ich ihn an. »Sag mir doch, was los ist. Warum bist du so ärgerlich? Was ist denn passiert?«

Er öffnete seine geballte Faust und sagte angestrengt, als ob ihm das Sprechen schwerfiele: »Dieser Bursche ist ein unerträglicher Flegel, mein Liebes. Ich möchte nicht, daß mein kleines Mädchen mit solchen Leuten etwas zu tun hat.«

»Natürlich, wenn du es wünschst, Vater«, sagte ich, da

ich wußte, daß er dieses Wort hören wollte; er wurde allmählich ruhiger. »So ist es brav, meine liebe Kleine«, sagte er. Er kam etwas näher an mich heran und sagte wie unter Zwang, mit einem halbherzigen Versuch, sich gelassen zu zeigen: »Kein alter Kerl in meinen Jahren möchte daran erinnert werden, wie ... wie die Jahre vergehen, mein Liebes. Bitte vergib mir, daß ich unwirsch zu dir war.«

»Natürlich«, sagte ich sofort, aber die Angst, die mich gepackt hatte, blieb. Der Mann Cartwright, der plötzlich aus dem Nichts aufgetaucht war, hatte in Philip eine Reaktion ausgelöst, die ich noch nie an ihm erlebt hatte und mich erschreckte. Zum erstenmal machte ich mir tiefgehende Gedanken über diese sonderbare Maskerade, die halb Spiel war und halb Ernst, und ich fragte mich, ob sie wirklich so ganz harmlos war. Warum bestand mein Mann so beharrlich darauf, mich mit dem Namen seiner verstorbenen Tochter anzureden? War es nur der Versuch, glückliche Zeiten wieder auferstehen zu lassen? Oder war er – ich formte das Wort in Gedanken voller Angst und Schrecken – war er geisteskrank?

Als wir vor der Tür zu meinem Zimmer angekommen waren, schob er mich mit großer Besorgnis hinein. »Judith, du bist blaß; du siehst verängstigt aus! Habe ich dir einen solchen Schrecken eingejagt, mein Liebes? Hier, setz dich hierher, möchtest du einen Schluck Wasser?«

Ich wies sofort zurück, schwach und angegriffen zu sein, wobei ich ihn immer noch ängstlich beobachtete; aber Blässe und Zorn waren verschwunden, und nur ein leicht verkniffener Zug war geblieben. Seine Stimme und sein Benehmen waren so liebenswürdig wie immer.

Ich fragte mich, ob ich vielleicht Gespenster gesehen hätte, ob ich womöglich zu einem dieser hysterischen Weibchen wurde, die unter Hirngespinsten und Wahnvorstellungen litten. Wie konnte ich nur irgendeinen Verdacht gegen Philip haben? Ich versuchte, wieder einen normalen Ton anzuschlagen und fragte: »Konntest du dein Telegramm losschicken?«

»Oh... nein. Ich habe es geschrieben, aber ich hatte noch keine Gelegenheit, es dem Telegrafen zu übergeben«, sagte er langsam. »Es ist auch nicht so wichtig. Ich... ich wollte Tannery ein Telegramm schicken, unserem alten Butler in Quarry House, und ihn anweisen, neues Personal einzustellen.«

»Was, ganz neues Personal?« fragte ich überrascht. »Gibt es eine große Dienerschaft in Quarry House?«

»Es ist ein großes Haus, mein Liebes. Ich glaube, es sind sechs oder sieben, die ständig angestellt sind. Ich weiß das nie so genau, Tannery kümmert sich um all diese Dinge.«

»Aber warum denn neue, Phil- Vater? Wenn ich in eine ganz fremde Umgebung komme, wäre es da nicht besser, es gäbe jemanden, der sich mit allem auskennt, bis ich mit der Führung deines Haushalts vertraut bin?«

Er fuhr mir mit der Hand über die Wange. »Aber ich erwarte doch nicht von meinem kleinen Mädchen, daß es mir den Haushalt führt«, sagte er zärtlich, »und es ist eine Marotte von mir, für die neue Herrin des Hauses alles neu zu machen.«

Was hätte ich dagegen sagen können? Eine bestimmte Vermutung überkam mich: Wenn die bisherigen Angestellten seine Tochter Judith gekannt hatten, die vor kurzem gestorben war, dann wollte er vielleicht nicht durch sie allzu deutlich an seinen Kummer erinnert werden. Mir sank der Mut bei der Vorstellung an ein Haus voller perfekter Bediensteter. Mama hatte nie mehr als ein halbwüchsiges Mädchen gehabt, das ihr bei den groben Arbeiten zur Hand ging, und ich war ein wenig bekümmert darüber, daß ich mein Haus nicht selber führen durfte. Ich hatte mich darauf gefreut, wie es wohl bei jedem Mädchen der Fall ist, Herrin im eigenen Haus zu sein – Ehefrau und Haushälterin. Aber wenn es Philip nun mal gefiel, mich als Tochter zu behandeln, die für eine solche Verantwortung zu jung ist, konne ich mich seinem Willen schlecht widersetzen.

»Gehen wir denn bald nach Quarry House?« fragte ich.

»Wird es dir sehr schwerfallen, von New York abzureisen, Judith? Ich dachte, daß wir in einer oder zwei Wochen fahren, sobald Tannery neues Personal eingestellt hat. Aber wenn du unbedingt noch länger hierbleiben möchtest...«

»Nein, nein«, sagte ich schnell. »Ich werde glücklich sein, wenn ich...« Ich zögerte. »...mit dir zu Hause bin.«

Er sagte sanft: »Mit diesen Worten machst du wiederum mich sehr glücklich. Nun, dann werde ich also sofort das Telegramm an Tannery losschicken, während du dich fürs Abendessen umziehst.«

Er ging hinaus, und als sich die Tür hinter ihm geschlossen hatte, bemerkte ich, daß er ein Stück Papier auf den Boden fallengelassen hatte. Ich hob es auf und sah mich nach einer Stelle um, wo ich es hinlegen konnte, um es ihm später zu geben; es mußte sich wohl um einen Brief handeln, den man ihm am Empfang ausgehändigt hatte. Mein Blick fiel auf die erste Seite; darauf stand nur wenig geschrieben, und ich las mit tiefster Bestürzung:

> MAYNARD:
> GEGENWÄRTIGER AUFENTHALT VON STEPHEN WHITBY UNBEKANNT STOP ANWESENHEIT BEI TRAUUNG MÖGLICH GEZEICHNET PINKERTONS

Pinkerton's! Sogar ich wußte, daß das eine bekannte Detektei war. Aber ich hatte geglaubt, ihre Dienstleistung beschränkte sich auf die Jagd nach Bankräubern, Eisenbahnverbrechern und ähnliches. Natürlich betrieb Philip allerlei verschiedenartige Geschäfte, waren sie vielleicht in seinem Auftrag einem Räuber oder Dieb auf der Spur? Konnte das etwas zu tun haben mit dem Fremden, der wie aus dem Nichts aufgetaucht war und beinah die Trauungszeremonie unterbrochen hätte? Ich hatte den Vorfall fast schon vergessen gehabt, aber jetzt drängte er sich mir wieder mit merkwürdiger Eindringlichkeit auf. Hatte Philip den Mann wirklich gekannt?

Der gesunde Menschenverstand riet mir, daß das einzig richtige wäre, Philip das Papier bei seiner Rückkehr zu geben und ihn freiheraus zu fragen, was es damit auf sich habe. Ich ging an meinen Schrank und machte mich daran, mir ein Kleid für den Abend auszusuchen, aber meine Gedanken schweiften immer wieder ab zu dem sonderbaren Brief und seinem geheimnisvollen Inhalt. Heute hatte ich Philip zum erstenmal zornig gesehen; und eine merkwürdige Eingebung sagte mir plötzlich: Ich *darf* Philip *nicht* danach fragen. Ich sah erneut sein verzerrtes Gesicht vor mir, seine geballten Fäuste, die Spannung und den kalten Zorn in ihm. Ich sollte diesen schlafenden Dämon nicht durch meine Neugier wecken!

Dann beging ich die erste wirklich hinterhältige Tat in meinem Leben. Ich wußte, daß Philip drunten am Empfang war; ich öffnete die Verbindungstür zu seinem Zimmer, schlüpfte hinein und sah seinen leichten Sommermantel über einem Stuhl liegen; ich steckte den Brief in eine der Taschen. Er würde ihn später finden und glauben, er selbst hätte ihn dort vergessen.

Dann versuchte ich, die ganze Angelegenheit aus meinem Denken zu verbannen. Wenn es mich etwas anginge, würde Philip mir alles erzählen; wenn es mich nichts anginge – nun, seine Geschäfte waren nicht meine Sache.

Meine Pflicht war es, eine liebevolle Tochter zu sein, und er machte mir diese Pflicht sehr angenehm. Ich mußte meinen Teil also beitragen.

Ich wählte ein brombeerfarbenes Organzakleid, von dem ich wußte, daß es ihm gefiel, breitete es auf dem Bett aus und fing an, mir die Haare zu bürsten.

Aber so sehr ich mich auch bemühte, der Schatten war auf mich gefallen und es gab kein Mittel, ihn zu vertreiben. Als wir uns unter den glitzernden Leuchtern des Speisesaales gegenübersaßen, sah ich die Furchen der Anspannung in Philips Gesicht und stellte fest, daß er noch schweigsamer war als sonst. Ich hoffte wider eine böse Ahnung, daß dieser Mann Cartwright, falls er im Hotel wohnte, nicht in den Speisesaal kommen würde. Philip sprach ein wenig über ein Konzert, in das er mich in der nächsten Woche zu führen gedachte, aber er war nicht bei der Sache; und obwohl das Essen hervorragend war, stocherte er nur darin herum. Ich glaube, wir waren beide erleichtert, als er schließlich seine Serviette weglegte und aufstand.

Ich legte die Hand leicht auf seinen Arm, während wir durch die Halle zum Aufzug gingen. Dann umklammerte ich seinen Arm plötzlich fest, denn vom anderen Ende der Halle aus starrte mich jemand aus der Nähe der Empfangstheke an; ich sah ein Gesicht, das ich kannte.

Ein junges Gesicht, schlank und dunkel; ein Gesicht, das von zwei ausdrucksvollen dunklen Augen beherrscht wurde: ein eindringliches Gesicht, das mich schon einmal angesehen hatte, und zwar vom anderen Ende einer verdunkelten Kirche aus einem Strahl der Nachmittagssonne heraus. *Das Gesicht des Mannes, der bei unserer Trauung zugegen war!*

Meine erste Regung war, aufzuschreien und Philip aufmerksam zu machen, doch dann stieg wieder die Erinnerung an das Telegramm in mir hoch, in dem von unserer Hochzeit die Rede war. Wie konnte ich verhindern, daß Philip den Mann sah? Ich tätschelte ihm den Arm und wandte mich mit verzweifelter Heuchelei zum Blumenstand um.

»Vater...«

»Was gibt's, Judith?«

»Sieh nur die hübschen Rosen«, sagte ich aufs Geratewohl, wobei ich den falschen Klang in meiner Stimme hörte und haßte. »Ach nein... das sind ja gar keine Rosen, nicht wahr, das sind ja Nelken. Ich habe noch niemals Nelken in genau diesem Rotton gesehen... ich meine Rosaton...«

»Möchtest du Blumen, mein Liebes?«

»Ja, bitte.« Mit Gewalt zwang ich mich, nicht über die Schulter zu blicken, um den Mann zu beobachten. War er uns gefolgt? Wenn Philip an den Blumenstand gehen würde, wäre ich in Sicherheit... er wäre in Sicherheit. Aber warum dachte ich an *Sicherheit?* Philip entging die Bewegung meines Kopfes nicht.

»Was ist denn los?« fragte er etwas ungeduldig und folgte meinem Blick. Er bemerkte den Mann, der reglos dastand.

Der Fremde stand ganz still. Er nickte Philip still zu. Dann trottete er langsam und herausfordernd davon. Ich sah nicht, wohin er ging; für meinen verwirrten Geist schien er mit den Schatten außer Sicht zu verschmelzen.

Philip war totenblaß geworden; er sah älter aus, als er mir jemals vorgekommen war. Seine Hand griff hart nach meinem Arm; er wandte sich mit einer heftigen Drehung vom Blumenstand ab und schob mich grob in Richtung Aufzug.

»Du und dein dummes Geplapper über Blumen – *du hast diesen Mann gesehen!* Steckst du mit ihm unter einer Decke? *Versuchst du, mit ihm wegzulaufen, Judith?*« Er hob die Hand; einen Moment lang, während ich in seine stechenden Augen sah, dachte ich wieder, daß er mich schlagen wollte, und zuckte vor Angst zusammen. Ich griff nach seinem Arm, bevor er zuschlagen konnte; er starrte meine Hand an, die sein Gelenk umklammerte, erschauderte, dann ließ er den Arm sinken.

»Sybil«, sagte er tonlos. »Ich werde dir nichts zuleide tun.«

»Du mußt wahnsinnig sein«, sagte ich. »Ich kenne diesen Mann – dieses Phantom nicht. Philip, was stimmt mit dir nicht? Ich habe mir nur überlegt, ob wir ihn schon einmal gesehen haben.« Ich umfaßte immer noch sein Handgelenk und drückte ihn versöhnlich. »Sollen wir hier vor allen Leuten stehenblieben?«

Schweigend folgte er mir in den Aufzug; sein Arm zitterte unter meiner Hand. Als wir in meinem Zimmer waren, starrte er in die Luft, dann fiel er plötzlich vor mir auf die Knie. Ich empfand Abscheu, und es war mir peinlich.

»Vergib mir, meine Schöne. Ich kann den Gedanken nicht ertragen, daß sich jemand zwischen uns drängen könnte. Ich kann es nicht ertragen, daß du jemand anderen ansiehst, an jemand anderen denkst. Judith«, schluchzte er, »Judith, verlaß mich niemals!«

Was hätte ich tun sollen? Ich konnte nur dastehen und bei jedem Schluchzer das Beben seines ganzen Körpers unter meinen Händen spüren. *War er wirklich wahnsinnig?*

Es schien endlos lang zu dauern, bis er sich beruhigte und sich erhob; sein Gesicht sah alt aus.

»Es tut mir so leid, mein Kind. Ich wollte dich nicht erschrecken. Ich werde verfolgt, mein Kleines, auf grauenhafte Weise verfolgt. Ich habe Schwierigkeiten, von denen du keine Ahnung hast.«

»Was kann ich tun?«

»Nichts«, erwiderte er dumpf. »Oh, Judith, laß uns von hier weggehen!«

»Weggehen?«

Er fuhr mit Nachdruck fort: »Bist du es nicht leid, hier zu sein? Laß uns nach Hause gehen – nach Quarry House!«

Ich ging darauf ein, froh darüber, daß er an etwas anderes dachte.

»Ja«, sagte ich. »Laß uns nach Quarry House gehen. Laß uns nach Hause fahren.«

Vielleicht würde Philips Besessenheit nachlassen, wenn wir einmal von hier weg wären. Aber ob das nun eintreffen würde oder nicht, New York war für uns auf jeden Fall verdorben, und wir würden gern abreisen.

5. *Kapitel*

Zunächst fuhren wir mit dem Zug nach Boston. Ich war noch nie über eine längere Strecke mit dem Zug gereist und genoß daher jeden Augenblick der Reise; mich störte weder das Rattern des Zuges noch das gespenstische Zischen der Pfeife. Philip war still und machte einen zerstreuten Eindruck; wenn er mich ansprach, nannte er mich Judith, aber daran war ich inzwischen gewöhnt, es machte mir nichts mehr aus.

Es war Nachmittag, als Philip mir in Boston aus dem Zug half und ein Träger behutsam unsere Taschen und die Koffer mit meiner neuen Ausstattung ablud.

»Liegt Quarry House beim Cape Cod, Vater?« fragte ich und spürte wieder, wie ich vor dem Wort etwas zögerte; aber offenkundig hatte er es nicht bemerkt.

»Nein, mein Liebes, Cape Cod ist etwa zwanzig Meilen entfernt, südlich von hier. Rockport liegt ein paar Meilen im Norden, am Meer. Wenn du etwas für die See übrig hast, wirst du hier genügend Gelegenheit finden, sie zu genießen; vom Haus aus kann man allerdings das Meer weder sehen noch hören. Meine Vorfahren waren nicht begeistert von den Stürmen an unserer ›trutzigen Felsenküste‹, aber es ist nur ein Spaziergang von wenigen Minuten von Quarry House bis ans Ufer.« Er sah sich um, sein Blick glitt über das Gewirr von Kutschen am Bahnsteig. »Ah, dort ist Sanders mit der Kutsche. Komm, mein Liebes, es ist noch eine knappe Stunde Fahrt.«

Er half mir in die offene Kutsche, und trotz der Wärme legte er mir eine Reisedecke um, wobei er erklärte, daß sogar im Hochsommer die Küstenwinde kühl seien. Während unserer Fahrt durch die Straßen Bostons gab er sich alle Mühe, charmant zu sein; er deutete auf einige der historischen Sehenswürdigkeiten der alten Stadt und zeigte mir Häuser, die vor dem amerikanischen Bürgerkrieg gebaut worden waren. Es schien alles viel zu schnell zu gehen, bis wir wieder aus der Stadt hinaus waren und uns mit ziemlicher Geschwindigkeit in Richtung Norden bewegten. Nach einiger Zeit bogen wir in einen unbefestigten Feldweg ein, der unter Bäumen hindurchführte. Nach und nach standen diese immer spärlicher, und schließlich wurden sie durch Marschgras ersetzt, bis wir zu guter Letzt auf eine Hauptstraße kamen, die an der Küste entlangführte.

Fürsorglich zog Philip die Decke zurecht. »Der Wind bläst vom Meer her – die Gischt könnte bis hierher gesprüht werden.«

»Aber ich liebe diesen Wind«, versicherte ich ihm und schnupperte mit wahrer Wonne die salzige Luft. Sie trug den Geruch von Fisch und Tang mit sich, aber es war ein sauberer, frischer Geruch. Die Straße führte weiter in ein Dorf mit großen Fachwerkhäusern, die in Richtung Küste und Meer blickten. »Ist das Rockport?«

»Ja, mein Liebes, aber Quarry House liegt nicht im Dorf«, erinnerte er mich. »Es ist etwa eineinhalb Meilen außerhalb der Ortschaft, nicht direkt am Meer. Mein Liebes, es ist *sehr* kalt; solltest du nicht besser deinen Schal etwas fester um dich wickeln?«

Ich protestierte wie ein Kind. »Aber ich will das Dorf sehen.«

»Dafür ist noch genügend Zeit«, sagte er bestimmt und beugte sich vor, um die Fenster der Kutsche zu schließen. Ich konnte nichts mehr sehen, und nach der frischen Seeluft wirkte die geschlossene Kutsche ausgesprochen lähmend.

Er mußte die Enttäuschung in meinem Gesicht gelesen haben, denn er hob meine Hand und streichelte sie zart. »Verzeih mir«, sagte er, »aber die Leute im Dorf klatschen so gerne über mich und alles, was mit mir zu tun hat. Deshalb möchte ich nicht gesehen werden oder vielmehr dich nicht sehen lassen, zumindest während der nächsten vierzehn Tage oder so. Ist das denn so schlimm für dich?«

Ich lehnte mich in die Polster zurück, betrübt über sein unglückliches Gesicht. »Natürlich nicht, Vater«, sagte ich sanft, und er lächelte, während er noch immer meine Hand hielt.

»Warum heißt das Haus Quarry* House?«

»Wegen des Granitsteinbruchs dahinter. Mein Urgroßvater hat Quarry House gebaut, Andrew Maynard, der

* quarry = Steinbruch

ein Vermögen verdiente, indem er Granit von Rockport aus über das Meer transportierte. Eines Tages werde ich dir die Werft zeigen, von wo aus der Granit verschifft wurde. An der ganzen Küste von Massachusetts entlang gibt es Granit, und auch etwas Marmor, aber nicht von der besten Sorte. Die Steinbrüche in der Nähe des Ortes sind zum größten Teil ausgebeutet, und viele von ihnen sind zugeschüttet worden, damit sie keine Gefahr für Kuhherden oder Kinder darstellen.«

Mich schüttelte es leicht, trotz der Hitze, die in der geschlossenen Kutsche herrschte. Irgendwie hatte diese Fahrt in der verdunkelten Kutsche durch die Nachmittagshitze etwas Düsteres. Philip kehrte zum Zuhause seiner Vorfahren fast ungesehen zurück, beinahe verstohlen. Während dieser Gedanke mich noch flüchtig beschäftigte, seufzte er und wirkte erleichtert.

»Jetzt haben wir den Ort hinter uns; ich werde die Fenster wieder öffnen. Wir sind bald da, Judith. Schau nur, gleich hinter dieser Kurve kannst du Quarry House durch die Bäume hindurch sehen.«

Ich beugte mich interessiert nach vorn, und nach kurzer Zeit wurde ich mit einem Blick auf etwas Weißes durch die überhängenden grünen Zweige belohnt. Ich erkannte es klar im Licht der untergehenden Sonne: ein großes Haus mit mehreren Stockwerken und vielen Fenstern, mit einer strengen weißen Fassade im klassischen Neu-England-Stil. Die tiefstehende Sonne und der Wald ließen es dunkel erscheinen, sogar düster, aber es war auch sehr schön in der ihm eigenen strengen puritanischen Art.

Philip murmelte: »Du bist wieder zu Hause, Judith.« Aber ich konnte nicht glauben, daß er mit mir sprach.

Vor dem Haus war eine altmodische halbrunde Auffahrt angelegt. Wir folgten ihrem Bogen und fuhren vor den Haupteingang. Ich nahm einige wild durcheinandergehende Eindrücke in mich auf – eine grüne Tür, Kuppeln über mir, Bleiglasfenster zu beiden Seiten der Tür –, als Sanders die Tür aufriß und mir mit ausgestreckten Armen entgegenkam. Dann öffnete sich die Tür noch einen Spalt breiter, und ein großer alter Mann mit einem dicken Büschel krauser Haare, die starr von seinem Schädel abzustehen schienen, stand in der Pforte und verneigte sich.

»Doktor Maynard, Sir. Es ist eine große Freude, daß Sie wieder da'eim sind« – das fehlende H in seiner Aussprache war nur schwach wahrnehmbar – »und auch die junge Dame, Sir.« Er machte eine Verbeugung vor mir. »Willkommen in Quarry 'ouse, Madam, und verzei'en Sie, wenn ich so frei bin, Ihnen viele glückliche Jahre 'ier zu wünschen.«

Philip lächelte, und während er dem grauhaarigen Mann Hut und Stock reichte, sagte er: »Mein Liebes, das ist Tannery; als ich ein Junge war, war er der Gehilfe des Gärtners, dann war er der Diener meines Vaters, und jetzt führt er den gesamten Haushalt für mich.« Er reichte mir den Arm, um die Treppe hinaufzugehen. Tannery hielt uns die Tür auf, schloß sie dann sorgsam hinter uns und kam, um mir den Mantel abzunehmen. Seine Augen weiteten sich kaum merklich, als ich die Nadeln meines Huts löste und mein helles Haar zum Vorschein kam, aber er sagte nichts.

»Hast du mein Telegramm erhalten, Tannery?«

»Das 'abe ich, Sir, und ich 'abe eine Köchin und eine Zofe für Madam eingestellt...« Philip zog leicht die Stirn kraus, und Tannery zögerte, »für Miß...« Er blickte mich an. »Sybil«, sagte ich, und die Falten auf Philips Stirn vertieften sich, aber er sagte nichts, während Tannery ohne mit der Wimper zu zucken fortfuhr: »Eine Zofe für Miß Sybil, Sir. Die Vermittlungsstelle in Boston konnte uns so kurzfristig keine erfahrene Zofe aus der Stadt schicken, des'alb wählte ich ein junges Mädchen von einer Farm 'ier aus der Gegend.«

Philip tobte. »Ich dachte, Tannery, ich hätte es dir deutlich klar gemacht, daß ich kein Personal aus der Gegend hier im Haus wünsche!«

»Ich bitte sehr um Vergebung, Sir, aber ich 'ätte nichts

anderes machen können!« sagte Tannery mit unvergleichlicher Würde. »Miß Sybil 'ätte doch nicht ganz ohne Zofe auskommen können, und dieses Mädchen ist eine ehrenwerte junge Person und tratscht nicht.«

Philip räusperte sich. »Nun, sie kann nicht bleiben, Tannery, ich möchte keine Leute aus dem Dorf; kein Wort mehr darüber!«

»Nun gut, Sir. Ich werde gleich morgen früh an die Vermittlungsstelle schreiben oder auch ein Telegramm von Rockport absenden, wenn Ihnen das lieber ist; aber alles wird einige Tage dauern. Wir müssen Wert auf einwandfreie Zeugnisse legen, und außerdem, Sir, dürfen Sie nicht vergessen, daß wir 'ier sehr abgelegen sind und die jungen Dinger nicht gern so weit weg sind von zu 'ause und ihren Familien. Es wäre aber bestimmt nicht gut, wenn Miß Sybil so lange ohne Zofe wäre, und die Haus'älterin, mit Verlaub, 'at genug zu tun, um sich noch um die Kleidung der jungen Dame zu kümmern und so weiter.«

»O bitte« – ich flüsterte beinah und nahm Philips Arm – »ich brauche keine Zofe, ja ich brauche nicht einmal...«

»Pst, Judith, mein Schatz. In Ordnung, Tannery, das Mädchen kann bleiben, bis wir jemanden aus der Stadt bekommen, aber machen Sie ihr klar, daß sie, falls irgendwelche Gerüchte entstehen, mit Schimpf und Schande davongejagt werden wird.«

Tannery richtete sich auf. »Wer unter *mir* arbeitet, Sir, bei dem besteht kein Zweifel, daß er in meinem Haus'alt und außer'alb nicht tratscht.« Er legte das Gesicht in beleidigte Falten, und Philip wurde versöhnlicher und mußte lächeln; es war nur ein schwaches Lächeln, aber immerhin, er lächelte. »Na gut, du alter Fuchs. Ich denke, wir sollten erst einmal die Leute kennenlernen, bevor wir uns nach oben begeben; dann können Sie den Tee servieren, sagen wir, in etwa...« er sah kurz auf die blau emaillierte Ansteckuhr an seiner Weste, »... einer dreiviertel Stunde. Reicht dir die Zeit, um dich umzuziehen, mein Liebes.«

Ich nickte; Tannery verbeugte sich, drehte sich um und

verschwand durch eine Pendeltür an der hinteren Wand der Halle. Zum erstenmal sah ich mich in meinem neuen Zuhause um.

Die Halle war riesengroß, fast so groß wie die Empfangshalle eines Hotels; links führte eine breite Treppe nach oben, bedeckt mit Orientteppichen in Dunkelrot und Graugrün, mit einem Geländer aus Mahagoni, bis zu einer weiträumigen Empore. Auf der rechten Seite ging eine breite Tür in ein Speisezimmer ab, jedenfalls vermutete ich das, als ich einen langen, niedrigen Refektoriumstisch mit hochlehnigen spanischen Stühlen darin sah. An der hinteren Wand führten Pendeltüren, so nahm ich an, in die Küche und die Unterkünfte der Bediensteten, und auf der gegenüberliegenden Seite war eine geschlossene zweiflügelige Tür aus Mahagoni mit schöner Einlege- und Schnitzarbeit.

Tannery erschien wieder durch die Pendeltür, gefolgt von einer merkwürdigen kleinen Prozession. Er führte sie auf mich zu, verneigte sich und trat respektvoll zur Seite. Ich blickte zögernd zu Philip hinüber, der etwas nach vorn ging.

»Ich schlage vor, Sie erledigen die Vorstellungszeremonie, Tannery«, sagte er leichthin.

»Mit Vergnügen, Sir. Dr. Maynard, das ist Mrs. Elspeth Grant, die Haushälterin.«

Philip machte eine Verbeugung, gab ihr aber nicht die Hand. »Freut mich, Mrs. Grant. Ich nehme an, Tannery hat Ihnen gesagt, daß Sie im Haus ganz nach Gutdünken schalten und walten können, da die junge Dame noch nicht alt und erfahren genug ist, um eine solche Verantwortung zu übernehmen.«

»Ich werde mein Bestes tun, zur Zufriedenheit zu arbeiten, Doktor.« Mrs. Grants Stimme war tief und damenhaft. Sie war groß und steif und trug ein ›respektables‹ dunkles Kleid aus schweren Stoff, mit einem weißen Kragen und weißen Manschetten; ich fragte mich, ob es ihr in diesem dicken Kleid nicht zu warm war. Ihre Hände waren sehr gepflegt und so weiß wie die Hände meiner Mutter; sie sah insgesamt eher wie eine ältliche Schullehrerin aus als eine Hausangestellte. Ihr Gang war besonders geräuschlos. Um ihren Hals hing eine schwere Kette mit einer goldeingefaßten Brille; diese hob sie sich jetzt vor die Augen und sah mich an. »Guten Tag, Miß...«

»Meine Tochter Judith«, stellte Philip mit fester Stimme vor. »Miß Judith hat die letzte Entscheidung, aber ich übertrage Ihnen die Verantwortung, Mrs. Grant.«

»Vielen Dank, Doktor.« Sie nickte unverbindlich und trat ein paar Schritte zurück. Als nächstes stellte Tannery eine grob gebaute Frau mit grauem Haar vor, das unter einem ordentlichen weißen Häubchen hervorquoll, und derben roten Händen, die aussahen, als wären sie gekocht worden; es war Mrs. Jellicoe, die Köchin. Ein großes Mädchen mit harten Gesichtszügen, in einem schwarzen Satinkleid, einer weißen Schürze und einem Häubchen war Rosa, die Serviererin; ein rotbäckiges junges Ding mit ausgeprägtem irischem Akzent war Martha, das Dienstmädchen. Insgesamt gab es vier oder fünf Angestellte und Hilfsangestellte, die mich alle gemäß Philips Anweisung mit ›Miß Judith‹ anredeten. Die letzte in der Reihe war ein pausbäckiges Mädchen in einem dunklen Kleid und einem kecken Spitzenhäubchen auf den leuchtend roten Locken.

»Ich bin McClure, Miß, und ich werde als Ihre Zofe dienen«, sagte sie mit sanfter Stimme und schwachem, undefinierbarem Akzent. »Die Männer werden inzwischen ihr Gepäck nach oben gebracht haben, und ich nehme an, Sie wollen Hut und Handschuhe vor dem Tee ablegen. Wenn uns der gnädige Herr entschuldigen möchte?«

»Ja, mein Liebes, laß dir von McClure dein Zimmer zeigen«, sagte Philip lächelnd. »Ich werde meine Post durchsehen und erwarte dich in einer halben Stunde in der Bibliothek.«

McClure führte mich die Treppe hinauf und durch eine Halle im oberen Stockwerk, ebenfalls weiträumig und mit

Teppichen ausgelegt, zu einer geschnitzten Tür; sie öffnete sie und trat zur Seite, um mich eintreten zu lassen. Ich betrat den Raum und blieb überwältigt stehen, sprachlos vor Entzücken.

Der Raum ging in Richtung Westen und hatte Ausblick auf den Wald, hinter dem soeben die Sonne unterging; das Ganze bot sich dem Blick durch eine Reihe von großen Flügelfenstern mit elfenbeinfarbenem Anstrich. Der ganze Raum war in diesem Elfenbeinton gestrichen, mit einer blauen Strukturtapete zwischen den Holzpanelen. Das Bett war altmodisch und hoch, mit einem Baldachin und Überwurf aus weißem Schweizer Leinen, wie man es früher hatte, mit Schleifen aus blauem Rand. Der Toilettentisch war weiß lackiert, ebenso wie der große Kleiderschrank in der Ecke; es gab Schaukelstühle mit blauen Bezügen, einen Kamin und einen kleinen weißen Fellteppich; außerdem einen großen Bücherschrank mit Glastüren, durch die ich zahlreiche Bücherrücken sehen konnte, und einen kleinen weißen Schreibtisch. Ich hatte niemals einen bezaubernderen Raum gesehen.

Plötzlich kam mir ein Gedanke: War das Judith Maynards Zimmer gewesen? Der Toilettentisch war bedeckt mit Bürsten, Fläschchen und Steckkissen. In einem Handarbeitskorb lag Wolle zum Stricken. Als McClure die Tür des Kleiderschrankes öffnete, umwehte der schwache Duft von Lavendel meine Nase, eben jener Duft, der mich während der folgenden Monate begleiten und quälen sollte. Plötzlich fuhr mir jener kalte Schauder durch die Glieder und den Rücken hinunter, den wir früher, als ich noch zur Schule ging, als Gänsemarsch über das eigene Grab bezeichnet hatten.

Philip hatte mich dem Personal als Judith vorgestellt. Er hatte mir offensichtlich das Zimmer zugewiesen, daß der ursprünglichen Judith gehört hatte. Sollte meine eigene Identität vollkommen verlorengehen? Sollte ich nur noch der Geist seiner dahingeschiedenen Judith sein? Tief in mir bäumte sich etwas auf; unser Spiel hatte sich zunächst als harmlose Maskerade dargestellt, und ich hatte eingewilligt mitzumachen; aber ich glaube, ab diesem Zeitpunkt wußte ich, daß es sonderbares und *unrechtes* war.

McClure breitete meine eigenen Bürsten auf dem Toilettentisch aus. »Sie werden wahrscheinlich vor dem Tee kein anderes Kleid mehr anziehen wollen, Miß Judith? Sie werden auch kaum genügend Zeit dazu haben, da der Doktor ihn schon in einer halben Stunde serviert haben möchte. Sie können sich jedoch das Gesicht waschen und sich etwas frisch machen. Kommen Sie, setzen Sie sich hierher, dann werde ich Ihnen das Haar richten.« Sie ließ mich vor dem Toilettentisch Platz nehmen und löste die große Schleife in meinem Nacken.

»Wie heißen Sie sonst noch außer McClure?« fragte ich.

»Jeannie, Miß.«

»Sind Sie irischer Abstammung?«

»Ganz und gar nicht«, sagte sie fast beleidigt. »Ich wurde in Inverness, in Schottland geboren; mein Vater wanderte aus, als ich noch ein ganz kleines Mädchen war. Er arbeitete auf einem Lachsfänger, an der Küste im Norden. Ich habe eine Zeitlang am Webstuhl in einer Fabrik gearbeitet, aber es hat mir in der Stadt nicht gefallen. Mein Vater ist sehr stolz, der wollte nicht, daß ich in Dienst gehe, aber mir macht es Spaß, mit schönen Kleidern und solchen Sachen umzugehen, und als Mr. Tannery meinem älteren Bruder – das ist Andrew, er liefert Milch und Eier und so was für Ihre Küche hier – erzählt hat, daß bei ihm die Stelle einer Zofe frei wäre, hatte ich das Glück, sie zu kriegen. Ich hoffe, Sie sind mit mir zufrieden, Miß Judith.«

»Das hoffe ich auch«, sagte ich fest. Sie war ganz und gar anders als Shaw, Tante Mabels dümmliche und unterwürfige Zofe, oder als die unglaublich hochnäsigen, arroganten Zofen, die ich in Newport gesehen hatte und die auf mich als unakzeptable arme Verwandte herabgesehen hatten, mit einer Mischung aus Snobismus und Anbiederei, die mich anekelte. Ich hatte befürchtet, ich müßte eine entsetzlich elegante, modebewußte Französin oder ein derbes irisches Mädchen ertragen, aber Jeannie wirkte frisch und natürlich, ein echtes Mädchen vom Lande, und ich mochte sie und respektierte ihren Wunsch, nicht in der Fabrik zu arbeiten. Ich wollte alles daransetzen, um Philips Vorurteil gegen Bedienstete aus der hiesigen Gegend zu zerstreuen.

Jeannie bürstete mir das Haar, holte mir ein frisches Band und zeigte mir die große Porzellanschüssel und den Krug, wo ich mir Hände und Gesicht waschen konnte. »Wenn Sie mir sagen, welches Kleid Sie zum Abendessen anziehen möchten, dann werde ich es bügeln, solange Sie mit dem Herrn Doktor den Tee einnehmen.« Ich deutete auf ein zartrosa Kleid aus einem weichen Stoff, von dem ich wußte, daß es Philip gefiel, und sie legte es sich über den Arm und ging hinaus.

Ich sah mich noch einmal in dem Zimmer um. Offensichtlich war alles für mich gereinigt und hergerichtet worden, aber warum hatte man die Sachen von Judith hier liegen lassen? Es stand sogar noch eine halbgefüllte Parfümflasche auf dem Toilettentisch. Ich öffnete sie und kam mir seltsam dabei vor, als ob ich im Besitz eines anderen Menschen schnüffelte und das tote Mädchen jeden Augenblick ins Zimmer kommen und mich fragen könnte, was ich in seinen Sachen zu suchen hätte. Der Duft war natürlich der allgegenwärtige Lavendelgeruch. Ich verschloß die Flasche wieder fest und wusch mir den anhaftenden Geruch von den Händen, und dann, als es dem Geruch der Seife nicht gelang, den Duft zu überdekken, öffnete ich ein kleines Fläschchen mit französischer Rosenessenz, das letzte Weihnachtsgeschenk meines Papas. Bestärkt durch mein eigenes Parfüm, verließ ich Judiths Zimmer und ging durch die Halle; als sich die Gänge verzweigten, zögerte ich, doch dann sah ich den Absatz der breiten Treppe und ging dort hinunter.

Auf halbem Wege bemerkte ich, daß ich nicht in der großen Eingangshalle ankommen würde; die Stufen endeten auf halber Höhe in einer breiten Galerie, unter der sich ein großer Saal erstreckte, der fast völlig im Dunkeln lag. Die Vorhänge waren zugezogen und ließen nur einen blassen Schimmer des Sonnenlichts durch; ein Feuer brannte, ansonsten war der Raum dunkel und schattig, viele Meter unter der Galerie, auf der ich mich befand. Ich drehte mich mit einem seltsamen Gefühl der Panik um, als ob ich dem Familiengespenst begegnet sei.

Dann flammte ein Gaslicht auf, so strahlend hell, daß es meine Augen blendete, und der Mann, der das Licht entzündet hatte, drehte sich zu mir um. Ich stieß einen kleinen Schrei aus, und der Mann ließ ein kurzes heiseres Grunzen vernehmen. »Miß Judith!« sagte er fast erschrokken, und ich erkannte Tannery.

Doch sofort hatte er zu seiner geschliffenen Art zurückgefunden. »Es tut mir außerordentlich leid, Miß Sybil, Sie haben mich etwas durcheinander gebracht, wie Sie da so auf der Galerie auftauchten«, sagte er. »Dies hier ist die Bibliothek, die Treppe befindet sich am anderen Ende der Galerie, davor ist eine halbhohe Tür, damit niemand die Treppe hinabstürzt. Seien Sie vorsichtig, sie ist nicht gut beleuchtet. Der Doktor wird in zwei Minuten zum Tee erscheinen, Miß.«

Er wartete, während ich den Treppenabsatz fand und langsam hinunterging; dann führte er mich zu einem Sessel, den er zu einem runden Tisch vor dem Kamin geschoben hatte. »Soll ich den Tee servieren, Miß?«

»Erst wenn Dr. Maynard kommt«, antwortete ich.

»Sehr wohl, Miß Sybil.« Er entschwand lautlos, und ich sah mich in dem langgestreckten, dämmerigen Raum um, der selbst mit dem Gaslicht nicht hell erleuchtet war. Es gab viele Reihen von Regalen voller alter Bücher, ledergebunden und meistens mit Prägung, doch alle sahen so aus, als wären sie oftmals durchgeblättert worden. Ein riesiger alter Schreibtisch war mit Briefen und Zeitungen bedeckt. In einer Ecke mit einem Erkerfenster stand ein kleines Rosenholzklavier, mit rosagetönten Kerzen und einem Bündel Notenpapiere darauf. Das oberste Buch enthielt Klavierstücke, und darauf stand in einer runden, mädchenhaften Handschrift: *Judith Eleanor Maynard, Weihnachten 1891.* Damals mußte sie noch ein sehr kleines Mädchen gewesen sein. Hinter dem Klavier gab es eine Erkerbank, auf der ein dickes rotes Samtpolster lag. Ich ging weiter und sah ein Porträt an der Wand: ein Mädchen in einem dunkelrosafarbenen Kleid, mit hellem Haar und dunklen Augen. Ihr Haar war sehr hell, fast silberweiß, wie meines, und es war im Nacken zu einem Zopf zusammengebunden. Ich brauchte nicht zu fragen, wessen Porträt das war; ich wußte sofort, daß es den geliebten Geist darstellte. Das war Judith.

Es bestand eine Ähnlichkeit, die ich selbst feststellen konnte: die ausgefallene Haarfarbe und die überraschend dunklen Augen, die geraden hellen Augenbrauen, die leicht aufwärts geschwungene Nase, die enganliegenden Ohren und das runde Kinn. Sie war auf diesem Bild jünger als ich, dachte ich; vielleicht war sie fünfzehn. Die kleine blau emaillierte Uhr, die Philip jetzt trug, war an ihren Busen geheftet, und sie hielt einen Strauß weißer Moosrosen in der Hand.

Ich hörte Schritte in der Halle und wandte mich schnell ab von dem Porträt, und als Philip hereinkam, stand ich beim Teetisch.

»Judith, mein Liebes«, sagte er lächelnd, während er mir den Sessel zurechtrückte. »Ich habe veranlaßt, daß man den Kamin anmacht – dadurch wird dieser Raum etwas behaglicher, auch wenn der Tag an sich warm ist, findest du nicht? Tannery wird in Kürze den Tee servieren. Wir trinken den schwarzen indischen Tee, den du immer lieber mochtest als den chinesischen, erinnerst du dich? Und lassen wir uns mal überraschen, welches Gebäck uns die Köchin heute bereitet hat.«

Tannery kam mit einem großen Tablett herein, setzte es ab und verschwand wieder.

»Würdest du bitte eingießen, mein Liebes?«

Zum Glück hatte ich schon einmal bei einem Nachmittagstee von Tante Mabel eingegossen, so daß ich wußte, wie ich mit der großen silbernen Kanne umgehen mußte: Mama hatte manchmal zu Hause für die Professorenkollegen und deren Gattinnen Tee serviert, aber dabei ging es stets zwanglos zu; selbst eine offizielle Einladung wäre bei uns zu Hause unkomplizierter abgelaufen als das Teetrinken an einem normalen Tag in Philips Haus. Es gab Kanapees und kleine Kuchen, heißes Blaubeergebäck mit süßer Butter und frische Erdbeerkonfitüre. Philip erklärte mir, daß die Blaubeeren am selben Tag nicht weit vom Haus entfernt gepflückt worden seien und daß auch die Erdbeeren aus der näheren Umgebung stammten und uns von den Bauern angeliefert würden. Ich fragte mich, ob sie wohl von Jeannies Bruder Andrew gebracht worden waren, aber ich sprach die Frage nicht laut aus. Der Tee duftete aromatisch, war heiß und hatte ein leichtes Blütenaroma. Nach der langen Reise war ich hungrig und langte herzhaft zu.

Philip lehnte sich in seinem Sessel zurück; sein Haar schimmerte im Licht des Feuers, und er streckte zufrieden die Beine aus. »Möchtest du mir etwas vorspielen, Judith?«

»Natürlich, Vater.« Ich stand auf. Um zum Klavier zu gelangen, mußte ich an dem Porträt in der Nische vorbeigehen. Ich warf dem abgebildeten Gesicht einen um Verständnis heischenden Blick zu.

Ich möchte ihn nicht der Erinnerung an dich entreißen. Ich möchte ihn nur glücklich machen …

Ich nahm am Klavier Platz. Da ich keine Lust hatte, Judiths Notenblätter durchzuwühlen, spielte ich aus dem Kopf das erste Stück, das mir in den Sinn kam: Beethovens *Für Elise.* Obwohl das Stück nicht schwer war, erforderte es eine geschickte Fingerarbeit, und ich begrüßte die Gelegenheit, mich vollkommen auf das Spiel zu konzentrieren und damit den in meinem Kopf tobenden Gedanken vorübergehend Einhalt zu gebieten. Als ich das Stück beendet hatte, fing ich an, ein deutsches Lied zu spielen, das ich ein Jahr zuvor gelernt hatte; mittendrin öffnete sich die Tür, und Tannery kam herein.

»Ich 'örte das Klavier, Sir, und dachte, Sie wären vielleicht fertig. Soll ich abräumen, Sir?«

»Wenn Sie wollen, ich bin fertig; vielleicht fragen Sie Miß Judith, ob sie noch etwas wünscht.«

Mit lautlosen Schritten kam Tannery zu mir. Seine Stimme war kaum mehr als ein Flüstern. »Darf es noch etwas sein, Miß Sybil?«

Philips Gesicht verzog sich mißbilligend; Tannery bemerkte es und richtete sich zu einer noch steiferen Haltung auf, falls das möglich war.

»Ja, ich sagte Miß Sybil, Sir. Ich bitte um Vergebung, Mr. Philips, aber ich bin so alt und eingefahren in allem, was ich tue, daß ich die Dinge immer beim Namen nenne und in meinem Kopf alles klar 'aben und nicht mein altes Ge'irn verwirren möchte. Es steht mir nicht zu, Sir, darüber eine Meinung zu haben, und Sie können natürlich tun, wie Ihnen beliebt und den Leuten erzählen, was Sie wollen, Sie sind der 'err. Aber ich muß auf meine alten Tage die Dinge so tun, wie ich es gewöhnt bin, sonst bin ich leider gezwungen zu kündigen, Sir.«

Philip antwortete nicht. Nach einer langen Weile sagte er: »Nun gut, fahren Sie in Ihrer Arbeit fort, Tannery.«

»Sehr wohl, Sir.« Geräuschlos widmete sich Tannery seiner Aufgabe, das Teegeschirr mit unglaublicher Schnelligkeit und Behendigkeit auf das Tablett zu stellen. Als sich die Tür hinter ihm geschlossen hatte, murmelte Philip: »Tannery nimmt sich zuviel heraus. Das Problem ist, daß ich ohne ihn hier nicht zurechtkomme, und das weiß er.« Er kam zum Klavier herüber und stellte sich hinter mich. Ich unterbrach mein Spiel, und er sagte: »Nein, Liebling, spiel nur weiter.«

Als ich das Lied beendet hatte, fuhr er mir mit leichter Hand übers Haar.

»Ich mochte dein früheres Parfüm lieber«, murmelte er,

und wieder durchfuhr mich der sonderbare Schauder einer bösen Ahnung. Trotz Tannerys Worten schien er wieder in sein Vergessen versunken zu sein.

Das war das Spiel, das er spielte: mich zu seiner Tochter zu machen und mich mit ihrem Namen anzureden – oder war es kein Spiel? Hatte er wirklich vergessen, daß ich *nicht* Judith Maynard war?

Ich hätte ihn damals darauf ansprechen sollen. Ich hätte Klarheit schaffen, dafür sorgen sollen, daß es ein Spiel für ihn blieb und nicht auf gefährliche Weise Wirklichkeit werden würde. Aber ich hatte seinen Zorn erlebt, seinen Kummer, und ich konnte die Vorstellung nicht ertragen, daß er beides an mir auslassen könnte. Ich wußte einfach nicht, wie ich es zur Sprache bringen sollte.

Also sagte ich nichts. Und ich sagte auch später nichts. Die Angestellten nannten mich ausnahmslos, bis auf Tannery, Miß Judith; ich widersprach nicht. Philip hatte es so gewollt.

Als ich mich am nächsten Morgen zum Frühstück ankleidete, stellte ich fest, daß meine Kleider bereits den schwachen Duft von Lavendel angenommen hatten; schon nach einer Nacht, in der sie sich in dem riesigen Kleiderschrank mit dem Duft vollgesogen hatten, haftete er ihnen fest an. Ich war überwältigt von dem Geruch, der nicht der meine war. An einem der nächsten Tage, so beschloß ich, würde ich Jeannie bitten, den Schrank leerzuräumen, ihn gründlich zu lüften, und dann würde ich einen anderen Duft wählen, ein anderes Parfüm, und den viele Jahre alten Lavendelduft überdecken. Aber als Philip in dem kleinen, hellen Frühstücksraum mich sah und mich auf die Stirn küßte, erhellte sich sein Gesicht.

»Du trägst wieder dein altes Parfüm, Judith! Es paßt viel besser zu dir als das andere.«

Nach dem Frühstück zog er sich in sein Arbeitszimmer zurück, und ich blieb zurück, ohne etwas zu tun zu haben. Mrs. Grant hatte bereits Anweisungen für die Mahlzeiten gegeben; sie brachte mir die Speisepläne des Tages, und ich fand nichts daran auszusetzen. Es wäre kleinmütig gewesen, Einspruch zu erheben nur um des Prinzips willen; im übrigen waren die Speisefolgen, die sie gewählt hatte, sehr fein; ich hätte es in keinem Punkt besser gewußt. Sie sagte, wenn ich etwas besonders bevorzugte, dann sollte ich es sie wissen lassen, damit sie es für einen Tag später in der Woche einplanen würde. Ich blieb im ungewissen darüber, wer den eigentlichen Einkauf erledigte, sie oder die Köchin. Ich erwähnte ziemlich schüchtern, daß ich Lammbraten recht gerne mochte, und sie versprach, ihn noch in dieser Woche zum Abendessen bereiten zu lassen.

»Mr. Tannery hat mir gesagt, daß es in diesem Haus Sitte ist, am Freitagabend Meeresfrüchte zu servieren, Miß Judith. Soll ich bei den Fischern Hummer bestellen?«

»Ja, natürlich. Ganz wie Sie meinen, Mrs. Grant.«

»Falls Sie etwas anderes vorziehen würden, bitte ich Sie, es mir zu sagen, Miß.«

»Oh, nein, nein«, sagte ich verwirrt, während ich ihr die in ihrer schullehrerhaften Handschrift geschriebene Speisekarte zurückgab. »Sie machen das alles ganz in meinem Sinn.«

Sie machte sich in einem kleinen schwarzen Büchlein eine Notiz. Mein Verstand sagte mir, daß sie sich bestimmt notierte, Lammbraten zubereiten und Hummer besorgen zu lassen, aber ich hatte ein Gefühl, als ob sie niederschrieb, daß Miß Judith nicht wußte, was sie wollte, und ihr alle Entscheidungen überließ.

Als sie sich wieder in den Dienstbotenraum oder die Küche zurückgezogen hatte, war ich allein. Ich dachte, ich könnte nach oben gehen und vollends meine Sachen auspacken, aber als ich hinaufkam, fand ich einen bereits geleerten Koffer vor. Das Mädchen machte mein Bett und entschuldigte sich schnell: »Ich habe die Männer ihren Koffer in den Abstellraum bringen lassen, Miß, damit er aus dem Weg ist. Suchen Sie McClure? Sie hat einige Ihrer Sachen zum Waschen und Ausbessern weggebracht, glaube ich.«

Und wieder hatte ich keine Beschäftigung; ich ging hinunter in die Bibliothek und sah eine Zeitlang die Bücher durch, doch das Porträt von Judith verfolgte mich mit den dunklen Augen, als ob es fragen wollte, was ich hier zu suchen hätte. Als ich wieder hinaufging, traf ich Jeannie in meinem Zimmer an, die gerade rosa Bändchen in meine Hemden und Unterröcke einzog.

»Wenn Ihnen blau besser gefällt, sagen Sie es mir, Miß, dann nehme ich nächstes Mal blau.«

»Rosa ist in Ordnung«, sagte ich ruhelos. Ich hatte buchstäblich nichts zu tun in diesem Haus. Ich war jedoch nicht an ein Leben des Müßiggangs gewöhnt.

Philip sah mich scharf an, als wir uns zum Mittagessen trafen.

»Hast du dich einsam gefühlt, mein Liebes? Es tut mir sehr leid, aber geschäftliche Dinge haben sich während meiner Abwesenheit angestaut, ich muß mich um Gelddinge kümmern, mich mit Leuten treffen, die für mich arbeiten – all das ist sehr lästig, aber es muß sein. Macht es dir sehr viel aus?«

»Nein, natürlich nicht«, sagte ich und hätte es sehr engstirnig gefunden, mich zu beklagen. »Aber ich dachte, heute nachmittag könnte ich mir vielleicht einmal das Dorf ansehen.«

»Oh, würde es dir sehr viel ausmachen zu warten, bis ich Zeit habe? Ich würde dich gern begleiten und dir selbst alles zeigen.«

»Natürlich nicht«, versicherte ich ihm augenblicklich, obwohl sich der Nachmittag lang und zäh vor mir erstreckte.

An diesem Nachmittag versuchte ich, Briefe zu schreiben, aber was hätte ich berichten können? Ich hatte außer meiner Tante Mabel und meinen Cousinen niemanden, dem ich hätte schreiben können, und was hätte ich denen berichten sollen? Daß Philip mich Judith nennt und auch sein Personal angewiesen hat, dasselbe zu tun? Daß der merkwürdige Mann von unserer Trauung erneut aufgetaucht war? Daß Philip meine ganze Aussteuer weggeworfen und durch neue Sachen ersetzt hatte? Schließlich schrieb ich ein paar Seiten über die Konzerte und alles, was ich in New York gesehen hatte, und als ich noch einmal darüberlas, beschloß ich, daß es kindisches Gewäsch war und zerriß es unzufrieden. Es wäre auch morgen noch Zeit zu schreiben, oder an irgendeinem anderen Tag.

Ich ging nach unten. Das Haus war still, ohne Leben; offenbar hatte das Personal die Arbeit des Morgens hinter sich gebracht und ruhte sich jetzt vor der Zubereitung des Tees und Abendessens aus. Ich ging hinaus hinters Haus und sah den Weg entlang, der in den Wald führte, angezogen von seiner dunklen Kühle. Ich war schon immer gern im Wald spazierengegangen. Vielleicht konnte ich ein paar Blumen für mein Zimmer pflücken; mir hatten Schnittblumen noch nie besonders gefallen, sondern ich hatte immer wilde Blumen vom Feld oder aus dem Wald vorgezogen.

Unter den Bäumen war es kühl und angenehm, mit einem grünen, durch die Blätter gefilterten Licht, und der Waldboden unter meinen Füßen war moosig und federnd. Ich blieb auf dem Weg, da ich mich in dem fremden Wald nicht verlaufen wollte, beschloß aber für mich, daß ich früher oder später jeden Winkel des Waldes erforschen wollte.

Die Vögel sangen; der Sommerwind rauschte wie flüsternde Stimmen in den Baumwipfeln; der Weg unter meinen Füßen war fast vollkommen zugewuchert, manchmal war er ganz unter Moos und Kriechgestrüpp verborgen. Ich setzte vorsichtig einen Schritt vor den anderen, da ich nicht mit einer Giftpflanze in Berührung kommen wollte. Ich war vielleicht eine Meile weit gegangen, als der Weg sich in einer gut erkennbaren Gabelung um eine riesige Eiche herum verzweigte, und einen Augenblick lang blieb ich zögernd stehen.

Nach einer Weile wählte ich die rechte Seite. Neben dem Weg war ein Hang mit Vergißmeinnicht, und ich ging darauf zu, um ihn hochzuklettern, doch dann hielt ich abrupt inne: Ich war auf etwas getreten, hatte etwas unter meinem Fuß zermahlen. Verdutzt blickte ich nach unten um zu sehen, was ich zerstört hatte.

Es war eine kleine Puppenteekanne aus Porzellan.

Mit einem leisen, bedauernden ›Oh‹ hob ich die Bruchstücke auf. Wie schade! Was für ein Pech! Es war ein sehr hübscher Gegenstand, nicht größer als meine Handfläche; der Deckel war in das Laub am Boden gefallen und blitzte daraus hervor, nicht größer als mein Daumennagel. Welches Kind auch immer dieses Ding verloren haben mochte, es wäre sicher traurig darüber. Doch dann erkannte ich, daß es niemand verloren hatte: ich war mitten in eine liebevoll gedeckte Puppen-Teeparty getreten.

Die trockenen Blätter unter der Eiche waren weggeräumt worden, und an drei Stellen waren große grüne Blätter fein säuberlich ausgelegt; jedes Blatt war mit einer Eichelhülse als Miniaturtasse und einem winzigen geschnitzten Holzteller gedeckt, flache Hölzchen lagen als Besteck daneben, ein kleiner Zierteller stand in der Mitte der Tafel – rosafarbenes und weißes Porzellan, vielleicht einst als Salzschälchen, randvoll gefüllt mit kleinen Giftpilzen. Die Teekanne, die ich zertreten hatte, schien das Gedeck vervollständigt zu haben. Verstört sah ich mich um.

Dann sah ich durch die Bäume ein bleiches Gesicht und das Aufblitzen eines blauen und weißen Schirms. Fahles Haar, dryadengleich lose wallend, das zierliche weiße Gesicht umflutend, das anklagend durch die Äste lugte. Dann war das Gesicht blitzartig verschwunden, und nur noch fliegendes helles Haar war zu sehen, während das Kind davonrannte. Ich hatte nicht einmal sehen können, wie alt die Kleine war.

»Komm zurück«, rief ich. »Bitte komm zurück! Ich wollte deine Teekanne nicht zertreten!«

Keine Antwort. Im Wald herrschte Stille bis auf das entfernte Singen der Vögel. Ich fragte mich langsam, ob ich das sonderbare, schweigende, blasse kleine Gesicht wirklich gesehen oder ob ich es mir nur eingebildet hatte.

Ich beugte mich hinunter und ordnete die Überbleibsel der Teeparty wieder sorgsam; dann steckte ich die zerbrochene Teekanne in meine Tasche. Vielleicht könnte ich sie reparieren – Tannery hätte bestimmt einen Porzellankleber, oder vielleicht die Haushälterin –, oder schlimmstenfalls würde ich in einem Laden im Ort eine neue kaufen. Wenn das menschenscheue kleine Mädchen nicht wieder auftauchen würde, würde ich die geflickte oder neue Teekanne einfach an der Stelle hinterlassen, wo ich sie gefunden hatte. Als eine Art Bitte um Entschuldigung könnte ich auch einige Kekse oder Äpfel dazulegen.

Jedenfalls, die Teekanne zu reparieren oder eine neue zu besorgen, war eine echte Aufgabe, die ich im Dorf zu erledigen hatte, aber es vergingen mehrere Tage, ohne daß Philip, der immer noch geschäftlich sehr in Anspruch genommen war, die geringsten Anstalten machte, auf das Thema zurückzukommen.

Mir war nie zuvor bewußt geworden, wie sehr man geneigt ist, einer täglichen Routine zu verfallen. Ich hatte wenig zu tun, und ich fühlte mich einsam. Philip war ein sehr anregender Gesellschafter, wenn wir zusammen Tee tranken oder zu Abend aßen, aber den Tag verbrachte er zurückgezogen in seinem Arbeitszimmer und war beschäftigt, und es geschah allzuoft, daß mir Tannery auch vor dem Mittagessen ausrichtete, der ›Doktor‹ sei mitten in der Arbeit und ich sollte das Essen allein einnehmen.

Ich konnte nichts dagegen sagen. Ich war ja nicht einmal seine Ehefrau, sondern ein Kind, das nicht zählte. Nein, man konnte nicht sagen, daß ich nicht zählte; ich wurde verwöhnt, jeder Wunsch wurde mir erfüllt, ja, ich wurde vergöttert; aber ich hatte meinen Platz nicht wirklich hier. Die wirkliche Judith konnte ihre Gefühle ausdrücken, wenn sie einsam war oder sich vernachlässigt vorkam. Ich konnte das nicht. Ich hatte kein Recht als Herrin des Hauses, und als Tochter des Hauses war ich eine

Imitation, ein Gespenst, niemals sicher, was ich wagen und was ich nicht wagen durfte, ohne anzuecken.

Schließlich, als einige Tage in dieser Ziellosigkeit dahingegangen waren, fragte ich Philip beim Frühstück:

»Darf ich ins Dorf gehen? Du sagtest, du würdest mich begleiten, aber du bist ja andauernd so beschäftigt, und es ist doch wirklich nicht weit.«

»Mein geliebtes Kind, du kannst gehen, wohin du willst, und wann du willst; beauftrage einfach Tannery, die Kutsche für dich einspannen zu lassen. Ich würde dich wirklich gern begleiten, aber ich habe zuviel Arbeit, die Dinge haben sich während meiner Abwesenheit schrecklich angestaut.«

Ich war so aufgeregt, als ob ich wieder nach New York reisen würde, und mir wurde klar, daß das ein Zeichen für meine Rastlosigkeit und Langeweile der letzten Tage war. Kurz nachdem Mrs. Grant nach dem Frühstück gekommen war, um die Proforma-Zustimmung für den Speiseplan von mir einzuholen, suchte ich Tannery auf und erklärte mit einer Stimme, von der ich hoffte, daß sie nach einem festen Willen klang, daß ich die Kutsche benötigte, um ins Dorf zu fahren.

»Wie Sie wünschen, Miß Sybil«, sagte er und entfernte sich, um entsprechende Weisungen zu geben. Als er zurückkam, war ich in der Halle, bereits in meinem leichten Sommermantel und mit einem flachen Hut; aber sein Gesicht war bitterernst.

»Es tut mir leid, Miß Sybil; das Scharnier der Kutschentür ist abgebrochen und muß erst repariert werden. Würde es Ihnen vielleicht morgen passen?«

Ich war enttäuscht, aber was konnte ich machen? Ich konnte ja schlecht einen Wutausbruch bekommen wie ein verwöhntes Kind. Ich sagte: »Na gut, dann morgen, Tannery.« Dann ging ich hinauf und versuchte, meine Enttäuschung hinunterzuschlucken.

Als ich am nächsten Tag nach der Kutsche fragte, sagte man mir, daß die Köchin am selben Tag schon zum Markt gefahren sei und die Pferde ermüdet seien. Am Tag darauf hatte sich der schwarze Hengst einen Huf gebrochen und mußte zum Schmied gebracht werden. Dann erklärte mir Tannery mit ungerührter Miene, daß der Kutscher in die Stadt fahren müßte, daß er mir aber alles mitbringen würde, wonach ich verlangte. Da riß mir der Geduldsfaden.

Ich sah ihm eindringlich ins Gesicht. »Tannery, gibt es einen Grund, warum ich nie die Kutsche haben kann, wenn ich sie möchte? Heute ist der fünfte Tag, an dem ich mit einer fadenscheinigen Entschuldigung vertröstet werde!«

Tannery zeigte keine Regung, aber er wich meinem Blick aus, und eine flüchtige Röte überzog sein runzliges Gesicht. Ohne mich anzusehen, sagte er: »Ich glaube, darüber sollten Sie lieber mit dem Doktor sprechen, Miß Sybil.«

Es *war* also absichtlich geschehen! Ich spürte, wie in mir Zorn aufstieg. »Danke, Tannery«, sagte ich und bemühte mich dabei sehr, ruhig zu wirken. »Ich weiß, daß Sie nichts dafür können.« Philip hatte also befohlen, daß man mich nicht ins Dorf lassen sollte. Aber warum hatte er es getan? Ich drehte mich auf dem Absatz um und marschierte nach oben, das Kinn entschlossen vorgeschoben. Wenn Philip nicht wollte, daß ich ins Dorf fuhr, warum hatte er es mir dann nicht gleich gesagt? Warum mußte ich wie eine Gefangene in Quarry House leben?

Meine erste Regung war gewesen, in Philips Arbeitszimmer zu stürmen und ihn zur Rede zu stellen, eine Erklärung von ihm zu verlangen. Doch bevor ich den Treppenabsatz erreichte, stahl sich eine schleichende, eisige Angst in meine wilde Entschlossenheit. Wenn es vernünftige Gründe gegeben hätte, hätte Philip sie mir genannt. Statt dessen hatte er Ausflüchte benutzt, war mir aus dem Weg gegangen. Das war Teil der Absonderlichkeiten, der *Falschheit*, die hier inzwischen in der Luft lagen. Wenn ich in Philips Arbeitszimmer geplatzt wäre und von ihm eine

Erklärung verlangt hätte, warum er mir etwas zusagte und Tannery genau widersprechende Anweisungen gab, dann würde er mich mit Sicherheit wieder mit sanften Worten beruhigen, und alles wäre wieder beim alten.

Also gut! Wut – Wut darüber, daß ich belogen und wie ein törichtes Kind behandelt worden war – ließ mich eine steife Haltung annehmen. Ich würde Philip beim Wort nehmen. Er hatte gesagt, ich könne gehen, wohin ich wolle. Er sagte, ich könnte die Kutsche nehmen, er sagte nicht, ich *müßte* die Kutsche nehmen. Ich ging in mein Zimmer, stellte fest, daß die allgegenwärtige Jeannie zufällig einmal nicht dort war, und vertauschte meine leichten Schühchen gegen ein Paar derbe flache Laufschuhe. Das Dorf war keine drei Meilen entfernt; ich war oft weiter als diese Strecke zum Schittschuhlaufen gegangen. Ich nahm meinen Geldbeutel – ich besaß ein paar Dollar, die mir Philip in New York gegeben hatte – und ging in die Halle hinunter.

Tannery war nicht dort; die Halle war verlassen, und aus dem Nebenraum hörte ich Geräusche von den Dienstmädchen, die das Geschirr vom Frühstück spülten. Mit festem Schritt ging ich durch die Eingangstür hinaus. Ich konnte mich nicht ganz des Gefühls, etwas Hinterhältiges zu tun, erwehren, aber ich verdrängte es entschlossen. Ich war *nicht* Gefangene in Quarry House, es war mein Zuhause, nicht das Gemeindegefängnis. Welches Spielchen Philip auch immer zu spielen beliebte, ich war seine rechtmäßige Ehefrau und eine erwachsene Frau, die ihr eigenes Leben in die Hand nehmen konnte. Es war nicht einmal so, daß ich mich einem speziellen Befehl meines Mannes widersetzte. Wenn er wollte, daß ich das Dorf mied, dann sollte er es mir aufrichtig sagen, entweder mit einer Begründung, oder indem er einfach erklärte, daß es sein Wunsch sei. Aber sich gegen mich mit einem Diener zu verbünden – das sollte nicht sein Stil sein, und es war ein albernes Spiel, auf das ich nicht einzugehen brauchte! Mit erhobenem Kinn spazierte ich die Auffahrt hinunter.

Die Straße war eben, gut befestigt und deutlich gekennzeichnet; sie führte unter Bäumen durch, so daß es angenehm kühl war und die Sonne nicht auf den Kopf knallte. Ich wanderte mit federnden Schritten dahin und fühlte mich endlich einmal wieder leicht und frei. Mir war gar nicht bewußt gewesen, wie sehr die Taten- und Ziellosigkeit in Quarry House meine Nerven belastet hatte. Jetzt, da ich endlich einmal wieder allein war und ein Ziel vor Augen hatte, kam ich mir wieder wie ich selbst vor, wie der Mensch, der ich früher gewesen war: stark, fähig, mich mit dem Leben auseinanderzusetzen, und nicht ein zur Untätigkeit verdammtes Gespenst eines Wesens, das ich niemals kennenlernen konnte. Die Luft war warm, mit dem schwachen Hauch einer Salzbrise, die von der Küste herwehte und die immer stärker wurde, während ich weiterwanderte, so daß ich wußte, ich näherte mich dem Meer.

Ich hatte vielleicht zwei Meilen zurückgelegt, als ich am ersten Haus vorüberkam; einem weißen Bauernhaus, groß und anheimelnd, mit grünen Fensterläden und einer Wiese mit einem bunten Blumengarten dahinter. Eine Frau in einem dunkelgrünen derben Baumwollkleid und einem Strohhut arbeitete gebeugt in einem der Blumenbeete, und in ihrer Nähe spielte ein kleines Kind. Ich fragte mich, ob hier wohl das kleine Mädchen wohnte, das in unserem Wald gespielt und dessen Teekanne ich zertreten hatte. Nein, so weit konnte ein Kind bestimmt nicht zu Fuß gehen.

Die Frau in dem Blumenbeet richtete sich langsam auf und sah zu mir herüber; sie schob sich den Sonnenhut aus dem Gesicht und beschattete die Augen mit der Hand.

Ich hob eine Hand, um zu winken, aber die Frau drehte sich plötzlich um, nahm ihr Kind auf den Arm und verschwand schnell hinter einer Ecke ihres Hauses, ohne sich noch einmal umzusehen.

Ich stand verdutzt da und überlegte mir, ob ich sie irgendwie beleidigt haben könnte. Ich hatte schon viel überdie empfindlichen, unnahbaren Neuengländer gehört, aber andererseits hatte ich auch gehört, daß die Leute auf dem Land im allgemeinen freundlich seien, besonders die Bauern, und an Jeannie McClure zum Beispiel war bestimmt nichts Unnahbares. Hatte die Frau etwas gegen mich? Ich ermahnte mich, mir keinen Unsinn einzubilden; vielleicht war sie einfach kurzsichtig und hatte mich gar nicht gesehen.

Die Straße führte jetzt leicht bergauf, und ich konnte das Meer und das Dorf vor mir liegen sehen.

Die Sonne glitzerte funkelnd auf dem Wasser, soweit das Auge reichte, bis Wolken und Wasser nicht mehr deutlich zu unterscheiden waren und mit dem Horizont verschmolzen. Ein paar kleine Boote, mit schlanken dunklen Masten und zusammengerollten Segeln, schaukelten im Hafen träge auf und ab. In der Luft lag der bekannte Geruch nach Fisch, Tang und Sand; es herrschte Ebbe. Die Häuser drängten sich im grauen Schatten am Fuß des Hügels aneinander; sie sahen in der Sonne kühl und fremdartig aus: alte Häuser aus grobbehauenen Steinen, neuere Häuser aus Holz oder Ziegeln säumten die Küste und standen entlang der wenigen Straßen des Dorfes. Die Uhr des Kirchturms schlug ganz in meiner Nähe, und ich zählte langsam mit bis elf.

Mir kam es merkwürdig vor, daß Philip bis jetzt noch nicht einmal in die Kirche gegangen war. Mein Vater, auch wenn er kein besonders religiöser Mensch war, hatte regelmäßig die Kongregationskirche besucht; alles andere wäre ein Skandal an der Universität gewesen. Sogar meine Tante, so oberflächlich und auf Äußerlichkeiten bedacht sie auch war, unternahm regelmäßig einmal in der Woche einen Pilgergang in die Kirche. Tatsächlich kannte ich keinen einzigen Menschen, der *überhaupt nicht* in die Kirche ging. Ich dachte darüber nach: einerseits war niemand von den Menschen, die ich kannte, wirklich religiös, andererseits gingen alle in die Kirche. Waren alle Scheinheilige, und Philip die einzige Ausnahme? Bedeutete sein Verhalten, daß er sich entschlossen der Mehrheit der Menschheit widersetzte, oder war es ein Zeichen seiner absonderlichen und finsteren Wesensart?

Ich war in diesem Ort bisher nur ein einziges Mal gewesen, und zwar bei der Durchfahrt in einer geschlossenen Kutsche, aber kleine Ortschaften sind überall ziemlich gleich, und ich hatte keine Mühe, die Hauptstraße mit ein paar kleinen Läden entlang des gepflasterten Bürgersteigs zu finden. Ich fand ein Geschäft mit Muscheln und allerlei Krimskrams im Fenster und ging hinein. Ein kleines Glöckchen bimmelte, als ich die Tür öffnete, und eine ältere Dame in einem schwarzen Kleid mit weißem Kragen und weißen Manschetten kam bei meinem Eintreten hastig aus dem Hinterzimmer in den Verkaufsraum; doch plötzlich blieb sie wie angewurzelt stehen und starrte mich blinzelnd an.

Gefaßt sagte ich: »Guten Morgen, führen Sie vielleicht Puppengeschirr?«

Sie blinzelte weiter, nahm sich die Brille mit der Metallfassung von der Nase und putzte sie geflissentlich; dann setzte sie sie sich wieder auf und sah mir fest in die Augen. »Guten Morgen«, sagte sie schließlich, »meine Güte, ich hatte Sie im ersten Moment für jemand anderen gehalten, eine Person, die seit Jahren tot ist – was wollten Sie noch mal, Miß?«

»Ich würde mir gern ein Teeservice für Puppen ansehen«, wiederholte ich und zog leicht die Stirn kraus, ohne es zu wollen. Offenbar hatte auch sie mich für Judith Maynard gehalten. Aber so groß konnte die Ähnlichkeit doch gar nicht sein, und ich war immerhin um einiges jünger, als Judith jetzt wäre.

Sie zeigte mir zwei verschiedene Puppenservice; eines davon war billige Tonware, das andere blaue Keramik. Es war nicht in der feinen Art wie die Kanne, die ich zerbrochen hatte. Also kaufte ich die blaue Keramikkanne und hielt tapfer dem neugierigen Blick der Verkäuferin stand, während sie mir die Kanne sorgfältig in braunes Papier packte und mit einer starken Schnur zuband. Was war denn bloß los mit den Leuten in diesem Ort?

»Haben Sie noch einen Wunsch, Miß?«

Ich dachte nach. Eigentlich hatte ich ja in Quarry House buchstäblich nichts zu tun... »Haben Sie Strickmuster und Wolle?«

Dies führte sie nicht, aber sie erklärte mir, wo ich Wolle bekommen könnte, und ich zahlte die Teekanne und ging aus dem Laden. Eine kleine Gruppe von Damen stand auf der Straße zusammen, und ich bemerkte ihre schnell abgewendeten Blicke; diese verstohlenen Blicke waren schwerer zu ertragen als das unverhohlene Starren der Menschen, die wenigstens frei und ehrlich waren. Ich fühlte mich unwohl und verlegen, und innerlich verwünschte ich Philip. Er hatte nicht recht: Eine junge Dame in meinem Alter sollte zumindest das Haar aufgesteckt und die Röcke lang tragen. Ich kam mir entsetzlich albern vor mit meinem kurzen Schulmädchenrock und den im Nacken zusammengebundenen Haaren. Ich hatte mich daran gewöhnt, eine junge Dame zu sein und kein kleines Mädchen mehr; und wenn dieser Aufzug auch einigermaßen natürlich erschien, wenn Philip an meiner Seite war, so wurde mir jetzt, da ich allein war, ganz klar: Man kann ausgeschlüpfte Küken nicht zurück ins Ei schieben. Ich *war* eine junge Dame und kein Kind mehr. Ich fühlte mich einfach nicht mehr wohl so als Schulmädchen verkleidet, das scheinbar nicht mal alt genug war, um sich die Haare aufzustecken.

Im nächsten Laden sprach mich die Geschäftsinhaberin mit ›kleines Mädchen‹ an, aber sie verkaufte mir ohne weiteren Kommentar Strickmuster und verschiedene Sorten von Wolle und Garnen. Vielleicht könnte ich Judiths alte Wolle aus dem Hardarbeitskorb nehmen und ihn benutzen, oder vielleicht bekäme ich auch einen eigenen; jedenfalls hätte ich damit eine Beschäftigung während der vielen langweiligen Stunden.

Ich verwarf den Gedanken, mir in einem Lebensmittelladen Salzgebäck und Käse zu kaufen. Zwar war es Mittag, und ich war hungrig und erschöpft, und außerdem war ich es leid, ständig angegafft zu werden, aber irgendwie hatte ich das Gefühl, daß sich das nicht gehörte. Ich hatte schließlich ein Zuhause und ein Eßzimmer, und plötzlich fiel mir ein, daß man mich beim Mittagessen vermissen würde. Ich hätte Tannery sagen sollen, wohin ich ging. Erst jetzt gestand ich mir ein, daß ich das nicht getan hatte aus einer undeutlichen Angst heraus, daß er mich an meinem Vorhaben hindern würde, daß selbst ein so einfacher und harmloser Ausflug wie dieser mir verboten werden könnte.

Ich verließ den Ort und machte mich auf den Weg zurück nach Quarry House; die Straße führte an der Küste entlang aufwärts. Mir war heiß, ich war müde und durstig und wünschte mir, die Frau vor dem Bauernhaus wäre nicht so unfreundlich gewesen; sonst hätte ich dort eine Pause eingelegt und um einen Schluck Wasser oder Milch gebeten.

Ich hatte etwa die Hälfte der Strecke zurückgelegt und meine Schritte wurden immer schleppender, da hörte ich hinter einer Kurve die Geräusche von Pferdehufen und Wagenrädern; eine mir nicht unbekannte Kutsche rumpelte aus dem Schatten der Bäume heran, und eine Stimme rief: »Brrr!« Tannery sprang zu Boden, in seinem Gesicht spiegelte sich Überraschung, Erleichterung und Wut.

»Miß Sybill!« rief er vorwurfsvoll.

Ich richtete mich zur vollen Größe auf, verblüfft und wütend über den Ton, den er anschlug. Dieser Mann war nicht mein Hüter. Ich ließ mich nicht wie ein unartiges Kind schelten, wenn ich es für richtig hielt, einen Spaziergang außerhalb meines eigenen Geländes zu machen. Ich sagte spitz: »Ich dachte, die Kutsche würde für andere Zwecke benötigt, Tannery. Es überrascht mich, Sie hier zu sehen!«

Eine schwache Röte überzog das Gesicht des Mannes.

»Möchten Sie nicht einsteigen, Miß Sybil? Als Sie nicht zum Mittagessen erschienen, war der Doktor außer sich. Er weigerte sich, einen Bissen zu essen, verlangte sein Pferd und ritt los, um die Wege zum Steinbruch abzusuchen; mir befahl er, in Richtung Dorf zu fahren. Bitte, Miß Sybil ...« Er streckte einen Arm aus. Ich nahm es hin, daß er mir in die Kutsche half, und sagte kühl: »Ich bin froh, daß die Kutsche wieder einsatzbereit ist. Bitte verstauen Sie diese Päckchen irgendwo.« Dann sprach ich während der ganzen Fahrt kein Wort mehr mit Tannery.

Er erteilte dem Kutscher seine Anweisungen, und das Gefährt wurde vorsichtig gewendet und zurück nach Quarry House gelenkt. Ich war froh, in der Kutsche zu sitzen, nicht mehr der Sonne und dem Staub ausgesetzt, und lehnte mich ins Polster, aber innerlich war ich keineswegs entspannt. Wenn Philip wirklich so aufgebracht war, dann hatte ich ein wenig Angst, ihm vor die Augen zu treten, gestand ich mir ein. Was würde er sagen?

Als wir am Haus ankamen, reichte ich Tannery wortlos Umhang und Hut, wies ihn an, meine Päckchen zu Jeannie hinaufbringen zu lassen, und wollte mich in mein Zimmer begeben. Der Blick des alten Mannes folgte mir, sein Ausdruck war fast flehentlich:

»Erlauben Sie mir, daß ich Ihnen einen kleinen Imbiß in die Bibliothek bringen lasse, Miß Sybil? Oder hätten sie lieber eine Tasse Tee oder etwas heiße Brühe, die man Ihnen in Ihrem Zimmer serviert?«

Plötzlich erkannte ich: Tannery bemühte sich um eine Versöhnung mit mir, ich war hungrig und durstig und ich würde mich vielleicht vor Philip rechtfertigen müssen. Ich lächelte den alten Mann an.

»Ja, ich glaube, ich habe Hunger«, sagte ich. »Ich esse etwas in der Bibliothek, Sie können die Strickutensilien ruhig hierlassen, ich sehe mir die Muster durch, während ich esse.«

Ich hatte mein aus Hühnersalat, Brötchen und Tee bestehendes Essen halb verzehrt, als ich in der Halle Schritte hörte. Philip rief: »Judith, Judith!« und kam ins Zimmer gestürzt.

Ich hatte mir noch keinen Plan zurecht gelegt, wie ich mich ihm gegenüber verhalten sollte. In einer Art Verteidigungshaltung legte ich mein Brötchen aus der Hand und straffte den Rücken. Ich hatte nichts Unrechtes getan und würde mich nicht zurechtweisen lassen! Ich war *kein* Kind, das ausgerissen war, das man auf erniedrigende Weise vom Diener nach Hause holen ließ und ihm zur Strafe das Abendessen strich! Ich beobachtete kühl und ohne innere Regung, wie er durch die Bibliothek auf mich zutaumelte.

»Judith!« wiederholte er mit erstickter Stimme und stürzte sich mit einem Aufschrei auf mich. Er vergrub sein Gesicht in meinen Haaren. »Oh, Gott sei Dank, daß du hier bist, Gott sei Dank! Ich war drauf und dran, verrückt zu werden! Wo warst du denn, mein Liebling?«

Ich befreite mich entschlossen aus seinen mich umklammernden Armen, stand auf und strich mein Kleid glatt. »Ich bin zu Fuß ins Dorf gegangen, da die Kutsche nicht in Ordnung war und mir allem Anschein nach nie zur Verfügung stehen würde. Hat dir Tannery nichts davon gesagt, daß ich die Kutsche angefordert und ständig eine Abfuhr erhalten hatte? Du hättest dir denken können, daß ich irgendwann beschließen würde, zu Fuß zu gehen!«

Von all dem schien er nur den ersten Satz gehört zu haben. »Du bist ins Dorf gegangen? Warum denn nur?«

»Warum denn nicht?« fragte ich. »Ich hatte dir gesagt, daß ich hin wollte, und du hast ausdrücklich erklärt, ich brauchte nur die Kutsche anzufordern, um mich hinfahren zu lassen. Doch dann hast du mich zum Narren gemacht, indem du das Personal anwiest, mich hinzuhalten...«

»Ich dulde nicht, daß du hinter meinem Rücken wegläufst«, unterbrach er mich leidenschaftlich.

»Ich bin *nicht* hinter deinem Rücken weggelaufen, Philip. Ich habe dich zweimal gebeten...«

»Und warum wolltest du überhaupt dorthin? Warum? Warum?« Er packte mich am Handgelenk, so fest, daß ich mich nicht aus seinem Griff befreien konnte, und trotz meines Vorsatzes, ruhig zu bleiben, wurde meine Stimme schrill, und ich versuchte, mich zu rechtfertigen:

»Ich wollte Wolle zum Stricken kaufen!«

»Du lügst!« Er brüllte mich so heiser und mit sich überschlagender Stimme an, daß ich zusammenzuckte. »Du hast einen Handarbeitskorb, der überquillt von Wolle und Strickmustern aller Art, Judith!«

Glaubte er wirklich ...

Ich entwand ihm gewaltsam mein Handgelenk. »Ich habe nicht gelogen!« sagte ich in unterdrücktem Zorn und begann, die Päckchen zu öffnen. Knäuel bunter Wolle kullerten wild durcheinander über den Boden.

»Oh, du bist klug, du bist sehr klug«, tobte er und stieß die Knäuel mit dem Fuß quer durch den Raum. Dann kam er ganz nah heran und packte mich bei den Schultern.

»Lüge mich nicht an! Warum bist du weggelaufen? Wen wolltest du treffen? Mit wem wolltest du hinter meinem Rücken sprechen?«

»Du hast den Verstand verloren«, sagte ich. »Ich lüge nicht, und außer mit der alten Dame in dem Laden habe ich mit niemandem gesprochen!«

»Verdammt sei deine verlogene Seele, Judith!« Er schüttelte mich – vor und zurück, vor und zurück, bis ich kaum noch Luft bekam; mein Kopf fiel heftig von einer Seite zur anderen, und ich sah Sterne, während der Raum um mich schwarz wurde. Ich kreischte vor Schmerz, überzeugt, daß ich einem Wahnsinnigen in die Hände gefallen war, daß er mich umbringen würde...

Die Tür wurde geöffnet, und Tannery stand mit eisigem Gesichtsausdruck im Türrahmen. »Darf ich abräumen, Miß Sybil?« fragte er. »Ich dachte, ich hätte Sie rufen hören, Sir.«

Philip ließ die Hände von meinen Schultern sinken. Er befahl mit heiserer Stimme: »Raus!«

»Miß Sybil?« wiederholte der alte Mann, und plötzlich erkannte ich, daß ich in Tannery einen Verbündeten hatte. Um Atem ringend brachte ich hervor, wobei ich mich bemühte, meine Stimme zu beherrschen: »Es ist schon gut, Tannery. Ich bin noch nicht ganz fertig mit Essen; du kannst das Tablett später holen.«

Er verbeugte sich und zog sich zurück; ich ging absichtlich auf die andere Seite des Tisches. Mit bebender Stimme sagte ich: »Würdest du ... würdest du dich bitte hinsetzen, eine Tasse Tee trinken und versuchen, mir zuzuhören?«

Philip rührte sich nicht, sondern starrte mich in dumpfem, verzweifeltem Elend an. »Judith«, flehte er, und in diesem einen Wort lag ein unendlicher, hilfloser Schmerz. Auch ich spürte buchstäblich Schmerz vor Mitleid, wodurch meine Angst verschwand.

Ich brachte es nicht fertig, seinen Traum zu zerstören. Ich streckte die Hand aus. »Vater ...« sagte ich gedämpft, aber entschlossen. »Vater, bitte sei nicht böse. Komm, setz dich. Ich werde dir Tee eingießen. Es tut mir leid, wenn du dir Sorgen gemacht hast.«

Ich nahm meinen Platz am Tisch wieder ein. Ich mußte dafür mehr Mut aufbringen als für sonst etwas, das ich je getan hatte. Über dem Klavier hing das Gemälde von Judith und sah auf uns herab, mit leerem Blick und unberührt von der Spannung im Raum.

Philip blieb noch einen Augenblick reglos stehen; dann verzerrte sich sein Gesicht, und er fiel auf die Knie, um das Gesicht in meinem Rock zu vergraben.

»Judith«, weinte er, »o Gott, Judith, ich dachte, du wärest von mir weggelaufen, ich dachte, ich hätte dich verloren ... Judith, bitte verlaß mich nie mehr, verlaß mich nie im Leben. Ich könnte ohne dich nicht leben.«

Ich streichelte ihm übers Haar und starrte über seinen Kopf hinweg voll dumpfer Verzweiflung in das Gesicht der gemalten Judith.

6. Kapitel

Ich lag in dieser Nacht lange wach und rief mir noch einmal jedes einzelne Wort ins Gedächtnis zurück, das zwischen uns gefallen war; mein Kopf schmerzte vor Anstrengung, alles zu begreifen. Philip hatte sich erniedrigt, indem er mich immer wieder um Verzeihung bat, und schließlich hatte er mir seine Ängste damit erklärt, daß es im Dorf Leute gäbe, die etwas gegen ihn hätten, und er wollte nicht, daß böses Gerede entstünde. Ich fand diese Erklärung als Entschuldigung etwas dürftig, aber ich wagte nicht, im wahrsten Sinne wagte ich es nicht, ihm das vorzuhalten. Ich fürchtete mich inzwischen so sehr vor seinen Zornesausbrüchen, daß ich es für besser hielt zu schweigen.

Ich lag in dem Himmelbett, das dem Mädchen gehört hatte, dessen Namen ich trug, und atmete den schwachen Geruch von Lavendel ein, der mich ringsum umgab; ich haßte ihn. Am Anfang, als ich noch nicht lange hier war, hatte ich den Eindruck, daß mich der Geist Judiths in ihren Räumen beobachtete; aber inzwischen kam es mir so vor, als ob *sie* selbst hier noch lebte, lebendig und stark; ihre Kleider raschelten im Schrank, der Handarbeitskorb quoll über von Garnen, mit denen *sie* gestrickt hatte, ihre Bürsten lagen auf dem Toilettentisch, und meine waren wie die eines Gastes oder Eindringlings, der jeden Augenblick durch die Rückkehr der rechtmäßigen Besitzerin und Herrin des Raumes vertrieben werden konnte, nachdem er sich frech eingenistet hat.

Mit schmerzendem Kopf fiel ich schließlich in einen unruhigen Schlaf und träumte, daß ich als Geist durch fremde Räume wanderte, wo mich niemand sehen konnte, weil ein Bildnis des Gesichts und der Haare von Judith zwischen mir und der Wirklichkeit mitwanderte. Tannery stand in jedem Raum und sagte: »Ich sehe Sie, Miß Sybil!« Aber er wurde beiseite gestoßen, und es ertönten Rufe: »Bist du das, Judith?« Schreiend wachte ich auf, mein Gesicht und das Kopfkissen waren naß von Tränen.

Am nächsten Morgen bedrückte mich das Haus, und obwohl ich nach der gestrigen Szene Angst hatte, es zu verlassen, wußte ich, daß ich genau das tun mußte. Sonst säße ich in einer Falle, als lebendes Porträt eines Geistes, mit dem Gemälde einer fremden Person, mit ein paar Räumen, in denen ich herumspuken konnte, ohne je zu wagen, sie zu verlassen. Ich steckte die kleine Teekanne in meine Rocktasche, und nach dem Frühstück ließ ich Tannery kommen. Mit hoch erhobenem Kopf erklärte ich ihm:

»Ich mache jetzt einen Spaziergang im Wald hinter dem Haus. Wenn der Doktor wissen möchte, wo ich bin, können Sie ihm eine entsprechende Auskunft geben und ihn einladen, daß er sich mir jederzeit anschließen könnte, wenn er Lust dazu hat.«

Tannery sah mich prüfend an, aber er sagte nur: »Ich werde es ausrichten, Miß.«

Der Wald roch frisch und war von Sonnenlicht durchflutet, der Duft von frischen Blättern und Erde hing in der Luft. Ich fand den kleinen Hügel, wo für die Puppenteeparty gedeckt war, mühelos wieder; das Arrangement war etwas verändert, und so wußte ich, daß das kleine Mädchen noch ab und zu wieder hierher kam. Ich stellte die blaue Keramikkanne an die Stelle, wo die, die ich zerbrochen hatte, gestanden hatte. Ich wäre gern geblieben und hätte mich mit dem Mädchen unterhalten; ich fragte mich, wer sie sein mochte. Vielleicht war ich deshalb so neugierig, weil sie genau wie ich diese merkwürdige weißblonde Haarfarbe hatte, die allen Leuten so ungewöhnlich erschien. War diese Haarfarbe in diesem Teil Neuenglands vielleicht gar nicht so selten? Judith hatte sie ja auch gehabt.

Ich schlenderte müßig zurück durch den Wald und hielt hier und dort an, um die wilden Blumen zu bewundern, die am Wegesrand wuchsen. Ich hatte es keineswegs eilig, zum Haus zurückzukommen; doch wenn das kleine Mädchen in dieser Gegend zu spielen pflegte, dann würde es vielleicht durch meine Anwesenheit ferngehalten. Plötzlich wünschte ich mir, entweder älter oder jünger zu sein. Wenn ich jünger wäre, würde mich diese Verkleidung als Schulmädchen nicht stören; wenn ich älter wäre, wäre sie unmöglich.

Während ich so gedankenverloren dahinschlenderte und kaum etwas um mich herum wahrnahm, wurde ich plötzlich durch das Geräusch von Schritten aufgeschreckt; etwas, das ich aus dem Augenwinkel gesehen und für einen Baumstamm gehalten hatte, bewegte sich plötzlich und nahm vor meinen Augen die Gestalt eines Mannes in einem dunklen Anzug an.

Ich war nicht direkt verängstigt, sondern nur irgendwie verdutzt. Nach dem, was Philip mir erzählt hatte, war ich der Meinung gewesen, alle Wälder ringsum wären unser Besitz. Ein Kind könnte beim Herumlaufen zufällig hierher kommen und sich einen Platz unter den Bäumen zum Spielen aussuchen; ich wäre auch nicht überrascht gewesen, einem Jäger auf der Pirsch mit einem Gewehr über der Schulter zu begegnen – wenn auch nicht gerade in dieser Jahreszeit – oder einem Bauern, der seinen Weg durch den Wald abkürzte; aber ein Mann in einem eleganten Stadtanzug gehörte einfach nicht hierher. Ich sah ihn neugierig an und ärgerte mich, daß er mich erschreckt hatte.

»Dieser Wald ist Privatbesitz, Sir. Haben Sie sich verlaufen? Möchten Sie, daß ich Ihnen den Weg zur Straße zeige?«

»Ich kenne meinen Weg sehr gut«, sagte der Mann schroff, und dann verschlug es mir fast den Atem, als ich ihn erkannte.

Es war der Mann, der bei unserer Trauung die Störung verursacht hatte! Der Mann, dessen Auftauchen im Hotel Philip dermaßen aus der Fassung gebracht hatte!

Im ersten Moment konnte ich dies gar nicht glauben. Ich redete mir ein, daß ich allmählich verrückt würde. Es gab keine geheimnisvollen Fremden, die plötzlich aus dem Nichts auftauchten, um geheimnisvolle Dinge zu tun! Ich mußte wirklich den Verstand verloren haben, so etwas anzunehmen: Und doch kamen mir seine Gesichtszüge bekannt vor, dessen war ich ziemlich sicher. Ich sah ihn voll verzweifelter Unentschlossenheit an, nun doch sehr erschreckt. Ich *hatte* ihn schon einmal gesehen! Ich wußte, daß es derselbe Mann war!

Er beobachtete mich schweigend; offenbar wartete er darauf, daß ich etwas sagen würde, aber ich beschloß, stur zu bleiben, da es an ihm war, etwas zu erklären. *Er* hatte die Grenze unseres Besitzes überschritten. *Er* war der Eindringling! Ich ging nur irgendwo spazieren, wo ich hingehörte, im Anwesen meines Mannes, und es war Pflicht des Fremden, zu erklären, wer er war und was er hier wollte.

Das Schweigen hielt an. Keiner von uns sagte etwas.

Das war lächerlich! Sollten wir hier den ganzen Tag so stehenbleiben wie zwei Marionetten?

Und dann, als ob eine unsichtbare Hand plötzlich an unser beider Fäden gezogen hätte, ergriffen wir gleichzeitig das Wort:

Er sagte: »Was treiben Sie hier?«

Und ich sagte: »Was wollen Sie hier eigentlich?«

Er wiederholte seine Frage:

»Was treiben Sie hier? Was hat denn der alte Maynard diesmal vor?«

Ich preßte die Lippen zusammen. »Ich weiß nicht, wovon Sie reden«, zischte ich, »und Sie haben kein Recht, mir Fragen zu stellen. Wenn Sie überhaupt eine Berechtigung haben, sich hier aufzuhalten, dann erklären Sie mir, worin diese besteht. Falls nicht, dann verschwinden Sie sofort, und lassen Sie mich vorbei!«

»Nicht sofort«, sagte er geistesabwesend. »Sehen Sie mich an, Mädchen, sehe ich aus wie ein Verbrecher?«

Wie unter Zwang hob ich den Blick und sah ihm ins Gesicht.

Sah er aus wie ein Verbrecher? Ich wußte nicht, wie so jemand aussah. Er wirkte jung – vielleicht dreiundzwanzig oder vierundzwanzig –, schlank und sehr dunkel;

nicht auf die Art dunkel wie ein Spanier oder Italiener, auch nicht wie ein sonnenverbrannter Bauer oder Fischer, eher dunkel wie die Iren oder Waliser, die ich gesehen hatte. Seine Augen funkelten in einem erstaunlichen Blau in seinem dunklen Gesicht, und sein Mund wirkte entschlossen; sein Blick war eindringlich, so daß mir der Vergleich mit einem Jagdhund auf der Fährte eines Wildes oder mit einem Falken, der zum Todesstoß ansetzt, in den Sinn kam; wenn Grausamkeit in seinen Zügen lag, dann war es eine klare Grausamkeit, er wirkte nicht verschlagen oder hinterhältig.

Ich hatte mich wieder etwas gefangen. »Wenn Sie kein Verbrecher sind, warum verfolgen Sie uns dann überall? Oder wollen Sie das etwa leugnen?«

»Ich verfolge nicht Sie«, sagte er. »Ich habe nichts gegen Sie, junge Dame. Aber ich gäbe viel dafür zu wissen, was der alte Maynard jetzt wieder ausheckt – welches Spiel er wirklich spielt. Ich dachte, Sie wären vielleicht eine reiche Erbin. Ich habe Nachforschungen angestellt und herausgefunden, daß das nicht der Fall ist. Warum also hat er... Sehen Sie, Mädchen, Sie sehen wie ein nettes junges Mädchen aus, aber der Schein trügt oft. Wenn Sie ein so nettes junges Mädchen sind, warum spielen Sie dann sein Spiel mit, zum Teufel? Wenn Sie wüßten, wer er ist...« Seine Stimme wurde laut und erregt. Plötzlich packte mich entsetzliche Angst; ich drehte mich blitzartig um und rannte auf dem Weg davon. Er lief mir nach und stellte sich mir in den Weg.

»Nein! *Hören Sie mir zu!* Es kann über Leben und Tod entscheiden...«

Ich drückte mich an ihm vorbei und rannte weiter. Er folgte mir mit ein paar Schritten, doch dann blieb er zurück, und ich wurde etwas langsamer, da ich mit unbeschreiblicher Erleichterung die auffallende Gestalt Tannerys am Waldrand stehen sah.

»Miß Sybil«, sagte er besorgt. »Was ist denn los?«

»Ein Mann... hat mich verfolgt.« Ich trat in den Garten,

vor Erschöpfung schwer atmend. Er schob mich mit einer sanften, beschützenden Geste hinter sich, und ich erstarrte in neuer Angst, als ich Philip in nur ein paar Metern Entfernung sah. Seine Stirn war zerfurcht, und sein Gesicht hatte den Ausdruck, den ich mittlerweile allzugut kannte, ein Ausdruck, der Donner und Sturm verkündete. Philip stürzte sich auf mich zu, wutentbrannt, und ich rüstete mich für eine erneute häßliche Szene.

»Wo bist du gewesen?« fragte er. »Was hast du mit diesem Mann zu schaffen gehabt?«

»Hauptsächlich bin ich ihm davongerannt«, sagte ich; diesmal war ich wirklich ärgerlich.

»Sich davonzustehlen, um jemanden hinter meinem Rücken zu treffen! Ich werde ihn umbringen, wenn er dich belästigt! Oder hast du ... hast du dich mit ihm verabredet?« Er war vollkommen außer sich; Tannery ließ ein schroffes, mißfälliges Räuspern hören und sagte: »Sir, Sie sind falsch informiert. Ich 'abe beobachtet, wie sich der Mann Miß Sybil nä'erte, und sie ver'ielt sich vorbildlich. Sie weigerte sich, mit ihm zu sprechen, und als sie wie eine wohlerzogene junge Dame weiterge'en wollte, folgte er ihr. Man kann ihr nicht den geringsten Vorwurf machen, Dr. Maynard.«

»Ich will meine Reitpeitsche haben! Ich werde dem verdammten unverschämten Kerl eine Tracht Prügel verpassen, die er sein Leben lang nicht vergessen wird – einfach hier so einzudringen und meine Tochter zu verfolgen!«

Tannery sagte mit ruhiger Stimme: »Dr. Maynard, se'en Sie, der Mann ist doch gar nicht mehr da; vielleicht war er nur ein Spaziergänger, der sich verlaufen hat. Machen Sie doch keine Affaire daraus, Sir, Sie möchten doch keinen Skandal heraufbeschwören, oder?«

Philips Schultern sackten herunter, er fiel in sich zusammen und sah geschlagen aus. Ich sah mich vorsichtig um. Der Fremde war verschwunden, aber ich fragte mich: *Für wie lange?* Würde er immer wieder auftauchen wie ein ständiges Mysterium, das unser Leben begleitete?

Worin das Mysterium auch immer bestehen mochte, ich konnte es mir nicht erklären. Der Mann war weg, und ich wollte keinen weiteren von Philips Tobsuchtsanfällen verursachen, indem ich ihn noch mehr reizte. Ich nahm seinen Arm, und wir gingen in Richtung Haus. Ich war bedrückt. Sollten diese Eifersuchtszenen jetzt zu einer täglichen, ja zu einer stündlich wiederkehrenden Einrichtung werden, jedesmal, wenn ich nur für eine kurze Zeit außer Sichtweite war? Wenn er seine eigene Tochter auf diese Weise behandelt hatte, war es mir ein Rätsel, wie sie bei Verstand bleiben konnte!

Zu Hause hatte man mich behütet und so weit gegen die Außenwelt abgeschirmt, wie es vernünftig war, aber meinen Vater wäre es nie in den Sinn gekommen, etwas Schlechtes darin zu sehen, wenn ich auf der Straße mit einem fremden Mann gesprochen hätte, oder mich, wenn ich ganz harmlos in einen Laden ging, zu beschuldigen, daß ich mich schlecht betragen hätte! Solche Geschichten hatte ich im Zusammenhang mit den verschleierten Frauen in Asien gehört, wo es schon unmoralisch war, sich einem Fremden zu zeigen.

Ich unternahm den hilflosen Versuch, ihm einiges von meinen Gedanken klar zu machen. »Philip, warum bist du so wütend? Glaubst du wirklich, ich wollte weglaufen und mich hinter deinem Rücken mit fremden Männern treffen? Kannst du mir denn nicht trauen? Wirklich, ich weiß, wie ich mich zu benehmen habe.«

Seine Stimme zitterte. »Das weiß ich, aber ich bin gegen meine Gefühle machtlos. Ich kann es einfach nicht ertragen, daß du mit jemand anderem sprichst, ich werde schon verrückt bei der Vorstellung, daß du einen fremden Mann auch nur ansehen könntest.«

»Aber ich kann doch nicht mein ganzes Leben eingesperrt in meinem Zimmer verbringen«, sagte ich aufgebracht. »Du gibst mir das Gefühl, in einem Gefängnis zu leben. Ich werde nicht mehr ins Dorf gehen, wenn du das nicht willst, aber wenn ich nicht einmal in deinem eigenen

Wald spazierengehen darf, dann werde ich zugrunde gehen. Ich komme mir vor wie ein Vogel im Käfig!« Das letzte Wort kam mit einem Schluchzen heraus. Ich spürte, daß ich einem hysterischen Anfall nahe war.

»Aber mein Liebling«, er rang förmlich die Hände. »Bist du denn hier zu Hause so unglücklich? Wohin möchtest du denn gehen? Wen gibt es denn sonst noch, den du treffen möchtest? Nach wem hast du Sehnsucht? Bin ich denn nicht genug für dich? Habe ich dich vernachlässigt?«

»Nein, nein, das ist es nicht. Ich möchte nur einfach nicht in einem Käfig sitzen!« Ich versuchte verzweifelt, es ihm begreiflich zu machen. »Ich möchte doch gar nicht fortgehen, ich möchte nur das Gefühl haben, daß ich es *könnte*, daß ich die einfachsten Dinge tun kann wie jedes andere Mädchen in meinem Alter auch – ich möchte nicht in einem Gefängnis leben.«

»Mein liebster Schatz, ich würde dir niemals wehtun wollen. Wenn dir das Haus wie ein Gefängnis erscheint, dann werde ich mit dir weggehen. Wir werden reisen, das ist es, wir werden reisen, und dann können wir beide miteinander allein sein, und du wirst nicht mehr einsam sein oder einen anderen Menschen brauchen ...«

Ich wandte mich verzweifelt ab, als ich eine Kutsche auf der Auffahrt heranrumpeln hörte. Philip sagte zornig: »Zum Teufel!« und ging in die Eingangshalle.

Tannery hatte die Tür geöffnet, noch bevor die Glocke ertönte. »Miß Maud! Welche Freude, Miß! Soll ich dem Doktor sagen, daß Sie hier sind?«

Die Frau, die da so unangemeldet in unser Haus hereingeschneit kam, war groß und dünn und trug auf eine überzeugende Art die Mode von vor zehn Jahren. Sie war in etwas Lavendelfarbenes gehüllt, mit einem fliederfarbenen Reiseschal aus Chiffon und einem Hut, der fast nichts mehr von ihrem grauen Haar sehen ließ; sie hatte die aufrechte Haltung und das gezierte Benehmen einer Dame der alten Schule. Ihr Gesicht war freundlich, jedoch streng und kompromißlos. Philip stöhnte resigniert, als ihr Kofferträger mit mehreren Gepäckstücken und Taschen hinter ihr hereinkam. Er durchquerte die Halle und sagte eisig:

»Du solltest es lieber ankündigen, Maud, wenn du beabsichtigst, dich zu einem Besuch bei mir herabzulassen.«

»Warum?« Ihre Stimme war hell und ihre Sprechweise gedehnt. »Dies ist genauso mein Haus wie deines, gemäß Papas Wille, und auch Mays. Nur weil *sie* es vorzog, niemals unangemeldet hier zu erscheinen, muß ich deswegen so tun, als gehörte das Haus ausschließlich *dir?*« Sie sah nach oben und entdeckte mich auf der Treppe. »Wer ist das denn?« fragte sie, ohne sich die Mühe zu machen, die Stimme zu senken, während sie mich musterte; sie hob sich die Lorgnette ans Auge und begutachtete mich, als ob ich ein Kanarienvogel in einem Käfig sei, dessen Kauf sie erwog.

Philip hob die Hand winkte mich heran.

»Komm, mein Liebes«, sagte er, während ich die Stufen hinabstieg. »Dies ist meine Schwester Maud.«

»Bemerkenswert!« Maud Maynard ließ die Lorgnette sinken. »Einen Augenblick lang dachte ich ... was hast du diesmal vor, Philip?«

Ich wollte *nicht* zulassen, daß sie über mich wie über eine seelenlose Puppe diskutierten. »Philip und ich haben vor einem Monat geheiratet, Miß Maynard«, sagte ich. »Ich bin sehr glücklich, seine Schwester kennenzulernen; ich hatte gedacht, er habe gar keine Familie.«

Dann sah ich Philips Gesicht. Wenn Blicke töten könnten, dann wäre ich in diesem Moment mindestens halbtot auf das Parkett der Halle gefallen. Ich spürte Ärger in mir hochsteigen. Ja, ich hatte versprochen, die Rolle als seine Tochter zu spielen, aber ich wäre nie auf die Idee gekommen, daß diese Maskerade auch Philips eigener Schwester vorgespielt werden sollte. Mußte er unbedingt einen Narren aus mir machen?

Miß Maud kam auf mich zu und musterte mich von Kopf bis Fuß. Sie sah Philip in keiner Weise ähnlich, obwohl sie in ihrer Jugend eine gutaussehende Frau gewesen sein mußte. Sie kräuselte die schmalen Lippen mißbilligend, aber ich erkannte, daß dies Philip galt und nicht mir, denn sie sagte sanft: »Ich freue mich sehr, Sie kennenzulernen, meine Liebe. Ich hoffe, Sie fühlen sich in Quarry House wohl.«

Die Tür zu den Räumen des Personals an der rückwärtigen Seite der Halle öffnete sich, und Mrs. Grant kam heraus; sie hatte das schlichte seidene Kleid an, das sie nachmittags zu tragen pflegte. »Mr. Tannery, der Tee ist zubereitet und könnte in der Bibliothek serviert werden...« setzte sie an und unterbrach sich, als sie uns alle am Fuß der Treppe zusammenstehen sah. »Entschuldigen Sie, Miß Judith, ich habe nicht gesehen... soll ich den Tee hereinbringen lassen?«

»Ja, bitte«, sagte ich, dankbar für die Ablenkung. »Und bitte sorgen Sie auch noch für eine weitere Tasse und einen Teller für Miß Maynard, Mrs. Grant.«

»Sehr wohl, Miß Judith. In etwa fünf Minuten.« Damit wandte sich Mrs. Grant zum Gehen, doch Miß Maud richtete das Wort an sie. »Ist Mrs. Mathison nicht mehr hier?«

»Nein, Madam. Seit einigen Wochen bin ich hier«, antwortete Mrs. Grant leise und entfernte sich. Miß Maud blickte Philip wütend an, machte Tannery ein Zeichen, zu gehen, und stieß böse hervor: »Bitte komm in die Bibliothek, Philip.«

Er hielt uns beiden die Tür auf und bedeutete mir, vor ihm zu gehen. »Maud, ich bitte dich inständig, mache jetzt keine Szene.«

»Eine Szene? Ich habe nicht die geringste Absicht, eine Szene zu machen«, fuhr sie ihn an, »aber ob es dir gefällt oder nicht, dies ist mein Haus, und ich bin ein Mitglied deiner Familie, und ich habe das Recht zu wissen, was hier vor sich geht, um Gottes oder Teufels willen. Warum nennen die Diener sie Miß Judith? Warum hast du den ganzen Haushalt umgekrempelt, das Personal entlassen und lauter neue Leute eingestellt?«

»*Pas devant la jeune fille*«, sagte Philip und warf einen kurzen Blick zu mir herüber, ohne daran zu denken, daß ich sehr gut Französisch verstand.

»Oh, Tannery«, sagte ich mit beträchtlicher Erleichterung, als die Tür weit aufschwang und der alte Mann den Teewagen hereinrollte. »Auf dem Tisch hier am Fenster, bitte.«

»Ich habe noch etwas von dem Ceylon-Tee gefunden, den Sie so schätzen, Miß Maud«, sagte Tannery mit ungezwungener Vertraulichkeit, als ob sie lange miteinander bekannt wären. »Er ist in dieser kleinen blauen Kanne hier, die neben der anderen steht; der Doktor hält nicht soviel davon.« Er beugte sich vor, um den mit Spiritus getränkten Docht des Teelichts zu entzünden, damit der Tee warm gehalten würde. Dann zog er meinen Sessel zurück.

»Möchten Sie eingießen, Miß Maynard«, fragte ich voller Eifer, sie für mich einzunehmen, und dankbar für diese kleinen formalen Rituale, die problematische Situationen vor Außenstehenden so harmlos erscheinen ließen. Nicht daß ich Tannery für einen Außenstehenden gehalten hätte, aber ich kannte die Regel: Persönliche Dinge wurden niemals in Gegenwart von Dienstboten besprochen. Sie winkte ab.

»Nein, nein, mein Kind, vielen Dank«, antwortete sie mit einem freundlichen Lächeln, und im nachhinein war ich dankbar für die Erziehung durch meine Tante Mabel: Es gehörte sich, der älteren Dame den Vorrang anzubieten. Tannery verließ beinahe geräuschlos den Raum, aber ich erging mich weiterhin in den Ritualen, die der Teetisch erforderte, versenkte mich so hinein, als ob ich dadurch endgültig das Unwetter abwenden könnte, das ich in Philips Gesicht zusammenbrauen sah – nicht ein Sturm im Wasserglas, sondern in der Teekanne: »Wie mögen Sie Ihren Tee, Miß Maynard?«

»Schwach, bitte, ein Stück Zucker und sehr wenig Milch«, antwortete sie; ich goß ein und reichte ihn ihr. »Philip?«

Er runzelte die Stirn, aber ich *war nicht bereit*, ihn in Gegenwart seiner Schwester ›Vater‹ zu nennen, da diese ja die richtige Judith gekannt haben mußte. Über mir schien das Gemälde zu lächeln. Ich gab drei Stück Zucker in seine Tasse und reichte sie ihm.

Miß Maud nahm ein Kanapee. Philip spießte sich mit düsterem Gesicht ein kleines Gebäckstück auf seine Gabel. Ich goß mir selbst ebenfalls Tee ein und nahm ein Stück Brot und Butter, doch es schmeckte wie Sägemehl.

»Hattest du eine angenehme Reise, Maud?« fragte Philip barsch. »Dies wäre eigentlich eine gute Jahreszeit für größere Reisen; es wundert mich, daß du nach Hause gekommen bist.«

»Dies ist die beste Zeit für Neuengland«, entgegnete sie. »Im übrigen war ich ein paar Tage lang in Newport, und Magda Van Valkenberg hat mir von deiner Hochzeit erzählt.«

Philip murmelte etwas, das sich wie ›tratschhafte alte Vogelscheuche‹ anhörte.

Ich nahm ein Stück Zucker in den Mund und spülte mit Tee nach. Tannery hatte mein Lieblingsgebäck aufgetragen, aber ich unternahm nur einen halbherzigen Versuch, an einem zu knabbern, bevor ich es auf meinen Teller legte. Ich warf Philip einen auffordernden Blick zu. Er begegnete meinen Augen, dann sah er wieder weg.

»Möchtest du uns nicht etwas vorspielen, mein Liebes?« fragte er, und ich erhob mich mit einiger Erleichterung. Hinter mir hörte ich Philips Stimme und die von Miß Maynard, beide sorgsam gedämpft, aber ich versuchte, sie zu ignorieren; ich wählte ein Lied von Schubert und spielte ein wenig lauter als sonst, damit ich die beiden nicht zu hören brauchte. Dennoch vernahm ich, als ich einmal die Seite meines Notenbuches umblätterte, die Stimme von Miß Maud scharf und klar:

»Ich habe dich immer schon für ziemlich verrückt gehalten, Philip, aber jetzt würde ich sagen, daß du dicht davor bist, ein absoluter Irrer zu werden!«

Ich glaube, in meinem ganzen Leben war ich noch nie so dankbar dafür, daß eine Mahlzeit zu Ende war, wie damals beim Tee in der Bibliothek von Quarry House. Ich flog geradezu die Treppe hinauf, als Tannery erschien, um abzuräumen, und ich knallte meine Tür zu, als ob ich damit die ganze wirre und närrische Welt ausschließen könnte. Ich hatte den starken Drang, zu schluchzen und mich auf mein Bett zu werfen, aber in diesem Haus genoß ich selbst in meinem eigenen Zimmer nicht diese Freiheit, denn da war Jeannie und breitete gerade mein Kleid fürs Abendessen auf dem Bett aus.

»Ich werde das heliotropfarbene Musselinkleid herrichten, Miß. Ihrem Vater gefällt es, und der heutige Abend wird warm sein«, sagte sie. »Der Himmel ist rot, also wird es bestimmt schön bleiben. Sehen Sie nur, Miß, sie haben das Volant an ihrem Kleid zerrissen.«

Ich sah zu Boden. Tatsächlich war da ein kleiner Fetzen herausgerissen, was wahrscheinlich bei meiner Flucht vor dem fremden Mann im Wald passiert war. Als ich mir dieses Ereignis ins Gedächtnis zurückrief, überfiel mich erneut solches Entsetzen, daß es sich in meinem Gesicht widerspiegeln mußte, denn Jeannie sagte sofort: »Machen Sie doch nicht so ein Gesicht, Miß Judith. Ich kann es reparieren, und man wird den Riß später überhaupt nicht sehen. Es gibt in ihrem Handarbeitskorb einen Faden von der genau passenden Farbe«, fügte sie hinzu; sie kniete sich neben Judiths Arbeitskorb und hob den Deckel über der Sammlung von Wolle und Garnen, die – vor wer weiß wie vielen Jahren – jener Geist zurückgelassen hatte, der zusammen mit mir in diesen Räumen wohnte.

»Nein! Rühren Sie das nicht an!« Es war ein unterdrückter, unbeabsichtigter Schrei, und erst als ich Jeannies Gesicht sah, wurde mir klar, wie merkwürdig ich mich angehört haben mußte. Sie erhob sich und sagte mit verletzter Würde: »Ich hätte die Wolle schon nicht durcheinandergebracht, Miß. Na ja, es wird noch genügend Zeit sein, wenn Sie beim Abendessen sind.«

Ich sagte schwach und mit dem Bewußtsein, daß es sich dürftig anhören mußte: »Ist schon gut, Jeannie, aber sollte das Kleid nicht erst gewaschen werden, bevor man es ausbessert?«

»Ich ziehe es im allgemeinen vor, es erst zu reparieren, manchmal machen sie in der Wäscherei nur noch größere Risse hinein«, sagte sie steif und unversöhnt. »Möchten Sie sich jetzt fürs Abendessen umziehen, Miß Judith?«

Ich war mit dem Umziehen fertig, und Jeannie bürstete mir gerade die Haare, als es an der Tür klopfte. Ich zuckte zusammen, Panik durchfuhr mich, und ich wunderte mich über mich selbst. Was war nur mit mir geschehen, daß selbst das harmloseste Geräusch meine Nerven derart strapazierte? Ich bemühte mich, meine Stimme ruhig klingen zu lassen, und sagte: »Würden Sie bitte nachsehen, wer das ist, Jeannie?«

Aber natürlich, wie ich nicht anders erwartet hatte, war es Philip. Er blieb im Türrahmen stehen, sah mich böse an, kam dann näher, bis er hinter mir stand und ich sein Gesicht im Spiegel sehen konnte; die halbmondförmige Narbe stach blaßweiß von seiner Gesichtsfarbe ab. Er sah traurig aus, und seine Augen waren so merkwürdig, daß ich, wenn er eine Frau gewesen wäre, vermutet hätte, daß er geweint hatte. Er strich mir flüchtig übers Haar. Ich hatte irgendwie damit gerechnet, daß ich nach den Vorfällen des heutigen Tages Angst vor seiner Berührung haben würde, aber ganz im Gegenteil, als er mich berührte, schmolz meine Angst und verging vollends. In einer plötzlichen Anwandlung von Mitleid, von – ich wußte nicht, was es eigentlich war – hob ich seine Hand und drückte sie mir an die Wange. In diesem Moment empfand ich vor allem Wut gegen Miß Maud wegen ihres voreiligen Urteils.

»Lieber Vater«, sagte ich und war mir in diesem Moment nicht klar darüber, ob ich ein Spiel oder eine Rolle spielte; es kam mir sehr natürlich vor.

Er streichelte mir mit der freien Hand die Wange und wandte sich dann an Jeannie.

»Glauben Sie, Sie könnten Miß Judiths Koffer noch heute abend packen, McClure? Wir werden morgen mit dem Nachmittagszug abreisen, und ich möchte, daß bis zum Mittag alles bereit ist.«

Ich ließ Philips Hand fallen, drehte mich um und starrte ihn an.

»Vater, das kann nicht dein Ernst sein«, brauste ich auf. »So plötzlich?«

»Warum nicht, mein Liebes?« Er lächelte gütig. »Eine der glücklichen Begleiterscheinungen des Wohlstandes ist es, daß man ganz nach Lust und Laune reisen kann, wann immer einem der Sinn danach steht.«

»Aber wir sind doch gerade erst von einer Reise zurückgekehrt«, wandte ich kraftlos ein.

»Und hast du sie vielleicht nicht genossen?«

»Doch, aber ...«

»Um so mehr ein Grund, gleich wieder eine zu unternehmen«, sagte er, als ob die Sache damit besiegelt wäre; dann bewölkte sich sein Gesicht:

»Oder hast du einen Grund – einen, von dem ich nichts weiß –, daß du lieber hierbleiben möchtest, anstatt mit mir zu reisen?«

»Du lieber Himmel, nein«, sagte ich ehrlich empört. »Ich war nur überrascht, das ist alles, und übrigens«, fügte ich hinzu, obwohl es nicht ganz zum Thema paßte, »es scheint deiner Schwester gegenüber nicht besonders rücksichtsvoll zu sein. Sie ist gerade erst angekommen, und wenn du jetzt so überstürzt abreist, könnte sie da nicht annehmen, daß du ihr einfach aus dem Weg gehst?«

Seine Augen blinzelten mir zu, als ob ich etwas sehr Schlaues gesagt hätte. »Genauso ist es, mein Liebes«, sagte er, »und ohne Zweifel wird sie es wissen, denn ich mache mir schon seit Jahren nichts mehr daraus, was deine Tante Maud von dem, was ich tue, hält.«

Stimmt nicht, dachte ich für mich, da ich mich erinnerte, wie blaß sein Gesicht geworden war, als er sie sah; laut sagte ich jedoch nichts. *Er macht sich ganz sicher etwas daraus und er hat schreckliche Angst vor dem, was sie tun oder sagen könnte.*

Und ich konnte es ihm nicht verübeln. Miß Maud, oder Tante Maud, wie Philip sie nannte, wirkte auf mich wie eine verschrobene alte Dame, deren Kopf richtig herum und sehr fest angeschraubt war. Sie gehörte zu den Leuten mit einem ausgeprägten gesunden Menschenverstand, die keine Geduld für Philips – und mein – Rollenspiel aufbringen würde. Nein, inzwischen war es gar kein reines Rollenspiel mehr, für mich war Philip ehrlich mein Vater und ich seine liebende Tochter.

Warum nicht? Niemand kam dadurch zu Schaden, und warum hielt Tante Maud ihn deswegen für verrückt? Vielleicht war er exzentrisch, aber harmlos.

Philip berührte sanft mein Haar. Ich brachte mein letztes Abwehrargument vor. »Es scheint Miß – Tante Maud gegenüber nicht nett zu sein.«

Er zuckte mit den Schultern. »Judith, Liebes, meine Schwester und ich hatten nie ein besonders herzliches Verhältnis zueinander. Wir sind nie gut miteinander ausgekommen. Wenn man sie dazu bringen könnte, ihre ehrliche Meinung zu sagen, wenn sie einmal freiheraus reden würde, ohne sich Gedanken zu machen, was korrekt ist zu tun oder zu sagen, dann kämst du bestimmt dahinter, daß sie in Wirklichkeit ganz entzückt ist von der Vorstellung, sich hier allein, ohne meine Gesellschaft ertragen zu müssen, aufzuhalten. Es ist nicht so, daß es zum erstenmal der Fall wäre. Gelegentlich glaubt sie sich durch irgendwelche Familienbande – so nennt sie das – veranlaßt, mich mit einem Besuch zu beehren, aber für gewöhnlich erspare ich ihr dann meine Anwesenheit. Wenn sie es mich hätte wissen lassen, daß sie einen Überfall auf uns plant, dann hätte ich schlicht und einfach das Weite gesucht, bevor sie in Erscheinung getreten wäre. So ist das.«»

Er wandte sich wieder an Jeannie, die noch immer mit der Bürste in der Hand dastand, und fragte sie: »Nun,

Mädchen, können Sie es schaffen, Miß Judiths Sachen rechtzeitg zu packen?«

»Nun ja, ich glaube schon, Sir«, sagte sie etwas verwirrt. »Es ist allerdings etwas kurzfristig. Und soll ich ihr Sachen fürs Meer oder für die Berge einpacken?«

Er hob leicht die Augenbrauen. »Verdammt, wenn ich das nur selbst wüßte. Entschuldige, mein Liebes. Ich weiß es nicht. Packen Sie für alle Gelegenheiten etwas ein. Ich bin mir noch nicht ganz sicher, wohin wir reisen.«

»Nicht sicher...« Jeannies rosiges Bauerngesicht zeigte Verblüffung. »Aber Dr. Maynard...« Sie blinzelte und war sofort wieder der brave Dienstbote. »Ja, natürlich Sir, wie Sie wünschen«, sagte sie mit dem höflichen, nichtssagenden Gesichtsausdruck, den ich bei Dienstboten schon so oft beobachtet hatte; es gefiel mir gar nicht, daß er Jeannie freundliches Lächeln vertrieb. »Wenn Sie erlauben, Sir, in zehn Minuten wird die Glocke zum Abendessen läuten, und ich muß Miß Judith noch fertig frisieren.«

Er warf einen kurzen ärgerlichen Blick auf seinen Nachmittagsanzug. »Und ich muß mich auch umziehen. Verdammt – Judith, läute Mrs. Grant und laß das Abendessen um fünfzehn Minuten verschieben.«

Er ging hinaus, und ich befolgte seine Anweisungen, wobei ich Jeannies Blick auswich. Diese Szene würde Stoff für eine herrliche Tratscherei im Dienstbotenzimmer liefern, daran zweifelte ich nicht – Tannerys Ermahnungen hin oder her!

Das Abendessen verlief besser als der Tee, und wenn es auch nur daran lag, daß wegen der Bedienungen, die ständig gebrauchte Teller abräumten und neue Gänge auflegten, nur eine oberflächliche Unterhaltung möglich war.

Tante Maud, die jetzt ein dezentes schwarzes Seidenkleid und eine kurze Perlenkette trug, betrieb geschmeidig Konversation über das Reisen per Zug und ob die Hortensienbüsche im Garten zurückgeschnitten werden müßten oder nicht, um für den Flieder Platz zu schaffen, oder ob es umgekehrt besser wäre. Philip war höflich und zurückhaltend, und ich sagte wenig; dennoch waren wir alle sehr erleichtert, als Tante Maud den Kaffee in der Bibliothek mit der Begründung ablehnte, daß sie von der Reise müde sei und früh zu Bett gehen wolle. Nur ein kleiner Makel trübte die glatte Oberfläche. Wir durchquerten gerade die Halle in der Absicht, Tante Maud gute Nacht zu wünschen, als sie sich unvermittelt an Philip wandte und fragte:

»Philip, wo ist eigentlich das Porträt der lieben Margaret? Als ich das letzte Mal hier war, hing es noch im Speisezimmer.«

Es entstand ein betretenes Schweigen. Schließlich antwortete Philip: »Also, äh, ich weiß nicht genau. Warum fragst du?«

Sie sah ihn an und sagte: »Ach nur so, Philip, ich dachte, es wäre vielleicht zum Reinigen oder Neueinrahmen weggegeben worden.« Sein Gesicht zeigte einen fast verzweifelten ›Warum-bin-ich-nicht-selbst-darauf-gekommen‹-Ausdruck. »Das braucht dir doch nicht peinlich zu sein; der Kleinen hier wird doch sicher klar sein, daß du eine erste Frau gehabt haben mußt. Meine Güte, wie alt du mir vorkommst, Philip. Ich hatte immer schon vermutet, daß du mehr und mehr exentrisch werden würdest, aber du scheinst es doch ein bißchen zu übertreiben!« Sie runzelte mißbilligend die Stirn. Dann ergriff sie meine Hand. »Gute Nacht, meine Liebe.« Ein trockener, flüchtiger Kuß auf die Wange. »Willkommen in unserer verrückten Familie, die sie nun mal ist.«

In meinem Kopf drehte sich alles, und ich dachte an die Katze in *Alice;* ich hätte mich Alice's Flehen anschließen können: *aber ich möchte nichts mit Verrückten zu tun haben.* Als Antwort wäre sicher zu erwarten gewesen: *Wir sind hier alle verrückt – auch du mußt verrückt sein, sonst wärst du nicht hierher gekommen.*

Philip sah ihr nach, wie sie die Treppe hochging, während seine Hand leicht auf meiner Schulter ruhte. Schließlich nahm er meine Hand in seine und ging ebenfalls die

Treppe hinauf, mit mir im Schlepptau. Auf dem Absatz hielt er inne und sah mich mit einer Spur von Unbehagen und Besorgnis an.

»Ich wollte, du hättest ihr nicht gesagt, daß wir verheiratet sind. Erinnerst du dich an unsere Abmachung, mein Liebes, daß du dich als meine Tochter ausgeben würdest?«

Ich sah ihn verblüfft an. »Aber«, erwiderte ich schließlich, »das galt doch nur Fremden gegenüber, nicht in Bezug auf deine eigene Schwester. Sie hätte sicher einen Unterschied bemerkt – ich hatte nicht gedacht...«

»Na ja, egal.« Seine Stimme klang sanft. »Aber daß das nicht noch einmal vorkommt, verstehst du?«

Und plötzlich, obwohl er weder die Stimme erhoben noch mich angesehen hatte, spürte ich, wie lähmende Angst von mir Besitz ergriff; das war schlimmer, als wenn er mit aller Kraft mein Handgelenk umklammert und es gequetscht hätte. Ich stand auf dem Treppenabsatz, und plötzlich wurde mir so schwindelig, daß ich beinahe die Treppe hinuntergefallen wäre. Philip stützte mich, aber als mich seine Hand berührte, entwand ich mich ihm und floh die Stufen hinauf.

In dieser Nacht lag ich die meiste Zeit wach, Erinnerungen und Ängste wirbelten wild durch mein Denken: der Fremde im Wald und seine entsetzlichen Andeutungen, Tante Mauds Stimme, als sie sagte: »Ich glaube, du mußt verrückt sein«, Philips unvermittelte Tobsuchtsausbrüche. Und wieder das Gesicht des Fremden, der aus irgendeinem mysteriösen Grund ständig meine Fährte verfolgte. Sogar der Anblick meines Kleiderkoffers, der gespenstisch und halb gepackt mitten im Zimmer stand, war ein Hinweis auf die makabre Seite dieser merkwürdigen Ehe.

Zum ersten und, um ehrlich zu sein, zum letzten Mal ertappte ich mich dabei, daß ich wünschte, ich hätte Oscar Williams geheiratet. Das Leben an seiner Seite wäre wahrscheinlich tödlich langweilig und öde gewesen. Und obwohl ich Langeweile bei ihm im Überfluß kennengelernt hätte, konnte ich mir nicht vorstellen, daß ich jemals vor Hochwürden Oscar Angst gehabt hätte.

Dann keimte plötzlich ein innerer Widerstand gegen mich selbst in mir auf. Hatte ich denn ganz und gar den Verstand verloren? Philip hatte sich mir gegenüber meistens liebenswürdig verhalten. Er hatte mich vor einer gänzlich unmöglichen Ehe und einem zermürbenden Leben bewahrt. Was war ich doch für ein Ungeheuer an Undankbarkeit, daß ich ihn, und wenn auch nur in Gedanken, solch abscheulicher Dinge beschuldigte. Ich drehte mein Kopfkissen um, klopfte es kurz zurecht, legte meine Wange darauf und schlief ein.

Ich wachte spät auf, und als ich am Frühstückstisch erschien, berichtete mir Tannery, als er Toast und frischen Tee brachte, daß der Doktor ins Dorf gegangen war, um einiges für die Reise vorzubereiten, und daß Miß Maud in aller Frühe gefrühstückt und sich zu einem Spaziergang in den Wäldern aufgemacht hatte. Ich ging wieder hinauf, aber wie gewöhnlich gab es für mich nichts zu tun; Jeannie war sehr beschäftigt damit, große Packen von frischer Wäsche und Spitzen zusammenzulegen und wegzuräumen.

»Möchten Sie, daß ich Ihnen auch den Handarbeitskorb packe, Miß Judith?« fragte sie und blieb neben dem Rosenholzkorb stehen. Ich fuhr zusammen. »Nein«, sagte ich scharf.

»Ihre Reitausrüstung, Miß?«

Was sollte das denn heißen? Ich war keine Reiterin und besaß auch keine Ausrüstung. Sie breitete eine auf dem Bett aus, dunkelblau mit Samtkragen und -manschetten, in einem etwas altmodischen Stil geschneidert.

»Wie hübsch«, sagte sie anerkennend. »Mir gefällt die alte Kragenform, dadurch wird das Gesicht entschieden reizvoller eingerahmt. Haben Sie es nach einem alten Porträt anfertigen lassen, Miß Judith?«

»Ich glaube nicht, daß ich zum Reiten kommen werde«, sagte ich, »Sie brauchen es nicht einzupacken.« Und dann durchfuhr mich ein Schauder des Entsetzens. Was hatte Jeannie denn um Himmels willen eingepackt? Mit Gewißheit hatte ich einige der Spitzennachthemden, die sie gerade zusammenlegte, noch nie in meinem Leben gesehen!

Sie hatten Judith gehört. Der Duft von Lavendel hüllte mich wie eine Wolke ein, so überwältigend, daß ich dachte, ich müßte ohnmächtig werden; ich taumelte und hielt mich krampfhaft an einem Bettpfosten fest. Ich spürte, wie Jeannies Hand nach mir griff, und ihr rosiges Gesicht, das jetzt besorgt aussah, stach aus einer erstikkenden Wolke von Lavendelduft hervor.

»Miß, sind Sie krank? Soll ich Ihren Vater rufen lassen?«

Oh, wenn Sie das nur wirklich tun könnten, dachte ich mit schwerem Herzen und in einem Anflug von Verzweiflung. *Oh, Papa, Papa, warum mußtest du sterben und mich verlassen und... ich bin nicht einmal mehr deine Tochter. Ich bin ein nichts... ein Geist.*

»Nein, meinen Vater können Sie nicht rufen lassen, Jeannie«, sagte ich und stieß ein kleines hysterisches Lachen aus.

»Miß, es geht Ihnen nicht gut. Hier, legen Sie sich aufs Bett, soll ich Ihnen eine Tasse Tee bringen, einen starken Kaffee? Vielleicht ein Schlückchen Brandy?«

»Nein, nein.« Ich saß auf der Bettkante, widersetzte mich jedoch ihrem sanften Druck, mit dem sie mich hinlegen wollte. »Es war nur der Duft von Lavendel, der mir zu stark war.«

»Ich werde ein Fenster öffnen, Miß Judith.« Sie tat es geräuschlos. »Ich habe all diese Dinge gestern abend gelüftet und ausgebürstet«, sagte sie mit einem leichten Ton der Verteidigung, »und der Lavendelduft schützt sie vor Motten und Schimmel. So nahe am Meer kriecht die Feuchtigkeit in die Wände der Häuser und ebenso in Wollkleidung. Ich dachte, sie mögen den Geruch. Jedenfalls finde ich ihn nicht so schlimm wie Kampfer.«

Ich sagte nichts – was hätte ich auch sagen sollen –, und Jeannie plapperte munter weiter:

»Der Geruch ist natürlich ein bißchen muffig; vielleicht sollten wir frische Blumen sammeln. Die Duftbeutelchen scheinen ziemlich alt und ausgetrocknet zu sein. Vielleicht wurden die Blüten auch gepflückt, als der Mond nicht in der richtigen Position stand – meine Mutter kennt sich mit solchen Sachen aus – und verwelkten zu schnell? Obwohl meine Großmutter, Gott sei ihrer Seele gnädig, einige Wäschestücke mit Lavendel aufbewahrt hatte, die nach zwanzig Jahren noch so frisch waren wie am Tag, als sie sie zusammengefaltet hat.« Sie öffnete den Schrank und nahm einen weiteren Armvoll Kleidung heraus; ich sah verschwommen – mit dem gleichen Schauder des Entsetzens –, daß meine und Judiths Kleider dabei durcheinander geraten waren.

Sollte ich wirklich diese Sachen tragen, die ein allgegenwärtiger Geist zurückgelassen hatte? Verschiedene Pläne wirbelten durch meinen Kopf. Ich könne Jeannie erklären, daß sie mir nicht mehr stünden und paßten; ich könnte sie bitten, nur jene Kleider einzupacken, die ich in den letzten Wochen neu gekauft hatte, aber der Koffer war schon bis über die Hälfte gefüllt, und außerdem, welche überzeugende Erklärung konnte ich dafür finden, daß ich einen Unterschied machte zwischen dem alten und einem neuen Nachthemd oder Unterrock? Aber meine Haut zog sich zusammen bei dem Gedanken, daß ich die Sachen tragen sollte, die das verstorbene Mädchen angehabt hatte.

Ich ermahnte mich, keine Närrin zu sein. Als ich ein junges Mädchen war und noch zur Schule ging, hatte ich von Tante Mabels Töchtern, die kräftiger gebaut waren als ich, besonders von Belle, oft zu klein gewordene Kleider oder Mäntel geschickt bekommen, und ich war damals sehr froh darüber gewesen, um auf diese Weise meine dürftige Garderobe zu ergänzen; die Bezahlung eines Gelehrten reichte nun mal nicht für warme Mäntel oder modische Blusen, und uns hinderte kein falscher Stolz daran, solche Dinge anzunehmen, auch wenn sie nicht mehr ganz neu waren. Warum sollte es also in diesem Fall etwas anderes sein? Ich versuchte, mich selbst davon zu überzeugen, daß meine Angst und Abneigung falsch waren; wenn ich wirklich Philips Tochter wäre, dann wäre Judith meine ältere Schwester gewesen. Würde ich zögern, die Kleider einer älteren Schwester zu tragen, die gestorben war? Doch die einzige Antwort, die mein sturer Kopf immer wieder gab, war: *Das ist etwas anderes. Ich weiß nicht, inwiefern, aber es ist etwas anderes.*

»Sie sehen wirklich blaß aus, Miß Judith.« Jeannie beobachtete mich immer noch, während sie weiter Sachen zusammenlegte. »Warum gehen Sie nicht ein bißchen hinaus in die Sonne? Es wird noch eng genug werden im Zug heute nachmittag, davon bin ich überzeugt. Warum genießen Sie nicht das Licht und die Luft, solange es geht?«

Ich hatte keine Lust zu einem Spaziergang; aber alles andere war besser, als untätig dazusitzen und zuzusehen, wie Jeannie Judiths Kleidung Naht auf Naht mit meinen eigenen zusammenlegte.

Lustlos spazierte ich durch die untere Halle und hinaus ins Sonnenlicht. Die Tür zu Philips Arbeitszimmer war geschlossen; ohne Zweifel arbeitete er auf Hochtouren, um all seine Geschäfte so weit zu erledigen, daß er beruhigt auf diese Hals über Kopf beschlossene Reise gehen konnte. Ich stand am Rand des Gartens, unentschlossen auf meiner Lippe herumbeißend. Das Dorf kam nicht in Frage. Nach meinem gestrigen Erlebnis fragte ich mich, ob auch der Wald hinter dem Haus für mich nicht mehr zugänglich war.

Dann wallte Zorn in mir auf. War es soweit mit mir gekommen – daß ich ziellos in einem Garten stand und Angst hatte, in den Wald zu gehen, der meinem Mann gehörte? Hätte sich eine normale Tochter derartige Gedanken um die Wut ihres Vaters gemacht? Ich reckte das Kinn entschlossen vor und machte mich auf den Weg in Richtung des Waldes, wobei ich bei jedem Schritt einen Fuß unbeirrt vor den anderen setzte. Ich würde mich *nicht* auf diese Weise erniedrigen lassen! Ich würde wieder an die bewußte Stelle gehen und nachsehen, ob das kleine Mädchen die Ersatz-Kanne gefunden hatte; wenn das nicht der Fall war, könnte ich vielleicht herausfinden, wo sie wohnte, und sie ihr direkt überreichen, bevor wir abreisten.

Ich spazierte langsam durch die grüne Kühle. Es bestand kein Anlaß zur Eile; und ich selbst wollte den Anschein, daß ich beschäftigt war, so lange wie möglich wahren, da ich sonst absolut nichts zu tun hatte. Ich näherte mich der Stelle, wo ich das Mädchen gesehen hatte, als ich aber Stimmen im Gebüsch vernahm, blieb ich zögernd stehen. Ich hatte nicht das geringste Verlangen danach, dem fremden Mann noch einmal zu begegenen.

Dann entspannte ich mich, denn es waren die Stimmen von Frauen, und eine davon kam mir sogar bekannt vor. Als ich um eine Wegbiegung kam, sah ich aus der Ferne den steif durchgedrückten Rücken und das hoch aufgetürmte Haar von Miß Maud Maynard.

Zunächst dachte ich, sie unterhielt sich mit dem Kind. Ich sah das seltsam strahlende weißblonde Haar und das gestreifte derbe Leinenkleid. Dann hörte ich noch eine Stimme, hoch, ziemlich schrill – aus dieser Entfernung konnte ich keine Worte unterscheiden –, und sah die zweite Frau.

Sie war ebenfalls älter, so wie Miß Maynard, aber ansonsten völlig anders: sie war klein und gedrungen, mit grauen Korkenzieherlöckchen rings um den kleinen Kopf, einer Brille mit Metallrahmen und einem geblümten Baumwollkleid, wie es zu einer Bäuerin paßte, aber irgend etwas an ihrer Kleidung und ihrem Benehmen verriet mir, daß sie keine Bäuerin war, sondern eine Dame. Ich ging langsam auf sie zu. Sie waren so sehr in ihr Gespräch vertieft, daß sie mich nicht hörten; und dann erschauerte ich, denn mein Name fiel.

Das kleine Mädchen stieß einen Schrei aus und klammerte sich an den Ärmel der gedrungenen Frau. Miß Maynard drehte sich ruckartig um und sah mich mit einem unbeschreiblichen Blick an – lag darin Angst? Wut? Ich wollte gerade etwas sagen, mich für mein Eindringen entschuldigen, aber bevor ich den Mund öffnen und eine Silbe herausbringen konnte, kam mir die untersetzte Frau zuvor. Sie drehte sich um, trieb das Kind vor sich her wie ein auf Abwege geratenes Hühnchen, und rannte fluchtartig in den Wald hinein.

Tante Maud sah den beiden nach, eine kleine Falte stand zwischen ihren Augenbrauen; dann blickte sie zu mir herüber, immer noch mit leicht gerunzelter Stirn. Sie sagte, ohne mich mit Namen anzusprechen: »Ich habe Sie nicht gehört, Sie sind sehr leise auf dem Weg herangekommen.«

Das hörte sich an, als wollte sie mich des Spionierens verdächtigen, und irgendwie fühlte ich mich betroffen. »Man hat mir beigebracht, nicht mit viel Krawall und Aufhebens herumzuspazieren, Madam«, sagte ich steif. »Man hat mir ebenfalls beigebracht, erst dann zu sprechen, wenn man das Wort an mich richtet. Doch jetzt war ich trotzdem gerade im Begriff zu sprechen – wer war diese Frau?«

Tante Maud biß sich auf die dünnen Lippen und sah mich immer noch mit diesem eigenartigen Gesichtsausdruck an, als sie sagte: »Das war jemand, den ich lange nicht gesehen hatte. Sie ist...« Wieder zögerte sie. »Sie hat eine große Scheu vor Fremden.«

»Aber einfach so wegzulaufen...« Ich erinnerte mich an die Bauersfrau damals bei meiner Wanderung ins Dorf, die ihr Kind gepackt hatte und geflohen war, ohne meinen Gruß zu erwidern. Waren denn alle verrückt hier? »So, wie sie flüchtete, hätte man meinen können, sie wäre übergeschnappt!«

Tante Maud seufzte tief und wandte endlich den Blick von mir ab. Sie sagte: »Ich wäre gar nicht überrascht, wenn sie es wäre, das arme Ding!«

»Wohnt sie irgendwo hier in der Nähe? Kommt sie oft in

unseren Wald?« Mir gefiel der Gedanke nicht besonders, daß ich ohne Vorwarnung einer Wahnsinnigen begegnen könnte, auch wenn sie harmlos war.

»Warum sind Sie so neugierig in Bezug auf sie?« fragte Tante Maud. Sie hatte wirkungsvoll den Spieß herumgedreht und mich in die Rolle eines Schnüfflers gedrängt! Aber ich war zu aufgebracht, um mir darüber Gedanken zu machen.

»Ich bin nicht im eigentlichen Sinne neugierig; es ist nur so, daß ich in letzter Zeit zu viele Leute gesehen habe, die sich sonderbar benehmen, und das geht mir langsam einfach auf die Nerven!« sagte ich heftig. »Ich möchte Philip nicht damit belästigen...«

»Nein, nein«, sagte sie hastig. »Ich würde ihn auch nicht damit belästigen, wenn ich Sie wäre.« Sie zögerte erneut, wobei sie mich wieder auf diese beunruhigende Art musterte. Schließlich sagte sie: »Also, tatsächlich ist diese Frau meine Schwester May; und damit auch Philips Schwester. Sie wohnt in einem Haus, das etwa zwei Meilen weit im Wald liegt, jenseits des Steinbruchs. Es war einmal das Sommerhaus der Familie, und Vater pflegte dort draußen zu schlafen, wenn er in aller Früh auf die Jagd gehen wollte. May und Philip verstehen sich überhaupt nicht; sie haben nicht mehr miteinander gesprochen, seit Judith... seit Jahren nicht. Philip will nicht einmal an ihre Existenz erinnert werden. Er hat nichts für die Jagd übrig, und begibt sich niemals in die Nähe des Hauses. So, jetzt wissen Sie Bescheid, und ich hoffe, Sie werden es nicht vor Philip zur Sprache bringen.«

Ich fühlte mich schwer beladen mit verbotenen Dingen. Ich wünschte mir, daß ich mit Tante Maud offen reden könnte. Ich wünschte mir, daß sie wirklich meine Tante wäre. Ich wünschte, ich könnte Philips rätselhaftes Wesen mit ihr erörtern; und ich wünschte mir, ich könnte sie fragen – sicher wußte sie darüber Bescheid –, wie Judith war, die Original-Judith. Und doch, meine Treue mußte Philip gelten. Im Guten wie im Schlechten...

Ich antwortete ziemlich steif: »Ich werde kein Wort darüber verlieren«, und versank wieder in Schweigen. Plötzlich war ich sehr froh darüber, daß Philip und ich abreisen würden. Ich hatte die Nase voll von Geheimnissen, mysteriösen Fremden und eigenartigen Vorfällen.

Ich wollte von den Geheimnissen um Quarry House nichts mehr wissen. Ich wollte nur noch weg von hier.

7. Kapitel

Es hat wenig Sinn, allzuviel über diese merkwürdige zweite Reise zu schreiben, die ich mit Philip unternahm. Sie ähnelte sehr unserer Hochzeitsreise, zumindest am Anfang. Wohin wir auch immer kamen, ich wurde in allen Hotels als Philips Tochter eingetragen und überall so vorgestellt. Wir besuchten fremde Städte, und Philip führte mich in Geschäfte, zu Konzerten, in noble Restaurants, und bei all dem war ich immer noch wie ein Schulmädchen angezogen. Es kam zu ein paar verwirrenden Vorfällen.

In einem französischen Restaurant, wo ich zum erstenmal *Crêpe Suzette* aß, kam ein alter Kellner mit ausgeprägtem französischen Akzent an unseren Tisch und lächelte uns an, als wir unser Dessert verspeist hatten.

»Ah, Doktor«, 'aben Sie Ihre jüngste Tochter mitgebracht? Isch erinnere misch sehr gut an Miß Judith und wie aufgeregt sie beim Anblick des Flambierens war. Dies ist wohl das Küken der Familie? Oder vielleicht eine Enkelin?«

Ich konnte nicht richtig verstehen, was Philip zur Antwort gab, aber er tobte vor Wut, als er hastig in seinen Mantel schlüpfte und wir das Restaurant verließen.

»Philip« wandte ich ein, »der Mann hat doch nur versucht, freundlich zu sein, und die meisten Gäste fühlen sich sehr geschmeichelt, wenn ein *Maître d'Hotel* sich an sie erinnert. Er konnte es doch nicht besser wissen!«

Aber ich konnte ihn nicht beruhigen, und er murmelte weiterhin Worte vor sich hin wie: »Verdammte Unverschämtheit... schnüffelt in meinem Privatleben herum... Frechheit, sich so etwas herauszunehmen...«

Nach meinem ersten Einwand sagte ich nichts mehr. Ich wollte nicht riskieren, daß sich seine Wut gegen mich richtete und ich die Zielscheibe seiner Beschimpfungen würde, wie es leicht passieren konnte. Insgeheim beglückwünschte ich mich dazu, daß ich schweigen konnte, langsam weise wurde und lernte, mit Philips Wesen fertig zu werden. Aber ein paar Tage später machte ich doch wieder einen groben Fehler, und diesmal hätte ich ihn wirklich vermeiden können.

Es war in einem sehr vornehmen Hotelrestaurant, wo am Abend ein Orchester spielte und getanzt wurde. Philip und ich saßen an einem Tisch am Rand der Tanzfläche, und als er merkte, wie sehnsüchtig ich den Paaren zusah, fragte er mich verständnisvoll, ob ich Lust hätte zu tanzen. Dann führte er mich in einem gemächlichen Walzer über die Tanzfläche.

Ich war noch nicht oft bei Tanzveranstaltungen gewesen, aber die wenigen, die ich erlebt hatte, hatte ich sehr genossen – meistens handelte es sich um Studentenfeste an der Universität –, denn mein Vater hatte im Gegensatz zu vielen seiner Gelehrtenkollegen nichts gegen das Tanzen. Er hielt es für eine harmlose Betätigung, eine vergnügliche Leibesübung und einen Zeitvertreib, der den Satan daran hinderte, mäßige Körper und Seelen auf dumme Gedanken zu bringen. Er sprach gern über den Tanz der Koren bei den alten Griechen. Während der Zeit, in der ich mit Tante Mabel zusammenlebte, war ich nicht in Tanzlaune gewesen, aber ich war überrascht festzustellen, daß in der Stadt und innerhalb der Gesellschaft ein strenger Unterschied gemacht wurde zwischen Mädchen, die ›eingeführt‹ waren und tanzen durften, und den jüngeren, die noch keinen Platz in der Gesellschaft hatten und es nicht durften. Deshalb war ich sowohl erfreut als auch etwas überrascht, daß Philip mir gestattete zu tanzen.

An einem Tisch in unserer Nähe hatte eine Familie ihr Essen beendet; man lauschte der Musik und aß Eis dazu: ein älterer Herr, etwas jünger als Philip, mit einem riesigen grauen Schnauzbart, eine nett aussehende Dame mit leicht ergrautem Haar, modisch, aber dezent gekleidet, ein kleines Mädchen von vielleicht dreizehn Jahren in einem rosafarbenen Seidenkleid und Tanzschühchen und ein Junge von achtzehn oder neunzehn Jahren mit ordentlich gebürsteten Haaren und in einem Anzug, der offensichtlich sein erster Abendanzug war. Das Mädchen und der Junge hatten mehrmals zu mir herüber gelächelt, und ich muß gestehen, ich hatte ihre Blicke erwidert; nicht, daß ich sie unbedingt beneidet hätte, aber ich erinnerte mich mit einem etwas wehmütigen Vergnügen an die seltenen Gelegenheiten, als ich mit meinen Eltern ausgegangen war. Ich hatte mir auch immer ein rosafarbenes Kleid wie jenes gewünscht, aber nach Papas Ansicht waren solche Kleider zu dünn und flatternd, das heißt zu gefährlich, wenn man mit ihnen in der Nähe von offenem Feuer oder Kerzen kam, und er hatte darauf bestanden, daß ich schweren Taft oder Merinowolle trug, die sich ohnehin in jeder Hinsicht besser bewährten. Den Jungen sah ich mit einer ganz besonderen Traurigkeit an; wenn mein kleiner Bruder, der auf die Welt kam, als ich drei Jahre alt war, nicht gestorben wäre, wäre ich nicht so allein gewesen. Ich hatte damals nicht allzu sehr um ihn getrauert, ich war noch zu klein, und ich hatte fast ganz vergessen, daß es ihn einmal gegeben hat, aber wenn Arthur aufgewachsen wäre...

Der Junge sprach mit seinem Vater, der lächelnd nickte; er stand auf, kam auf unseren Tisch zu und fragte Philip mit einer wohlerzogenen Verbeugung:

»Erlauben Sie, Sir, daß ich Ihre Tochter zum Tanzen auffordere?« Und dann – mit der Sicherheit eines in guten Verhältnissen aufgewachsenen Kindes Philips Einverständnis voraussetzend – vollführte er eine weitere Verbeugung vor mir. »Ich heiße Terence Carmichael junior; würden Sie mir die Ehre erweisen, Miß?«

Ich errötete vor Freude. Dagegen konnte Philip bestimmt nichts haben! Ich glaube, einen Augenblick lang hatte ich wirklich vergessen, daß er nicht mein Vater war! »Du hast doch nichts dagegen, Vater, oder?« sagte ich und schob meinen Stuhl langsam zurück, um aufzustehen, als ich wieder einmal Philips Gesicht in Wut erstarren sah.

»Was erlauben Sie sich, Sie junger Schnösel?« polterte er los, und zwar so laut, daß man es an allen Tischen um uns herum hören mußte. »Lassen Sie meine Tochter in Ruhe! Judith, du bleibst, wo du bist!«

Der Junge wurde blaß, als ob ihm Philip eine Ohrfeige versetzt hätte, und mir stockte der Atem bei dieser Grobheit und Grausamkeit. »Vater!« entfuhr es mir, und der Junge sagte in steifer Würde: »Sir, ich wollte weder Sie noch die junge Dame beleidigen. Ich bitte um Vergebung!« Er straffte den Rücken und wandte sich zum Gehen. Ich sagte: »Bitte...« und er hielt einen Augenblick inne, »fühlen Sie sich nicht beleidigt, mein Vater hat es nicht so gemeint.«

Er errötete, versuchte zu lächeln und zog sich eilends an seinen Tisch zurück, wo er mit gedämpfter Stimme, aber in wütendem Ton etwas zu seinen Eltern sagte. Mein Gesicht brannte, als ich mir vorstellte, was er sagte!

»Philip, wie *konntest* du so etwas tun? Der Junge hatte doch keine böse Absicht! Er war doch einfach nur höflich!«

Philip murmelte: »Wie konnte er es wagen, dieser junge Flegel! Du bist nicht frei für diese Sorte von... verdammt, Judith, wenn ich gemerkt hätte, daß du mit diesem unreifen Küken flirtest...«

Der Vater kam mit zitternden Bartenden auf uns zu, ich zuckte zusammen. Wie konnte Philip, der sich doch sonst immer wie ein Gentleman benahm, in aller Öffentlichkeit eine solche Szene heraufbeschwören? Ich griff nach seinem Arm und beschwor ihn: »Bitte, laß uns gehen!«

»Nein! Verdammt, das wäre ja noch mal schöner, wenn ich mich von denen von hier vertreiben ließe!«

»Verzeihung!« Es war der grauhaarige Mann, und obwohl er aufgebracht aussah, war sein Ton höflich, ja sogar beschwichtigend. »Ich hoffe, mein Sohn hat sie nicht beleidigt oder belästigt; der *Maître* hat mir gesagt, daß Sie in dieser Stadt fremd sind. Wir hatten keineswegs die Absicht, Sie zu beleidigen; es ist hier bei uns durchaus üblich und entspricht den Sitten, daß junge Leute miteinander tanzen, ohne sich vorgestellt worden zu sein, besonders in Gegenwart ihrer Eltern.« Er überreichte seine Karte. »Ich möchte nicht, daß Sie glauben, ich würde dulden, daß sich mein Sohn gegenüber der junge Dame ungebührlich verhält.«

Philip brummte irgend etwas. Ich sah verzweifelt zu ihm auf und sagte: »Vielen Dank, Sir, ich habe volles Verständnis und fühle mich nicht im geringsten beleidigt, aber es ist vielleicht passender, wenn ich nicht tanze. Richten Sie Ihrem Sohn dennoch meinen Dank aus.«

Der Mann verbeugte sich und zog sich zurück, und ich sagte im eifrigen Bemühen, den Sturm abzuschwächen: »Siehst du, Vater, er wollte uns wirklich nicht beleidigen. Es ist hier einfach so Sitte.« Dann packte mich plötzlich wieder wütende Verzweiflung. »Ich werde mit niemandem tanzen, wenn du es nicht wünschst«, sagte ich ärgerlich, »aber derartige Szenen möchte ich nicht noch einmal erleben! Ich benehme mich nicht sehr sicher in der Gesellschaft, aber bessere Manieren als deine sind mir immerhin beigebracht worden! Du kannst nicht alles haben: Wenn du von mir verlangst, daß ich mich als Schulmädchen mit kurzen Röckchen verkleide, dann werde ich auch wie eines behandelt, und wenn du mich als deine Tochter ausgibst, dann wird man eben annehmen, daß ich deine Tochter und damit frei bin, mich mit jungen Männern abzugeben.«

Er erhob sich steif, packte mich am Arm, ließ einige Geldscheine für den Kellner auf dem Tisch liegen, ohne hinzusehen, welcher Betrag es war, und zog mich verbissen aus dem Saal. Ich spürte, wie mein Gesicht in mutloser Verzweiflung brannte. Wie sollte das weitergehen? Ich war auf alles gefaßt, auch auf weitere Beschimpfungen, aber er brachte mich nur in eisigem Schweigen bis vor meine Tür. Beim Frühstück am folgenden Morgen war sein Ton immer noch frostig, und er erklärte mir, daß wir die Stadt mit dem nächsten Zug verlassen würden. Ich protestierte nicht dagegen, wenn es auch bedeutete, daß ich ein halbfertiges Kleid bei einem Schneider zurücklassen würde. Wenn ich protestiert hätte, hätte er mir bestimmt vorgeworfen, daß ich nur den jungen Mann wiedersehen wollte. Inzwischen kannte ich das Ausmaß seiner Eifersucht.

Aber bildete er sich denn ein, er könnte bis in alle Ewigkeit auf diese Weise um die Welt hetzen, nur von fremden Menschen umgeben und mit Argusaugen darüber wachend, daß ich mit niemandem außer ihm ein einziges Wort wechselte?

Ich führte es auf meine Nervosität und den Schock über den Vorfall vom Tag zuvor zurück, als ich an jenem Morgen auf der gegenüberliegenden Seite des Bahnsteigs, wo wir auf den Träger mit unserem Gepäck warteten, ein seltsam bekanntes Gesicht erblickte – schmal, mit dunklen Augen, fast gespenstisch – das Gesicht des Mannes, den ich für mich seit einiger Zeit den ›geheimnisvollen Fremden‹ nannte. O nein, redete ich mir ein, jetzt fange ich an, Dinge zu sehen, die gar nicht da sind. Ich sagte Philip nichts davon und sah auch nicht mehr zu dem Mann hin. Ich wollte gar nicht sicher sein. Es gab Hunderte von schmalen, dunklen Männern mit großen Augen, die in einer bestimmten Beleuchtung ein solch gespenstisches Aussehen hatten.

War das vielleicht der Anfang von Wahnsinn? Ich erinnerte mich an die alte Miß Hattie Corey bei uns zu Hause. Bei ihr hatte es so angefangen, daß sie sich einbildete, von Männern auf der Straße verfolgt zu werden, bis sie es schließlich überhaupt nicht mehr wagte, vor die Tür zu gehen, und letzten Endes mußte sie in ein Heim gebracht werden. Wurde ich ebenfalls langsam irrsinnig?

Ich sah mich mit erzwungener Gleichgültigkeit um. Der Mann war nicht zu sehen, und ich wußte nicht, ob ich darüber erleichtert sein sollte und beunruhigt darüber, daß ich fantasiert hatte.

Der Sommer nahm seinen Lauf. Eine andere Stadt und wieder eine andere, ständig andere Hotels. Ich war der Reise inzwischen so überdrüssig! Es gab immer und überall Sehenswürdigkeiten zu besichtigen, und ich genoß das auch, aber all die vielen Dinge, die ich inzwischen gesehen hatte, verschmolzen in meiner Erinnerung miteinander, und ich sehnte mich nach einer Ruhepause in einer stillen Umgebung, um eine Zeitlang all meine Erlebnisse zu verarbeiten und mich von dem endlosen Herumreisen zu erholen. Und im übrigen, obwohl ich mich dabei als undankbar empfand, ging mir Philips Gesellschaft immer mehr auf die Nerven. Niemand hätte liebenswürdiger oder entgegenkommender sein können, und wie immer versuchte er, mir jeden Wunsch von den Augen abzulesen, aber ich hatte jetzt ständig Angst vor einem neuen Ausbruch seiner Tobsucht oder Eifersucht. Das konnte aus heiterem Himmel geschehen, und meistens war es auch so; und wenn sie auch nicht allzu häufig auftraten, so lebte ich doch in einer ständigen Spannung und Angst, daß mich ein Fremder ansprechen oder irgendeine spontane harmlose Geste in meine Richtung machen könnte, woraufhin sich wieder einmal Philips ganze wahnsinnige Wut entladen würde.

Ich hätte mir klar machen sollen, daß so etwas nicht endlos weitergehen konnte, aber ich war damals noch jung, und für ein junges Mädchen waren zwei Monate ein kleiner Lebensabschnitt. Ich stellte fest, daß ich Gewicht verlor – meine Kleider hingen mir locker um die Taille –, und sogar Philip bemerkte die Veränderung an mir, denn er fragte mich zärtlich, ob ich nicht gut schlafe. Er sagte, ich sähe blaß aus, drängte mich zum Essen und führte mich in die allerbesten Restaurants, um meinen Appetit anzuregen.

Wir waren nach Süden gereist, denn er hatte den Wunsch geäußert, mir den berühmten Magnolienpark in Atlanta zu zeigen. Mir fiel jedoch auf, daß er während der Fahrt zu unserem Hotel zerstreut war. Ich fragte, was ihn bedrückte, und er seufzte nur.

»Ich mag diese Stadt nicht, mein Liebes. Sie birgt nur traurige Erinnerungen für mich.«

»Wir brauchen ja nicht lange hier zu bleiben, Vater.«

»Du brauchst Ruhe, mein Liebes, und ich auch. Ich auch«, wiederholte er schwer atmend. »Ich werde alt, Judith, alt.« Er sah alt aus, älter und erschöpfter, als er mir je vorgekommen war, und er stützte sich schwer auf meinen Arm, als wir das Hotel betraten. Er war einverstanden, als ich vorschlug, daß wir einen ruhigen Tag in unserer Suite vor dem Kamin verbringen sollten. Er ging früh zu Bett und ruhte sich die meiste Zeit des folgenden Tages aus. Ich schlug vor, daß wir unsere Abreise ein paar Tage verschieben sollten, damit er etwas zur Ruhe kommen könnte, und erklärte, daß auch ich langsam des Herumreisens müde würde; er war ohne Widerrede einverstanden.

Wir standen an der Empfangstheke und warteten, daß man uns Post oder Nachrichten, die von Quarry House eingetroffen sein mochten, aushändigte, als es anfing. Der Mann an der Rezeption überreichte mir einen Umschlag. »Eine Nachricht für die junge Dame.«

»Ich nehme das«, sagte Philip scharf, entriß mir den Umschlag und steckte ihn sich in die Tasche. »Alle Post für meine Tochter darf nur mir ausgehändigt werden!«

Da ich mir nicht vorstellen konnte, wer mir außer meiner Tante Mabel oder meinen Cousinen schreiben könnte, machte ich mir nichts daraus. Nach zehn Minuten hatte ich den Vorfall vollkommen vergessen, und Philip vergaß ihn offenbar auch, wie es immer der Fall war, wenn ich mich ihm nicht widersetzte.

Als wir am nächsten Morgen zum Frühstücken gingen, sah er sich plötzlich seinem Bild in einem hohen Spiegel in der Eingangshalle gegenüber. Er blinzelte und lächelte verschmitzt:

»Als ich noch ein junger Arzt war, ließ ich mir die Haare wachsen und einen Bart stehen, um erwachsener auszusehen, und irgendwann habe ich es mir abgewöhnt, in den Spiegel zu sehen«, sagte er, »aber das muß jetzt anders werden. Ich glaube, ich sollte mal zum Friseur gehen und mir die grauen Locken etwas scheren lassen. Was meinst du dazu, Judith? Ein Herrenfriseur ist jedoch kein Ort, wohin man eine junge Dame mitnimmt. Kannst du dir die Zeit so lange auf eigene Faust vertreiben, während ich mir die Haare schneiden lasse? Ich könnte natürlich einen Friseur in unsere Hotelsuite kommen lassen...«

»Nein, Vater, ich gehe hinauf und sehe mir so lange die neuen Bücher an, die du mir gestern mitgebracht hast«, sagte ich und ging in Richtung Treppe; ich war mir bewußt, daß er beobachten würde, ob ich wirklich hinaufging. *Er traut mir immer noch nicht*, dachte ich fast verzweifelt. *Was glaubt er, könnte ich in einer fremden Stadt, wo ich keinen Menschen kenne, hinter seinem Rücken treiben?* Und gleich auf diesen Gedanken folgte ein anderer, entschieden beunruhigenderer: Hatte er Grund gehabt, Judith nicht zu trauen?

Was für ein Mensch war sie gewesen?

Ich wußte es damals noch nicht, aber ich war in jenem Moment nahe daran, die Wahrheit zu ahnen.

Als ich unser Zimmer betrat, war ein adrett gekleidetes Zimmermädchen in einem gestreiften Kleid und einer weißen Schürze gerade dabei, das Bett zu machen und die Kissen aufzuschütteln; zuletzt legte sie die Tagesdecke auf, richtete sich aus ihrer gebeugten Haltung auf und sah mich mit weit aufgerissenen Augen an.

»Mein Vater ist zum Friseur gegangen«, erklärte ich.

»Ich bin hier gleich fertig, Miß Maynard. Haben Sie den Brief von der jungen Dame erhalten?«

Verwirrt sagte ich: »Wie bitte?«

»Ihren Brief, Miß. Eine junge Dame, etwa im gleichen Alter wie Sie selbst – eine eher einfache Person, Miß – kam gestern und fragte nach Ihnen; sie bat mich, Ihnen eine Botschaft zu übermitteln. Ich sagte ihr jedoch, sie könnte die Nachricht an der Theke hinterlegen, denn es gehört ja schließlich nicht zu meinen Aufgaben, Briefe und Botschaften zu überbringen, Miß. Hat sie dann also doch nichts dagelassen? Ich habe mich gefragt, ob sie vielleicht etwas Unrechtes im Schilde führte, da sie mich bat, ich sollte Ihnen den Brief geben, ohne daß Ihr Vater etwas davon merkt.«

Ich erinnerte mich daran, daß Philip einen an mich gerichteten Brief abgefangen hatte. War das die Botschaft? Ich war von Neugier gequält, aber ich konnte doch kein Zimmermädchen ausfragen. Sollte ich Philip danach fragen? Oder würde ich damit nur wieder ein Donnerwetter heraufbeschwören?

Als das Zimmermädchen gegangen war, öffnete ich langsam ein Buch, das mir Philip erst kürzlich gekauft hatte – es war ein dicker Roman, den ich noch nicht gelesen hatte, und der Verkäufer im Buchladen hatte ihn als sehr aufregend und abwechslungsreich beschrieben, wenn auch als etwas bedenkliche Lektüre für eine junge Dame, was für mich einmal etwas ganz anderes sein würde. Die meisten ›unbedenklichen‹ Romane waren langweilig, und ich las voller Erwartung den Titel des Buches: *Das Schloß von Otranto.* Ich blätterte ein wenig darin herum und fand schnell heraus, daß es sich um ein junges Mädchen handelte, dessen unheimlicher Bewacher sie keinen Schritt allein tun läßt und das ein Leben in Fesseln führt. Ich blätterte an den Anfang zurück und fing an zu lesen, aber nach einer oder zwei Seiten legte ich das Buch aus der Hand, da ich ein undefinierbares Unbehagen spürte.

Oh, mein Gott, ermahnte ich mich selbst, fang nicht schon wieder an, dir Dinge einzubilden, identifiziere dich doch nicht mit einer Romanheldin! Philip ist zwar reichlich exzentrisch, aber doch wohl kaum unheimlich.

Es klopfte an der Tür. In der Annahme, daß Philip zurückgekommen war oder das Zimmermädchen ein Staubtuch oder einen Handbesen irgendwo habe liegenlassen, antwortete ich und öffnete die Tür. Zu meiner Überraschung stand eine vollkommen fremde Person vor der Tür: ein junges Mädchen, ungefähr so alt wie ich, bekleidet mit einer Bluse und einem dunklen Rock, das Haar hochgesteckt.

Trotz ihrer Stupsnase und der Sommersprossen wirkte sie älter als ich, was an dem hochgesteckten Haar und dem knöchellangen Rock sowie der Andeutung eines Mieders lag. Ihr Grinsen war jedoch sehr jungmädchenhaft.

»Hallo!« sagte sie atemlos und sehr schnell. »Ich habe mir vom Etagendiener bestätigen lassen, daß der Doktor noch nicht zurückgekommen ist. Ich habe ihm erzählt, ich sei eine alte Schulfreundin von dir, genau wie ich es letztes Jahr gemacht habe, und er...« Sie unterbrach sich plötzlich, ihre Augen wurden groß vor Erstaunen.

»Du«, sagte sie langsam, »Judith... Judith... du bist ja gar nicht... du bist ja überhaupt nicht Barbara. *Du bist nicht Barbara!*«

Mein erster Impuls war, ihr ins Gesicht zu lachen. Offensichtlich lag hier ein Irrtum vor. Doch das Mädchen hatte *Judith* gesagt! Und dann hatte sie gesagt: »Du bist nicht Barbara!« Hatte Dr. Maynard also noch eine Tochter, älter oder jünger als Judith?

Sie sah mich immer noch von oben bis unten an. »Du siehst fast echt aus«, sagte sie langsam. »Aber was ist nur mit Barbara passiert? Ich weiß, daß sie keine Briefe schreiben konnte, solange sie mit Dr. Maynard zusammen war, er hat sie zu streng beobachtet. Aber sie hat mir versprochen, daß sie, wenn sie ihn verlassen würde... und sie war soweit, daß sie abhauen wollte, das kann ich dir sagen... mir schreiben würde und Bescheid geben wollte Jetzt mache ich mir Sorgen.«

Ich streckte ihr die Hand entgegen. »Komm doch herein«, sagte ich. »Ich verstehe das Ganze nicht. Aber ich möchte nicht im Korridor darüber reden.« Ich zog sie ins Zimmer und schloß die Tür hinter ihr. Ihre kleine Hand wirkte rauh vom vielen Nähen. »Wer bist du«, fragte ich, »und was soll das alles?«

Als die Tür hinter ihr geschlossen war, sah sie sich voller Unbehagen um. »Vielleicht hätte ich nichts sagen sollen«, meinte sie schließlich, »du bist eine Dame. Barbara...«

»Ich bin ein Mädchen in deinem Alter«, sagte ich. »Wer bist du? Verrate mir doch, was hier vor sich geht.«

»Ich heiße Maisie Burns«, sagte sie. »Nun, eigentlich heiße ich ja Mary Marthy, aber alle nennen mich Maisie. Ich arbeite in einem Putzmacherladen hier in der Stadt, und vor zwei Jahren machte ich einen Ausflug auf einem Boot den Fluß hinauf. Dabei lernte ich ein Mädchen kennen, das ungefähr in meinem Alter war, mit Haaren genau wie deine, und sie hatte gerade eine Klosterschule irgendwo oben im Norden absolviert. Sie war mit einer verheirateten Schwester unterwegs, und sie hieß Barbara Plummer. Wir haben uns sehr eng befreundet, haben uns ständig geschrieben und uns fest versprochen, daß wir uns besuchen würden, wenn eine von uns beiden mal in die Heimatstadt der anderen kommt. Nach drei oder vier Monaten bekam ich dann eine Nachricht mit der Aufforderung, in dieses Hotel zu kommen, und da traf ich sie dann wieder. Sie erzählte mir, daß sie mit einem schrecklich reichen alten Mann herumreiste, der sie als Tochter adoptiert hatte. Wir sind ein paarmal miteinander einkaufen gegangen oder haben sonst was unternommen, doch der alte Mann hat mich mit ihr gesehen und hat sie deswegen fürchterlich ausgeschimpft, und deshalb beschlossen wir, daß wir uns nicht mehr sehen sollten, weil sie sehr darunter litt, wenn er wütend war. Ansonsten war er wahnsinnig gut zu ihr. Aber er nannte sie immer Judith anstatt Barbara. Nach einer Woche oder so sind sie abgereist, und ich habe sie seither nicht mehr gesehen; aber gestern abend habe ich dich mit deinem Vater in der Kutsche fahren sehen und – nun, du siehst ihr ziemlich ähnlich«, endete sie mit einem um Entschuldigung bittenden Tonfall.

Ich stand wie erstarrt da und brachte kein Wort heraus. Dann war dieses Spiel also nicht neu für Philip. Er hatte zumindest eine Judith-Nachahmung schon vor mir gehabt. Und was war mit ihr geschehen?

Ich wollte Maisie hundert Fragen stellen, aber außer den Dingen, die sie mir erzählt hatte, konnte sie mir nichts sagen.

»Ich glaube auf jeden Falll, daß mir Barbara geschrieben hätte«, sagte sie aufgeregt. »Wir waren wirklich richtig gute Freundinnen. Ich möchte bloß wissen, was mit ihr passiert ist. Ich nehme nicht an, du könntest mal deinen Adoptivvater fragen?«

»O nein«, beeilte ich mich zu sagen, ohne nachzudenken, und Maisie packte mich am Arm.

»Du liebe Güte, einen Moment lang dachte ich, du würdest ohnmächtig! Hast du Angst vor ihm? Wie heißt du übrigens?«

»Sybil«, antwortete ich. »Nein, ich habe nicht direkt Angst vor ihm...« Aber der Gedanke an Philips Gesicht, wenn er Maisie hier antreffen würde, jagte mir doch einen Schrecken ein.

»Was stand in der Nachricht, die du mir – die du Barbara hinterlassen hast?« fragte ich mit einer plötzlichen bösen Ahnung. »Wenn du darin deinen Namen genannt hast, er... nun, *er* hat die Nachricht abgefangen, weißt du.«

Sie schüttelte betrübt den Kopf. »Nicht sehr viel. Ich wußte ja, daß er sie so sorgsam bewachte. Ich habe nur geschrieben, daß ich sie gerne einmal treffen würde.«

»Hast du die Notiz an Barbara adressiert? Oder an Judith?« fragte ich. Wenn sie an Barbara gerichtet wäre, dann würde Philip hoffentlich einigermaßen logisch folgern: Da er wußte, daß ich nicht Barbara war, konnte die Nachricht nicht für mich gedacht sein, und er würde sie einfach vor mir verbergen und Gras über die Sache wachsen lassen. Wenn sie andererseits aber an Judith adressiert war... ich glaube, Philip hatte es geschafft, daß er selbst manchmal vergaß, daß ich nicht die wirkliche Judith war... Dann würde er darin das Zeichen einer Intrige gegen seine Tochter sehen, eine Verschwörung, um sie von ihm wegzulocken. In diesem Fall wäre ich wirklich in Gefahr. Aber Maisie wurde langsam unruhig. »Ich glaube, ich sollte jetzt besser gehen. Er wird nicht allzu lange brauchen beim Friseur, und wenn er mich hier antrifft...«

»Nur noch eins«, sagte ich schnell. »Hat Judith, ich meine, hat Barbara jemals etwas erwähnt von einem fremden Mann, der sie und ihren Vater verfolgt hat?«

Ihre runden Augen wurden noch größer. »Nein. Niemals!«

Sie blieb noch einen kurzen Augenblick im Türrahmen stehen. »Darf ich dir meinen Namen und meine Adresse dalassen? Und wenn du je herausfinden solltest, was mit Barbara passiert ist, würdest du mir schreiben? Bitte!«

Das schien kein übertriebenes Verlangen. Ich hatte jedoch Angst, ihren Namen und ihre Adresse in mein Notizbuch einzutragen, deshalb kritzelte ich sie auf den Innenumschlag von *Das Schloß von Otranto*, und während ich das tat, kam mir der Gedanke, daß mein eigenes Leben gegenwärtig so voller Intrigen war wie das der verfolgten Romanheldin.

Als sich die Tür hinter Maisie geschlossen hatte und in meinem Kopf das Bild eines Mädchens zurückblieb, das ohne Würde und Grazie durch die Halle schlurfte, redete ich mir zum wiederholten Male ein, daß ich mir Dinge einbildete. Welcher Verdacht wuchs denn da in mir? Warum sollte Philip kein Mädchen zu sich holen, das ihm als Reisebegleiterin diente oder als Adoptivtochter, wenn ihm der Sinn danach stand? Und wenn er sie dann irgendwann leid hatte, konnte er dann nicht nach seinem Gutdünken über sie verfügen – diese Vorstellung gefiel mir allerdings nicht so gut – beziehungsweise ihr Anstellungsverhältnis beenden?

Aber mich hat er geheiratet.

Aber der Gedanke daran, ihn nach diesen Dingen zu fragen, lähmte mich in einem plötzlichen Entsetzen. Nein, sagte ich zur mir selbst und rief mir krampfhaft Philips zärtliche Worte ins Gedächtnis, seine vielen wertvollen Geschenke, seine Liebenswürdigkeiten. Für wen hältst du ihn denn? Vielleicht für *Blaubart?* Hast du vielleicht Angst, daß es irgendwo in Quarry House eine Kammer gibt, wo sieben tote Judiths in Reih und Glied aufgehängt sind? Die Abwegigkeit dieser Vorstellung ließ mich laut auflachen.

»Du scheinst gut gelaunt zu sein, mein Liebes«, sagte Philip von der Tür her. Ich schrak heftig zusammen, als ob er meine Gedanken lesen konnte. »Na, Judith, was ist denn so lustig?«

Beinahe hätte ich meine Vorstellung von der verbotenen Kammer herausgeplatzt, aber glücklicherweise fiel mein Blick auf das Buch, das ich noch in der Hand hielt. »Oh, dieses Buch ist wirklich zum Lachen«, sagte ich, wobei meine Stimme etwas schrill und hysterisch klang.

Er runzelte die Stirn. »Ist das ein humorvolles Buch? Ich dachte, es strotze nur so vor Schrecken und Flucht und Gefahren...«

»Aber das ist ja gerade das Komische«, sagte ich immer noch eine Spur zu schrill. »Das Leben ist nicht so... nicht so voller Verschwörungen und Intrigen und geheimisvoller Gefahren, nicht wahr, Vater? Nicht wahr?«

Er sah mich mit zärtlicher Ratlosigkeit an. »Ich hoffe nicht«, sagte er so ruhig, daß mir der Herzschlag stockte. »Wenn es so aufregend ist, Judith, dann solltest du es besser nicht lesen. Ich möchte nicht, daß du nervös und hysterisch wirst, mein Liebling. Soll ich es wegräumen?«

Ich wollte es ihm gerade geben, folgsam, wie ich war, da

fiel mir ein – und ein heftiger Krampf überfiel mich –, daß Maisie Burns Adresse auf dem Innenumschlag stand. »Nein, bitte, ich möchte es behalten«, bat ich. »Ich möchte es gern zu Ende lesen, ich verspreche, daß es mich nicht nervös oder hysterisch macht.«

Er machte ein verdutztes Gesicht, sagte aber nur: »Dann versprich mir wenigstens, es nicht vor dem Einschlafen zu lesen, Kind. Ich möchte nicht, daß du Alpträume bekommst.«

Ich wußte jedoch, daß ich mit oder ohne Buch Alpträume bekommen würde. Zu viele mysteriöse Dinge gingen um mich herum vor, und sie konnten nicht alle Wahnvorstellungen eines gestörten Gehirns sein. Selbst wenn ich mir die Verfolgung durch den Fremden nur einbilden sollte, dann war der Besuch von Maisie Burns in diesem Zimmer bestimmt keine Einbildung.

Wir verließen die Stadt am folgenden Tag. Obwohl während der nächsten Tage nichts Außergewöhnliches geschah, wurde ich seit dem Besuch von Maisie Burns das Gefühl nicht los, daß mein merkwürdiges Leben mit größter Geschwindigkeit auf ein Ziel zuraste, das für mich bis jetzt noch undurchschaubar war. Vielleicht war mir durch Maisies Besuch nur klar geworden, daß dieser absonderliche Lebensstil und die ganze Maskerade nicht bis in alle Ewigkeit fortdauern konnten. Ich kam mir vor wie in einem Traum – vielleicht in einem tiefen Schock, durch den Tod meiner Eltern in die Kindheit zurückversetzt –, aus dem ich jetzt erwacht war und merkte, was gespielt wurde. Ich wußte, daß ich mich während der folgenden Wochen nur unter Spannung und streng bewacht würde bewegen können, und erwartete jeden Augenblick einen Schlag aus heiterem Himmel. Doch als er dann wirklich erfolgte, war ich nicht darauf vorbereitet.

Philip aß gern Süßes. Das war eine kindische Geschmacksvorliebe bei einem so alten Mann; er trank nur wenig und rauchte mäßig, aber er war von einer unbeherrschten Leidenschaft für Schokoladenpudding und ähnliches besessen, und er schreckte auch nicht vor solch ungesunden Dingen wie harten Bonbons, Lakritzstangen und Dauerlutscher zurück. Ich fragte mich oft, wie es kam, daß darunter weder seine Zähne noch seine Verdauung litten. Beides war einwandfrei, und er zeigte auch nie den geringsten Ansatz zum Dickwerden.

Ich kann mich weder an den Namen der Stadt noch an den des Hotels erinnern. Es waren inzwischen so viele, und ich war ihrer zutiefst überdrüssig. Jedenfalls aber gab es in der Halle einen Süßigkeitenladen. Ich hatte nicht viele Möglichkeiten, Philip eine Freude zu machen, und da er immer so großzügig zu mir war, nahm ich jede Gelegenheit wahr, ihm eine angenehme Überraschung zu bereiten. Als er sich also zum Abendessen umzog, schlüpfte ich aus unserer Suite und ging hinunter. Ich wählte gerade ein halbes Pfund gemischter Bonbons aus, als ich eine leichte Berührung auf der Schulter spürte.

»Endlich treffe ich Sie einmal ohne Ihren Schutzteufel an«, sagte eine grimmige Stimme. »Und diesmal *werde* ich mit Ihnen reden!«

Ich drehte mich blitzschnell um; ich dachte, ich wüßte, wen ich zu sehen bekäme, aber ich hatte mich getäuscht. Vor mir stand mit verschränkten Armen und eindringlichem Blick der Mann, der mich nun schon so lang verfolgte – der Mann, der bei unserer Trauung gewesen war – der Mann, der mir im Wald aufgelauert hatte.

»Fallen Sie nicht in Ohnmacht, schreien Sie nicht, und bekommen Sie keinen hysterischen Anfall«, warnte er mich mit gedämpfter Stimme. »Ich möchte einen Auftritt in der Öffentlichkeit vermeiden. Aber wenn Sie sich diesmal weigern, mit mir zu sprechen, dann werde ich nicht locker lassen, sie zu verfolgen; ich werde Sie solange verfolgen, bis ich weiß, welches Spiel Maynard wirklich spielt.«

»Einen Moment«, sagte ich automatisch. »Ich muß noch meine Schokopralinen bezahlen«, während ich in meinem Geldbeutel nach den passenden Münzen kramte. Mein

Herz pochte vor Schreck zum Zerspringen. Was konnte dieser Mann von mir wollen? Doch dann setzte sich meine Vernunft wieder durch und ich dachte: Er kann mir hier in der Öffentlichkeit nichts tun – und im übrigen wollte ich sowieso die ganze Zeit über schon wissen, wer er eigentlich ist und was er von Philip oder von mir will.

Ich nahm die hübsche Bonbonschachtel entgegen, klemmte sie mir unter den Arm und drehte mich dem Mann zu.

»So!« sagte ich in scharfem Ton. »Sie wollten sprechen – also sprechen Sie! Warum verfolgen Sie mich? Was wollen Sie von uns? Los, reden Sie jetzt, und wenn Sie alles gesagt haben, dann hauen Sie ab, und lassen Sie uns in Ruhe! Und wenn ich dann noch einmal bemerke, daß Sie uns folgen, werde ich sofort den nächsten Polizisten zur Hilfe holen!«

Er starrte mich weiterhin unverwandt an. Ich verlor vollends die Beherrschung.

»Und stehen Sie nicht da rum und starren mich an wie *Dracula!*«

Es war unglaublich, aber das grimmige Gesicht verzog sich zu einem Lachen, und zum erstenmal fiel mir auf, daß er eigentlich kaum älter als ein Junge war, daß er bestimmt nicht mehr als fünfundzwanzig Jahre alt war, wahrscheinlich noch jünger. »Was für ein Feuerwerk!« sagte er und schüttelte den Kopf. »Ich werde mit Ihnen reden, aber müssen wir dazu hier stehen bleiben, wo uns jeder zufällig Vorüberkommende zuhören kann oder der alte Maynard...« – sein Gesicht verzerrte sich zu einer sonderbaren Miene, die gleichzeitig Schmerz und Ekel ausdrückte – »...kommen und uns miteinander entdecken könnte?«

Er muß gesehen haben, daß ein Ausdruck des Schrekkens über meine Züge huschte. Philip hatte schon so oft die schlimmsten Szenen gemacht, als er mich ertappte, daß ich einen fremden Mann nur *ansah*. Wenn er jetzt käme...

»Haben Sie Angst?« fragte er sanft. »Wo können wir

denn miteinander reden? Sie können auf keinen Fall ohne Anstandsdame in mein Zimmer kommen, und die Halle hier ist zu belebt. Sagen Sie«, schlug er nach einer Weile vor, »könnte ich Sie nicht in allen Ehren auf eine Tasse Tee in die Teestube auf der anderen Straßenseite einladen?«

Mein Herz klopfte immer noch wie verrückt. Wenn Philip mich mit diesem Mann erwischte... Dabei gab es wirklich nichts Harmloseres als eine Tasse Tee in einem öffentlichen Restaurant zu trinken! Wir schrieben schließlich das Jahr 1901, nicht 1865! Ich war eine verheiratete Frau, kein Schulmädchen, auch wenn es Philip gerne anders gehabt hätte. Ich hatte ein wenig Angst vor diesem Mann, aber ich hatte noch mehr Angst davor, so weiterzuleben wie bisher, ohne eine Ahnung zu haben, was sich abspielte oder was er im Schilde führte.

Ich sagte: »Vielen Dank. Ich trinke gern eine Tasse Tee.«

Er sah mir forschend ins Gesicht. »Sie sehen eigentlich eher aus, als könnten Sie einen Schluck Brandy gebrauchen«, sagte er, »aber das würde wohl kaum den guten Sitten entsprechen. Kommen Sie, die Teestube liegt nur ein paar Schritte entfernt.«

Er bot mir seinen Arm an, eine Geste der Höflichkeit, die ich nicht von ihm erwartet hatte und die mich ein wenig irritierte. Während wir die Straße überquerten, blickte ich ihn verstohlen von der Seite an.

Er war jung, sein Haar war kurz geschnitten, und bis jetzt hatte er noch kaum die Spur eines Barts. Ich kam zu dem Schluß, daß er sogar noch jünger sein mußte, als ich gedacht hatte. Sein Anzug war gut geschnitten, aber von minderer Qualität, und sein Hemd, fadenscheinig, doch makellos, war an einigen Stellen sorgfältig geflickt und ausgebessert. Er geleitete mich zu einem Platz in ziemlicher Entfernung vom Fenster und bestellte eine Kanne Tee mit Toast und Schinken. »Ich habe noch nicht zu Mittag gegessen«, erklärte er entschuldigend. »Hätten Sie lieber etwas anderes? Kuchen oder Gebäck?«

Schweigend schüttelte ich den Kopf. Ich nahm den Tee

an, den er für mich eingegossen hatte, führte die Tasse aber kaum zu den Lippen.

»Reden Sie«, sagte ich. »Sie kennen meinen Namen, Sie waren ja bei meiner Hochzeit. Ich hingegen kenne Ihren nicht.«

Er sah mir in die Augen. »Ich heiße Stephen Whitby«, sagte er. »Haben Sie den Namen schon mal gehört?«

Stephen Whitby! Das Telegramm, das ich von der Detektei Pinkerton gefunden hatte, kam mir blitzartig wieder in den Sinn. Ohne einen Augenblick nachzudenken, platzte ich heraus: »Philip hat Detektive auf Sie angesetzt!«

Sein Lächeln war diesmal nicht mehr als ein kurzes Verziehen der Lippen, nicht jene sympathische Miene, die ihn wie einen netten Jungen aussehen ließ.

»Daran zweifle ich nicht«, sagte er. »Ein Jäger muß jagen. Aber ich habe aus meinem Aufenthaltsort nie einen Hehl gemacht. Wenn er mich oft genug sieht...«

»Versuchen Sie einfach nur, ihm Todesangst einzujagen?« fragte ich leidenschaftlich. »Was geht hier eigentlich vor? Er ist ein alter Mann, und er hat Angst vor Ihnen. Was hat er Ihnen denn getan? Was haben Sie nur gegen ihn? Er ist der beste, der liebenswürdigste...« Meine Stimme versagte. Stephen Whitby hob seine Tasse an die Lippen, setzte sie wieder ab und machte sich über seinen Schinkentoast her, doch nach einem Bissen hielt er inne und vergaß das Weiteressen.

»Ich hätte wissen müssen, daß Sie im Bunde stehen mit diesem... diesem Teufel«, sagte er verbittert.

»Für wen halten Sie ihn denn – für Blaubart?« fragte ich; die Frage, die mir schon so lange auf der Seele lag, brach aus mir heraus.

»Wissen Sie denn, wer Blaubart war?« fragte Stephen Whitby mit zusammengepreßtem Mund. »O ja, das war der Mann, der sieben Frauen in seiner Geheimkammer versteckt hatte. Ich meine den echten Blaubart, Gilles de Retz, den Wahnsinnigen, der Kinder entführte und sie umbrachte.«

»Sie sind ja verrückt!« Ich schob meinen Stuhl zurück. »Ich habe genug gehört!«

»Oh, ich bin also verrückt, ja, bin ich das?« Er umfaßte mein Handgelenk und zwang mich, ohne direkt Gewalt anzuwenden, wieder auf meinen Stuhl zurück. »Also gut! Wo ist Barbara Plummer? Wo ist Margaret Curtin? Und, da wir gerade dabei sind, *wo ist Judith Maynard?*«

8. Kapitel

Im Restaurant herrschte jene merkwürdige Stille, in der man nichts anderes hörte als das wohlerzogene leise Klappern von Tassen und Tellern. Ich hatte den Eindruck, ich hätte einen Toastkrümel fallen hören können. In diese Stille hinein beschwerte sich eine hohe Stimme: »Bedienung, ich hatte ausdrücklich *grünen* Tee bestellt«, und damit erhoben sich wieder die üblichen Geräusche und das Leben um uns herum.

»Trinken Sie Ihren Tee«, sagte Stephen Whitby in scharfem Ton, »sonst fallen Sie noch in Ohnmacht!«

Ich nippte folgsam daran. Er war stärker, als ich ihn für gewöhnlich mochte, und schmeckte bitter. Automatisch rührte ich die doppelte Menge Zucker hinein und nahm einen tiefen Schluck; das süße, heiße Getränk weckte meine Lebensgeister wieder etwas. Aber die Frage, die er mir gestellt hatte, hallte als ständig wiederkehrendes Echo in meinem Kopf nach, und ich wußte, daß er nur das ausgesprochen hatte, was mich seit Monate beschäftigte.

Wo ist Judith?

Ich sagte mit bebender Stimme: »Man hat mir gesagt, sie sei gestorben.«

Sein Gesicht war so steinhart wie Neuengland-Granit. »Der liebende Vater hat niemals ihr Grab besucht. Ihr Todesfall ist weder in Rockport noch sonst irgendwo im Staate Massachusetts aktenbekannt, noch an irgendeinen anderen Ort im Land, an dem er sich je aufgehalten hat. Sie würden nicht glauben, wie weit ich gereist bin, immer in der Hoffnung, daß ich irgendwo auf einen Beweis für ihren ordnungsgemäßen Tod und eine Beisetzung stoßen würde, oder wenigstens auf einen Hinweis, daß sie überhaupt jemals krank gewesen oder bei einem Unfall verletzt worden war oder unter einem anderen Namen lebte!«

Ich blinzelte; das alles war zuviel, als daß ich es hätte verkraften können. Meine Vorstellung von der kürzlich verstorbenen Judith und einem trauernden Vater, dem eine Laune eingegeben hatte, mich an ihrer Stelle anzunehmen, war zutiefst erschüttert worden, als Maisie Burns mir von Barbara erzählt hatte. Und jetzt war ihr der Dolchstoß versetzt worden. Ich sagte leise, mit zitternder Stimme:

»Welches Interesse haben sie an der ganzen Sache? Sind Sie Detektiv? Sind Sie Polizist?«

Er schüttelte den Kopf. »Nein«, antwortete er langsam. »Ich bin kein Polizist. Aber mein Bruder hat Judith Maynard geheiratet, und seit jenem Tag wurden beide niemals mehr gesehen. Ich war dabei, als sie heirateten. Ich habe gesehen, wie sie sich auf den Weg machten, um es Judiths Vater zu berichten. Und das nächste, das wir hörten, war, daß Judith tot sei; meinen Bruder Lawrence haben wir nie wieder gesehen.«

Zutiefst betroffen unterbrach ich ihn:

»Wann war das? Wann starb Judith?«

Ich war überzeugt, die Antwort zu kennen, bevor ich Stephen Whitbys ausgegliche Stimme hörte:

»Das geschah vor mehr als zehn Jahren!«

Ich lehnte mich in meinem Sessel zurück, wirklich einer Ohnmacht nahe. Das war einfach nicht zu verkraften! Aber nach einigen Sekunden bekam ich wieder mit, was er sagte. Er sprach leidenschaftslos und ohne Gefühlsregung, als ob er sich schon zu lange damit gequält hätte, um noch andere als rein rationale Empfindungen aufbringen zu können.

»... natürlich die Erbin des Vermögens, aber mein Bruder Lawrence war alles andere als arm«, sagte er. »Aber solang ihr Vater in der Nähe war, durfte sich niemand Judith nähern; er peitschte einen armen Kerl mit seiner Reitpeitsche aus, der sie einmal nachts im Garten traf, und ich glaube, er ließ es sich eine beträchtliche Stange Geld kosten, um eine Gerichtsverhandlung deswegen zu verhindern. Aus diesem Grund hatten Judith und Lawrence beschlossen, wegzulaufen und sich heimlich trauen zu lassen. Ich war damals noch ein kleiner Junge, und nach der Tragödie konnte nichts bewiesen werden; außer mir wollte auch niemand einen Skandal riskieren. Ich wollte, daß die ganze Geschichte verbreitet würde, damit die Leute erkennen würden, was geschehen und was für ein Mensch er war. Nach dem tragischen Ereignis schickten mich meine Eltern in ein Internat. Vor drei Jahren wurde mein Vater schwer krank, und ich mußte den Familienbetrieb übernehmen, um noch zu retten, was zu retten war, damit meine Mutter nicht vollkommen mittellos zurückbleiben würde und meine Schwester ihre Ausbildung beenden konnte. Inzwischen ist meine Mutter mit einem regelmäßigen Einkommen gut versorgt, und Winifred ist verheiratet. Ich beauftragte einen Geschäftsführer mit der Leitung des Betriebes und beschloß, wenn nötig den Rest meines Lebens darauf zu verwenden, in Erfahrung zu bringen, was mit Judith und meinem Bruder geschehen war.«

Ich fragte leise: »Was haben Sie herausgefunden? Wie konnten Sie wissen, daß die beiden nicht nach ihrer heimlichen Trauung ausgewandert sind und irgendwo glücklich und zufrieden in Paris oder Heidelberg leben, oder daß sie nicht in den Goldgräbergebieten in Alaska ihr Glück versucht haben?«

»Wenn Sie wüßten, wie oft ich mich selbst mit solchen Fantastereien zu beruhigen versuchte, als ich noch zur Schule ging«, sagte Stephen mit leiser, verbitterter Stimme. »Bei Judith wäre so etwas denkbar gewesen. Sie war eine hingebungsvolle Tochter – beziehungsweise war eine solche gewesen –, aber sie hatte angefangen, ihren Vater zu hassen. Er hat sie buchstäblich wie eine Gefangene gehalten; genausogut hätte sie hinter Klostermauern eingesperrt gewesen sein können.«

Judith, die hingebungsvolle Tochter, hatte also ihren Vater gehaßt! Mir schien es den Boden unter den Füßen wegzuziehen. Ich fragte: »War Judith sehr schön?«

»Ich möchte eher sagen, daß sie als junges Mädchen schön gewesen ist«, sagte Stephen langsam. »Sie sah zuletzt immer kranker und ausgemergelter aus. Aber sie hatte wundervolles Haar und ausdrucksvolle dunkle Augen; irgendwie hatte man immer den Eindruck, sie seien blau. Aber es stimmt schon, sie muß früher fast so schön wie Sie gewesen sein.« Die Worte hörten sich bei ihm gezwungen an.

»Dann kann es also durchaus sein, daß sie für immer weggehen wollte?«

»Das kann sein«, gab Stephen zu. »Aber es ist unvorstellbar, daß Lawrence uns das angetan hätte. Er hatte sowohl zu unserer Mutter als auch zu unserem Vater die allerbeste Beziehung. Er und Winifred waren zusammen aufgewachsen und hingen sehr aneinander, und für mich war er wie ein zweiter Vater, da ich so viele Jahre jünger war. Unsere Familienbande waren außergewöhnlich eng; er hätte gewußt, daß sein Verschwinden uns fast umbringen würde, wie es dann auch tatsächlich der Fall war.«

»Und doch, wenn ihm soviel an Judith lag …«

»Vor zehn Jahren war die Überlandreise nach Westen kein einfaches Unterfangen«, erklärte Stephen, »und sie war kostspielig. Lawrence hatte nicht viel Geld bei sich, und Judith war nur mit dem, was sie auf dem Leib trug, weggelaufen; sie hatte nicht einmal irgendwelchen Schmuck oder ein Nachthemd dabei. Und was eine Reise ins Ausland betraf: Ich habe die Passagierliste jedes Schiffes, das während der folgenden Jahre von Boston, New York oder Baltimore auslief, überprüfen lassen, und nirgendwo tauchten Personen auf, bei denen es sich um die beiden hätte handeln können; durch einen Beamten in Washington erfuhr ich außerdem, daß weder für ihn noch für sie ein Paß ausgestellt worden war.«

Langsam schüttelte er den Kopf. »Ich habe alle möglichen Quellen der Nachforschung ausgeschöpft, mit einer Ausnahme. Ich hatte nicht die Möglichkeit, Dr. Maynard zu fragen, wo sie sind – doch wenn er unschuldig ist, warum gibt er dann keine Auskunft? Warum hat er alle meine Anfragen ignoriert und meine Bitten um ein Gespräch abgelehnt? Warum hat er die Polizei bestochen, damit sie mich als gemeinen Dieb festnimmt, als ich vor einem Jahr in sein Hotelzimmer kam, um ihn zu einem Gespräch zu stellen? Warum verläßt er fluchtartig jeden Ort und jede Stadt, sobald ich dort auftauchte, und warum verließ er sogar sein Zuhause, als man mich dort im Dorf gesehen hatte?«

Er kippte den letzten Rest seines Tees hinunter. »Schließlich habe ich beschlossen, zum Rachegott für ihn zu werden«, sagte er ruhig. »Er wird mich immer antreffen, egal, wo er sich aufhält, und zwar bis zu dem Tag, an dem ich herausfinde, wann und wo mein Bruder den Tod gefunden hat – oder bis er und ich tot sind. Ja, ich habe ihm den Namen Blaubart gegeben. Sind Ihnen denn niemals einige Dinge aufgefallen, Sybil? Sie sind doch kein kleines Mädchen oder törichtes Kind mehr, wenn Sie auch wie eines aussehen. Gibt es in seinem Leben denn keine verschlossenen Kammern oder geheime Orte?«

Wieder hatte er meine Gedanken ausgesprochen, aber ich war unfähig zu antworten. Mein Schock ging zu tief. Ich war benommen. In die Stille hinein schlug die kleine Kuckucksuhr in der Teestube sechsmal mit dünnen, hohen Tönen; ich lauschte ihnen mit fassungslosem Schrecken.

Niemals, niemals wäre mir in den Sinn gekommen, daß ich in so eine Geschichte geraten könnte! Doch dann wurde meine Benommenheit plötzlich durch eine unmittelbare, naheliegende Angst durchbrochen:

»Ich ... ich bin jetzt schon seit über einer Stunde weg ... er wird sich Gedanken über meinen Verbleib machen ...«

Stephens Kinn straffte sich. »Haben Sie solche Angst vor ihm? Wagt er es, Sie zu mißhandeln?«

»Nein«, erwiderte ich schnell, immer noch darauf bedacht, Philip zu verteidigen (das Ganze konnte ein Lügenmärchen sein, redete ich mir als letzten Strohhalm ein, an dem ich mich halten konnte; es könnte sich um eine großangelegte Verschwörung gegen Philip handeln – aber warum nur, warum?). »Nein, er hat mich niemals mißhandelt, aber er benimmt sich sonderbar; er wird wütend, wenn ich mich aus seinem Blickfeld entferne.«

»Hat er Sie immer strenger bewacht, immer mehr eingesperrt?« fragte Stephen. »Eines Tages werden Sie so sehr eingesperrt sein, daß niemand mehr Sie zu Gesicht bekommen wird, und dann wird man vielleicht fragen: ›*Wo ist Sybil*‹?«

Dagegen konnte ich nur einen schwachen Einwand erheben. »Er nennt mich immer Judith.«

»Du lieber Gott! Hören Sie mir zu, Mädchen!« Er beugte sich über den Teetisch und griff nach meinen Unterarm. »Möchten Sie ihn verlassen? Können Sie sich nicht von diesem Wahnsinnigen trennen? Sehen Sie, ich könnte Sie zu meiner Schwester Winifred bringen. Ich kann Sie heute nacht noch in den Zug nach Boston setzen. Die Familie ihres Mannes ist sehr angesehen. Oder haben Sie denn keine Verwandten? Könnten Sie nicht zu denen gehen?«

Plötzlich stellte ich mir den Ausdruck auf Tante Mabels Gesicht vor, einen Ausdruck unerträglichen Triumphes, wenn ich vor ihrer Tür auftauchen und ihr eine wilde Geschichte über den Wahnsinn meines Ehemannes erzählen würde. Nein. Niemals. Genausowenig konnte ich hinnehmen, daß ich vollkommen Fremden anvertraut würde. Wie konnte ich wissen, ob das nicht eine List war, um mich zu entführen und Lösegeld für mich zu erpressen – Philip war schließlich Millionär. Stephen Whitby beobachtete mein Gesicht und schüttelte den Kopf.

»Nein? Das hatte ich mir gedacht«, sagte er. »Sie sind stur wie der Teufel. Das muß an der Kombination von hellem Haar und dunklen Augen liegen. Aber müssen Sie wirklich zu diesem alten Unhold zurück?«

Ich schaffte es, mit fester Stimme zu sagen: »Sie haben keine Beweise für Ihre Geschichte, Mr. Whitby. Versetzen Sie sich doch mal in meine Lage. Würden Sie eine derartige Geschichte glauben, wenn man Sie Ihnen erzählte?«

»Ich zweifle nicht an Ihnen«, sagte er. »Dieser Maynard der verdammte Kerl, hat mehr Glück als er verdient.«

»Vielleicht haben Sie es vergessen, aber trotz allem, was Sie gesagt haben, ist Philip mein Mann«, fuhr ich unbeirrt fort. »Ich kann all diese Vorwürfe gegen ihn ohne Beweise nicht hinnehmen.«

Stephen Whitby beugte sich vor. »Dann helfen Sie mir, Beweise zu bekommen!« verlangte er. »Ich bin keinesfalls uneinsichtig, glauben Sie mir! Zeigen Sie mir Judiths Grab oder irgendein Beweisstück, daß Lawrence am achtundzwanzigsten April achtzehnhundertneunzig noch lebte. Ich habe sie zum letztenmal am fünfundzwanzigsten gesehen! Ich habe sogar nach allen Unfällen mit Kutschen oder Zügen geforscht, bei denen Tote verbrannt oder zur Unkenntlichkeit verstümmelt worden waren – habe mir deren Habseligkeiten angesehen. Bringen Sie mir einen Beweis, daß ich mich irre, und ich schwöre bei Gott, daß ich vor Philip Maynard auf die Knie fallen und ihn auf jedem Platz, auf dem er es wünscht, um Vergebung bitten werde; und anschließend begebe ich mich in eine Irrenanstalt!«

Ich wußte nicht, was ich sagen sollte. Die Kellnerin war inzwischen etwas ungeduldig geworden und kam an unseren Tisch.

»Wünschen Sie noch etwas Tee, Sir? Madam?«

»Nein danke«, sagte ich geistesabwesend, während ich mich langsam erhob. Doch Stephen hielt mich zurück.

»Sehen Sie aus dem Fenster und auf die gegenüberliegende Straßenseite. Er erwartet Sie«, sagte er. »Ich werde hier warten, bis sie bei ihm sind.«

»Danke«, sagte ich verwirrt. Wenn er mich tatsächlich mit Stephen zusammen sehen würde – ich wagte mir nicht auszudenken, was dann geschehen würde. Ich mußte unbedingt nachdenken. Leise und eindringlich sagte ich: »Mr. Whitby, um selbst nicht den Verstand zu verlieren, muß ich einen Beweis für oder gegen diese Geschichte finden. Aber ich muß nachdenken. Lassen Sie mir um Himmels willen ein wenig Zeit!«

»Wagen Sie es, ihn mit dieser Geschichte zu konfrontieren?«

Ich erbleichte. »Nein. Auf keinen Fall jetzt sofort. Ich werde einen Weg finden, Sie wissen zu lassen, wohin wir reisen, das verspreche ich Ihnen.« Stephen sah besorgt aus dem Fenster. Philip sah sich zögernd, suchend um, und ich schoß aus der Teestube und auf die andere Straßenseite.

»Vater!« rief ich mit zitternder Stimme. »Hier bin ich!«

Er zuckte zusammen, und sein Blick fiel auf mich; ein merkwürdiger Blick, halb zornig, halb beängstigt.

»Judith! Wo warst du denn? Ich habe mir Sorgen gemacht...«

Ich tastete in meinem Muff nach der kleinen Bonbondose und hielt sie ihm entgegen. »Ich bin nach unten gegangen, um das hier für dich als Überraschung zu kaufen«, sagte ich, und er nahm sie, immer noch mit einem leichten Stirnrunzeln.

»Du hast doch bestimmt keine ganze Stunde dazu gebraucht, eine Dose mit Bonbons zu kaufen, mein Kind.«

Ich war sicher, daß er mein klopfendes Herz durch mein Kleid hindurch hören konnte. Verzweifelt suchte ich nach einer Entschuldigung, und plötzlich hatte ich einen Einfall.

»Ich dachte, ein Mann wäre mir gefolgt.« (Das stimmte sogar, ich *hatte gedacht*, ich sähe ihn, bevor er wirklich auftauchte.) »Da bekam ich Angst und ging hinüber in die Teestube, um eine Tasse Tee zu trinken. Dann habe ich dich gesehen und bin zu dir herübergekommen.«

Das hörte sich unecht an, und ich war sicher, daß meine Miene Schuldbewußtsein ausdrückte; er sah jedoch so mitgenommen und erschöpft aus, daß ich eher Mitleid empfand als Angst. Ich hatte einen Ausbruch erwartet und war seltsamerweise eher besorgt als erleichtert, als er nur seufzte und meinen Arm tätschelte. »Nun gut, mein Kind, komm jetzt, wir sollten früh zu Abend essen, und dann mußte du dich ausruhen. Du hast in letzter Zeit zuviel Aufregungen erlebt.«

Ich konnte nichts essen, obwohl er mit Bedacht all meine Lieblingsgerichte auswählte. Das Essen blieb mir im Halse stecken, und er beobachtete mich besorgt.

»Bist du krank, Judith, mein Liebling?«

Ich konnte nicht verhindern, daß ich jedesmal innerlich zusammenzuckte, wenn er den Namen *Judith* aussprach. Ich war äußerst angespannt, ihn meine Angst nicht merken zu lassen, und ich wußte, daß ich von dieser Anstrengung ganz bleich war.

Konnte ich diesen freundlichen, liebenswerten, traurigen Mann für einen Mörder halten? *Selbst in seinen plötzlichen, unberechenbaren Zornesausbrüchen?* Ich würde verrückt werden, wenn ich weiter darüber nachgrübelte!

Als wir das Restaurant verließen, traten wir in eine spätsommerliche Dämmerung. Es lag schon ein leichter Hauch von Herbst in der Luft, und welke Blätter schwebten von den Pfefferbäumen entlang der Promenade. Ich seufzte hemmungslos. Ich fühlte mich so einsam und hatte Angst!

Philips Arm zitterte leicht unter meiner Hand, und er blieb wie angewurzelt stehen. *Wie ein gejagtes Tier,* dachte ich, während ich sein starres Gesicht und die Augen, die gebannt auf die andere Straßenseite blickten, beobachtete.

Dort stand Stephen Whitby, still, blaß, und gab sich den Anschein, uns nicht zu sehen; nach einem Moment drehte er sich um und verschmolz mit der ins Theater strebenden Menge.

Ich fragte nicht, was Philip gelähmt hatte. Ich wußte es.

Nach einer langen Zeit setzte er sich wieder in Bewegung, langsam, mit taumelnden Schritten. *Er ist ein alter Mann, und er ist müde, und wenn er unschuldig ist, wird ihn diese Verfolgungsjagd umbringen.*

Seine Stimme war schwach, fiebrig.

»Ich muß ein Telegramm aufgeben; wir müssen sofort abreisen, Judith. Sofort, heute abend noch.«

Wieder auf der Flucht wie gejagte Tiere. »Vater, du bist sehr abgespannt. Du mußt dich ausruhen.« Ein Satz aus der Bibel kam mir beharrlich immer wieder in den Sinn: *Unstet und flüchtig sollst du sein auf Erden...*

Ich fragte in kindlicher Unschuld und gleichzeitig hoffend, daß er meine Ängste zerstreuen würde: »Aber wohin können wir denn noch gehen? Wir reisen von einem Ort zum anderen, ohne jemals wirklich irgendwo anzukommen – oh«, rief ich plötzlich aus, »warum können wir nicht einfach nach Hause fahren? Laß uns nach Hause gehen, nach Quarry House!«

Und schon während ich den Satz aussprach, wußte ich, daß ich das Richtige gesagt hatte. Ich war verwirrt, ich wußte nicht, wem oder was ich glauben sollte, aber ich mußte mich dort mit dem Geheimnisvollen auseinandersetzen, wo es entstanden war. Wenn es ein Geheimnis gäbe, dann würde ich sein Auflösung dort finden.

Philip zögerte so lange, daß ich befürchtete, er würde meinen Vorschlag abweisen, aber schließlich seufzte er.

»Nun gut, Judith. Dann werden wir eben nach Hause fahren.« Und dann fuhr er in einem seltsamen, fast kindlichen Ton fort: »Vielleicht komme ich dort zur Ruhe.«

Wir kamen an einem dunklen, regnerischen Abend in Quarry House an, mit heftigen Windböen, die die verwelkten Blätter von den Bäumen trieben; das Haus war hell erleuchtet, und im Gesicht des alten Tannery spiegelte sich echte Willkommensfreude, während er sich vor uns an der Tür verbeugte, und ebenso im rosigen Lächeln von Jeannie, während sie gedämpft murmelte: »Ich bin froh, daß Sie wieder da sind, Miß Judith.« Sie hießen mich zu Hause willkommen. Doch obwohl das Haus warm und anheimelnd war, fühlte ich mich wieder einmal wie ein Eindringling. Quarry House konnte niemals mein Zuhause sein. Nicht ich wurde willkommen geheißen, sondern Judith. Ihr Lächeln in dem Gemälde über dem Klavier erschien mir auf einmal triumphierend und gleichzeitig tragisch. *Wo war sie?* Das Lächeln ihres Abbilds schien zu sagen, daß sie diesem Haus, das für sie zum Gefängnis geworden war, entflohen war, aber mit dem Preis, daß eine Geisel ihre Stelle einnehmen mußte. Barbara Plummer, wer immer sie gewesen sein mochte. Und die unbekannte Margaret Curtin. Und – Sybil Ellis.

Mein Zimmer – Judiths Zimmer – schien mir ebenfalls einen verlogenen Willkommensgruß entgegenzubringen, mit seinem aufdringlichen Lavendelduft und dem Spinnennetz, aus den Erinnerungen des toten Mädchen. *Bleib hier,* flüsterte es mir verführerisch zu, *vergiß, daß du Sybil Ellis bist, nimm meinen Platz ein, solange du lebst...*

Aber diese Botschaft hatte es auch anderen zugeflüstert.

Und wo waren sie jetzt? Hatten sie einfach keine Lust mehr zu der Maskerade gehabt und sich in die Verborgenheit zurückgezogen? Waren sie für die Rolle der Judith zu alt geworden, und Philip hatte sie weggeschickt? Oder hatte sie ein einfacheres und gleichzeitig entsetzlicheres Schicksal ereilt? Schon halb hysterisch, erwog ich, Philip nach seinen Schlüsseln zu fragen. Würde es einen verschlossenen Raum und eine verschlossene Blaubart-Kammer geben, wo ich seine sieben Töchter finden würde?

Es gab immerhin eine Sache, die ich tun konnte, und die wollte ich sofort tun, bevor die schreckliche Untätigkeit und die sinnlose tägliche Routine von Quarry House wieder von mir Besitz ergreifen würden. Früh am nächsten Morgen, nachdem ich mit Philip gefrühstückt hatte, zog ich eines meiner ältesten Baumwollkleider an, rollte mir die Ärmel bis zum Ellbogen hoch und ließ Jeannie kommen.

»Gibt es so etwas wie einen Schrankkoffer im Abstellraum, Jeannie?«

»Aber ja, Miß, Dutzende davon.«

»Dann holen Sie mir einen... ich meine, lassen Sie einen von einem der Männer holen, und zwar sofort.«

Sie sah mich fassungslos an. »Sie wollen doch nicht schon wieder verreisen, Miß?«

Ich war so von meinem Plan durchdrungen, daß ich gar nicht daran gedacht hatte, daß man ihn so auslegen könnte. »Nein, bestimmt nicht, Jeannie. So bald nicht wieder, wenn es nach mir ginge. Ich möchte nur ein paar Veränderungen in diesem Zimmer vornehmen. Es ist schon viel zu lange unverändert.«

Als einer der Hilfsdiener mit einem leeren Schrankkoffer ankam, machte ich mich daran, Schubladen und Schränke zu durchforsten. Alle Gegenstände, die Judith gehört hatten –, und davon gab es viele und wertvolle –, legte ich zusammen und packte sie in den Koffer, wobei ich mit grimmiger Genugtuung die Lavendelduftkissen zwischen die Wäschestücke legte. Es war ihr Lavendel, und sie sollte ihn haben! Ich riß die Fenster auf und ließ den Geruch der Pinien und der Meeresluft aus der Ferne durch den Raum ziehen. In den Koffer wanderten Judiths Bücher, ihr Handarbeitskorb, ihre silbernen Bürsten und Kämme, ihr Schmuck und ihre Haarbänder, sogar eine alte Puppe, die ich auf dem Grund einer Schublade gefunden hatte. Jeannie sah mir mit Erstaunen und Mißfallen zu, aber sie war zu wohlerzogen, um mir Fragen zu stellen; vielleicht dachte sie auch – dieser Gedanke kam mir, als ich im Wandspiegel einen Blick auf mein gerötetes und wildentschlossenes Gesicht erhaschte –, daß ich verrückt geworden und eine Wahnsinnige wäre. Als alles, was an Judith erinnerte, weggeräumt war, ließ ich den Koffer von dem Hilfsdiener wieder in den Abstellraum schaffen. Dann klingelte ich nach Mrs. Grant, die blaß und mit erstauntem Gesichtsausdruck hereinkam, nachdem sie durch die Zimmermädchen von den wilden Aktivitäten im oberen Stock gehört hatte.

Sie sah sich neugierig um, als sie eintrat, und fragte: »Was haben Sie denn bloß hier drin angerichtet, Miß Judith?«

Ihr Ton störte mich. Philip hatte ihr zwar die Verantwortung für die Haushaltsführung übertragen, aber ich war kein Kind, und ich brauchte mich keinem Verhör zu unterziehen! Ich sagte selbstbewußt: »Ich habe beschlossen, hier ein paar Veränderungen vorzunehmen, Mrs. Grant. Haben wir einen Satz Vorhänge in der passenden Größe für dieses Zimmer, und eine Bettdecke in einer anderen Farbe?«

»Nun, keine so prächtige wie diese, Miß – Tannery hat mir erzählt, daß Vorhänge und Decke speziell für diesen Raum angefertigt wurden.«

»Wie auch immer, ich bin sie leid«, sagte ich. »Verwenden Sie diese hier in einem Gästezimmer, oder wo immer es Ihnen beliebt, und bringen Sie mir andere Vorhänge und eine andere Decke – es stört mich auch nicht, wenn Sie nur Patchwork auftreiben können.«

Sie sagte voller Würde: »Ich glaube, ich kann Ihnen durchaus etwas Besseres bieten, Miß Judith; Ihr Haus ist bestens mit Wäsche ausgestattet, wie es sich für einen Haushalt der gehobenen Klasse geziemt. Hätten Sie gern eine karmesinrote Tagesdecke mit Paisley-Muster aus Indien und karmesinrote Vorhänge mit weißen Spitzengardinen? Oder würden Sie die handgewebte spanische Decke vorziehen, die ihre Großmutter vor dem Bürgerkrieg aus Europa mitgebracht hat, diejenige, die während der letzten Jahre in der Suite im Westtrakt ausgelegt war?«

Ich entschied mich für die indische Decke und die dazu passenden Vorhänge, und Mrs. Grant, die sich inspirieren ließ, brachte dazu Kissen mit orientalischen Webmustern, so daß bis zu dem Zeitpunkt, als Tannery kam und meldete, daß der Tee in der Bibliothek serviert sei (ich hatte ganz vergessen, zu Mittag zu essen, und war hungrig wie ein Bär), das Zimmer ein ganz anderes Gesicht bekommen hatte. Papa – mein richtiger Papa – hatte mir einmal erklärt, daß Karmesinrot die Farbe des Mars sei, und ich hatte jetzt das Gefühl, daß ich mich tatsächlich in einem Kampf befand, dem Kampf um meine Identität. Ich wusch mich, zog mein hübsches Kleid aus feinem Wollstoff an, von dem ich wußte, daß es Philip gefiel, und steckte mir eine karmesinrote Rose ins helle Haar. Anstatt mich wie ein Gespenst durch die Galerie nach unten zu stehlen, stieg ich die Haupttreppe hinunter, und in dem gewaltigen Spiegel dort sah ich, daß meine Wangen zart gerötet waren. Ich hatte Tannery gebeten, zum Tee auch gekochte Eier und Schinken aufzutragen, da ich Hunger hatte; und als Philip sah, mit welchem Appetit ich alles verschlang, sah er mich voller Erstaunen und Freude an.

»Die Luft in Quarry House scheint dir gutzutun, mein Liebes; der rosige Hauch liegt wieder auf deinen Wangen, und du hast deinen Appetit wiedergewonnen.«

Ich lächelte, während ich mir eine zweite Portion Schinken nahm und ein Brötchen, das vor Butter und Pflaumenmus triefte.

»Du hast ganz recht, ich fühle mich wieder wie ich selbst«, sagte ich und konnte der Versuchung nicht widerstehen, einen schnellen Blick auf das blasse Porträt über dem Klavier zu werfen.

Vielleicht konntest du dich nicht wehren. Aber ich bin nicht bereit, alles zu schlucken. Es fing als Spiel an, und da ich Philip liebe, werde ich für ihn das Spiel spielen. Aber es wird mir nicht mehr passieren, daß ich vergesse, es als Spiel zu betrachten.

Während ich meine dritte Tasse Tee trank – Gott sei Dank hatte er keine Vorbehalte gegen weibliche Wesen mit gesegnetem Appetit – erzählte ich ihm beiläufig, daß ich in meinem Zimmer einige Änderungen vorgenommen hätte. »Ich glaube, Mrs. Grant war nicht damit einverstanden, Vater. Aber in meinem Zimmer darf ich doch wohl tun und lassen, was ich will, Vater, oder nicht?«

»Du darfst im ganzen Haus tun und lassen, was du willst, mein Liebes; die Dienerschaft hat die Aufgabe, unsere Wünsche zu erfüllen«, sagte er herzlich, »obwohl mir dein Zimmer sehr gut so gefiel, wie es war. Es war einfach immer so...«

»Dann war es entschieden schon zu lang so«, sagte ich leichthin, aber mit einem Unterton von Entschlossenheit. »Ich war früher ein kleines Mädchen, und eines Tages... eines Tages werde ich erwachsen und eine Frau sein.«

Er sah betrübt aus, und mir wurde das Herz schwer, aber das mußte jetzt einmal zur Sprache kommen. Er sagte: »Ich möchte, daß du immer so bleibst, wie du bist...«

»Nichts kann immer so bleiben, wie es ist«, entgegnete ich. »Auch du wirst nicht immer der gleiche bleiben.«

Er streckte eine zitternde Hand aus, um mir über die Haare zu streichen. »Aber du wirst doch noch nicht allzu bald erwachsen werden wollen, oder? Du bist doch sicher froh, noch eine Zeitlang meine kleine Tochter zu sein, nicht wahr?« Seine Augen blickten plötzlich fremd und wild, und ich erkannte ihn kaum wieder. »Ich wüßte nicht, wie ich ohne mein kleines Mädchen leben sollte.«

Ich versicherte ihm ruhig, daß ich keineswegs die Absicht hatte, mich über Nacht zu verwandeln, und war sehr erleichtert, als Tannery hereinkam, um den Teewagen abzuholen. Tannery kam mir wie eine Insel des gesunden Menschenverstandes vor, mit seiner beharrlichen, ruhigen Anrede ›Miß Sybil‹, die Dr. Maynard jedesmal in die Realität zurückzuholen schien. Als ich mich nach dem Tee wieder nach oben begab, beglückwünschte ich mich dazu, einen richtigen Schritt getan zu haben, und als Philip vor dem Abendessen zu mir hereinkam und mich bat, ihm bei einem widerspenstigen Kragenknopf behilflich zu sein, zeigte er sich nur in geringem Maße befremdet über die Veränderungen, die ich bewirkt hatte.

»Dieses Zimmer ist schön geworden, mein Liebes. Du hast einen ausgezeichneten Geschmack. Tue dir keinen Zwang an, du kannst alle Räume nach deinem Belieben verändern. Vielleicht... vielleicht habe ich mit einer etwas zu strengen Hand versucht, die Zeit anzuhalten.«

Erst nach dem Abendessen, als Philip mir einen Gute-Nacht-Kuß gegeben und sich entfernt hatte, erst als ich in meinem Zimmer war, angetan mit meinem Nachthemd, und Jeannie mir die Haare bürstete, ließ meine straffe innere Anspannung nach und machte all meinen Ängsten Platz, die ich die ganze Zeit verdrängt hatte. Ich wußte, daß ich, wenn Stephen Whitby nicht verrückt war und Philip nur halb so gefährlich, wie er befürchtete, heute abend in Todesgefahr geschwebt hatte. Drei Mädchen waren von Quarry House verschwunden – vielleicht deshalb, weil sie Philips Wahnvorstellung durchkreuzt hatten, seine Tochter immer und für alle Zeiten so zu bewahren, wie sie war, sie als kleines Mädchen zu konservieren.

»Ihr Papa war sehr angetan von dem Zimmer«, sagte Jeannie strahlend, während sie meine Bürste ablegte und sich daran machte, mein Haar für die Nacht zu einem Zopf zu flechten. »Aber Sie sehen müde aus, Miß Judith. Wir hatten alle Angst, daß der Doktor wütend werden würde. Mr. Tannery sagte, daß er in solchen Dingen eine sehr festgefügte Meinung hat.«

»Ich hatte auch ein bißchen Angst«, sagte ich mit einem schwachen Lachen, in dem ich das Aufkeimen einer Hysterie spürte, »und es stimmt, ich bin müde. Könnten Sie mir vielleicht vor dem Schlafengehen noch etwas heiße Milch bringen?«

»Natürlich kann ich das, Miß Judith. Falls die Köchin das Herdfeuer schon hat ausgehen lassen, werde ich die Milch selbst auf dem kleinen Ölofen in Mr. Tannerys Kammer warm machen«, sagte sie, während sie meine Unterröcke zusammenraffte, um sie in den Wäschekorb zu stecken; dann ging sie die Treppe hinunter. Als ich allein war und in dem so merkwürdig verwandelten Raum in den Spiegel sah, empfand ich so etwas wie Triumph. Zum erstenmal sah mir aus Judiths Spiegel mein eigenes Gesicht entgegen und nicht das Gesicht aus dem Porträt.

Falls Judith noch in diesem Zimmer herumspuken sollte, würde sie ihre gewohnten Accessoires nicht mehr an ihrem üblichen Platz finden. Konnte ich ihren Geist vertreiben, indem ich ihre Wäsche und ihren Handarbeitskorb, ihre Reitausrüstung und ihr Bettzeug verbannte? Ein paar Zeilen aus einem Gedicht einer Dichterin aus Neuengland, die in ihrem eigenen Haus wie ein Geist gelebt hatte, gingen mir nicht aus dem Kopf, als ob sie mir wie zum Hohn eingeflüstert würden:

»Nicht nur in Zimmern treibt der Spuk sein Spiel,
nicht nur in Häusern,
Die Seele hat viele Flure, und die sind viel
größer als wirkliche Räume...

Ruhelos stand ich auf und ging zum Fenster, um in den Garten hinunterzublicken. Der Mond stand am Himmel, fast voll, und in seinem Licht konnte ich die Rasenflächen, die Wege und die dunklen Büsche erkennen. Die meisten Blumen waren um diese Jahreszeit verblüht, nur die Astern und Ringelblumen hatten noch ihre strahlende Schönheit. Die Fliederbüsche hatten ihre weißen und blaßlilafarbenen Dolden abgeworfen. Das Licht der einzelnen Kerze in dem Leuchter auf meinem Toilettentisch war nicht hell genug, um die Fensterscheibe schwarz erscheinen zu lassen; ich blickte in die Dunkelheit und dachte unruhig darüber nach, wie die Zeit verging.

Ich war Philips Ehefrau. Was immer er denken mochte, das war nun einmal eine Tatsache. Ich war es ihm schuldig, treu zu ihm zu halten und ihn in Schutz zu nehmen. Ich erinnerte mich, daß mir mein Vater einmal erzählt hatte, daß eine Ehefrau nicht mal vor Gericht gegen ihren Mann aussagen kann; denn sie gilt als sein Fleisch und Blut, und ein Mann kann nicht gezwungen werden, gegen sich selbst auszusagen. Und doch – *quält dich dein Auge, reiß es aus...*

Ein Schatten bewegte sich in dem dunklen Garten, löste sich aus dem Gebüsch und nahm die Gestalt eines Mannes an. Ich beobachtete ihn einen Moment lang ohne besonderes Interesse. War es Philip? Oder einer der Gärtner? Dann durchfuhr mich plötzlich die Erkenntnis, daß mir diese große, schlanke Gestalt nur allzu bekannt war – die Art der Kopfhaltung –, ich hatte sie schon so oft voller Angst aus einiger Entfernung gesehen.

Stephen Whitby. Er beobachtete uns immer noch, Philips Rachegott ließ nicht locker. Er hatte angedroht: *bis ich sterbe, oder bis er stirbt.*

Schnell löschte ich die Kerze, ging vom Fenster weg und zog die Vorhänge zu. Und dennoch stellte ich fest, daß ich in diesem Moment zum erstenmal an jenem Tag frei von Angst war.

Ich schlief traumlos, und als ich am Morgen in dem verwandelten Raum aufwachte, blieb ich noch eine Zeitlang liegen, sah mich um und legte mir einen Plan zurecht, welche weiteren Schritte ich an diesem Tag unternehmen wollte.

Ich wagte nicht, Philip wegen dieser ungeheuerlichen Geschichte anzusprechen. Wenn es sich tatsächlich nur um ein gemeines Lügengespinst handelte, würde ihn der Schock umbringen. Er war gebrechlicher, als er aussah. Andererseits war es nicht fair, weiterhin diesen heimlichen Verdacht gegen ihn zu hegen.

Tannery diente der Familie seit Philips Kindheit. Wußte er etwas, und konnte ich ihn fragen? Oder war er ein so unerschütterlicher Verbündeter von Philip, daß er sofort zu ihm laufen und ihm erzählen würde, daß ich sonderbare Fragen gestellt hätte? Er war mir gegenüber immer liebenswürdig gewesen – dem Anschein nach ein Freund und Verbündeter –, aber ich konnte dessen nicht ganz sicher sein.

Und Philips Schwester, Miß Maynard? Ohne Zweifel würde sie irgendwann einmal wieder in Quarry House auftauchen, aber niemand konnte voraussagen, wann. Ich vermutete, daß ihre Besuche unregelmäßig und unvorhersehbar waren. Ich wagte nicht, so lange zu warten, und ich hatte Angst zu schreiben. Und wie auch immer, obwohl sie vielleicht einiges wissen mochte, wäre sie bestimmt nicht in der Lage, mich über alles aufzuklären, was ich erfahren wollte. Ich kannte diese Sorte alter Jungfern aus Neuengland, und man konnte unmöglich annehmen, daß sie in ihrer strengen Rechtschaffenheit irgendwelche finstere Machenschaften decken würde. Wenn Philip etwas Schlechtes getan hätte, hätte sie niemals geschwiegen. Vielmehr hätte sie sich an ihrer eigenen Selbstgerechtigkeit ergötzt, indem sie eine solche Tat entlarvt hätte.

Aber Philip hatte noch eine Schwester, soweit ich mich erinnerte. Wie hieß sie doch noch – May? May Maynard mußte eine merkwürdige Person sein, die nicht ganz richtig im Kopf zu sein schien, aber vielleicht würde sie gerade deshalb freier reden. Sie lebte in dem Wald jenseits des Steinbruchs in einem Gebäude, das einst eine Art Sommerhaus oder Jagdunterkunft gewesen war. Sie hatte seit Jahren keinen Kontakt mehr zu Philip. Aber vielleicht würde sie mit mir sprechen. Als ich mich an diesem Morgen ankleidete, zog ich feste Wanderschuhe und einen bequemen Rock an, in dem ich gut laufen konnte, und gleich nach dem Frühstück machte ich mich auf den Weg in Richtung Wald.

Es gab Wege dorthin, so daß es unwahrscheinlich war, daß ich mich verlaufen würde. Ich kam an der Stelle vorbei, wo für die Puppenteeparty gedeckt gewesen war, aber die Tassen, die Tellerchen und die Teekanne waren nicht mehr da. Das Kind hatte seine Sachen zusammengesammelt und war mit dem ganzen Spielhaushalt umgezogen. Ich empfand leises Bedauern darüber. Jetzt würde ich wahrscheinlich nie erfahren, wer das kleine Mädchen war. Es hätte mich sehr interessiert.

Wenn es nicht den sehr greifbaren Beweis des Puppengeschirrs gegeben hätte, hätte ich mich vielleicht auch gefragt, ob sie nicht ebenfalls ein Spukgespenst gewesen sein könnte – der Geist der kleinen Judith, die einst in diesen Wäldern gespielt hatte und die, falls Stephen Whitby nicht ein gefährlicher Verrückter war, spurlos verschwunden war.

Der Weg war überwuchert und schlecht zu erkennen,

doch immer noch vorhanden. Nachdem ich ihm etwa eineinhalb Meilen weit gefolgt war, kam ich zu einem verblaßten und verwitterten Schild mit der Aufschrift: *Maynard Granitabbau.* Es war in einer Schrift geschrieben, die seit Jahrzehnten aus der Mode war, und es war abgeblättert und halb umgefallen. Die Fahrspur, die von dem Weg abzweigte, war breit genug, daß darauf einst große Karren fahren konnten, doch jetzt war sie völlig zugewuchert. Ich konnte mir lebhaft vorstellen, wie früher auf diesen Wegen ein geschäftiges Treiben geherrscht hatte, begleitet vom Krach des Steinbruchs und den Sprengungen und dem Quietschen der von Maultiergespannen gezogenen Karren. Jetzt waren sie so verlassen, daß ich Vögel zwitschern hörte, ansonsten war ich allein im Wald. Oder lauerte mir Stephen Whitby vielleicht irgendwo auf? Hatte er immer noch die Absicht, Philip zur Rede zu stellen? Wie auch immer, heute war ich auf eigene Faust unterwegs. Durch die Bäume hindurch sah ich in einiger Entfernung neben dem Weg das Schimmern eines Sees, der das dunkle Blau des Himmels widerspiegelte. So nah am Meer konnte ich doch nicht sein? Ich ging ein paar Schritte darauf zu, dann erkannte ich, was es war: der alte Steinbruch, den unterirdische Quellen jetzt mit Wasser gefüllt hatten, tief, eiskalt und blau. Die Granitwände waren steil und kahl und von fahlem Grau. Ich wandte mich davon ab. Auch dies gehörte zur Vergangenheit, aber darin lag kein Geheimnis. Im Gegensatz zu Judith Maynard war der Steinbruch eindeutig und ordentlich tot, und jedermann konnte sehen, wo er begraben lag. Ich wurde mir über meine eigene Sterblichkeit klar, während ich auf den Weg zurückkehrte und weiterwanderte.

Aus der Ferne hörte ich etwas, das wie der Gesang eines Kindes klang, aber die Töne verhallten, bevor ich sicher sein konnte.

Ich überquerte eine Lichtung und näherte mich dem Jagdhaus. Es war aus Holzbalken gebaut – nicht wie eine Blockhütte, sondern wie eine kunstvolle und romantische

Nachbildung. Es mußte drei oder vier Zimmer haben, und es gab einen großen gemauerten Kamin. Vor dem Haus war ein hübscher kleiner Garten angelegt, der sehr gepflegt aussah; wenn die merkwürdige Miß May hier allein lebte, dann mußte sie eine ausgezeichnete Gärtnerin sein. Ich ging langsam über die Lichtung und bemerkte die dichten weißen Vorhänge vor den Fenstern. Rauch kräuselte sich aus dem Kamin, und ein schwacher Duft nach Gekochtem hing in der Luft. Alles sah sauber, gemütlich und angenehm abgeschieden aus – ein idealer Platz, um sich zurückzuziehen. Ich ertappte mich dabei, wie ich Miß May bemeidete. Verglichen mit Quarry House wirkte das hier ausgesprochen anheimelnd.

Ich klopfte an die Tür.

Keine Antwort.

Ich klopfte erneut und wartete; ich lauschte mit gespitzten Ohren auf ein Geräusch außer dem Vogelgezwitscher. Ich glaubte, eine Stimme oder Schritte zu vernehmen, aber gleich darauf war wieder alles still.

Ich runzelte erstaunt die Stirn. Ich hatte den Rauch gesehen, ich hatte das Essen gerochen. Und ich war fast sicher, daß ich eine Stimme gehört hatte. »Miß Maynard!« rief ich und klopfte noch einmal.

Aber im Haus rührte sich nichts. Ich hatte das unerklärliche Gefühl, daß hinter diesen unbewegten Vorhängen jemand wie erstarrt verharrte, wie ein Kaninchen, daß in Gegenwart eines Feindes ›sich tot stellt‹.

Ich wartete und klopfte immer wieder, aber schließlich konnte ich nicht den ganzen Tag hier stehenbleiben, und so blieb mir nichts anderes übrig, als mich zu entfernen, langsam, erschöpft und geschlagen. Wenn Miß May da war, es jedoch vorzog, nicht mit mir zu sprechen, dann gab es keine Möglichkeit, sie dazu zu zwingen.

Ich fühlte mich durch diese Niederlage wie erschlagen. Als ich auf dem Rückweg wieder am Steinbruch vorbeikam, hatte ich den Eindruck, daß mich wieder Augen aus dem Verborgenen beobachteten. Stephen Whitby? Oder

Judiths Geist, der sich über meine Niederlage lustig machte, entschlossen, sein Geheimnis niemals preiszugeben? Ich war kaum überrascht, als ich seitlich des Weges Schritte hörte und Philip durch die Wiese auf mich zukam.

Zu meiner Verblüffung – denn ich erinnerte mich, als ich mich das letzte Mal davongeschlichen hatte und in den Wald gegangen war, hatte er einen unbeherrschten Zornesausbruch gehabt – war sein Ton liebevoll und freundlich.

»Hast du dir den Steinbruch angesehen, Judith? Ich erinnere mich gut, daß du als kleines Mädchen immer gefragt hast, warum es darin keine Fische gäbe. Du warst überzeugt davon, daß die Salzwasserfische, die wir im Winter aßen, aus dem Meer kamen, während die Süßwasserfische aus dem Steinbruch stammten.«

Er hatte sich wieder in seiner Traumwelt verloren, wo ich seine Judith war, die von ihm gegangen war. Ich gab eine nichtssagende Antwort und nahm seinen Arm, um ihn sanft zum Haus zurückzuführen. »Es ist heiß heute«, sagte ich, als ich bemerkte, daß sein Gang schleppend war und sein Atem mühsam ging. »Zwar steht der Herbst bevor, aber die Hitze am Tage... du hättest nicht so weit zu Fuß gehen sollen. Hier, nimm mein Taschentuch«, fügte ich hinzu und tupfte ihm sanft die Schweißperlen ab, die ihm auf der Stirn standen. »Bist du sehr müde, mein lieber Vater? Möchtest du dich hier im Gras etwas ausruhen?«

»Nein, nein. Jetzt ist es ja gar nicht mehr weit«, sagte er, aber er sah dabei schrecklich müde und krank aus. »Judith, hast du schon mal schlimme Träume gehabt? Ich habe etwas Schreckliches von dir geträumt...«

»Du hast mir gesagt, ich solle mir wegen Träumen und Hirngespinsten keine Sorgen machen«, sagte ich leichthin, aber er schien mich gar nicht zu hören. »Ich habe geträumt... ich habe geträumt, du wärest tot...«

Er tastete nach meiner Hand, und ich drückte seine. »Ich bin ja da«, sagte ich so zärtlich, wie ich konnte, obwohl mein Herz schmerzte. »Ich gehe nicht weg.«

Sein Gesicht hellte sich auf, doch genau in dem Moment raschelte etwas im Gebüsch neben uns, und ein Mann machte einen Satz auf den Pfad vor uns. Im Bruchteil einer Sekunde erkannte ich Stephen Whitby, und plötzlich schien der strahlende Sommertag von Blitzen durchzuckt zu sein.

»Jetzt entkommst du mir nicht mehr, du alter Teufel«, schrie er. »Nein, sehen Sie mich an! Wo ist mein Bruder? Was haben Sie mit Ihrer Tochter gemacht?«

Philips Gesicht war aschgrau. Ich konnte in der Stille seinen lauten Atem hören, dessen heiseres Rasseln mich beruhigte. Er sah mich mit wilden Augen an, zutiefst erschreckte.

»Judith... Judith...«, sagte er fassungslos.

»Nein, Sie verrückter alter Narr!« brüllte Stephen. »Das ist nicht Judith! Verdammt, Sie selbst haben diese Frau vor weniger als drei Monaten geheiratet! Wo ist Judith? Wo sind all die anderen Mädchen? Was haben Sie mit meinem Bruder gemacht?«

Ich machte ein Zeichen mit der Hand, um diesen Sturzbach an Fragen zu bremsen, aber zu spät. Philip stieß einen kurzen, heiseren Schrei aus, schwankte wie ein von einer Axt getroffener Ochse und fiel der Länge nach auf den Weg, wo er reglos liegenblieb.

»Sie haben ihn umgebracht«, schrie ich, und als Stephen einen Schritt auf mich zumachte, floh ich wie eine Besessene den Weg entlang in Richtung Quarry House, schrie nach Tannery, um Hilfe, nach einem Arzt; ich hörte meine eigenen Schreie wie das Gekreische einer Verrückten in dem stillen Wald, wie ein Echo...

9. Kapitel

Philip war nicht tot. Nachdem Tannery und die beiden Gärtner gekommen waren, ihn ins Haus getragen hatten und der Arzt in aller Eile aus dem Ort geholt worden war, wartete ich reglos wie eine Statue neben der Tür zum Arbeitszimmer, wo man ihn hingelegt hatte; den Brandy, den Mrs. Grant mir einzuflößen versuchte, weigerte ich mich zu trinken. Wenn Philip sterben würde, dann hätte ihn Stephen Whitby umgebracht. Philip war ein alter Mann, und ein solcher Schock... aber meine Gedanken jagten zu weit voraus. Wenn Philip nichts zu befürchten hatte, warum schaltete er dann nicht die Polizei ein? Warum behandelte er Whitby nicht wie einen gewöhnlichen Verrückten und ließ ihn festnehmen? Würde ein unschuldiger Mann von einer Stadt zur anderen fliehen oder sogar aus seinem eigenen Haus davonlaufen, nur weil er einen bestimmten Mann auf der Straße erblickte?

Räder rumpelten über die Auffahrt, und der Arzt – ein junger Mann mit rosigem Gesicht und ziemlicher Leibesfülle – kam herein, begleitet von der Haushälterin. Er eilte an mir vorbei und zu Philip hinein, und ich blieb weiterhin in ungeduldiger Erwartung und nervös vor der Tür stehen. Nach geraumer Zeit kam der Arzt heraus und nickte mir zu.

»Er fragt nach Ihnen.«

Ich schlich mich auf Zehenspitzen in den Raum. Philip lag auf der Couch, sein Gesicht war gerötet, und sein Atem ging schwer; ich hörte, wie er mürrisch vor sich hinmurmelte. »Judith, wo bist du...« Dabei wandte er schwach den Kopf um und suchte den Raum nach ihr ab.

Ich sagte: »Ich bin hier, Philip«, und kniete mich neben ihm nieder; aber er sah an mir vorbei und streckte weiterhin seine Hände flehentlich aus. »Judith, wo ist Judith? Geh weg, ich kenne dich nicht...« fügte er hinzu und stieß mich ärgerlich weg. *»Judith!«* Der Schrei war herzzerreißend.

In diesem Moment spürte ich, wie mein eigenes Herz einen Knacks bekam und fast zerbrach. Ich hatte nicht gewußt, wie sehr ich Philip lieben gelernt hatte und von ihm abhängig war, und jetzt, als er schwer krank war, stieß er mich weg, kannte mich nicht einmal mehr; ich bedeutete ihm weniger als nichts! Der Arzt flüsterte mir in strengem Ton zu: »Ich kann nicht für sein Leben garantieren, wenn er seinen Seelenfrieden nicht findet. Wo ist diese Judith? Können Sie sie denn nicht holen lassen? Die Haushälterin hat mir gesagt, Miß Judith sei in der Bibliothek.«

Ach du lieber Gott! Wie könnte ich es ihm nur erklären? Ich antwortete langsam und mit erzwungener Würde: »Ich bin Philips ... Adoptivtochter, Doktor.« Ganz besonders jetzt, da Philip in diesem schlechten Zustand war, mußte ich seinen Wunsch respektieren und unsere Heirat geheimhalten. »Und es ist eine Laune von ihm, mich Judith zu nennen und von den Dienstboten zu verlangen, mich mit diesem Namen anzusprechen. Doch seine Tochter Judith ist tot ... seit vielen Jahren schon.«

Philip wälzte sich immer noch ruhelos hin und her und jammerte. Der Arzt machte ein sehr ernstes Gesicht. Ich fragte ihn: »Was ist los, Doktor? Ist es etwas Schlimmes?«

»Es ist sein Herz, und er ist kein junger Mann mehr, Miß«, entgegnete er. Als wieder das herzzerreißende Jammern »Judith ... Judith« von der Couch ertönte, runzelte er die Stirn.

»So kann das nicht weitergehen. Ich gebe ihm etwas zum Schlafen. Er darf natürlich nicht transportiert werden, und jemand muß Tag und Nacht bei ihm bleiben. Wenn er aus dem Schlaf erwacht, wird er vielleicht wieder bei Sinnen sein. Aber Sie dürfen ihn auf keinen Fall aufregen, Miß, oder ihn irgendwie erschrecken, sonst wird es mit ihm vorbei sein. Hatte er solche Anfälle schon mal?«

»Nein, nicht in dieser Art«, sagte ich und dachte daran, wie er getaumelt war und sich auf mich gestützt hatte. »Nicht so schlimm. Aber ich wußte, daß sein Herz nicht allzu stark ist.«

Der Arzt sah mich forschend an, aber ich gab keine weiteren Erklärungen ab; als Philip wieder nach Judith schrie, setzte ich mich dicht neben ihn und redete beruhigend auf ihn ein, wobei mir sowohl die Liebe zu ihm als auch eine bestimmte Absicht die Worte eingaben: »Du bist krank, Philip, und du mußt dich ausruhen. Du würdest doch nicht wollen, daß sie dich so krank sieht, oder? Du würdest ihr doch keine Angst einjagen wollen. Du mußt dich ausruhen und wieder gesund werden, und dann...«

Zu meiner Überraschung taten die Worte ihre Wirkung. Er seufzte, sog tief die Luft ein und murmelte unter Mühen: »Darf mich so nicht sehen... darf sie nicht ängstigen...«

»Bitte, schone deine Kräfte, und sprich nicht«, beschwichtigte ich ihn. »Sieh mal, der Doktor wird dir ein Schlafmittel geben, dann wirst du dich ausruhen.«

Ich nahm das Glas mit dem Mittel von dem Arzt entgegen und setzte es an seine Lippen. Er schluckte den Inhalt willig und sank in die Kissen, wobei er murmelte: »Danke, Schwester.« Er hielt mich offenbar für eine Krankenschwester. Er war ein liebevoller und gütiger Vater gewesen; dies war meine Chance, ihm seine Großzügigkeit mir gegenüber ein wenig zu vergelten. »Sagen Sie Judith, daß es mir gutgeht... machen Sie ihr keine Angst...«

Ich versprach es und sah, wie sich sein Gesicht entspannte, als er in Schlaf fiel. Auf Zehenspitzen ging ich mit dem Arzt hinaus.

»Das haben Sie gut gemacht«, lobte mich der Doktor widerwillig.

Ich hob den Kopf. »Ich mag meinen Stiefvater sehr, Sir.«

»Dr. Maynard ist ein reicher Mann...« Sein Blick schweifte durch den Raum. Mir entging der feine Stachel in seinen Worten nicht, aber ich sagte nichts. Was hätte ich dagegen einwenden können? Wenn er nun mal der Ansicht war, daß meine Zuneigung zu Philip gespielt war, was hätte ich da sagen können? Ich konnte meine Worte nur durch hingebungsvolles Verhalten beweisen.

»Nun, Miß, es liegt in Ihrer Hand. Sie könnten ihn umbringen, wenn Sie ihn einem plötzlichen Schock aussetzten. Wenn Sie Angst vor der Verantwortung haben, werde ich Ihnen eine Krankenschwester schicken. Oder lassen Sie ihn durch seinen Diener pflegen.«

»Philip wäre strikt dagegen!« sagte ich schnell.

»Wie Sie meinen«, sagte er Arzt. »Ich denke, im Endeffekt machte es kaum einen Unterschied; das einzige, was jetzt wichtig ist, ist sein Seelenfrieden.«

Ich schwankte. »Aber er ... er *wird* doch wieder gesund werden oder?«

»Das kann ich nicht sagen«, erwiderte der Doktor ruhig. »Alte Menschen hängen oft mit erstaunlicher Beharrlichkeit am Leben; ich habe Männer gekannt, die noch viel schlimmer dran waren und sozusagen mit einem Fuß im Grab standen und die es dann doch geschafft haben. Aber ich kann es nicht mit Sicherheit sagen.« Er drehte sich um. »Mehr kann ich im Augenblick nicht für ihn tun. Das Schlafmittel müßte ihn für zwölf Stunden oder länger ruhigstellen, und ich werde morgen früh wieder vorbeikommen.« Im Weggehen gab er Tannery noch letzte Anweisungen: Ein Bett mußte ins Arbeitszimmer geschafft werden, damit Philip nicht transportiert werden mußte; wenn er aufwachte, sollte er Brühe oder Milch bekommen, jedoch auf keinen Fall Kaffee oder stark anregende Mittel.

Als er gegangen war, taumelte ich und fiel für einen Moment gegen Tannery; weinend klammerte ich mich an den alten Mann: »Oh, Tannery!«

Er klopfte mir sanft auf den Rücken. »Aber, aber, Miß Sybil«, beschwichtigte er mich, als ob ich ein Kind wäre. »Sie 'aben doch ge'ört, was der Doktor gesagt 'at. Solange Mr. Philip schläft, sollten Sie sich auch etwas ausru'en, denn er wird sicher nach Ihnen verlangen, wenn er aufwacht. Erlauben Sie, daß ich Ihnen etwas in Milch eingeweichtes Weißbrot bringe oder vielleicht ein Gläschen Sherry mit einem darin aufgeschlagenen Ei – oder 'ätten Sie auf etwas anderes Lust?«

Ich mußte unwillkürlich lachen und gab ein ersticktes Gurgeln von mir. Das war Tannerys Reaktion auf Mord und Totschlag und drohenden Weltuntergang! Beim letzten Trompetengeschmetter des Schicksals wäre er zur Stelle, würde freundlich auf die Toten einreden und fragen, ob sie Lust auf eine gute Tasse Tee hätten. »Na gut, Tannery, ich werde essen wie ein braves Kind.«

Er zögerte einen Moment. »Miß Sybil, der junge 'err aus dem Wald wartet immer noch, er besteht darauf, mit Ihnen zu sprechen. Ich war so frei, ihm ein Glas Sherry anzubieten, Miß, da er mir sehr verstört vorkam. Er versicherte be'arrlich, daß er nicht ge'en werde, bevor er mit Ihnen gesprochen 'abe; er 'at gedroht, zu ge'en und mit einem Polizeibeamten zurückzukommen, Miß, und ich wollte nicht, daß es 'ier Schwierigkeiten gibt, während Mr. Philip todkrank ist. Würden Sie vielleicht die Güte 'aben, nur ein paar Minuten mit ihm zu sprechen, Miß Sybil, und ihn dann wegzuschicken?« Das verstärkte Verschlucken des H in den Worten war ein untrügliches Zeichen, daß Tannery aufgebracht oder bedrückt war; manchmal war sein Akzent so schwach, daß ich ihn gar nicht mehr wahrnahm. Ich sah den alten Mann eindringlich an; sein Gesicht war blaß und angespannt, und er wirkte jetzt zwanzig Jahre älter.

»Ich werde ihn empfangen, Tannery«, sagte ich, »und Sie trinken jetzt selbst ein Gläschen Sherry und eine von diesen Tassen guten Tees, den Sie anderen Leuten so gern verschreiben; und dann ruhen Sie sich ein bißchen aus. Ich kommt gut auch nur mit einem der Mädchen zurecht, und Sie wissen genau, daß Mr. Philips Sie brauchen wird, wenn er aufwacht.«

Er machte einen rührenden Versuch, seinen alten gebeugten Rücken zu straffen. »Sehr wohl, Madam«, sagte er und klingelte nach Rosa. »Sagen Sie in der Küche Bescheid, daß man der gnädigen Frau das Essen in der Bibliothek serviert«, wies er sie an. »Sie werden doch wohl kaum im Speisezimmer essen wollen, oder, Madam?«

Ich sagte geistesabwesend: »Nein«, und ging in die Bibliothek. Mein Status in Tannerys Augen hatte sich offenbar gewandelt. Statt ›Miß‹ war ich jetzt ›Madam‹ und die ›gnädige Frau‹. Es war, als ob ich plötzlich befördert worden wäre.

Stephen Whitby stand beim Kamin, groß und schlank; er schien sehr nervös. Bei seinem Anblick brachen mein Zorn und meine Anspannung wieder durch. Nur mit Rücksicht auf den kranken Mann, der auf der anderen Seite des Gangs schlief, mäßigte ich meine Stimme.

»Wie können Sie es wagen, in dieses Haus zu kommen nach allem, was Sie getan haben!«

Er sagte mit bebender, aber entschlossener Stimme: »Ich mußte mich überzeugen, daß Sie in Sicherheit waren. Ist er...«

»Er ist nicht tot«, sagte ich unwirsch, »was aber gewiß nicht Ihnen zu verdanken ist.«

»Gott sei Dank«, sagte Whitby. »Ich bin kein Ungeheuer, Sybil. Und ich habe meine eigenen Gründe, warum ich möchte, daß dieser Mann am Leben bleibt, verdammt! Ich muß erfahren, was mit meinem Bruder passiert ist – und wenn er stirbt, ist meine letzte Hoffnung dahin!«

»Wenn Sie glauben, Sie können es erzwingen, einem todkranken Mann Fragen zu stellen...« fing ich wütend an, aber er schüttelte den Kopf, fast schüchtern. »Nein, wirklich nicht, das war nicht meine Absicht. Aber bevor ich aufgebe, muß ich auch wissen, daß Sie unbeschadet aus dieser Sache hervorgehen. Und wenn ich solange warten muß, bis er seine Gesundheit wiedererlangt hat, nun, dann muß ich eben warten. Ich habe jetzt schon so lange gewartet, daß es auf ein paar Wochen oder Monate auch nicht mehr ankommt!«

Er sah sehr müde aus. »Ich muß gehen. Aber kann ich Sie nicht dazu überreden, mitzugehen? Hat Sie der heutige Vorfall nicht davon überzeugt, daß er sich auch gegen Sie wenden könnte?«

Ich sagte ruhig: »Philip ist mein Mann, Mr. Whitby. Er war niemals etwas anderes als liebevoll und gütig zu mir.« Das war nicht wahr, denn ich erwähnte seine Anfälle wahnsinniger Eifersucht nicht. »Er ist krank und kann sich gegen Ihre Beschuldigungen nicht wehren; und ob diese nun zu Recht bestehen oder nicht, jedenfalls hat er Anspruch auf meine Loyalität.«

Er warf mir einen überraschten und forschenden Blick zu. »Ich hatte Sie für ein Kind gehalten«, sagte er. »Philip Maynard hat großes Glück, daß er eine so großartige Verteidigerin gefunden hat, ob er es nun verdient oder nicht.«

Rosa erschien in der Tür. »Soll ich für den jungen Herrn ebenfalls servieren Miß?« Ihr Gesicht drückte Neugier aus.

Stephen Whitby drehte sich um. »Nein, danke. Ich wollte gerade gehen«, sagte er, und als ich Anstalten machte zu widersprechen, fügte er hinzu: »Nein, das würde sich nicht gehören, und ich kann Ihre Gastfreundschaft nicht annehmen.« Er hielt vor dem Porträt über dem Klavier inne. »Ist das Judith?« fragte er.

Ich nickte, da ich nicht laut zu antworten wagte.

»Das habe ich mir gedacht«, sagte er. »Sybil, hören Sie mir zu!« Er sprach impulsiv, dann machte er eine Handbewegung zu dem wartenden Mädchen:

»Hinaus mit Ihnen! Bringen Sie Ihrer Herrin das Essen!« Als sie gegangen war, sprach er leise und drängend:

»Versprechen Sie mir wenigstens eins, Sybil; ich muß wissen, daß Sie in Sicherheit sind! Wenn Ihnen von Philip Gefahr droht – oder überhaupt irgendeine Gefahr –, geben Sie mir ein Zeichen. Stellen Sie zwei Kerzen auf Ihre Fensterbank, wenn es Nacht ist, oder hängen Sie etwas Rotes ins Fenster, wenn es Tag ist. Ich werde dann zu Ihnen kommen, und wenn ich mir den Weg ins Haus freischießen muß!«

Ich machte eine abfällige Geste. »Mein Herr, Sie sind lächerlich!«

»Und wenn schon«, erwiderte er standhaft. »Denken Sie daran, und ich werde Sie im Auge behalten.«

»Gut, ich werde daran denken«, willigte ich ein. Alles war mir recht, um Frieden zu halten und ihn zum Gehen zu bewegen. Meine Angst vor Philip war verschwunden; ich empfand nur noch die frühere Liebe und Treue ihm gegenüber. »Wenn Philip wieder bei Kräften ist, wird er mit Ihnen kurzen Prozeß machen, davon bin ich überzeugt.«

»Gott gebe, daß es so sein möge«, sagte Stephen Whitby so ernst, daß es mich entwaffnete. Er streckte eine Hand aus. »Ich gehe jetzt.«

Ich mißachtete seine Hand und verbarg meine in kindischem Verhalten hinter dem Rücken. Nicht in Philips Haus! Er sah mich einen Moment lang an, dann lächelte er traurig. »Nein, ich glaube, das wäre jetzt schon zuviel verlangt«, sagte er. »Aber wir werden uns wiedersehen, Sybil.« Er machte eine Verbeugung und zog sich ruhig zurück, und kurze Zeit später hörte ich, wie sich die äußere Eingangstür öffnete und schloß.

Ich war wieder allein, mit dem Personal und dem gemalten Porträt von Judith – und Philip, der vielleicht im Sterben lag. Ich war über meine eigenen Gedanken erschreckt, als mir durch den Kopf ging: *Wenn er stirbt, werde ich die Wahrheit niemals erfahren.*

Während der nächsten Tage, in denen die Lebensflamme in Philip zu erlöschen drohte und langsam doch wieder aufflackerte, saß ich Tag und Nacht bei ihm. Er schlief fast ununterbrochen; all seine Energie speiste den letzten Funken Leben, der noch in ihm steckte; nur dann und wann erwachte er für kurze Zeit, sah sich ohne Interesse um, ohne ein Wort zu sagen, und versank wieder in Schlaf. Am dritten Nachmittag jedoch bewegte er sich; sofort war ich an seiner Seite. An der ruhigen Art, wie sein Blick auf mir ruhte, wußte ich, daß er nun wußte, daß ich bei ihm war.

»Sybil«, sagte er mit leiser, aber beständiger Stimme. »War ich krank?«

»Ja, Philip, mein Lieber, aber jetzt geht es dir besser. Du solltest nicht sprechen, ruh dich aus.«

Er lächelte und legte sich zurück, wobei er nach meiner Hand griff. Sein weißes Haar war wirr, und der Bartwuchs mehrerer Tage zeigte sich als weißliche Stoppeln in seinem Gesicht; mit der freien Hand fuhr er nachdenklich darüber. »Ich sehe bestimmt aus wie der Weihnachtsmann; ich muß jemanden kommen lassen, der mich rasiert.«

»Wir werden hören, was der Arzt dazu meint«, sagte ich bestimmt. »So, jetzt sprich nicht mehr.«

Sein Lächeln war wieder ganz das alte, zärtlich und liebevoll. »Was für eine kleine Tyrannin habe ich mir da gezüchtet«, murmelte er, und als ob die Anstrengung des Sprechens ihn wieder vollkommen ermüdet hätte, sank er sofort erneut in tiefen Schlaf. Als der Arzt kam, war er äußerst zufrieden und konnte kaum glauben, was er sah.

»Er hat sich wundervoll erholt«, sagte er. »Ich merke, daß er eine sehr liebevolle Pflege genossen hat. Ich scheue mich nicht Ihnen zu sagen, meine junge Dame, daß die kleinste Vernachlässigung sein Ende bedeutet hätte, aber jetzt ist er, so glaube ich, über dem Berg. Natürlich wird sein Herz immer schwach bleiben, aber er ist noch einmal davongekommen.«

»Ist es wahrscheinlich, daß er wieder einen solchen Anfall bekommen wird?«

»Das kann man beim besten Willen nicht voraussagen«, antwortete der Arzt ehrlich. »Irgendwann bestimmt, natürlich. Es könnte passieren, daß er gleich heute abend wieder einen Anfall bekommt, genauso gut kann er aber auch noch zehn Jahre wie bisher weiterleben. Versuchen Sie, alle Aufregung von ihm fernzuhalten und ihn glücklich zu machen; mehr können Sie nicht tun. Heute abend kann er schon aufstehen und sich eine Stunde lang in einen Sessel setzen, wenn er das möchte.«

Wenn ich zurückdenke, dann kommt es mir so vor, als ob die drei Wochen nach Philips Herzanfall die glücklichste Zeit war, die wir je miteinander verbracht haben. Er wollte mich von dem Moment, an dem er morgens aufwachte, bis nach Einbruch der Dunkelheit abends an seiner Seite haben; dann entließ er mich mit einem liebevollen Kuß. Ich fühlte mich jedoch nicht angekettet oder unglücklich. Philip brauchte *mich* jetzt, und er wußte, daß ich es war, die er brauchte. Er nannte mich jetzt kein einziges Mal mehr Judith und schien mich auch nicht mehr mit seiner Tochter zu verwechseln. Selbst bei unserer Teestunde in der Bibliothek, wenn Judiths Porträt auf uns herabsah, während ich ihm in der Abendämmerung etwas vorspielte, oder wenn wir gemeinsam vor dem Kamin im Arbeitszimmer saßen, während die ersten Herbstregen gegen die dunklen Fenster von Quarry House klatschten, nannte er mich Sybil; und selbst jetzt noch treten mir Tränen in die Augen, wenn ich an die Zärtlichkeit in seiner Stimme denke.

Philip liebte mich. Vielleicht nicht so, wie ein Ehemann seine junge Frau liebt. Sondern eher so, wie ein Vater seine Tochter vergöttert. Es war die Art von Liebe, die ich von meinem eigenen Vater erfahren hatte; ich erkannte sie bei Philip wieder und empfand ein sonderbar sehnsüchtiges, halb trauriges Glücksgefühl dabei. Die Tage des frühen Herbstes gingen dahin, golden und mit friedlichen Abenden. Er liebte es, im Garten spazierenzugehen; dabei stützte er sich auf meinen Arm, und ich paßte meine Schritte seinem schwankenden Gang an. Nach zwei Wochen fuhr uns der Kutscher an einem schönen Nachmittag die Straße am Meer entlang; Philip war sorgfältig eingepackt in eine Reisedecke.

»Ich spielte hier an diesem Strand, als ich ein Junge war«, erzählte er mir. »Ich muß meine Mutter zur Verzweiflung getrieben haben, wenn ich mit den Taschen voller Muscheln und Sand und Seetang und Gott weiß was alles nach Hause kam! Komisch, ich kann mich an jene Zeit besser erinnern als an irgend etwas, das sich in den vergangenen paar Jahren ereignet hat«, sagte er nachdenklich. »Man sagt, daß das typisch für alte Leute sei; ich erinnere mich an die Zeit, die ich als junger Doktor in Heidelberg verbracht habe, viel besser als an all die Jahre...«

Er seufzte und schwieg. Schließlich drückte er meine Hand. Seine Stimme hatte immer noch einen gequälten Klang. »Und ich sammle immer noch Sachen am Strand auf«, murmelte er, »aber du bist gewiß das Hübscheste, was ich je im Sand gefunden habe. Ich habe mich dir gegenüber nicht fair verhalten, Sybil. Ich fühle mich so, wie sich der betagte König David wegen seiner Sulamith gefühlt haben muß – obwohl ich annehme, daß man diese Stelle in deiner Bibel kurzer Hand gestrichen hat, oder nicht, mein Liebes?«

»Das einzige, das ich noch von König David weiß, ist, daß er vor König Saul gesungen hat«, gestand ich, und er lachte, ein kurzes, nachsichtiges Lachen; dann sagte er nichts mehr.

Der Wind wehte jetzt kühl vom Meer her, und ich wies den Kutscher an, umzukehren. Als wir die Straße entlang zurück nach Quarry House fuhren, hörte ich plötzlich Hufgetrappel und knirschende Räder auf dem Kies, und ich fragte mich, ob das der kleine zweirädrige Wagen des Arztes sein könnte, aber als sich uns die andere Kutsche näherte, waren mein innerer Frieden und meine Gelassenheit in ihren Grundfesten erschüttert, denn der Wagenlenker war Stephen Whitby.

Ich war meinem ersten Impuls gefolgt, Philip in einer beschützenden Umarmung zu umfangen und seinen Kopf unter meinem Schal zu bergen. Mein Herz hämmerte vor Angst. Was würde er tun? Würde er eine Szene machen? Würde das Philips erneuten Zusammenbruch zur Folge haben? Die andere Kutsche rumpelte unaufhaltsam auf uns zu. Stephen sah zu Philip und mir herüber, vollführte eine höfliche Verbeugung, und schon war seine Kutsche an uns vorbei, und wir fuhren in entgegengesetzter Richtung davon. Mein Puls klang in meinen Ohren lauter als das Knirschen der Räder, und ich wußte, daß mein Gesicht rot angelaufen war. Philip saß ans Polster zurückgelehnt da; er sah blaß und angespannt aus.

»Lieber Philip, du bist ermüdet; wir hätten nicht so weit

fahren sollen«, sagte ich besorgt. Er griff nach meiner Hand und drückte sie, aber sein Lächeln war verkrampft.

»Es war wieder dieser Whitby«, sagte er zu sich selbst. »Ich hätte es wissen müssen.«

»Philip, Liebster, was will dieser Mann nur von uns?« Ich wollte nicht, daß sich Philip besorgte Gedanken machte, andererseits wußte ich, daß Philip nur dann jemals Frieden finden würde, wenn ich meine eigenen Zweifel zerstreuen und Whitby wegschicken könnte. Sonst würde er getreu seinem Schwur Philip bis in den Tod verfolgen.

Philip antwortete nicht sogleich, denn wir waren in die Auffahrt von Quarry House eingebogen, und Tannery schwebte uns eifrig entgegen, da er nicht erwarten konnte zu erfahren, wie sein geliebter ›Mr. Philip‹ seine erste Ausfahrt ins Freie überstanden hatte. Aber als wir uns unserer Schals und Reisedecken entledigt hatten und Philip an dem Glas Sherry nippte, das ihm der Doktor anstatt Tee verordnet hatte, stand er auf und ging langsam zu Judiths Porträt, wo er stehenblieb und hinaufstarrte.

»Lawrence Whitby war ein Verräter und Dieb«, sagte er, und ein Anflug der alten Grimmigkeit schwang in seiner Stimme mir, »er hat meine Tochter gestohlen – meine Tochter, das einzige, was ich je geliebt habe. Ich habe getan, was jeder Vater in einem solchen Fall getan hätte. Ich habe ihn mit der Reitpeitsche bearbeitet. Er stahl sich davon, wie es zu einem Schurken wie ihm paßte, und seither habe ich ihn bis zum heutigen Tage nicht mehr zu Gesicht bekommen.« Seine Stimme war voller Schmerz. »Und dann hatte ich sie wieder für mich... aber nur für eine kleine Weile...« Seine Stimme versagte; er ging zu seinem Sessel zurück und schwieg.

Ich war froh, daß er nicht weitersprach. Ich wußte nicht, was ich sagen sollte. Stephen Whitby hatte erzählt, daß er bei Judith und Lawrence Whitbys Vermählung Zeuge gewesen sei. Hatte sich Judith letzten Endes doch gegen ihren Vater gewendet und war durchgebrannt? Und wo waren die beiden jetzt? War sie wirklich tot, oder war es ihrem Vater einfach nur so unermeßlich schwergefallen, über sie zu sprechen, daß sie für ihn gestorben war? Und was war mit den anderen Mädchen, die als Judith gelebt hatten?

Wir hatten mehr als die halbe Dauer des Abendessens hinter uns gebracht, als sich sein tiefes und grüblerisches Schweigen langsam löste und er mich wieder in der altvertrauten zärtlichen Art anlächelte. Er war so charmant, wie ich ihn selten erlebt hatte. Wir saßen in der Bibliothek vor dem Kamin, in dem ein Feuer aus Strandholz mit allen Farben des Meeres, Blau und Grün und Bernsteingelb, prasselte. Ich lehnte den Kopf an ihn und dachte, daß ich ihn noch nie so sehr geliebt hatte. Als wir langsam die Stufen zu seinem Zimmer hochstiegen, nahm er meinen Arm, und als er mir gute Nacht wünschte, beugte er sich zu mir herunter und küßte mich zärtlich auf die Lippen.

»Gute Nacht, mein liebster Schatz. Du bist jetzt das einzige, wofür ich lebe, Sybil«, murmelte er, bevor er in sein Zimmer ging. Durch einen Schleier von Tränen sah ich, wie sich die Tür zwischen uns schloß.

In diesem Augenblick wußte ich nicht, daß er mich niemals mehr Sybil nennen würde.

10. Kapitel

Ich hatte mich entschieden. Falsch oder richtig, Philip verdiente meine vollkommene Treue und Liebe, und ich mußte ihn, was immer auch geschehen mochte, vor einem weiteren todbringenden Schock bewahren. Stephen Whitby mußte, falls das möglich war, beschwichtigt werden, aber in jedem Fall mußte er verschwinden. In jener Stunde in der Bibliothek, am Tag von Philip Anfall, war ich zu der Überzeugung gekommen, daß er ein vernünftiger Mann war, der voller Eifer der Wahrheit auf die Spur kommen wollte und nicht auf bloße Rache aus war.

Doch er mußte aus unserem Leben verschwinden, durfte uns nicht mehr heimsuchen, sonst würde Philips Tod auf sein Konto gehen.

Aber wie konnte ich ihm das klar machen?

Beobachtete er immer noch das Haus? Er hatte mir gesagt, ich solle im Falle einer Gefahr zwei Kerzen ins Licht stellen. Eine lächerliche, melodramatische Vorkehrung, aber wenn ich mit ihm reden würde, könnte ich ihm die Wahrheit sagen und ihn dazu bewegen, uns in Ruhe zu lassen. Oder würde er denken, mir geschähe ein Leid, und gleich mit der Polizei ins Haus eindringen? Dadurch bekäme Philip einen noch schlimmeren Schock, vielleicht einen tödlichen. Ich wagte nicht, dieses Risiko einzugehen.

Lange nachdem ich Jeannie ins Bett geschickt hatte, saß ich noch an meinem Fenster und wälzte einen Plan nach dem anderen in meinem Kopf herum. Es muß schon nach Mitternacht gewesen sein, als ich ein Rascheln im Gebüsch hörte und erkannte, daß mein Gefühl, von jemandem beobachtet zu werden, nicht nur Einbildung war; jemand war dort.

Zunächst spürte ich wieder Zorn in mir – würde er es denn niemals leid werden, herumzuschleichen und uns aufzulauern? Doch dann war ich plötzlich froh. Schließlich wollte ich ihn ja treffen, mit ihm sprechen. Ich beugte mich aus dem Fenster und rief leise:

»Sind Sie das, Mr. Whitby?«

»Ja. Gibt es ein Problem, Sybil?« rief er mit gedämpfter Stimme zurück. Ich mußte lachen, ein sonderbares, verkrampftes Lachen.

»Außer Ihnen keins. Tannery könnte denken, Sie seien ein Einbrecher, und mit dem Gewehr auf Sie losgehen.«

»Ich möchte mit Ihnen reden.«

»Ich möchte ebenfalls mit Ihnen reden«, zischte ich, »aber ich kann schlecht zum Fenster hinaus brüllen. Ich komme hinunter. Warten Sie im Garten auf mich!«

Die dunkle Gestalt verschwand, und ich zog mich vom

Fenster zurück, wickelte mich in einen dunklen Schal und schlüpfte in ein Paar Schuhe. Mein Haar steckte ich schnell zu einem Knoten hoch und zog den Schal darüber. Im Garten würde es dunkel sein, er würde mich sowieso nicht sehen. Ich würde ihm ohne Umschweife bitte, zu verschwinden, und ich würde ihn niemals mehr sehen. Wenn er es dann weiterhin nicht lassen könnte, uns zu belauern, würde ich die Polizei einschalten.

Wie still die Treppe dalag! Als ich sie zur Hälfte hinuntergegangen war, hörte ich ein surrendes Geräusch, und mir blieb fast das Herz stehen; dann folgte ein langsames Hämmern, und ich erkannte, daß es das Schlagen der alten Uhr in der großen Eingangshalle war, die feierlich die halbe Stunde verkündete.

Ich konnte um diese nächtliche Stunde kein großes Aufhebens mit der verriegelten Vordertür machen; ihr Quietschen würde das ganze Haus aufwecken. Ich schlich mich leise in die Bibliothek und schlüpfte durch die Flügeltür hinaus in den Garten.

Es war kalt und feucht. An diesem Abend war besonders viel Tau gefallen, und das Gras entlang des Weges hatte meine zarten Schuhe bald durch und durch mit Nässe getränkt. Ich zuckte heftig zusammen, als die inzwischen vertraute dunkle Gestalt sich aus dem Schatten des Fliederbusches löste.

»Sybil?«

»Da sind Sie ja«, sagte ich leise und schnell. »Ich bin gekommen, um Ihnen zu sagen, daß Sie weggehen müssen. Noch so ein Schock ... Sie haben ihn beinahe umgebracht!«

Er antwortete in einem Ton, als ob er Mitleid mit mir hätte: »Mein armes Kind, wenn ich jetzt weggehe, komme ich ein anderes Mal dafür wieder. Ich kann es Ihnen nicht zum Vorwurf machen, daß Sie zu ihm halten, aber hat denn mein Bruder keine Rechte? Und meinen Sie, ich kann Sie einfach so verlassen, ohne zu wissen, wie Ihr Schicksal aussieht, ohne zu wissen, ob Sie genauso verschwinden werden wie die anderen?«

Ich flehte ihn eindringlich an: »Sie müssen glauben, daß mir Philip niemals ein Leid zufügen würde, und seit er krank ist, leidet er nicht einmal mehr unter der Selbsttäuschung, daß ich Judith sei. Das muß von der Anspannung seines versagenden Herzens gekommen sein. Ich versichere Ihnen, Stephen, ich bin seine Frau, und er liebt mich.«

»Liebe!« Stephen schleuderte mir das Wort voller Bitterkeit entgegen. »Was versteht ein alter Mann wie er von Liebe? Hat er Sie überhaupt jemals geküßt?« Plötzlich streckte er die Arme aus, um mich fest an sich zu ziehen; er drückte seine Lippen auf meine, wild und heftig und ungestüm; es war kein Kuß voller Liebe, sondern voller Bitterkeit und Leidenschaft, und ich kämpfte einen Moment lang dagegen an; dann hielt ich still, überrumpelt, ängstlich, erstaunt. Schwer atmend ließ er mich los.

»So«, sagte er. »Wenigstens einmal in Ihrem kleinen Zuckerpüppchen-Leben sind Sie geküßt worden...«

Aber er wurde unterbrochen durch einen Lichtstrahl und einem Gebrüll wie von einem wilden Tier; die Flügeltür der Bibliothek schwang auf, und Philip kam tobend die Stufen herunter. Hinter ihm hielt Tannery eine Laterne hoch, und Philip, dessen Gesicht vor Rage verzerrt war, kam wie ein Besessener auf uns zugerannt.

»Judith«, heulte er. »Ich hätte es wissen müssen... so hast du es schon einmal gemacht!«

Ich hörte mein eigenes Schreien, als ich sah, wie er die Reitpeitsche in die Höhe hob. Ich sah auch, wie sie herunterkam, langsam, ganz langsam, wie in Zeitlupe, und keinen Moment lang kam mir der Gedanke, daß sie auf mich zielte. Dann gab es nur noch ein scharfes, zischendes Geräusch in meinem Gesicht und auf meiner Schulter. Ich hörte, wie Stephen Whitby schrie; Tannery rannte los, wobei das Licht der Laterne wie wild tanzte und flackerte. Stephen kämpfte mit Philip; plötzlich spürte ich, wie mir ein scharfer Schmerz durch Kopf und Schulter fuhr, wie Blut hervorquoll und meinen Schal tränkte. Alles spielte sich innerhalb einer halben Minute ab. Dann entwand Stephen Philip die Peitsche, warf sie Tannery zu und stand da und hielt ihn mit beiden Händen fest.

»Tannery!« schrie ich. »Holen Sie die Polizei! Rufen Sie jemanden herbei!« Philip versuchte, sich aus Stephen Whitbys Griff zu befreien, ich lief hin, um an seinen Armen zu zerren.

»Nein!« kreischte ich. »Stephen, Sie werden ihn umbringen!«

»Möchten Sie lieber, daß er Sie umbringt, Sie kleine dumme Gans?«

»Lassen Sie ihn los!« Mein Kreischen war so leidenschaftlich und befehlend, daß Stephen Philips Arm los ließ, nach Luft schnappte und uns anstarrte. Dann sah er zurück zum Haus, wo sich die anderen Bediensteten zusammendrängten, schreiend und kreischend. Philip murmelte: »Ich wußte es... es war genau wie schon einmal...«

Stephen stand einen Augenblick lang unschlüssig da, sein Blick wanderte zwischen Philip und mir hin und her. Plötzlich fing er an zu fluchen.

»Verflucht noch mal, ich habe genug von diesem Wahnsinn«, sagte er, drehte sich blitzartig um, machte einen erstaunlichen Satz über die Hecke und war verschwunden. Ich stand mit aufgesperrtem Mund da, den Schal immer noch an die blutende Wange gedrückt. Dann kam Philip auf mich zu und packte mich am Arm.

»Komm ins Haus, Judith«, sagte er mit tödlicher Stimme.

Judith!

Das hatte ich angerichtet. Ich hatte seine Wahnvorstellung wieder erweckt. Ich hatte ein Bild aus seiner Erinnerung wieder belebt, das Bild von Judith, die er mit ihrem Liebhaber ertappte, und tatsächlich hatte er mich in den Armen von Stephen Whitby erwischt.

»Es ist nicht so, wie du denkst...« setzte ich an.

»Schweig, du verdammtes Flittchen«, fuhr er mich an.

Sein Gesicht war so rot und seine Adern waren so angeschwollen, daß ich nicht wagte, noch irgend etwas zu sagen, aus Angst, er könnte wieder einen Anfall bekommen, diesmal einen tödlichen. Er zerrte mich – zerrte mich mit roher Gewalt die Stufen hinauf. Die Bediensteten wichen mit aufgerissenen Augen zurück. Nur Tannery, dem die lange Zeit seiner Dienste ein gewisses Privileg verschaffte, versuchte einzuschreiten:

»Mr. Philip, Sir... Sie sind krank... kommen Sie mit, Sir... das ist nicht Miß Judith...«

Unter dem Personal entstand ein erstauntes Gemurmel, aber Philip wandte das zornverzerrte Gesicht dem alten Mann zu.

»Diesmal wirst du mich nicht wieder stören, du verdammter alter Idiot!« Er hob die geballte Faust und schlug den alten Mann mitten ins Gesicht. Benommen taumelte Tannery nach hinten und wäre hingefallen, wenn die Köchin ihn nicht aufgefangen hätte.

»Philip, wenn du mir doch nur zuhören würdest...«

Philip schüttelte mich heftig. Er packte mich an der blutenden Schulter, und ich wurde fast ohnmächtig vor Schmerz.

»Komm mit!« befahl er und zerrte mich weiter die Treppe hoch.

Ich gehorchte ihm schweigend. Ich wagte nicht, mich zu wehren, aus Angst, Philips Aufregung könnte zu einem erneuten Anfall führen. Das war mein Fehler. Mein Gesicht brannte, als ob ich ein Schandmal darauf trüge. Ich war Philips Frau, ob er nun verrückt war oder nicht, und er hatte mich in Stephens Armen erwischt. Ein Schuldgefühl erschütterte mich, das schlimmer war als der Schmerz von den Peitschenschlägen.

Er zerrte mich vor die Tür zu meinem Zimmer, stieß mich hinein. Halb benommen hörte ich, wie sich der Schlüssel im Schloß drehte.

Ich war gefangen!

Nach einer langen Zeit erhob ich mich, steckte eine Kerze an und schleppte mich zum Toilettentisch, um mir das Blut von den Striemen im Gesicht abzuwaschen. Nachdem ich auch den blutgetränkten Schal weggeschleudert hatte, warf ich mich aufs Bett. Dort kuschelte ich mich in die Daunendecke; ich hatte zuviel Angst, um einzuschlafen, und war zu erschöpft und zu schuldbewußt, um zu weinen. Was würde Philip jetzt tun? Hatte mich Stephen Whitby wirklich endgültig meinem Schicksal, das ich durchaus verdiente, überlassen und mich Philips Wahnsinn ausgesetzt – und war mein eigener Wahnsinn nicht der schlimmste? Ich hatte den Eindruck, daß meine Lippen immer noch von seinem Kuß bebten!

Der Tag war angebrochen, und im Zimmer war es schon hell, als ich endlich in einen benommenen, erschöpften, todähnlichen Schlaf sank.

Ich schlief einige Stunden lang und wachte verwirrt auf. Philip war im Zimmer, stand neben dem Bett und sah mit grimmigem Gesicht auf mich herab. Er hielt ein kleines Tablett in der Hand, und ich hatte das Gefühl, in ein hysterisches Kichern ausbrechen zu müssen, als ich sah, was er mir brachte: ein Glas Wasser und ein Stück Brot.

»Philip, bist du verrückt geworden?«

»Nein«, antwortete er in bedächtigem Ton, »aber bis du wieder bei Sinnen bist, wirst du hier in diesem Zimmer bleiben. Du wirst mir nicht noch einmal entkommen.«

In seinen Augen glitzerte ein eigenartiges, stahlhartes Funkeln. »Komm, Judith«, fuhr er etwas sanfter fort, »gib mir dein Versprechen, daß du diesen Mann nie mehr sehen und wieder meine kleine Tochter sein wirst, wie bisher.«

Mich durchfuhr schlagartig die Erkenntnis, daß er wirklich verrückt war, daß es sich nun nicht mehr um ein Spiel handelte; er war in die Zeit zurückversetzt, in der die richtige Judith ihn hintergangen hatte. Ich könnte so tun, als ob ich darauf einginge, könnte ihm schmeicheln und schöntun, ihn Vater nennen, ihm mit liebevollen Worten umgarnen, ihm alles versprechen, was er sich wünschte...

Nein! Während der letzten Tage hatte sich etwas Echtes und Ehrliches zwischen uns entwickelt, und ich wollte es nicht dadurch zerstören, daß ich auf die krankhaften Wahnvorstellungen eines Verrückten einging.

»Philip«, sagte ich ruhig und vergegenwärtigte mir all meine Zuneigung zu diesem Mann, »komm doch zu Sinnen. Ich bin nicht Judith. Judith ist tot... seit Jahren tot. Ich bin Sybil... *Sybil*«, wiederholte ich, »und der Mann war nicht Lawrence Whitby, sondern sein Bruder. Ich habe mich nur mit ihm getroffen, um ihn dazu zu bringen, dich nicht mehr zu belästigen. Ich bitte dich, Philip...«

Sein Gesicht war wie aus Stein. »Du hast tausend Gesichter und tausend Namen, Judith«, murmelte er, »aber du wirst wieder zur Vernunft kommen, und dann können wir für immer zusammenbleiben.«

Er setzte das Glas Wasser und das Stück Brot ab und wandte sich der Tür zu, während ich ihn entsetzt anstarrte. Ich könnte einen schnellen Satz machen und wäre durch die Tür, bevor er mich aufhalten konnte, denn er war immer noch sehr geschwächt. Aber irgend etwas hielt mich zurück. Wenn es zu Handgreiflichkeiten käme, könnte das seinen Tod bedeuten. Nein, ich würde warten, bis er wieder bei Sinnen wäre. Es war ja nicht das erstemal, daß er in dieser Verfassung war.

»Würdest du mir bitte Jeannie schicken?«

Ich könnte sie bestechen, ihr die Wahrheit erklären...

»Ich habe dem Mädchen gekündigt«, sagte er. »Ich kann keine Dienstboten gebrauchen, die überall Tratsch verbreiten, die dein Denken vergiften und dich anstiften, mir nicht zu gehorchen!«

Er schloß die Tür mit einem Knall, und ich hörte, wie der Schlüssel wieder umgedreht wurde; diesmal machte es mir jedoch kaum noch etwas aus. Er hatte die Dienstboten weggeschickt! Ich war ganz allein im Haus mit Philip, und Philip war wahnsinnig!

Langsam schleppte sich der Tag dahin. Als die Dämmerung hereinbrach, brachte mir Philip noch ein Glas Wasser und eine Scheibe Brot; wieder versuchte ich, vernünftig auf ihn einzureden, und wieder nannte er mich Judith und sprach von Zeiten und Ereignissen, die mir fremd waren. Schließlich kehrte ich ihm den Rücken zu und weigerte mich, noch etwas zu sagen. Er verließ das Zimmer und schloß hinter sich ab.

Als der Morgen des zweiten Tages meiner Gefangenschaft hereinbrach, verspürte ich weder Hunger noch Durst, doch ich zwang mich, das Wasser zu trinken und ein wenig von dem Brot zu essen, ein Bröckchen nach dem anderen, da ich wußte, daß ich auf keinen Fall körperlich schwach werden durfte. Die krankhafte, benommene Apathie des Vortages fiel nach und nach von mir ab, und ich konnte langsam wieder klar denken.

Ich konnte es kaum fassen, daß das Ganze nicht ein bizarrer Traum war, daß Jeannie nicht mit einem fröhlichen ›Guten Morgen‹ die Tür schwungvoll öffnen würde, um mir den üblichen Morgentee mit Toast zu bringen; daß ich nicht hinunter in den Frühstücksraum gehen und dort Philip in seinem Morgenmantel antreffen würde, Kaffee trinkend, über Tannery lächelnd und mit mir scherzend.

Er hatte die Dienstboten weggeschickt. Würden sie darüber berichten, daß Philip wahnsinnig geworden war, und würde jemand zur Hilfe kommen? Bestimmt nicht, denn die meisten glaubten, ich sei Philips widerspenstige Tochter.

Aber Philip! Er war krank, stand unter großer Anspannung – er konnte jeden Augenblick tot umfallen, und dann würde ich für immer eingesperrt bleiben!

Ach, Unsinn! Philip würde bestimmt bald wieder bei Sinnen sein und mich freilassen!

Der Tag verlief genau wie der vorherige. Philip brachte mir Brot und Wasser; er schalt mich, weil ich den Raum ohne seine Erlaubnis verändert hatte; wieder versuchte ich, vernünftig mit ihm zu reden, sein Gesicht war wie aus

Stein; er ging hinaus und schloß mich wieder ein. Als die Dunkelheit hereinbrach, war ich verzweifelt.

Die Heldinnen in Groschenromanen pflegten sich, wenn sie in alten Türmen eingesperrt waren, mit dem Bettlaken abzuseilen. Ich hatte nicht die blasseste Ahnung, wie man an einem Bettlaken hinabkletterte oder -rutschte, ja nicht einmal, wie man einen Knoten machte, der nicht aufging. Hier hatte ich verhängnisvolle Bildungslücken, dachte ich mit einem inneren verbitterten Kichern. Erschreckt riß ich mich zusammen; wenn ich hysterisch würde, wäre ich verloren.

Meine Hand zitterte, als ich die Kerze ansteckte. Keine Zofe war bei mir erschienen, ich hatte kein frisches Wasser bekommen, um mich zu waschen, die Asche war nicht aus dem Kamin geräumt worden, und dies war meine letzte Kerze. Wenn sie abgebrannt wäre, würde ich im Dunkeln sitzen.

Ich wandte mich um und versuchte, ein gefaßtes Gesicht zu machen, als ich hörte, daß sich der Schlüssel im Türschloß drehte. Ich mußte Philip mit Vernunft begegnen, aber wenn die Vernunft versagte, mußte ich auch auf etwas anderes gefaßt sein. Ich war schon halbwegs entschlossen, an ihm vorbeizuhuschen und die Treppe hinunterzurennen, als die Tür weit aufging und ich eine große, dunkle Gestalt dort stehen sah. Nicht Philip. Der Mann hatte ein Tablett in der Hand; ein Tablett, von dem der köstliche Geruch einer dampfendheißen Suppe ausging.

Ich brach in Tränen aus.

»Tannery!« schluchzte ich.

»Aber, aber, Miß Sybil.« Ich konnte mich nicht beruhigen, und er war so rücksichtsvoll, das Tablett abzusetzen und mir den Rücken zuzukehren.

»Wo... wo ist Philip?« fragte ich zaghaft.

»Unten. Ich 'abe ihm gesagt, ›Mr. Philip‹, 'abe ich gesagt, ›das ist Ihr 'aus, und Sie können 'ier befehlen, wie es Ihnen beliebt, aber unter dem Dach eines 'auses, in dem ich Dienst tue, wird niemand ohne ordentliches Essen bleiben, und daran gibt es nichts zu rütteln, Sir‹, 'abe ich gesagt. Also 'abe ich Ihnen das Tablett gebracht, und Sie setzen sich jetzt 'in und essen.«

Ich setzte mich vor das Tablett. Es war wie eine Insel, eine kleine, weiß gedeckte Insel der gesunden Sinne und der Normalität in einer Welt, die sich verdunkelt hatte und dem Wahnsinn anheim gefallen war. Langsam begann ich, die Suppe zu löffeln, dann aß ich immer gieriger, während Tannery das Zimmer in Ordnung brachte und dabei ständig empört mit der Zunge schnalzte. Er sagte, ohne mich anzusehen und mit mir zugewandtem Rücken:

»... und ich 'abe ihm gesagt: ›Mr. Philip, Sie sind krank, Sie müssen tief schlafen‹ und ich 'abe ihm nach dem Essen einen starken Brandy gebracht, so daß er, glaube ich, einen guten Schlaf 'aben wird; ich 'abe auch etwas von dem Beruhigungsmittel 'ineingetan, das der Doktor ihm verabreicht 'at...«

Ich hörte gar nicht zu. Mein Herz war wie aus Eis. Sollte ich mich vielleicht immer noch darum sorgen, ob Philip gut schlief oder nicht, nachdem er mich geschlagen und in mein Zimmer eingesperrt hatte? Tannery mit seinem Geplapper! Ihm ging es doch nur um seinen guten Ruf als Butler; wenn es anders wäre, würde er mich doch befreien! Ich beendete meine Mahlzeit, und Tannery nahm das Tablett auf und verschwand leise.

Nachdem er weg war, lauschte ich immer noch auf ein Geräusch... und plötzlich wußte ich, worauf ich lauschte!

Das Geräusch des Schlüssels! Ich hatte nicht gehört, daß der Schlüssel umgedreht wurde: *Tannery hatte mich nicht eingesperrt!*

Jetzt wurde mir auch der Sinn seines scheinbar belanglosen Geplauders klar! Er hatte mich nicht eingeschlossen, und er hatte dafür gesorgt, daß ich erfuhr, daß Philip fest schlief, und zwar unter der Einwirkung des Schlafmittels, das ihm der Arzt gegeben hatte!

Seine Treue, diese bedingungslose Loyalität, die ihn gezwungen hatte, alles mitanzusehen, was Philip tat, ohne einzugreifen, auch wenn er es nicht gutheißen konnte und nicht einmal bei dem relativ harmlosen Spiel, mich Judith zu nennen, mitspielte – Tannerys Ergebenheit hatte ihn daran gehindert, mich direkt zu befreien. Aber er hatte Philip überredet, daß er mir etwas Richtiges zu essen bringen durfte, und dann hatte er *vergessen*, mich einzusperren.

Ein Jahr zuvor, einen Monat zuvor, ja noch eine Woche zuvor wäre ich ungeduldig zur Tür gestürzt und sofort geflohen. Inzwischen hatte ich in einer harten Schule gelernt, welchen Wert besonnenes Vorgehen hatte.

Ich spürte bereits die stärkende Wirkung des nahrhaften Essens, das mir Tannery gebracht hatte. Während ich meine Gedanken ordnete und überlegte, was als nächstes zu tun sei, kleidete ich mich in eins meiner schlichtesten Gewänder, ein Kleid aus dunkelbrauner Merinowolle, das Philip noch nie gesehen hatte. Die Herbstnacht war kalt; ich nahm noch einen unauffälligen Wollumhang mit einer warmen Kapuze. Dann packte ich eine kleine Tasche mit den notwendigsten Dingen. Es stimmte zwar, daß Philip mir all diese Sachen gekauft hatte, aber ich hatte genügend Kleidung besessen, als ich hierherkam, und wenn es sein Wunsch war, all meine Sachen wegzuwerfen, dann war ich wohl durchaus berechtigt, den Ersatz dafür an mich zu nehmen. Dann zögerte ich und streifte die Kapuze ab. Ich stand im Schein der Kerze vor dem Spiegel, löste das mädchenhafte Band aus meinem Haar und schlang es zu einem Knoten. Jetzt war Schluß mit der Schulmädchen-Maskerade! Was auch immer von nun an geschehen mochte, ich war kein Mädchen mehr, sondern eine Frau! Ich steckte mein Haar ordentlich fest, zog die Kapuze wieder darüber, und dann, mit der Kerze in der Hand, nahm ich die Tasche aus Webstoff auf und öffnete die Tür.

Ich glaube, die folgenden zehn Minuten waren die längsten meines Lebens. Die Treppe war mit einem dicken

Teppich belegt, und ich brauchte nicht zu befürchten, daß sie knarrte, dennoch schlich ich langsam hinunter, in ständiger Furcht vor einem auftauchenden Schatten, einem schnüffelnden Dienstboten, sogar einem unerwartet aufgewachten Philip.

Die große Eingangstür (ich erinnerte mich an mein letztes verstohlenes Verlassen des Hauses) war mit Sicherheit verschlossen und fest verriegelt. Und außerdem hätte sie auf jeden Fall zuviel Krach gemacht. Ich mußte also wieder durch die Bibliothek und die Flügeltüren huschen. Ich versuchte, mich so leise wie ein Gespenst zu bewegen, als ich die Tür zur Bibliothek öffnete.

Ich hatte damit gerechnet, daß die Bibliothek bis auf den Schein einer einzigen Kerze im Dunkeln liegen würde. Sie war jedoch erleuchtet durch ein Gaslicht, das in der gegenüberliegenden Ecke auf einem Sims über Judiths Klavier brannte. Auf der Chaiselongue unter dem Licht und unter Judiths Porträt lag Philip; als ich ihn erblickte, hätte ich beinahe einen lauten Schrei ausgestoßen und meinen Plan aufgegeben.

Er schlief tief. Und er war während der letzten drei Tage um zehn Jahre gealtert. Sein Gesicht war von tiefen Falten durchzogen, wie von Schmerz oder einer verzehrenden Krankheit gezeichnet. Seine geschlossenen Augen schienen tiefer in den Schädel gesunken zu sein, so daß sie wie die leeren Höhlen eines Totenkopfes wirkten. Seine Lippen, schmal und leicht zurückgezogen, verstärkten diesen Eindruck, weil sie die Zähne zum Teil sehen ließen, was ebenfalls an einen Totenschädel erinnerte.

Er sah aus, als ob er schon tot sei, bis auf das langsame Heben und Senken der Brust, das von einem flachen Atem zeugte. Bei diesem Anblick erwachte all meine Liebe für Philip, alle Erinnerung an die Dinge, die wir gemeinsam erlebt hatten, aufs neue, und ich empfand tiefstes Mitleid; beinah – nicht ganz – vergaß ich die schrecklichen Ereignisse der vergangenen Tage. Sollte ich nicht doch ihm zu Füßen auf die Knie fallen, ihn um Vergebung für meine Untreue bitten und den Rest meines Lebens damit verbringen, ihn zu lieben und zu pflegen? Falls in mir der Keim von Zynismus durchbrach und mir zuflüsterte: *es kann nicht mehr lange dauern, er ist ein todgeweihter Mann*, so schwöre ich, daß dieser Gedanke erstickte, ohne in mein Bewußtsein vorzudringen. Meine Empfindungen waren nur von Liebe und Dankbarkeit bestimmt.

Aber sie dauerten nicht an. Meine Wange brannte immer noch, wo sein Peitschenschlag einen tiefen Striemen hinterlassen hatte. Ich überlegte kühl: *Was würde er als nächstes tun?* Philip war geisteskrank. Ich wollte ihn nicht verletzen, aber ich konnte nicht bei ihm bleiben und die Zielscheibe und das Opfer seiner Wahnvorstellungen sein.

Eine gesunde, willkommene Erinnerung aus der Vergangenheit kam mir in den Sinn, während ich dastand und auf Philips durch das Betäubungsmittel vertieften Schlaf hinabsah. Mein Papa hatte mir im Jahr vor seinem Tod von einer Frau aus unserem Ort erzählt, die ihren Mann verteidigte und zu ihm hielt, obwohl er sie ständig in betrunkenem Zustand schlug und mißhandelte und sie zweimal mit gebrochenen Knochen ins Krankenhaus eingeliefert werden mußte. Eine Frau aus der Nachbarschaft hatte in triefender Gefühlsduselei von der weiblichen Treue der bedauernswerten Frau und ihrem Festhalten am ›heiligen Bund der Ehe‹ getuschelt. Mein Vater hatte sie angesehen und den Kopf geschüttelt. Dann hatte er ruhig gesagt: »Ich kann nichts Heiliges an einer solchen Ehe erkennen. Der Mann hat sein Gelöbnis gebrochen, sie zu lieben und ehren. Die Frau ist eine Närrin, wenn sie sich in das Gerede vom heiligen Bund der Ehe flüchtet, um Dinge zu vertuschen. Entweder ist sie verachtenswert feige und willens, seine brutale Mißhandlung hinzunehmen, um den letzten Zipfel von Schutz und Sicherheit, den er ihr in nüchternen Momenten bietet, zu retten, oder... oder es liegt in ihrer Natur, daß sie insgeheim die Schläge genießt und verherrlicht. Es gefällt ihr so, sonst würde sie es nicht aushalten. Verleihen Sie der Sache keinen falschen Glanz, indem Sie scheinheilig vom heiligen Bund der Ehe daherreden.«

Mit gesenktem Kopf gestand ich mir ein, daß diese Worte auch auf mich gemünzt sein konnten. Ich hatte eingewilligt, Komplizin in Philips wahnsinnigem Spiel zu werden, denn das bedeutete, daß ich als seine vergötterte und verwöhnte Tochter ein angenehmes Leben führen konnte.

Nun, ich würde den Wahnsinn nicht länger unterstützen, selbst um den Preis, daß ich alles, was Philip mir bieten konnte, verlor. Wenn ich ihn jemals wiedersehen würde, würde ich von vornherein klare Verhältnisse schaffen. Wenn er sich eine pflichtbewußte und gehorsame Stieftochter wünschte, wäre ich bereit, diese Rolle in seinem Leben zu übernehmen, aber unter meinem eigenen Namen und mit meiner eigenen Persönlichkeit, als seine Frau, die ihm den Dienst erwies, seine liebende und folgsame Tochter zu sein, und nicht als Gespenst, das ein getreues Abbild seiner Judith war und es ihm ermöglichte, eine wer weiß wie alte Tragödie immer wieder aufs neue zu inszenieren.

Ich hatte die Tasche abgesetzt. Jetzt nahm ich sie fest entschlossen auf und stieß die Flügeltür auf.

Spritzer kalten Regens wurden hereingeweht. Schnell schlüpfte ich nach draußen und zog die Tür sofort wieder zu, bevor der kalte Luftzug womöglich den Schlafenden weckte. Das Herz schlug mir bis in den Hals, und ich blinzelte nervös, aber die Tür war zugefallen.

Ich stand außerhalb von Quarry House.

Es regnete, nicht in Strömen, aber beständig; ein Regen, der einen bald durchnäßte, begleitet von heftigen Windböen, die sofort meine Kerze löschten. Ich war dankbar für den warmen Umhang; als ich jedoch so in dem einsamen Garten stand, wurde mir klar, daß ich nicht die blasseste Ahnung hatte, wohin ich mich wenden sollte.

Ich könnte nach Rockport zu Fuß gehen. Ja, sogar bei

diesem Regen, mitten in der Nacht *(übertreibe nicht, Sybil,* ermahnte ich mich mit pedantischer Genauigkeit, *es ist erst kurz nach dem Abendessen).* Ich könnte zu Fuß nach Rockport gehen. Aber was dann? Sollte ich bei einem der Bauernhäuser anklopfen und um Unterschlupf bitten und meinen Wirtsleuten als Bezahlung einen Skandal bieten, der in der ganzen Gegend Staub aufwirbeln würde? Jeannie McClure ausfindig machen und sie ins Vertrauen ziehen? Bis zum Morgengrauen auf dem Bauernhof herumsitzen (und dadurch ebenfalls einen Skandal heraufbeschwören) und dann von den spärlichen Resten meines Taschengeldes nach New York fahren, wo ich Tante Mabel um Unterschlupf bitten müßte, bis ich bei einer wohltätigen Einrichtung, als Gouvernante oder als Gesellschafterin in einer angesehenen Familie unterkommen konnte? Wenn es gelänge, Philip von seiner Krankheit zu heilen, könnte er vielleicht diskret dazu überredet werden, mich mit einer kleinen Zuwendung zu unterstützen; doch bei diesem Gedanken kam der Stolz der Tochter von Professor Ellis zum Durchbruch, und straffte mir den Rücken. Man sollte mir nicht nachsagen können, daß ich meinen rechtmäßigen Ehegatten verlassen und hinterher von ihm eine Unterstützung verlangt hätte. Ich hatte Philips irdischen Güter in dem Augenblick abgeschworen, als ich sein Haus verließ.

Zehn Jahre später wäre ich klüger gewesen. Auch schon zu jener Zeit hatten Ehefrauen einen rechtlichen Anspruch auf das Vermögen ihrer Männer, doch während ich mich langsam durch den nassen Garten schleppte, war ich fest entschlossen, Unabhängigkeit zu erlangen. Ich würde mich nicht an meine Tante Mabel wenden, würde weder auf Philips Vermögen spekulieren noch auf sonst etwas. Andere Mädchen – ich dachte an Maisie Burns – kamen allein in dieser Welt zurecht. Ich könnte es auch schaffen. Ich war kein kleines Mädchen mehr, das Mädchenhafte war mir in den letzten Wochen ausgetrieben worden. Wenn ich Witwe wäre und ohne einen Pfennig dastünde, was würde ich denn dann tun? Was ich eben tun könnte! Meinen Plänen haftete nichts Romantisches an. Ich glaube, im Leben jedes Mädchens kommt einmal der Zeitpunkt, da sie sich sagen muß, so ist nun mal das Leben, so muß man es nehmen, sei es gut oder schlecht, und das Beste daraus machen. Wenn sie das zu sich selbst sagen kann, ist sie kein Mädchen mehr, sondern eine Frau, und ich glaube, ich bin in jener Nacht zur Frau geworden, während ich mich in meinen schweren Wollröcken durch das patschnasse Gras bis zur Straße schleppte. Und sicher war ich danach nie mehr richtig jung.

Ich hatte zwanzig Dollar in meinem Beutel. Ein Mädchen, das arbeitete, konnte zu dieser Zeit vielleicht zwei Dollar verdienen. Mit diesem Betrag konnte ich also in Boston oder New York eine Zeitlang bescheiden leben, bis ich eine Stelle gefunden hätte. Ich würde meinen Mädchennamen wieder annehmen, mich jedoch Mrs. Ellis nennen und allen, die sich danach erkundigten, erzählen, daß ich Witwe sei. Bestimmt würde Philip mich nicht suchen lassen; in seinem Wahn hatte er meine Existenz vollkommen vergessen. Wenn überhaupt, würde er nach seiner verlorenen Judith suchen. Ich wischte mir einen Regenspritzer aus dem Auge und fuhr fort, Pläne zu machen, mehr, um mich von der Erschöpfung und Kälte abzulenken. Jedenfalls würde ich Quarry House hinter mir lassen.

Würde Philip Detektive mit der Suche nach mir beauftragen? Er hatte Detektive beschäftigt, um Stephen Whitby zu finden – warum? Weil er ihn fürchtete? Und hatte Stephen Whitby schließlich erkannt, daß sein Rachefeldzug ebenfalls Wahnsinn war? War Judith tot und Lawrence Whitby verschwunden?

Ich hatte mich in jener Nacht, als ich wußte, daß Stephen das Haus beobachtete, so sicher gefühlt! Aber jetzt hatte er mir seinen Schutz entzogen, und ich war allein...

Was für ein Unsinn ging mir da nur durch den Kopf? Sehnte ich mich nach dem Schutz eines aufdringlichen jungen Mannes, dessen Beharrlichkeit Philip in den Wahnsinn getrieben hatte? Wenn er sich aus unserem Leben herausgehalten hätte, hätte Philip vielleicht glücklich in seinen Träumen und Erinnerungen weitergelebt...

Und wo lebte Judith jetzt? Wo waren die anderen Mädchen, die die Rolle der Tochter im Leben dieses eigenartigsten aller Blaubärte gespielt hatten?

Ein merkwürdiges Gefühl durchzuckte mich – war es Reue oder Bedauern? –, als ich daran dachte, welches Gesicht Stephen Whitby bei seinem Aufschrei ›Ich bin diesen Wahnsinn leid!‹ gemacht hatte. Wer hätte es ihm verübeln können? Auch ich war ihn leid.

Ich werde meine lange Flucht durch den strömenden Regen niemals vergessen. Es schien Stunden zu dauern, bis ich den Schein der ersten Lichter sah und mich den Hügel hinunter nach Rockport schleppte. Wenigstens wäre der Bahnhof warm und trocken, und vielleicht hätte man in dem altmodischen gußeisernen Ofen ein Feuer entfacht und der Telegrafenbeamte würde mir erlauben, daß ich mich daran ein wenig wärmte und meine völlig durchnäßten Haare und Schuhe trocknete.

Aus der Ferne hörte ich das Pfeifen eines Zuges. Dieser Zug kam *aus* Boston an und fuhr nicht etwa hin, wie ich es mir gewünscht hätte. Es gab keinen Anlaß für mich, mich zu beeilen, denn mit diesem Zug konnte ich nichts anfangen. Und doch beschleunigte das Pfeifen meinen Schritt, da es mich daran erinnerte, daß es noch eine andere Welt jenseits dieser dunklen, regnerischen Nacht gab, daß die Welt meiner verschwommenen Zukunftspläne tatsächlich existierte, nicht nur in meiner Fantasie. Morgen würde ich in einem solchen Zug sitzen. Und ich würde weder Philip, noch Quarry House, noch Stephen Whitby jemals wiedersehen, und welches Geheimnis das dunkle Haus und der dunkle Wald auch bergen mochten, es konnte meinetwegen bis ans Ende aller Zeiten ein Geheimnis bleiben.

Nachdem ich noch ein paar Minuten lang kräftig ausgeschritten war, kam ich am Bahnhof an. Ich ging hinein, geblendet von dem einzelnen Gaslicht. Einen Moment lang drohte mich aller Mut zu verlassen, als ich daran dachte, wie mich die Leute bei meinem letzten Besuch in Rockport angestarrt hatten. Aber außer dem Bahnhofsvorsteher war niemand da, und der beugte sich tief über seinen Telegrafenapparat und hielt den Blick seiner grünbeschatteten Augen auf ein großes Buch gesenkt. Schließlich sah er mich desinteressiert an.

»...Ihnen helfen, Miß?«

»Wann geht der nächste Zug nach Boston?«

»Sieben Uhr zwanzig morgen früh«, sagte er und wandte sich wieder seinem Buch zu. Dann fiel ihm noch etwas ein, und er fügte hinzu: »Der Zug, der gerade einläuft, kommt aus Boston und fährt weiter nach Bangor, Maine.«

Ich sah auf den dunklen Bahnstein hinaus, wo der Zug fauchend und zischend zum Stehen kam. Ein einziger Fahrgast, eine Dame, stieg aus, und ein Mann, der auf dem Bahnsteig auf sie gewartet hatte, ging auf sie zu. Ich dachte mit einem plötzlichen Anflug von Selbstmitleid, daß dort, wohin ich fahren würde, niemand auf mich wartete.

Die Tür der Bahnhofshalte wurde aufgerissen. Ich wich erschreckt zurück, aber es war zu spät.

»Sybil! Oh, Gott sei Dank!« sagte Stephen Whitby voller Wärme, und hinter ihm ergänzte eine andere Stimme:

»Mein liebes Kind, ich habe mir ja solche Sorgen um Sie gemacht!« Dann war ich gefangen in einer heftigen Umarmung und blickte in das Gesicht von Miß Maud Maynard.

Einen Moment lang war ich zu verdutzt, um ein Wort herauszubringen. Alles, was ich sagen konnte, war: »Ich dachte, Sie wären weg...« Ich sah Stephen Whitby an, er schüttelte den Kopf.

»Mir war nur klar geworden, daß ich dort für Sie nichts mehr tun konnte. Wenn ich geblieben wäre, hätte er Sie womöglich umgebracht, und im Gesetz ist keine Einmischung in die Angelegenheiten von Ehegatten vorgesehen. Die Situation war zuviel für mich. Mein Fehler war gewesen, daß ich geglaubt hatte, ich müßte allein mit allem fertig werden. Wenn ich keinen anderen Weg fände, an Philip Maynard heranzukommen, dachte ich, könnte ich es vielleicht über seine Familie schaffen. Also bat ich Miß Maynard zu kommen, und sie willigte ein.«

»Aber was machen Sie hier, Sybil?« fragte Tante Maud. »Mr. Whitby hat mir sehr eindringlich geschildert, daß mein Bruder zu einem tobenden Wahnsinnigen geworden ist und daß Sie bei ihm in höchster Gefahr wären, und jetzt treffe ich Sie hier in seiner Gesellschaft an – was bedeutet das, mein Kind?« Sie hob mißbilligend die Augenbrauen, und ich beeilte mich zu erklären:

»Mr. Whitby hatte keine Ahnung, daß ich hier bin, genausowenig, wie ich etwas von seinen Plänen wußte. Ich bin entschlossen, Madam, Ihren Bruder zu verlassen. Ich brauche keine Hilfe.«

»Papperlapapp«, sagte sie, »mir gegenüber brauchen Sie nicht so stolz zu sein, Sybil. Was ist das für ein Striemen in Ihrem Gesicht?«

Ich errötete und antwortete nicht. Statt dessen antwortete Stephen Whitby für mich mit zorniger und zugleich anklagender Stimme:

»Ihr ehrenwerter Bruder, Miß Maud, hat sie mit der Hundepeitsche mißhandelt. Gott weiß, was sie sonst noch alles durch ihn erdulden mußte.«

»Verdammt noch mal!« rief die alte Dame aus, und sie schüttelte den Kopf. »Ich hätte mich längst um Philip kümmern sollen ...«

»Oh, bitte ...« murmelte ich. »Müssen wir das hier auf dem Bahnhof besprechen?«

Stephen nahm meinen Arm. »Nein, Sie haben recht. Ich habe eine Kutsche gemietet, die draußen vor dem Bahnhof steht. Für einen Augenblick ...« Er zögerte, und Miß Maud sagte: »Wir wollen uns erst einmal anhören, was Sybil zu berichten hat.«

Bei der Vorstellung, in der Kutsche zu sitzen, geschützt gegen den Regen, war ich gefährlich nahe daran, zusammenzubrechen und zu schluchzen vor Erleichterung, daß ich nicht mehr allein war. Ich beantwortete ihre Fragen, indem ich erklärte, daß Philip mich nicht weiter mißhandelt, sondern mich lediglich in mein Zimmer eingesperrt und mir nur noch Brot und Wasser als Nahrung gegeben habe. Daß Tannery mir etwas Richtiges zu essen gebracht und die Tür unverschlossen gelassen habe, und daß ich aus dem Haus geschlüpft war und den schlafenden Philip zurückgelassen hatte. »Ich möchte keinen Skandal«, endete ich voller Ernst. »Ich möchte nur weg.«

»Aber das ist ganz und gar unmöglich«, sagte Miß Maud, und Stephen Whitby fügte hinzu: »Unmöglich! Ich habe zuviel geopfert, um die Sache jetzt nicht weiter zu verfolgen. Aber Sybil braucht ganz bestimmt nicht dorthin zurückkehren, und was Sie betrifft, Miß Maud, wenn Philip außer sich gerät, können Sie sich auch nicht darauf verlassen, daß das Personal Sie beschützt. Also können auch Sie nicht dort wohnen. Darf ich Sie für die Nacht in einer Pension unterbringen? Morgen früh...«

»Ich habe keine Angst vor Philip«, sagte Miß Maud. »Und wenn er ein Betäubungsmittel eingenommen hat und tief schläft, sehe ich auch nicht, wie er mir ein Leid zufügen könnte. Aber ich habe nicht die Absicht, heute abend noch nach Quarry House zurückzukehren. Ich gehe zu meiner Schwester, und Sie sollten mit mir kommen, Sybil.«

In das geheimnisvolle kleine Haus im Wald! Wo ich vergeblich angeklopft und um Einlaß gebeten hatte. Ich zögerte, aber Miß Maud sagte: »Kommen Sie, Sybil, seien Sie keine Närrin; Sie können nicht die ganze Nacht in der Bahnhofshalle verbringen, und ebensowenig können Sie allein mit diesem jungen Mann in eine Pension gehen, wie ehrenwert seine Absichten auch sein mögen. Vielleicht machen sie sich keine Gedanken wegen eines Skandals, ich aber wohl. Meine Schwester wird sie gern aufnehmen.«

Davon war ich nicht so ganz überzeugt, aber ich kletterte in die Kutsche und nahm neben Stephen Whitby Platz.

Meine Gefühle waren sehr gemischt, als wir aus dem Ort hinaus und den Hügel hinauffuhren. Ich hatte gehofft, niemals mehr auf dieser Straße fahren zu müssen. Ich schwieg und hüllte mich zum Schutz gegen die Feuchtigkeit in meinen Umhang.

Nach langem Schweigen sagte Stephen: »Miß Maud, ich habe im Wald ein kleines Mädchen gesehen, das die gleiche Haarfarbe wie Sybil hatte. Ich kann mir nicht helfen, ich mache mir so meine Gedanken darüber. Wenn mein Bruder und Judith verheiratet waren und Judith länger gelebt hat, als wir annehmen...« Er führte den Satz nicht zu Ende.

Miß Maud antwortet mit einen Flehen in der Stimme: »Bitte glauben Sie mir, ich kann nicht alles gleich jetzt erklären. Denn selbst ich kenne nicht die ganze Geschichte. Doch wenn wir zum Haus meiner Schwester kommen... Über all diese Dinge hätte man vor Jahren schon sprechen müssen. Aber ich war feige, und ich dachte, es wäre das beste, schlafende Hunde nicht zu wecken...«

Mit einem Ton äußerster Verärgerung sagte Stephen Whitby: »Soll das vielleicht heißen, daß mein Bruder ein Hund ist?«

»Ich weiß über Ihren Bruder gar nichts«, sagte Miß Maud ruhig, »aber vielleicht kenne ich jemanden, bei dem es anders ist. Sie haben mich gebeten, zu kommen und Ihnen zu helfen, aber Sie müssen schon gestatten, daß ich es auf meine Weise tue.«

Danach herrschte Stille bis auf das Klappern der Pferdehufe auf der Straße und das leichte Tropfen des Regens auf das Verdeck der Kutsche. Ich saß eingehüllt in meinen Umhang da, aufrecht und sorgsam bemüht, Stephen Whitby nicht zu berühren; ich ließ mich jedoch von dem Bewußtsein trösten, daß ich nicht mehr allein war. Ich redete mir ein, daß meine Flucht nicht verhindert, sondern nur verzögert worden war. Ich wollte bis zur Auflösung dieses Rätsels bleiben. Und dann würde ich weggehen. Ganz einfach, ich würde weggehen, und nichts, das Philip oder Miß Maud oder die unbekannte Miß May dagegen sagen mochten, würde mich aufhalten. Ich hielt den Kopf gesenkt und in meiner Kapuze verborgen. Ich wollte es nicht sehen, wenn wir an dem dunklen Gebäudekoloß vorbeikamen, der Quarry House war, groß und still und düster vor dem Hintergrund der Bäume.

Nur durch den veränderten Klang der Hufe wußte ich, daß wir den harten Kies verlassen hatten und uns nun auf einem Waldweg mit seinen tief eingegrabenen Fahrspuren und einem dicken Teppich heruntergefallener Piniennadeln weiterbewegten. Die Bäume ringsherum waren wie ein Polster, das alle Laute schluckte, und mir kam es vor, als ob wir durch einen Märchenwald fuhren. Unter den Lidern meiner geschlossenen Augen schien die Dunkelheit in hellen Farben zu wogen; dann veranlaßte mich ein Schrei von Miß Maud, den Kopf zu heben, nach Luft zu schnappen und in die Nacht zu starren:

»Feuer! Quarry House steht in Flammen!«

11. Kapitel

Der Rest dieser Nacht war ein chaotischer Alptraum aus Krach, Angst, Geschrei und Schrecknissen. Ich erinnere mich, daß die Flügeltüren aufsprangen und eine dunkle Gestalt herausstürmte, während sie im Rennen versuchte, sich ein brennendes Kleidungsstück vom Körper zu zerren; dann brach sie zusammen. Ich erinnere mich, neben Philips bewußtlosem Körper gekniet zu haben in der festen Annahme, daß er tot sei und ich ihn getötet hatte. Ich erinnere mich an die Feuerwehrwagen, die herbeirasten und über den Kies rumpelten, besetzt mit Mannschaften aus dem Ort; an die Reihe der Männer, die gefüllte Eimer von Hand zu Hand weiterreichten, die Gesichter der Bauern, erschöpft und verschwitzt, beleuchtet von der roten Glut; und schließlich an Philips verbundenen Kopf, der in meinem Schoß ruhte. Der Regen bewirkte jedoch mehr als die Feuerwehrschläuche oder die Eimer, und es war noch lange vor der Morgendämmerung, als Quarry House schwarz und trostlos dastand; das Feuer war gelöscht, die Mauern standen alle noch, obwohl das Ausmaß des Schadens im Dunkeln noch nicht festgestellt werden konnte. Es war ziemlich sicher, daß die gesamte Bibliothek und ein großer Teil des Mobiliars durch die Einwirkung von Wasser und Rauch zerstört waren.

(An dieser Stelle möchte ich auch anmerken, daß Tannery, der bei dem Versuch, die Flammen an Philips Morgenmantel niederzuschlagen, erhebliche Verbrennungen davongetragen hatte, überlebt hatte. Er war derjenige, der den Ausbruch des Feuers erklären konnte und meine entsetzliche Befürchtung bestätigte, daß ich der Auslöser gewesen war. Zugluft in der Bibliothek, die offenbar durch die Flügeltür hereingedrungen war, hatte das Gaslicht gelöscht, und das Gas war ausgeströmt. Tannery, der mit einer Kerze in den Raum kam, hatte hohe Flammen auflodern sehen. Er hatte Philip geholfen, sich zu erheben, und gemeinsam waren sie in Sicherheit geflohen; dabei hatte Philips Morgenmantel jedoch Feuer gefangen.)

Wundersamerweise schlug Philips Herz noch, und er hatte kaum Verbrennungen davongetragen, aber er war bewußtlos geworden, mit blau angelaufenem Gesicht und geschwollenen Adern, und der Arzt erlaubte nicht, daß man ihn zurück in das verrauchte Haus brachte. Miß Maud nahm sich seiner an und bettete ihn in voller Länge in die große geschlossene Kutsche – die Gärtner und Pferdeknechte, die nicht zusammen mit dem übrigen Personal entlassen worden waren, hatten es geschafft zu verhindern, daß sich das Feuer auf die Ställe ausbreitete –; sie gab Anweisung, daß man ihn in das Jagdhaus brachte, wo Miß May wohnte.

Und als wir dann dort ankamen, war es nicht aus den erwogenen Gründen, sondern vor allem wegen Philip, der auf einer improvisierten Bahre aus Decken hineingetragen und auf ein Bett gelegt wurde, alles unter Aufsicht des Arztes. Dieser sah mich kurz an und entließ mich:

»Sie können hier nichts mehr tun, und Sie sind weiß wie ein Leintuch. Gehen Sie sofort, und besorgen Sie sich etwas heißen Kaffee oder, noch besser, Brandy.« Er blieb bei Philip, und ich ging in den Hauptraum des kleinen Hauses. Ich war so sehr auf Philip konzentriert, als wir hereinkamen, daß ich ihn kaum wahrgenommen hatte.

Miß Maud saß vor dem Kamin; Whitby sah ich nirgends. Ich dachte, daß er wahrscheinlich draußen war und sich um die Pferde kümmerte. Das war vielleicht auch besser so, denn wenn Philip zu Bewußtsein käme und sein Blick als erstes auf ihn fiele, würde er vielleicht wieder gewalttätig werden.

»Sie brauchen jetzt einen Kaffee«, sagte die aufgeregte Stimme der stämmigen kleinen Frau, die vor mir weggelaufen war, während sie mir eine Tasse mit dampfendem Inhalt reichte. »Sie sind Sybil, und ich bin Miß May Maynard.«

»Tante May, das ist die Dame, die meine Teekanne kaputt gemacht und mir eine neue gebracht hat.« Ein kleines Mädchen in einem Flanellnachthemd und einem Überwurf spähte neugierig hinter der kräftig gebauten Frau hervor. »Ich habe noch gar nicht danke gesagt. Ich wollte schon, aber meine Mama hat es mir nicht erlaubt.«

»Pst, Marietta«, drang eine ruhige Stimme von der Tür eines anderen Raumes herüber, und als ich mich umsah, erblickte ich eine große, weißhaarige Frau, die dort stand. Sie war schlicht in einen lose fallenden Wollumhang gekleidet; ihr vollkommen weißes Haar fiel ihr in dicken Zöpfen über die Schultern. Sie war, wie Miß Maud und das Kind, aus dem Schlaf gerissen worden. »Wir dürfen den...« sie hielt kurz inne, »den kranken Herrn nicht aufwecken.« Sie betrachtete mich neugierig; ihr Blick ruhte eindringlich und forschend auf meinem Gesicht. Sie wirkte jünger, als ihr weißes Haar eigentlich andeutete, obwohl ihr Gesicht verhärmt und mager aussah. Doch sie hatte die aufrechte Haltung und den jugendlichen Körper einer Frau unter Dreißig. Langsam keimte eine schreckliche Ahnung in mir, aber bevor ich meine Fragen in Worte kleiden konnte, ging die Eingangstür auf, und Stephen Whitby kam herein.

»Ich möchte Sie jetzt nicht behelligen, nachdem sich diese Tragödie in Ihrer Familie abgespielt hat, Miß Maud...« begann er, doch dann unterbrach er sich wie vom Blitz getroffen, als er die weißhaarige Frau sah. Aus seinem Gesicht wich alle Farbe, es wurde so weiß wie ihre Zöpfe.

»Du bist doch nicht...«

Sie rang um Luft und lehnte sich einen Augenblick an den Türrahmen, in dem sie stand. Miß Mays volle Kaffeetasse fiel zu Boden und zerbrach, aber niemand nahm Notiz davon. Die Frau flüsterte rauh:

»Larry!« Dann wurden sogar ihre Lippen farblos, und sie sagte: »Aber das kann ja nicht sein. Du bist Stephen... aber du warst damals ja noch ein Kind... oh, mein Gott, Stephen!«

Und er flüsterte kaum lauter als sie:

»Judith!«

Alle außer mir – und ich saß schweigend vor dem Kamin und hoffte, daß mich niemand beachten würde, abwechselnd vor Entsetzen glühend und fröstelnd – vergaßen während der nächsten Stunde, daß Philip Maynard im Nebenzimmer wahrscheinlich im Sterben lag. Denn in dieser Stunde wurde durch das, was Judith erzählte, das Geheimnis gelüftet.

»...ich war damals sehr dumm«, sagte sie. »Lawrence warnte mich nach unserer Hochzeit, daß mein Vater mich niemals würde gehen lassen, aber ich konnte es einfach nicht glauben; ich war der Meinung, daß er, wenn er erst einmal die Heiratsurkunde zu sehen bekäme und vor vollendete Tatsachen gestellt würde, sich doch noch besinnen und uns vergeben oder uns mit großen Worten verstoßen würde. Damals war mir das egal, aber auf keinen Fall wollte ich mich mit Larry davonschleichen wie eine... eine Hure mit ihrem Freier.«

»Judith, was für eine Sprache!« rief Miß May aus.

»Du hast schon Schlimmeres gehört«, sagte sie, und ihr hübsches, mageres Gesicht verzerrte sich. »Ich hatte Vater unterschätzt. Er ging mit der Reitpeitsche auf uns los. Er verfolgte Larry wie ein irre gewordener Dämon. Ich schrie, und Vater schlug auf mich ein. Larry versuchte, sein Handgelenk festzuhalten. Vater hatte in Heidelberg mit Säbeln gefochten; seine Gelenke waren stark, er schleuderte Larry weg wie ein Kind, und Larry rutschte aus, fiel hin und schlug mit dem Kopf auf eine Herdplatte.

Ich glaube, in dem Moment bin ich ohnmächtig geworden. Das nächste, an das ich mich erinnere, war, daß ich oben in meinem Zimmer war und die Tür verriegelt war. Ich blickte aus dem Fenster und sah, wie Vater etwas in Richtung Steinbruch zerrte. Ich war vollkommen von Sinnen, mir war es gleichgültig, ob ich lebte oder tot war, jetzt, nachdem Larry weg war. Ich warf mich aus dem Fenster. Ich hatte gehofft, ich würde bei dem Sturz umkommen, aber ich landete in einem Fliederbusch und verstauchte mir nur einen Knöchel. Dann bekam ich Angst, daß Vater zurückkommen und mich finden würde...«

Miß May fuhr mit der Erzählung fort. »Ich kam vorbei«, sagte sie schlicht, »und fand Judith, die fast den Verstand verloren hatte und sich an die Mauer klammerte. Ich nahm sie mit zu mir nach Hause. Als Philip kam, hielt ich ihn vom Haus fern und versteckte sie dort, und dann reiste ich mit ihr nach New York. Wir blieben ein Jahr lang dort, und Marietta wurde geboren. Eines Tages bekamen wir einen Brief von Tannery, in dem er uns mitteilte, daß Philip an einer Hirnhautentzündung erkrankt sei und im Sterben läge und daß er darum flehte, Judith noch einmal zu sehen. Wir kehrten nach Hause zurück. Judith ging zu ihrem Vater...«

»Und er erkannte mich nicht«, fuhr Judith fort. »Ich stand an seinem Bett und sprach ihn mit seinem Namen an; er sah mir ins Gesicht und sagte: ›Judith ist ein schönes junges Mädchen. Sie sind eine alte Frau. Ich will meine Tochter sehen.‹ Ich war auch krank gewesen und hatte lange Zeit unter geistiger Verwirrung gelitten. Und als Marietta geboren wurde, war ich wieder schwer krank; ich hatte meine Locken verloren, und mein Haar war vollkommen weiß geworden. Er erkannte mich nicht. Ich wandte mich von seinem Bett ab und verließ das Haus, um zu Tante May zu gehen. Ich bin niemals nach Quarry House zurückgekehrt. Später erzählte uns Tante Maud, daß er, wenn er bei Sinnen war, glaubte, daß ich gestorben und beerdigt sei. In allen anderen Dingen war er ganz vernünftig, aber er erzählte allen Leuten, daß ich gestorben sei und beerdigt worden wäre. Ich...« Ihre Stimme bebte. »Von jenem Tag an bis heute hatte ich ihn nicht mehr gesehen.«

Stephen Whitby fragte: »Aber was war nun mit meinem Bruder?«

»Er hat ihn nicht umgebracht«, sagte Judith ernst. »Ich schwöre dir, es war ein Unfall; aber die Angst muß tief in ihm gesessen haben. Ich bin sicher, daß er die Leiche deines Bruders in dem früheren Steinbruch versenkt hat, aber ich war so lange Zeit krank, und als ich wieder gesund war, hatte mein Vater alles vergessen. Ich hatte keine Möglichkeit...« Ihre Stimme versagte, und er ging schnell zu ihr und legte ihr den Arm um die Taille.

»Ich weiß, Judith. Oh, mein Gott, wenn ich all das doch früher gewußt hätte!«

Tante Maud fuhr mit der Erzählung fort:

»Vielleicht war es falsch, den Todesfall nicht zu melden; aber Judith ging es so schlecht, daß ich Angst hatte, auch sie würde sterben, und ich befürchtete, es würde einen Skandal geben. Ich brachte monatelang kein vernünftiges

Wort aus ihr heraus, verstehen Sie bitte. Sie war ganz von Sinnen, und ich machte mir Sorgen um ihren Geisteszustand. Ich konnte mich nur um sie kümmern. Und später hatten wir keine Beweise mehr. Richtig oder falsch, jedenfalls hielt ich es für das beste, die Sache auf sich beruhen zu lassen. Wissen Sie«, sie sah Stephen Whitby an, »ich wußte nichts von Ihrer Existenz. Ich wußte von Ihrem Bruder gar nichts, außer daß er Judith geheiratet hatte. Er hätte der mittellose Glücksritter sein können, für den ihn mein Bruder hielt.«

»Und ich wußte nur«, ergänzte Miß May, »daß ich mich um Judith und das Kind kümmern mußte. Vielleicht hätte ich mit ihnen anderswo hingehen sollen, aber hier war meine Heimat, und Judith ... ich glaube, Judith hat niemals die Hoffnung ganz aufgegeben, daß sich eines Tages bei ihrem Vater die Erinnerung an jene Zeit wieder einstellen und er nach ihr fragen würde.«

Miß Maud fuhr fort: »Sie dürfen nicht vergessen, daß er ansonsten ganz normal war. Ich tat, was ich konnte. Ich erhob heftige Einwände, als er das erste junge Mädchen adoptierte ...«

Ich unterbrach sie mit rauher Stimme und frage: »Was ist mit Barbara Plummer? Hat er sie umgebracht?« Mein Atem ging schwer, und meine Stimme versagte.

»Oh, meine Güte, nein«, entgegnete Tante Maud schnell. »Sie hatte das Spiel leid, als sie jedoch zu Philip sagte, daß sie ihn verlassen wollte, bekam er einen Tobsuchtsanfall. Sie kam zu mir und bat mich um Hilfe, und ich gab ihr etwas Geld und kaufte ihr eine Fahrkarte nach Baltimore. Ich glaube, sie arbeitet dort immer noch als Näherin, und hat vor, demnächst zu heiraten. Ich bin sicher, Sybil, daß Philip dich deswegen geheiratet hat, damit du ihn nicht auch auf diese Art verlassen konntest.«

Tante Maud sagte mit ernüchternder Strenge: »Der Kaffee wird eiskalt. Marietta, verteile die Tassen, mein kleiner Liebling.«

Der Kaffee war heiß und stark, mit Zucker und viel

Sahne, und er erweckte langsam wieder die Lebensgeister in meinem zu Eis erstarrten Körper. Ich saß vor dem Kamin und versuchte, all das Gehörte in mich aufzunehmen. Judith und Stephen Whitby unterhielten sich leise. Eine kleine Uhr, die auf dem Kaminsims stand, schlug dreimal. Ich war völlig erschöpft.

Obwohl ich erleichtert war zu wissen, daß Philip niemand ermordet hatte, war die Erschöpfung wieder wie eine große rollende Welle über mir zusammengeschlagen, denn die Situation war schlimm genug. Da lag er nun, zusammengebrochen, krank, Quarry House in Schutt und Asche, und die einzige Person, die noch etwas für ihn übrig hatte, war ich. Aber mir war es gleichgültig, ob er lebte oder sterben mußte. Ich redete mir ein, daß ich einfach am Ende meiner Kräfte war, daß die vergangene Nacht mit ihren Anstrengungen und Enthüllungen meine Fähigkeit, Gefühle zu empfinden, lahmgelegt hatte. Stephen Whitby schien mich vergessen zu haben; er hielt die kleine Marietta auf dem Schoß und sprach in hastigen Worten mit Judith.

Die Tür zum Nebenzimmer öffnete sich, und der junge Arzt erschien. Seine Stimme war gedämpft.

»Sie sollten jetzt schnell hereinkommen«, sagte er, »ich glaube, sein Ende naht.« Tante Maud, Tante May und Judith erhoben sich und gingen rasch auf die Tür zu. Ich hielt mich zurück, und der Arzt nickte mir zu. »Er verlangt nach Ihnen«, sagte er knapp.

Ich ging in das kleine Zimmer, wo Philip lag. Er öffnete die Augen und sah mich direkt an; mein Herz überschlug sich.

»Sybill«, sagte er sanft, »komm her.«

Ich kniete mich neben ihn hin. »Pst, Philip. Sprich nicht, schone deine Kräfte.«

»Das hat jetzt keinen Sinn mehr.« Er hob zögernd die Hand und berührte den Striemen auf meiner Wange. »Es tut mir leid«, sagte er unter Mühen. »Ich ... habe dich nicht gekannt. Ich glaube ... ich war nicht bei Sinnen, Judith ...«

»Aber ich bin nicht Judith, liebster Philip«, flüsterte ich, und er nahm meine Hand in seine.

»Ich... weiß.« Sein Blick schweifte an mir vorbei. Er wiederholte: »Judith...«, und dann, in einem Ton, der mich im Innersten traf, »oh, mein Gott... *Judith!*«

Der Arzt gab Judith mit einer Kopfbewegung ärgerlich zu verstehen, daß sie aus Philips Sicht verschwinden sollte, aber Philip machte eine gebieterische Handbewegung in ihre Richtung, und sie kam langsam näher. Sie sagte in einem kaum hörbaren Flüstern: »Ja, ich bin Judith, Vater. Das letzte Mal hast du mich nicht erkannt...«

Er drückte sich eine Hand auf die Brust, und sein röchelnder Atem war im ganzen Zimmer zu hören. Der Arzt ging zu ihm, doch Philip richtete sich halb auf und sagte: »Hören Sie, Sie junger Narr, ich weiß genau, daß ich am Ende bin. Ich möchte noch ein paar Dinge loswerden, die mir auf der Seele lasten, und dann lassen Sie mich gehen...« Er fiel zurück, rang schwer nach Luft und griff nach Judiths Hand.

»Judith«, flüsterte er, »vergib mir. Ich habe... dich zu sehr geliebt...«

Ihr Gesicht verzog sich, und sie begann leise zu weinen. Der abgehärmte, kühle Ausdruck schmolz dahin, und zum ersten und letzten Mal sah ich in ihrem Antlitz eine Spur von der schönen jugendlichen Judith, die ich von dem Porträt kannte.

»Liebster Vater«, flüsterte sie und beugte sich hinab, um ihn zu küssen. Er hauchte! »Judith...« und für einen Augenblick war sein Gesicht wie verwandelt, doch dann verlor sich dieser Ausdruck, statt dessen spiegelte sich überwältigender Schmerz in seinen Zügen – und gleich darauf erlosch jeder Ausdruck in seinem Gesicht für immer.

Einen Moment später erhob sich Judith und zog das Betttuch über seinen Kopf. Ihr Gesicht war eine Maske, und ihre Stimme ließ mir das Blut in den Adern gefrieren.

»Nun ist er zu guter Letzt wenigstens noch glücklich gestorben«, sagte sie. »Ich glaube, das war ich ihm schuldig – bevor er für alle Ewigkeit in der Hölle schmort!«

Ich glaube, ich wurde in diesem Moment ohnmächtig, denn ich kann mich an nichts mehr erinnern als an unendliche Nacht um mich herum.

Philips Testament war ungültig; er hatte keins seiner lebenden Kinder berücksichtigt, was gegen das Gesetz verstieß, und er hatte seit seiner Niederlegung geheiratet, wodurch es ebenfalls ungültig wurde. Die Rechtsanwälte besprachen die Angelegenheit und versicherten mir, daß nach dem Erbrecht Judith und ich jeweils ein Drittel des Vermögens bekommen würden, während der Rest zu gleichen Teilen Tante Maud, Tante May und der kleinen Marietta zustand. Quarry House, das durch das Feuer großen Schaden erlitten hatte, ging an Judith; es war ihre Heimat, und ich wünschte mir nichts mehr, als davon frei zu sein und es niemals mehr sehen zu müssen.

Die Familie wollte, daß ich bliebe. Ich verbrachte zwar die Zeit während der Abwicklung der Erbschaftsangelegenheiten in Rockport, aber zwei Tage später waren meine Koffer gepackt, und ich war zur Abreise bereit. Stephen Whitby brachte mich zum Zug.

»Jetzt sind Sie also eine reiche junge Witwe, wie es Ihre Tante Mabel vorausgesehen hat«, sagte er leichthin und fügte dann schnell hinzu: »Verzeihen Sie, Sybil, diese Bemerkung war zu diesem Zeitpunkt unpassend. Aber jedenfalls brauchen Sie sich keine Sorgen zu machen und eine zermürbende Stelle als Gouvernante anzunehmen oder die Rolle der armen Verwandten zu spielen.«

Ich schüttelte den Kopf. »Das stimmt. Aber ich habe vor zu reisen – und all das hier zu vergessen.«

»Alles? Und jeden?« fragte er und nahm meine Hand zart in seine. Ich senkte den Blick. »Ich nehme an«, sagte ich, »Sie werden bei Judith bleiben? Sie haben Sie schon immer geliebt, das konnte ich Ihren Augen ansehen.«

Er schüttelte langsam den Kopf. »Ich werde alles in meiner Macht Stehende um meines Bruders willen tun«, versprach er. »Und für Marietta. Sie darf nicht in diesem trostlosen Haus nur in Gesellschaft dieser Frauen aufwachsen. Judith ist noch jung. Ich hoffe, daß ich sie eines Tages dazu bringen kann, von hier wegzugehen und alles zu vergessen. Das schulde ich meinem Bruder. Sie mag Sie«, fügte er in fast flehentlichem Ton zu, »vielleicht könnten Sie Judith bitte, daß sie Sie einmal besucht?«

»Ich werde es versuchen, Stephen.«

»Aber wenn ich es geschafft habe, daß sie vergessen kann...« Er sah mich an und ließ meine Hand nicht los. Die Zugpfeife ertönte, aber er machte keine Anstalten, mich gehen zu lassen.

»Sind Sie sicher, daß Sie... alles vergessen wollen?« fragte er leise und beugte sich zu mir vor. Warum erinnerte ich mich in diesem Augenblick an die Nacht im Garten, als er mich geküßt hatte? Jedenfalls drängte sich die Wahrheit über meine Lippen:

»Nein«, flüsterte ich, »ich möchte nicht alles vergessen!«

Die Zugpfeife ertönte wieder; der Zugführer mahnte zur Eile. Stephen machte einen Schritt zurück, küßte mir die Hand und half mir in den Zug, der sich gleich darauf in Bewegung setzte; und anstatt meinen Sinn entschlossen in die Zukunft zu richten, blickte ich zurück – zurück zu Stephen auf dem Bahnsteig. Blickte ich zurück? Nein. Auch das war ein Blick in die Zukunft, und ich wußte es in diesem Moment.

Das war vor fünfzig Jahren. Zwei Kriege haben inzwischen stattgefunden, und Stephen und ich haben vierzehn Enkelkinder. Marietta ist ebenfalls schon Großmutter. Judith liegt schon lange neben ihrem Vater.

Aber ich kann den Duft von Lavendel immer noch nicht leiden.

SCHLOß DES SCHRECKENS

Meiner Mutter gewidmet

1. Kapitel

Nach dem Halbdunkel des Zugabteils blendete mich das helle Tageslicht. Die Strahlen der tiefstehenden Sonne brachen sich auf den Wellen zu Millionen grell flimmernder Lichtpunkte. Als ich in meiner Tasche nach meiner Sonnenbrille tastete, spürte ich das Knistern von Mr. McLeods Telegramm. Eigentlich war es überflüssig, daß ich es noch mit mir herumtrug; die darin enthaltenen Anweisungen waren kurz genug, so daß ich sie mir bereits nach einmaligem Durchlesen eingeprägt hatte.

> NEHMEN SIE DEN ZUG, DER UM 16 UHR 15 ANKOMMT. AM BAHNHOF WIRD SIE JEMAND VON SANCTUARY ISLAND ABHOLEN UND AUF DIE INSEL BRINGEN.

Sanctuary Island – allein der Name der Insel war schon geheimnisvoll. Mir war zumute, als müßte ich mich kneifen, um auch ganz sicherzugehen, daß ich nicht träumte. Während ich nun also im Flirren des von den Wellen reflektierten Lichts stand, das über die Unterseite der Bahnsteigüberdachung spielte, war es mir, als sei ich aus der tristen, grauen Klinik in Philadelphia, in der ich die arbeitsreichen Wochen des letzten Winters hinter mich gebracht hatte, in eine fremde, lichterfüllte Welt hinausgetreten. War ich tatsächlich dieselbe Susan Moore, die Nacht für Nacht wach gelegen und leise in ihr Kopfkissen geweint hatte, weil ihr das Leben so hoffnungslos erschien? Und doch hatte ich erst gestern wie gewohnt meinen frühmorgendlichen Dienst angetreten, um noch dazu im Operationssaal gleich als erstes Raymond zu begegnen – *Doktor Grantham*, wie ich mir immer wieder ins Gedächtnis rufen mußte.

Eine mit beiden Beinen im Leben stehende und vernünftige Frau hätte ihre Stellung im Krankenhaus längst gekündigt, um ihren vergeblichen Hoffnungen ein für allemal ein Ende zu setzen. Und erwartete man nicht gerade von einer Krankenschwester, daß sie mit beiden Beinen im Leben stand und entsprechend vernünftig handelte?

Doch ich hatte von Anfang an genau das Gegenteil getan. Schließlich hatte ich gewußt, daß er verheiratet war – und glücklich zudem. Aber es kam einfach über mich. Mit einem Mal mußte ich mir eingestehen, daß ich mich Hals über Kopf unsterblich in ihn verliebt hatte. Allein der Gedanke war mir unerträglich, er könnte lediglich die tüchtige Mitarbeiterin in mir sehen, wenn er mich während der Arbeit in meiner neutralen Schwesterntracht hin und wieder eines Blickes würdigte. Noch unerträglicher war mir jedoch die Vorstellung, ihn überhaupt nicht mehr zu sehen.

Geradezu fieberhaft hatte ich mir einzureden versucht: *Es ist nur ein billiger Zauber, ein Verrücktspielen des Körpers – irgend etwas an seinem Gang, am Aufblitzen der Sonne in seinem blonden Haar, an der ernsthaften, konzentrierten und doch auch sinnlichen Form seines Mundes.*

Aber es hatte alles nichts genutzt. Und schließlich war es passiert...

Die ganze Zugfahrt über hatte ich immer wieder dieses letzte Gespräch durchlebt. Es war, als bisse ich ständig auf einen schmerzenden Zahn oder als wäre ich gezwungen, wiederholt einen Horrorfilm anzusehen, ohne daß ich die Möglichkeit gehabt hätte, einfach aufzustehen und zu gehen. Für besagten Morgen war nur eine Operation angesetzt gewesen, eine harmlose Tonsillektomie, und als er sich danach vom Waschbecken abgewandt hatte, hatte er mich munter gebeten: »Ach, Miß Moore, haben Sie vielleicht einen Moment Zeit für mich? Würden Sie bitte im Ärztezimmer auf mich warten?«

Mein Herz überschlug sich fast. Ich dachte mir zwar, daß er nur eine berufliche Angelegenheit mit mir besprechen wollte, begann jedoch in private Richtung zu denken. Dies war das erste Mal, daß er mich ansprach.

Als er schließlich den Raum betrat, hatte er den weiten, sackartigen Operationskittel gegen den üblichen weißen Kittel ausgetauscht, den er zu den Visiten trug. *Es sollte ein Gesetz gegen so gutaussehende Männer geben,* dachte ich bitter; *so etwas setzt dem weiblichen Körper einfach zu sehr zu.* Wie es sich gehörte, stand ich auf, als er hereinkam; auf der Schwesternschule hatten wir gelernt aufzustehen, wenn ein Arzt den Raum betrat. Doch er gab mir mit einer Handbewegung zu verstehen, ich solle mich wieder setzen; er selbst machte es sich, seine langen Beine leger von sich gestreckt, auf einer Couch bequem.

»Susan«, begann er unvermittelt, so daß ich unwillkürlich zusammenzuckte, weil er mich beim Vornamen nannte. »Sie machen in letzter Zeit einen etwas angespannten Eindruck.«

Irgendwie fühlte ich mich zur verteidigenden Abwehr aufgerufen. »Habe ich mir denn irgendwelche Unachtsamkeiten oder Fehler zuschulden kommen lassen, Herr Doktor?«

»Nein, nein«, entgegnete er. »Es besteht nicht der geringste Grund zur Beanstandung. Ganz im Gegenteil, Sie sind sehr gewissenhaft; aber – haben Sie vielleicht etwas auf dem Herzen, Susan? Bedrückt Sie irgend etwas?«

Ich verspürte zwei spontane, auf schmerzliche Weise widersprüchliche Impulse in mir – in Tränen auszubrechen oder in einem einzigen, unkontrollierten Wortschwall mit all meiner Liebe und meiner Sehnsucht herauszuplatzen. Selbstverständlich tat ich keines von beidem. Statt dessen schluckte ich schwer und erwiderte: »Nichts, was mit meiner Arbeit zu tun hätte, Herr Doktor.«

»Haben Sie persönliche Probleme? Falls ich Ihnen irgendwie behilflich sein kann…«

Diese Fürsorge schmerzte, da ich nur zu gut wußte, daß es lediglich die selbstverständliche Besorgtheit eines netten Arztes um eine gute Krankenschwester war. Und ohne mich selbst loben zu wollen – ich *war* eine gute Schwester. Aber die Ironie dieses ›Falls ich Ihnen irgendwie behilflich sein kann…‹ Denn wie hätte er mir schon helfen können? Ich war in seinem Büro gewesen. Ich hatte das Foto von Madeline Grantham und seinen drei kleinen Töchtern auf seinem Schreibtisch gesehen; die Mädchen waren zwei, drei und vier Jahre alt und hatten das ordentlich gekämmte Haar zu Pferdeschwänzen zusammengebunden.

Dr. Grantham sah mich noch immer mit demselben freundlichen Mitgefühl an. »Trotzdem machen Sie den Eindruck, als hätten Sie dringend Urlaub nötig oder zumindest eine kleine Luftveränderung. Ich möchte darauf bestehen. Und Sie werden sich doch wohl meinem ärztlichen Rat nicht widersetzen?« fügte er mit einem Ausdruck in seinen Augen hinzu, der mir unmißverständlich zu verstehen gab:

Er weiß Bescheid. Und plötzlich drückte mein Gesicht eine solche Verlegenheit aus, daß mir richtig heiß wurde. Das war die altbekannteste und peinlichste Situation, seit es Krankenhäuser gab – die Schwester, die sich in einen Arzt verliebt hat.

Er betrachtete mich nach wie vor auf seine freundliche, aber unpersönliche Art. Ich biß die Zähne zusammen und straffte mich.

»Ich werde unverzüglich meine Kündigung einreichen, sofern Sie es wünschen, Herr Doktor«, erklärte ich förmlich.

»Das erwarte ich gar nicht«, entgegnete er. »Ich habe mir vor kurzem Ihre Personalakte angesehen, Susan. Dort stand, daß Sie ursprünglich in der Psychiatrie tätig waren, obwohl Sie hier als OP-Schwester arbeiten. Ich habe also gleich an Sie gedacht, als kürzlich dieser alte Schulfreund mit seinem Anliegen an mich herantrat.«

»Mit welchem Anliegen?«

»Besagter Schulfreund schrieb mir einen Brief«, fuhr er fort, »in dem er mir andeutete, daß seine kleine Schwester eine Pflegerin bräuchte. Er hat sich nicht näher dazu geäußert, was dem Mädchen fehlt, doch hält er es aus irgendwelchen Gründen für wichtig, daß ihre Betreuerin über gewisse Erfahrungen mit psychiatrischen Fällen verfügen sollte. Dabei wies er ausdrücklich darauf hin, daß diese Schwester jedoch mehr die Funktion einer Gesellschafterin übernehmen sollte als die einer Krankenschwester. Er betonte in diesem Zusammenhang sogar ausdrücklich, daß die Betreffende jung, hübsch und sympathisch sein sollte, damit das Mädchen nicht den Eindruck gewinnt, eine Schulmeisterin oder gar Gefängniswärterin zur Seite gestellt zu bekommen. Kurzum, er sucht also eine junge Frau, die dem Mädchen vielleicht sogar eine ältere Freundin werden kann und sie auf andere Gedanken bringt. Die McLeods leben auf einer schönen Insel; ich selbst war dort während meiner Schulzeit einmal zu Besuch, habe Brant aber seit dem Studium nicht mehr gesehen. Ich glaube daher fast, daß die Tätigkeit dort eher einer Art Urlaub gleichkommt und keineswegs zu aufreibender Pflegetätigkeit ausartet. Vermutlich hatte das Mädchen einen Nervenzusammenbruch, wenn ich das auch nicht mit Sicherheit sagen kann. Lassen Sie sich dieses Angebot auf jeden Fall einmal durch den Kopf gehen. Ich habe Brant McLeod angerufen und ihm erzählt, daß ich bereits jemanden wüßte, der seinen Vorstellungen genauestens entspräche. Ich bin mir ziemlich sicher, daß Sie die Stelle annehmen werden, zumal Ihnen im Augenblick etwas Sonne und Meer gewiß nicht schaden können«, fügte er mit Nachdruck hinzu.

Ich war wie gelähmt von meinen widersprüchlichen Impulsen. Diese Lösung stellte tatsächlich einen Ausweg dar, und doch bedeutete es auch, daß er mich loswerden wollte. Oder wollte er mir lediglich helfen, mich aus einem unlösbaren Dilemma zu befreien?

»Versprechen Sie mir, daß Sie dieses Angebot zumindest überdenken, Susan?« fuhr er fort. Und dann, als brächen diese Worte gegen seinen Willen aus ihm hervor, fügte er noch hinzu: »Es ist auch für mich eine Erleichterung zu wissen, daß Sie dem Streß hier eine Weile den Rücken kehren können. Aus rein egoistischen Gründen...«

Er brach mitten im Satz ab, als hätte er damit bereits mehr gesagt, als er beabsichtigte. Ich verstand plötzlich: Auch er war sich der Gefahr bewußt. Diese Pflegetätigkeit konnte beide schützen und von einer Versuchung fernhalten.

»Das brauche ich mir erst gar gar nicht lange zu überlegen«, erklärte ich. »Dieses Angebot hört sich einfach großartig an, zumal ich sowieso schon des öfteren überlegt habe, mich wieder psychiatrischen Aufgaben zuzuwenden.«

Der Ausdruck seiner Augen – dankbar und erleichtert –

verriet mir alles, was ich wissen wollte. Er stand kurz davor, mir die Hand zu reichen, unterließ es jedoch dann. Und ich wußte auch den Grund dafür. Irgendein sechster Sinn sagte mir, daß wir uns keine Sekunde später umarmt hätten. Statt dessen stand er auf und sagte: »Sehr gut. Ich werde Ihnen die Adresse geben. Am besten rufen Sie dann McLeod heute nachmittag gleich selbst an. Und alles Gute – Susan.«

Wie betäubt sah ich ihm hinterher, als er den Raum verließ; gleichzeitig wurde mir verschwommen bewußt, daß ich ihn vermutlich nie wiedersehen würde. Nach einer Weile erhob auch ich mich und suchte unverzüglich die Stationsschwester auf, um ihr Bescheid zu geben, daß Dr. Grantham mir einen privaten Pflegefall vermittelt hatte.

Als ich darauf meinen neuen Arbeitgeber anrief, bekam ich nicht diesen selbst zu sprechen, sondern lediglich seinen Privatsekretär, der mir förmlich zu verstehen gab, die näheren Einzelheiten würden mir von Mr. McLeod telegrafisch mitgeteilt. Außerdem solle er mich fragen, ob ich meinen Dienst nicht schon am nächsten Tag antreten könne.

Den Rest des Tages verbrachte ich mit überstürzten Reisevorbereitungen, die mir keine Zeit zum Nachdenken ließen; ich packte meine Sachen, kündigte meine Wohnung, brachte meinen Cockerspaniel Cricket in einem Tierasyl unter, verständigte meinen kleinen Freundeskreis und den Milchmann und stellte bei der Post einen Nachsendeantrag. Meinen Freunden erzählte ich nur, ich hätte eine neue Stellung angenommen, worauf sie mir keine weiteren Fragen stellten.

Am späten Abend war dann schließlich noch das Telegramm mit Mr. McLeods knappen Instruktionen eingetroffen. Als ich mich am Ende dieses anstrengenden Tages endlich schlafen legen konnte, war ich sogar zu erschöpft, um in mein Kopfkissen zu weinen.

Und nun stand ich hier in der sonnendurchfluteten Helligkeit des kleinen Provinzbahnhofs und fühlte mich noch immer leicht benommen, als wäre ich eben aus einer Narkose erwacht. Doch die herrliche Umgebung weckte meine Lebensgeister vollends wieder, und mir wurde auch bewußt, welches Glück ich gehabt hatte. Ich war gerade noch einmal davongekommen, ohne aus mir oder Dr. Grantham einen Narren zu machen. Denn es hätte wenig gefehlt, und ich hätte selbst der Pflege einer auf psychiatrische Fälle spezialisierten Schwester bedurft, anstatt als solche meinen Dienst anzutreten.

An der Mole waren eine Reihe von kleinen Booten vertäut, und als ich den Bahnsteig hinunter auf sie zuging, um sie mir näher anzuschauen, drehte sich ein groß gewachsener Mann zu mir herum, und einen Moment lang dachte ich, daß es Dr. Grantham sei. Doch dann sah ich, daß die wettergegerbten Züge des Fremden nicht die geringste Ähnlichkeit mit denen von Dr. Grantham aufwiesen. Dieser Mann erweckte den Eindruck, als hielte er sich vorwiegend im Freien auf; er trug eine khakifarbene Arbeitshose und ein gleichfarbiges Hemd mit offenem Kragen, und er hatte kräftige, schwielige Hände.

»Suchen Sie jemanden, Miß? Vielleicht kann Ihnen der Bahnhofsvorsteher helfen. Oder wollten Sie ein Boot mieten?«

»Ich sollte eigentlich abgeholt werden«, erwiderte ich, worauf er seine schön geschwungenen Augenbrauen hob und mich fragte: »Wo wollen Sie denn hin?«

»Nach Sanctuary Island.«

Er nickte. »Dachte ich mir's doch fast. Ich lebe auch auf der Insel. Aber Sie wollen wahrscheinlich nach Duncarlie Castle.«

»Ich arbeite für die Familie McLeod.«

»Also doch im Schloß«, bestätigte er mir. Er hatte einen kaum merklichen westlichen Akzent, und während ich noch überlegte, woher er wohl stammte, merkte ich erstaunt, daß dies seit Monaten das erste Mal war, daß ich auch nur flüchtiges Interesse an einem anderen Mann als Raymond bekundete. Nicht daß mich dieser blonde Mann in seiner Arbeitskleidung, der wie ein Cowboy aussah und redete, interessiert hätte. Aber ich hatte ihn immerhin *bemerkt.* Ich befand mich tatsächlich in einer neuen und anderen Welt!

Plötzlich bemerkte ich, wie mein Gegenüber wie gebannt auf jemanden hinter mir starrte, und als ich mich daraufhin umdrehte, fiel mein Blick auf einen alten Mann mit einem karierten Halstuch, der auf uns zutrat. Er hinkte leicht und ging stark vornübergebeugt. Der Alte humpelte um mich herum und sah dann mit einem eindringlichen Blick zu mir auf, den ich für unverschämt gehalten hätte, wäre er weniger offen und unverstellt gewesen.

»Sie sind sicher die neue Schwester für Duncarlie Castle, Miß?«

»Ja, ich bin Susan Moore.«

»Ja, die Schwester. Mr. Brant hat mir telefonisch mitgeteilt, ich sollte Sie abholen und auf die Insel bringen. Wo haben Sie Ihr Gepäck, Miß? Ich werde dem Bahnhofsvorsteher sagen, er soll es in mein Boot bringen.«

»Ach ja«, bemerkte nun der blonde Mann. »Brant hat etwas von einer Krankenschwester gesagt. Weißt du was, Jim«, wandte er sich an den Alten. »Ich kann dir eine Fahrt zur Insel hinüber ersparen. Wenn Miß Moore nicht gerade vierzig Koffer hat, kann ich sie doch problemlos in meinem Motorboot mitnehmen. Ich wollte sowieso in zehn Minuten nach Sanctuary Island rüberfahren.« Er bedachte mich mit einem gewinnenden Lächeln. »Als Martine mir erzählt hat, daß sie jemanden für Deirdre angestellt haben, habe ich mir schon irgend so ein unnahbares Dragonerweib vorgestellt, vor dem man sich am besten gleich in die hinterste Ecke verkriecht. Aber unter diesen Umständen ist es mir selbstverständlich ein Vergnügen, Sie auf die Insel zu bringen und dem guten, alten Jim einen Weg zu ersparen.«

Der alte Mann runzelte die Stirn und erwiderte finster: »Ich erhalte meine Anweisungen immer noch von dem alten Herrn, Hunter, und Mr. McLeod hat mir aufgetragen, Miß Moore und ihr Gepäck nach Sanctuary Island hinüberzubringen. Kümmern Sie sich um Ihre Vögel oder was sonst Sie dort zu schaffen haben; ich weiß schon allein, wie ich zurechtkomme. Wenn Sie mir bitte folgen würden, Miß Moore –«

»Moment mal«, hielt ihn der blonde Mann – Hunter? – energisch zurück, und für einen Augenblick sah es aus, als wollten die beiden sich prügeln, wobei allerdings der Kontrast zwischen dem groß gewachsenen, jungen Cowboytypen und dem hutzligen alten Männlein fast zum Lachen war. Dennoch haftete der Szene auch etwas Finsteres und Todernstes an.

Ich versuchte einzulenken. »Aber ich bitte Sie –«

»Ich habe meine Anweisungen«, beharrte der Alte unversöhnlich auf seinem Standpunkt. »Sie kommen mit mir. Der alte Herr, Mr. McLeod, würde es bestimmt nicht anders wollen.«

Als Hunter grinste, war dies lediglich ein Blecken der Zähne. »Und die Wünsche des alten Herrn sind selbstverständlich Gottes Wort, wie? Was meinen Sie dazu, Miß Moore?«

Ich zögerte. »Ich nehme an... McLeod ist mein Chef –«

Darauf erklärte er mit einem freundlichen Lächeln. »Und über mich wissen Sie natürlich absolut nichts. Ich könnte ein Gauner, ein Betrüger, ein Mörder oder ein Frauenschänder sein. Aber wir werden uns ja sicher in Bälde auf der Insel sehen, Miß Moore.« Dabei machte er mit übertriebener Höflichkeit eine kleine Handbewegung, die in mir, obwohl er keinen Hut trug, den Eindruck erweckte, als tippte er nach Cowboyart gegen seine Hutkrempe. Als er sich daraufhin entfernte, starrte ihm der alten Mann böse hinterher.

»Wer war das?« wollte ich wissen. Doch der alte Jim reagierte nicht auf meine Frage.

»Wenn Sie mir bitte folgen würden, Miß? Wieviel Gepäck haben Sie?«

Ich deutete auf meine zwei Koffer und den Kleidersack. Mit einem kurzen bestätigenden Brummen lud er sie sich auf und machte eine ruckartige Kopfbewegung in Richtung Mole, wo ein vier Meter langes Motorboot vertäut lag. Nachdem er alte Jim mein Gepäck an Bord verstaut hatte, hielt er mir seine Hand entgegen, um mir beim Besteigen des schwankenden Bootes behilflich zu sein. Ich setzte mich und schloß vor der auf dem Wasser verstärkt reflektierten Sonne meine Augen. Plötzlich wurde mir bewußt, daß ich seit meiner Kindheit nicht mehr in einem Motorboot gesessen hatte, und die Vorstellung, auf einer Insel zu leben, rief längst vergessene romantische Jugendträume in mir wach. Ich hatte zu hart gearbeitet. Ich hatte mir zu wenig Freizeit gegönnt, um Sport zu treiben, zu schwimmen, zu segeln – kurzum, das Leben zu genießen.

Der alte Jim deutete auf den leichten Mantel, den ich mir über den Arm geworfen hatte. »Ziehen Sie den lieber mal an, Miß. Gegen Abend wird es auf dem Wasser ziemlich kühl.«

Gehorsam knöpfte ich ihn mir bis unters Kinn zu; aber der Wind in meinem Haar fühlte sich wundervoll an, als das Boot losfuhr. Die Sonne tauchte die Wasseroberfläche in ein Dutzend Gold- und Orangeschattierungen.

»Wie weit ist es bis zur Insel?« fragte ich Jim.

»Drei, vier Meilen. Ich hoffe, Sie werden bei uns bleiben, Miß. Die letzte junge Dame, die sie hatten, wollte schon bald wieder fort. Sicher fehlten ihr die Geschäfte zum Einkaufen und die Kinos und was es sonst noch an Vergnügungen gibt. Aber wenn Sie mich fragen: Es war nicht schade um sie. Und die davor – gleich nachdem die arme Miß Margo ermordet wurde –, tja, Mr. Brant wollte sie um keinen Preis behalten. Das war ja vielleicht ein alter Besen. Richtig leid tun konnte einem die arme, kleine Miß Deirdre, die Gegenwart so eines alten Drachens ertragen zu müssen. Deshalb hoffe ich, daß Sie ein Weilchen bleiben werden, Miß Moore. Was für ein armes, hübsches, kleines Ding Miß Deirdre doch ist – oder besser: war. Jetzt bekommt sie ja kein Mensch mehr zu sehen, aber sie war schon ein verdammt süßes junges Ding, wenn sie immer ankam, um den alten Jim anzubetteln, er solle sie doch in seinem Boot mitnehmen. Ich fuhr dann einmal um die Insel mit ihr, und sie hat sich gefreut, als wäre sie in London gewesen und hätte dort die Königin persönlich gesehen.« Energisch riß er darauf am Anlasser, und der Motor sprang ratternd an.

Für ein paar Minuten verlor ich mich im Spiel des Windes, der mir um die Ohren pfiff, bis Old Jim wieder zu sprechen begann.

»Ihr erster Besuch in Duncarlie Castle, Miß?«

»Ich wußte nicht einmal, daß es ein Schloß ist«, erwiderte ich voller gespannter Erwartung.

»Sie werden es vielleicht etwas einsam finden«, warnte er

mich, »wenn Sie nicht gerade eine Vorliebe für diese Art Leben haben. Zweimal die Woche legt das Postboot an, und die Bediensteten kommen einmal in der Woche zum Einkaufen aufs Festland, aber ansonsten hört und sieht man nichts von den Bewohnern des Schlosses. Der alte Herr – *er* hat Duncarlie Castle sieben Jahre nicht mehr verlassen. Der arme, alte Herr, umgeben von all den Aasgeiern, die nur darauf warten, daß er eines Tages stirbt. Wie die Blutegel kleben sie an ihm. Und die arme, kleine Miß Deirdre hat auch schon eine Ewigkeit niemand mehr gesehen.«

Ich mochte zwar keinen Tratsch, aber meine Neugier war geweckt und ich sagte leichthin: »Ich war noch nie in dieser Gegend. Ich hatte zuvor auch noch nie von Sanctuary Island gehört, geschweige denn von Duncarlie Castle.«

»Dann wissen Sie also nichts – nein, natürlich, wie sollten Sie auch.« Seine Stimme, als er den Motorenlärm und den Wind zu übertönen versuchte, klang auf eine eigenartig heisere Art schrill. »Vor etwa hundert Jahren, als mein Großvater noch jung war, hieß es, der alte Mr. McLeod wäre aus Schottland rübergekommen und hätte hier dann ein Vermögen gemacht; und er hat das Schloß seiner Vorfahren Stein für Stein – Millionen soll ihn das gekostet haben – nach Sanctuary Island schaffen lassen, um es dort im alten Zustand wieder errichten zu lassen.«

Ich hatte zwar schon von ähnlichen merkwürdigen Verhaltensweisen anderer Millionäre aus dem vorigen Jahrhundert gehört, hätte mir aber nie träumen lassen, daß ich selbst einmal solch ein Bauwerk zu Gesicht bekommen sollte.

»Die McLeods haben zwar schon immer sehr zurückgezogen gelebt, aber noch bis vor wenigen Jahren sind sie wenigstens ab und zu aufs Festland herübergekommen.« Er zögerte und warf mir mit blitzenden Augen einen kurzen Seitenblick zu. »Eigentlich sollte ich Ihnen das alles gar nicht erzählen, Miß. Sie wollen dann vielleicht nicht bleiben – jedenfalls, wenn Sie eher ein empfindliches Gemüt haben.«

»Um Himmels willen, nein«, lachte ich. »Worauf wollen Sie denn hinaus? Gibt es im Schloß etwa noch einen alten schottischen Geist, der Nacht für Nacht dudelsackspielend über die Zinnen wandert?«

Als sich daraufhin jedoch seine Stirn besorgt in Falten legte, beeilte ich mich, mich bei ihm zu entschuldigen. »Sie dürfen das bitte nicht so ernst nehmen; ich habe nur Spaß gemacht –«

»Was mich betrifft, weiß ich jedenfalls nichts von irgendwelchen Gespenstern«, wies er mich ernst zurecht, »aber wenn es an diesem Ort welche gäbe, dann sicher mit gutem Grund. Vor sieben Jahren wurde am Strand ein Toter gefunden.« Seine Stimme verfiel wieder in jenes seltsam heisere, dringende Flüstern. »Sein Körper war in Stücke zerhackt und *sein Gesicht bis zur Unkenntlichkeit zerstört.* Sie haben nie herausgefunden, wer der Mann war oder was ihm zugestoßen ist. Und es kamen Leute an, die hier herumzuschnüffeln begannen und die McLeods beschuldigten – als ob Leute wie *die* etwas mit einem Mord zu tun hätten.« Dabei funkelte er mich an, als hätte auch ich seinen hochgeschätzten Arbeitgebern unterstellt, den Unbekannten zerstückelt zu haben.

Ich spürte, wie mir ein vollkommen irrationaler Schauder der Angst den Rücken hinunterlief; immerhin hatte ich seit Jahren als Krankenschwester gearbeitet und weiß Gott genügend Patienten zu Gesicht bekommen, die auf alle nur erdenklichen Weisen verstümmelt gewesen waren.

»Ich erkläre mir das Ganze so«, fuhr der Alte fort. »Eine Bande von Verbrechern hat den Toten an diesem Strand zurückgelassen, in der Hoffnung, niemand würde ihn finden. Vielleicht dachten sie sogar, die Insel wäre gar nicht bewohnt; er lag nämlich auf der dem offenen Meer zugewandten Seite, wo die Höhlen sind, während sich das Schloß auf der dem Festland zugewandten Seite der Insel befindet. Aber seit diese Zeitungsreporter und Polizisten und sonstigen Schnüffler hier ihr Unwesen getrieben haben, haben sich die McLeods gänzlich zurückgezogen. Duncarlie Castle steht zwar in jedem Reiseführer, aber das ist auch schon alles, was man über den Ort weiß.« Er schwenkte das Ruder des Boots nach rechts und deutete mit seiner freien Hand nach vorn. »Dort können Sie es sehen, Miß – Duncarlie Castle.«

Der Sonnenuntergang tauchte die Wasseroberfläche in fahles, schimmerndes Gold. Der Himmel darüber hatte sich zu einem farblosen Grau verfärbt, und vor dem Hintergrund dieses ergrauten Blaus sah ich nun die fantastische Silhouette aus Türmen und Zinnen ...

Kindischerweise entfuhr mir: »Das ist ja ein richtiges Schloß!«

»Was habe ich denn gesagt? Stein für Stein hat es der Großvater des alten Herrn von Schottland rüberschaffen lassen – damit es auch wirklich wie ein richtiges Schloß aussah.«

Das mächtige Bauwerk schien einer Illustration aus einem der Märchenbücher meiner Kindheit entsprungen – finster, kalt und abweisend, unempfindlich gegenüber der Zeit und ihren Veränderungen. Mit Sicherheit war das kein Bauwerk, von dem man glauben konnte, daß zwischen seinen Mauern jemand lebte, daß hier jemand sich nachts schlafen legen, am nächsten Morgen aufstehen, essen und trinken und auch noch eine Krankenschwester mit psychiatrischen Erfahrungen anstellen könnte! Es hob sich schwarz und unnahbar gegen den Abendhimmel ab.

Das Boot verlangsamte seine Fahrt, als wir in den Schatten des Schlosses eintauchten, und ich spürte das Dunkel über mir schweben, obwohl es immer noch, auf einem spärlich bewaldeten Hügel über dem Strand gelegen, eine Viertelmeile von uns entfernt war. Begleitet von einem unvermuteten ängstlichen Schauder, verspürte ich plötzlich heftiges Widerstreben, meinen Fuß auf Sanctuary Island zu setzen. Die schauderhafte Geschichte von dem gesichtslosen Toten, das finstere, märchenhafte alte Schloß und selbst die Histörchen des alten Mannes an meiner Seite hatten mir einen gehörigen Schrecken eingejagt. Doch während ich noch gegen dieses Gefühl ankämpfte, machte Old Jim bereits an der Anlegestelle das Boot fest. Ein Mann in Jeans schlang das Tau um einen Pfosten des Stegs und bückte sich zu uns herab, um mein Gepäck entgegenzunehmen. Und hinter ihm stand, hochaufgeschossen, lächelnd, das blonde Haar die letzten Sonnenstrahlen einfangend, ein Mann in khakifarbener Arbeitskleidung und streckte mir seine Hand entgegen.

»Mein Motorboot ist etwas schneller als dieser alte Kahn hier, Miß Moore. Ich habe mit Brant geschäftliche Dinge zu besprechen. Wenn Sie wollen, begleite ich Sie zum Schloß hinauf. Wegen Ihres Gepäcks brauchen Sie sich keine Sorgen zu machen.«

»Mr. Hunter!« stieß ich überrascht hervor und ließ mir von ihm an Land helfen.

»Stets zu Diensten«, nickte er. »Willkommen auf Sanctuary Island.«

Hinter mir hörte ich Old Jim brummen: »... der und seine undurchsichtigen, krummen Touren.«

»Brant hat mich sogar ausdrücklich darum gebeten«, fuhr Hunter mit unbeirrbarer Freundlichkeit fort, »Sie ins Schloß zu begleiten. Um das Gepäck können Sie sich ja kümmern, Jim. Wenn Sie mir bitte folgen würden, Miß Moore.«

Das Bootshaus und die Landestege waren hervorragend in Schuß, und an der Mole waren mehrere kleine Boote vertäut. Von dort betraten wir einen grünen, schattigen Pfad, der nach oben führte. Nach dem Dröhnen des Bootsmotors, dem unablässigen Rattern der Zugfahrt und dem allgegenwärtigen Großstadtlärm war es mit einem Mal unglaublich still. Die einzigen Geräusche waren das ferne Brummen eines Motorboots und das sanfte abendliche Zwitschern der Vögel. Ich atmete die würzige Luft ein, und plötzlich spürte ich, wie der Druck der letzten Wochen zunehmend von mir wich. Es war so friedlich hier.

Als ich neben dem Pfad das kurze Aufflattern leuchtendblauer Flügel wahrnahm, stieß ich einen kurzen Ausruf des Entzückens aus. Der Mann namens Hunter erklärte mir daraufhin: »Die Insel ist ein richtiges Vogelparadies. Mit Ausnahme des Landes, das sich im Besitz der Familie McLeod befindet, gehört die Insel dem Staat. Diesen Winter haben sich hier Tausende von Vögeln niedergelassen. Ich bin der Vogelwart – mein Name ist übrigens Ross Hunter –, und meine Aufgabe besteht im wesentlichen darin, dafür zu sorgen, daß niemand das Leben der Tiere auf der Insel stört. Für Ornithologen ist dieser Ort ein Paradies. Interessieren Sie sich zufällig auch für Vögel, Miß Moore?«

»Ich fürchte, daß ich kaum etwas über Vögel weiß.«

»Warten Sie nur mal ab.« Kaum hatte er das gesagt, spitzte er plötzlich auf ein leises Geräusch hin die Ohren, obwohl ich nichts als das Singen der Vögel hören konnte – und tatsächlich lag während der ganzen Zeit, die ich auf Sanctuary Island verbrachte, während all der stürmischen Leidenschaftsausbrüche, der Schrecken und der Schicksalsschläge ständig das Grundgeräusch friedlichen Vogelgesangs über der Insel.

Als ich nun Hunters Blicken folgte, erhaschte ich in den letzten Strahlen der untergehenden Sonne einen flüchtigen Blick auf ein kurzes blaues Aufblitzen, das von einem weiten Rock herrührte, und auf einen zierlichen, weißen Arm, der zwischen den Bäumen verschwand. Ein Mädchen? Wer auch immer das gewesen sein mochte, es war verschwunden.

Finster brummte Ross: »Deirdre. Sie müssen verrückter sein, als sie angeblich ist, wenn sie sie so herumlaufen lassen!«

Tausend Fragen brannten mir auf der Zunge. Ross kannte sich im Schloß aus. Er hatte gewiß Antworten parat... Doch mein Berufsethos, ganz zu schweigen von ganz allgemeinen Anstandsregeln, ließen mich warten, bis ich nähere Einzelheiten aus dem Munde meines Arbeitgebers erfuhr.

Unvermutet waren wir unter den Bäumen hervorgetreten und standen nun im Schatten des Schlosses vor einem mächtigen Tor. Während ich zögerte, trat Ross unbekümmert darauf zu, um auf den Klingelknopf zu drücken, der angesichts der uralten, grauen Mauern eindeutig fehl am Platze wirkte. Sehr weit weg, durch die dazwischenliegenden Steinmauern gedämpft, hörte ich das Geräusch einer Glocke.

2. Kapitel

Nach einer Weile ging das Tor mit solch feierlicher Langsamkeit auf, daß es mich nicht überrascht hätte, wenn wir von ein paar Männern in mittelalterlichen Rüstungen empfangen worden wären – oder von dem Fischfußmenschen aus *Alice im Wunderland!* Statt dessen erwartete uns, im Dunkel der dahinterliegenden Eingangshalle nur undeutlich erkennbar, eine große, hagere Frau.

Ihr dunkles Haar war streng aus ihrem schmalen Gesicht gekämmt und am Hinterkopf zu einem Dutt frisiert; es wies bereits die ersten grauen Strähnen auf. Entgegen ihren damenhaften Gesichtszügen wies sie ihre dunkle, uniformartige Kleidung mit dem schlichten weißen Kragen und der kleinen Satinschürze als eine Art höhergestellte Bedienstete aus. Ihre Stimme war tief und ausdruckslos.

»Mr. Hunter, treten Sie doch bitte ein. Mr. Brant wird in wenigen Minuten zurück sein.« Als sie daraufhin mich bemerkte, legte sich ein leichtes Lächeln über ihre Lippen. »Miß Moore?«

Nachdem ich ihr dies bestätigt hatte, trat sie einen Schritt zurück, um uns eintreten zu lassen. »Schön, daß Sie da sind.« Und zu meiner Verblüffung spiegelten sowohl ihre Miene wie ihre Stimme echte Freude und Erleichterung wider. »Matthew...«

Ein junger Mann in einem schlichten, dunklen Anzug trat vor und nahm Ross mein Gepäck ab. »Ich bin Mrs. Meadows, die Haushälterin«, stellte sich die große Frau vor. »Mr. Brant McLeod hat mir aufgetragen, Sie auf Ihr Zimmer zu bringen. Wenn Sie mir bitte folgen würden? Matthew, laß Miß Moores Gepäck ins nordwestliche Turmzimmer schaffen, ja?« Dann wandte sie sich noch einmal kurz Ross Hunter zu: »Sie wissen ja, wo Mr. Brants Arbeitszimmer ist. Wenn Sie wollen, können Sie dort warten.«

Sein gemurmelter Dank war untadelig, aber mir warf er

gleich darauf unverhohlen einen amüsiert-ironischen Blick zu. Es war nur zu offensichtlich, daß Mrs. Meadows nicht gerade einen sehr willkommenen Gast in ihm sah.

»Kommen Sie, Miß Moore. Wir werden Treppen steigen müssen.«

»Das bin ich vom Krankenhaus gewohnt«, beruhigte ich sie.

Mein erster Eindruck vom Innern des Schlosses war der von gediegenem Luxus, dem in seiner düsteren Pracht fast etwas Erdrückendes anhaftete. Die Eingangshalle war mit antikem Brokat und dunklen Grün- und Goldtönen tapeziert; darüber hingen kostbare Wandteppiche; das einzige Licht fiel durch ein Fenster im hinteren Teil der Halle; es war aus unzähligen, in Blei gefaßten bunten Scheiben zusammengesetzt. Der Boden war mit dicken, dunklen Teppichen ausgelegt, und auch auf der Treppe dämpfte ein prachtvoller Läufer das Geräusch meiner Absätze. Die Haushälterin ging vor mir die Treppe hinauf und bog dann im zweiten Stock in einen langen Gang, der zwei Biegungen vollführte. Ich ließ mich zu der etwas törichten Bemerkung hinreißen: »Wie soll ich mich hier nur je zurechtfinden?«

»Anfangs wird Ihnen das Schloß tatsächlich wie ein Labyrinth erscheinen.« Als sie sich beim Sprechen nach mir umwandte, strahlte ihre finstere Miene Wohlwollen und sogar Humor aus. »Aber daran werden Sie sich rasch gewöhnen«, fuhr sie fort. »Ich hoffe, es wird Ihnen hier gefallen, Miß; die arme, kleine Miß Deirdre braucht einfach einen jungen Menschen in ihrer Umgebung. Aber eine Dame – und nicht jemanden wie dieses vorlaute junge Ding, das wir zuletzt hier hatten! Dieses Schloß ginge ihr auf die Nerven, hat sie gemeint! Stellen Sie sich so etwas mal vor! Für die war wirklich nur die Großstadt das Richtige, und wir sind, weiß Gott, alle froh, daß sie dorthin auch wieder zurückgekehrt ist.«

Sie wartete wohl auf eine Reaktion von mir, und ich sagte: »Mir gefällt es hier. Und ich glaube, daß ich die Ruhe sehr genießen werde.«

»Ruhig ist es hier ganz gewiß. Und sicher werden Sie sich im Schloß auch bald zurechtfinden, wenn es auch gewiß nicht nach Maßstäben der Bequemlichkeit errichtet worden ist. Früher hatten sie nicht einmal fließendes Wasser; es war der alte Mr. Alexander, der schließlich die Leitungen verlegte. Heutzutage kann man ja eine Köchin ohne eine moderne Küche und was weiß ich sonst noch alles nicht mehr zum Bleiben bewegen!«

»Sind Sie schon lange hier?« fragte ich sie daraufhin, da sie sich anhörte, als stünde sie schon seit unerdenklichen Zeiten in den Diensten der Familie.

Doch als könnte sie meine Gedanken lesen, erwiderte sie: »Keineswegs, meine Liebe; erst fünf oder sechs Jahre. Der alte Mr. Jerome hat lauter neue Bedienstete eingestellt; das war –« Sie brach mitten im Satz ab, worauf ich ihn in Gedanken mit *nach dem Mord* ergänzte; doch dann sprach sie ohne merkliche Unterbrechung weiter: »– vor etwa acht Jahren.«

Sie öffnete eine Tür. »Das ist Ihr Zimmer, Miß.«

Dem Raum haftete etwas ähnlich Filmdekorhaftes an wie dem restlichen Gebäude – die hohen Wände waren mit dunkelgrünen, goldgemusterten Brokattapeten bespannt; an einer Wand stand ein herrlich gearbeitetes Himmelbett; und die Teppiche waren tief genug, um darin zu versinken. Ich bewegte mich mit übertriebener Behutsamkeit, als erwartete ich, jeden Augenblick gegen eine Kulisse zu stoßen, auf die all diese Pracht nur gemalt war.

Mrs. Meadows schaltete das Licht ein. »Etwas dunkel hier drinnen«, bemerkte sie dazu in sachlich-sprödem Tonfall. Und tatsächlich ließ das grelle, in alle Winkel vordringende elektrische Licht den Raum gleich weniger märchenhaft und fantastisch erscheinen. Als die Haushälterin an einer Schnur zog, schwangen die schweren Vorhänge zurück und gaben den Blick auf das in der Abendsonne glänzende Meer frei. »Und hier ist das Bad.« Das Bad wirkte im Vergleich mit dem restlichen Bau geradezu modern, obwohl es sich bei der Badewanne noch um ein sehr antiquiertes Modell mit vier Füßen handelte und das Waschbecken ganz wie Marmor aussah. Wurden hier Bedienstete so untergebracht? Oder gestand man in diesem Haus einer Krankenschwester-Gesellschafterin die Privilegien eines Gastes zu?

Das Telefon auf dem Nachttisch klingelte. Nach kurzem Zögern nahm ich den Hörer ab und meldete mich: »Hallo?«

Eine eindringliche Männerstimme sagte: »Ist Mrs. Meadows bei Ihnen, bitte?«

Die Haushälterin stand bereits an meiner Seite. Nachdem sie mir den Hörer weggenommen und eine Weile gelauscht hatte, legte sich ein besorgter Ausdruck über ihre Miene. »Selbstverständlich, Mr. McLeod; ich komme sofort«, sagte sie schließlich und hängte auf. »Sie müssen mich leider entschuldigen«, wandte sie sich daraufhin zu mir. »Ich werde Ihnen eines der Mädchen heraufschicken, damit sie Ihnen beim Auspacken hilft.«

»Das ist doch nicht nötig –«

»Mr. McLeod möchte es aber bestimmt so, Miß«, erklärte sie unnachgiebig. Nachdem sie aus dem Zimmer geeilt war, schloß die Tür sich lautlos hinter ihr.

Meine Koffer standen bereits mitten im Zimmer. Ich trat ans Fenster und blickte auf die grün geschwungene Küste hinunter. Zahlreiche Vögel tauchten auf der Jagd nach Fischen elegant aus der Luft ins Wasser hinab, und an einer Stelle, wo die Wellen sanft ausliefen, schien ein flacher Sandstrand zu liegen. Diese Seite der Insel machte einen sehr geschützten Eindruck; es gab keine Brandung. Vermutlich konnte man hier sogar schwimmen. Weit draußen auf dem dunklen Wasser entdeckte ich das weiße Aufleuchten eines Segels.

»Soll ich Ihre Sachen auspacken, Miß Moore? Ich bin Carla.«

Ich wandte mich vom Fenster ab und sah ein junges Mädchen vor mir stehen; sie trug wie die Haushälterin ein dunkles Kleid mit einem weißen Kragen. »Ich habe geklopft, Miß«, erklärte sie zu ihrer Entschuldigung. »Aber die Wände hier sind so dick...«

»Schon gut. Aber Sie hätten sich doch wirklich nicht extra zu bemühen brauchen.«

»Das ist doch selbstverständlich, Miß Moore. Mrs. McLeod hat uns angewiesen, Ihnen den Aufenthalt so angenehm wie nur irgend möglich zu machen.« Sie war bereits dabei, meine

Kleider auszupacken und in den Schrank zu hängen. Dann verstaute sie meine Nachthemden und meine Unterwäsche mit flinken und geschickten Händen in den Schubladen einer Kommode. Die Bescheidenheit meiner Kleidung angesichts des Luxus der nach Zedernholz duftenden Schränke und Kommoden stürzte mich fast etwas in Verlegenheit.

Carla hielt ein graues Chiffonkleid hoch, das ich normalerweise nur zu Konzerten oder sonstigen besonderen Anlässen trug. »Soll ich Ihnen das zum Abendessen aufbügeln, Miß?« Da sie bereits ein kleines Bügelbrett aufklappte, ließ ich sie widerspruchslos gewähren. Natürlich wußte sie über die Sitten und Gebräuche in diesem Haus besser Bescheid als ich. Jedenfalls schien ich hier in eine äußerst luxuriöse Umgebung geraten zu sein.

Als ich fertig angekleidet war, begutachtete ich mich in dem goldeingefaßten Schranktürspiegel mit ungewohnter Strenge. Normalerweise zog ich den Spiegel zu Rate, um mich zu vergewissern, daß mein Hut richtig saß. Aber an diesem Abend, in dieser ungewohnten Umgebung, war mir ganz eigenartig zumute. Ich fand, daß der Spiegel jemand Fremdes zurückwarf. Mir wurde mehr und mehr bewußt, daß ich mich in den letzten paar Monaten unmerklich in eine Art uniformierten weiblichen Roboters verwandelt hatte. Doch in dieser veränderten Umgebung warf der Spiegel ein gänzlich neues Bild zurück. Das graue Kleid schien meinem Haar, das ich normalerweise als spülwasserblond bezeichnete, einen goldenen Schimmer zu verleihen. Vielleicht war es die Aufregung, die meinen Wangen eine gesunde Farbe verlieh und meine Augen eher blau als grau erscheinen ließ. Vielleicht lag es auch nur an der märchenhaften Umgebung, daß ich das Gefühl hatte, als schwebte ich, in Samt und Seide gekleidet, ständig ein Stück über dem Boden.

Dieses Hochgefühl sollte jedoch merklich nachlassen, als ich mich aus dem sicheren Hort meines Zimmers in das Labyrinth der Gänge hinauswagte, und dies, obwohl mir die zuvorkommende Carla den Weg genauestens beschrieben hatte. Die breiten Korridore waren leer und verlassen. Dennoch hatte ich das Gefühl, beobachtet zu werden. Leise gedämpfte Geräusche drangen wie aus großer Ferne an mein Ohr – jemand spielte Klavier, und irgendwo (sicher täuschte ich mich) schrie ein Kind, um jedoch unverzüglich wieder zu verstummen. Am Fuß der Treppe blieb ich zögernd stehen, um die richtige Tür zu wählen; doch kaum hatte ich sie geöffnet, wich ich verdutzt einen Schritt zurück; versehentlich war ich in eine Art Speisekammer mit zahlreichen Regalen geraten. Ein großer, alter Mann mit weißem Haar sah mich fragend an, worauf ich stotternd erklärte, wer ich sei.

Er zuckte nicht mit einer Wimper. »Sie haben an der Treppe die falsche Richtung eingeschlagen, Miß«, klärte er mich ernst auf. »Wenn Sie nach dort drüben gehen – ich glaube, Mr. McLeod erwartet Sie in der Bibliothek.«

Ich fühlte mich wie ein begossener Pudel, als ich die Eingangshalle durchquerte und einen hohen Raum betrat, dessen Wände von unzähligen Büchern gesäumt waren. Über einem Flügel hing ein Porträt einer Frau in einem Kostüm; um ihren weißen Hals legte sich eine hohe spanische Krause, und das Gesicht darüber war von makelloser klassischer Schönheit. Ihr dunkles, üppiges Haar war auf dem edel geformten Kopf aufgetürmt. Ich verharrte einen Moment und starrte das Porträt bewundernd an.

»Meine Gattin«, ertönte aus den Schatten des Raums eine spröde Stimme, und als ich mich in ihre Richtung wandte, erblickte ich einen kleinen, alten Mann in einem Rollstuhl, bei dem es sich wohl um Alexander McLeod handelte. Sein Gesicht war ebenfalls spröde und faltig wie seine Stimme. »Es wurde anläßlich ihres ersten Auftritts als Prinzessin Eboli in einer Aufführung von *Don Carlos* in der Mailander Scala gemalt. Vielleicht sagt Ihnen der Name Martine Clereau etwas?«

Ohne eine Opernliebhaberin zu sein, hatte ich den Namen bereits des öfteren gehört.

»Martine hat sich inzwischen aus der Öffentlichkeit zurückgezogen. Wir führen ein sehr zurückgezogenes Leben hier auf Sanctuary Island, Miß Moore. Ich hoffe, es wird Ihnen hier nicht zu eintönig. Bedauerlicherweise traf dies jedoch gerade auf unsere letzte Pflegerin zu.«

»Ich finde es sehr schön hier«, entgegnete ich. »Ich glaube, ich werde die Ruhe sehr genießen.«

»Das will ich hoffen. Meine Stieftochter ist leider nicht in der Lage, die Insel zu verlassen, so daß Ihr künftiger Aktionsradius notwendigerweise sehr beschränkt sein wird.«

»Lowden?« sagte der alte Mann plötzlich, ohne seine Stimme zu heben.

Darauf trat ein Butler lautlos mit einem Tablett vor. »Sherry, Miß Moore?«

»Danke, gern.« Ich nahm ein Glas entgegen.

»Ach, da bist du ja, meine Liebe«, rief der Mann im Rollstuhl aus, als die Tür aufging und eine Frau in einem tiefroten Abendkleid in den Raum schwebte.

Sofort erkannte ich: Sie war die Frau auf dem Porträt – aber wie verändert! Doch keineswegs durch das Alter, denn die Frau war noch jung; sie konnte kaum älter als Mitte Dreißig sein. War sie tatsächlich mit diesem menschlichen Wrack in dem Rollstuhl verheiratet? Er mußte doch mindestens siebzig sein! Es war dieselbe Frau – unzweifelhaft dieselbe – und doch auch auf unfaßbare Weise ganz anders. Die Schönheit war noch immer zu spüren – oder zumindest die Überreste von etwas, das einmal atemberaubende Schönheit gewesen sein mußte –, und aus jeder Falte ihres Abendkleids atmete unnachahmliche Eleganz; das Kleid mußte von einem großen Modeschöpfer entworfen worden sein, zumal es mein graues Chiffonkleid wie billigen Ramsch erscheinen ließ, was es nun weiß Gott nicht war. Doch das Gesicht war schmal und angespannt, wie von unbezähmbaren Emotionen ausgezehrt – Emotionen, die jedoch unter eiserner Kontrolle gehalten wurden, wie die eindringlichen Augen verrieten, die aus einer starren Maske zerstörter Schönheit hervorfunkelten.

»Miß Moore, meine Gattin.«

»Es freut mich, Sie kennenzulernen, Mrs. McLeod.«

Sie erwiderte meinen Gruß mit einem höflichen Lächeln. Angesichts ihrer tiefen, resonanten Stimme konnte ich mir unschwer vorstellen, daß diese Frau eine der größten Altistinnen ihrer Zeit gewesen war. Jede ihrer Bewegungen wirkte theatralisch und übertrieben. Und doch war sie eine schlanke, zierliche Frau mit elegant hochgestecktem, dunklem Haar und in einem tief ausgeschittenen Abendkleid, die ganz beiläufig ein Glas Sherry aus der Hand des Butlers entgegennahm. Sie wandte sich zu mir:

»Doktor Grantham hat Sie uns nachdrücklich empfohlen, Miß Moore. Sie wissen, daß meine Tochter Deirdre voll und ganz Ihrer Obhut überlassen wird?«

»Das hatte ich zumindest angenommen. Wenn Sie mir vielleicht Näheres über sie –«

»Das überlasse ich lieber Brant«, unterbrach mich Martine McLeod fast grob. »Das Ganze war seine Idee.« Die ungeduldige Schroffheit ihrer Worte stand in auffälligem Gegensatz zu dem tiefen Vibrato ihrer Stimme. »Doch will ich Sie gleich von Anfang an warnen, Miß Moore, damit Sie keinen falschen Eindruck von dem Mädchen gewinnen. Deirdre mag zuweilen durchaus normal und vernünftig erscheinen. Doch um Ihrer selbst willen warne ich Sie – lassen Sie sich nicht durch ihr hübsches, aber von Grund auf falsches Gesicht täuschen! Sie könnte jeden von allem überzeugen; schließlich können Verrückte doch sehr gerissen sein, oder nicht?« Ihre schroffe Art forderte geradezu meinen Widerspruch heraus.

Statt dessen entgegnete ich artig: »Manche geistesgestörte Personen können einen durchaus normalen Eindruck erwekken, gewiß.«

»Seien Sie auf der Hut; glauben Sie kein Wort von dem, was sie sagt«, schärfte mir Martine weiter ein. »Insbesondere betrifft das – sie wird sicher versuchen, Sie davon zu überzeugen, daß ich –«

»Martine.« Der alte Mann im Rollstuhl hatte dieses eine Wort ganz vorsichtig und zärtlich gesprochen, doch Martine McLeod verstummte auf der Stelle. Mir blieb nichts anderes übrig, als sie leicht verwirrt anzusehen. Ich hatte einige Eltern kennengelernt, die sehr widersprüchliche Gefühle ihrem geistig behinderten Kind gegenüber verspürten. Es gab Eltern, die fest davon überzeugt waren, ihr behindertes Kind inbrünstig zu lieben, während sie ihm tatsächlich mit fast unverhohlenem Haß und Abscheu begegneten. War dies auch bei Martine der Fall? Oder sollte ihre schroffe Art lediglich einen Schmerz verdecken, der zu heftig war, um sich zu äußern? Hatte die Tragödie um ihre Tochter dieser ehedem unsagbar schönen Frau ihren Glanz geraubt? Und was fehlte dem Mädchen überhaupt?

»Bin ich für ein Gläschen Sherry schon zu spät dran?« ertönte in diesem Augenblick die gutgelaunte Stimme von Ross Hunter, der mit weit ausholenden Schritten in die Bibliothek trat. Seltsamerweise ließ ihn seine Khaki-Arbeitsmontur nicht fehl am Platz erscheinen, sondern uns übermäßig aufgetakelt. »Großartig sehen Sie wieder aus, Martine. Guten Abend, Mr. McLeod, Sir. Sie brauchen uns nicht bekannt zu machen...« Er wandte sich mir zu. »Miß Moore und ich haben uns heute nachmittag bereits drüben an der Mole kennengelernt, und der gute, alte Jim mußte mich fast mit Gewalt daran hindern, sie in meinem Motorboot auf die Insel zu bringen.«

»Vermutlich wollte sich der arme, alte Teufel das Geld für die Überfahrt nicht entgehen lassen, Ross«, entgegnete Martine mit einem lachenden Unterton in ihrer tiefen Stimme.

»Nein, er hat sich nur an meine Anweisungen gehalten«, ertönte nun unvermutet eine neue, eine tiefere Stimme; und ich sah zum erstenmal den Mann, der hinter Ross die Bibliothek betreten hatte. Er stand, ein Sherryglas fest zwischen den Fingern haltend, gelassen da und schien doch wie selbstverständlich die ganze Situation zu beherrschen, so daß die anderen Anwesenden – der joviale Ross, die elegante Martine, der verknöcherte alte Mann im Rollstuhl – in seiner Gegenwart zu reinen Statisten verblaßten. Nicht daß er etwa besonders gut ausgesehen hätte – ich sollte niemanden kennenlernen, der Brant McLeod für gutaussehend hielt. Er war von mittlerer Größe und hatte weit ausladende Schultern sowie einen massigen, fast stiernackigen Hals; sein Gesicht wirkte kantig, die dunklen Augenbrauen stießen fast über seinen dunklen Augen zusammen, und sein ebenfalls dunkles, dichtes Haar fiel ihm tief in die Stirn. Man hätte ihn für einen alten Römer halten können – einschließlich der finsteren Miene, welche die Präger römischer Münzen ihren Cäsaren verliehen. Zugleich strahlte er jedoch auch die ihnen unweigerlich anhaftende Autorität aus.

»Ich habe Old Jim aufgetragen, Miß Moore hierherzubringen. Wie konntest du nur auf die Idee kommen, Ross, dich meinen Anweisungen zu widersetzen?«

Ross wußte tatsächlich einen Moment nicht, was er darauf erwidern sollte. »Das ist doch kein Grund, daraus gleich eine Staatsaffäre zu machen, Brant«, brachte er schließlich hervor. »Ich wollte Old Jim doch nur einen Weg ersparen – und außerdem«, er machte eine galante Verbeugung in meine Richtung, »lag das doch geradezu auf der Hand.«

Brant McLeod schenkte ihm jedoch keinerlei Beachtung. Er betrachtete mich eingehend. Schließlich sagte er: »Wir alle möchten, daß Sie sich hier wie zu Hause fühlen, Miß Moore.«

»Wann kann ich meine Patientin sehen?«

»Morgen wird früh genug sein«, erwiderte er beiläufig. »Mrs. Meadows hat mir gesagt –«

Doch sollte ich nie erfahren, was Mrs. Meadows ihm gesagt hatte, da in diesem Augenblick Lowden ankündigte, das Abendessen sei angerichtet; gleichzeitig trat der Butler auf den Rollstuhl des alten Mr. McLeod zu, um ihn in das angrenzende Speisezimmer zu schieben.

Das Mahl, wenn auch durchaus förmlich, war dennoch nicht so schlimm, wie ich befürchtet hatte. Ross unterhielt sich mit Brant über irgendwelche obskuren geschäftlichen Dinge, die vor allem mit Zugvögeln zu tun hatten; Martine versuchte, mir mit *small talk* über das Wetter und das Meer um diese Jahreszeit die Zeit zu vertreiben, obwohl ich rasch merkte, daß sie kaum damit vertraut war; der alte Mann widmete sich schweigend seinem Essen. Zum Schluß erschien wieder Lowden, um den alten Mann in die Bibliothek zurückzuschieben, während Martine sich eine Zigarette ansteckte und Ross leicht auf die Schulter tippte.

»Wir haben ein paar neue Platten, die ich in New York bestellt habe; möchten Sie mitkommen und sie sich anhören?«

Als ich mich mit den anderen von der Tafel erheben wollte, hielt mich Brant McLeod mit einer bestimmten Geste zurück.

»Wenn Sie sich noch einen Augenblick gedulden könnten, Miß Moore«, erklärte er dazu. »Ich hätte gerne noch mit Ihnen gesprochen.«

Ich setzte mich wieder. Vielleicht erfuhr ich jetzt endlich mehr über meine Patientin. Das Kerzenlicht, das über Brant McLeods dunkles Gesicht flackerte, warf seltsame Schatten über es. Er suchte krampfhaft nach den richtigen Worten, bis er mich schließlich fragte: »Was hat Ihnen Ray Grantham über Deirdre erzählt?«

»So gut wie nichts«, erwiderte ich wahrheitsgemäß. »Eigentlich nur, daß Sie es für angebracht halten, sie von einer erfahrenen psychiatrischen Schwester betreuen zu lassen. Und, um die Wahrheit zu sagen, Mr. McLeod: Ich hätte natürlich gern etwas mehr über meine künftige Patientin gewußt.«

»Das wird sich wohl kaum vermeiden lassen«, erklärte er seufzend, wobei sich ein verbitterter Zug um seinen Mund legte. »Wie es scheint, bleibt wieder einmal alles an mir hängen, da sich sonst niemand um diese Angelegenheit kümmern will.«

Ich schwieg. Was hätte ich darauf auch erwidern sollen? Die Mutter des Mädchens konnte sich als keine sehr große Hilfe erweisen.

Er steckte sich einen schlanken Zigarillo an, um mir dann einen nach Nachsicht heischenden Blick zuzuwerfen. »Sie müssen mich entschuldigen. Ich bin es einfach gewohnt zu rauchen, sobald Martine den Raum verlassen hat. Es stört Sie hoffentlich nicht, wenn ich rauche?«

Ich mochte Zigarrenrauch, was ich ihm auch sagte, worauf er eine Weile schweigend an seinem Zigarillo zog. Doch dann beugte er sich entschlossen über den Tisch.

»Deirdre ist nur meine Stiefschwester«, begann er. »Sie ist Martines Tochter. Mein Vater hat Martine geheiratet, als Deirdre eine kleine Göre von vier oder fünf Jahren war. Ich habe sie damals noch auf meinen Schultern herumgetragen – aber das wird Sie wohl kaum interessieren. Die Sache ist einfach die: Ich mag die Kleine, und ich möchte jemanden für sie, der ihr eine gute Freundin ist. Nicht nur eine Pflegerin oder gar, Gott behüte, eine Gefängniswärterin.«

»Ich weiß immer noch nicht, Mr. McLeod«, platzte ich nun heraus, »ob das Mädchen einfach etwas zurückgeblieben ist oder eine tobsüchtige Irre.«

»Weder das eine noch das andere«, antwortete er ernst. »Bis zum Alter von neun Jahren war sie ein vollkommen normales, aufgewecktes und fröhliches kleines Mädchen. Und dann ist etwas passiert, das war vor sieben Jahren. *Was* das war, wissen wir bis heute nicht. Wir hatten damals auf der Insel einige Unannehmlichkeiten – vielleicht haben Sie schon davon gehört; wie ich den alten Jim kenne, wird er es gewiß erzählt haben.«

»Er hat mir erzählt, auf der Insel hätte sich ein Mord zugetragen«, erklärte ich vorsichtig.

»Ja. Eine der Inseln nicht weit von hier gehört einem Mann, der in den dreißiger Jahren mit dubiosen Schmuggelgeschäften zu Ansehen und Reichtum gelangt ist.« Er nannte einen Namen, den ich noch nie zuvor gehört hatte. »Und ich nehme an, daß ein paar seiner Handlanger etwas zu weit gegangen sind. Jedenfalls wimmelte es hier nur so von Polizei und Reportern. Vermutlich war die Gouvernante, die wir für Deirdre und den kleinen Jerry hatten – das ist der Sohn meines Vaters –, durch diesen Trubel so abgelenkt, daß sie die Kinder auf sträfliche Weise vernachlässigte. Jedenfalls war Deirdre eines Tages spurlos verschwunden, bis wir sie bei den Höhlen unten am Meer fanden; sie hatte sich wie ein kleines wildes Tier in eine Felsnische verkrochen. Nach einer Weile beruhigte sie sich wieder etwas – oder besser, sie konnte wieder einigermaßen gezähmt werden. Drei Jahre lang sprach sie kein Wort. Und als sie schließlich – ganz unvermutet übrigens – wieder zu sprechen begann, stellte sich heraus, daß sie alles vergessen hatte; sogar ihren eigenen Namen. Vollkommene Amnesie. Wir haben alles versucht, wir haben unzählige Psychiater und Ärzte zu Rate gezogen, doch nichts half.« Er zuckte resigniert mit den Achseln. »Natürlich wollen wir sie unter keinen Umständen in eine Anstalt einliefern. Sie ist im Grunde ein glückliches Mädchen, das in den Tag hinein lebt. Sie ist auch in keiner Weise aufmüpfig oder rebellisch, wenn man von ihren gelegentlichen Anfällen absieht.«

Nach kurzer Pause fuhr er seufzend fort. »Wir machten uns selbstverständlich Hoffnungen, als sie wieder zu sprechen begann – freilich vergebens. Wir stellten eine Pflegerin für sie ein – eine junge Krankenschwester namens Margo Fields –, doch sie kam vor etwa einem halben Jahr bei einem Unfall ums Leben.« Ein Schatten huschte über sein Gesicht. »Deirdre hat das schwer getroffen. Daraufhin haben wir es mit einer normalen Schwester versucht, aber sie war zu streng mit dem Kind. Deirdres Zustand verschlechterte sich zusehends, und sie bekam immer häufiger ihre Anfälle. Schließlich beschlossen wir, es mit einer erfahreneren Schwester, die sich mit psychiatrischen Fällen auskennt, zu versuchen, die zudem jung ist und sich vielleicht mit Deirdre anfreunden kann – und zugleich natürlich weiß, was zu tun ist, wenn sie plötzlich –«, er zögerte, während ein leichtes Zucken sein Gesicht durchlief, »– wenn sie unvermutet gewalttätig wird. Die einzige andere Möglichkeit – nun, ich möchte sie auf keinen Fall in eine Anstalt geben. Dort würde sie wie eine Blume verwelken und sterben«, erklärte er mit belegter Stimme. »Doch das möchte ich unter allen Umständen vermeiden. Deshalb sind Sie unsere letzte Chance, Miß Moore.«

Er ist ehrlich besorgt um sie, dachte ich, während ich sein wandlungsreiches, betrübtes Gesicht im Kerzenschein betrachtete. Er macht sich Sorgen.

Und was war nun mit meiner Patientin?

Laut Martine war Deirdre eine an der Oberfläche zuckersüße, in Wirklichkeit jedoch unberechenbare psychopathische Lügnerin. Laut Brant war sie ein fröhliches, aufgewecktes Kind, das in den Tag hinein lebte. Und die Haushälterin hatte sie mehrfach die ›arme, kleine Miß Deirdre‹ genannt.

Doch was war die Wahrheit?

In diesem Augenblick stand Brant McLeod abrupt auf. »Sie haben eine lange und anstrengende Reise hinter sich; sicher sind Sie müde. Ich werde Sie Deirdre morgen vorstellen. Da sie mich mag, ist es am besten, wenn ich Sie mit ihr bekannt mache. Gute Nacht.«

Wie benommen begab ich mich in mein Zimmer. Der Atmosphäre im Schloß haftete mit einem Mal etwas Bedrückendes an, und mein brokatverhängtes Zimmer schien mir genau der passende Hintergrund für die unübersehbare Seltsamkeit der Menschen in meiner Umgebung. Da war der alte Alexander McLeod, verhutzelt und verbittert; Martine mit ihrer volltönenden Stimme, ihrer zerstörten Schönheit und ihrer kalten Verbitterung gegen ihre Tochter; Ross, der sich benahm, als wäre er hier zu Hause; und schließlich Brant, der Rätselhafte – abwechselnd barsch und rührend besorgt.

Ich zog mich aus und glitt genüßlich in die heiße Badewanne. Wohlig trocknete ich mich in den weichen Badetüchern ab und tappte mit bloßen Füßen über den dicken Teppich auf mein Bett zu. Auf dem Nachttisch stand eine Schale mit frischem Obst. Ich schlüpfte unter die Decke und biß in eine saftige Birne. Morgen würde ich also Deirdre kennenlernen, meine rätselhafte Patientin. Was hatte ein ›fröhliches, aufgewecktes Kind‹ in ein sprachloses, beißendes und kratzendes kleines Tier verwandelt?

Ich löschte das Licht. Und als ich mich dan wohlig unter die Decke kuschelte, wurde mir bewußt, daß ich den ganzen Tag nicht ein einziges Mal an Raymond Grantham gedacht hatte, daß mir plötzlich nicht mehr danach war, aus unerfüllter Liebe in mein Kopfkissen zu weinen. Der Mond schien durch die dicken Vorhänge am Fenster, und ich schlief ein.

Ein leises Geräusch ließ mich hochschrecken; ich setzte mich in den Kissen auf. Selbst meine eigene Stimme klang fremd in meinen Ohren, als ich in das Dunkel hinaus fragte: »Wer ist da?«

Kein Laut. Doch durch das vom Mond schwach erhellte Dunkel konnte ich die verschwommenen Umrisse einer zierlichen weiblichen Gestalt ausmachen, die sich ganz schwach unter einem duftigen, weißen Gewand abzeichnete; das Mondlicht tauchte die Erscheinung in einen leicht unheimlichen Glanz. Ich sagte noch einmal, diesmal mit mehr Nachdruck: »Wer ist da?«

Benommen rieb ich mir die Augen, um dann entschlossen nach dem Lichtschalter zu greifen. Ich bildete mir ein, einen leisen erschreckten Ausruf zu hören. Das Licht ging an, und ich rieb mir erst einmal blinzelnd die Augen.

Das Zimmer war leer!

Ich stand auf, durchsuchte Bad und Kleiderschrank und schaute sogar hinter die Vorhänge. Hatte ich einen Geist gesehen? Vor der Badezimmertür glaubte ich den Abdruck eines zierlichen, nassen Fußes erkennen zu können, den jedoch möglicherweise ich selbst hinterlassen hatte, als ich das Bad verließ. Und nachdem ich mir schließlich selbst einredete, daß ich lediglich einen besonders lebhaften Traum gehabt hatte, begab ich mich wieder zu Bett. Doch ich lag noch Stunden wach, bevor ich schließlich wieder Schlaf fand.

3. Kapitel

Es war kurz nach sieben, als ich aufwachte, und durch die Vorhänge drangen hell die ersten Sonnenstrahlen.

Carla klopfte und trat auf leisen Sohlen mit einem reich beladenen Tablett ein, das sie auf dem Tisch abstellte.

»Ihr Frühstück, Miß Moore. Es tut mir leid, daß Sie gestern abend niemand gefragt hat, was Sie gern zum Frühstück möchten, aber da Miß Deirdre wieder weggelaufen ist –« Sie brach mitten im Satz ab und trat ans Fenster, um die Vorhänge aufzuziehen, so daß strahlendes Sonnenlicht den Raum überflutete. »Deshalb hat mir Mr. Lowden aufgetragen, Ihnen dasselbe zu bringen wie Miß Deirdre. Mrs. McLeod will immer nur Kaffee zum Frühstück – sonst nichts; und Mr. Brant hat schon lange gefrühstückt und ist dann ausgegangen.«

»Das sieht ja wundervoll aus«, bedankte ich mich. »Besser hätte Mr. Lowden mein Frühstück gar nicht zusammenstellen können.« Ich ließ meine Blicke über die Kaffeekanne aus kostbarem Porzellan gleiten, über die herrliche Silberglocke, die, wie sich herausstellte, gebratene Eier mit Speck und frisch gerösteten Toast barg, und über das Stück fahlgrüner, saftiger Honigmelone. Ich schlüpfte in einen Morgenmantel und goß mir eine Tasse Kaffee ein, um dann noch einmal darauf zurückzukommen, was Carla eben angedeutet hatte. »Miß Deirdre – läuft sie eigentlich öfter weg?«

»Früher hat sie das nie getan – zumindest nicht, als Miß Fields noch hier war. Das war Deirdres erste Pflegerin. Jetzt schon manchmal –« Das Ganze war ihr offensichtlich peinlich, da sie nur stockend sprach. »Es steht mir nicht zu, mich näher dazu zu äußern, Miß. Sie sollten sich das vielleicht besser von Mr. Brant erklären lassen.«

Mir fielen wieder Ross Hunters Worte von gestern nachmittag ein – und der Telefonanruf, der die Haushälterin so rasch aus meinem Zimmer befohlen hatte. Ich fragte mich, wer sich wohl Deirdres angenommen hatte, seit die andere Pflegerin gekündigt hatte. Die junge Krankenschwester und Gesellschafterin, die sie früher für Deirdre angestellt hatten, hieß Miß Fields, fiel mir wieder ein. Laut Aussagen Brants war sie vor sechs Monaten bei einem Unfall ums Leben gekommen, und seit diesem Zeitpunkt hatte Deirdre zwei Pflegerinnen gehabt – die erste streng und gefängniswärterinnenhaft, die zweite offensichtlich unzufrieden mit dem Leben auf Sanctuary Island. Doch wer hatte sich seitdem um das Mädchen gekümmert? Jedenfalls konnte ich mir schwerlich vorstellen, daß die mondäne Martine McLeod ihre Tage damit zubrachte, sich mit einem geistesgestörten Kind abzugeben, das entweder von heftigen Anfällen heimgesucht wurde oder ausriß. Ich wurde zunehmend neugieriger auf meine Patientin. Carla ging los. An der Tür drehte sie sich noch einmal nach mir um. »Mr. Brant läßt Ihnen ausrichten, Miß Moore, daß er Sie mit Miß Deirdre bekanntmachen wird, sobald Sie mit dem Frühstück fertig sind.«

Ich frühstückte am Fenster und sah auf den friedlichen Strand und den baumbestandenen Hügelabhang hinunter. Das Wasser reflektierte die Sonnenstrahlen in unzähligen bizarren Farbtönen; die Luft war vom fröhlichen Gezwitscher der Vögel erfüllt. Weit draußen auf dem Meer entdeckte ich ein Motorboot, das so weit entfernt war, daß es sich nur in Form eines winzigen dunklen Flecks vom Wasser abhob. Pfeifend ging ein Mann in einer roten Wolljacke einen der Pfade zum Meer hinunter. Ross Hunter? Hier auf der Insel und so früh am Morgen? Ich fand, daß ich mich zu sehr für Ross Hunter interessierte.

Zuerst wollte ich meine Schwesternuniform anziehen, entschied mich dann jedoch dagegen. Nachdem eine meiner Vorgängerinnen sehr streng mit Deirdre umgegangen war, weckte die weiße Schwesterntracht in dem Mädchen möglicherweise nur unliebsame Erinnerungen. Mit Ausnahme dessen, was Brant und Martine mir über Deirdre erzählt hatten, wußte ich rein gar nichts über das Mädchen. Ich wußte, daß Laien bei der Schilderung abnormen Verhaltens dazu tendierten, dieses kraß zu übertreiben oder die Augen ganz davor zu verschließen. Bei einem der bedauerlichsten Fälle meiner Tätigkeit als Pflegerin hatte es sich um ein geistig behindertes Kind gehandelt, das mit acht Jahren weder sprechen noch selbständig auf die Toilette gehen konnte; die Eltern des Jungen hatten sich nicht von der Meinung abbringen lassen, das Kind sei einfach etwas ›überspannt‹ und hätte einen leichten Sprachfehler. Erst als sich sein Zustand mit vierzehn noch immer nicht gebessert hatte, fügten sie sich in das Unvermeidliche und stimmten seiner Einlieferung in eine Anstalt zu.

Demnach war mir also klar, daß ich mich weder auf Martines Warnungen vor ihrer Tochter als einer ›hintertriebenen, kleinen Lügnerin‹ verlassen durfte noch auf Brant McLeods Beteuerungen, sie wäre ein ›fröhliches und aufgewecktes Kind‹. Eigentlich hätte ich auf einer Unterredung mit dem für sie zuständigen Arzt bestehen sollen, doch dafür war es nun zu spät. Ich trank meinen Kaffee aus, duschte kurz, putzte mir die Zähne und schlüpfte dann in ein blau-weiß gestreiftes Sommerkleid. An diesem Morgen fand ich den Weg nach unten bereits ohne größere Schwierigkeiten, und als ich die riesige Eingangshalle betrat, in der nur ein paar alte Rüstungen gefehlt hätten, um als die ideale Kulisse für einen Hollywoodschinken dienen zu können, kam gerade Brant McLeod aus der Bibliothek. Als er mich bemerkte, runzelte er einen Moment seine Stirn, als versuchte er, sich angestrengt an mich zu erinnern. Das Stirnrunzeln verlieh seinem Gesicht etwas Furchteinflößendes, was mich hoffen ließ, selbst nie Anlaß eines solch grimmigen Gesichtsausdrucks zu werden. Doch im nächsten Augenblick klärte sich seine Miene wieder auf. Brant McLeod hatte mich nun offensichtlich erkannt.

»Miß Moore«, sprach er mich an, wobei ich den Impuls unterdrücken mußte, hackenknallend zu salutieren. Doch er seufzte nur und sagte: »Am besten stelle ich Sie gleich mal Deirdre vor.«

»Ich hätte vorher noch gern etwas mehr über sie gewußt, Mr. McLeod. Darf sie sich frei im Haus bewegen? Oder auch in der näheren Umgebung des Schlosses? Oder nur in ihrem Zimmer? Worin genau besteht –«

»Das bleibt Ihrer Entscheidung überlassen«, fiel er mir schroff ins Wort. »Sie sind die Krankenschwester. Gestatten Sie ihr soviel Freiheiten, wie Sie gerade noch für angebracht halten. Wie ich bereits gestern abend angedeutet habe, sähen wir es nicht ungern, wenn Deirdre Sie eher als eine Freundin betrachtete und nicht als Pflegerin oder gar, Gott behüte, als Gefängniswärterin. Behandeln Sie sie so, als ob sie lediglich krank wäre.«

»Aber sie ist doch krank, oder nicht?«

»Gewiß«, entgegnete er müde. »Selbstverständlich ist sie krank. Aber bilden Sie sich erst einmal eine eigene Meinung über ihren Zustand.«

Das war einfach unerhört. In meinem steifsten Berufston erklärte ich: »Mr. McLeod, falls ich die Verantwortung für die Sicherheit und das Wohlergehen meiner Patientin übernehmen soll, muß ich genauestens über die Grenzen meiner Zuständigkeit im Bilde sein. Sollten Sie nicht gewillt sein, mit mir über meine Patientin zu sprechen –«, ich wiederholte das Wort ›meine Patientin‹ mit voller Absicht, »muß ich auf einer Unterredung mit dem sie behandelnden Arzt bestehen.«

Er wich verdutzt einen Schritt zurück; doch gleich darauf machte sich in seinem Gesicht der Anflug, aber auch wirklich nur der Anflug eines Lächelns bemerkbar. »Sie gehen aber ran! Wie es scheint, sind Sie tatsächlich Krankenschwester. Das hätte ich fast vergessen. Aussehen tun Sie nämlich keineswegs danach.«

Dadurch noch stärker in meine berufliche Rolle gedrängt, sagte ich: »Möchten Sie vielleicht meine Diplome sehen, Mr. McLeod? Oder wäre es Ihnen lieber, wenn ich in meiner Schwesterntracht aufträte?«

»Um Himmels willen, nein«, rief er aus. »Das war in keiner Weise beleidigend oder irgendwie negativ gemeint, Miß Moore; vor allem dürfen Sie nicht denken, Sie sollten hier Ihre Schwesterntracht tragen. Genau das Gegenteil ist der Fall; das wäre sicherlich nicht in Deirdres Sinn! Ich hatte lediglich eine ganz bestimmte Vorstellung von Psychiatrieschwestern, die nun auf Ihre Person so gar nicht zutrifft.« Er breitete seine Hände aus. »Eine eher ältere Dame, gebaut wie ein Schlachtschiff – und mit Sicherheit keine zierliche Frau wie Sie.«

»Kurz gesagt, also jemanden mit der entsprechenden Figur, um notfalls mit einem geistesgestörten und möglicherweise gewalttätigen Patienten fertigzuwerden? Lassen Sie sich bitte durch mein Äußeres nicht irreführen, Mr. McLeod«, setzte ich etwas pikiert hinzu. »Ich mag ja vielleicht zierlich erscheinen, aber ich bin hinreichend darin ausgebildet, mit geistesgestörten Patienten umzugehen, einschließlich erwachsener Männer mit akuter Manie. Neigt Deirdre demnach dazu, unvermutet gewalttätig zu werden? Sie werden doch inzwischen sicher verstehen, weshalb ich Ihnen diese Fragen stellen muß.«

Nun machte er gleichzeitig einen wütenden wie besorgten Eindruck. »Gewalttätig? Deirdre? Gott behüte! Ich bitte Sie – denken Sie nicht, meine Schwester sei eine tobsüchtige Irre!«
gut, was ist sie denn nun wirklich?«

Ich mußte wohl sehr verärgert geklungen haben, da er begütigend erklärte: »Machen Sie erst einmal selbst ihre Bekanntschaft. Das ist alles, worum ich Sie bitte. Sehen Sie einfach selbst.«

Er schickte sich an, die Treppe hinaufzusteigen. »Ich hätte zu ihnen nach oben kommen sollen«, entschuldigte er sich. »Es bestand keinerlei Grund, Sie eigens nach unten zu bemühen. Deirdres Zimmer liegt direkt neben dem Ihren.« Lautlos, aber mit festem Schritt, ging er vor mir die Treppe hinauf.

»Carla hat mir erzählt, daß Ihre Schwester gestern nachmittag ausgerissen ist. Macht sie so etwas öfter?«

Er knurrte leise: »Kann diese dumme Kuh denn keine fünf Minuten ihr geschwätziges Maul halten.« Doch dann verschlossen sich seine Lippen mit der unnachgiebigen Sturheit einer Austernschale. Ich stand kurz davor, endgültig zu explodieren, konnte mich aber gerade noch mit aller Mühe beherrschen. Na gut, dann würde ich eben sein Spiel mitspielen – zumindest für den Augenblick. Aber früher oder später mußte eine ernste Auseinandersetzung zwischen uns beiden unausweichlich werden. Mr. Brant McLeod mochte ja nun durchaus einen Narren an seiner Stiefschwester gefressen haben, aber das schien vorläufig auch seine einzige gute Eigenschaft zu sein. Ansonsten war er in meinen Augen mit Abstand der unverschämteste und arroganteste Mann, den ich je kennengelernt hatte.

Die Gänge waren unglaublich; der anfängliche Schock, in einer Umgebung zu leben, die wie der Schauplatz eines Hollywoodfilms wirkte, verlor zwar allmählich an Wirkung, aber mir war doch klar, daß ich mich nie ganz daran gewöhnen konnte. Wir passierten die Tür zu meinem Zimmer, die leicht offenstand; dahinter war das Geräusch eines Staubsaugers zu hören. Unmittelbar danach blieben wir vor einer vertäfelten Tür stehen; Brant öffnete sie und trat dann zurück, um mich als erste eintreten zu lassen. Helles Sonnenlicht strömte mir entgegen, als ich den ersten Raum in Duncarlie Castle betrat, der etwas Helles und Lebensfrohes ausstrahlte.

Das Licht fiel durch ein großes Erkerfenster mit hohen Spitzbögen ein und wurde von den weißen Wänden und den dünnen blauen Vorhängen noch in seiner Intensität verstärkt. Doch wirkte diese Helligkeit seltsam gefleckt und gemustert, und bei näherem Hinsehen stellte ich fest, daß die Fenster durch schmiedeeiserne Gitter gesichert waren, die etwas jüngeren Datums zu sein schienen als das alte Gemäuer der Fensterbrüstung. Es dauerte eine Weile, bis mir bewußt wurde, daß ihr zartes Filigran in Wirklichkeit nichts anderes war als das Gitter eines Gefängnisses. Diese Erkenntnis ließ mich unwillkürlich erstarren.

Indessen war Brant hinter mir eingetreten. Er schloß die Tür. Ich sah mich rasch im Raum um. Im Erker stand ein Spieltisch. Obwohl sie die Tür den Rücken gekehrt hatte, erkannte ich Mrs. Meadows, die Haushälterin, auch von hinten an ihrem ergrauten Dutt. Und ihr gegenüber saß ein zierliches, blondes Mädchen in einem rosa Kleid. Sie war so in die Partie Dame vor sich vertieft, daß sie unser Eintreten nicht bemerkt hatte; vielmehr streckte sie plötzlich ihre Hand nach einem Damestein aus, um einen anderen Stein zu schlagen und mit einem vergnügten Jauchzer neben das Brett zu stellen.

»Gewinnst du etwa schon wieder, Deedee?« Im ersten Moment erkannte ich Brant McLeods Stimme nicht wieder; sie war auffallend sanft, sogar zärtlich.

Das Mädchen blickte auf. Als sie mich bemerkte, sprang sie ruckartig auf und wich leicht zurück, als wollte sie jeden Augenblick die Flucht ergreifen. Auch Mrs. Meadows erhob sich nun eilig von ihrem Platz, während das Mädchen stumm dastand und mich unverwandt anstarrte. Sie hatte auffallend große Augen, silbergrau und von langen, dunklen Wimpern eingefaßt; jedenfalls waren diese Augen zu groß für ihr zierliches, herzförmiges Gesicht mit der rosigblassen Haut, den schön geformten, feinen Zügen und den sanft geschwungenen Lippen. Das Seltsamste war, daß ich in der Schönheit des kindlichen Gesichts die Züge von Martine McLeod wiedererkannte; doch während Martines Gesicht energische Entschlossenheit ausstrahlte, wirkte dieses Gesicht scheu, zurückgezogen – und verängstigt.

Deirdre flüsterte: »Wer ist diese Frau?«

»Das ist Susan Moore, mein Schatz«, erklärte ihr Brant sanft. »Sie wird sich um dich kümmern und dir Gesellschaft leisten, wenn du nichts dagegen hast.«

Ich beobachtete das Mädchen sehr genau. Ihr rosa Kleid war maßgeschneidert und sorgfältig gebügelt. Überhaupt war das Mädchen auffallend sauber und gepflegt, wenn man von den vielsagenden abgekauten Fingernägeln absah. Ihr seidiges, glattes Haar war ordentlich gekämmt und auf Höhe ihres Kinns gerade abgeschnitten. Demnach mußte sie also eingermaßen umgänglich sein; immerhin ließ sie sich anständig anziehen, waschen und frisieren. Außerdem konnte sie sprechen, und, wie ich annahm, verstehen, was man zu ihr sagte.

Ich studierte die Steine auf dem Damebrett; der Zug, den sie eben gemacht hatte, zeugte von einigem Scharfsinn. Nicht, daß ich eine große Dameexpertin gewesen wäre, aber jedenfalls war dieses Mädchen nicht dumm. Ich konnte nicht umhin, deutliche Erleichterung zu verspüren. Für psychisch kranke Menschen – Erwachsene wie Kinder – bestand immer ein Funke Hoffnung. Solange nur ein Verstand vorhanden war, gab es auch Mittel und Wege, Zugang dazu zu finden. Dagegen war ich nie imstande gewesen, die Tragödie eines schwachsinnigen und imbezilen Menschen hinzunehmen, der für immer einer rein vegetativen Existenz verhaftet blieb.

Eigentlich hätte ich mir das alles denken können. Jede halbwegs fähige Krankenschwester hätte eine Schwachsinnige pflegen können. Hätte das Mädchen nur stumpfsinnig vor sich hin vegetiert, wären die McLeods mit Sicherheit nicht in dem Maß an einer erfahrenen und auf psychiatrische Fälle spezialisierten Fachkraft interessiert gewesen.

Ich lächelte Deirdre freundlich an und sagte: »Hallo, Deirdre. Wie ich sehe, hast du gerade Dame gespielt.«

»Eine Brille brauchen Sie demnach nicht«, sagte das Mädchen, so daß es mir für einen Moment beschämt die Sprache verschlug. Mangel an Intelligenz war also gewiß nicht ihr Problem; im Gegenteil, sie war außergewöhnlich schlagfertig und gewitzt. Zumindest machte sie nun einen nicht mehr ganz so verängstigten Eindruck. Sie begutachtete mich von Kopf bis Fuß. »Sie sind Krankenschwester, nicht wahr?«

Ich überlegte kurz. Brant drang darauf, daß ich mich nicht wie eine solche benahm. Doch falls das Mädchen tatsächlich so intelligent und scharfsinnig war, wie dies ihre erste Bemerkung hatte vermuten lassen, schien es mir angeraten, ihr lieber nichts vorzumachen. Wenn man mit Geisteskranken zu tun hat, besteht sowohl die Gefahr, sie zu über- wie zu unterschätzen.

Daher erwiderte ich ruhig: »Ja, ich bin ausgebildete Krankenschwester.«

»Dann sind Sie also meine neue Aufpasserin?« Sie lächelte verschlagen.

»Das wird ganz von dir und deinem Verhalten abhängen«, erwiderte ich rasch. »Wir könnten auch Freundinnen werden.«

Das überraschte sie eindeutig. Blinzelnd dachte sie eine Weile über meine letzten Worte nach, bis sich langsam wieder ein Lächeln über ihre Lippen breitete. Wenn sie lächelte, war ihr Gesicht atemberaubend schön, und ich konnte allmählich ganz gut verstehen, weshalb Brant sich nicht damit abfinden wollte, daß dieses schöne Geschöpf vielleicht nicht ganz normal war.

»Zumindest sind Sie in dieser Hinsicht ehrlich«, erwiderte sie. »Die letzte Schwester hat ständig so zu tun versucht, als wären wir nichts als gute Freundinnen.«

Brant, der sich bis dahin im Hintergrund gehalten hatte, ergriff zum erstenmal das Wort: »Ich habe Verschiedenes zu erledigen, Deedee. Deshalb werde ich jetzt dich und Miß Moore allein lassen, damit ihr euch näher kennenlernt.«

Sie eilte auf ihn zu und schlang ihm, auf den Zehenspitzen stehend, die Arme um den Hals. Gleichzeitig bettelte sie ihn wie ein kleines Kind an: »Wirst du heute nachmittag mit mir schwimmen gehen?«

Er zögerte. »Wenn du schön brav bist, ja. Wir werden Miß Moore den Strand zeigen.«

»Vielleicht möchtest du erst mal die Partie Dame zu Ende spielen«, schlug ich vor.

Deirdre warf einen kurzen gleichgültigen Blick auf das Schachbrett. »Ach, Mrs. Meadows wird ja sowieso gewinnen. Ich bin in Dame nicht sehr gut. Es ist so langweilig. Aber es ist das einzige Spiel, das wir beide können.«

»Um so netter ist es, wenn sie trotzdem mit dir spielt«, wies sie Brant tadelnd zurecht. Die Haushälterin erhob sich würdevoll.

Deirdre wandte sich ihr mit rührender Besorgnis zu: »Entschuldigen Sie. Ich finde es sehr nett, daß Sie mit mir spielen, und ich bin keineswegs von *Ihnen* gelangweilt, Mrs. Meadows.«

»Ist ja schon gut, Deirdre.« Die alte Frau war nicht gekränkt. »Vielleicht kann ja Miß Moore ein paar Spiele, die dir mehr Spaß machen. Ich werde euch jetzt allein lassen. Aber sei schön brav.« Damit verließ sie zusammen mit Brant das Zimmer, und ich blieb mit Deirdre allein zurück.

Nachdem sie kurz auf die geschlossene Tür gestarrt hatte, wandte sie sich mir zu. »Sie denkt, ich bin verrückt. Halten Sie mich auch für verrückt?«

Damit befand ich mich auf mehr oder weniger vertrautem Gelände. Niemand ist sich seiner geistigen Gesundheit sicherer als ein Geisteskranker, und entsprechend gibt es nichts Sinnloseres, als sich auf lange Diskussionen über dieses Thema einzulassen. Natürlich ist es in Heilanstalten nicht mehr gestattet, all diese Worte zu gebrauchen wie ›verrückt‹ oder gar ›wahnsinnig‹. Heutzutage darf man jemanden nicht einmal mehr als ›geisteskrank‹ bezeichnen. Bisher war ich im Fall Deirdres mit der Wahrheit recht gut gefahren.

»Wie soll ich das beurteilen können«, antwortete ich also, »nachdem ich dich noch gar nicht kenne.«

Das war vielleicht etwas unorthodox; hätte ich besser bei etwas vageren Aussagen Zuflucht suchen sollen? Doch Deirdres Miene erhellte sich, und sie fragte mich lächelnd:

»Wie heißen Sie?«

»Susan Moore.«

»Darf ich Sie Susan nennen?«

»Wenn du möchtest«, erwiderte ich. »Es sei denn, du bestehst darauf, daß wir uns Miß Moore und Miß McLeod nennen.«

Ihr bezauberndes Gesicht verdüsterte sich abrupt, als hätte sich ein Schatten darüber gelegt. »Ich heiße nicht McLeod«, erklärte sie trotzig. »Ich bin Deirdre Adrienne Clereau.«

Natürlich. Brant hatte sie als seine Stiefschwester bezeichnet – eine Tochter Martines aus erster Ehe. Sie waren also in keiner Weise miteinander verwandt – trotz all seiner brüderlichen Fürsorge. Da Deirdre mich weiter feindselig anstarrte, versicherte ich ihr ruhig: »Das hatte ich ganz vergessen. Mr. McLeod spricht von dir immer als von seiner Schwester – daher vermutlich mein Versehen.«

Ich sah mich in Deirdres Zimmer um. Es war hell und schön eingerichtet. Eine offene Tür in der Seitenwand führte in ein kleines, in Blau und Weiß gehaltenes Schlafzimmer und ein gefliestes Bad. Auf den Regalen standen zahlreiche Bücher. Da ich nicht wußte, was ich als nächstes tun oder sagen sollte, trat ich auf sie zu und sah sie mir an. Die meisten davon waren bekannte Kinderbücher: *Robin Hood, Der Wind in den Weiden, Der Hobbit*. Auch ein paar Abenteuergeschichten fehlten nicht, aber insgesamt sah das Ganze eher wie die Bibliothek eines Kindes als eines jungen Mädchens aus. Ich beschloß, mir Zeit zu lassen und sie noch eine Weile zu beobachten, bevor ich mir einen ungefähren Eindruck vom Stand ihrer emotionalen und geistigen Entwicklung zu machen versuchte.

»Liest du gern?« fragte ich sie.

Sie zuckte eher lustlos mit den Achseln. »Je nachdem. Diese Bücher finde ich jedenfalls fürchterlich langweilig. Brant liest erst einmal jedes Buch, bevor ich es in die Hände bekomme. Zeitungen und die meisten Bücher aus der Bibliothek darf ich jedenfalls nicht lesen.«

Ich begann mich zu fragen, wie ich dieses Mädchen beschäftigen und unterhalten sollte. Erhielt sie Unterricht? Erwartete man von ihr, daß sie den Rest ihrer Tage, in diesen Räumen eingesperrt, damit verbrachte, Kinderbücher zu lesen und Kinderspiele zu spielen? »Was machst du am liebsten?«

»Ich schwimme sehr gern«, antwortete sie eifrig. »Und auch Vögel beobachte ich sehr gern, obwohl das auf dieser Seite der Insel kaum möglich ist. Soll ich Ihnen meine Vogelbestimmungstafeln zeigen? Brant hat mir ein Fernglas geschenkt, und außerdem habe ich einen Futtertrog – heute morgen war schon ein Pirolpaar da.«

Ich ließ mir also ihre Bestimmungstafeln zeigen und stellte fest, daß sie ordentlich geführt waren, obgleich die Handschrift kindlich und krakelig war. Danach holte sie ein paar Bücher mit Vogelabbildungen hervor und redete munter auf mich ein. Es dauerte nicht lange, und sie saß neben mir auf der Lehne meines Sessels und zeigte mir in den Büchern die auf der Insel vorkommenden Vögel. Entsprechend überrascht waren wir beide, als plötzlich Carla auf einem Tablett das Mittagessen brachte, das wir an einem Tisch unter dem Fenster zu uns nahmen. Mir war inzwischen klargeworden, daß Deirdre – zumindest die meiste Zeit – durchaus verträglich und intelligent war, wenn auch für ihr Alter etwas kindisch. Brant McLeod hatte angedeutet, ich solle ihr soviel Freiheit lassen, wie ich für angebracht hielt. Und da es Deirdre offensichtlich gestattet war, die nähere Umgebung des Schlosses auf der Suche nach interessanten Vögeln zu durchstreifen, zog ich bereits in Erwägung, ihr einen solchen Ausflug vorzuschlagen. Doch bevor ich dazu kam, tauchte Brant auf. Er trat, ohne anzuklopfen, ins Zimmer.

»Sollen wir schwimmen gehen, Deedee?« fragte er.

Ihre Augen leuchteten auf vor Freude, als sie aufsprang und ins Schlafzimmer stürzte. Ich folgte ihr und sah, wie sie einen Badeanzug vom Haken an der Badezimmertür nahm. Unwirsch fuhr sie mich an: »Ich kann mich schon alleine an- und ausziehen! Warum machen Sie sich nicht schon mal selbst fertig?«

Mit geübtem Schwesternblick sah ich mich im Schlafzimmer um. Mir fiel auf, daß auf der Kommode keine Glasflaschen, Nagelscheren, Feilen oder ähnliches zu sehen waren, sondern lediglich eine Haarbürste, ein Kamm und eine Puderdose. Auch im Bad gab es keine potentiell gefährlichen Gegenstände. Offensichtlich hatte es ihre vorherige Pflegerin für nötig befunden, zumindest diese Sicherheitsvorkehrungen zu treffen, wobei ich auch selbst aus Erfahrung nur zu gut wußte, wie schnell selbst die scheinbar harmloseste und sanftmütigste Person fürchterlich gewalttätig werden konnte. Ohne mich von Deirdres zorniger Miene beeindrukken zu lassen, entgegnete ich: »Ich möchte lieber bei dir bleiben, während du dich anziehst, falls du nichts dagegen hast.«

»Ich habe aber was dagegen!« fauchte sie mich an.

Bereits die erste Auseinandersetzung? Oder versuchte sie lediglich herauszufinden, wie weit sie mit mir gehen konnte? Ruhig erwiderte ich: »Es tut mir leid, wenn dich meine Anwesenheit stört«, nahm aber unbeirrt auf einem mit blauem Chintz bezogenen Schaukelstuhl Platz.

Sie wurde rot und stieß ärgerlich hervor: »Ist doch mir egal.« Und ohne mich eines weiteren Blickes zu würdigen, schlüpfte sie aus ihrem rosa Kleid. Mir entging nicht, daß sie es sorgsam auf einen Kleiderbügel hängte, wohingegen sie ihr rosa Leibchen und ihren weißen Schlüpfer einfach auf dem Boden liegenließ. Dann schlüpfte sie in ein grünes Bikinihöschen, um sich dann mit dem Verschluß des dazugehörenden Oberteils abzumühen.

»Soll ich dir helfen?« erbot ich mich, worauf sie grob entgegnete:

»Das schaffe ich schon alleine – ach, warum eigentlich nicht; wenn Sie schon hier sind, können Sie sich auch genausogut etwas nützlich machen.« Ich stand auf und trat auf sie zu. Nachdem ich ihr strohblondes Haar beiseite gestrichen hatte, um ihren Verschluß verhaken zu können, drehte sie sich zu mir herum. Obwohl sie den zierlich strammen, langsam heranreifenden Körper einer Sechzehnjährigen hatte, verlieh ihr der Bikini das geschlechtslose Aussehen eines kleinen Mädchens. Oder lag das nur an ihrer Alice-im-Wunderland-Frisur oder an ihren großen Kinderaugen?

Sie fragte mich: »Sie kommen doch mit schwimmen, oder nicht? Sie können doch schwimmen?«

Das konnte ich, und ich hielt es auch für angeraten, zum Schwimmen mitzukommen, falls meine kleine Patientin aus einer plötzlichen Laune heraus auf irgendwelche dumme Gedanken kommen sollte. Als wir aus dem Schlafzimmer traten, forderte Brant McLeod, der die Lage sofort richtig einschätzte, mich auf: »Ziehen Sie sich auch schon mal um, Miß Moore. Ich gehe mit Deedee voraus. Sie können ja zum Strand nachkommen, sobald Sie fertig sind.«

Ich trat auf den Gang hinaus und blieb einen Moment verwirrt stehen, da ich mir nicht mehr ganz sicher war, wo mein Zimmer lag. Deirdre deutete nach links und sagte: »Gleich um die Ecke.«

So nahe? Ich hatte in den gewundenen Gängen des Schlosses tatsächlich jede Orientierung verloren.

»Das wird alles mit Spiegeln bewerkstelligt«, flüsterte mir Deirdre mit einem verschwörerischen Augenzwinkern in theatralischer Geheimniskrämerei zu und nahm Brant an die Hand. »Wir sehen uns dann am Strand. Den Weg *dorthin* werden Sie doch wohl finden?« Dabei machte sich in ihren Augen ein unerwartetes Aufleuchten bemerkbar.

»Ich denke schon«, erwiderte ich mit einem Grinsen.

In meinem Zimmer war inzwischen das Bett gemacht und das Bad gereinigt, und selbst das Kleenex, das ich bei der Morgentoilette in den Abfallkorb geworfen hatte, war weggeräumt. Ich schlüpfte rasch in meinen schlichten, schwarzen Badeanzug.

Darüber zog ich einen rosa Bademantel an, steckte mir eine Bademütze in die Tasche und machte mich auf den Weg nach unten. Ein Hausmädchen in einem dunklen Kleid mit Schürze, das auf der Treppe gerade saubermachte, sah neugierig und, wie ich mir einbildete, auch neidisch zu mir auf. Immerhin konnte ich an diesem herrlichen Tag einfach schwimmen gehen, obwohl ich doch nicht weniger eine Angestellte der McLeods war als sie, wenn nicht sogar mehr als sie, da ich mich offensichtlich Tag und Nacht auf die Launen eines unberechenbaren Kindes einstellen mußte.

Auf dem Treppenabsatz im ersten Stock raste unvermutet ein schwarzer Wirbelwind um die Ecke; er versuchte an mir hochzuspringen und leckte schließlich meine in Sandalen steckenden Füße. Im selben Moment schoß ein weiterer, kleinerer Wirbelwind auf mich zu und scheuchte das erste Wuschelwesen, das sich nun als ein riesiger Neufundländer entpuppte, von mir fort. Als sich die kleinere Erscheinung aufrichtete, gab sie sich als ein auffallend zierlicher Junge mit dunklem, glattem Haar und einem sehr englischen Topfhaarschnitt zu erkennen. Er war nur mit einer Badehose und Espadrilles bekleidet. Seine großen blauen Augen, kaum weniger durchdringend als die Deirdres, wirkten eigenartig fehl am Platz in seinem dunkelhäutigen Gesicht. Beide Hände am Halsband des riesigen Hundes, versuchte er diesen unter seine Gewalt zu bringen, während das ausgelassene Tier sich endlos auf dem Boden wälzte und mit seiner immensen Zunge an seinen Zehen leckte.

»Sie müssen Thumbelina entschuldigen«, sprach er mich mit einer kindlichen, aber auffallend distinguierten Stimme an. »Sie hat ein sehr überschäumendes Wesen.«

Welch ein seltsamer, frühreifer Junge! Und – *Thumbelina!* Ich mußte an die ursprüngliche Trägerin dieses Namens denken, die sich in einer Dotterblume schlafen legen konnte, und konnte mir ein Schmunzeln nicht verkneifen, wenn ich mir dabei diesen monströsen Hund besah. »Eigentlich fände ich *Jumbo* einen treffenderen Namen für – äh – Thumbelina«, bemerkte ich. »Aber das macht nichts; ich mag Hunde.« Ich tätschelte Thumbelinas zottiges Fell, und die Freudensprünge, die dies zur Folge hatte, ließen das ganze Treppenhaus erzittern.

Über den großen Hund hinweg sah der Junge zu mir auf. »Ich kenne Sie gar nicht. Sie sind doch kein Hausmädchen.«

»Ich bin Susan Moore«, stellte ich mich vor. »Ich bin eine Krankenschwester. Und wer bist du?«

»Ich bin Jeremy Duncan McLeod, Miß Moore«, antwortete er höflich. Doch dann wurden seine Manieren doch wieder durch seine kindliche Neugier verdrängt. »Sind Sie Deirdres neue Pflegerin?«

»Ja, das bin ich.«

Sein kleines Gesicht verzog sich plötzlich. »Wozu braucht sie eine Krankenschwester? Sie ist doch nicht krank«, erklärte er aufgebracht. »Und warum darf ich sie nicht mehr sehen? Warum darf ich nicht einmal mit ihr *schwimmen* gehen?« Mir entging nicht, daß er kurz davor stand, in Tränen auszubrechen. »Sie kann doch gar nicht krank sein; sonst läge sie doch im Bett. Sie ist gerade mit Brant schwimmen gegangen. Thumbie und ich waren auch schwimmen; aber Brant hat mich ins Haus geschickt. Deedee hat nach mir gerufen, aber Brant ließ mich nicht mit ihr sprechen. Sie hat sogar *geweint!*« Wütend rieb er sich mit seinen wasserrunzligen Fäusten die Augen. »Warum darf ich nicht mal mehr mit *meiner eigenen Schwester* sprechen?«

Das war also Martine McLeods Kind aus ihrer Ehe mit dem alten Mr. McLeod; Deirdres und Brants kleiner Halbbruder. Ich wußte nicht, was ich auf seine Fragen erwidern sollte. Was hätte ich auch sagen sollen? Mir fiel nichts Besseres ein als: »Manche Leute sind krank, auch wenn sie gar nicht so aussehen, Jeremy.«

»Wenn sie zum Beispiel die Masern hätte, läge sie doch im Bett«, brachte er, durch meine Entgegnung keineswegs zufriedengestellt, weiter vor. »Dann würde ihr auch Brant nicht nahekommen.« Er senkte den Kopf, und ich konnte sehen, daß er mit den Tränen kämpfte, was er dadurch zu verbergen versuchte, daß er sein gerötetes Gesicht in Thumbelinas zottigem Fell vergrub. »Ich war *früher* immer mit Deedee zusammen. Sogar, wenn sie noch kränker war als jetzt und nicht sprechen konnte. Miß Margo ließ mich jeden Abend in Deedees Zimmer kommen und mit ihr Abendbrot essen. Und tagsüber waren wir schwimmen und haben am Strand gespielt! Warum darf ich plötzlich nicht mehr mit meiner Schwester spielen?«

Obwohl mir der Junge aufrichtig leid tat, wußte ich nichts Besseres zu sagen als: »Das solltest du vielleicht besser deinen Vater und deine Mutter fragen, Jeremy.«

Sein Gesicht nahm einen bitteren, fast zynischen Ausdruck an, der für sein Alter mit Sicherheit von zuviel Erfahrung sprach; ich schätzte ihn auf neun, höchstens zehn Jahre. »Ach was! Denken Sie vielleicht, die würden mir was erzählen?«

In diesem Moment ertönte vom Fuß der Treppe ein lautes »Jerry!«, und eine stämmige, junge Frau in Badeanzug und Bademantel, beides ausgesucht altmodisch, stürmte die Treppe herauf auf uns zu. »Also hier treibst du dich herum, du kleiner Lauser – oh, entschuldigen Sie, Miß«, wandte sie sich mir zu, als sie mich bemerkte. »Master Jeremy, was sind das nur wieder für Manieren? Und bring sofort dieses schreckliche Vieh ins Spielzimmer – aber schnell!«

»Jawohl, Ma'am«, murmelte der Junge, um Thumbelina am Halsband zu packen und mit eingezogenem Kopf, damit man sein tränenüberströmtes Gesicht nicht sehen konnte, die Treppe hinaufzustürmen. Die junge Frau sah ihm hinterher. Sie hatte ein schlichtes, gutmütiges Gesicht mit Sommersprossen um die Nase, und ihre Miene spiegelte wesentlich mehr Wärme und Verständnis wider, als dies ihre scharfen Worte hätten vermuten lassen. »Dieser schreckliche Hund«, stöhnte sie. »Ich hoffe, er hat Ihnen nichts getan, Miß. Sie sind sicher Miß Deirdres neue Pflegerin?«

»Ja, ich bin Susan Moore.«

»Freut mich, Sie kennenzulernen, Schwester«, entgegnete sie förmlich.

»Und Sie sind...?«

»Ich bin Hester Cairncross, Schwester; ich bin für den kleinen Master Jerry zuständig, und ich kann Ihnen sagen, der Bursche kann einen ganz schön auf Trab halten. Und das vor allem jetzt.« Sie warf mir einen vielsagenden Blick zu, der mir langsam vertraut war.

»Sie sind aber keine Amerikanerin?«

»Nein, Miß, ich stamme aus Schottland – aus Edinburgh.« Sie sprach es ›Edinbro‹ aus. »Der Junge geht zwar auf dem Festland zur Schule, aber wenn er hier ist, muß sich natürlich jemand um ihn kümmern, und ich kann Ihnen sagen...« Sie machte eine vielsagende Kopfbewegung. »Zuweilen danke ich Gott wirklich, daß ich nicht mit einem silbernen Löffel im Mund auf die Welt gekommen bin. Die Gnädigste kümmert sich ja nicht mal darum, ob ihre Fratzen auch was zum Abendessen bekommen und ihr Nachtgebet sprechen, bevor sie zu Bett gehen. Eigentlich steht es mir ja nicht zu, so etwas zu sagen, Miß, aber seit die arme Miß Margo ums Leben gekommen ist, sind die armen Kinder vernachlässigt worden, als hätten sie gar keine Eltern mehr.«

Ich hätte der gesprächigen Hester gern noch länger zugehört, da ich das Gefühl hatte, einiges Wissenswerte von ihr erfahren zu können, aber da mir wieder bewußt wurde, daß mein Schützling allein der Obhut Brants anvertraut war, verabschiedete ich mich von dem Mädchen: »Ich muß jetzt leider gehen und nach Deirdre sehen. Aber ich hoffe, daß wir in Zukunft noch des öfteren Gelegenheit finden werden, uns etwas ausführlicher zu unterhalten.«

»Das hoffe ich allerdings auch«, erwiderte sie mit einem sympathischen Lächeln. »Und ich muß jetzt nach Jerry sehen, ob er dieses schreckliche Vieh nicht wieder ins Schlafzimmer geschleppt hat. Bis später also, Miß.« Während sie nun mit schweren Schritten die Treppe hinaufstapfte, eilte ich nach unten, um endlich meinen Pflichten nachzukommen.

Deirdre und Brant schienen mich jedoch nicht im geringsten vermißt zu haben, als ich am Strand zu ihnen stieß. Deirdre stopfte sich gerade ihr langes, blondes Haar unter die Badekappe. Nur mit einer Badehose bekleidet, so daß seine sonnengebräunte, sportliche Figur bestens zur Geltung kam, wirkte Brant geradezu sorglos und jugendlich, zumal auch die blasierte Arroganz aus seiner Miene gewichen war. Er lächelte mir sogar zu, als ich meinen Bademantel in den Sand sinken ließ, um sich dann aber Deirdre zuzuwenden.

»Also vergiß nicht, Deirdre«, ermahnte er sie. »Du bleibst innerhalb der Markierung und schwimmst nicht weiter hinaus.« Er deutete auf die Bojen im Wasser und wandte sich dann wieder mir zu. »Sorgen Sie bitte dafür, daß sie nicht zu lange im Wasser bleibt und sich verkühlt, Miß Moore.« Und dann legte sich plötzlich ein breites Grinsen über seine Lippen. »Aber daran muß ich Sie als ausgebildete Krankenschwester wohl kaum extra erinnern.« Erstaunlicherweise fehlte dieser Bemerkung jeglicher sarkastische Unterton.

»Du schwimmst jetzt mit mir raus«, rief Deirdre ausgelassen, worauf Brant lachend ihre Hand ergriff und unter heftigem Spritzen in die gemächlich auf dem Sand auslaufenden Wellen hinausrannte. Ich tastete mich etwas behutsamer ins Wasser vor, aber der weiche Sand unter meinen Füßen fiel ganz allmählich ab. Als mir das Wasser bis an die Hüfte reichte, beugte ich mich vor und schwamm Deirdre und Brant hinterher.

Deirdres rosiges Gesicht war unter der grünen Badekappe vor Aufregung und Freude hochrot angelaufen; sie lächelte mir zu und drehte sich im Wasser herum, um sich auf dem Rücken von den Wellen treiben zu lassen. »Es ist einfach himmlisch im Wasser! Ich könnte den ganzen Tag lang nichts tun als schwimmen!«

»Wer hat dir denn so gut schwimmen beigebracht?«

Ihre Miene verdüsterte sich, als sie antwortete: »Das weiß ich nicht mehr –«

»Deirdre hat, glaube ich, schon schwimmen gelernt«, schaltete sich Brant nun rasch ein, »ehe sie überhaupt auf den Beinen stehen konnte.«

Ich konnte mich davon überzeugen, daß Deirdre tatsächlich eine hervorragende Schwimmerin war und sich stets innerhalb der Markierung im Wasser hielt. »Dahinter befinden sich gefährliche Unterwasserriffe«, klärte mich Brant hinsichtlich ihres Zwecks auf. »Und außerdem gibt es dort eine starke Unterströmung. Sie scheinen zwar eine gute Schwimmerin zu sein, aber kommen Sie bitte nicht auf irgendwelche dumme Gedanken, wie zum Beispiel, um die Insel schwimmen zu wollen. Die Strömungsverhältnisse sind zum Teil extrem gefährlich, ganz zu schweigen von den scharfkantigen Felsen, die überall aus dem Wasser ragen; wenn Sie gegen einen von denen getrieben werden –. Und passen Sie natürlich vor allem immer auf Deirdre auf, wenn sie im Wasser ist.« Obwohl Brant in gedämpftem Ton zu mir gesprochen hatte, sah das Mädchen mit diesem wissenden Lächeln zu uns herüber, bei dem es sich um den einzigen ähnlichen Zug mit Martine handelte, den ich bisher an ihr hatte entdecken können.

Nachdem wir eine Weile geschwommen waren, kehrten wir an den Strand zurück. Deirdre spielte wie ein kleines Kind im Sand; sie ließ ihn immer wieder durch ihre Finger rieseln und grub kleine Löcher, damit sie sich mit Meerwasser füllten. Sie machte zwar einen durchwegs harmlosen Eindruck, aber ich ließ sie trotzdem nicht eine Sekunde aus den Augen. Als sie gerade damit beschäftigt war, die Seitenmauern einer Sandburg glattzustreichen, nahm ich die Gelegenheit wahr, um Brant zuzuflüstern: »Um zwei Dinge möchte ich Sie bitten, Mr. McLeod: Sprechen Sie in Deirdres Gegenwart bitte nicht über sie. Sie versteht nur zu gut, was Sie sagen, und sie macht sich bestimmt ihre Gedanken. Zweitens – ich habe eben auf der Treppe ihren Bruder –«

Seine Miene verdunkelte sich. »Der arme Jerry – er kann das natürlich noch nicht verstehen.«

»Halten Sie es denn wirklich für nötig, die Kinder getrennt zu halten? Deirdre fehlt ihm sehr, und soweit ich das bis jetzt beurteilen kann, scheint sie doch die meiste Zeit ganz manierlich zu sein.«

Brant senkte den Blick zu Boden und erwiderte: »Das geschieht auf Martines Wunsch.«

»Aber Miß Fields hat die beiden doch viel miteinander spielen lassen –«

»Das hat damit nichts zu tun«, entgegnete er und stand abrupt auf. »Außerdem möchte ich mich zu diesem Thema nicht weiter äußern, Miß Moore.« Damit wandte er sich wieder Deirdre zu, die ihrer Sandburg überdrüssig geworden war und nun auf uns zukam. Sie hatte ihre Badekappe abgenommen, so daß ihr Gesicht von ihrem blonden Haar wie von einem Strahlenkranz umgeben war. Ihr nasser Badeanzug zeichnete in aller Deutlichkeit die Konturen ihres kindlichen Körpers nach. Wenn Martine auch nicht sonderlich viel an ihrer Tochter gelegen zu sein schien, zog sie sie doch mit ausgesuchter Sorgfalt an.

Als Deirdre zu einem kleinen Schwarm Wasservögel hinübersah, die in dem nassen Sand des Strands pickten, fragte ich sie: »Sind das Strandläufer, Deirdre?«

»Ja. Die Möwen kennen Sie ja vermutlich.« Sie deutete zum Himmel hoch, wo mehrere von ihnen kreisten. »Aber wir haben auf der Insel natürlich auch verschiedene Landvögel; sie liegt ja nicht weit vom Festland und ist relativ dicht mit Bäumen bestanden.«

»Ich habe schon gehört, daß hier ein Vogelschutzgebiet ist«, entgegnete ich. »Wieviel von der Insel gehört eigentlich Ihnen, Mr. McLeod, und ist es denn verboten, das Vogelschutzgebiet zu betreten?«

»Guter Gott, nein«, schüttelte Brant den Kopf. »Jedenfalls, solange Sie keine Nester ausrauben oder die Vögel beim Brüten stören. Uns gehört eigentlich nur dieses kleine Strandstück und die rund vier Hektar Wald hinter dem Haus. Aber Sie können sich auf der ganzen Insel frei bewegen. Falls Sie sich für Vögel interessieren, wird es Ihnen hier bestimmt nicht langweilig werden.«

»Allzuviel weiß ich eigentlich nicht über Vögel«, erwiderte ich mit einem Lächeln in Richtung Deirdre, »aber vielleicht kann sie mir ja einiges beibringen.«

»Sehr gern sogar.«

Brant nahm Deirdre an der Hand. »Was hältst du davon, wenn wir mit Miß Moore einen kleinen Spaziergang um die Insel machen?«

»Prima. Kommen Sie, Susan.« Sie streckte mir ihre freie Hand entgegen, und ich verspürte eine eigenartige Wärme in mir aufsteigen, als die zierlichen, vom Wasser aufgeweichten

Finger sich vertrauensvoll in meine Hand legten. Sie erweckte einen so kindlichen Eindruck, daß man sich schwerlich vorstellen konnte, daß sie sich draußen in der Welt Nacht für Nacht die Haare eingedreht, hochhackige Schuhe getragen, die neuesten Filmstars angehimmelt und mit ihren Freundinnen über ihre Verabredungen, Verehrer und Lieblingsplatten geschnattert hätte. Oder vielleicht doch nicht?

Sie erzählte mir munter alles Wissenswerte über Vögel, während wir am Strand entlanggingen. Als ein kleiner Schwarm Strandläufer vor uns aufflog, deutete sie auf die gallertartigen Überreste ihrer Mahlzeit. »Passen Sie damit bloß auf«, warnte sie mich. »Diese Dinger sehen zwar richtig hübsch aus, aber wenn man mit bloßen Füßen versehentlich auf so eine Qualle tritt, brennt das wie verrückt.« Ich wußte zwar über Feuerquallen Bescheid, sagte ihr das aber nicht, sondern dankte ihr für den Hinweis.

Vom Ende des Strands führte ein steiler Pfad nach oben, und wir gingen eine Weile unter würzig duftenden Bäumen mit tief herabhängenden Zweigen. Über dem schattigen Weg lag eine angenehm frische Kühle, und Deirdre, die hin und wieder ihr Haar von einer Seite auf die andere warf, sah in ihrem grünen Badeanzug aus wie eine Nymphe. Brants Schritte hatten sich verlangsamt; er schien bedrückt und in Gedanken versunken. Mir entging jedoch nicht, daß er Deirdre scharf im Auge behielt.

Abrupt führte der Pfad unter den Bäumen hervor auf einen steilen Abhang hinaus. Vor uns lag nun ein bereites, felsiges Strandstück, hinter dem sich von Höhlen durchsetzte Klippen erhoben. Die Höhlen! Dem Ort haftete etwas Wildromantisches an, doch würdigte er diese herrliche Szenerie nur eines kurzen, düsteren Blicks, um sich dann umzudrehen und auf Deirdre zu warten. Ich bemerkte, daß er nervös an seiner Unterlippe nagte und daß ihm trotz der Kühle auf dem Pfad durch den Wald dicke Schweißperlen auf die Stirn getreten waren. Deirdre, die ein Stück zurückgefallen war, um zu einem Nest hoch oben in einem der Bäume hinaufzuspähen, trat an der höchsten Stelle des felsigen Steilabfalls unter den Bäumen hervor.

Sie blieb wie angewurzelt stehen. Ihr Gesicht wurde schlagartig kreidebleich, und ihre zierliche Hand zuckte an ihren Mund hoch. Sie biß auf ihre Knöchel und stieß atemlos hervor: »Nein – nicht *hier!*«

Brant fuhr mit der Zunge über seine trockenen Lippen und sagte: »Ich dachte, wir sollten Susan mal die Höhlen zeigen; und vielleicht finden wir am Strand ja noch ein paar schöne Muscheln für dein Zimmer.«

»Nein! Nein! Ich will da nicht runter!« Ihre Stimme war inzwischen so laut, daß sie überzuschnappen drohte. Deirdre zitterte am ganzen Leib.

Als ich auf sie zutrat, um sie beruhigend an die Hand zu nehmen, fuhr Brant sie scharf an: »Stell dich nicht so an, Deirdre! Was soll denn dieser Unsinn! Was soll denn dort unten schon sein –«

»Nein! *Nein!*« Die Weigerung brach mit einem schrillen, markerschütternden Schrei aus ihr heraus. Sie schlang die Arme um einen Baumstamm und kreischte: »Ich geh' da nicht runter! Ich will nicht! Bitte nicht! Zwing mich nicht –«

Rasch trat ich zwischen die beiden und erklärte mit einer knappen, fast schroffen Geste: »Immer mit der Ruhe, Mr. McLeod.«

Er wollte wütend etwas erwidern, beherrschte sich aber dann doch.

Ich nahm Deirdres kalte Hand in meine und redete ihr gut zu: »Kein Mensch wird dich zwingen, zum Strand runterzugehen, wenn du nicht willst.«

»Ich – ich will da nicht runter«, flüsterte sie, um dann in heftiges Schluchzen auszubrechen und sich in meine Arme zu werfen. »Susan, Susan, kann ich bitte zu dem anderen Strand zurück?«

»Miß Moore, falls Sie meinen, auf jede von Deirdres Launen –«

Ich warf ihm einen Blick zu, der, wäre er Feuer gewesen, nur noch ein sehr kleines Häufchen Asche von ihm übriggelassen hätte, und erklärte mit Nachdruck: »Kein Wort mehr, bitte!« Darauf wandte ich meine Aufmerksamkeit wieder dem bedauernswerten, zitternden kleinen Geschöpf in meinen Armen zu und redete beruhigend auf es ein. »Aber natürlich darfst du zu dem anderen Strand zurück, mein Schatz. Komm, es ist ja schon wieder gut. Und weine nicht mehr.«

Sie bedachte mich mit einem zögernden, ängstlichen und zugleich zuversichtlichen Blick. Behutsam führte ich sie auf den Pfad durch den Wald zu. Einen Fuß vor den anderen setzend, klammerte sie sich an meine Hand und vermied tunlichst, in Richtung des Steilabfalls zu schauen. Sie bewegte sich wie unter Wasser. Doch als uns schließlich wieder die schattige Kühle unter den Bäumen einhüllte, hörte ich sie lange und nachhaltig seufzen; gleichzeitig wirkten ihre Schritte befreiter und rascher. Bis wir den anderen Strand erreicht hatten und in den Sonnenschein hinausgetreten waren, ging ihr Atem wieder wie gewohnt, und sie hatte zu schluchzen aufgehört. Ihr golden schimmerndes Haar ausschüttelnd, hüpfte sie auf die Überreste ihrer Sandburg zu, die von der Flut fast zur Gänze weggespült worden war. Ausgelassen im Wasser spritzend, rief sie: »Die Wellen haben meine Burg weggespült, aber ich kann ja morgen eine neue bauen.«

Ich sah zum Himmel hoch, wo sich die Sonne allmählich dem Horizont entgegenzuneigen begann. Über dem Meer lag bereits eine leichte Dunstschicht, die bald auch die Insel einhüllen mußte. Zögernd versuchte ich, zum erstenmal meine Autorität geltend zu machen, indem ich Deirdre aufforderte: »Wir gehen jetzt lieber ins Haus. Es wird langsam kühl.«

Widerspruchslos griff Deirdre nach ihrem Bademantel und folgte mir den Weg zum Haus hinauf, worauf ich kurz stehenblieb, um sie vorausgehen zu lassen. Bei dieser Gelegenheit wurde ich Brant gewahr, der wütend zu mir herüberstarrte und mich mit einer gebieterischen Geste zum Warten aufforderte.

»Nun haben Sie sie also mal in Aktion gesehen«, erklärte er, als er auf mich zutrat.

Ich sah ihn erstaunt an. »Haben Sie sie nur dort hinauf mitgenommen, damit sie – Sie wußten doch, wie Sie reagieren würde?«

»Ich wollte, daß Sie es sehen«, entgegnete er finster.

Und ich hatte in der Tat genug gesehen. Jedenfalls war Brant McLeod wieder einmal ein Stück in meiner Achtung gesunken. »Sie sind ein ganz gemeiner Kerl!« platzte ich los. Und dann drehte ich mich herum und folgte meinem Schützling Deirdre ohne ein weiteres Wort den Weg zum Schloß hinauf und auf ihr Zimmer.

4. Kapitel

Es dauerte nicht lange, und auch für mich begann auf Sanctuary Island der Alltagstrott, den ich trotz seiner Eintönigkeit keineswegs als unangenehm empfand. Nachdem Deirdre und ich in ihrem Zimmer gefrühstückt hatten, verbrachten wir die Vormittage mit ausgedehnten Spaziergängen über die Insel, vogelkundlichen Beobachtungen oder allen möglichen ausgelassenen Kinderspielen. Ich konnte feststellen, daß Deirdre trotz ihres kindischen Gehabes durchaus intelligent und vernünftig war, und da ich es tunlichst vermied, mich mit ihr auch nur annähernd in die Nähe des Felsstrands mit den Höhlen zu begeben, erwies sie sich als außergewöhnlich fügsam. An den Nachmittagen gingen wir in der Regel schwimmen. Brant leistete uns dabei einige Male Gesellschaft, um sich jedoch, nachdem er mich äußerst knapp und förmlich, wenn auch mit ausgesuchter Höflichkeit begrüßt hatte, ausschließlich mit Deirdre zu befassen.

Ich hatte auch mit den anderen älteren Jahrgängen der Familie McLeod keinerlei Kontakt mehr; nur einmal hatte ich von Deirdres Fenster aus Lowden gesehen, wie er den alten Mr. Alexander in seinem Rollstuhl durch den sorgfältig gepflegten Garten schob; und auf dem Flur oder im Treppenhaus war ich ein paarmal Martine McLeod begegnet. Ich fand es etwas eigenartig, daß Martine sich nie nach ihrer Tochter erkundigte oder sie in ihrem Zimmer besuchte, wobei es mir freilich noch seltsamer erschien, daß auch Deirdre nie nach ihrer Mutter fragte oder auch nur ihren Namen erwähnte, geschweige denn, daß sie auch nur das leiseste Interesse gezeigt hätte, weshalb ihre Mutter sich nicht um sie kümmerte.

Hatte Martine sich einfach von ihrer Tochter distanziert, sobald sie hatte feststellen müssen, daß mit ihr kein Staat zu machen war? Für mich wäre jedenfalls einiges einfacher gewesen, wenn ich genauer in die Hintergründe des Falles eingeweiht gewesen wäre oder zumindest Deirdres Arzt zu Rate hätte ziehen können. Soweit ich es mittlerweile beurteilen konnte, wurde von seiten der McLeods nicht die geringste Anstrengung unternommen, dem Mädchen zu helfen; und das schien mir das Unfaßlichste an der ganzen Geschichte. Deirdre war nämlich weder gewalttätig noch schwer erziehbar. Der Besuch einer Sonderschule, vielleicht in Verbindung mit einer psychotherapeutischen Behandlung, hätte durchaus ganz wesentlich zu einer Besserung ihres Zustands beitragen können. Doch weshalb gab sich die Familie damit zufrieden, das Kind lediglich von einer Pflegerin betreuen zu lassen? Gewiß war dies keine Frage des Geldes – dagegen sprach allein der auf Duncarlie Castle gepflegte Lebensstil –, zumal die Kosten für den Aufenthalt in einem Privatsanatorium, einschließlich psychotherapeutischer Behandlung, wohl kaum wesentlich höher gewesen wären als mein Gehalt.

Wollten sie überhaupt, daß Deirdre wieder gesund wurde? Und wenn ja, warum taten sie dann nichts dafür?

Ich war gerade eine Woche auf Sanctuary Island, als spätabends noch mein Telefon klingelte. Ich hatte Deirdre zu Bett gebracht und gewartet, bis sie eingeschlafen war. Danach hatte ich mich mit einem Buch aus der Bibliothek auf mein Zimmer zurückgezogen, wobei Lesen übrigens so ziemlich das einzige war, womit ich mir die Abende vertreiben konnte. Die Hausangestellten hatten keinerlei Interesse gezeigt, persönlichen Kontakt mit mir zu pflegen, während ich umkehrt nicht von mir aus an sie herantreten konnte, ohne das Gesicht zu verlieren. Als ich die Fensterläden schließen wollte, sah ich von meinem Fenster aus ein Boot an der Anlegestelle; Brant half Martine, die mit ausgesuchter Eleganz gekleidet war, an Bord. An der Ruderpinne des Boots erkannte ich den alten Mann, der mich damals nach Sanctuary Island gebracht hatte. Brant trug ebenfalls Abendgarderobe, und ich fragte mich, wohin sie wohl fuhren und weshalb der alte Mr. McLeod nicht bei ihnen war.

Besuchten sie auf dem Festland ein Konzert oder eine Party? Martines herrliches Abendkleid mit den weit ausgeschnittenen Schultern und der langen Schleppe schien mir jedenfalls geeigneter für einen Opernbesuch als für einen Abendbummel auf der Strandpromenade, wo die meisten Urlauber in legerer Freizeitkleidung herumliefen. Ich mußte über mich selbst lächeln, als mir bewußt wurde, daß ich etwas eifersüchtig war. Außerdem kamen mir beim Anblick der beiden unwillkürlich gewisse Hintergedanken. Doch weshalb hätte Brant seine junge Stiefmutter nicht für einen netten gemeinsamen Abend ausführen sollen, zumal es doch seinem alten und invaliden Vater nicht möglich war, sie zu begleiten? Zudem hatte ich gehört, daß der alte Mr. Alexander die Insel nie verließ. Und wäre Martine Brants Mutter gewesen, hätte ich mir dabei sicher nichts gedacht.

Aber Martine ist in etwa so alt wie Brant, schoß es mir durch den Kopf. Ich war von meinen eigenen Gedanken überrascht. Jedenfalls klappte ich nun energisch den Fensterladen zu, als ich hinter mir ein leises Geräusch hörte, das mich unwillkürlich herumfahren ließ. Deirdre stand im Nachthemd vor mir.

»Deirdre!« fuhr ich sie an. »Was machst du denn hier? Du solltest doch längst im Bett liegen.«

Ohne zu antworten, starrte sie lediglich auf den zugeklappten Fensterladen, auf dem ich nun, als hätte sich dieses Bild dort eingeprägt, Brant sich mit liebevoller Besorgnis Martine entgegenrecken sah, um ihr in das sanft schaukelnde Boot zu helfen.

Ich konnte Deirdres Reaktion nur zu gut verstehen. Jeglicher Liebe und Fürsorge von seiten ihrer Mutter beraubt, hing Deirdre mit eifersüchtiger Zuneigung an ihrem Stiefbruder – und wer hätte ihr das auch verdenken können? Brant war der einzige Mensch auf der ganzen Insel, dem zumindst in gewissem Maße an dem Kind gelegen zu sein schien.

Weiter unverwandt auf das geschlossene Fenster starrend, fragte Deirdre: »Wohin fahren sie?«

»Das weiß ich nicht«, antwortete ich. »Vielleicht zu einer Party oder in ein Konzert.«

»Warum begleitet *er* sie?«

Da ich mir diese Frage eben selbst gestellt hatte, konnte ich sie dem Mädchen schwerlich übelnehmen. Trotzdem versuchte ich, sie von diesem Thema abzubringen, weshalb ich sie nun noch einmal zurechtwies: »Du solltest längst im Bett liegen. Und wie bist du überhaupt hier hereingekommen?« Ich konnte mich nämlich nicht erinnern, die Tür sich öffnen oder schließen gehört zu haben. Deirdre konnte sich offensichtlich mit der Lautlosigkeit einer Katze bewegen.

Als sie statt einer Antwort nur kicherte, überlegte ich bereits, ob ich sie die Nacht über vielleicht vorsichtshalber in ihrem Zimmer einschließen sollte. Falls sie auf die Idee kommen sollte, nachts durch das Haus zu streifen... Ich stand auf, um sie in ihr Zimmer zurückzubringen, und sagte streng: »Jetzt aber schnell ins Bett.« Widerspruchslos kam sie meiner Aufforderung nach, doch ihre Miene spiegelte unverhohlen Trotz wider.

»Wirst du jetzt auch schön im Bett bleiben, oder muß ich dich einschließen?« fragte ich sie, da ich schon des öfteren hatte feststellen können, daß man bei ihr mit Vernunft oft mehr erreichte als mit Strenge.

»Es würde wohl kaum etwas nützen, mich einzuschließen«, entgegnete sie darauf, und in ihrem Gesicht blitzte dabei unvermutet dieser wissende, verschlagene Ausdruck auf, der bisher das einzige Anzeichen einer gewissen Abnormalität darstellte, den ich an ihr gelegentlich hatte entdecken können. Doch gleich darauf breitete sich wieder ihr entzückendes Kinderlächeln über ihre Züge, und sie fügte hinzu: »Außerdem werde ich brav im Bett bleiben. Wohin sollte ich denn auch gehen?«

Allerdings – wohin? Doch woher sollte ich andrerseits wissen, welchen Unfug Deirdre möglicherweise im Schilde führte? Ich nahm mir vor, baldigst auf eine Unterredung mit ihrer Mutter zu dringen; schließlich konnte ich das Mädchen nicht vierundzwanzig Stunden am Tag im Auge behalten, und falls sie plötzlich völlig unvorhersehbar von dem Verlangen befallen wurde, nachts durchs Haus zu streifen oder auszureißen, mußte ich auf jeden Fall ermächtigt werden, sie einzuschließen. Jedenfalls war die Sache nicht ganz unproblematisch. Ich packte Deirdre also ein zweites Mal ins Bett und verließ, nicht ohne eine gewisse innere Unruhe, ihr Zimmer.

Zurück in meinem Zimmer, beschloß ich schließlich, die Tür zum Flur leicht angelehnt zu lassen, damit ich Deirdre hören konnte, falls sie tatsächlich zu einem nächtlichen Streifzug durch das Haus aufbrechen sollte. Inzwischen hatte ich das Interesse an meinem Buch verloren; ich saß nur da und starrte auf das Fenster. Jedenfalls würde ich mich erst noch vergewissern, ob Deirdre auch wirklich schlief, bevor ich selbst zu Bett ging.

Und dann klingelte das Telefon. Ich nahm den Hörer ab. »Hallo?«

Es war Lowdens Stimme. »Ein Anruf von außerhalb für Sie, Miß Moore.« Und dann hörte ich ein Klicken in der Leitung.

»Hallo. Spreche ich mit Susan Moore?«

»Ja«, antwortete ich, ohne die Stimme zu erkennen. Ich konnte mir nicht denken, wer mich um diese Zeit noch anrufen sollte. »Wer spricht da, bitte?«

»Ross Hunter«, gab sich der Anrufer nun zu erkennen. »Können Sie sich noch an mich erinnern? Wir haben uns am Tag Ihrer Ankunft hier kennengelernt.«

»Mr. Hunter, natürlich.«

»Sie müssen entschuldigen, daß ich Sie so spät noch störe, aber ich dachte, Sie hätten bisher mit der Kleinen zu tun gehabt? Hält sie Sie ordentlich auf Trab?«

»Ja, ich war allerdings ziemlich beschäftigt«, bestätigte ich ihm, worauf er amüsiert kicherte.

»Aber Sie haben doch sicher auch gelegentlich ein paar Stunden frei, oder nicht?«

Bei der Klärung der Gehaltsfrage war mir angedeutet worden, daß ich den einen oder anderen Nachmittag frei bekäme; aber da dies bisher noch nicht konkret geregelt worden war, sagte ich dies auch Ross Hunter, worauf er meinte: »Seien Sie diesbezüglich unbesorgt. Martine wird sich in diesem Punkt bestimmt nicht kleinlich zeigen. Aber was halten Sie zum Beispiel davon, sich für morgen oder übermorgen nachmittag freizunehmen?«

»Das könnte ich natürlich versuchen«, entgegnete ich zögernd. »Warum?«

»Vom Wasser aus haben Sie doch sicher noch nicht die ganze Insel gesehen; deshalb dachte ich, ich könnte Sie vielleicht zu einer Inselrundfahrt in meinem Motorboot einladen.«

Das hörte sich allerdings durchaus reizvoll an, zumal sich Ross Hunter nach der etwas verkrampften Atmosphäre im Kreis der Familie McLeod angenehm entspannt und locker anhörte. Und da ich nichts gegen einen freien Nachmittag einzuwenden hatte, sagte ich: »Ich werde fragen und Ihnen dann Bescheid geben, Mr. Hunter. Jedenfalls würde ich diese Einladung nur zu gern annehmen, wenn es mir möglich ist.«

»Noch schöner fände ich es allerdings, wenn ich Sie dazu überreden könnte, dieses steife Mr. Hunter zu lassen. Ich heiße Ross – Susan.«

Ich mußte lächeln und erwiderte: »Also gut. Wenn Sie meinen – Ross.«

Nachdem ich eingehängt hatte, ließ ich mich, die Hände im Nacken verschränkt, lächelnd in die Kissen zurücksinken. Unvermutet wallte ein seltsames Glücksgefühl in mir auf. Zum erstenmal, seit ich Raymond Grantham begegnet war, fühlte ich mich wieder frei und glücklich – frei und voller Freude über die Aufmerksamkeiten eines anderen Mannes. Selbstverständlich ermahnte ich mich dabei, deshalb nicht gleich den Kopf zu verlieren; immerhin war Ross Hunter der erste in Frage kommende Mann, der irgendein Interesse an mir gezeigt hatte, da der alte Jim oder Lowden diesem Kreis wohl kaum zuzurechnen gewesen wären.

Und Brant McLeod?

Ich mußte selbst über diese Frage lachen, als ich das Licht löschte. Dieser ungehobelte, arrogante Fiesling! Kein Wunder, daß er auf die Gesellschaft seiner Stiefmutter angewiesen war.

Am nächsten Morgen ließ ich Deirdre allein frühstücken und ging nach unten, um an die Tür des Speisezimmers zu klopfen. Brant war über einen Stapel Briefe und eine zusammengefaltete Zeitung gebeugt, während der alte Mr. Alexander am Kopfende des Tischs wortlos seine Spiegeleier mit Schinken verzehrte. Er schaute bei meinem Eintreten mit leicht gerunzelter Stirn auf, als könnte er sich nicht erinnern, wer ich war.

Ich entschuldigte mich für die Störung und gab den beiden dann zu verstehen, daß ich Mrs. McLeod zu sprechen wünschte, worauf der alte Mr. Alexander seinen Kopf hob und erklärte: »Martine wird kaum vor Mittag nach unten kommen; das tut sie nie. Kann ich Ihnen vielleicht irgendwie behilflich sein?«

»Ich wollte mich lediglich erkundigen, ob ich diese Woche vielleicht einen freien Nachmittag haben kann«, sagte ich. »Aber das kann ich ja auch später mit Mrs. McLeod besprechen.«

Brant hob den Kopf. »Haben Sie denn keine regulären freien Tage?«

»Nein, Mr. McLeod. Man hat mir gesagt, das müßte erst noch besprochen werden.«

»Wenn Sie heute nachmittag etwas vorhaben«, erwiderte Brant darauf knapp, »dann läßt sich das sicherlich machen. Ich werde deswegen mit Martine sprechen. Außerdem werden wir eine Regelung treffen, daß Sie künftig regulär Ihre freien Tage bekommen. Notfalls kann sich ja auch Mrs. Meadows um Deirdre kümmern. Und wenn alles nichts hilft, gehe ich mit ihr schwimmen.«

»Sehr freundlich von Ihnen«, bedankte ich mich förmlich, »aber es gibt da noch gewisse andere Dinge, die ich mit Mrs. McLeod besprechen wollte. Immerhin ist sie die Mutter der Kleinen.«

»Da gibt es nichts zu besprechen«, schaltete sich nun der alte Mr. Alexander wieder ein. »Ich möchte nicht, daß Martine unnötig beunruhigt wird. Wir hatten sowieso schon genug Schwierigkeiten –«

»Darum kümmere ich mich schon, Vater«, beeilte Brant sich zu erklären. Er schob sich geschickt zwischen mich und seinen Vater, um mich höflich, aber bestimmt aus dem Zimmer zu geleiten.

Draußen in der Eingangshalle sah er mich stirnrunzelnd an

und sagte: »Wie Sie inzwischen eigentlich wissen sollten, mag Vater es nicht, wenn über Deirdre gesprochen wird. Weshalb, glauben Sie eigentlich, haben wir Sie wohl angestellt? Falls das Kind Kleider, Spielsachen, Bücher braucht, besorgen Sie es ihr. Lowden oder Mrs. Meadows werden Ihnen sagen, welche Geschäfte auf dem Festland dafür in Frage kommen und wie das Finanzielle abgewickelt wird. Oder worum sollte es sich denn sonst handeln?«

»Mr. McLeod«, entgegnete ich mit Nachdruck. »Niemand in diesem Haus scheint sich offenbar der Schwierigkeiten bewußt zu sein, die ich hier zu beheben habe. Zuallererst: Deirdre sollte eigentlich in ein Sanatorium eingeliefert werden...«

Noch nie hatte ich die Miene eines Menschen sich so rasch ändern gesehen. Brant schob mich fast gewaltsam in sein Arbeitszimmer. Er schloß die Tür und drehte sich dann mit einer wilden, fast raubtierhaften Entschlossenheit zu mir herum. »Was soll das heißen? Hat sie irgendwelche Zeichen von Gewalttätigkeit gezeigt? Hat sie – mein Gott, nein – hat sie Sie in irgendeiner Weise attackiert?«

»Nein«, entgegnete ich leicht bestürzt. »Bitte beruhigen Sie sich doch erst mal wieder, Mr. McLeod. Ich wollte damit lediglich sagen, daß die Pflege, die Sie Deirdre angedeihen lassen, wie liebevoll sie auch immer sein mag, dennoch keinesfalls ausreichend ist. Falls sie in psychotherapeutische Behandlung gegeben und an den Umgang mit Gleichaltrigen gewöhnt würde, könnte sich ihr Zustand durchaus in einem als normal zu bezeichnenden Maße bessern. Ich hatte schon mit wesentlich bedenklicheren Fällen zu tun, die wieder vollkommen gesund geworden sind.«

»Sie haben sie nun eine Woche erlebt«, erklärte er schroff. »Und aufgrund dessen wollen Sie nun bereits eine schlüssige Diagnose stellen?«

»Zumindest erhielt ich bisher nicht die Gelegenheit«, entgegnete ich unnachgiebig, »mit einem Arzt oder Psychotherapeuten zu sprechen, der Deirdre behandelt hat.«

»Und das wird auch in Zukunft so bleiben.« Um Brants Kinn hatte sich dabei unvermutet ein brutaler Zug gelegt.

»Sie haben mein Wort, daß wir nichts unversucht gelassen haben. Augenblicklich fühlt Deirdre sich ganz wohl in ihrer Haut, und es wäre absolut nichts damit erreicht, wenn wir irgendwelche Ärzte an ihr herumexperimentieren ließen, die sie vielleicht sogar mit Elektroschock behandeln und weiß Gott sonst noch was mit ihr anstellen. Hier fühlt sie sich zumindest frei und unbeschwert. Und was mich betrifft, bin ich nicht gewillt, mich noch auf weitere Diskussionen zu diesem Thema einzulassen. Sie sind dieses Arbeitsverhältnis unter diesen Bedingungen eingegangen, und wir sind nicht gewillt, nachträglich von diesen Bedingungen abzuweichen.«

»Fast könnte man denken«, stieß ich heiser hervor, »daß Sie gar nicht wollen, daß Deirdre wieder gesund wird.«

Aus seiner Miene wich plötzlich die Härte wieder. »Sie können mir glauben – wenn auch nur die geringste Aussicht bestünde... Wollen Sie sich fürs erste nicht damit zufrieden geben, mir zu glauben, daß wir nichts unversucht gelassen haben, bis Sie sich nach längerem Umgang mit Deirdre selbst ein Bild von der Natur ihres Leidens gemacht haben? Es gibt nichts«, und an diesem Punkt schien er plötzlich Mühe zu haben weiterzusprechen, »was wir noch tun könnten. Nehmen Sie doch bitte Platz, Miß Moore. Wie soll ich denn vernünftig mit Ihnen sprechen können, wenn Sie wie ein Racheengel über mir stehen.« Als er sich darauf erschöpft auf einen Stuhl niedersinken ließ und sich den Schweiß von der Stirn wischte, nahm auch ich verwundert Platz. »Bitte, glauben Sie mir«, flehte er mich fast an.

»Aber Sie müssen doch selbst sehen, daß ich damit nicht gerade einen leichten Stand habe«, beharrte ich auf meinem Standpunkt. »Vor allen Dingen könnte Deirdre in einem Sanatorium Tag und Nacht beaufsichtigt werden. Da sie offensichtlich hin und wieder auszureißen scheint, ist es für sie doch ein Leichtes, mir zu entwischen.«

»Sie könnten sie doch auch einschließen«, schlug Brant vor, »auch wenn ich es lieber sähe, wenn sich diese Maßnahme vermeiden ließe. Oder – wäre es vielleicht möglich, ihr etwas zu geben, wovon sie die ganze Nacht durchschlafen würde?«

»Nicht ohne sorgfältige ärztliche Überwachung«, erwiderte ich empört.

»Das dachte ich mir schon fast«, seufzte Brant. »Aber ist sie in der Regel nicht durchaus manierlich?«

»In der Regel, ja...«, pflichtete ich ihm bei.

»Wollen Sie dann nicht zumindest ihr Bestes versuchen?« Seiner Miene haftete etwas Gequältes an, wenn er sich auch ein Lächeln abrang. Doch dieses Lächeln berührte mich tief. Es war ein eigenartiges Gefühl, aus dieser arroganten Stimme einen fast flehenden Unterton herauszuhören. »Sie können sich nicht vorstellen, wie schwierig es gewesen ist, jemanden für sie zu finden – jemanden, der sich nicht wie eine Gefängniswärterin aufspielte oder sich als ein verantwortungsloses junges Ding entpuppte, dem der Sinn nach nichts anderem stand als den grellen und lauten Vergnügungen der Großstadt. Sehen Sie denn nicht, daß Deirdre genau jemanden wie Sie braucht?«

»Doch«, gab ich zögernd zu, da mir sehr wohl bewußt war, daß ich damit gegen eine der Grundregeln meines Berufsstands verstieß: *Lassen Sie persönliche Gefühle aus dem Spiel.* Doch Deirdre war mir mittlerweile regelrecht ins Herz gewachsen, so daß ich sie nur höchst ungern wieder ihrem Schicksal überlassen hätte. Und Brant kannte sie nun schon jahrelang. Falls ihr Fall tatsächlich hoffnungslos war, war das Mädchen hier auf der Insel vielleicht wirklich glücklicher als in der Enge eines Sanatoriums, wo man sie möglicherweise in der Hoffnung auf eine Besserung ihres Zustands allen möglichen fragwürdigen neuen Therapieformen unterziehen würde. Hier verfügte sie zumindest noch über eine gewisse Freiheit; sie hatte ihre Familie um sich, konnte ihre geliebten Vögel beobachten und schwimmen gehen. Daher erklärte ich stockend: »Gut, bis auf weiteres –«

»Wunderbar.« Erleichtert stand Brant auf und drückte meine Hand. »Ich bin Ihnen zu tiefstem Dank verpflichtet. Ach, und falls Sie heute einen freien Tag haben wollen, werde ich dafür sorgen, daß Mrs. Meadows sich so lange um Deirdre kümmert. Und ich werde dann später mit ihr schwimmen gehen. Was haben Sie denn vor? Wollen Sie auf dem Festland einkaufen gehen oder einfach nur so etwas Zeit für sich haben? Der alte Jim kann Sie ja hinüberfahren.«

»Keineswegs«, erklärte ich ihm daraufhin. Und als ich ihm schließlich von Ross Hunters Einladung zu einer Bootsfahrt um die Insel erzählte, runzelte er wieder die Stirn. »Hätte ich mir doch fast denken können, daß Ross dahintersteckt.«

»Haben Sie vielleicht etwas dagegen?« fragte ich eher steif.

»Aber nicht im geringsten. Das ist schließlich Ihre Sache.« Er grinste süffisant und trat auf die Tür zu; unsere Unterredung war beendet. »Nur hätte ich natürlich damit rechnen müssen, daß ein so hübsches Mädchen auf der Insel den guten Ross dazu verleiten mußte, den Skalps an seinem Gürtel einen weiteren hinzuzufügen, wobei ich andrerseits«, er machte eine ironisch gemeinte Verbeugung in meine Richtung, »davon ausgehen darf, daß eine voll im Berufsleben stehende Frau wie Sie eine diesbezügliche Warnung wohl eher als eine Geringschätzung ihrer Intelligenz betrachten würde. Ich bin mir sehr, sehr sicher, daß Sie nur zu gut auf sich selbst aufzupassen in der Lage sind. In diesem Sinne also einen schönen Nachmittag, Miß Moore.« Ich fand mich unvermutet auf der Treppe nach oben wieder, ohne recht zu wissen, wie ich dorthin gelangt war.

Deirdre nahm widerspruchslos zur Kenntnis, daß Mrs. Meadows sich an diesem Nachmittag um sie kümmern würde. Ihre Miene erhellte sich jedoch sichtlich, als ich ihr mitteilte, daß Brant später mit ihr schwimmen gehen wollte. Was die Gründe für meine Abwesenheit betraf, zeigte sie keinerlei Interesse, was mich meiner Diagnose hinsichtlich dieses rätselhaften Kindes ein weiteres Symptom hinzufügen ließ, nämlich einen auffälligen Mangel an Affekten oder emotionalen Reaktionen. Nach dem Mittagessen ging ich auf mein Zimmer, um mir einen dicken Pullover zu holen; Ross hatte mich gewarnt, daß es auf dem Wasser empfindlich kalt werden konnte. Deirdre erwartete mich bereits. Obwohl Mrs. Meadows bei ihr war, schenkte sie der Haushälterin keinerlei Beachtung.

»Wohin gehen Sie?« wollte sie wissen.

»Ach, ich mache nur einen kleinen Nachmittagsausflug«, erwiderte ich.

»Ich möchte mit Ihnen nach unten kommen«, forderte sie. Mrs. Meadows zuckte nur mit den Achseln und folgte uns, während wir zu dem Seiteneingang hinuntergingen, an dem Ross mich abholen wollte.

Als ich ihn in seinem Boot erblickte, drehte ich mich gutgelaunt zu Deirdre um, um mich von ihr zu verabschieden. »Bis zum Abendessen bin ich wieder zurück, und daß du mir solange ein braves Mädchen bist.«

Doch unvermutet ergriff Deirdre mit ihren kleinen, kalten Kinderhänden die meinen und flehte mich inständig an: »Susan, kommen Sie auch *bestimmt* wieder? Sie gehen doch nicht fort und lassen mich allein zurück? Sie gehen doch nicht für immer – wie *sie* das getan hat? Versprechen Sie mir, daß Sie zurückkommen? Versprechen Sie mir, daß Sie nicht weggehen?«

Behutsam drückte ich ihre Hände, um ihre verängstigte Reaktion nicht noch zu verstärken. »Aber natürlich komme ich wieder zurück, mein Kind. Zum Abendessen werde ich doch schon wieder da sein.«

»*Sie* hat auch gesagt, sie würde zum Abendessen wieder zurücksein«, schluchzte Deirdre fast und klammerte sich an meinen Händen fest, bis Mrs. Meadows sie sanft von mir löste.

»Sei unbesorgt, Deirdre«, versuchte nun auch Mrs. Meadows sie zu trösten. »Sie kommt bestimmt wieder zurück.« Und an mich gewandt, fügte sie in einem eindringlich hastigen Flüstern hinzu: »Ich dachte, sie hätte die arme Miß Margo ganz vergessen. Sie soll ertrunken sein, Miß Moore, und die arme Kleine ist nie über den Verlust weggekommen.«

Ich legte Deirdre den Arm um die Hüfte. Erst war sie ganz steif, doch dann wich die Verkrampfung langsam von ihr, und sie schmiegte sich an mich.

»Deirdre«, erklärte ich ihr mit Nachdruck, »wenn dir jemand versprochen hat, er würde zurückkommen, und dann sein Versprechen nicht gehalten hat, dann war das bestimmt nicht ich. Ich werde zurückkommen. Ehrenwort.«

»Gut, dann können Sie gehen«, erwiderte sie abrupt. Gleichzeitig ließ sie mich mit einem Seufzer los und streckte ihre Hand Mrs. Meadows entgegen.

Erleichtert ging ich darauf zur Anlegestelle hinunter. Ich wußte nicht, was ich von all dem halten sollte. Jedenfalls nahm ich erfreut zur Kenntnis, daß Deirdre Vertrauen in mich gewann und mich ins Herz geschlossen hatte. Aber warum war sie so durcheinander gewesen? Zumal sie doch bis dahin nie von ihrer früheren Pflegerin gesprochen hatte, die bei einem Unfall ums Leben gekommen war. Genaugenommen, war dies sogar das erstemal gewesen, daß Deirdre, soweit ich mich erinnern konnte, über etwas gesprochen hatte, das in der Vergangenheit lag. Sollte ich das als ein gutes Zeichen auffassen – oder als ein schlechtes?

»Aber, aber«, begrüßte mich Ross, während er aus dem Boot auf den Landesteg hochstieg. »Was runzeln Sie denn die Stirn so? Hatten Sie Probleme mit der verrückten Kleinen?« Als er jedoch meinen Gesichtsausdruck wahrnahm, beeilte er sich hinzuzufügen: »Aber so etwas fällt natürlich unter Ihr Berufsgeheimnis, wie? Wie dem auch sei – vergessen wir das Ganze vorerst lieber mal. Das ist also mein Boot, Susan.« Er deutete auf ein schnittiges Motorboot, das am Landesteg neben dem Bootshaus vertäut war. Es war in leuchtendem Blau gestrichen und mit zwei weißen Zierstreifen versehen; an seinen Bug war der Name PHOENIX gepinselt.

»Weshalb ausgerechnet *Phoenix?*« fragte ich ihn, als er mir beim Einsteigen behilflich war.

Er lachte amüsiert, während er am Starterseil des Außenbordmotors zog. »Ich habe das Boot *Phoenix* genannt, weil das der einzige seltene Vogel ist, den ich wohl nie zu Gesicht bekommen werde – weder hier noch anderswo!«

Er trug ein Sweatshirt mit einer Kapuze, die er sich jedoch aus seinem wettergegerbten Gesicht gestrichen hatte, und eine alte, weite Blue Jeans, die mit unzähligen weißen Farbflecken übersät war. Als er mich anerkennend in Augenschein nahm, wurde ich mir voller Genugtuung des guten Sitzes meines Pullovers und meiner Hose bewußt. »Zumindest scheinen Sie nicht zu denken, Abendkleid und hochhakkige Schuhe wären die angemessene Gardrobe für eine Bootsfahrt«, bemerkte er dazu, um dann noch einmal ruckartig am Starterseil zu reißen, so daß der Außenbordmotor unter lautem Aufheulen ansprang und jedes weitere Gespräch unmöglich machte. Als wir in einem eleganten, weiten Bogen vom Landesteg ablegten, ragte Duncarlie Castle einen Moment drohend über uns auf, um jedoch im nächsten Augenblick hinter den Bäumen unseren Blicke entzogen zu werden. Ross kramte kurz in einer Kiste unter dem Sitz und holte einen Feldstecher hervor.

»Vielleicht wollen Sie sich die Umgebung damit mal näher ansehen«, schrie er mir über den Motorenlärm hinweg zu. »Es gibt hier noch ein paar andere Inseln. Was halten Sie davon? Wir umrunden mal ein paar der schöneren von ihnen und fahren dann nach Sanctuary Island zurück, damit ich Ihnen mal meine Seite davon zeigen kann.«

Während der nächsten Stunde fiel kaum ein Wort zwischen uns, und es schien, als hätte sich die morbide, verkrampfte Atmosphäre von Duncarlie Castle in der Bugwelle von Ross' Boot in Nichts aufgelöst, während wir die weiter draußen auf dem Meer liegenden kleineren Inseln umrundeten, die wie grüne und goldene Wolken in dem unermeßlichen Himmelblau des Meeres trieben. Ross steuerte das Boot mit unaufdringlicher Könnerschaft nahe an gefährlichen Riffen und Bojen vorbei, aber nie *zu* nahe. Für Ross schien die Trennlinie zwischen Vorsicht und Risiko sehr schmal, aber um so deutlicher umrissen, und ich wußte diese Eigenschaft an ihm nicht minder zu schätzen, als ich es zu würdigen gewußt hatte, wenn ich einen guten Chirurgen mit absoluter Präzision einen gefährlichen Schnitt in der Nähe eines lebenswichtigen Organs hatte ausführen sehen. Ich hatte nie einen Mann, der unter freiem Himmel arbeitete, kennengelernt, der soviel Intelligenz an den Tag legte, da ich Arbeitskleidung und ein wettergegerbtes Gesicht immer automatisch mit Holzfällern, Baumwollpflückern oder eben Männern in Verbindung gebracht hatte, die mit den Händen arbeiteten und nicht mit dem Kopf. Wie er das Boot haarscharf an einer gefährlichen Stelle vorbeisteuerte oder die mächtige Bugwelle eines großen Schiffes überquerte, von der ich eigentlich angenommen hatte, daß sie uns unweigerlich zum Kentern bringen würde, erstand er vor mir in zunehmendem Maße als ein Mann, der das Abenteuer liebte und vor dem es möglicherweise auch auf der Hut zu sein galt. Jedenfalls erschien mir die beschauliche Tätigkeit eines Vogelkundlers immer unwahrscheinlicher für einen Mann seines Schlages.

Als er unvermutet den Motor abstellte, durchdrang seine Stimme fast dröhnend die abrupt eintretende Stille. »Das ist Sanctuary Island von der anderen Seite. Wenn Sie mit dem Fernglas dort hinüberschauen«, er deutete auf eine sanft ansteigende Böschung, »können Sie auf halber Höhe meine bescheidene Behausung sehen – zur Verfügung gestellt von der Wald- und Forstbehörde der Vereinigten Staaten.«

Nach kurzem Suchen entdeckte ich im Fernglas eine kleine, grau gestrichene Hütte, und dahinter ragte in der Ferne ein Türmchen des Schlosses auf. »Sie wohnen ja näher am Schloß als ich dachte«, entfuhr es mir erstaunt.

»Allerdings. Sanctuary Island ist übrigens die Spitze eines riesigen Unterwasserberges«, begann er dann mit seinen Ausführungen. »Zwar gibt es auf beiden Seiten einen flachen Strand, aber die eigentliche Insel besteht aus einem einzigen bewaldeten Hügel. Ich habe übrigens sechshundertneunzehn verschiedene Vogelarten gezählt, die hier den Sommer verbringen – nicht eingerechnet die zahlreichen Zugvögel, die hier im Frühling und im Herbst kurz Zwischenstation machen.«

Ich hatte nicht einmal gewußt, daß es überhaupt so viele Vogelarten gab; als ich ihm das auch sagte, nahm er dies lachend zur Kenntnis.

»Wie kommt es eigentlich, daß Sie sich für diesen Beruf entschieden haben, Ross?« fragte ich ihn.

Als er darauf mit den Achseln zuckte, wirkte er mit einem Mal älter, als er mir bis dahin erschienen war. »Wie kommt man schon zu seinem Beruf? Ich habe mich schon als kleiner

Junge für Vögel interessiert. Und als ich aus der Armee entlassen wurde, wollte ich –« Er zögerte kurz. »Na ja, ich wollte damals eben möglichst weit weg von allen größeren Städten. Ich war nämlich in einem Slum aufgewachsen, und die Berge und das Meer hatten mich schon immer sehr angezogen. In meinen Jugendträumen malte ich mir aus, wie ich gewaltige Waldbrände löschte oder im Wilden Westen Büffel jagte. Na ja, und als sie dann herausfanden, daß ich mich mit Vögeln ganz gut auskannte, haben sie mich hierher geschickt, und...« Er zuckte neuerlich mit den Achseln. »Na ja, und hier bin ich nun.«

»Wie lange leben Sie schon hier?«

»Elf Jahre«, antwortete er ruhig.

»So alt hätte ich Sie eigentich gar nicht geschätzt.«

In seinem Gesicht blitzte ein kurzes Lächeln auf. »Das liegt an dem ruhigen, abgeschiedenen Leben; davon bekommt man so schnell keine Falten.«

»Ehrlich gestanden, weiß ich nicht recht, was ich davon halten soll. Erst stellen sie das Ganze so dar, als wäre das Leben hier ziemlich eintönig – während ich andrerseits annehme, daß Sie wohl kaum hierbleiben würden, wenn dem tatsächlich so wäre.«

Er sah mich mit seinen blauen Augen verwirrend durchdringend an. »Finden *Sie* es denn sonderlich aufregend, auf einen verrückten Backfisch aufzupassen?«

»Das ist nun mal mein Beruf«, entgegnete ich.

»Trotzdem könnten Sie in einem Krankenhaus in einer Großstadt arbeiten – und ich könnte eine Stelle im Museum für Naturgeschichte bekommen«, konterte er. »Da wären wir übrigens – dürfte ich Sie vielleicht auf eine Tasse Kaffee einladen? Es ist nur ein kurzer Spaziergang zu meiner Hütte hinauf.« Als er mich zögern sah, fügte er rasch hinzu: »Ohne jede Hintergedanken – Ehrenwort.«

Ich brach in lautes Gelächter aus. »An so etwas hatte ich dabei bestimmt nicht gedacht.« Es war auch tatsächlich höchst unwahrscheinlich, daß er mit seiner Einladung irgendwelche Absichten verband; dazu war sie einfach zu direkt.

Grinsend erwiderte er: »Na, sehen Sie. Schließlich muß ich wie Sie auf der Insel leben, und angesichts dessen wäre es doch eine Riesendummheit, es mir gleich von Anfang an mit dem ersten neuen Gesicht zu verderben, das sich seit drei Jahren hier blicken läßt.«

Er hielt das Boot fest, damit ich aussteigen konnte, und nachdem er es aus dem Wasser auf den Strand hochgezogen hatte, fragte ich ihn: »Aber die Kleine hatte doch schon vor mir verschiedene Pflegerinnen?«

»Eine Omatype in den Fünfzigern mit einer Stimme wie ein Reibeisen«, schnaubte er verächtlich. »Kein Wunder, daß die Kleine sie nicht ausstehen konnte. Und eine ständig auf hochhackigen Schuhen herumtrippelnde Großstadtschickse, die gleich einen Schreikrampf bekam, als sich mal direkt über ihr eine Möwe vergessen hat.«

Gespannt wartete ich, daß er auch eine Bemerkung über das Mädchen machen würde, das auf der Insel ums Leben gekommen war; aber er erwähnte sie mit keinem Wort, während wir gemächlich über den flachen Strand schlenderten.

Zu unserer Linken weitete sich der Strand etwas, und als ich nun meinen Blick über die darüber verstreuten Felsen schweifen ließ, kam mir die Stelle mit einem Mal bekannt vor. Das waren doch die mit zahlreichen Höhlen durchsetzten Klippen, deren Anblick Deirdre neulich an den Rand eines Nervenzusammenbruchs gebracht hatte.

Ross folgte meinen Blicken.

»Ich will Sie bei dieser Gelegenheit gleich warnen«, erklärte er deshalb ruhig. »Kommen Sie nur hierher, wenn Sie sich hinsichtlich der Gezeiten absolut sicher sind. Sehen Sie.« Aufgrund der rapide steigenden Flut verengte sich das Strandstück merklich, und ich begriff nun, weshalb Ross sein Boot so weit den Strand hinaufgezogen hatte. »Man kann die Flut regelrecht hereinkommen sehen, und ein Teil der Höhlen befindet sich dann unter Wasser. Bei Ebbe kann man hier herrliche Muscheln und alle möglichen kleinen Seelebewesen finden – falls Sie sich für Meeresbiologie interessieren. Aber falls Sie in Ihrem Feuereifer die Gezeiten übersehen sollten, kann Ihnen leicht passieren, daß Sie eine dieser verdammt steilen Klippen hochklettern müssen, wenn sie nicht gerade eine ordentliche Portion Salzwasser zum Abendessen schlucken wollen. Sollten Sie also dieses Strandstück mal erkunden wollen, dann erkundigen Sie sich vorher lieber bei Brant oder mir nach den Gezeiten.«

»Kaum anzunehmen, daß ich mal hierherkommen werde«, entgegnete ich. »Aus irgendeinem Grund scheint Deirdre dieser Ort regelrecht in Panik zu versetzen.«

Er nickte. »Gar nicht so dumm von ihr. Obwohl die Kleine wirklich verdammt gut schwimmen kann, ist das kein Ort, an dem *ich* gern vom Wasser eingeschlosssen wäre. An Brants Stelle täte ich alles, um sie von hier fernzuhalten. Aber jetzt kommen Sie. Unser Kaffee wartet. Und seien Sie vorsichtig; der Pfad ist ziemlich steil und steinig.«

Auf halbem Weg zur Hütte kam eine Stelle, an der sich der Pfad zu einem eingezäunten Aussichtspunkt weitete. Ross deutete aufs Meer hinaus und sagte: »Von hier hat man einen herrlichen Ausblick.« Und mit einem spöttischen Grinsen fügte er hinzu: »Bei klarem Wetter können Sie hier über den Atlantik bis nach Irland sehen.«

»Wie friedlich es hier ist«, konnte ich micht enthalten zu bemerken, obwohl ich mir der Trivialität meiner Worte durchaus bewußt war.

Er nickte. »Jetzt, ja. Aber früher – ich nehme doch an, Sie kennen inzwischen unsere lokale Schauergeschichte?«

»Jim hat mir etwas von einem Mord erzählt, der sich hier vor sieben Jahren zugetragen haben soll. Angeblich dient eine der kleineren Inseln in der Nähe Gangstern als Unterschlupf oder etwas in der Art.«

»Das erzählen sich zumindest die Leute. Ich persönlich glaube, daß der arme Teufel einfach von Bord irgendeines Dampfers gefallen ist – vielleicht ist er auch gesprungen –, und dabei ist er dann in die Schiffsschraube geraten und völlig zerstückelt hier an Land geschwemmt worden. Aber mit einer derart undramatischen Deutung der Ereignisse wollte sich die Ortspolizei natürlich nicht zufriedengeben.« Er sah mich prüfend an. »Oder denken Sie auch, daß es sich dabei um einen Mord gehandelt hat?«

»Ich habe mir diesbezüglich bisher keine Meinung gebildet«, erwiderte ich nicht ganz wahrheitsgemäß. Und in diesem Moment kam mir plötzlich die zeitliche Übereinstimmung zu Bewußtsein. »Das muß doch passiert sein, als Deirdre ihr – Gedächtnis verlor, oder nicht?«

Bildete ich mir sein plötzliches Zusammenzucken nur ein? Jedenfalls erwiderte er: »Tatsächlich? Wenn ja, dann muß das allerdings ein höchst ereignisreicher Sommer gewesen sein.«

Ich sagte mir, daß ich mir das alles nur einbildete. Ganz gewiß wären sie doch *jedem* Zusammenhang zwischen dem Mord und der unvermuteten Geistesstörung des Kindes nachgegangen, und sei es nur die zeitliche Übereinstimmung der beiden Ereignisse. »Und seitdem ist hier nichts mehr passiert? Soviel ich gehört habe, muß sich auf der Insel doch erst vor wenigen Monaten ein weiterer tödlicher Unfall ereignet haben.«

Nicht ohne einen gereizten Unterton entgegnete Ross: »Weshalb, denken Sie, habe ich Sie vorhin wohl vor diesen Höhlen gewarnt? Diese Margo Fields muß dort drüben in den Felsen herumgeklettert und bei dieser Gelegenheit abgestürzt sein. Dabei hat sie sich tödliche Kopfverletzungen zugezogen.«

»Ich dachte, sie wäre ertrunken«, warf ich ein.

»Wer hat Ihnen denn das erzählt?«

»Ich weiß nicht mehr. Wieso?« Weshalb sollte das auch von Bedeutung sein?

Ross ging inzwischen wieder weiter. »Kommen Sie«, forderte er mich auf. »Sehen wir zu, daß wir noch rechtzeitig nach oben kommen, um den Sonnenuntergang zu bewundern.«

Die Hütte hatte zwei Räume; derjenige, in den Ross mich führte, diente offensichtlich als Büro, Küche und Wohnzimmer und strahlte eine typisch männliche Ordnung aus, die so ganz anders war als die eines Raums, in dem eine Frau aufgeräumt hatte. Auf dem Tisch lagen mehrere Karten und dicke Wälzer herum, und dahinter konnte ich durch eine offene Tür ins Schlafzimmer sehen, dessen eine Wand von einem wohlbestückten Bücherregal ausgefüllt wurde; das ordentlich gemachte Bett hatte einen Überwurf aus Marinedekken.

Nachdem er die Kaffeemaschine eingeschaltet und Kaffee in den Filter gelöffelt hatte, kramte er im Kühlschrank nach einer Dose Kondensmilch. Während er dann den Kaffee ziehen ließ und in seinen Büchern blätterte, sah ich aus dem Fenster. Wir unterhielten uns über die Vögel und die verschiedenen Baumarten auf der Insel oder über die Farben des Sonnenuntergangs; jedenfalls streiften wir in unserem Gespräch keinerlei persönliche Themen. Der Kaffee war vorzüglich, und dann kramte Ross auch noch eine Tüte mit Rosinenbrötchen hervor: »Die habe ich heute früh vom Lebensmittelboot gekauft«, erklärte er dazu. »Sie müßten also noch einigermaßen frisch sein.«

»Das sind sie allerdings«, bestätigte ich ihm, nachdem ich von einem gekostet hatte. Als wir unseren Kaffee ausgetrunken hatten, wurde es langsam dunkel im Raum. Ich stand auf. »Ich sollte jetzt besser gehen«, erklärte ich. »Deirdre wird sicher schon auf mich warten.«

»Ich begleite Sie zum Schloß zurück«, erbot er sich. »Es gibt nämlich eine Abkürzung, die allerdings nicht ganz ungefährlich ist, wenn man den Weg nicht sehr gut kennt.« Nach kurzem Zögern fuhr er fort: »Übrigens – ich lebe hier natürlich schon ziemlich primitiv; die Toilette befindet sich in dem kleinen Aborthäuschen hinter der Hütte. Aber falls Sie es sich trotzdem mal ansehen wollen – wenn auch nur aus reiner Neugier...«

Lachend entgegnete ich: »Ich bin doch selbst auf einer winzigen Farm am Ende der Welt aufgewachsen.« Als ich dabei mit der Hand durch mein windzerzaustes Haar strich, fragte er: »Wollen Sie einen Spiegel?« Er verschwand im Schlafzimmer, um kurz darauf mit einem kleinen Rasierspiegel zurückzukehren.

Als er jedoch beim Verlassen des ordentlich aufgeräumten Schlafzimmers die Tür ein Stück weiter aufstieß, fiel mein Blick auf einen auf dem Boden liegenden Nylonstrumpf. Er hatte wohl meinen Blick bemerkt, da er plötzlich zu Boden sah, ohne jedoch etwas zu sagen. Und was hätte ich schon sagen sollen? Sollte ich etwa gar eifersüchtig sein? Wollte *ich* in dieses Schlafzimmer eingeladen werden? Ich konzentrierte mich statt dessen darauf, im Spiegel mein zerzaustes Haar in Ordnung zu bringen.

Der Pfad zum Schloß führte über die Hügelkuppe; er war zwar stellenweise ziemlich steil, aber ansonsten problemlos begehbar. »Wenn ich ins Schloß muß«, erklärte Ross, »nehme ich in der Regel diesen Weg. Nachdem Sie mich inzwischen ja kennen, können Sie jederzeit auf einen kleinen Besuch vorbeischauen.« Er lachte. »Die Kaffeemaschine ist bei mir sozusagen ständig in Betrieb.«

Ich reichte ihm zum Abschied die Hand und sagte: »Vielen Dank für den schönen Nachmittag.«

Er ergriff meine Hand, und dann beugte er sich zu meiner Verblüffung unvermutet vor und streifte mit seinen Lippen meine Wange. Bevor ich jedoch etwas sagen konnte, ertönte plötzlich ein lautes Knacken, und Thumbelina, Jeremy hinter sich her zerrend, brach aus dem Gestrüpp auf den Pfad hervor.

»Na, so was«, sagte Ross mit einem gereizten Unterton, als wir uns voneinander lösten.

Ich mußte lachen, während ich mich gleichzeitig Thumbelinas stürmischer Liebesbezeigungen zu erwehren versuchte. Ross hatte sich indessen in geduckter Haltung vorsichtig zurückgezogen. Sein Gesicht hatte mit einem Mal einen wilden, angespannten Ausdruck angenommen, den ich bis dahin noch nie an ihm bemerkt hatte.

»Pfeif auf der Stelle deinen blöden Köter zurück, verdammter Lauser!« fuhr er Jeremy an.

Wie wild an Thumbelinas Halsband zerrend, gelang es Jeremy schließlich unter kindlich schrillem Gelächter, den Hund von mir fernzuhalten. »Platz, Thumbie!« befahl er energisch. »Platz! Ehrlich, Mr. Hunter, Thumbelina tut Ihnen bestimmt nichts.«

Schockiert über den Ton, den Ross dem Jungen genüber angeschlagen hatte, brachte nun auch ich fast entschuldigend vor: »Der Hund ist wirklich ganz harmlos.«

Als Ross sich den Schweiß von der Stirn wischte, konnte ich sehen, daß er totenbleich im Gesicht war. »Tut mir leid, daß ich gleich so losgelegt habe«, entschuldigte er sich. »Aber ich habe eine Art Hundephobie. Bis demnächst also, Susan.« Damit verschwand er den Pfad zu seiner Hütte hinunter.

Als ich darauf mit Jeremy und der inzwischen wieder folgsamen Thumbelina in Richtung Schloß aufbrach, verriet mir Jeremy kichernd: »Das war wirklich gemein von mir. Ich weiß nämlich, daß Mr. Hunter Angst vor Hunden hat. Deshalb habe ich Thumbelina auch losgelassen.«

In dem Bemühen, so streng wie die biedere Hester zu klingen, wies ich Jeremy zurecht: »Das war allerdings nicht schön von dir.«

»Ach, seien Sie doch kein Spielverderber«, bettelte er, so daß ich gegen meinen Willen lächeln mußte und Thumbelina mit einer Hand durch ihr zerzaustes Fell fuhr.

»Aber tu das zumindest nicht noch einmal, ja?« warnte ich ihn.

»Also gut«, versprach er mir. Dennoch war ihm deutlich anzumerken, daß er Ross nicht leiden konnte. Wenn Ross sich Kindern gegenüber immer so verhielt wie eben, konnte ich das Jeremy nicht einmal verdenken. Gleichzeitig begann ich mich jedoch auch zu fragen, ob Ross mich wohl richtig geküßt hätte, wenn wir nicht gestört worden wären – und ob ich das gewollt hätte?

Vielleicht sollte ich Thumbelina sogar dankbar sein. Jedenfalls war der Zeitpunkt noch eindeutig verfrüht, um mich auf Sanctuary Island mit einem Mann einzulassen. Und wenn ich an diesen Nylonstrumpf auf dem Boden seines Schlafzimmers zurückdachte, war ich mir auch keineswegs mehr so sicher, ob ich mich überhaupt auf Ross Hunter einlassen wollte.

Doch schließlich forderte ich Jeremy ausgelassen auf: »Los, nimm Thumbelina! Wollen wir doch mal sehen, wer als erster beim Schloß ist.«

5. Kapitel

Als ich am nächsten Nachmittag mit Deirdre vom Schwimmen ins Schloß zurückkehrte, bot sich mir die erste Gelegenheit, mehr über Deirdres Leiden zu erfahren.

Wir hatten eben in unseren Bademänteln die Eingangshalle durchquert und schickten uns an, die Treppe hinaufzusteigen, als auf dem Absatz über uns eine Tür aufging und Martine McLeod die Treppe herunterkam.

Ich grüßte sie mit einem höflichen »Guten Tag, Mrs. McLeod«, um jedoch mitten im Satz abzubrechen, da Deirdre herumgewirbelt war und dabei so heftig gegen mich stieß, daß ich fast das Gleichgewicht verlor. Ehe ich mich noch von dem Schock erholen konnte, stürzte sie blindlings an mir vorbei und riß dabei einen kleinen Tisch um, so daß die darauf stehende Ziervase laut scheppernd zu Boden fiel. Aufgeregt rannte ich ihr hinterher, bis ich sie schließlich in einer Ecke der Eingangshalle einholte. Als ich sie behutsam am Handgelenk ergriff, riß sie sich mit der Kraft der Verzweiflung von mir los und drückte sich mit dem Gesicht zur Wand in die Ecke, als wollte sie sich darin verkriechen.

Gelassen, aber mit eisiger Kälte sagte Martine: »Sie ungeschickter Trampel! Wenn Sie nicht besser auf das Kind aufpassen können, Miß Moore«, dabei ruhte ihr Blick kurz auf den Scherben der zerbrochenen Vase, »sollte man sie vielleicht im Haus nicht frei herumlaufen lassen.«

Ihr eisiger Blick hätte mich am liebsten im Boden versinken lassen. Wenn ich wenigstens meine Schwesterntracht getragen hätte, die mir zumindest eine gewisse Autorität verliehen hätte. Doch so stand ich wie ein begossener Pudel in meinem alten, schwarzen Badeanzug und dem zerschlissenen Bademantel vor der Dame des Hauses. »Es tut mir schrecklich leid, Mrs. McLeod; bisher hat Deirdre sich noch nie so verhalten.« Ich drehte mich zu Deirdre um, die schluchzend in der Ecke kauerte. »Was hast du denn, mein Schatz?« redete ich tröstend auf sie ein. »Komm doch. Komm schön zu Susan.«

Deirdre warf einen flüchtigen Blick über ihre Schulter, sah Martine und vergrub ihr Gesicht neuerlich in der Ecke, als wollte sie ihren ganzen zierlichen Körper durch die Mauer pressen. Gleichzeitig wurde sie von heftigem Schluchzen geschüttelt. Indessen hörte ich hinter mir eine Glocke und Martines kühle Stimme ertönen.

»Lassen Sie das unverzüglich wegräumen«, ordnete sie an. »Wie sie selbst sehen, hat Miß Deirdre wieder einmal einen ihrer Anfälle von Gewalttätigkeit. Miß Moore, falls Sie sie künftig nicht besser im Griff haben –«

Wie sehr es mir auch zuwider sein mochte, in Deirdres Anwesenheit über sie zu sprechen, konnte ich mich doch nicht enthalten zu entgegnen: »Ihre Vorwürfe sind leider in höchstem Maße ungerechtfertigt, Mrs. McLeod. Deirdre war keineswegs gewalttätig. Vielmehr bekam sie plötzlich Angst, weshalb sie blindlings davongerannt ist, ohne noch ihre Umgebung wahrzunehmen. Sie ist schließlich ein Kind – vergessen Sie das bitte nicht!« Was war schließlich eine zerbrochene Vase im Vergleich mit dem offensichtlichen Entsetzen eines Kindes? Endlich gelang es mir doch, Deirdre dazu zu bewegen, sich herumzudrehen. Fest an mich gepreßt, ihr Gesicht an meiner Schulter vergraben, schritt sie neben mir auf die Treppe zu.

»Bringen Sie sie auf ihr Zimmer und schließen Sie sie dort ein«, befahl Martine, so daß Deirdre auf den Klang ihrer Stimme hin neuerlich aufzukreischen begann und sich von mir loszureißen versuchte.

Nur unter Aufbietung aller meiner Kräfte vermochte ich das außer sich geratene Mädchen festzuhalten, das trotz seiner zierlichen Gestalt die Stärke einer erwachsenen Frau entwickelte. »*Bitte*, Mrs. McLeod!« wandte ich mich an ihre Mutter.

»Wollen Sie damit etwa sagen –« Den Rest bekam ich allerdings nicht mehr zu hören, da auf das erste Wort aus dem Mund ihrer Mutter hin Deirdre sich neuerlich laut kreischend meinen Armen zu entwinden versuchte, so daß ich vollauf damit beschäftigt war, das tobende Kind unter Kontrolle zu halten. Trotz aller meiner Bemühungen gelang es ihr schließlich sogar, sich loszureißen; sie wich entsetzt vor ihrer Mutter zurück. Martine trat ebenfalls mit erstaunt aufgerissenem Mund einen Schritt zurück, und dann schoß Deirdre mit dem verzweifelten Mut eines in die Enge getriebenen Tieres unter Martines ausgestreckten Armen hindurch die Treppe hinauf. Ohne Martines aufgeregtem Rufen Beachtung zu schenken, stürzte ich Deirdre hinterher, um jedoch zu meiner Erleichterung auf dem Treppenabsatz im Obergeschoß festzustellen, daß Deirdre in ihr Zimmer rannte. Ich eilte ihr hinterher und erreichte ihr Zimmer gerade noch, bevor sie die Tür hinter sich zuwerfen konnte. Als ich außer Atem eintrat, war sie nicht im Spielzimmer. Sie war auch nicht im Schlafzimmer. Als ich schließlich, bereits von leichter Panik erfaßt, ins Bad trat, entdeckte ich sie, immer noch zitternd und wie ein Tier zusammengekauert, hinter dem Duschvorhang.

»Deirdre, Deirdre«, lockte ich. »Komm doch heraus, mein Schatz. Ist doch wieder gut. Nicht weinen. Kein Mensch tut dir etwas zuleide. Und jetzt sag mir schön, was dir solche Angst gemacht hat.«

Nachdem sie sich erst eine Weile gegen jede Berührung meinerseits gesträubt hatte, ließ sie sich schließlich doch von mir aus dem Bad führen. Schwer schluckend und mühsam um Worte ringend, stieß sie endlich hervor: »I-i-ist sie weg?«

»Wer, Liebling?«

»Ist sie *weg?*«

Ich hätte ihr in diesem Augenblick alles gesagt, nur um sie zu beruhigen. »Ja. Es ist niemand hier außer mir, Deirdre. Ich bin's – Susan. Es ist alles wieder gut, mein Schatz.«

Sie klammerte sich an meine Hände, bis die Knöchel schmerzten. »Wird sie auch bestimmt nicht hier raufkommen? Versprechen Sie mir das? Versprechen Sie es mir?«

»Aber sicher verspreche ich es dir.« Wen meinte sie damit wohl? Ihre *Mutter?* Hatte lediglich der Anblick ihrer Mutter Deirdre in solch panischen Schrecken versetzt? Ich redete tröstend auf sie ein und versicherte ihr immer wieder, daß sich außer mir niemand im Zimmer befand. Und schließlich lag sie wie ein schlafendes Kind an meiner Schulter, während ihr Schluchzen allmählich in lange, seufzende Atemzüge überging. Gefügig wie ein Kind ließ sie sich dann von mir Bademantel und Badeanzug ausziehen, worauf ich ihr ein warmes Bad einlaufen ließ. In der Hoffnung, daß sie sich in dem warmen Wasser wieder etwas entspannen würde, packte ich sie in die Badewanne, und tatsächlich stellte ich fest, daß nach kürzester Zeit die von der Kälte herrührende Bläue aus ihren Gliedern und ihrem Gesicht zu weichen begann. Zu meinem Erstaunen ließ sie nun auch zum erstenmal zu, daß ich ihr den Kopf einseifte und das Salzwasser aus dem Haar wusch. Danach rieb ich sie mit einem Badetuch trocken, zog ihr einen Pyjama an und setzte sie, das nasse Haar in ein Handtuch gewickelt, auf das Bett. Schließlich klingelte ich nach Carla, um sie zu bitten, dem Mädchen eine heiße Tasse Tee aufs Zimmer zu bringen.

»Hat sie denn wieder einen ihrer verrückten Anfälle gehabt, Miß?« wollte Carla wissen, als sie ins Zimmer trat. Als Deirdre auf ihre Worte hin wieder leise zu schluchzen begann, schob ich Carla fast grob aus dem Zimmer.

»So können Sie doch vor ihr nicht reden«, wies ich sie zurecht.

»Aber was, Miß; die Kleine versteht doch kein Wort von dem, was man sagt.«

»Sie versteht sehr wohl, was in ihrer Gegenwart gesprochen wird«, entgegnete ich streng. »Jedenfalls will ich nicht, daß Sie noch einmal in ihrer Gegenwart so von ihr sprechen. Miß Deirdre hat sich fürchterlich erschrocken, und außerdem war ihr kalt. Und jetzt bringen Sie ihr bitte schnell einen heißen Tee.«

Mit einem störrischen »Ja, Miß Moore« ging Carla darauf nach unten. Ich wandte mich nun Deirdre wieder zu; sie lag, den Kopf in den Kissen vergraben, schluchzend auf dem Bett. Als ich auf sie zutrat, setzte sie sich, am ganzen Körper zitternd, auf, um sich dann mit einem langen Seufzer wieder zurücksinken zu lassen.

»Ach, Susan«, stieß sie hervor. »Ich hatte solche Angst, daß sie es war – ich hatte solche Angst –«

»Ich bin es doch nur, mein Liebling«, redete ich ihr darauf gut zu.

»Sie hat mich verrückt genannt!« Deirdre schluchzte noch immer leise vor sich hin, und die Tränen strömten ihr über das blasse Gesicht. »Susan, bin ich denn wirklich verrückt? Denken *alle*, daß ich verrückt bin?«

Ich setzte mich neben sie aufs Bett und versuchte, sie zu trösten. »Ich glaube, du hattest nur schreckliche Angst, und deshalb hast du dich vielleicht etwas anders verhalten, als die Leute das erwarten; und das ist auch der Grund, warum sie dich nicht verstehen können.«

»Ich bin nicht verrückt – ganz bestimmt nicht!«

Darauf antwortete ich nicht direkt. »Warum hattest du plötzlich solche Angst, Deirdre?«

Doch ihre Lippen verschlossen sich zu einem trotzigen schmalen Strich, den ich allmählich nur zu gut kannte. »Sie werden mir ja doch nicht glauben. Sie werden mich als eine Verrückte und eine Lügnerin bezeichnen, und Sie werden mich schlagen und zwicken und schütteln und schütteln, schütteln, schütteln ...«

In diesem Glauben durfte ich sie auf keinen Fall bestärken. »So etwas würde ich ganz gewiß nicht tun«, versicherte ich ihr. »Jetzt leg dich erst mal schön unter die Decke. Alles, was ich gleich mit dir machen werde, ist, dich mit einer heißen Tasse Tee ins Bett zu packen. Davon wird dir wieder warm werden. Wir wollen doch nicht, daß du dich erkältest.«

Kurz darauf kam Carla zurück. Sie brachte ein Tablett mit einer Kanne Tee, einer Kanne Kaffee für mich und einem Teller mit Keksen. Nüchtern fragte ich Deirdre: »Möchtest du deinen Tee mit Zitrone oder mit Milch?«

»Mit Milch«, erwiderte sie, um dann jedoch plötzlich einen argwöhnischen Blick auf das Tablett zu werfen. »Hat *sie* das hochgeschickt?«

»Hat *wer* –« wollte ich eben nachhaken.

Doch Carla beeilte sich einzuwerfen. »Mrs. Meadows hat das hochschicken lassen, Miß.«

»Ach so, dann ist ja alles in Ordnung«, entgegnete Deirdre mit einem leisen Seufzen und griff nach einem Keks. Dann gab sie sich Zucker in den Tee.

Als Carla gegangen war, sah Deirdre mich scharf an und sagte: »Ich dachte, *sie* hätte es geschickt. Sie möchte mich vergiften. Sie möchte mich umbringen, wie sie das versucht hat mit – mit –«

»Iß jetzt schön deinen Keks, Deirdre«, forderte ich sie hastig auf. »Und trink deinen Tee, solange er noch heiß ist.«

Seufzend kam sie meiner Aufforderung nach. In ihre Wangen kehrte langsam wieder Farbe zurück. Sie trank zwei Tassen Tee und aß noch ein paar Kekse, um mich schließlich zu fragen, ob ich eine Partie Mühle mit ihr spielen wollte. Ich erklärte mich einverstanden; doch während ich das Brett und die Figuren holte, war Deirdre aufgestanden, und ich ertappte sie dabei, wie sie in ihrem Schrank etwas suchte.

»Was machst du denn da?«

Als sie gehorsam wieder in ihr Bett zurückkehrte, hatte sie eine große Puppe im Arm. Sie packte sie neben sich unter die Decke. Unter ihren anderen Arm hatte sie sich einen riesigen Teddybären geklemmt, den sie behutsam auf ihr Kopfkissen setzte. Verwundert sah ich ihr zu, wie sie den Bären und die Puppe um sich herum aufbaute.

»Ich weiß, daß ich eigentlich schon zu groß bin, um mit Puppen zu spielen«, erklärte sie entschuldigend, »aber ich fühle mich einfach besser, wenn sie bei mir sind.« Unter meinen erstaunten Blicken streichelte sie der Puppe das Haar. »Und wenn dann nachts jemand in mein Zimmer kommt und – mich zwickt und schüttelt und – und –« Ihre Stimme versagte ihr neuerlich den Dienst, worauf ich sie unter vielem gutem Zureden zu trösten versuchte, während ich gleichzeitig in Gedanken meine Diagnose, Deirdre betreffend, revidierte.

Litt sie auch an paranoiden Wahnvorstellungen? An einer wahnhaften Angst vor ihrer Mutter, daß sie vergiftet wurde oder daß irgendeine mysteriöse Person in ihr Zimmer kam und ihr weh tat? Ich konnte sie schließlich dazu überreden, sich aufzusetzen und eine Partie Mühle mit mir zu spielen, die sie gewann. Allerdings brach sie mitten im Spiel immer wieder ab, um ihrer Puppe durchs Haar zu fahren oder dem Teddybären das Fell zu streicheln. Und als ihr später das Abendessen aufs Zimmer gebracht wurde, mußte ich ihr neuerlich versichern, daß Mrs. Meadows es hatte heraufschicken lassen; ich bot ihr sogar an, nach Mrs. Meadows zu läuten und sie persönlich danach zu fragen.

»Nein, ich glaube Ihnen«, erklärte sie jedoch, während sie sich zwischen ihrer Puppe und dem Bären zurechtsetzte und nach dem Suppenlöffel griff.

Selbst als Deirdre längst eingeschlafen war, saß ich noch eine Weile in ihrem Zimmer, da ich befürchtete, sie könnte aufwachen und von einem neuerlichen Anfall paranoider Wahnvorstellungen heimgesucht werden. Hatte ich es hier mit einem jener Fälle zu tun, in denen der Patient sich wochenlang völlig normal verhält, um schließlich von zunehmenden Angstzuständen geplagt zu werden, die wiederum so heftige Tobsuchtsanfälle nach sich zogen, daß der Betreffende in eine Zwangsjacke gesteckt werden mußte, bis er sich allmählich wieder beruhigte?

Falls dem tatsächlich so war, mußte auf jeden Fall ein Arzt erreichbar sein, und sei es nur, um mich zu ermächtigen, Deirdre nötigenfalls ein Beruhigungsmittel zu verabreichen. Am nächsten Tag würde ich noch einmal nachdrücklich auf eine Unterredung mit Martine persönlich dringen. Schließlich wußte ich nicht einmal den Namen des Hausarztes der McLeods.

Als Deirdre endlich schlief und ich aufgrund ihrer tiefen, regelmäßigen Atemzüge sichergehen konnte, daß sie so schnell nicht aufwachen würde, begab ich mich auf mein Zimmer, um dort in einen Pyjama und einen Bademantel zu schlüpfen. Dann kehrte ich in Deirdres Zimmer zurück, wo ich die Nacht auf der Couch zu verbringen beabsichtigte. Wenn ich ihr ein Beruhigungsmittel hätte verabreichen können, wäre das vielleicht nicht nötig gewesen. Ohne ärztlichen Rat wollte ich ihr jedoch nicht einmal ein einfaches Schlafmittel geben.

Als ich auf den Flur hinaustrat, ließ mich eine weiße Gestalt zusammenschrecken, die sich mit gespenstischer Lautlosigkeit durch das Halbdunkel auf mich zubewegte. Ich hatte Mühe, einen Aufschrei zu unterdrücken, bevor meine Vernunft wieder die Oberhand gewann.

»Mrs. McLeod, haben Sie mich aber erschreckt.«

»Ich warte schon eine ganze Weile hier«, erwiderte Martine. Das schwache Licht mit seinen ausgeprägten Schatten brachte ihre mitgenommene Schönheit verstärkt zum Ausdruck. Unwillkürlich fühlte ich mich durch ihren Anblick daran erinnert, daß zu ihren eindrucksvollsten Auftritten die Schlafwandlerszene in Verdis Oper *Macbeth* gezählt hatte.

Unwillkürlich wurde ich von Mitleid für die Frau erfüllt, die so ganz allein auf dem dunklen und ungemütlichen Flur stand und vielleicht schon seit Stunden auf eine Nachricht von ihrer Tochter wartete; offensichtlich hatte sie in ihrer Angst, Deirdre noch mehr zu erschrecken, nicht einmal an ihre Tür zu klopfen gewagt. Plötzlich von freundlicheren Gefühlen für Martine überkommen, sagte ich mitfühlend: »Ich hätte Sie wirklich schon früher benachrichtigen sollen, Mrs. McLeod. Deirdre hat sich inzwischen wieder beruhigt und schläft. Allerdings möchte ich sie heute nacht auf keinen Fall allein lassen; ich werde auf der Couch in ihrem Spielzimmer schlafen, damit gleich jemand bei ihr ist, wenn sie nachts aufwacht und Angst bekommt.«

Heiser stieß Martine hervor: »Was hat dieser kleine Teufel über mich gesagt?« Als sie dabei einen Schritt auf mich zutrat, wäre ich um ein Haar hintenübergefallen, so bedrohlich war ihr bleiches Gesicht. »Was auch immer sie gesagt haben mag, sie lügt!«

Etwas durcheinander, beeilte ich mich, ihr zu versichern: »Sie hat eigentlich nichts gesagt, was der Erwähnung wert wäre. Zwar scheint sie im Augenblick von einer wahnhaften Angst vor Ihnen befallen zu sein, Mrs. McLeod, aber Sie sollten sich darüber nicht weiter beunruhigen. Psychisch kranke Menschen sind oft gerade gegen jene Menschen von erbittertem Haß erfüllt, die ihnen am nächsten stehen. Sie brauchen sich deswegen also nicht weiter Sorgen zu machen. Ich kann mir zwar gut vorstellen, was in einer Mutter vorgehen muß, die von ihrem Kind abgelehnt wird, aber Sie dürfen dabei nie vergessen, daß Deirdre krank ist –«

»Was sie auch behauptet haben mag – es war nur eine ihrer verrückten Lügen«, erklärte Martine noch einmal mit Nachdruck. Ihr Gesicht erinnerte mich dabei in seiner herben Schönheit an den wild entschlossenen Blick eines Adlers. »Sie ist verrückt, und wenn Sie ihr auch nur ein Wort glauben, bringen Sie sich nur selbst in Schwierigkeiten.«

Als sie sich daraufhin herumdrehte und den Gang hinunter davonrauschte, spürte ich, wie mein plötzliches Mitleid für die Frau ebenso schnell, wie es gekommen war, wieder verflog. Angst um Deirdre? Bestimmt nicht diese Frau! Ihre einzige Angst hatte dem gegolten, was das Mädchen über sie gesagt haben könnte. Sollte diese Frau in solch einem Maße nur an sich denken?

Zumindest half dies erklären, weshalb Martine Deirdre nicht in ihrem Zimmer besuchte oder sie zu sich bringen ließ. Falls Deirdre jedesmal, wenn Martine ihr nahekam, gleich einen Anfall bekam, war natürlich nur zu verständlich, daß Martine jedes Zusammentreffen mit ihrer Tochter tunlichst zu vermeiden trachtete.

Doch als ich mir dann in meinem Zimmer die Zähne putzte, kam mir plötzlich ein beunruhigender Gedanke.

Deirdres seltsames Leiden hatte vor sieben Jahren begonnen; während der ersten drei Jahre hatte sie kein Wort gesprochen, und als sie schließlich doch wieder zu sprechen begonnen hatte, hatte sie ihr Gedächtnis verloren. Wenn das Mädchen also so offensichtlich psychisch gestört war, weshalb machte sich Martine dann immer noch solche Sorgen hinsichtlich irgendwelcher irrationaler Anschuldigungen, die Deirdre möglicherweise gegen sie vorbringen mochte? Wer hätte sich angesichts Deirdres psychischer Verfassung schon groß aufgeregt, ob sie einen nun beschuldigt hätte, sie vergiften zu wollen, oder behauptet hätte, die Königin von England spioniere ihr von einer Briefmarke ständig hinterher?

Deirdres Anschuldigungen hatten jedoch auffallend stimmig geklungen…

Hatte Deirdre vielleicht durchaus berechtigte Gründe für die Angst vor ihrer Mutter?

Ich war jedoch noch weit davon entfernt, gewisse Rückschlüsse zu ziehen, die für mich im Lauf der Zeit immer mehr an Überzeugungskraft gewannen. Augenblicklich stieg in mir lediglich der Verdacht auf, daß Martine das schwierige Kind, das zu heftigen Gefühlsausbrüchen und krampfartigen Anfällen neigte, mit übertriebener Strenge behandelt hatte; vielleicht hatte sie Deirdre in ihrer Hilflosigkeit sogar geschlagen oder geschüttelt, um damit ihrer irrationalen Furcht auch noch einen berechtigten Anlaß zu liefern.

Gleichzeitig rief ich mir jedoch auch mit Nachdruck ins Gedächtnis zurück, daß ich allmählich selbst etwas paranoid zu werden drohte. Nur weil ich Martine nicht mochte, weil ich sie für eine verwöhnte, egoistische Frau hielt, konnte ich doch nicht die Anschuldigungen eines offensichtlich psychisch schwer gestörten Kindes ernstnehmen.

Und doch – war die Dame des Hauses nicht etwas zu sehr besorgt, was das Kind über sie äußern könnte?

Susan, ging ich scharf mit mir ins Gericht, *du fängst langsam an, dich von der etwas eigenartigen Atmosphäre in diesem riesigen Irrenhaus anstecken zu lassen. Vergiß das Ganze und kümmere dich lieber um deine kleine Patientin. Vielleicht wacht sie morgen auf und fällt plötzlich bei deinem Anblick in Angst und Schrecken ... Und wie wäre dir dabei wohl zumute?*

6. Kapitel

Doch meine Befürchtungen sollten sich als unbegründet erweisen. Als Deirdre am nächsten Morgen aufwachte, schien sie aufgeräumt und gutgelaunt, als wäre nichts geschehen; und da sie auch mit keinem Wort ihre Angst vom Tag zuvor zur Sprache brachte, begann ich mich schon zu fragen, ob sie das Ganze einfach vergessen hatte. Ein Psychotherapeut hätte ihr diesbezüglich jedoch näher auf den Zahn gefühlt und den Vorfall nicht einfach auf sich beruhen lassen. Aber ich war nun mal keine Psychotherapeutin und hatte auch nicht vor, mich in Schwierigkeiten zu bringen, indem ich mich als eine solche aufzuspielen versuchte. Ich nahm Deirdres Gefügigkeit dankbar zur Kenntnis, behielt sie aber weiterhin besonders scharf im Auge, um mich freilich nur von neuem überraschen zu lassen, wie einsichtig und fügsam Deirdre sich die meiste Zeit verhielt.

Ich war zu der Überzeugung gelangt, daß es sinnlos gewesen wäre, Martine neuerlich Deirdres wegen zu Rate zu ziehen. Doch als ich Brant McLeod zu sprechen wünschte, teilte man mir mit, daß er zu einer Geschäftsreise auf dem Festland aufgebrochen war. Daher schob ich mein Bedürfnis, Deirdres wegen einen Arzt zu konsultieren, neuerlich auf die lange Bank, zumal Deirdres Verhalten momentan keinerlei Anlaß zu irgendwelchen Beanstandungen bot. Eines ruhigen Nachmittags nahm ich jedoch die Gelegenheit wahr, Mrs. Meadows in ihrem Zimmer aufzusuchen und sie nach dem für Deirdre zuständigen Arzt zu fragen.

»In diesem Punkt kann ich Ihnen leider nicht weiterhelfen, Miß«, erklärte sie mir. »Doch wenn ich mir's genau überlege – als sie vor zwei Jahren mal eine schwere Grippe hatte, kam vom Festland ein Doktor rüber – derselbe übrigens, der hin und wieder nach dem Jungen sieht. Aber wie hieß der gleich wieder?« Angestrengt nachdenkend, runzelte sie ihre Stirn. »Tut mir leid, aber ich weiß es einfach nicht mehr. Aber Sie können ja mal das Kindermädchen des Jungen fragen; die weiß es bestimmt.«

Wieder einmal wurde ich mir der gigantischen Ausmaße des Schlosses in aller Deutlichkeit bewußt. Deirdre und ich konnten oft tagelang ein und aus gehen, ohne einer Menschenseele zu begegnen, wenn man einmal von den Bediensteten absah. Und doch lebten hier ein verheiratetes Paar – der alte Mr. McLeod und Martine – sowie Brant und welche Bekanntschaften er haben mochte; und schließlich war da noch der kleine Jeremy, der offensichtlich mit seinem Kindermädchen lebte, da ich mir schwerlich vorstellen konnte, daß Martine sich um den Jungen mehr kümmerte als um Deirdre. Und doch hätten wir in zwei getrennten Dörfern leben können, so isoliert waren wir voneinander. Das war einfach nicht normal. Kein Wunder, daß Deirdre etwas eigenartig geworden war, nachdem im Schloß so etwas wie ein halbwegs geregeltes Familienleben nicht existierte.

An besagtem Tag gingen wir etwas früher als gewohnt zum Schwimmen und trafen am Strand Jeremy an, der mit Thumbelina herumtollte, während Hester Cairncross in ihrer Nähe auf einem Badetuch saß und sie mit einem nachsichtigen Lächeln beobachtete. Sie sah verunsichert zu mir auf, als ich auf sie zutrat, doch bevor eine von uns beiden etwas sagen konnte, stieß Jeremy einen lauten Freudenschrei aus.

»Deedee!«

Er stürmte über den Strand auf uns zu. Ich ließ währenddessen Deirdre keine Sekunde aus den Augen. Nachdem sie der Anblick ihrer Mutter in Angst und Schrecken versetzt, war keineswegs auszuschließen, daß sie auch vor ihrem kleinen Halbbruder die Flucht ergriff oder ihn sogar attackierte. Doch entgegen meinen Befürchtungen erhellte sich ihr Gesicht zu einem strahlenden Lächeln.

»Jerry!«

Sie umarmten sich gegenseitig und redeten beide aufgeregt aufeinander ein. Während Deirdre mir noch einen fragenden Blick zuwarf, zog Jeremy sie bereits unnachgiebig mit sich fort.

»Schau dir mal meine Sandburg an, Deedee. Und dann muß ich dir noch zeigen, wie gut ich inzwischen schwimmen kann. Du bist doch nicht mehr krank, oder?« Er hielt ständig ihre Hand, während er auf sie einredete, und ich überlegte, ob ich ihn auffordern sollte, Deirdre loszulassen. Statt dessen folgte ich den beiden zu der Stelle, wo sie Seite an Seite im warmen Sand niederknieten.

Deirdre sah flehentlich zu mir auf. »Bitte, Susan, bitte. Sagen Sie Jerry nicht, er soll von mir weggehen. Nicht Sie auch.«

Widerstrebend gab ich ihrem Drängen nach. »Du kannst hier am Strand mit ihm spielen, aber sag mir Bescheid, bevor du ins Wasser gehst, damit ich mitkommen kann.«

Darauf entfernte ich mich von den Kindern außer Hörweite, behielt sie aber sorgsam im Auge. Deirdre schien jedoch zur Gänze mit ihrem kleinen Halbbruder beschäftigt, und während ich sie nun beobachtete, wurde mir bewußt, daß sie bisher nie einen Anfall bekommen hatte, ohne daß es hierfür einen Anlaß gegeben hätte. Wenn Jerrys Anblick also ein solcher Anlaß gewesen wäre, hätte Deirdre längst eine entsprechende Reaktion zeigen müssen. Stirnrunzelnd ließ ich mich also neben Hester nieder.

Auch Hester schien nicht ganz wohl bei der Sache zu sein. »Wissen Sie, Schwester, mir gefällt das gar nicht. Sowohl Mr. Brant wie der alte Mr. Alexander haben ausdrücklich angeordnet, daß die Kinder nicht zusammen spielen sollen.«

»Aber sie sind doch nicht unbeaufsichtigt«, beruhigte ich sie. »Außerdem behalte ich Deirdre ständig im Auge. Machen Sie sich deswegen also mal keine Sorgen.«

»Miß Moore ...«

»Sie können mich gern Susan nennen, zumal wir doch unter einem Dach leben, Hester.«

»Na gut, dann also Susan.« Sie lächelte. »Woran leidet das arme Mädchen eigentlich? Als ich hierherkam, dachte ich erst, sie wäre taubstumm; aber daß sie das nicht ist, ist mir inzwischen klar, wenn mir auch kein Mensch sagen will, was sie nun wirklich hat.«

»Dessen bin ich mir leider auch nicht so sicher«, erwiderte

ich. »Natürlich leidet sie an einer psychischen Störung, wenn ich mir hinsichtlich deren Ursache auch keineswegs im klaren bin; jedenfalls ist sie ganz gewiß nicht gewalttätig. Bei dieser Gelegenheit fällt mir ein, daß ich Sie eigentlich schon lange etwas fragen wollte, Hester: Wer ist eigentlich der für die Kinder zuständige Arzt? Mrs. McLeod kann ich leider nicht danach fragen, da sie nicht bereit ist, über das Mädchen mit mir zu sprechen. Und Mr. Brant ist gerade verreist.«

Hester dachte kurz nach. »Tja, da wäre der alte Dr. Robertson, der vom Festland rüberkommt, wenn der Junge krank ist. Sicher würde er sich auch Miß Deirdres annehmen, wenn sie eine Erkältung oder Ohrenschmerzen oder etwas in der Art bekäme. Allerdings weiß ich nicht, ob er ihr, was ihr anderes Leiden betrifft, viel helfen könnte«, fügte sie zweifelnd hinzu. »Finden Sie nicht auch, daß sie sie lieber bei einem von diesen Psychiatern in Behandlung geben sollten?«

Ich glaubte, mich keiner groben Indiskretion schuldig zu machen, als ich Hester in diesem Punkt aufs nachhaltigste zustimmte.

»Trotzdem werden sie wohl ihre Gründe haben, Miß.«

»Wie lange betreuen Sie Jeremy eigentlich schon, Hester?«

»Vier Jahre.«

»Und war Deirdre die ganze Zeit so, wie sie jetzt ist?«

»Keineswegs. Als ich ursprünglich nach Duncarlie Castle kam, konnte sie überhaupt nicht richtig sprechen, und mir wurde nur gesagt, daß sie taubstumm wäre. Doch seitdem hat sie sich sehr verändert, und meiner Meinung nach ist das vor allem das Verdienst der armen Miß Margo gewesen, die, wie Sie wissen, ertrunken ist.« Mit einem Seufzen fügte Hester hinzu: »Aber danach soll sich ihr Zustand wieder verschlechtert haben, soviel ich gehört habe. Davor mußte ich den kleinen Jeremy jeden Abend zu seiner Schwester begleiten; die beiden haben Tag für Tag gemeinsam zu Abend gegessen. Aber nach Miß Margos Unfall hat Mrs. McLeod strikte Anweisungen erteilt, daß die Kinder nicht mehr zusammenkommen dürfen.« Sie warf einen besorgten Blick zu unseren beiden Schützlingen hinüber, die jedoch friedlich miteinander spielten und gemeinsam an ihrer Sandburg bauten. »Ich finde es ja höchst unnatürlich, wenn Bruder und Schwester nicht miteinander spielen dürfen. Was soll denn schon dabei sein? Es steht mir selbstverständlich nicht zu, mir diesbezüglich ein Urteil zu erlauben, Miß Susan, aber was Mrs. McLeod betrifft, scheint es mir ganz so, als würde es sie nicht im geringsten interessieren, wie es dem armen Mädchen geht. Und der alte Mr. McLeod – na ja, also wenn Sie mich fragen, ist der mindestens genauso verrückt wie die Kleine.«

»An dem Abend, an dem ich seine Bekanntschaft gemacht habe, schien er mir aber bei durchaus klarem Verstand«, hielt ich dem entgegen.

»Aber welcher alte Mann, der noch bei Trost ist, würde denn eine Frau heiraten, die jung genug ist, seine Enkelin zu sein?« gab mir dagegen Hester zu bedenken. »Er muß doch gut und gern seine achtzig sein, und Mrs. McLeod ist höchstens halb so alt. Wenn sie Mr. Brant geheiratet hätte, hätte ich das noch verstehen können. Wenn Sie mich fragen, hat sie den alten Herrn doch nur wegen seines Geldes geheiratet; und dabei hat sie wohl gedacht, daß sie ihn schon nach ein, zwei Jahren los sein würde. Aber ich sollte natürlich nicht schlecht über sie reden«, fügte sie rasch hinzu, was mir ein amüsiertes Lächeln entlockte. »Trotzdem finde ich es einfach skandalös, daß sie den kleinen Jeremy nicht wenigstens hin und wieder mit seiner Schwester spielen läßt. Oder finden Sie nicht auch?«

»Ich bin auch der Meinung, daß es Deirdre nur gut täte, wenn sie einen gleichaltrigen Spielgefährten hätte«, erklärte ich ehrlich überzeugt. »Zumal die beiden sich ja auch bestens zu verstehen scheinen.«

»Gut, dann lassen wir sie auch miteinander spielen, Susan«, erklärte Hester mit Nachdruck. »Sie sollten selbst mal hören, wie der Junge an seiner Schwester hängt; es vergeht kein Tag, an dem er nicht nach ihr fragt. Sehen Sie.« Sie deutete zu den beiden Kindern hinüber. »Richtig glücklich sehen sie aus, wie sie mit dem Hund herumtollen.«

Als die Kinder eine Weile danach schwimmen gehen wollten, kamen Hester und ich mit ihnen ins Wasser, wobei jede von uns ihren Schützling sorgsam im Auge behielt. Etwas in die Quere kam uns dabei jedoch Thumbelina, die unbedingt ganz dicht neben Jeremy schwimmen wollte. Als es schließlich am Strand etwas kühl wurde und Jeremy zusammen mit seinem Kindermädchen und dem Hund zum Abendessen verschwunden war, legte mir Deirdre schüchtern den Arm um die Taille. Das war das erste Mal, daß sie mich von sich aus berührte.

»Vielen, vielen Dank für diesen wundervollen Tag, Susan; so glücklich war ich schon lange nicht mehr. Jedenfalls nicht mehr, seit ich jeden Tag mit Jerry und Thumbie spielen durfte.«

Die nächsten paar Tage verliefen ruhig und ereignislos; Brant kehrte von seiner Geschäftsreise zurück, wenn ich ihn auch kaum zu Gesicht bekam. Eines Nachmittags rief Ross Hunter an, um mich auf dem Festland ins Kino einzuladen. Ich nahm seine Einladung an und verbrachte einen netten Abend mit ihm, aber das war auch schon alles. Als er mir zum Abschied eine gute Nacht wünschte, ging er wie selbstverständlich davon aus, daß ich mir meinen nächsten freien Nachmittag für ihn freihalten würde, und ich wußte auch keinen Grund, der dagegen gesprochen hätte.

Diesmal machten wir einen Spaziergang durch die Wälder auf Sanctuary Island, um uns die Nistplätze verschiedener seltener Vogelarten anzusehen. Nachdem wir mehrere Stunden damit zugebracht hatten, uns durch dichtes Gestrüpp zu zwängen und auf abgestorbene Bäume zu klettern, um in alle möglichen Nester zu spähen, kehrten wir ziemlich spät in Ross' Hütte zurück. Nachdem wir dort Kaffee getrunken hatten, begleitete er mich wieder auf der steilen Abkürzung nach Duncarlie Castle zurück. Ich hatte ein seltsames *Déjà-vu*-Gefühl, als er unvermutet stehenblieb und seine Arme nach mir ausstreckte, wobei wir diesmal allerdings nicht gestört wurden, so daß ich wie in einem plötzlichen Taumel seine Lippen auf meinen spürte.

Als er wieder von mir ließ, fühlte ich mich leicht benommen, und in meinem Kopf drehte sich alles. Zweifellos lag es nur daran, daß ich neu für ihn war – und verfügbar. Und doch war ich schon zuvor geküßt worden, ohne daß mich dies freilich in dem Maße berührt hätte. Ich kam mir fast etwas überrumpelt vor.

Ganz leise sagte Ross: »Nächstes Mal müssen wir vielleicht nicht erst den ganzen Tag Vögel beobachten gehen, um an diesen Punkt zu kommen.«

»Für mich kommt das alles ein bißchen überraschend«, entgegnete ich etwas durcheinander. Ich wollte mir das Ganze erst einmal in Ruhe durch den Kopf gehen lassen. Warf ich mich nach meiner letzten Enttäuschung nun einfach dem erstbesten Mann in die Arme?

»Ich kann warten«, erklärte Ross mit einem leichten Achselzucken und drückte mir dabei sanft die Hand. »Dann also bis nächste Woche, Susan.«

Während er darauf den Rückweg zu seiner Hütte antrat, ging ich zum Schloß zurück. Dabei hatte ich das eigenartige Gefühl, als schwebte ich ein Stück über dem Boden. Mit Nachdruck schärfte ich mir ein: *Willst du etwa auch ein in seinem Schlafzimmer herumliegender Nylonstrumpf werden?*

»Sie führen neuerdings Selbstgespräche, Miß Moore?« riß mich eine tiefe Stimme aus meinen Träumereien, und Brant McLeod trat vor mir aus dem Gebüsch. »Verzeihen Sie die Störung, aber ich hielt es für besser zu warten, bis Hunter weg ist. Darf ich Sie zum Schloß zurückbegleiten?« Sein Ton war fast sarkastisch. »Ich bin zwar so erzogen worden, daß ein Gentleman eine Dame bis zur Tür zu begleiten hat, aber vielleicht übersteigen solche Feinheiten Ross' Fassungsvermögen.«

»Oder er ist sich nur zu gut bewußt, daß er auf Ihrem Besitz nicht sonderlich willkommen ist«, konterte ich scharf, so daß Brants Mund sich leicht verzog.

»Ich habe keineswegs etwas gegen Ross, wenn man einmal davon absieht, daß er verdammt lästig werden kann. Und überhaupt – was treibt der Kerl sich eigentlich noch immer hier herum? Vogelkundliche Studien? Soll das etwa eine Beschäftigung für einen Mann sein?«

»Offensichtlich sind der Regierung seine Dienste das Gehalt, das sie ihm zahlt, durchaus wert«, entgegnete ich.

»Mit Ihnen ist heute aber gar nicht gut Kirschen essen, wie?« bemerkte Brant darauf nachdenklich.

Indessen dachte ich, ohne meine Gedanken freilich zu äußern: *Vogelkundliche Studien mögen ja vielleicht keine Beschäftigung für einen Mann sein, aber was machen SIE denn eigentlich – außer darauf zu warten, daß der alte Herr stirbt, damit Sie sein Geld erben? Und vielleicht sogar noch seine junge Frau dazu?*

Als könne er meine Gedanken lesen, erklärte Brant einlenkend: »Ich darf ja eigentlich nicht reden. Duncarlie kommt auch ohne mich ganz gut aus; dafür sorgen schon Lowden und Mrs. Meadows. Was halten Sie eigentlich neuerdings von Deirdres Zustand, Susan?«

Mir fiel kaum auf, daß er mich bei meinem Vornamen ansprach. »Sie wirkt ruhiger und glücklicher«, erwiderte ich.

»Dachte ich mir's doch, daß ihr die Gesellschaft eines jungen Menschen guttun würde.« Nachdem wir darauf wie in gegenseitigem Einverständnis eine Weile schweigend weitergegangen waren, erreichten wir den höchsten Punkt des Pfades, der auf der anderen Seite zu dem Strandstück mit den Höhlen hinabführte. Unvermutet fragte mich Brant: »Waren Sie schon mal dort unten?«

»Nein.«

»Die Ebbe hat gerade ihren Tiefstand erreicht; wir hätten also nichts zu befürchten. Möchten Sie sich den Strand mal ansehen? Wir müßten zwar ein wenig über die Felsen klettern, aber das macht Ihnen doch sicher nichts aus.«

»Nein, ich halte mich, glaube ich, ganz gut auf den Beinen.«

Indem ich also mit meinen Händen an den Stellen, auf die Brant mich hinwies, Halt suchte, kletterte ich hinter ihm in die Tiefe, bis wir schließlich auf einem gut zehn Meter breiten Sandstrand zu stehen kamen, der mit scharfkantigen Felsbrocken übersät war. Eine drohend über uns aufragende Klippe hatte sich zwischen uns und die tiefstehende Abendsonne geschoben. Und in der Felswand taten sich wie gierig aufgerissene Mäuler schwarze, klaffende Löcher auf.

»Wollen Sie mal in so eine Höhle reinschauen?« schlug Brant vor. »Bei Ebbe ist das vollkommen ungefährlich.« Er zog eine Taschenlampe aus seiner Tasche. Ich zögerte erst, folgte ihm dann aber doch. Die Luft im Innern der Höhle fühlte sich klamm und kalt an; der sandige Boden unter unseren Sohlen war naß und schwer.

Brant ließ den Lichtstrahl seiner Taschenlampe über die Höhlenwände gleiten und machte mich auf die unzähligen seltsamen Meereslebewesen aufmerksam, die wie Kletten an den schroffen Felswänden klebten. »Bei Flut ist das hier alles unter Wasser«, erklärte er mir. »Als Kind wäre ich fast einmal vom Wasser eingeschlossen worden. Ich entkam nur, indem ich die Felswand zu einer höher gelegenen Höhle hinaufkletterte, wo ich dann wartete, bis das Wasser wieder zurückging. Eigentlich ist es nicht sonderlich schwierig, dort hinaufzuklettern.« Er richtete seine Taschenlampe auf eine steile Felswand und eine darüber sich auftuende Öffnung, durch das ein letzter schwacher Lichtschein ins Innere der Höhle drang. »Doch wenn man hier die Nerven verliert oder auch nur einen falschen Griff macht, kann man böse abstürzen; und angesichts der gefährlichen Unterströmungen auf dieser Seite der Insel könnte man unmöglich schwimmend entkommen.«

Plötzlich ertönte ein tiefer, dumpfer, hohler Laut, der mehrfach von den Wänden der Höhle zurückgeworfen wurde. Brant und ich fuhren erschreckt zusammen und sahen uns in dem zunehmenden Dunkel fragend an.

»Was war denn das?« wollte ich wissen. »So ein Geräusch habe ich noch nie gehört!«

»Ich weiß auch nicht. Psst, da ist es noch einmal...« Wir hörten, wie sich das Geräusch neuerlich lange nachhallend an den Wänden der Höhle brach. Doch plötzlich lachte Brant schallend los, als uns Thumbelina aus dem hinteren Ende der Höhle laut kläffend entgegenrannte. Durch das extrem verstärkte Echo der Höhle war das tiefe Gebell des Hundes zu einem unwirklichen Geräusch verzerrt worden.

»Hier haben wir unseren Spuk ja schon – oder sollte ich vielleicht besser sagen: den Hund von Baskerville.« Er lachte schallend los, um jedoch gleich wieder in besorgtem Tonfall hinzuzufügen: »Ich hoffe nur, daß Jerry sich auf seinen Erkundungsgängen nicht hier unten herumtreibt; er ist eindeutig noch zu klein, um auf die Gezeiten zu achten.«

»Ich habe Thumbelina schon oft allein die Insel durchstreifen sehen«, versuchte ich Brant zu beruhigen.

Er bückte sich, um dem Hund den Rücken zu tätscheln. »Ich allerdings auch.«

Als wir wieder auf den Strand hinaustraten, warf Brant einen Blick auf seine Uhr. »Wir sollten jetzt besser zurück; die Flut hat bereits eingesetzt, und außerdem«, fügte er mit einem Blick auf seine Hose hinzu, »habe ich heute nicht meine Kletterausrüstung an.«

Während wir nun über den Strand auf das Schloß zuschritten, fragte ich Brant: »Warum fürchtet Deirdre sich eigentlich so vor diesem Strand?«

Nach kurzem Zögern erwiderte er: »Wenn ich das nur wüßte. Jedenfalls war ich derjenige, der sie damals gefunden hat – an dem Tag, als sie plötzlich verschwunden war.«

»Wäre es möglich, daß sie in der oberen Höhle eingeschlossen wurde und deshalb solche Angst vor diesem Ort hat?«

»Das haben wir bisher nicht herausbekommen.«

»Und das ist doch die Stelle, an der dieser ermordete Mann gefunden wurde; war das nicht etwa zum gleichen Zeitpunkt? Könnte Deirdre vielleicht den Toten gesehen haben – oder gar Zeuge des Mordes selbst geworden sein?« Auf meine bohrenden Fragen hin verwandelte Brants Gesicht sich plötzlich in eine strenge und kalte Maske.

»Sie haben aber wirklich eine blühende Fantasie, Miß Moore, wissen Sie das?«

»Nun ja, immerhin ist meines Wissens auch Margo Fields hier ums Leben gekommen«, entgegnete ich rasch.

Brant blieb wie angewurzelt stehen. Da es bereits ziemlich dunkel geworden war, konnte ich nur die Linie seines energisch vorgereckten Kinns erkennen. »Haben Sie hier etwa auch Angst?« fragte er mich in scharfem Ton.

Mir lief ein ahnungsvoller Schauder den Rücken hinunter und ich wurde von einem seltsamen Gruseln befallen. Doch schon im nächsten Augenblick sah ich, daß Brant sich hinter seiner strengen Maske nur mit Mühe ein Lachen verkneifen konnte.

»Nein«, entgegnete ich. »Ich habe keine Angst.« Und ich weiß nicht, welcher Teufel mich ritt, als ich sarkastisch hinzufügte: »Was hätte ich denn auch mit Ihnen als Beschützer schon zu befürchten?«

Er machte einen Schritt auf mich zu, und mich durchlief ein unerwarteter, keineswegs unangenehmer Schauder, als er abrupt meine Ellbogen ergriff, sich über mich beugte und mich stürmisch auf die Lippen küßte.

»So«, stieß er atemlos hervor, während er sich wieder von mir löste. »War es das, was Sie wollten?«

Erbost wich ich von ihm zurück. Was bildete er sich eigentlich ein? Oder sollte das wieder einer seiner plumpen Witze sein? Und während ich noch fassungslos und wie gelähmt vor ihm stand, bot er mir mit unerhört distanzierter Höflichkeit und ironischer Ernsthaftigkeit seinen Arm an.

»Kommen Sie, Miß Moore. Wie ich bereits angedeutet habe, begleitet ein Gentleman eine Dame immer bis an die Tür, nachdem er sie geküßt hat – zumal ich mir vorstellen könnte, daß Sie in diesen Dingen gewisse Feinheiten durchaus zu schätzen wissen.«

Ich riß meinen Arm von ihm los. Wenn es mir ob seiner Unverschämtheit auch für einen Moment die Sprache verschlagen hatte, war ich mir doch nur zu deutlich bewußt, daß meine Blicke eine höchst unmißverständliche Sprache sprechen mußten. Mir wollten eben ein paar vernichtende Worte über die Lippen kommen, als ich merkte, daß er regelrecht auf sie wartete; er hatte mich mit voller Absicht aus der Reserve zu locken versucht. Daher kehrte ich ihm würdevoll den Rücken zu und stapfte in Richtung Schloß davon. Als ich mich, auf dem höchsten Punkt angelangt, noch einmal umsah, stand Brant noch immer regungslos an der Stelle, wo ich ihn zurückgelassen hatte.

Dieser unverschämte Kerl, dachte ich aufgebracht; *hoffentlich muß er nach Hause schwimmen.*

7. Kapitel

Einer der wenigen Räume in Duncarlie Castle, in dem es kein Haustelefon gab, war Deirdres Zimmer. Ich war gerade drei Wochen auf Sanctuary Island, als mich eines Morgens beim Frühstück Carla an den Apparat im Flur rief.

»Telefon für Sie, Miß Moore.«

Ich lächelte Deirdre über den Tisch zu. »Ich bin gleich wieder zurück.«

»Ross Hunter«, meldete sich die vertraute Stimme. »Was hältst du davon, dir heute nachmittag einen außerordentlich seltenen Vogel anzusehen?«

»Einen Vogel...?«

»Du weißt schon – diese Dinger, die fliegen. Der Grund, weshalb ich auf der Insel bin, falls du dich noch erinnern kannst.« Er kicherte amüsiert in den Hörer. »Gestern habe ich einen amerikanischen Goldregenpfeifer entdeckt – *Pluvialis dominica dominica,* wenn du es ganz genau wissen willst, was ich jedoch nicht annehme. Sie brüten in den kanadischen Barren Grounds und ziehen dann ostwärts nach Labrador und von dort in südlicher Richtung über den Atlantik, bis sie schließlich irgendwo in Argentinien landen. Ich habe diese spezielle Gruppe von Vögeln schon während der letzten drei Jahre regelmäßig hier vorbeiziehen sehen, und sie dürften uns wohl etwa achtundvierzig Stunden die Ehre geben, bevor sie weiter nach Süden fliegen. Ich möchte mich vergewissern, ob sich in der Gruppe ein paar Vögel befinden, die ich in den vergangenen Jahren gekennzeichnet habe – für solche statistischen Untersuchungen werde ich schließlich bezahlt.«

Einem spontanen Einfall folgend, fragte ich ihn: »Kann ich auch Deirdre mitnehmen? Sie interessiert sich doch sehr für Vögel –«

Ich konnte die Ablehnung aus seiner Stimme heraushören, als er entgegnete: »Darfst du denn die Kleine keine Sekunde aus den Augen lassen?«

»Sicher kann ich das, Ross, aber du solltest wirklich mal ihre Aufzeichnungen sehen, die sie über die durchziehenden Wandervögel führt. Zudem hat sie mir erst kürzlich von genau dieser Sorte Regenpfeifer erzählt«, fiel mir wieder ein. »Sie wäre sicher begeistert.«

»Na gut...«, entgegnete er zögernd.

Darauf sagte ich, etwas kurz angebunden: »Wenn du natürlich nicht willst...«

»Ehrlich gestanden«, erwiderte er darauf, »wäre es mir lieber, wenn sie nicht mitkäme. Die Vögel waren doch nur ein Vorwand... Und falls du dir das nicht schon selbst gedacht hast, wärst du nicht halb so klug, wie du aussiehst. Aber warum siehst du dir die Vögel nicht schon heute vormittag mit der Kleinen an, falls sie sich wirklich so für sie interessiert – und falls du ihr so weit vertrauen kannst, daß sie nicht versuchen wird, sie zu fangen oder mit Steinen nach ihnen zu werfen.«

»So etwas würdest du bestimmt nicht sagen, wenn du sie je auf einem ihrer vogelkundlichen Erkundungsgänge hättest beobachten können«, erwiderte ich etwas ungehalten. »Sie würde einem Vogel ebensowenig etwas zuleide tun wie du!«

»Na ja, du mußt es ja wissen«, meinte er unbeeindruckt. Darauf beschrieb er mir in aller Ausführlichkeit den Weg zu der Stelle, wo wir die Vögel antreffen würden, und erklärte abschließend: »Dann sehe ich dich also heute nachmittag, ja? Und zwar *ohne* die Kleine.«

»Das läßt sich machen«, versicherte ich ihm und hängte auf. Zum Glück ging mir Ross' Einschätzung Deirdres nicht sehr zu Herzen. Wer hätte ihm seine Einstellung schließlich auch verdenken können, nachdem er Deirdre kaum kannte und nur über sie wußte, daß nicht einmal ihre eigene Mutter etwas mit ihr zu tun haben wollte?

Deirdre war erwartungsgemäß sofort Feuer und Flamme, als ich ihr von Ross' Anruf erzählte, und warf unverzüglich einen sachverständigen Blick zu dem bewölkten Himmel hoch. »Die Witterung ist günstig. Bei bedecktem Himmel finden die Vögel mehr Insekten und Nahrung als bei Sonnenschein.« Sie tänzelte heiter durch ihr Zimmer, um ihr Fernglas, ihr Vogelbestimmungsbuch und ihre Aufzeichnungen über ihre Vogelbeobachtungen zu holen. »Ich habe erst letztes Jahr ganz kurz einen gesehen«, erklärte sie mir aufgeregt. »Ich dachte mir schon immer, daß ein paar von ihnen auf Sanctuary Zwischenstation machen, wenn ich mir auch nie ganz sicher war.«

Die Stelle, die Ross mir genannt hatte, befand sich in einiger Entfernung vom Schloß im Innern der Insel. Wie ich inzwischen wußte, galten Deirdres Ängste ausschließlich dem felsigen Strandstück mit den Klippen und den Höhlen. Erst gingen wir ein Stück am Strand entlang. Plötzlich hob Deirdre ihr Fernglas an die Augen und richtete es auf einen hoch in der Luft schwebenden Vogel, der sich pfeilschnell ins Wasser herabstürzte, um im nächsten Moment wieder aufzufliegen.

»Ein Tölpel«, rief Deirdre aufgeregt.

»Ich dachte, das wäre auch eine Möwe.«

»Es gibt allerdings unzählige Möwenarten«, begann Deirdre daraufhin zu dozieren. »Das dort drüben ist zum Beispiel eine Lachmöwe. Möwen packen einen Fisch immer mit dem Schnabel, während ihn ein Seeadler immer mit den Fängen packt. Und ein Tölpel läßt sich immer aus großer Höhe ins Wasser fallen. Kormorane schwimmen wie Enten im Wasser und schlagen einen komischen, kleinen Purzelbaum, bevor sie einen Fisch fangen.«

Aufmerksam hörte ich dem Mädchen zu, dessen Mutter darauf bestand, es als eine unerziehbare Irre zu betrachten, während sie mir doch eben einen kenntnisreichen Vortrag über die verschiedenen Seevögel gehalten hatte.

Wenig später machte Deirdre mich auf einen Haubentaucher aufmerksam. Und während ich den Vogel durch ihr Fernglas beobachtete, machte sie eine Eintragung in ihren Aufzeichnungen. »In England kommen diese Vögel wesentlich häufiger vor, habe ich gelesen, aber ich habe hier auch schon mehrere Male ein paar von ihnen gesehen.«

Als wir schließlich in der Nähe eines von Bäumen gesäumten Teichs die angegebene Stelle – eine schlammige Böschung – fanden, sagte ich zu Deirdre: »Von Ross Hunter könntest du sicher eine Menge über Vögel lernen.«

Ihr Gesicht verdunkelte sich daraufhin zwar auf die mir inzwischen nur zu vertraute Weise, aber alles, was Deirdre sagte, war: »Er mag mich aber nicht.« Darauf hob sie ihr Fernglas wieder an ihre Augen. In der Stille des Waldes ringsum war nur das vielfältige Zwitschern und Trällern der Vögel zu hören. Wie verzaubert lauschte ich einen Moment einem zarten Wit-wit-wit-wit-wieieieietie und fragte mich laut, wie viele Vögel es wohl auf der Insel gab.

»Letztes Jahr habe ich vierhundertsiebzehn Vogelpaare gezählt«, gab mir Deirdre Auskunft, nachdem sie kurz ihre Aufzeichnungen zu Rate gezogen hatte. »Genaugenommen bezieht sich das auf die Zahl der singenden männlichen Tiere, die ich feststellen konnte. Natürlich besteht die Möglichkeit, daß ich einige von ihnen auch mehr als einmal gezählt habe. Trotzdem ist das hier eines der vogelreichsten Schutzgebiete; es ist deshalb auch in allen Vogelbüchern verzeichnet.«

Das hatte ich nicht gewußt. »Wann hast du eigentlich angefangen, dich für Vögel zu interessieren, Deirdre?« fragte ich.

Ich merkte sofort, daß das die falsche Frage gewesen war, da ihre Stirn sich unverzüglich in tiefe Falten legte. »D-d-d-das – das weiß ich nicht mehr«, begann sie zu stottern. »Ich bin – ich bin –«

»Ist ja auch nicht so wichtig«, beeilte ich mich, sie zu beruhigen.

Aber sie ließ nicht locker und brachte schließlich freudestrahlend heraus: »Ich bin früher immer mit meinem Vati losgezogen! Als ich noch klein war! *Er* mochte Vögel!«

Ich hatte Mühe, mein Erstaunen zu verbergen. Man hatte mir gegenüber geäußert, Deirdre könnte sich an nichts erinnern, was vor dem Zeitpunkt lag, zu dem sie ihr Gedächtnis verloren hatte, nachdem sie einen Tag und eine Nacht lang irgendwo auf der Insel verschollen gewesen war. Begann diese

Amnesie allmählich von ihr abzufallen? Am liebsten hätte ich sie, ganz behutsam natürlich, gefragt, woran sie sich sonst noch erinnerte. Ein Psychologe wäre sicher weiter in sie gedrungen, doch ich fürchtete, damit nur einen neuerlichen Ausbruch von Angst und Tränen hervorzurufen. Ohne einen erfahrenen Psychotherapeuten war ich mit diesem Kind einfach überfordert! Daher sagte ich nur unbeteiligt: »Das muß aber schön gewesen sein«, und wandte mich wieder von ihr ab, um nach den Vögeln Ausschau zu halten. »Hast du schon irgendwo einen Goldregenpfeifer gesehen?«

Wir hatten die ganze Zeit nur leise geflüstert, und nun hörte ich Deirdre aufgeregt den Atem einziehen; zugleich deutete sie auf eine Stelle am Rand des Teichs und reichte mir großzügig den Feldstecher. Das starke Fernglas ließ die Blüten und Blätter am Ufer des Teichs so nahe rücken, daß ich nur die Hand nach ihnen ausstrecken zu müssen glaubte. Und dann zog in dem Schlamm am Rand des Teichs plötzlich etwas ganz anderes meine Aufmerksamkeit auf sich – der deutlich erkennbare Abdruck eines hochhackigen Schuhs, der sich tief in den weichen Untergrund eingegraben hatte.

Hier? Martine stand doch sicher nicht in diesem Dreck herum. Dennoch konnte eigentlich nur sie als Urheberin dieses Abdrucks in Frage kommen, da ich auf meinen Streifzügen mit Deirdre immer flache, strapazierfähige Schuhe getragen hatte und der Abdruck wohl auch kaum von Hesters leichten Leinwandschuhen oder Mrs. Meadows' altmodischen Stiefeletten herrühren konnte. Sollte etwa eines der Zimmermädchen in einer freien Minute hier Blumen pflükken gewesen sein? Allerdings schienen die meisten von ihnen eher dazu zu tendieren, jede freie Minute auf dem Festland zu verbringen; sie ließen sich an ihren zweiwöchentlichen freien Tagen entweder von Old Jim übersetzen oder nahmen das Postboot. Mir war das Ganze jedenfalls reichlich rätselhaft. Welche Sorte Frau hätte in dieser Wildnis schon hochhackige Schuhe getragen?

Den Feldstecher zwischen uns hin und her wechselnd, warteten wir geduldig und lauschten dabei dem munteren Gezwitscher um uns herum. Deirdre machte gelegentlich eine Eintragung in ihre Aufzeichnungen, und dann, nach mehr als einer Stunde, deutete sie plötzlich aufgeregt auf einen Goldregenpfeifer. Ich fand den Vogel eher unscheinbar und keineswegs so golden, wie der Name vermuten ließ.

Immer wieder war im Lauf des Vormittags die Sonne zwischen den Wolken hervorgebrochen. Doch dann bewölkte es sich zusehends. Als Deirdre und ich schließlich zum Mittagessen ins Schloß zurückkehrten, war der Himmel von einer dichten, grauen Wolkendecke verhangen, und vom Meer herein zogen sich unaufhaltsam düstere Nebelschwaden in Richtung Sanctuary Island zusammen. Als ich Deirdre nach dem Essen in der behaglichen Wärme ihres Spielzimmers zurückließ, wo sie mit Mrs. Meadows Dame spielte, bereute ich schon fast meinen Entschluß, mich mit Ross Hunter zu treffen.

»Am liebsten möchte ich hierbleiben und mit euch Rommé spielen«, sagte ich, worauf mir Mrs. Meadows verschwörerisch zuzwinkerte und heiter erwiderte: »Warten Sie nur ab, Miß; ich werde der Kleinen sonst noch Pokern beibringen. Als ich in Deirdres Alter war, hat mir mein Vater das beigebracht, und ich kann Ihnen sagen: Ich war wegen meiner Pokerkünste weithin gefürchtet.«

Ich ließ sie also über ihrer Partie Dame zurück und schlüpfte leicht fröstelnd in meinen Regenmantel. Brrr, war das ein Hundewetter! Auf dem Weg durch den mit dicken Läufern ausgelegten unteren Flur hörte ich durch die offene Tür der Bibliothek die laute, drängende Stimme des alten Alexander McLeod.

»Aber wo *steckt* Martine? Weshalb sollte sie an einem Tag wie diesem außer Haus gehen wollen? Um Himmels willen, Lowden, irgendwo muß meine Frau doch sein – auf ihrem Zimmer vielleicht oder im Westflügel?«

»Mrs. McLeod ist nicht in ihren Gemächern, Sir«, hörte ich Lowden darauf gemessen erwidern. »Und sie war auch nicht in der Küche. Soll ich sie über sämtliche Haustelefone zu erreichen versuchen, Mr. Alexander?«

Ich drückte die schwere Eingangstür auf und eilte die Treppe hinunter. Die Luft war kalt und feucht, als ich den aufgeweichten Weg zu Ross' Hütte einschlug; dabei überquerte ich ein Stück hinter dem Schloß die steile Abkürzung, welche über den scharf abfallenden, die Insel wie ein Rückgrat durchziehenden Hauptkamm führte. Ich eilte den schlüpfrigen Pfad mit zu Boden gesenktem Blick entlang, so daß ich auf halbem Weg, etwa an der Stelle, wo der Pfad seinen höchsten Punkt erreichte, fast mit einer entgegenkommenden Person zusammengestoßen wäre.

»Passen Sie doch auf!« fuhr mich eine schneidende Stimme an.

Nach Luft schnappend, wich ich erschreckt zurück. »Entschuldigung!« Ich traute meinen Augen kaum, als mein Blick auf mein Gegenüber fiel. Ohne Mantel und Hut, nur in Rock und Pullover, stand Martine McLeod vor mir; sie war bis auf die Haut durchnäßt, und ihre Strümpfe waren verdreckt und zerrissen.

Sie sah so ganz anders aus als gewohnt, daß ich sie unwillkürlich fragte: »Fehlt Ihnen auch nichts, Mrs. McLeod? Was um alles in der Welt –«

»Alles in Ordnung«, entgegnete sie scharf. »Soll ich etwa nicht wie jedermann sonst spazierengehen können, Miß Moore?«

Ich beeilte mich zu erwidern: »Sie müssen entschuldigen, aber... Ihre Schuhe sehen ja aus, als wären Sie gestürzt...« Den Vorfall ins Spaßige ziehend, fügte ich hinzu: »Sie können einer Krankenschwester wie mir ruhig vertrauen, Mrs. McLeod, daß sie weiß, wann Unheil im Anzug ist. Stellen Sie sich nur mal vor, ich würde Ihre Tochter ohne Mantel und Kopfbedeckung ins Freie lassen, und sie würde sich eine Erkältung holen –«

Sie sah mich nach wie vor ungehalten an, aus ihrer Stimme war die Schärfe etwas gewichen, als sie entgegnete: »Ich habe nicht damit gerechnet, daß es zu regnen anfangen würde, Miß Moore, aber wenn mir die Frage gestattet ist – was treiben Sie sich eigentlich bei diesem Wetter im Freien herum?«

Ich war nicht gewillt, ihr von Ross zu erzählen, weshalb ich erwiderte: »Ach, ich wollte nur etwas frische Luft schnappen.«

Sie sah mich mit durchdringenden Blicken an. »Hunter also. Falls ich Ihnen hierzu vielleicht einen gut gemeinten Rat geben darf, Miß Moore. Das Leben auf der Insel ist sicher etwas einsam für eine junge Frau wie Sie – oder auch für einen jungen Mann. Dennoch möchte ich Ihnen dringendst davon abraten, sich näher mit ihm einzulassen.«

Ich mußte ein wenig über mich selbst lachen, als ich ihr darauf versicherte, daß ich mich bisher auf keinen Mann eingelassen hätte und dies auch künftig nicht vorhätte; zugleich fragte ich mich jedoch, was sie das eigentlich anginge. Als sie dann an mir vorbei in Richtung Schloß weiterging, ertappte ich mich dabei, wie ich ihr noch eine Weile nachdenklich hinterhersah. Auf einem Spaziergang vom Regen überrascht? Und das ausgerechnet die elegante und mondäne Martine?

Kam sie etwa gerade von Ross' Hütte? Und was hatte sie dort getrieben?

Susan Moore, rief ich mich zur Räson, *du entwickelst langsam eine auffallend schmutzige Fantasie.*

Meinen Regenmantel fester um mich zusammenziehend, setzte ich meinen Weg zu Ross' Hütte hinunter fort und dachte mit leisem Bedauern an Martine, die währenddessen auf ihren verdreckten hochhackigen Schuhen in völlig durchnäßter Kleidung nach Hause stakte.

Ross hatte im Kamin seiner Hütte ein Feuer gemacht, das den Raum mit einer angenehmen Wärme erfüllte, als ich aus meinem tropfnassen Regenmantel schlüpfte. Er selbst war barfuß und in Hemdsärmeln und erklärte mit einem kurzen Nicken auf meine schmutzigen Schuhe: »Laß die mal lieber vor der Tür stehen – nach japanischer Sitte. Auf diese Weise kann ich meinen Besen einmal länger in der Ecke stehen lassen.«

Ich streifte also meine Schuhe an der Tür ab und tappte auf bestrumpften Füßen auf das Sofa zu, um es mir darauf bequem zu machen. Ich fühlte mich zunehmend wohler in der Gegenwart dieses unverkrampften, großen, blonden Mannes, der einerseits so viele Ähnlichkeiten mit Raymond Grantham aufwies und zugleich auch so völlig anders war.

Körperchemie, dachte ich gelassen, *nichts als Körperchemie; ich habe nun mal eine ausgeprägte Schwäche für große, blonde Männer.*

Er schenkte uns beiden eine große Tasse starken Kaffees mit einem kräftigen Schuß irischen Whiskeys ein. »Davon wird dir gleich wieder warm werden«, bemerkte Ross dazu. »Und da du nicht im Dienst bist, brauchst du auch keine Skrupel zu haben, etwas zu trinken. Aber sei gewarnt, Susan«, fügte er grinsend hinzu, »ich habe es nur darauf angelegt, daß du dich so richtig behaglich fühlst, damit ich dir um so leichter deine Lebensgeschichte aus der Nase ziehen kann.«

Ich kostete vorsichtig von dem heißen Kaffee. »Soviel gibt es da gar nicht zu erfahren. Der typische Standardlebenslauf. Ich bin auf einer kleinen Farm am Ende der Welt aufgewachsen, habe nach der Kleinstadtschule eine Ausbildung als Krankenschwester mit einer Zusatzausbildung in Psychiatrie gemacht, habe mich schließlich auch noch zur OP-Schwester ausbilden lassen und ein Jahr in einem Krankenhaus in Philadelphia gearbeitet.«

»Um schließlich hier zu landen«, fügte er nachdenklich hinzu. »Wirklich eigenartig, zumal die meisten Mädchen vom Land gar nicht genug bekommen können von der Großstadt und von dem aufregenden Leben dort.«

»Alles, was eine Krankenschwester von einer Großstadt zu sehen bekommt, sind Unfallstationen und Notaufnahmen«, hielt ich dem entgegen. Doch dann verfiel ich in Schweigen und dachte nach langem wieder einmal an den bedrückend grauen Tag in Philadelphia zurück, an dem Raymond Grantham für immer aus meinem Leben verschwunden war.

Ross, der mich währenddessen unablässig beobachtet hatte, bemerkte behutsam: »Ganz so glatt und ereignislos scheint dein bisheriges Leben demnach also doch nicht verlaufen zu sein.«

All die Gespenster aus der Vergangenheit energisch in die Schranken weisend, schüttelte ich heftig den Kopf. »Ein Zuckerlecken war es jedenfalls nicht. Aber wie sieht es mit dir aus, Ross? Deine Lebensgeschichte dürfte sich doch bestimmt wesentlich interessanter anhören als meine.«

Er zuckte mit den Achseln. »Na ja, allzuweit ist es damit nun auch wieder nicht her. Ich habe dir ja bereits erzählt, daß ich im Slum aufgewachsen bin – in Oakland, Kalifornien. Meine Eltern bezeichneten sich selbst als Bohemiens – heutzutage würde man sie vermutlich Beatniks nennen, obwohl der Ausdruck Spinner dem wahren Sachverhalt vielleicht am ehesten nahekäme. Mein Vater hatte ein Faible für Zen-Buddhismus und einen riesigen Rauschebart, und meine Mutter lief in Sandalen rum, aß nur Vollwertkost und besuchte einen Malkurs nach dem anderen, während sie für weltliche Dinge wie Kochen, Saubermachen oder Geschirrspülen herzlich wenig übrig hatte. Ich stieß zu einer der Jugendbanden, wie es sie damals unten am Hafen zu Dutzenden gab, und eines Tages stahlen wir einen Wagen und fuhren damit einfach so zum Spaß in Richtung Tijuana los. Das war das Ende von Ross Hunter, Beatnik in zweiter Generation, und der Anfang von Ross Hunter, Insasse einer kalifornischen Jugendstrafanstalt, bei der es sich zu meinem Glück jedoch um ein Aufforstungslager für schwer erziehbare Jugendliche handelte. Die Arbeit dort machte mir nämlich richtig Spaß. Ich hätte am besten gleich dabei bleiben sollen, als sie mich mit achtzehn wieder auf die Menschheit losließen. Statt dessen beschloß ich jedoch, es noch einmal mit der Großstadt zu versuchen. Ich ging nach Las Vegas. Ich arbeitete eine Weile in einem der großen Hotels dort, bis sie spitzbekamen, daß ich vorbestraft war. Danach fand ich keinen anständigen Job mehr, so daß ich schließlich in einem der Casinos als Kartendealer arbeitete. Ich wußte nicht, daß der Laden der Mafia gehörte, bis eines Abends ein Typ an meinem Tisch eine Mordsglückssträhne hatte; als er schließlich aufstand und ging, hatte er zwanzigtausend Dollar mehr in der Tasche. Kurz darauf hörte man munkeln, daß die Casinoleitung sich das nicht hatte gefallen lassen und ihm ein paar ihrer Leute hinterhergeschickt hatte, um ihm seinen Gewinn wieder abzuknöpfen; jedenfalls wurde er eines Tages mit durchgeschnittener Kehle in einem dunklen Hinterhof aufgefunden. Gleichzeitig hörte man nun allerdings auch munkeln, daß dem Kartendealer ein ähnliches Schicksal blühen sollte – also setzte ich mich in die erste Maschine raus aus Las Vegas und ließ mich dort nie wieder blicken. Zufällig flog sie gerade nach Washington, D.C., so daß ich mich an die dortige Forstbehörde wandte und schließlich hierhergeschickt wurde. Und da bin ich nun. Jedenfalls nichts, womit groß Staat zu machen wäre. Schon als Jugendlicher vorbestraft, von den meisten Leuten vermutlich als ehemaliger professioneller Spieler angesehen – und dann auch noch auf der Flucht vor der Mafia. Jedes halbwegs anständige Mädchen wäre höchstwahrscheinlich zutiefst schockiert«, fügte er bitter hinzu.

Für mich hörte sich das Ganze jedoch mehr wie die Lebensgeschichte eines Jungen an, dem eher das Leben übel mitgespielt hatte, als daß ihm selbst ein Vorwurf zu machen gewesen wäre. Und das sagte ich ihm auch.

Wir hatten uns beim Sprechen unbewußt aufeinander zubewegt, und plötzlich spürte ich seine Lippen auf den meinen, und seine Arme hatten sich um mich geschlungen.

»Ich wußte, daß du Verständnis zeigen würdest«, murmelte er verschwommen. »Deshalb hielt ich es auch für besser, dir von Anfang an reinen Wein einzuschenken und dir nichts vorzumachen.«

»Aber wer sollte dir deine Vergangenheit denn noch zum Vorwurf machen – und dies nach all den Jahren, in denen du hier ein untadeliges Leben geführt hast?«

»Oh, es gibt genügend Leute, die mir daraus noch heute nur zu gern einen Strick drehen würden«, erwiderte Ross mit einem verächtlichen Schnauben. »Und in Las Vegas könnte ich mich selbst heute noch nicht blicken lassen, ohne um mein Leben fürchten zu müssen. Diese Gangster haben ein verdammt gutes Gedächtnis. Nein, ich muß sagen, daß ich inzwischen durchaus zufrieden bin mit dem Leben, das ich hier führe.«

Ungläubig zuckte es mir durch den Kopf: Für einen Spielverlust von zwanzigtausend Dollar, den sie sowieso in kürzester Zeit wieder wettgemacht hätten, sollten sie Ross noch immer nach dem Leben trachten? Völlig ausgeschlossen war es selbstverständlich nicht, zumal ich herzlich wenig über solche Dinge wußte. Außerdem mochte ich keine Kriminalromane oder Gangsterfilme. Es kam mir richtig unwirklich vor, einem Mann gegenüberzusitzen, dessen Lebensgeschichte sich anhörte wie das Drehbuch zu einem Film – doch welch ein undramatisches Ende! In welchem Gangsterfilm hätte sich der Held am Ende über Jahre hinweg in die Stille einer fast unbewohnten Insel zurückgezogen, um die dort heimischen Vögel zu beobachten. Ich ließ mich neuerlich von Ross küssen.

»Du eignest dich zum Gangster etwa ebensosehr wie – wie der alte McLeod«, sagte ich noch, um dann eine ganze Weile weder an Gangster noch an sonstige alte Geschichten zu denken. Als ich mich schließlich etwas außer Atem von ihm löste, glühte mein Gesicht.

Er hielt mich noch eine Weile im Arm, um mich dann jedoch ganz loszulassen und mir leise zuzuflüstern: »Keine Sorge, Susan. Ich werde nichts überstürzen. Aber jetzt könnte ich noch eine Tasse von diesem Irish Coffee vertragen. Wie sieht es mit dir aus?«

Ich nickte. »Aber diesmal ohne Whiskey. Deine Methode ist mir eindeutig etwas zu wirkungsvoll, mein Lieber.«

»Das ist durchaus im Sinne des Erfinders«, erwiderte er und gab mir neuerlich einen kräftigen Schuß Whiskey in meinen Kaffee.

»Nein, Ross, das werde ich nicht trinken«, erklärte ich entschlossen und trat an die Spüle, um den Inhalt meiner Tasse auszukippen und mir noch einmal Kaffee einzuschenken. Während ich eben damit beschäftigt war, erstarrte ich plötzlich mitten in der Bewegung. Denn auf dem Küchenboden, unmittelbar vor der Spüle, war ganz deutlich der schmutzige Abdruck eines hochhackigen Damenschuhs zu erkennen.

Auf lange Sicht betrachtet, glaube ich, daß es sogar gut war, daß ich diesen Abdruck sah. Möglicherweise hätte ich sonst noch an diesem Nachmittag einen fürchterlichen Narren aus mir gemacht. Doch der Anblick dieses Abdrucks schob meinen aufkeimenden Gefühlen abrupt einen Riegel vor, und ich mußte wieder an Martines Worte und ihre schmutzigen Schuhe denken.

War es Eifersucht? Oder kannte sie ihn einfach nur zu gut?

Ross war es jedenfalls schwerlich zum Vorwurf zu machen, daß er sich an sie heranzumachen versuchte. Schließlich war Martine eine gutaussehende Frau in den Dreißigern, die, an Ruhm und allgemeine Aufmerksamkeit gewöhnt, nun auf dieser einsamen Insel mit einem an den Rollstuhl gefesselten, wesentlich älteren Mann festsaß. In der Regel waren gerade solche Frauen das gefundene Fressen für jeden Amateurcasanova. Als Krankenschwester hatte ich bereits zu viele tiefgreifende Einblicke in das Wesen der Menschen tun können, um mich darüber noch sonderlich überrascht zeigen zu können. Dennoch flaute dadurch meine bisherige Hochstimmung merklich ab. Der Kaffee auf meiner Zunge fühlte sich mit einem Mal bitter an, und gleichzeitig erschienen mir das ans Feuer gerückte Sofa, der Irish Coffee und der wechselseitige Austausch von Lebensgeschichten etwas zu berechnend, um weiter an meine Sinne appellieren zu können.

Und wollte ich etwa in Martines extrem schmutzige Fußstapfen treten?

Ross spürte irgendwie, daß der Zauber unseres gegenseitigen Einverständnisses schlagartig verflogen war, als ich mich wieder setzte. Wir unterhielten uns zwar weiter, aber er küßte mich nicht mehr. Und als ich nach einem Blick durchs Fenster trotz des starken Regens andeutete, daß es nun an der Zeit wäre, mich auf den Heimweg zu machen, versuchte er nicht, mich zurückzuhalten.

»Wenn es nicht so stürmisch wäre, könnte ich dich mit meinem Boot nach Hause fahren«, erklärte er. »Aber nachdem sie überall entlang der Küste vor dem Sturm gewarnt haben, möchte ich es lieber nicht riskieren. Sieht ganz so aus, als hätten wir für die nächsten drei Tage mit einem kräftigen Sturm zu rechnen. Außerdem haben wir gerade Flut; die Strudel am Ende der Insel brächten das Boot unweigerlich zum Kentern. Wenn du bis zur Ebbe warten willst, könnten wir es allerdings auf einen Versuch ankommen lassen«, schlug er vor. Doch ich wollte nicht solange warten. Im Gegenteil, ich sehnte mich geradezu nach dem Spaziergang durch den kalten Regen, um meinen Kopf wieder freizubekommen von seinem Whiskey, von seiner Lebensgeschichte – und vor allem von seinen Küssen.

Das Unwetter dauerte tatsächlich drei Tage an. Am nächsten Morgen umpeitschte der Wind unter wildem, fast bedrohlichem Pfeifen die Türme und Erker von Duncarlie Castle. Während ich noch warm unter meiner Decke gekuschelt lag, kam ich mir vor, als wäre ich in die lautliche Untermalung einer Verfilmung von *Wuthering Heights* geraten. Deirdre starrte lustlos aus dem Fenster; an einem Tag wie diesem würden wir weder schwimmen noch spazierengehen können. Sie holte ihre sämtlichen Vogelbestimmungsbücher hervor und versuchte, sich damit die Zeit zu vertreiben. Sie wollte weder Mühle noch Dame spielen und ging schließlich an ihren Schrank, um daraus ihre Puppe und eine große Blechschachtel hervorzuholen. Sie sah mich abwägend an, bevor sie die Schachtel öffnete.

»Sie werden mich bestimmt für furchtbar kindisch halten.«

Ich fand diese Bemerkung höchst interessant. Es mochte vielleicht kindisch sein, in Deirdres Alter noch mit Puppen zu spielen, aber ich hatte genügend geistig zurückgebliebene Kinder mit Puppen spielen gesehen, *ohne* daß sie sich bewußt gewesen wären, daß das kindisch war. Sie taten es einfach nur. Deshalb erwiderte ich ruhig: »Ich habe selbst noch bis vierzehn oder so mit meinen Puppen gespielt.«

»Eigentlich macht es mir ja auch am meisten Spaß, neue Kleider für sie zu schneidern; bloß mit ihnen zu spielen, finde ich eher langweilig.« Damit klappte Deirdre den Deckel der Schachtel hoch, um ihr verschiedene Stoffreste aus Satin, Baumwolle und Seide sowie allerlei Bänder und Spitzen zu entnehmen. Auf dem Boden der Schachtel lagen zwei kleine Porzellanpuppen mit tiefblauen Augen und echtem Haar – die eine brünett, die andere blond. Sie waren wesentlich weniger raffiniert als die modernen Barbie-Puppen, aber in meinen Augen wesentlich schöner. Die eine trug ein Kleid aus gestreiftem Baumwollstoff mit einer Schürze, die andere ein langes, seidenes Nachthemd.

»Diese Puppen habe ich schon, seit ich klein bin – glaube ich zumindest«, erklärte mir Deirdre nachdenklich. »Das ist Madeline, und das ist Amelia.«

»Wieso hast du ihnen diese Namen gegeben?«

»Das weiß ich nicht«, antwortete Deirdre und sah mich dabei verstört an. Mir wurde bewußt, daß diese Puppen schon alt sein mußten; vielleicht hatte schon Martine als Kind mit ihnen gespielt. Ich trat näher heran und besah mir den Inhalt der Blechschachtel. Auf deren Boden waren mehrere herrliche Puppenkostüme ausgebreitet, von denen ich in einem die exakte Kopie des Opernkostüms wiedererkannte, das Martine auf dem Porträt in der Bibliothek trug. Hatte eine jüngere, liebevollere Martine für die Puppen ihrer Tochter ihre Bühnenkostüme nachschneidern lassen? Waren Madeline und Amelia etwa die Namen von berühmten Opernheldinnen?

Während Deirdre nun liebevoll die kostbaren, kleinen Kostüme glattstrich, lag ein eigenartiger Ausdruck über ihren Augen, als tastete sie sich behutsam in das Dunkel ihrer Erinnerungen vor. Ein Psychiater hätte in ihr, dachte ich inzwischen zum hundersten Mal, gewiß eine lohnende und dankbare Patientin gefunden – doch warum wurde sie nicht behandelt? Warum hielt man sie hier mit einer ständigen Pflegerin fest?

Plötzlich riß Deirdre ihre Hände an ihre Schläfen hoch und stieß aufgeregt hervor: »Ach, Susan, es gibt so vieles, an das ich mich nicht mehr erinnern kann! Aber warum? Warum kann ich mich nicht mehr erinnern?«

»Wenn ich das wüßte, mein Schatz«, entgegnete ich vorsichtig. »Aber vielleicht wirst du dich eines Tages wieder erinnern können.«

Sie preßte inzwischen ihre geballten Fäuste gegen ihre Schläfen, so daß ich bereits ernsthaft zu befürchten begann, sie könnte sich selbst etwas antun. »Manchmal denke ich, ich werde verrückt! Ich versuche und versuche, mich zu erinnern, aber ich – ich habe *Angst*, mich zu erinnern. Und gleichzeitig macht es mir auch Angst, mich *nicht* erinnern zu können. Manchmal fühle ich mich, als würde mein Kopf in Stücke springen.«

»Jetzt beruhige dich erst mal wieder, mein Schatz. Mach dir deswegen mal keine unnötigen Sorgen. Möchtest du vielleicht ein paar neue Kleider für deine Puppen machen?«

Sie nickte. »Sie lassen mich zwar keine Zeitschriften anschauen, aber hin und wieder habe ich doch eine *ihrer* Zeitschriften gefunden.« Sie brachte ein paar Modezeitschriften zum Vorschein. »Solche Kleider würde ich auch gern mal tragen«, erklärte sie mit typischer Teenagerschwärmerei, »aber die Frisuren finde ich schrecklich.«

»Deine ist allerdings wesentlich hübscher«, pflichtete ich ihr bei.

»Eigentlich wollte ich schon immer ein paar von diesen Kleidern nachmachen. Früher habe ich viel für meine Puppen genäht, aber seit einiger Zeit kann ich meine Schere nicht mehr finden. Werden Sie mir beim Zuschneiden für das Kleid helfen?«

Ich war froh, daß wir nun doch eine Beschäftigung gefunden hatten, die ihr Spaß machte, und während der nächsten Stunde waren wir an dem Tisch unter dem Fenster vollauf damit beschäftigt, einen Schnitt für ein neues Puppenkleid anzufertigen. Deirdre legte dabei erstaunliches Geschick an den Tag, und als sie schließlich damit beschäftigt war, den Saum eines Rocks aus Brokatseide umzunähen, klopfte es leise an die Tür. In der Erwartung, Carla würde das Mittagessen bringen, ging ich öffnen, um jedoch zu meinem Erstaunen Martine McLeod gegenüberzustehen.

Wortlos trat sie an mir vorbei in das Zimmer, um dann stehenzubleiben und ihre Tochter anzusehen. Deirdre sah nur kurz erschrocken auf und raffte dann unverzüglich den Stoff und die Nähsachen in ihrem Schoß zusammen, als wollte sie sie beschützen.

»In *deinem* Alter noch mit Puppen zu spielen!« fuhr Martine sie verächtlich an. »Kindischer Unsinn!«

Heftig fegte ihre Hand das grüne Puppenkleid vom Tisch. Bestürzt beobachtete ich, wie Deirdre ihre Hand an ihren Mund hochriß und darauf biß. Und dann duckte sie sich plötzlich mit einem schrillen Aufschrei unter den Tisch, wo sie sich heftig schluchzend zusammenkauerte.

Fassungslos trat ich vor. »Mrs. McLeod!« stieß ich schokkiert hervor. »Wie können Sie so etwas tun? Sehen Sie denn nicht, welchen Schrecken Sie Deirdre damit eingejagt haben?«

»Ich finde nur, man sollte ihr keinesfalls gestatten, mit Nadel und Schere zu spielen«, wandte Martine sich darauf wutentbrannt mir zu. »Am Ende sticht sie sich damit noch die Augen aus.«

Mit einem Mal fühlte ich wilde, unbezähmbare Wut in mir aufsteigen. Zwar hielt ich meine Stimme mühsam unter Kontrolle, aber ich sprach bei aller Höflichkeit dennoch mit der schneidenden Autorität einer professionellen Krankenschwester.

»Ich muß darauf bestehen, daß Sie künftig hier nicht mehr einfach so hereingeschneit kommen, Mrs. McLeod. Ich bin gerne bereit, darüber später ausführlich mit Ihnen zu sprechen, aber im Augenblick –«

»Wollen Sie mir etwa vorschreiben, wann und wie ich meine eigene Tochter sehen kann?«

Ich hatte gute Lust zu erwidern, was das eigentlich für eine Art wäre, die eigene Tochter zu behandeln; doch statt dessen sagte ich mit eisiger Miene: »Wollen *Sie* mir etwa erzählen, wie ich meine Patienten zu behandeln habe, Mrs. McLeod? Nichts für ungut, aber die Verantwortung für Ihre Tochter trage *ich*, weshalb ich Sie jetzt bitten möchte, den Raum auf der Stelle zu verlassen.«

Entschlossen trat ich darauf vor und drängte sie unaufhaltsam durch die Tür auf den Flur hinaus, und nachdem ich die Tür hinter mir geschlossen hatte, legte ich endgültig los: »Mrs. McLeod, bei meiner Einstellung wurde ich ermächtigt, nach eigenem Gutdünken mit meiner Patientin zu verfahren, weshalb ich mir diese Einmischung in meine beruflichen Pflichten verbitten möchte. Und nun zur Sache: Zuallererst bestehe ich darauf, daß in Deirdres Gegenwart nicht mehr über sie gesprochen wird, als wäre sie taub. Sie wissen sehr wohl, daß sie jedes Wort versteht, das Sie sagen, und ich muß sagen, daß Sie geradezu den Anschein erwecken, als wollten Sie sie noch mehr in Verwirrung stürzen.« Ich holte aus meiner Rocktasche verschiedene Nadeln und eine Schere hervor, die ich Deirdre vor dem Verlassen des Zimmers sicherheitshalber abgenommen hatte, und sagte: »Sie brauchen sich keine Sorgen zu machen, ich könnte es einem meiner Patienten gestatten, mit scharfen oder spitzen Gegenständen zu hantieren, solange ich nicht absolut sicher bin, daß dies vollkommen unbedenklich ist. Und in Deirdres Fall halte ich dies durchaus für gegeben. Darüber hinaus«, ich redete mich langsam in Fahrt, »wird Deirdre von diesen Anfällen nur heimgesucht, wenn jemand sie unnötig verängstigt oder in Aufregung versetzt. Wenn Sie Ihre Tochter also künftig sehen wollen, bestehe ich darauf – jawohl! – bestehe ich darauf, daß Sie mir vorher ausreichend Gelegenheit geben, sie auf Ihren Besuch entsprechend vorzubereiten; außerdem möchte ich darauf dringen, daß Sie sie nicht mehr unnötig verstören und grundlos heruntermachen!« Meine Wangen glühten vor Wut. »Wenn Sie schon nicht wollen, daß Deirdre sich mit kindlichen Spielen die Zeit vertreibt, warum sorgen Sie dann nicht dafür, daß dies auf eine ihrem Alter angemessenere Art und Weise geschehen kann?«

Martine wirkte mit einem Mal um vieles verrückter, als ich Deirdre je gesehen hatte. Ihr schrecklich verzerrtes Gesicht war hochrot angelaufen, und ihre Augen sprühten vor Zorn.

Doch ich kehrte ihr einfach den Rücken zu und erklärte: »Und nun muß ich mich wieder um meine Patientin kümmern.« Damit trat ich wieder in Deirdres Zimmer und knallte Martine die Tür vor der Nase zu. Innerlich machte ich mich bereits auf einen neuerlichen heftigen Anfall Deirdres gefaßt. Doch zu meinem Erstaunen kniete Deirdre in aufrechter Haltung neben dem Tisch, als ich mich ihr zuwandte. Zwar war ihr Gesicht tränenüberströmt, und ihr zierlicher Körper wurde noch von sporadischem Schluchzen geschüttelt, aber sie lag zumindest nicht mehr in panischer Angst unter dem Tisch zusammengekauert.

»Wird sie auch bestimmt nicht hereinkommen?«

»Bestimmt nicht«, versicherte ich ihr.

Darauf richtete Deirdre sich zu voller Größe auf, um sich mir unvermutet in die Arme zu werfen. Leicht verwundert schlang ich meine Arme um sie, während sie, immer noch schluchzend, leise zischte: »Ach, endlich hat es ihr jemand ordentlich gezeigt... Ich habe noch nie jemanden ihr die Stirn bieten gesehen. Das hat bisher noch niemand gewagt! Niemand!« Die Worte brachen vor Erleichterung geradezu aus ihr heraus. »Und Sie haben keine Angst vor ihr?«

»Nicht im geringsten«, versicherte ich ihr behutsam. »Nicht im geringsten.«

Deirdre stieß einen langen, erleichterten Seufzer aus und wischte sich die Tränen aus den Augen, um sich dann ihr zerzaustes Haar aus dem Gesicht zu streichen.

»Eigentlich besteht doch gar kein Grund, solche Angst zu haben«, sagte sie unvermutet. »Warum bekomme ich denn plötzlich solche Angst, Susan?«

Wenn ich das nur gewußt hätte! Folglich konnte ich ihr nur antworten: »Diesmal hattest du doch gar nicht solche Angst. Vielleicht kommst du langsam darüber hinweg.«

»Vielleicht.« Ihr zartes Kindergesicht legte sich für einen Moment von angestrengtem, konzentriertem Nachdenken in tiefe Falten, bevor sie einen langen, zitternden Seufzer ausstieß.

»Vielleicht«, sagte sie dann noch einmal und hob das Puppenkleid vom Boden auf. »Kann ich bitte die Nadel wiederhaben, Susan? Sie denkt immer, ich würde mir damit wehtun, aber ich werde schon aufpassen.«

»Ich weiß«, bestätigte ich ihr und ließ mich erschöpft in einen Sessel niedersinken, während Deirdre sich wieder ans Nähen machte. Dabei fiel ihr Haar nach vorn, so daß es ihr Kinn und ihre vor Konzentration gespitzten Lippen umspielte. Für den Augenblick war das Schlimmste abgewendet, doch wiegte ich mich keineswegs in der trügerischen Sicherheit, die Sache wäre damit erledigt.

Nicht für Martine McLeod.

8. Kapitel

Die Folgen sollten nicht lange auf sich warten lassen. Noch am selben Abend, nachdem ich Deirdre zu Bett gebracht hatte, wurde mir über das Haustelefon eine Nachricht übermittelt.

»Miß Moore«, teilte mir Lowden höflich mit, »Mr. McLeod wünscht Sie baldmöglichst zu sprechen.«

Ich versicherte ihm, daß ich unverzüglich nach unten kommen würde. Als ich mir vorher noch kurz das Haar kämmte, wurde ich doch von einer gewissen Unruhe beschlichen. Ich hatte Deirdre im Lauf der Zeit mehr und mehr ins Herz geschlossen, und nun hatte ich um den Preis, Martine einmal ordentlich die Meinung zu sagen, meine Position auf Duncarlie Castle aufs Spiel gesetzt. Denn ich zweifelte nicht im geringsten daran, daß Mr. Alexander McLeod über meine Aufmüpfigkeit in Kenntnis gesetzt worden war, wobei der alte Herr nicht den Eindruck erweckte, als duldete er von seiten seiner Angestellten auch nur die leiseste Widerrede.

Doch ich sprach mir Mut zu. Von wegen Hausangestellte! Die McLeods hatten mich als ausgebildete Krankenschwester in ihre Dienste genommen; entsprechend konnten sie auch sehr wohl auf meinen Rat hören, wenn sie nicht lieber einen willenlosen Roboter haben wollten, der nur tat, was ihm geheißen wurde. Es schien ihnen offensichtlich daran *gelegen* zu sein, daß das Mädchen wie eine Geisteskranke behandelt wurde. Falls der alte Herr also vorhatte, mir die Meinung zu sagen, sollte er durchaus auch die meine zu hören bekommen. Hoch erhobenen Hauptes schritt ich die Treppe hinunter.

In der Bibliothek war es ziemlich dunkel. Das Porträt Martines, das über dem Flügel hing, schien alles Licht im Raum auf sich zu ziehen, und es dauerte einen Moment, bis mir, als ich nach dem Rollstuhl des alten Mr. McLeod Ausschau hielt, bewußt wurde, daß Brant es war, der am Kamin stand; er sah, einen Arm auf das Sims gestützt, an mir vorbei auf Martine, die in einem dunklen Kleid in einer kaum beleuchteten Ecke des Raums stand.

Er stieß einen langen Seufzer aus, als ich eintrat – einen müden, erschöpften Laut. »Nun, Miß Moore«, begann er in seiner leicht rauhen Stimme, »hätten Sie vielleicht die Güte, mir zu erzählen, worum es sich nun eigentlich dreht?«

Hatten sie sich hier versammelt, um über mich Gericht zu halten? Ich trat vor und sah sie unerschrocken an.

»Eines sollte vielleicht von Anfang an klargestellt werden, Mr. McLeod. Ich bin eine staatlich anerkannte Krankenschwester für psychiatrische Fälle und keine Hausangestellte oder Gouvernante. Wenn ich also mit der Betreuung eines Privatpatienten beauftragt werde, gehe ich in der Regel davon aus, daß dies aus dem Grund geschieht, daß ich hinsichtlich der Pflege eines solchen Patienten besser Bescheid weiß als ein Laie. Sie würden sich wohl kaum einen Anwalt nehmen, um Ihre Sache dann vor Gericht selbst zu vertreten – ebensowenig, wie Sie einem Chirurgen erklären würden, wie er Ihren Blinddarm zu operieren hat. Sollte ich Mrs. McLeod beleidigt haben, so tut mir dies aufrichtig leid; aber trotzdem bin ich in erster Linie meiner Patientin verpflichtet. Zudem bin ich fest entschlossen, alles zu unterbinden, was Deirdre unnötig aufregen könnte. Das ist nicht mehr und nicht weniger als meine Pflicht.«

Darauf trat kurzes Schweigen ein – ein verblüfftes Schweigen, wie es mir schien. Nicht ohne einen Anflug von Verachtung dachte ich: *Diese Leute sind es gewohnt, daß alle gleich in Ohnmacht fallen, wenn sie nur mal kurz ›Buh!‹ sagen. Um so mehr sind sie dann auch gleich von ihren reinseidenen, monogrammbestickten Socken, wenn jemand tatsächlich wagt, ihnen die Stirn zu bieten.*

Schließlich sagte Brant McLeod nachdenklich: »Dem läßt sich eine gewisse Berechtigung nicht absprechen, wie du selbst zugeben mußt, Martine. Es hat wohl kaum einen Sinn, eine spezialisierte Fachkraft einzustellen und ihr dann ständig dreinzureden. In diesem Punkt muß ich Miß

Moore durchaus recht geben. Zudem zeigt es, daß sie ihre Pflichten Deirdre gegenüber sehr ernst nimmt.«

Zitternd vor Wut legte Martine daraufhin los: »Sie hat mich fast gewaltsam aus dem Zimmer geworfen!«

Täuschte ich mich, oder hatte Brant sie dabei tatsächlich mit einem kurzen Blick unverhohlener Skepsis bedacht? »Du meinst, sie ist tätlich gegen dich geworden? Hat sie dich tatsächlich gestoßen oder geschlagen?«

»Mr. McLeod, ich habe Mrs. McLeod nicht einmal berührt, wenn es auch richtig ist, daß ich sie rasch aus dem Zimmer gedrängt habe. Deirdre bekam plötzlich fürchterliche Angst, so daß ich befürchtete, sie könnte jeden Augenblick einen ihrer Anfälle bekommen.«

»Nun, sie hat mich nicht wirklich *geschoben*...«, gab Martine einlenkend zu.

»Also gut, Marty«, schlug Brant vor. »Dann lassen wir den Hergang am besten doch mal Miß Moore schildern.«

Ich zählte der Reihe nach auf, was geschehen war. Als ich mit meinen Ausführungen zu Ende war, blieb Brants Blick noch eine Weile auf mir ruhen.

»Klingt doch ganz in Ordnung«, wandte er sich schließlich wieder Martine zu. »Ich verstehe gar nicht, worüber du dich eigentlich so aufregst.«

»Ich – wirst du dir das etwa – das ist doch –«

Bevor sie jedoch noch mehr hervorstammeln konnte, fiel ihr Brant energisch ins Wort: »Meiner Ansicht nach versteht Miß Moore sehr wohl, mit deiner Tochter umzugehen, Martine. Immerhin hatte Deirdre keinen ihrer Anfälle mehr, seit Susan hier ist. Sie schwimmt, macht ausgedehnte Spaziergänge und führt ihre Vogelbücher, und – was das Wichtigste ist – sie hat seitdem keinen schwereren Anfall mehr gehabt. Möchtest du also im Ernst wieder jemanden wie Miß Fiske haben, bei der Deirdre sich den ganzen Tag lang im Schrank verkrochen oder mit Kamm und Bürste um sich geworfen hat? Manchmal möchte man wirklich meinen, daß du genau das möchtest!« Als er bei diesen Worten einen heftigen Schritt nach vorn machte, wich Martine erschrocken vor ihm zurück. »Deedee fühlt sich unter Susans sachkundiger Pflege ausgesprochen wohl, und ich lasse es nicht zu, daß dies aufgrund irgendwelcher kleinkarierter weiblicher Eifersüchteleien aufs Spiel gesetzt wird.«

»Brant, wie kannst du so etwas sagen...« Martines schöne Stimme klang mit einem Mal auffallend heiser, worauf Brants von seltsamen Schatten verdüsterte Miene sich wie unter heftigen Schmerzen verzerrte.

»Es tut mir leid, Martine. Ich – ich wollte dir nicht weh tun.« Er schluckte krampfhaft und tat einen weiteren Schritt auf sie zu, so daß es mir zur Wahrung einer gewissen Diskretion angeraten erschien, meine Anwesenheit durch ein verlegenes Hüsteln in Erinnerung zu bringen. Mit einer Mischung aus Gereiztheit und Ungeduld wandte Brant sich darauf noch eimmal mir zu.

»Nun, Miß Moore, ich hoffe, es gibt demnach keine weiteren Beschwerden mehr? Sie können sich nun wieder ihrer Patientin zuwenden, falls Sie dazu nach wie vor bereit sind. Ich versichere Ihnen hiermit, daß künftig solche Zwischenfälle unterbleiben.«

Nur zu offensichtlich hatte er bereits im nächsten Augenblick meine Existenz wieder völlig vergessen, so daß ich auf den Flur hinaustrat und die Tür hinter mir schloß. Es ging mich schließlich nichts an, was zwischen Brant McLeod und seiner viel zu jungen Stiefmutter vor sich ging; doch als ich die Treppe hinaufstieg, glaubte ich durch die geschlossene Tür der Bibliothek ein leises Geräusch zu hören, das wie das Schluchzen – oder Seufzen? – einer Frau klang. Diese Feuerprobe hinsichtlich der Anerkennung meiner Autorität hatte ich zumindest bestanden, und Martine würde nun wohl nicht mehr versuchen, Deirdre neuerlich unnötig zu ängstigen.

Ich ging also mit hochgeschraubten Hoffnungen nach oben. Ohne diese ständigen Zwischenfälle würde Deirdres Zustand sich möglicherweise stabilisieren und zu guter Letzt sogar bessern. Vielleicht konnte ich Brant sogar überreden, sie doch in psychiatrische Behandlung zu geben, zumal ihm ehrlich an Deirdres Genesung gelegen war. Ich war also von hoffnungsvoller, hochgemuter Stimmung erfüllt.

Doch Hochmut kommt bekanntlich vor dem Fall.

9. Kapitel

In ebendieser Nacht wachte ich mit einem seltsamen, fast beängstigenden Gedanken auf. Deirdres Anfälle wurden durch Angst ausgelöst... Doch warum sollte es Martine, die nur zu gut wußte, welche Folgen solche Angstzustände haben konnten, geradezu darauf anlegen, ihre Tochter zu ängstigen?

Fast schien es, als arbeitete sie regelrecht darauf hin, daß ich das Mädchen für verrückter hielt, als es tatsächlich war. Und dazu kam noch, daß man sich strikt weigerte, das Mädchen in psychiatrische Behandlung zu geben...

Ich versuchte mir einzureden, daß ich lediglich Gespenster an die Wand malte, um mir selbst Angst einzujagen. Weshalb um alles in der Welt sollte jemand absichtlich darauf hinarbeiten, ein sechzehnjähriges Mädchen als verrückt hinzustellen? Weshalb sollte jemand ein unschuldiges Kind bewußt in den Wahnsinn treiben?

Wenn man in einer Nervenheilanstalt arbeitet, kommen einem selbstverständlich die absonderlichsten Geschichten zu Ohren. Wie zum Beispiel von dem berühmten Ehemann, der seine Frau in einer Anstalt unter Verschluß halten läßt, damit er währenddessen ungestört mit seiner ›Haushälterin‹ zusammenleben kann, ohne einen Skandal zu provozieren oder sich scheiden lassen zu müssen. Oder von dem reichen, alten Mann, der von seinen habgierigen Verwandten für unzurechnungsfähig erklärt wird, damit sie schon zu seinen Lebzeiten in den Genuß seines Vermögens gelangen können.

Doch was hatten diese Schauermärchen mit Deirdres Fall zu tun?

Dennoch kam so etwas immer wieder vor, rief ich mir ins Gedächtnis zurück. Ich hätte sogar Namen nennen können. In einem Fall hatten zum Beispiel alle Krankenschwestern gewußt, daß eine gewisse nette, alte Dame keineswegs verrückter gewesen war als ich – oder zumindest bis zu dem Zeitpunkt, da eine Reihe von Elektroschockbehandlungen ihren Verstand zerrüttet hatten. Und kurz bevor ich das staatliche Krankenhaus verlassen hatte, in dem ich die letzte Phase meiner Ausbildung durchgemacht hatte, war dort aufgedeckt worden, daß zahlreiche Familien ihre unerwünschten Schwiegermütter in die Klinik abzuschieben versuchten, um nicht die Kosten für ein anständiges Altersheim tragen zu müssen. Wenn also ein alter Mann oder eine alte Frau vergeßlich oder zerstreut wurden, hielten es viele Angehörige für billiger, sie – auf Staatskosten – in eine Nervenheilanstalt abzuschieben, als sie bei sich zu Hause zu pflegen oder in ein gutes Altersheim zu geben. Zu diesem Zweck wurden dann die harmlosesten altersbedingten Exzentrizitäten als ›Beweis‹ für die Unzurechnungsfähigkeit der Betreffenden herangezogen.

Aber bei einem sechzehnjährigen Mädchen?

Diese Leute waren immerhin Millionäre. Falls Deirdre die Erbin eines umfangreichen Vermögens war ...?

Obwohl mich mir selbst Vorhaltungen machte, solche aberwitzigen Schauermärchen zusammenzuspinnen, konnte ich mich doch nicht davon abbringen, diesen Gedanken weiterzuverfolgen. Falls die Unzurechnungsfähigkeit des Mädchens schon von Kindheit an als unbestrittene Tatsache hingestellt wurde, wem würde dann dieses Vermögen an ihrer Stelle zufallen, wenn sie das Alter erreichte, in dem sie ihr Erbe schließlich hätte antreten können? Dafür kam wohl nur die gefühlskalte, berechnende Frau in Frage, die sich ihre Mutter nannte.

Aber dann wären diese Menschen doch wahre Ungeheuer! Menschen, die so etwas tun, kann man doch nur als Ungeheuer bezeichnen, resümierte ich, *aber es gibt sie zweifellos. Denk doch nur an die unzähligen Kinder, die du, von ihren Eltern geschlagen, mißhandelt und vergewaltigt, im Krankenhaus zu Gesicht bekommen hast. Und es waren keineswegs immer nur arme Slumkinder gewesen. Und was hier mit Deirdre geschieht, ist kaum weniger grausam. Hältst du Martine McLeod tatsächlich nicht für imstande, so etwas zu tun?*

Und zu meiner eigenen Überraschung hörte ich meine eigene Stimme antworten: *Ich traue dieser Frau alles zu!*

Der Sturm ließ schließlich wieder nach, und Deirdre konnte zu ihrer großen Erleichterung wieder ins Freie, um im Meer zu schwimmen und die Insel zu durchstreifen. Die Puppen wanderten wieder in die Blechschachtel zurück, und statt dessen wurden nun das Fernglas und die Vogelbücher hervorgeholt. Am Nachmittag tollten Deirdre und der kleine Jeremy mit der zottigen Thumbelina auf dem Strand herum. Ich beobachtete die Kinder zwar nach wie vor aufmerksam, doch in meinem Hinterkopf begann allmählich eine bestimmte Theorie Gestalt anzunehmen.

Als ich Deirdre gegen Ende eines solchen Nachmittags zur Rückkehr ins Schloß aufforderte, warf sie sich mir unvermutet in die Arme.

»Susan, darf Jeremy heute mit mir zu Abend essen? Nur dieses eine Mal? Ich könnte ihm eines meiner neuen Spiele beibringen. Es ist doch so schön, mit ihm zu spielen.«

Ich warf Hester einen fragenden Blick zu, den sie mit einem unschlüssigen Stirnrunzeln erwiderte, denn auch Jeremy hatte sich bettelnd an sie gehängt.

»Aber Mr. Brant hat es doch ausdrücklich verboten, Miß Susan.«

»Mr. Brant hat gesagt, daß ich die Verantwortung für Deirdre allein trage«, entgegnete ich entschlossen, »und ich finde, daß nichts daran auszusetzen ist, wenn die beiden heute gemeinsam zu Abend essen.«

Jeremy stieß einen freudigen Jauchzer aus, und Deirdre quietschte vor Vergnügen wie ein halb so altes Mädchen. Die beiden Kinder fielen sich überglücklich in die Arme, und Hester, die immer noch unschlüssig war, schmolz bei ihrem Anblick zusehends dahin. »Also gut, wenn Sie die Verantwortung übernehmen, Miß Susan...«

»Die übernehme ich.«

»Na gut«, seufzte sie erleichtert. »Es ist mir sowieso immer gegen den Strich gegangen, die beiden getrennt voneinander zu halten.«

Deirdres blaue Augen leuchteten noch mehr als sonst, als

sie sich fürs Abendessen ankleidete, wobei mir schmerzlich bewußt wurde, daß das gemeinsame Abendessen mit ihrem Bruder für sie das war, was nach all den Jahren der Einsamkeit dem Besuch einer Party ähnelte. Bei dieser Gelegenheit fiel mir ein, daß ich nicht einmal wußte, wann Deirdre Geburtstag hatte, und beschloß, mich diesbezüglich baldigst zu erkundigen. In ihrem besten Kleid aus rosa Seide, ihr Haar vom Bürsten golden schimmernd, sah sie fast so alt aus, wie sie tatsächlich war. In der Außenwelt hätte sie bestimmt als eine atemberaubende Schönheit gegolten. Doch würde sie je diese Insel verlassen können?

Ich wünschte ihr von ganzem Herzen, daß dieser Tag bald kommen würde.

Mrs. Meadows, die von dem gemeinsamen Abendessen der beiden Kinder in Kenntnis gesetzt worden war, hatte deren Lieblingsspeisen gekocht; außerdem hatten Hester und ich an einem separaten Tisch in Deirdres Zimmer Platz genommen, um die Kinder ungestört sich selbst zu überlassen. Ich vergaß ganz zu essen, so gebannt beobachtete ich die Unterhaltung der beiden. Während Deirdre fröhlich drauflos schnatterte, legte der Junge seine gewohnte überschäumende Heftigkeit, kombiniert mit seiner etwas frühreifen Altklugheit, an den Tag. Wenn ich Martine McLeod auch nicht ausstehen konnte und ihr jede Schandtat zutraute, so mußte ich ihr doch eines lassen: Sie hatte zwei reizende Kinder, die neben ihrem guten Aussehen auch noch vorbildliche Manieren hatten.

Sie hatten gerade das Hauptgericht – Hühnchen mit Salat – gegessen und beugten sich nun über eine Platte mit allen möglichen Kuchen, als es unvermutet zu dem großen Knall kam, der meine zunehmend stärker werdende Zuversicht mit einem Schlag wieder zerstörte. Das Ganze begann vollkommen harmlos. Jeremy hatte sich eben einen Kuchen mit rosa Glasur auf die Schaufel geladen, um dann jedoch einen Moment innezuhalten und Deirdre zu fragen: »Möchtest du das Stück vielleicht haben, Deedee? Es ist das schönste – und außerdem paßt es genau zu deinem Kleid.«

Als sie daraufhin lächelte, bildeten sich Grübchen in ihren

Wangen. »Nein, nimm du es nur, ich mag lieber eines von diesem Kuchen mit den Schokoladestreuseln.«

Jeremy stieß einen seligen Seufzer aus. »Ist das nicht wunderbar – wie früher, als Margo noch bei uns war.«

Ich sah, wie Deirdres Gesicht sich schlagartig veränderte. Das Lächeln wurde wie mit Säure von ihren Lippen geätzt. Hester runzelte die Stirn und straffte sich unwillkürlich. Ohne zu wissen, warum, wurde ich von einem seltsamen, angstvollen Prickeln erfüllt, so daß alle Körperhaare sich aufstellten. Instinktiv machte ich mich auf das Schlimmste gefaßt; für so etwas hatte ich nämlich eine Art sechsten Sinn, der mir zu der Zeit, als ich noch in einer Nervenheilanstalt gearbeitet hatte, des öfteren wertvolle Dienste erwiesen hatte, wenn ein Patient einen Tobsuchtsanfall bekam...

»Ich mochte Margo sehr gern«, fuhr Jeremy betrübt fort. »Natürlich mag ich Susan auch. Aber warum ist Margo nicht mehr zurückgekommen?«

Plötzlich stürzte Deirdres Stuhl unter lautem Krachen rücklings um; gleichzeitig fiel der Teller mit den Kuchen zu Boden, so daß diese in hohem Bogen durch die Luft flogen. Deirdres Mund öffnete sich zu einem abrupten, alles durchdringenden Schrei – so wild, so gequält und so anhaltend, daß ich dachte, ihre Kehle müßte zerspringen. Jeremy saß wie erstarrt mit kreidebleichem Gesicht und weit offenem Mund da; an seiner Oberlippe klebte noch ein Stück rosa Zuckerguß. Ich war aufgesprungen und auf Deirdre zugestürzt, die jedoch, immer noch schreiend, vor mir zurückwich.

»Deirdre...« Ich versuchte sie bei den Armen zu fassen, aber sie stieß mich wütend von sich. Sie stand stocksteif da, ihre Lippen zu einer wahnsinnigen Maske unerträglichen Schmerzes verzerrt.

»Margo«, kreischte sie los. »Margo! *Margo!*«

Ich bekam Deirdre schließlich mit brutaler Gewalt doch zu fassen, während Jeremy in heftiges Schluchzen ausbrach. Hester eilte auf ihren Schützling zu und schloß ihn in die Arme, doch Jeremy versuchte sich weinend von ihr loszureißen.

»Laß mich los! Laß mich los! Deedee, Deedee, was hast du denn?«

Währenddessen versuchte ich meinen Schützling mit gutem Zureden zu beruhigen.

»Ich bin's doch, Susan. Ist doch alles gut, mein Liebling. Ich bin doch bei dir; es ist alles gut...«

Deirdre riß sich von mir los und wandte sich Jeremy zu. »Sie ist *tot*«, kreischte sie los. »Sie ist tot. Sie liegt mit zerschmettertem Kopf am Strand, und überall ist Blut – auf ihrem Gesicht, auf ihren Kleidern und in ihrem Haar. Überall nur Blut, Blut, Blut. Und ich habe ganz laut geschrien und sie geschüttelt und aufzuwecken versucht, aber sie war tot; sie war tot, tot, tot, tot, und dann kam *sie* und zog mich von ihr fort und hat mich geschüttelt und geschüttelt und geschüttelt, und sie lag da, und ihr Kleid war überall voll Blut...«

»Um Gottes willen, Miß!« übertönte plötzlich Hesters bestürzte Stimme Deirdres Kreischen und Jeremys Schluchzen. Sie hielt den strampelnden Jungen mühsam fest, und ihr Gesicht war zornig. »Miß Susan, das ist doch nichts für einen kleinen Jungen! Dafür tragen Sie die volle Verantwortung, Miß. Nie im Leben...« Es verschlug ihr die Sprache; mit funkelndem Blick hob sie den sich verzweifelt wehrenden Jeremy hoch und trug ihn aus dem Zimmer, um mit dem Absatz die Tür hinter sich zuzuwerfen.

Deirdre schrie unablässig weiter, wobei ich mittlerweile ihre Worte nicht mehr verstehen konnte. Ihr Kreischen war nun nur noch ein zusammenhangloses Gestammel. Ich gab mich damit zufrieden, Deirdre an den Händen festzuhalten, damit sie sich nicht selbst weh tat, wenn sie wie wild um sich schlug. Dabei wiederholte ich immer und immer wieder mit besänftigender Stimme: »Du brauchst doch keine Angst zu haben, Deirdre. Ich bin doch bei dir – ich, Susan. Es ist doch alles gut. Hab keine Angst.«

Es schien mir, als hätte ich stundenlang so neben ihr gestanden, um ihre zuckenden Arme festzuhalten und auf ihren verzerrten Mund zu starren, der sich vergeblich abmühte, verständliche Worte zu artikulieren und statt dessen nur noch unzusammenhängende Silben und Laute hervorbrachte. Später sollte ich jedoch erfahren, daß nicht einmal eine halbe Stunde verstrichen war, als Deirdres Schreie schließlich nachließen und in langgezogene, schwere Seufzer übergingen. Sie sank erschöpft in meine Arme, als wäre ihr ganzer Körper plötzlich wie ein Sack in sich zusammengefallen. Ich nahm sie in meine Arme und trug sie ins Schlafzimmer. Mir war zum Heulen zumute, als ich ihr das zerknitterte rosa Kleid von ihrem schlaffen Körper streifte, die Strümpfe und die hübschen Pumps auszog und das von roten Flecken übersäte Gesicht wusch. Das war nun also das Ergebnis meiner schlauen Theorien, denen zufolge Deirdre das Opfer einer Verschwörung sein sollte, die dem Zweck diente, sie für verrückt zu erklären. Wie sich herausgestellt hatte, genügte jedoch schon die bloße Erwähnung des Namens ihrer früheren Pflegerin, um das arme Kind in einem schrecklichen Anfall von nichts anderem als Mord und Totschlag faseln zu lassen. Das Mädchen tat mir unendlich leid. Es war, als kleidete ich eine Puppe an, als ich ihr den Pyjama überstreifte. Nachdem ich sie schließlich ins Bett gepackt hatte, ließ ich meinen Blick voller Schmerz über die Überreste der verhängnisvollen kleinen Party wandern.

Kein Wunder, daß Martine angeordnet hatte, daß der Junge von ihrer geistesgestörten Tochter ferngehalten wurde. Das erschrockene Schluchzen Jeremys hallte noch immer laut in meinen Ohren wider. Wie sollte ich das je wieder gutmachen? Es mußte schrecklich für den kleinen Jungen gewesen sein, mit eigenen Augen mitanzusehen, wie seine über alles geliebte ältere Schwester sich plötzlich in eine tobsüchtige Irre verwandelte.

Ein langgezogener Seufzer Deirdres ließ mich unverzüglich an ihre Seite zurückeilen, worauf sie leise flüsterte: »Susan?«

»Ich bin ja bei dir, mein Schatz.«

Sie packte mit ihren zierlichen Fingern meine Hand so fest, daß ich allen Ernstes befürchtete, sie würde mir ein paar Knochen brechen. »Wird sie dich auch umbringen?«

Als sie dann von neuerlichem Schluchzen geschüttelt wurde, sagte ich rasch, nur um sie zu beruhigen. »Niemand wird dir – oder auch mir – etwas zuleide tun. Mach dir deswegen mal keine Sorgen. Wer sollte denn auch auf so eine Idee kommen –«

»Sie lag tot am Strand – und ihr Gesicht war voller Blut ...«

Hatte Deirdre etwa tatsächlich Margos Leiche gesehen? Oder handelte es sich hierbei lediglich um eine weitere paranoide Wahnvorstellung von Tod, Gift und Mord? Jeder ihrer Anfälle drehte sich um diese Ängste – wobei dies für geisteskranke Patienten keineswegs ungewöhnlich war. Beruhigend erklärte ich ihr also: »Du hast nichts zu befürchten, mein Liebes. Es ist alles gut.«

Doch Deirdre wiederholte noch einmal sehr überzeugt: »Ich versichere dir – ich habe sie tot am Strand liegen gesehen...«

»Ist ja gut, mein Schatz; aber jetzt brauchst du doch keine Angst mehr zu haben. Ich bin doch bei dir.«

»Du bist auch nicht besser als die anderen«, erwiderte sie daraufhin bitter. »Du denkst auch, ich bin verrückt. Du glaubst mir ebensowenig wie die anderen.« Sie kehrte mir den Rücken zu und starrte stumm, die Fäuste in feindseliger Ablehnung geballt, an die Wand.

»Möchtest du deinen Teddybär?«

Sie gab mir keine Antwort. Erst nach langem Schweigen sagte sie schließlich kleinlaut: »Ja, bitte.« Als ich darauf ihren Lieblingsbären holte und neben ihr ins Bett steckte, drückte sie ihn mit verzweifelter Heftigkeit an sich und vergrub ihr gerötetes Gesicht in seinem abgewetzten Fell. Ansonsten sprach sie nicht mehr mit mir, und nachdem ich lange schweigend neben ihr im Dunkeln gesessen hatte, sagte mir endlich ihr ruhiger, regelmäßiger Atem, daß sie eingeschlafen war.

Ich blieb jedoch weiter neben ihrem Bett sitzen; ich war nicht gewillt, sie alleine zu lassen. Falls sie während der Nacht wieder erschreckt aufwachen sollte, wollte ich sofort an ihrer Seite sein. Ich sah auf meine Uhr. Neun Uhr dreißig. Vor weniger als zwei Stunden hatte sie sich noch selig mit Jeremy unterhalten, und ich hatte mich zu den schönsten Hoffnungen berechtigt geglaubt. Doch nun?

Auf ein leises Klopfen an der Tür hin stand ich auf und ging auf Zehenspitzen ins Spielzimmer, um zu öffnen. Mrs. Meadows stand vor mir; ihr sonst so freundliches Gesicht war zu einer vorwurfsvollen Maske erstarrt. Finster sah sie an mir vorbei auf die über den Boden verstreuten Kuchen.

»Miß Moore, Mr. Brant erwartet Sie in der Bibliothek – und zwar unverzüglich.«

»Ich möchte Deirdre in dieser Verfassung nicht allein lassen«, setzte ich zu einer Entgegnung an.

Doch Mrs. Meadows unterbrach mich abrupt: »Mr. Brant läßt Ihnen ausrichten, Sie sollen Deirdre notfalls in ihrem Zimmer einschließen und auf der Stelle zu ihm kommen.« Ohne mich eines weiteren Wortes oder Blickes zu würdigen, bückte sie sich dann, um die Kuchenreste und das zerbrochene Geschirr aufzusammeln.

Widerstrebend schloß ich Deirdres Schlafzimmertür ab. Ich ging zwar davon aus, daß sie nach ihrem Anfall vor Erschöpfung mehrere Stunden durchschlafen würde, aber ich war nicht gewillt, die Verantwortung zu übernehmen, falls sie doch aufwachte und neuerlich ausriß – oder unvermutet über die alte Mrs. Meadows herfiel! Ich nahm mir nicht einmal die Zeit, mich kurz zu kämmen oder mein zerknittertes Kleid in Ordnung zu bringen, sondern ging unverzüglich nach unten.

Als ich die Tür zur Bibliothek öffnete, schien es mir, als hallte der Flur noch immer vom fernen Schluchzen eines ängstlichen Kindes wider. Brant McLeod, der neben dem Flügel stand, schien das Geräusch ebenfalls zu hören, da er abrupt den Kopf hob und mich mit mörderischer Wut anstarrte »Was sagen Sie nun dazu!« fuhr er mich an. »Hester blieb schließlich nichts anderes übrig, als Martine um eine Schlaftablette für den Jungen zu bitten, und der arme Jeremy ist über den Schock noch nicht hinweggekommen. Um Himmels willen, Miß Moore, was haben Sie sich eigentlich dabei gedacht?«

Ich wollte eben etwas erwidern, doch er ließ mich nicht zu Wort kommen. »Ich habe ausdrückliche Anweisung erteilt, die Kinder keinesfalls zusammenkommen zu lassen. Diese

Anweisung wurde sträflich mißachtet. Mein Vater ist wegen des Vorfalls in größter Aufregung, und er ist ein alter Mann mit einer angegriffenen Gesundheit. Sind Sie vielleicht zufrieden, wenn er einem Herzinfarkt zum Opfer fällt, Miß Neunmalklug-Moore?« Er hielt kurz inne, um schließlich eine Erklärung von mir zu verlangen: »Weshalb wurde meine Anweisung – meine ausdrückliche Anweisung – mißachtet?«

Plötzlich hatte ich alles gründlich satt. Kleinlaut und ernüchtert sowie durchaus bereit, meine falsche Einschätzung der Lage einzugestehen und die Konsequenzen zu tragen, war ich nach unten gekommen. Doch nun hatte mir Brant McLeods unverschämte Arroganz mit einem Mal den Kragen platzen lassen.

»Was stört Sie eigentlich mehr – die Tatsache, daß zwei Kinder mit einem hysterischen Anfall konfrontiert wurden und Ihr Vater einer Herzattacke nahe ist, oder daß eine Ihrer ach so klungen ›Anweisungen‹ mißachtet worden ist?« ging ich zum Gegenangriff über.

Sein Kopf ruckte überrascht nach hinten, doch ich ließ ihn gar nicht erst zu Wort kommen: »Mr. McLeod, wie ich Ihnen gegenüber bereits mehrfach geäußert habe, war ich von Anfang an höchst unzufrieden mit der Art und Weise, wie dieser Fall gehandhabt wird, und nun will man mir einen Strick daraus drehen, obwohl ich von Anfang an gezwungen war, mit verbundenen Augen an meine Aufgabe heranzugehen. Ich habe darum gebeten, mich in die Hintergründe von Deirdres Leiden einzuweihen beziehungsweise mit ihrem Arzt sprechen zu dürfen. Allerdings wurde ich mit nichts als recht vagen Ausflüchten abgespeist. Als ich um nähere Angaben bat, wurde ich aufgefordert, mich auf mein eigenes Urteil zu verlassen. Wenn sich Deirdre das Bein gebrochen hätte – ich hätte nicht einmal gewußt, wie ich einen Arzt herbeirufen soll!« Ich machte eine kurze Pause, um Atem zu schöpfen. »Sie selbst haben mir gesagt, ich solle mich auf mein eigenes Urteil verlassen. Also habe ich das getan. Sie haben mir auch gesagt, Deirdre soviel Freiheit zu lassen, wie ich das gerade noch verantworten zu können glaube. Also habe ich mich auch an diese Anweisung gehalten. Aber allmählich habe ich das alles satt«, schloß ich heftig. »Ich bin nicht mehr gewillt, unter diesen Bedingungen weiter die Verantwortung für Deirdre zu übernehmen. Fassen Sie das bitte als meine fristlose Kündigung auf. Ich werde solange bleiben, bis Sie einen Ersatz für mich gefunden haben. Eines kann ich Ihnen allerdings jetzt schon versichern: Falls Deirdre nicht baldigst einem Psychiater zur Behandlung übergeben wird, wird dieser Fall dem Gesundheitsamt gemeldet werden – und zwar von mir persönlich!« Erschöpft machte ich eine Pause.

»Mr. McLeod, jedes im Slum aufwachsende Kind hat die Chance, in einer staatlichen psychiatrischen Klinik behandelt zu werden, und Sie, die sich die beste nur erdenkliche ärztliche Fürsorge für Deirdre leisten könnten, geben sich damit zufrieden, sie von einer Pflegerin beaufsichtigen zu lassen.« Ich hatte mich inzwischen ordentlich in Rage geredet; meine ganze gegen diesen Mann aufgestaute Wut brach plötzlich hervor. »Wenn Sie wüßten, wie manche arme Leute sich jedes Stückchen Brot vom Mund absparen, um ihren Kindern zumindest eine gewisse psychiatrische Behandlung zukommen lassen zu können, würden Sie vielleicht...«

Die Wut verschlug mir schließlich die Sprache, so daß ich nur noch atemlos dastand, ohne auch nur ein Wort hervorzubringen. Brant, der beschwichtigend seine Hand erhoben hatte, schwieg erst eine Weile, bevor er schließlich mit einem schweren Seufzer sagte: »Ich muß mich bei Ihnen entschuldigen, Miß Moore. Aber wenn Sie jetzt vielleicht trotzdem die Güte hätten, *mir* zuzuhören.«

Eine Entschuldigung? Von Brant McLeod? Das hatte allerdings etwas zu bedeuten.

Er wandte sich von mir ab, um sich ein Glas Brandy einzuschenken. Nachdem er es mit einem verzweifelten Schluck hinuntergestürzt hatte, drehte er sich mit immer noch schwer arbeitenden Kiefermuskeln wieder zu mir um. »Darf ich Ihnen auch etwas zu trinken anbieten? An einem Abend wie diesem dürfte Ihnen das gewiß nicht schaden.«

»Vielen Dank, nein. Ich bin noch im Dienst.«

»Wie Sie meinen«, entgegnete er kleinlaut. »Miß Moore, ich möchte mich noch einmal in aller Förmlichkeit bei Ihnen entschuldigen. Es war wirklich unverzeihlich von mir, Sie hinsichtlich der Hintergründe von Deirdres Leiden im unklaren zu lassen. Martine befürchtete, es könnte nur böses Blut geben, wenn wir die ganze Geschichte wieder von neuem aufwärmen, wohingegen ich von Anfang an die Auffassung vertrat, Sie schon allein um Ihrer eigenen Sicherheit willen ins Vertrauen zu ziehen. Dem hielt Martine entgegen, daß eine Krankenschwester mit psychiatrischer Erfahrung in jedem Fall vor Gewalttätigkeiten von seiten eines Patienten auf der Hut sein würde. Ich ließ mich also von ihr überzeugen. Doch wie ich inzwischen sehe, hätte ich das nicht tun sollen.« Er schenkte sich ein weiteres Glas Brandy ein, stürzte es hinunter und wandte sich dann mit einer letzten verzweifelten Geste wieder zu mir. »Ich versuche noch immer, mich davor zu drücken, es zu sagen, obwohl ich es Ihnen schon von Anfang an hätte sagen sollen. Deirdre – die kleine, unschuldige, entzückende Deirdre, dieses ausgelassene, fröhliche Mädchen – diese Deirdre ist eine Mörderin!«

10

Einen Augenblick lang stand ich nur da und starrte Brant fassungslos an. Das Porträt von Martine – schön, rätselhaft und verschlagen – starrte streng auf uns herab. Das schwache Licht brach sich in dem Brandyglas in Brants Hand, in dem polierten Schwarz des Flügels und in den metallisch schimmernden Fäden der Wandbehänge. Blinzelnd lauschte ich dem verhallenden Echo des grauenhaften Wortes ›Mörderin‹, um dann geradeheraus zu entgegnen: »Das kann ich nicht glauben.«

»Ach ja?« Brants Stimme hatte inzwischen einen kläglichen Tonfall angenommen. »Sie hat Margo Fields umgebracht.«

Meine Knie wurden plötzlich weich. Offensichtlich war ihm dies nicht entgangen, da er mir einen Stuhl unterschob. »Hier, so setzen Sie sich schon.«

Alles, was ich darauf hervorbrachte, war: »Aber weshalb? Weshalb befindet sie sich dann immer noch auf freiem Fuß? Weshalb...?«

Brant schluckte schwer. »Begreifen Sie denn noch immer nicht?« flehte er mich fast an. »Das arme Mädchen weiß noch nicht einmal etwas von seiner Tat. Und wissen Sie, was andernfalls auf sie zukäme? Wissen Sie das? Die Einlieferung in ein Krankenhaus für geistesgestörte Straftäter... ein Prozeß... ein Skandal... mein Vater von dem Schock Opfer eines Herzinfarkts... Jeremys zukünftiges Leben ruiniert, für immer als Bruder einer Mörderin gebrandmarkt...« Seine Stimme versagte ihm den Dienst.

Ich hatte Mühe, meine Fassung wiederzuerlangen. Doch schließlich brachte ich stammelnd hervor: »Das ist also der Grund, weshalb einige der Leute auf der Insel behaupten, daß Margo von den Klippen gestürzt ist, während andere meinen, sie wäre ertrunken.«

Brant holte ein Zigarrenetui hervor, öffnete es etwas umständlich und fragte schließlich: »Stört es Sie, wenn ich rauche?«

Seine Frage brachte mich wieder zur Besinnung; ein Dienstherr fragte normalerweise eine Angestellte, auch wenn es sich dabei um eine Dame handelt, nicht um Erlaubnis, in seiner eigenen Bibliothek rauchen zu dürfen. Deshalb entgegnete ich: »Deswegen brauchen Sie mich doch nicht erst um Erlaubnis zu bitten, Mr. McLeod.«

»Sagen Sie doch bitte Brant zu mir.« Er schüttelte kaum merklich den Kopf. »Diese verdammte Geschichte bringt mich noch um den Verstand...«

»Sie können jedenfalls unbesorgt rauchen. Ich mag Zigarrenrauch sogar ausgesprochen gern.«

Er steckte sich etwas unbeholfen eine Zigarre an und begann dann stockend: »Vermutlich ist alles meine Schuld. Aber ich konnte einfach die möglichen Konsequenzen für meine Familie nicht ertragen. Sie müssen nämlich wissen, daß mir meine Familie... sehr viel bedeutet.« Seine Geste schloß auch Duncarlie Castle mit ein. »Und ganz besonders gilt das für Deirdre. Wenn das arme Kind auch nur die leiseste Ahnung hätte, was sie getan hat oder welche Folgen ihre Tat für sie haben könnte, sähe sicher einiges anders aus. Aber sie ist sich dessen nicht bewußt. Deshalb hielt ich es für das beste, jemanden einzustellen, der für sie da ist und sich um sie kümmert.« Er machte eine hilflose Geste. »Wir wollten einfach einen Skandal und weitere Unannehmlichkeiten vermeiden.«

»Können Sie mir vielleicht die ganze Geschichte erzählen, Mr. McLeod«, erklärte ich immer noch fassungslos. »Ich kann das einfach nicht glauben. Deirdre bricht wegen eines verletzten Vogels in Tränen aus. Ich kann mir einfach nicht vorstellen, daß sie zu irgendeiner Gewalttat fähig ist! Erst neulich, als Martine – Entschuldigung, Mrs. McLeod – ihr einen solchen Schrecken eingejagt hat, ist sie keineswegs auf sie losgegangen; statt dessen ist sie unter den Tisch gekrochen und hat sich dort versteckt. Und Sie können mir glauben, Mr. McLeod – ach, eigentlich wollte ich ja Brant sagen –, Sie können mir glauben, daß ich schon einige gewalttätige

Patienten gesehen habe. Sie legen ganz bestimmte Verhaltensweisen an den Tag. Der aggressive Patient greift an; der defensive Patient tritt den Rückzug an. Deirdre zieht sich immer zurück.«

»Ich gäbe meinen rechten Arm darum, wenn ich das nur glauben könnte –« Er verstummte und schüttelte den Kopf. »Also gut, dann lassen Sie mich Ihnen die ganze Geschichte von Anfang an erzählen. Vor vier Jahren, als Deirdre zwölf war, haben wir Margo als Pflegerin für sie eingestellt. Davor hatten wir ein Kindermädchen, das sich um Jerry und Deedee gleichermaßen kümmerte. Sie wissen, daß Deirdre damals überhaupt nicht sprach. Die Diagnose lautete auf totale Aphasie. Sie konnte zwar alles hören und verstehen, wenn man etwas zu ihr sagte, aber Martine gegenüber verhielt sie sich auch damals schon so eigenartig; sie rannte weg und versuchte sich zu verstecken, wenn Martine sie nur zu berühren versuchte. Sie lernte zwar, sich selbst anzukleiden, zu essen, sich zu kämmen und zu nähen – aber sie konnte nicht sprechen. Doch dann sagte sie eines Tages ›Madeline‹. Das ist der Name einer ihrer Puppen. Und von diesem Zeitpunkt an begann sie allmählich wieder zu sprechen. Sie konnte die Dinge beim Namen nennen, aber sie konnte sich an nichts mehr erinnern, was vor dem Zeitpunkt, zu dem sie die Sprache verlor, geschehen war.«

Aber sie hat sich doch erst kürzlich an ihren Vater erinnert, dachte ich plötzlich.

»Wir dachten«, fuhr Brant fort, »daß sich im Lauf der Zeit alles wieder gibt. Eine Weile ging es ihr auch ganz gut. Doch dann bekam sie mit einem Mal wieder diese schrecklichen Angstanfälle. Margo hatte ursprünglich als Logopädin an einer Schule für geistig behinderte Kinder gearbeitet, und wir stellten sie sozusagen als eine Art Gesellschafterin für Deirdre ein. Sie war ein bezauberndes Mädchen«, fügte er mit einem leichten Zucken um die Mundwinkel hinzu. »Genau das Gegenteil von Ihnen – das ist keineswegs so gemeint, wie Sie vielleicht denken; ich wollte damit nur sagen, sie war groß, schlank, dunkelhaarig – ein sportlicher Typ. Sie sah ein wenig aus, wie Martine ausgesehen haben muß, als sie noch jünger war.«

Gütiger Gott, dachte ich unwillkürlich. *Falls Margo plötzlich mit Deirdre die Geduld verloren und eine ungebärdige Bewegung gemacht haben sollte, hatte sich das arme Kind dadurch vielleicht an seine Mutter erinnert gefühlt, die es so sehr fürchtete und verabscheute...*

»Sie befaßte sich sehr intensiv mit Deirdre, half ihr über ihr Stottern hinweg, brachte ihr eine Menge Dinge bei, weckte ihr Interesse für Vögel und vieles andere, lehrte sie wieder schwimmen – Deirdre hatte nämlich schreckliche Angst vor dem Wasser, als Margo zu uns kam; doch Margo hat ihr dabei geholfen, diese Angst zu überwinden. Sie war so ein nettes, sympathisches Mädchen..., und Deirdre liebte sie über alles. Genauso«, er machte eine kurze Pause und sah mich eindringlich an, »wie sie inzwischen auch Sie ins Herz geschlossen hat, Miß Moore.«

Ich verstehe nur zu gut, worauf Sie hinauswollen, dachte ich; *Sie brauchen es mir keineswegs mit dem Holzhammer einzubleuen.*

»Eines Tages war Deirdre plötzlich verschwunden. Wir alle haben nach ihr gesucht. Instinktiv ging ich zu dem Strandstück mit den Höhlen.« Er schluckte schwer. »Und dort fand ich... die beiden.« Er vergrub sein Gesicht in seinen Händen. Ich saß wie gelähmt vor Grauen da, wußte aber bereits, was nun kam. Ich hatte bereits alles von Deirdre gehört; sie hatte es in ihrem jüngsten Tobsuchtsanfall deutlich genug hinausgeschrien.

»Margo lag mit zerschmettertem Schädel im Sand«, fuhr Brant fort. »Sie muß bereits über eine Stunde tot gewesen sein; sie fühlte sich kalt an. Deirdre, die über ihr kniete, fühlte sich fast ebenso kalt und starr an; sie hätte fast selbst eine Tote sein können.«

»Katatonie?«

»So könnte man es wohl nennen. Und ihre Hand war um einen Felsbrocken gekrampft...« Brant sprach nur noch in einem heiseren Flüstern, als wären die Worte zu grauenhaft, um laut geäußert zu werden. »Ein mit Blut –

mit Blut und Gehirn verschmierter Felsbrocken – oh, mein Gott, diesen Anblick werde ich wohl nie vergessen können!«

Er bedeckte sein Gesicht mit den Händen und schluchzte laut auf. Der Schmerz schien seinen ganzen Körper in Stücke zu reißen. »Meine geisteskranke kleine Schwester und Margos Schädel zerschmettert wie – wie eine Eierschale. Ich ging vorsichtig auf sie zu, da ich Angst hatte, sie könnte auch auf mich losgehen; aber sie kniete nur da und starrte mich an, als wäre sie versteinert. Und dann fing sie zu schreien an – mein Gott, diese Schreie; ich werde sie wohl nie vergessen...«

»Ich habe sie heute abend gehört.«

»Ich habe ihr den Stein aus der Hand genommen. Sie setzte sich nicht zur Wehr – wie ein kleines Kind oder eine Schlafwandlerin. Ich konnte an nichts anderes denken als an die Konsequenzen, die das für uns alle nach sich ziehen würde. Sie war sich dessen, was sie getan hatte, nicht im geringsten bewußt. Sie sah nur bestürzt zu mir auf und sagte: ›Margo will nicht aufwachen; ich habe sie ganz fest geschüttelt, aber sie will einfach nicht aufwachen.‹ Gott möge mir vergeben, aber ich... ich konnte dieses arme, kranke Kind einfach unmöglich der Polizei und den Ärzten ausliefern.

Ich forderte Deedee auf, sich im Meer zu waschen. Und ich – ich schwamm trotz der gefährlichen Strudel weit hinaus – es war mir vollkommen egal, ob ich es je wieder an den Strand zurück schaffen würde –, und ganz weit draußen versenkte ich den Stein dann an einer besonders tiefen Stelle. Nachdem ich Deedee ins Schloß gebracht hatte, kehrte ich zum Strand zurück, um mir Margos Leiche noch einmal genau anzusehen. Ihr ganzer Körper war von Quetschungen und Abschürfungen übersät – sie mußte sich verzweifelt zur Wehr gesetzt haben. Doch konnten sich ihre Verletzungen auch so deuten lassen, als wäre sie von den Klippen gestürzt. Sie hätte ebensogut bei dem Versuch, die steilen Klippen zu erklimmen, abgestürzt sein können. Deirdres Aussagen wäre in keinem Fall irgendeine Bedeutung beigemessen worden, und so mußte die Polizei sich bei der Rekonstruktion des Tatverlaufs einzig und allein auf meine Aussage stützen; und ich hatte alle anderen Deedee belastenden Indizien beseitigt.

Ich schilderte der Polizei also den Ablauf des Geschehens, wie er sich mir dargestellt hatte; nur ließ ich den Stein in Deedees Hand unerwähnt. Sie selbst konnten sie nicht befragen. Zwar versuchten sie es mit Hilfe eines Polizeipsychiaters, aber sie schrie und strampelte nur und wiederholte immer wieder, daß Margo nicht aufwachen wollte. Schließlich gab ihr ein Arzt eine Spritze, und als sie danach wieder zu sich kam, hatte sie die ganze Geschichte vergessen. Sie – sie fragte nur immer wieder nach Margo, und warum Margo nicht käme, um sie ins Bett zu bringen.«

Brant sah mich nun zum erstenmal an, seit er zu sprechen begonnen hatte.

»Folglich wurde als Todesursache ein Unfall angegeben. Die Polizei gelangte zu der Überzeugung, daß Margo bei dem Versuch, die Klippen hochzuklettern, abgestürzt war. Der Anblick der Toten hatte für ihren Schützling dann offensichtlich einen solchen Schock bedeutet, daß sie angesichts ihres sowieso schon angegriffenen psychischen Gleichgewichts in nackte Hysterie ausgebrochen war.«

»Aber könnte es denn nicht *tatsächlich* so gewesen sein, Brant?« warf ich ein.

»Mit dem Stein in der Hand? Über und über mit Margos Blut verschmiert?«

»Sie könnte ihn aufgehoben haben –«

Bitter stieß Brand hervor. »Ich gäbe meinen rechten Arm dafür, wenn ich das nur glauben könnte. Aber für mich steht außer Zweifel: Sie hat Margo getötet. Und vermutlich sollte ich wegen Beihilfe beziehungsweise Verschleierung der Tat vor Gericht gestellt werden. Doch ich frage Sie allen Ernstes: Könnten Sie es vor sich verantworten, wenn dieses arme Kind den Rest seines Lebens in einer Heilanstalt verbringen müßte? Wollen Sie uns jetzt immer noch beim Gesundheitsamt anzeigen, weil wir Deedee nicht einem Psychiater in Behandlung geben, der ihr diese schreckliche Geschichte selbstverständlich früher oder später entlocken würde?«

»Wenn Sie an Deirdres Stelle wären und sich an *das* erinnern müßten – würden Sie dann etwa wieder normal werden wollen?«

Darauf wurde es so still in der Bibliothek, daß ich meine Armbanduhr ticken hören konnte. Ich fühlte mich innerlich zerrissen und erschöpft. Zudem war es schon spät. Obwohl ich den Raum erst vor einer halben Stunde betreten hatte, kam ich mir unter dem Ansturm der Ereignisse um Jahre gealtert vor. Brant sah mich mit einem flehentlichen Blick an.

Fast ohne zu überlegen erklärte ich: »Ich an Ihrer Stelle hätte genauso gehandelt, Brant!«

»Sie sind ein Engel, Susan!« Er faßte mich an den Händen und zog mich von meinen Stuhl hoch. Während er nun leicht über mich gebeugt vor mir stand, war alles um uns herum mit einem Mal von einer elektrischen Intensität erfüllt, und ich war mir sehr deutlich der Nähe seines stämmigen Körpers, der Kraft in seinen Händen und des schwachen männlichen Geruchs seiner Haut bewußt. Ich gab einen langen Seufzer von mir. Die Spannung in der Luft löste sich auf, und Brant trat einen Schritt zurück.

»Demnach – werden Sie sich Deirdres also weiter annehmen?«

»Ja, das werde ich.«

»Und Sie werden auch gewiß auf der Hut sein? Ich meine...« Er schluckte schwer. »Es ist, weiß Gott, eine fürchterliche Verantwortung, die ich Ihnen hiermit auflaste. Wenn sie in einer – einer Anstalt wäre, würde die Last der Verantwortung dadurch keineswegs geringer, nur daß sie in diesem Fall das Pflegepersonal zu tragen hätte und nicht ihre Familie.«

»Ich werde schon auf Deirdre aufpassen«, versicherte ich ihm, um dann einen bestürzten Blick auf meine Uhr zu werfen. »Brant, ich – ich muß jetzt unbedingt zu Deirdre zurück.«

Er nickte und trat zurück. Auch er wirkte leicht benommen. Ich verließ die Bibliothek. Die hohen Gänge draußen waren verlassen und hallten nur vom Echo meiner Schritte wider. Stein für Stein waren diese alten Mauern auf die Insel geschafft worden, und wieviel an Gewalt, Wahnsinn und Intrigen mochten sie in den Jahrhunderten davor bereits gesehen haben? Kein Wunder, daß mir die verwunschene Düsterkeit des Ortes nun in verstärktem Umfang zu Bewußtsein kam. Wußte Martine Bescheid? Wußte der alte Mr. Alexander McLeod Bescheid?

Und dann schoß mir ein beunruhigender Gedanke durch den Kopf: Wußte denn Brant Bescheid? *Oder hatte er mir nur etwas vorgemacht? Aber warum?*

Unter Aufbietung all meiner Willenskraft schüttelte ich die rätselhafte Stimmung ab, die mich angesichts der mysteriösen Hintergründe von Deirdres Leiden befallen hatte, und versuchte mich statt dessen an der festen und rationalen Stütze meiner langen Berufserfahrung wieder aufzurichten. Ich hatte doch im Laufe meiner Tätigkeit in verschiedenen Nervenheilanstalten genügend solcher Schauergeschichten zu hören bekommen; weshalb sollte mir also diese mit einem Mal um ein Vielfaches schrecklicher erscheinen? Da war zum Beispiel diese stille, bescheidene Frau gewesen, die allen ihren fünf kleinen Kindern Zyanid gegeben hatte und als einzige Begründung hierfür angeben konnte, die Heilige Jungfrau Maria hätte zu ihr gesprochen und wollte die Kleinen im Himmel haben. Lag es nur an Deirdres ausgesprochenem Liebreiz und der verwunschenen, bedeutungsschweren Atmosphäre des Schlosses, daß diese gewiß entsetzliche Geschichte meine Fantasie so nachhaltig anregte?

Beim Betreten von Deirdres Spielzimmer bemerkte ich beiläufig, daß Mrs. Meadows oder eines der Mädchen die Überreste des über den Boden verstreuten Abendessens weggeräumt hatte. Ich steckte behutsam den Schlüssel ins Schloß zu Deirdres Schlafzimmer und betrat auf Zehenspitzen den Raum.

Das Nachtlicht warf einen schwachen Schimmer über die Einrichtung, den an der Tür zum Bad hängenden Morgenmantel, das Fell des Teddybären und – die zurückgeschlagene Bettdecke!

Deirdres Bett war leer... Sie war verschwunden.

Die nun folgenden Stunden sollten die schlimmsten meines Lebens werden.

Immer und immer wieder drehte ich den Schlüssel im

Schloß; es stand eindeutig fest: Die Tür war abgeschlossen gewesen.

Deirdre war nicht unter dem Bett. Sie war nicht im Schrank. Sie hatte sich auch nicht im Bad versteckt. An den schmiedeeisernen Gittern vor dem Fenster war nichts Auffälliges festzustellen, und zudem waren es von diesem Fenster bis zum Boden mindestens zwölf Meter. Sollte Deirdre etwa imstande sein, durch Wände zu gehen? Oder hatte sie mit dem oft erstaunlichen Einfallsreichtum der Geisteskranken das Türschloß mit einer irgendwo versteckten Haarnadel geöffnet oder sich auf irgendeine Weise einen Zweitschlüssel verschafft? Mit wachsendem Ärger über meinen verschwundenen Schützling durchsuchte ich das Zimmer noch eine Weile weiter. Hatte ich mich also doch durch Deirdres Unschuldsmiene (Martines eigene Worte!) einlullen lassen und sie auf sträfliche Weise für vollkommen harmlos gehalten. Aber wo konnte sie sich nur versteckt haben? Und was hatte sie vor? Je mehr meine Ratlosigkeit und Verzweiflung zunahmen, desto schmerzlicher wurde mir bewußt, daß mir die Situation über den Kopf gewachsen war. Also trat ich ans Telefon und verlangte nach Brant McLeod.

Er nahm die Nachricht mit erstaunlicher Gelassenheit zur Kenntnis. Aus unerfindlichen Gründen – vielleicht hatten wir unseren Vorrat an heftigen Gefühlen schon vorher an diesem Abend erschöpft – gelang es uns, keine Panik zu verursachen. Brant beauftragte Mrs. Meadows damit, sich unauffällig zu vergewissern, daß Martine nichts zu befürchten hatte – für den Fall, daß Deirdre sich in ihrem Zimmer versteckt hielt. Lowden trug er auf, sich auf ähnlich diskrete Weise die Gemächer des alten Mr. Alexander vorzunehmen. Und schließlich teilte er Hester telefonisch mit, daß Deirdre wieder einmal ausgerissen war und sie deshalb den kleinen Jerry besonders scharf im Auge behalten solle.

Als wir uns dann in der Eingangshalle trafen, begann ich gleich mit den heftigsten Selbstvorwürfen. Doch Brant schnitt mir energisch das Wort ab. »Sie haben sich nichts vorzuwerfen. Wir waren einfach alle nicht vorsichtig genug. Ich werde das Schloß auswechseln lassen, und Sie werden künftig den Schlüssel ständig um den Hals tragen. Im Augenblick gilt nur, sie zu finden. Wenn sie sich nur irgendwo im Schloß versteckt...« Er zuckte mit den Achseln. »Es gibt hier fast achtzig Räume. Fangen wir also gleich mit der Suche an. Ich hoffe nur, daß sie sich nichts antut. Davor habe ich am meisten Angst. Falls sie allerdings ins Freie entkommen ist... könnte sie in der Dunkelheit von einem Felsen stürzen oder ins Meer fallen. Wir müssen alle Hausangestellten zusammenrufen, damit sie sich an der Suche beteiligen. Allerdings möchte ich möglichst vermeiden, daß Martine davon erfährt.«

Ich nickte. Wir hatten auch ohne Martines Vorwürfe schon genügend Probleme. Brant und ich waren dadurch zu Komplizen geworden, und trotz aller Sorgen und Ängste verband mich mit Brant mit einem Mal ein Gefühl starker Gemeinsamkeit. Lag das nur daran, daß wir beide Deirdre über alles liebten? Denn inzwischen wußte ich, daß ich Deirdre wie mein eigenes Kind liebte. Und entsprechend war ich auch durchaus bereit, meine eigene Sicherheit und meine Reputation aufs Spiel zu setzen, um für sie einzutreten und ihr wieder ein glückliches und normales Leben ohne die schrecklichen Erinnerungen an ihre Wahnsinnstat zu ermöglichen.

Falls sie es getan hatte!...

Und selbst wenn sie es nicht gewesen war, hätte ihre Aussage keinerlei Beweiskraft gehabt. Brants wahrheitsgemäße Darstellung des Hergangs hätte für Deirdre lebenslangen Freiheitsentzug bedeutet. Das einzige Indiz lag unauffindbar auf dem Meeresgrund, und falls Brant sich getäuscht hatte, konnte kein Mensch dies je feststellen. Am allerwenigsten Deirdre.

Jedenfalls vermochte ich gewisse Zweifel an Deirdres Schuld keineswegs ganz zu unterdrücken. Ich kannte mich im Gegensatz zu Brant mit gewalttätigen Geisteskranken sehr gut aus. Wenn Deirdre gewalttätig war – war ich hochgradig verrückt.

Ich suchte die ganze Nacht nach ihr, rief immer wieder ihren Namen, suchte alle ihre liebsten Vogelbeobachtungsplätze auf und fragte mich, ob ich im Dunkeln vielleicht schon hundert Male an ihr vorbeigerannt war, ohne es zu wissen. Mein Gesicht und meine Hände waren von unzähligen Dornenranken zerkratzt; meine Ohren hallten von den Rufen seltsamer Nachtvögel und vom unablässigen Rauschen der Brandung wider. Als der erste graue Lichtstreifen am östlichen Morgenhimmel sich schließlich langsam rot zu färben begann, gestattete ich mir zum erstenmal seit Beginn der Suche eine Pause und ließ mich auf einen Felsen nieder. Gleichzeitig wurde mir in meiner Erschöpfung klar, daß es galt, unverzüglich eine organisierte Suchaktion loszuschikken. Vor allem die Strände mußten bei Tageslicht noch einmal sorgfältig abgesucht werden. Und mit deutlichem Widerstreben gestand ich mir auch ein, daß die Polizei verständigt werden mußte.

In weiter Ferne hörte ich über die ersten verstreuten Vogelstimmen hinweg Brant immer noch mit heiserer, hoffnungsloser Stimme rufen: »Deedee! Deedee!«

Ein lautes Bellen riß mich aus meinen Gedanken; Thumbelina sprang tapsig um mich herum und schnappte immer wieder nach meinen Schuhen. Abwesend tätschelte ich ihr den Rücken und wartete, bis ihre Begeisterung sich gelegt hatte.

»Wuff! Wuff! Wuff!«

»Ist ja schon gut, Thumbie!« sagte ich, langsam ungeduldig. »Platz! Sei ein braves Mädchen! Platz, habe ich gesagt! Was willst du denn? Wenn du wenigstens Deirdre finden könntest...«

Bei der Nennung von Deirdres Namen spitzte der Hund merklich die Ohren. Thumbelina kläffte nur um so lauter, leckte mir mit der feuchten Zunge die Schuhe und begann dann sogar, an meinen Schnürsenkeln zu ziehen. So hatte ich Thumbelina noch nie gesehen! Hatte sie... sollte Thumbelina mich etwa zu Deirdre führen können?

»Such Deirdre, Thumbie«, forderte ich den Hund mit wachsender Erregung auf. »Such Deirdre!«

Ich stand auf, worauf der Hund unter lautem Bellen unverzüglich davonsprang. Ich folgte Thumbelina, die sich nach einer Weile kurz umdrehte, um sich zu vergewissern, daß ich ihr hinterherkam, und dann weiter in Richtung Strand davonstürmte.

Keuchend kletterte ich die steile Böschung hinauf – denn Thumbelina kannte keine Wege –, um schließlich bestürzt stehenzubleiben. Thumbelina führte mich zu dem Strand mit den Höhlen. Sollte das heißen, daß sie nur an ihrem Lieblingsplätzchen herumtollen wollte? Das kam also davon, wenn man einem Mädchen wie Deirdre unbedingt geistige Gesundheit und einem Neufundländer Vernunft andichten wollte!

»Nein, Thumbie«, rief ich dem Hund aufgebracht hinterher. »Platz!«

Nie im Leben wäre Deirdre an diesen Ort gekommen. Sie hatte entsetzliche Angst davor. *Und dies aus berechtigten Gründen?*

Winselnd blieb Thumbelina stehen. Sie versuchte mich offensichtlich zum Weitergehen zu bewegen. Ich wollte sie eben ernsthaft zurechtweisen, als ich plötzlich mitten in der Bewegung erstarrte.

In dem nassen, schweren Sand sah ich den Abdruck eines zierlichen, nackten Fußes.

Ich schrie laut auf. Gleichzeitig rannte ich den Weg zu dem gefährlichen Felsenstrand hinunter. Angesichts der steigenden Flut verengte sich der Strand sehr schnell, und jede anrollende Welle leckte ein Stück Sand mehr weg. Abwechselnd Brants und Deirdres Namen rufend, stürmte ich zum Strand hinunter.

Der schmale Sandstreifen war verlassen, aber eine Spur von Fußabdrücken führte auf die Höhlen zu. Und dort, im Schatten einer überhängenden Klippe, sah ich sie schließlich im Sand knien; ihr rosa Pyjama hing ihr in Fetzen von ihrem vor Kälte zitternden, zierlichen Körper.

Aus Angst, sie könnte sich vor mir erschrecken und neuerlich die Flucht antreten, näherte ich mich ihr behutsam. Falls sie sich zur Wehr setzte, schloß uns möglicherweise die nahende Flut ein, bevor ich Hilfe herbeirufen oder mit ihr den rettenden Pfad nach oben erreichen konnte.

Doch als ich mich ihr nun näherte, trat ich versehentlich

auf eine Muschel. Auf das knirschende Geräusch hin schreckte Deirdre wie aus einem Traum hoch und sprang abrupt auf. Sie wich vor mir zurück.

»Deirdre, mein Schatz; ich bin es doch, Susan«, sprach ich sie behutsam an, während ich gleichzeitig nicht daran zu denken versuchte, daß dieses Mädchen vor weniger als sechs Monaten ihre geliebte Pflegerin angegriffen und getötet hatte – *oder vielleicht doch nicht?* Ich warf einen raschen Blick auf ihre Hände, die jedoch beide leer und harmlos an ihr herabhingen. Vorsichtig kam ich näher. Jetzt. Jetzt konnte ich sie im Sprung erreichen und festhalten...

Doch in diesem Moment sprach Deirdre mich an, als wäre nichts geschehen: »Warum siehst du mich denn so an, Susan?«

Mir verschlug es für einen Augenblick die Sprache, bevor ich entgegnen konnte: »Und was, wenn ich fragen darf, tust du hier mitten in der Nacht – oder besser am frühen Morgen?«

Sie sah gleichgültig auf ihren zerfetzten Pyjama hinab und erwiderte: »Ich hatte Angst. Deshalb bin ich weggelaufen.« Damit kam sie auf mich zu und legte ihre Hand zutraulich in meine; vorsichtig, aber mit wachsendem Zutrauen, ergriff ich sie. Ihr Blick war wieder ganz klar und ungetrübt.

Mit unendlicher Erleichterung stieß ich hervor: »Komm, laß uns nach Hause gehen, Liebling.«

Sie nickte und zitterte dabei leicht. »Ja, es ist kalt, und außerdem gefällt es mir hier nicht.« Sie befeuchtete sich mit der Zungenspitze die Lippen. »Das – das ist der Ort, an dem alle sterben. Ich mußte einfach wissen, ob – ob ich wirklich auch sterben muß, wenn ich hierherkomme.«

Ich gab mir Mühe, möglichst herzlich und unbefangen zu klingen. Jedenfalls wollte ich sie auf keinen Fall beunruhigen oder mich gar auf eine Diskussion mit ihr einlassen. »Wie du siehst, bist du nicht tot, und ich bin ebenfalls noch am Leben. Aber wenn wir uns nicht bald auf die Socken machen, werden wir heute Salzwasser zum Frühstück bekommen. Komm jetzt, gehen wir.« Offensichtlich konnte mich inzwischen nichts mehr überraschen; es erschien mir nicht einmal mehr ungewöhnlich, daß Deirdre an diesen Strand gekommen war, wohin sie noch vor einem Monat keine zehn Pferde hätten bringen können. Sie ließ sich folgsam den Pfad vom Strand hochführen. Als wir kurz stehenblieben, damit ich ihr meinen Mantel über ihren zerfetzten Pyjama streifen konnte, gab sie einen dankbaren Seufzer von sich. Meine Warnung, nicht auf die scharfkantigen Felsen zu treten, erwies sich als überflüssig, da Deirdre sorgsam darauf achtete, wohin sie ihren Fuß setzte.

Die Wellen stürmten inzwischen immer heftiger gegen den Strand an, der vom lauten Tosen der Brandung erfüllt war. Eine besonders hohe Welle reichte bereits bis an den Fuß der Felswand, so daß ich ein dankbares Stoßgebet zum Himmel emporschickte, Thumbelina doch zum Strand gefolgt zu sein. Deirdre hätte durchaus von der steigenden Flut eingeschlossen und aufs offene Meer hinausgeschwemmt werden können, wenn ich sie nur wenige Minuten später entdeckt hätte, so daß wir möglicherweise nie erfahren hätten, wo sie sich versteckt gehalten hatte.

Je weiter wir nach oben stiegen, desto mehr verließen Deirdre die Kräfte. »Ich fühle mich so müde, Susan, so furchtbar müde. Und das ist doch der Ort, wo die Menschen sterben. Hier sind sie gestorben. Du weißt doch, daß ich sie hier gefunden habe. Ihr ganzes Gesicht war blutüberströmt...«

»Ich weiß, mein Schatz. Ich weiß. Aber mach dir jetzt deshalb keine Sorgen.«

»Sie hat sie umgebracht. Wie schon damals. Überall kamen Felsbrocken runter. Ich bin unter der Klippe in Deckung gegangen. Aber Margo ist hingefallen und konnte nicht mehr aufstehen...« Sie klammerte sich heftig zitternd an mich, aber ich hörte nicht auf sie. Statt dessen rief ich nach Brant, den ich auch schon wenige Augenblicke später mit raschen Schritten durch das dichte Gestrüpp laufen hörte.

Er schloß Deirdre mitsamt ihrem nassen Pyjama und dem dicken Mantel in seine Arme. Doch im selben Moment sank sie erschöpft in sich zusammen; sie war in Ohnmacht gefallen. Brant hob den schlaffen Körper seiner kleinen Stiefschwester hoch, und dann schritten wir, müde, verdreckt und bis auf die Haut durchnäßt, unter dem morgendlichen Gezwitscher der Vögel auf das Schloß zu, während Thumbelina uns freudig umkreiste und mit ihrem ungestümen Bellen die Vögel von den umstehenden Bäumen aufscheuchte.

11. Kapitel

Wir schafften Deirdre ins Haus, wo Brant sie auf ihr Bett legte. Währenddessen nahm ich mir fest vor, das Zimmer neuerlich in aller Gründlichkeit nach einem Zweitschlüssel zu durchsuchen, der vielleicht irgendwo zwischen Deirdres Kleidern und Spielsachen versteckt war. Wenn das Mädchen aus einem angeblich verschlossenen Zimmer entkommen konnte... Bei dieser Gelegenheit fiel mir wieder Brants Zusicherung ein, das Schloß auswechseln zu lassen. Als ich ihn daran erinnerte, erwiderte er: »Ja, ich werde das noch heute veranlassen... Oh, ich glaube, sie kommt wieder zu sich.«

Und tatsächlich schlug Deirdre die Augen auf. In ihrem blassen Gesicht, das deutlich sichtbare Spuren von Meerwasser, Schmutz und Tränen aufwies, wirkten ihre Augen auffallend dunkel, groß und verletzlich. Sie sah uns überrascht und zugleich fragend an, worauf ich ihr gut zuredete: »Es ist alles wieder gut, mein Schatz. Schlaf jetzt schön. Du warst doch die ganze Nacht auf den Beinen.«

»Ich bin aber nicht müde.« Sie ergriff aufgeregt meine Hand. »Susan, ich muß dir unbedingt etwas sagen – etwas Schreckliches.«

»Nicht jetzt, Deirdre. Bitte.« Ich wandte mich Brant zu und forderte ihn auf: »Sie sollten jetzt vielleicht besser gehen. Ich werde sie erstmal ausziehen und waschen, und bis dahin wird sie dann vielleicht schlafen können. Trotzdem könnten Sie ihr vielleicht etwas zum Frühstück hochschikken lassen.«

»Und was ist mit Ihnen, Susan? Wie sehen Sie denn aus?« Jetzt erst wurde mir bewußt, daß mein Rock und meine Bluse fürchterlich verdreckt und von den Dornen und Felsen sogar zerrissen waren; mein Gesicht und meine Schuhe starrten vor Schmutz, und mein nasses Haar war zerzaust gegen meinen Kopf geklatscht.

Ich errötete vor Verlegenheit. »Keine Sorge. Nach einem heißen Bad und in frischen Kleidern werde ich wieder ganz manierlich aussehen.«

»Aber Sie waren doch die ganze Nacht auf den Beinen, Susan!«

»Das macht doch nichts.« Und etwas leiser fügte ich hinzu: »Wenn Deirdre eingeschlafen ist, kann ich vielleicht auch ein kleines Nickerchen machen. Aber ich möchte bis auf weiteres auf jeden Fall immer in ihrer Nähe bleiben.«

Brant trat auf die Tür zu und winkte mir, ihm zu folgen. Nachdem ich behutsam Deirdres Finger von meiner Hand gelöst hatte, folgte ich ihm nach draußen, wo er aufgeregt auf mich einzureden begann: »Sie könnte neuerlich einen Schreikrampf bekommen. Hören Sie…« Er verstummte, worauf ich durch die offene Tür Deirdre tatsächlich wieder schluchzen hören konnte.

»Sie wird sich sicher schnell in den Schlaf weinen«, versuchte ich Brant zu beruhigen. »Schließlich war sie die ganze Nacht wach.«

»Aber angenommen, sie kann nicht schlafen? Was halten Sie davon? Ich besorge ihr eine von Martines Schlaftabletten; sie können nicht sonderlich stark sein, da ihr Arzt sie ihr dutzendweise verschreibt. Außerdem fänden dann sowohl Deirdre wie Sie etwas Schlaf.«

Eigentlich hätte ich dagegen protestieren sollen, da ich nicht über die genaue Zusammensetzung und Stärke der Tabletten Bescheid wußte. Aber nachdem Hester auch Jeremy schon ein paar davon gegeben hatte, konnten sie wirklich nicht sehr stark sein. »Also gut«, erwiderte ich, »aber vielleicht weigert sie sich, die Tablette einzunehmen. Sie wissen doch selbst, daß sie sich des öfteren einbildet, man wolle sie vergiften.«

Brant zuckte mit den Achseln. »Geben Sie sie ihr doch einfach in ihren Kakao. Sie müssen auf jeden Fall auch schlafen, Susan; sonst wächst Ihnen das alles noch über den Kopf.«

»Na gut«, ließ ich mich schließlich überzeugen. »Wenn Sie unbedingt meinen.« Deirdres Schluchzen nahm an Heftigkeit zu, und sie begann nach mir zu rufen. Ich wandte mich von Brant ab und eilte an Deirdres Bett zurück. Ihr Körper wurde von heftigem Schluchzen geschüttelt, während sie mühsam zu sprechen versuchte. Ich redete beruhigend auf sie ein, streifte ihr die Reste des zerrissenen Pyjamas ab, die sich kaum noch als Putzlumpen hätten verwenden lassen, und stellte sie unter die warme Dusche, wo ich ihr das Salzwasser vom Körper wusch. Nachdem ich sie schließlich trokkengerieben hatte, zog ich ihr einen warmen Flanellschlafanzug an. Sie ließ alles widerstandslos mit sich geschehen, wurde aber nach wie vor von gelegentlichem Schluchzen geschüttelt. Aus Angst, ein unbedachtes Wort könnte sie neuerlich in wildes Kreischen ausbrechen lassen, sprach ich die ganze Zeit kein Wort. Bis ich sie schließlich mit ihrem Teddybären ins Bett gepackt hatte, klopfte Brant an die Tür, um mit einem Tablett in der Hand einzutreten.

»So, da wären wir.« Und mit gedämpfter Stimme fügte er hinzu: »Im Kakao ist eine Schlaftablette. Sehen Sie zu, daß sie ihn trinkt. Zwanzig Minuten später wird sie dann fest schlafen. Und dann können auch Sie sich für ein paar Stunden unbesorgt hinlegen.«

Mit einem dankbaren Nicken nahm ich ihm das Tablett ab. An dem Toast knabberte Deirdre zwar nur lustlos, aber den heißen Kakao trank sie mit wahrer Gier, um schließlich sogar nach einer zweiten Tasse zu verlangen. Und schon bald begannen ihre Lider, wie Brant vorausgesagt hatte, sich zunehmend tiefer über ihre blauen Augen herabzusenken, und sie kuschelte sich schläfrig an ihren Teddy.

»Ich bin so müde... wenn ich aufwache, muß ich dir unbedingt etwas erzählen, Susan... etwas, das mir gerade eingefallen ist... Weshalb mir das nur nicht schon früher zu Bewußtsein gekommen ist... es hat mit Margo zu tun...«

Ihre Stimme wurde immer schwächer, und im nächsten Augenblick war sie eingeschlafen. Ihr Atem ging ruhig und regelmäßig, und ich betrachtete sie voller Erleichterung noch eine Weile. *Wenn sie aufwacht,* dachte ich, *wird sie alles wieder vergessen haben. Aber wenn sie nun wenigstens ein paar Stunden schläft, wird mir genügend Zeit bleiben, um endlich diesen vermaledeiten Schlüssel zu finden, den sie irgendwo versteckt haben muß.*

Ich fühlte mich überhaupt nicht müde, obwohl die Aussicht auf ein heißes Bad, ein kräftiges Frühstück und frische Kleider geradezu himmlisch war. Dies war nicht die erste Nacht, die ich hinter mich gebracht hatte, ohne ein Auge zuzudrücken, und deshalb wußte ich nur zu gut, wie ich darauf reagieren würde. Nachdem ich einmal einen bestimmten toten Punkt in meiner Müdigkeit überwunden hatte, schöpfte ich mit einem Mal wieder frische Energie, so daß ich danach nicht mehr hätte schlafen können, selbst wenn ich gewollt hätte. Diese Phase mußte etwa sechs bis acht Stunden anhalten, so daß ich also bis gegen fünf Uhr nachmittags neuerlich todmüde sein würde. Doch im Augenblick versorgte mich dieser zweite Energieschub mit frischer Kraft. Ich wollte mir erst einmal frische Kleider anziehen, etwas essen – vor allem eine Tasse heißen, starken Kaffees mußte in dieser Hinsicht Wunder wirken –, und während Deirdre dann schlief, wollte ich auf der Suche nach ihrem Zweitschlüssel notfalls das ganze Zimmer auf den Kopf stellen.

Als ich mich auf mein Zimmer begab, traf ich dort Carla an, die mir gerade auf einem Tablett mein Frühstück gebracht hatte. »Mr. Brant hat mir aufgetragen, Ihnen das aufs Zimmer zu bringen«, erklärte sie, »weil Deirdre inzwischen schläft.« Dabei betrachtete sie mit unverhohlener Neugier mein ruiniertes Kleid und meine verdreckten Schuhe.

»Ein kräftiges Frühstück wird mir jetzt sicher guttun«, erwiderte ich. »Aber erst werde ich noch in die Badewanne steigen – nein, so was Blödes, bis dahin ist das Wasser ja längst wieder kalt.«

»Ich lasse Ihnen das Bad einlaufen, Miß, während Sie frühstücken«, erbot sich Carla.

»Vielen Dank.« Genüßlich ließ ich mich auf die Bettkante niedersinken und nahm die Silberglocke von den Rühreiern mit Speck. Dazu gab es frische Pfirsichschnitze, in Butter angeröstetes Toastbrot und eine kleine Kaffeekanne, die jedoch eine milchig braune Flüssigkeit enthielt. »Was ist denn mit meinem Kaffee?« fragte ich Carla stirnrunzelnd.

Sie kam an die Badezimmertür und streckte ihren Kopf aus einer Wolke aus Dampf zu mir heraus. »Mr. Brant hat gesagt, ich sollte Ihnen dasselbe zu trinken bringen wie Deirdre. Er meinte, Sie würden bestimmt schlafen wollen; doch von dem Kaffee würden Sie nur wieder munter.«

So was Blödes. Dabei hatte ich mich so auf eine gute Tasse Kaffee gefreut. Carla, die meine Enttäuschung offensichtlich bemerkt hatte, bot mir daraufhin an: »Ich kann aber gern noch einmal nach unten gehen und Ihnen eine Kanne Kaffee machen, wenn Sie das gern möchten, Miß.«

Ach was, dachte ich. »Danke, vielleicht später«, antwortete ich deshalb. »Im Augenblick bin ich mit allem zufrieden, solange es nur richtig heiß ist.« Ich begann an dem Kakao zu nippen; er war zu süß, aber wenigstens heiß. Enthielt außerdem nicht auch Kakao stimulierende Stoffe? Theobromin oder etwas in der Art. Aber im wesentlichen beruhte die aufputschende Wirkung von Kaffee sowieso nur auf Einbildung. Dabei mußte ich an eine Freundin denken, deren Mann ohne ihr Wissen ihren normalen Kaffee gegen koffeinfreien ausgetauscht hatte. Sie hatte auch den koffeinfreien Kaffee weiter getrunken, um sich ›wach zu halten‹, und hatte trotzdem nicht mehr schlafen müssen als zuvor. Ich kannte auch einen Mann, der sich jeden Abend, bevor er zu Bett ging, noch eine Tasse Kaffee aufbrühte, weil er davon besser schlafen konnte. Mit wahrem Heißhunger machte ich mich also über meine Rühreier her.

Ich hatte alles aufgegessen und eine zweite Tasse Kakao getrunken, bevor ich schließlich ins Bad ging. Ich warf meinen Rock und die Bluse in den Wäschekorb und stieg in die Wanne. Die Temperatur war genau richtig – nicht zu kalt und nicht zu heiß –, und das Wasser duftete von einem Badezusatz nach Fichtennadeln. Es war ein herrliches Gefühl, mich in voller Länge in das angenehm wärmende Naß gleiten zu lassen, so daß schließlich nur noch mein Kopf aus dem Wasser ragte. Ich gab einen langen, wohligen Seufzer von mir. Deirdre schlief fest, so daß ich es mir in aller Ruhe in der Wanne bequem machen konnte.

Doch welch eine Nacht hatte ich hinter mir, und mit wie knapper Not hatte ich Deirdre noch retten können! Wenn Thumbelina mich nicht zu dem Strand mit den Höhlen in den

Klippen geführt hätte, wäre ich nie auf die Idee gekommen, Deirdre dort zu suchen. Ich durfte nicht vergessen, Hester davon zu erzählen. Möglicherweise folgte Jeremy eines Tages seinem Hund dorthin, um dann von der Flut den Rückzug abgeschnitten zu bekommen. Jedenfalls schien Thumbelina sich sehr gern an diesem Strand aufzuhalten; sie war dort auch aufgetaucht, als Brant mir neulich die Höhlen gezeigt hatte. Das war der Tag gewesen, an dem Brant mich geküßt hatte. Am Abend zuvor hatte ich fast gedacht, er würde mich wieder küssen... Ich ließ meinen Gedanken freien Lauf. Schläfrig glitt ich tiefer in die Wanne. Hoffentlich war Hester wegen gestern abend nicht mehr böse auf mich; sie war nämlich ein wirklich sympathisches Mädchen. Und Jeremy war ein entzückender kleiner Junge. Nur zu schade...

Meine Augen und meine Nase voller Badewasser setzte ich mich plötzlich erschreckt auf und schüttelte meinen Kopf, um wieder zu mir zu kommen. Was war denn plötzlich mit mir los? Sonst war ich doch nach einer schlaflosen Nacht nie müde. Benommen kletterte ich aus der Badewanne. Ich war so schrecklich schläfrig. Wie schön wäre es jetzt gewesen, mich niederlegen zu können – nur für eine Minute. Doch dann würde ich nach diesem dämlichen Schlüssel suchen müssen. Nur eine Minute... Mühsam und auf wackligen Beinen tastete ich mich auf das Bett zu... Ich wollte mich nur noch hinlegen und schlafen...

Plötzlich zuckte ein beunruhigender Gedanke durch meinen halb weggetretenen Verstand.

Eine solche Art von Müdigkeit kenne ich doch bei mir sonst gar nicht; man könnte meinen, ich hätte ein Schlafmittel eingenommen. Sollte etwa mein Kakao mit dem von Deirdre verwechselt worden sein, so daß ich nun die für Deirdre gedachte Schlaftablette eingenommen hatte?

Benommen schüttelte ich den Kopf. Wenn dem tatsächlich so war, hieß das, daß Deirdre keine Schlaftablette bekommen hatte... sie war vielleicht aufgewacht und rief nach mir... Ich durfte jetzt auf keinen Fall einschlafen. Vielleicht lag sie eben in diesem Moment bereits wach und verlangte nach mir...

Schwerfällig setzte ich mich auf und preßte meine Hände gegen meine Schläfen. Mir fiel ein Satz aus einem medizinischen Lehrbuch ein, demzufolge es nur ganz wenige orale Beruhigungsmittel gab, die einen unweigerlich einschlafen ließen, selbst wenn man sich noch so heftig gegen ihre Wirkung zur Wehr setzte. Ich blinzelte mehrere Male heftig und tastete mich dann ins Bad, wo ich mir kaltes Wasser ins Gesicht spritzte; dann stellte ich mich für ein paar Minuten unter die eiskalte Dusche.

Brrrr! Ich hatte eine anstrengende, schlaflose Nacht hinter mir und nun auch noch versehentlich ein Schlafmittel eingenommen – aber trotzdem konnte ich mir jetzt nicht erlauben einzuschlafen; Deirdre war nicht einmal in ihr Zimmer eingeschlossen. Nach einem Anfall schliefen die meisten Patienten eher unruhig; Deirdre konnte also längst aufgewacht sein. Hastig schlüpfte ich in eine frische Bluse und einen sauberen Rock und eilte den Gang zu ihrem Zimmer hinunter.

Deirdre lag, wie ich sie verlassen hatte, reglos und mit blassem Gesicht in ihrem Bett. Ihr Atem ging tief und regelmäßig – und eine Spur zu laut. Von plötzlicher Angst ergriffen, beugte ich mich über sie und berührte ihre Hand. Sie fühlte sich eiskalt an, und ihr Puls ging träge und ungleichmäßig.

Was um alles in der Welt hatte das nun wieder zu bedeuten?

Schlaftabletten. Und ich hatte keine Ahnung, um welche Sorte es sich dabei handelte oder wie stark sie waren. Wie hatte ich auch nur zulassen können, daß Brant meiner Patientin einfach nach eigenem Gutdünken irgendein Schlafmittel verabreichte, ohne auch nur das geringste über seine Stärke zu wissen? Ich hatte auch keine Ahnung, ob es sich dabei um ein Mittel auf Morphin- oder Barbituratbasis handelte. Und Deirdre war trotz ihrer sechzehn Jahre noch ein außerordentlich zerbrechliches Geschöpf...

Ich griff nach dem Hörer des Haustelefons. »Mrs. Meadows«, stieß ich aufgeregt hervor, »lassen Sie mir bitte unverzüglich eine Kanne heißen Kaffee heraufbringen – starken, schwarzen Kaffee – sowie ein paar zusätzliche Decken und eine Wärmflasche. Und dann schaffen Sie mir Mrs. McLeod her – es ist mir vollkommen egal, ob sie noch schläft!« Ich hängte auf und wandte mich wieder Deirdre zu. In meinem Kopf herrschte ein fürchterliches Durcheinander. Demnach hatte sie also doch ein Schlafmittel eingenommen, und ich war lediglich Opfer eines unvermuteten Erschöpfungsanfalls geworden. Ich hatte wirklich Glück gehabt. Sonst hätte ich in der Gewißheit, Deirdre würde fest schlafen, möglicherweise stundenlang in meinem Zimmer geschlafen, und Deirdre...

Angesichts ihrer sowieso schon angegriffenen Gesundheit hätte dies durchaus ihren Tod zur Folge haben können!

Verzweifelt tastete ich erneut nach ihrem schwachen, unregelmäßigen Puls. Als ich schließlich behutsam ihr Gesicht zu tätscheln begann, gab sie nach einer Weile ein kam hörbares Stöhnen von sich, ohne sich jedoch zu bewegen. Ich tauchte einen Waschlappen in kaltes Wasser und befeuchtete ihr damit das Gesicht. Doch auch diese Behandlung vermochte ihr nicht mehr als ein schwaches Stöhnen zu entlokken. Dann ging die Tür hinter mir auf, und Mrs. Meadows kam mit einer Wärmflasche und einem Stapel Decken in den Raum, gefolgt von Martine McLeod und – Brant.

»Füllen Sie die Wärmflasche bitte mit kochend heißem Wasser«, forderte ich Mrs. Meadows auf. »Und geben Sie mir den Kaffee.« Dann wandte ich mich eindringlich Martine zu: »Welche Schlaftabletten benutzen Sie? Welche Sorte? Welche Stärke?«

»Schlaftabletten?« Sie sah mich stirnrunzelnd an. »Sind Sie eigentlich vollkommen übergeschnappt, Miß Moore? Woher soll ich das wissen? Ich habe sie von meinem Arzt verschrieben bekommen.« Sie rieb sich die Augen. »Ich bekomme ja kaum die Augen auf. Was soll eigentlich dieser Unsinn, Brant?«

»Willst du vielleicht endlich begreifen, Martine«, entgegnete dieser schroff, »daß die Sache verdammt ernst ist?«

»Aber was soll das alles mit meinen Schlaftabletten zu tun haben? Wie sollte Deirdre an meine Schlaftabletten kommen?« Verwirrt sah Martine auf ihre reglos daliegende Tochter hinab.

Martine trug einen Morgenmantel aus purpurnem Samt, der dem roten Bühnenkostüm auf ihrem Porträt auffallend ähnlich war, so daß der Kontrast zwischen ihrer einstigen Schönheit und deren jetzigem zerrütteten Zustand noch augenfälliger und schockierender wurde.

»Du kannst dich doch sicher noch daran erinnern, daß ich dich heute morgen kurz in deinem Zimmer aufgesucht habe«, half Brant ihrem Gedächtnis nach.

Martine rieb sich die Augen. »Ach, jetzt fällt es mir wieder ein; du hast mich aus dem Bett geholt, weil Miß Moore eine Schlaftablette bräuchte. Ich habe das ganze nur im Halbschlaf mitgekriegt. Ich habe dir doch das Röhrchen mit den Tabletten gegeben; was hast du damit gemacht?«

»Wie stark sind diese Tabletten?« schaltete ich mich nun hastig wieder ein. »Wie viele davon haben Sie in den Kakao gegeben, Brant?«

»Eine«, entgegnete Brant stirnrunzelnd. »Die restlichen Schlaftabletten müßten noch in meiner Jackentasche sein. Martine, wie stark sind diese verdammten Dinger? Könnten sie für ein Mädchen in Deirdres Alter vielleicht zu stark gewesen sein?«

»Das weiß ich nicht«, erwiderte Martine. »Ich dachte ja auch, sie wären für Miß Moore. Ich habe doch nicht im Traum daran gedacht, sie könnten für Deirdre sein. Außerdem habe ich noch halb geschlafen. Aber mehr kann ich dir über diese Tabletten nicht sagen.«

Ich fand, daß etwas unternommen werden mußte. »Dann rufen Sie bitte unverzüglich Ihren Hausarzt an, Mrs. McLeod. Versuchen Sie sofort festzustellen, um welche Sorte es sich dabei handelt und wie stark sie sind. Selbstverständlich reagieren die einzelnen Leute sehr unterschiedlich auf Medikamente wie Demerol oder Seconal. Falls es sich dabei freilich um ein so starkes Mittel wie Nembutal gehandelt haben sollte –« Ich sprach den Satz nicht zu Ende. »Und Sie, Brant – holen Sie bitte sofort diese Tabletten; vielleicht kann ich anhand ihres Aussehens feststellen, um welche Sorte es sich handelt.«

Dann machte ich mich daran, Deirdre den heißen Kaffee einzuflößen. Er war sehr stark, und ich begann verzweifelt zu hoffen, daß diese Standardbehandlung bei einer Barbituratüberdosis *nicht* nur durch Einbildung wirken würde, wie ich mir vorher noch einzureden versucht hatte. Als Brant mit dem Tablettenröhrchen zurückkehrte, fiel mein Blick voller Entsetzen darauf.

»Das sind ja extra starke Seconal«, stieß ich schockiert hervor. »So etwas kann man doch einem Kind nicht geben. Um Himmels willen, Mrs. McLeod, wissen Sie eigentlich, daß es sich hier um so ziemlich das stärkste Schlafmittel handelt, das überhaupt auf dem Markt ist?« Wütend wirbelte ich dann zu Brant herum. »Und Sie haben mir gesagt, das wären dieselben, die Hester hin und wieder Jeremy gibt!«

Martines Gesicht war zwar auffallend blaß, doch sie entgegnete ungerührt: »Ich dachte, die Tabletten wären für Sie, Miß Moore. Wenn Sie die gewollt hätten, die der Arzt Jeremy verschrieben hat – er leidet an gelegentlichen Alpträumen –, hätten Sie doch vielleicht auch Hester fragen können.«

Wütend wandte sie sich darauf Brant zu. »Du wußtest doch, daß ich noch halb schlief. Hast du ihr in dem Glauben, eine könnte nicht genügen, vielleicht auch noch zwei oder gar drei Tabletten gegeben?«

Dies war nicht der Zeitpunkt, um die Schuld zu klären. »Das kann alles warten«, erklärte ich deshalb bestimmt und beugte mich wieder über Deirdre. »Sehen Sie lieber zu, daß Sie einen Arzt hierher schaffen – und zwar so rasch wie möglich.«

Martines Gesicht wurde noch bleicher. »Damit die Leute noch mehr reden? Wir können uns nicht schon wieder einen Skandal erlauben.«

»Ärzte unterliegen bekanntlich der Schweigepflicht«, fiel ich ihr schroff ins Wort. »Oder wäre es Ihnen vielleicht lieber, wenn Deirdre stirbt? Jedenfalls kann ich nichts gegen eine Barbituratvergiftung unternehmen, solange ich nicht absolut sicher bin, was sie eingenommen hat und wie sie darauf reagiert.«

»Aber könnte denn eine einzige Schlaftablette ihren Tod bedeuten?« stieß Brant fassungslos hervor. »Nur eine?«

»Wenn ich sicher sein könnte, daß sie tatsächlich nur eine zu sich genommen hat... Wenn ich wüßte, daß sie nicht allergisch gegen Barbiturate ist, was leider nur allzu häufig vorkommt...«

Martine, die eben etwas sagen wollte, wurde von Brant mit einer energischen Handbewegung wieder zum Schweigen gebracht. »Halt jetzt endlich den Mund, Martine. Siehst du denn nicht, wie ernst die Sache ist? Ich werde gleich mal Doktor Mason anrufen. Er kennt uns und wird bestimmt nichts weitererzählen.« Er verließ das Zimmer. Währenddessen rieb ich noch immer Deirdres kalte Hände und Füße. Zwischendurch flößte ich ihr etwas Kaffee ein und tastete besorgt nach ihrem Puls. Ich bekam gar nicht mit, wann Martine schließlich den Raum verließ. Ich hatte es mittlerweile geschafft, Deirdre zum Aufstehen zu bewegen und führte sie gegen ihren schläfrigen Widerstand langsam in ihrem Zimmer auf und ab, als schließlich die Tür aufging und ein dicker kleiner Mann mit einer Glatze und dem unverkennbaren Gebaren eines Arztes hereinkam.

»Schwester? Ich bin Doktor Mason. Also, was ist nun eigentlich passiert?« Bereits im Sprechen holte er sein Stethoskop hervor. Ich legte Deirdre aufs Bett und knöpfte ihr Pyjamaoberteil auf.

Nachdem Doktor Mason sich den Sachverhalt von mir erklären hatte lassen, nickte er kurz. »Sie haben genau das Richtige getan. Das Herz ist in Ordnung, und der Puls hat sich weitgehend wieder normalisiert. Das gleiche gilt für die Temperatur. Wir können sie jetzt unbesorgt weiterschlafen lassen, bis die Wirkung des Mittels nachläßt. Allerdings werde ich zur Sicherheit noch eine Stunde hierbleiben, falls sie noch einmal einen Rückfall erleidet. Behalten Sie sie sorgfältig im Auge; fühlen Sie ihr alle zehn Minuten den Puls, und verständigen Sie mich sofort, sobald Ihnen irgendwelche Unregelmäßigkeiten auffallen.« Er starrte mich streng an. »Ich muß schon sagen, Miß Moore, Sie nehmen Ihre Aufgabe, weiß Gott, nicht gerade sehr ernst. So etwas könnte Sie Ihre Schwesternlizenz kosten.«

Schuldbewußt senkte ich den Kopf. Eine dritte Person meiner Patientin irgendwelche Schlaftabletten geben zu lassen, war einfach unverzeihlich. Als Entschuldigung für dieses

Versagen konnte ich lediglich meine Erschöpfung nach der anstrengenden und nervenaufreibenden nächtlichen Suche nach Deirdre vorbringen.

»Wenn daraus jemandem ein Vorwurf zu machen ist«, verschaffte sich nun von der Tür her Brant Gehör, »dann mir, aber keinesfalls Susan. Ich wußte, daß Marty Schlaftabletten hat, die sie hin und wieder auch Jeremy gibt –«

Doch die so Beschuldigte fiel ihm von hinten aufgebracht ins Wort: »Dann hättest du auch gefälligst sagen sollen, daß du *die* wolltest! Du hast aber nur gesagt: ›*Deine* Schlaftabletten.‹«

»Das habe ich doch auch gesagt«, konterte Brant wütend, »wenn du nicht noch halb geschlafen hättest... das nenne ich vielleicht eine Mutter! Wußtest du überhaupt, daß wir die ganze Nacht damit verbracht haben, nach der Kleinen zu suchen?«

»Ich weiß, welche Schlaftabletten Mr. McLeod meint«, schaltete sich nun wieder Dr. Mason ein. »Sie sind durchaus für Kinder und Jugendliche geeignet. Davon hätten Sie der Kleinen mindestens zehn geben müssen, um sie in diesen Zustand zu versetzen.« Er runzelte nachdenklich die Stirn. »Ich glaube, daß sie etwa zwei extra starke Seconal eingenommen hat – also eine ziemlich bedenkliche Dosis. Angesichts ihres angegriffenen Zustands hätte ich sogar Bedenken, der Kleinen eine halbe Seconal zu geben.«

»Ich glaube nach wie vor«, erklärte Martine vorwurfsvoll, »daß Brant dachte, es wären Jerrys Schlaftabletten, und ihr deshalb versehentlich zwei oder drei davon gegeben hat.«

»Ich habe ihr nur eine gegeben, verdammt noch mal! Worauf willst du eigentlich hinaus, Martine?« Damit packte Brant sie grob am Handgelenk.

Als Deirdre auf den Klang der Stimme ihrer Mutter hin im Schlaf leise stöhnte, sagte Dr. Mason: »Raus jetzt – und zwar alle! Verantwortungslose Gesellschaft... als ob Schlaftabletten nichts weiter als harmlose Süßigkeiten wären!« Ärgerlich vor sich hinbrummelnd, schob er sie zur Tür hinaus. »Und machen Sie auf dem Flur nicht soviel Krach! Wenn der alte Mr. McLeod Wind davon bekommt... Sie wissen ja selbst nur zu gut, Mrs. McLeod, daß im Fall Ihres Gatten die leiseste Aufregung verheerende Folgen haben kann, zumal mir keineswegs entgangen ist, wie sehr er an der Kleinen hängt.«

Damit scheint er allerdings in diesem Haus so ziemlich der einzige zu sein, dachte ich unwillkürlich, als ich wieder mit Deirdre allein war. *Martine scheint jedenfalls vor allem daran gelegen zu sein, beweisen zu können, daß sie keine Schuld an dem Vorfall trägt, wohingegen ihr Deirdres Wohlergehen offensichtlich eher gleichgültig ist. Und Brant...* Mir lief unwillkürlich ein kalter Schauder den Rücken hinunter.

Hatte er ihr die Überdosis vielleicht *mit Absicht* verabreicht?

Hatte sich demnach auch in meinem Kakao ein Schlafmittel befunden – um dafür zu sorgen, daß ich nicht zugegen war, während Deirdre dem Tod entgegendämmerte?

Doch was konnte er damit bezweckt haben?

Sein schmerzliches Geständnis vom letzten Abend, demzufolge er den Beweis dafür, daß Deirdre eine Mörderin war, hatte verschwinden lassen...

Das Geständnis, daß die Aussage des armen Kindes aufgrund seiner Unzurechnungsfähigkeit keinerlei Beweiskraft gehabt hätte. Und dies verbunden mit dem, was sie dann während ihres letzten Anfalls herausgeschrien hatte...

Ich schüttelte heftig den Kopf, um ihn wieder klarzubekommen. *Susan*, redete ich mir gut zu, *du läßt dich langsam tatsächlich von der Atmosphäre in diesem Irrenhaus anstecken. Erst hast du Martine verdächtigt, Deirdre vergiften oder so verängstigen zu wollen, daß sie endgültig wahnsinnig wurde. Und nun verdächtigst du Brant eines Mordes, und dies nur, weil er versehentlich zwei verschiedene Sorten Schlafmittel miteinander verwechselt hat. Die schlaftrunkene Martine konnte, um halb sechs Uhr früh von Brant geweckt, durchaus mißverstanden haben, was Brant gesagt hatte, so daß sie ihm in dem Glauben, die Schlaftabletten wären für mich, ihre starken Tabletten gegeben hatte, und nicht die leichten für Jerry. Und dann war Brant* – Laien legen Schlaftabletten gegenüber häufig eine unverzeihliche Sorglosigkeit an den Tag – *vielleicht zu der Überzeugung gelangt, daß Deirdre, doppelt so alt wie Jeremy, für den eine Tablette genügte, am besten gleich zwei Tabletten einnehmen sollte. Und als er sich der verhängnisvollen Folgen seines Versehens schließlich bewußt wurde, stritt er es einfach ab. Aber das Wichtigste ist, daß es Deirdre wieder besser ging,* wie ich zu meiner unendlichen Erleichterung feststellen konnte, nachdem ich ihr neuerlich den Puls gemessen hatte.

Als über einer Tasse Kaffee die Spannung langsam von mir zu weichen begann, kam Dr. Mason zurück. »Der Vorfall ist natürlich höchst ärgerlich, Schwester, aber zum Glück ist dadurch kein weiterer Schaden entstanden«, erklärte er. »Das Mädchen muß ein außerordentlich kräftiges Herz haben. Selbstverständlich haben ihre Mutter und ihr Stiefbruder unverzeihlich leichtsinnig gehandelt, aber McLeod hat mir ja nun erklärt, wie es dazu kam; und ich weiß nur zu gut, wozu Laien im Umgang mit Medikamenten manchmal in der Lage sind.«

»Trotzdem hätte ich mir die Schlaftabletten erst ansehen sollen«, entgegnete ich.

»Das hätten Sie«, pflichtete er mir bei, »aber nachdem diesmal alles glimpflich verlaufen ist... McLeod hat mir erzählt, daß Sie die ganze Nacht auf den Beinen waren. Daher kann ich durchaus verstehen, Schwester, daß Ihnen dieses Versehen unterlaufen ist. Seien Sie in Zukunft trotzdem vorsichtiger.

An sich bin ich gar nicht der Arzt des Mädchens«, fuhr er dann fort. »Ich nehme an, daß Robertson, der Arzt des Jungen, auch hin und wieder nach ihr sieht. Außerdem hat McLeod etwas von einem Psychiater erzählt, der sie behandelt. Jedenfalls bin ich froh, daß ich Ihnen doch helfen konnte.«

Und damit war dieses Thema erledigt. Doch der schwelende Verdacht, der im Lauf dieses grauenhaften Morgens in mir entfacht worden war, während Deirdre mit dem Tod gerungen hatte, ließ sich nun nicht mehr ersticken.

Wünschte einer von den beiden Deirdre den Tod?

Und warum?

Mit diesen und ähnlichen Überlegungen beschäftigt, hielt ich an Deirdres Bett Wache und wartete, bis sie schließlich ganz normal wieder erwachen würde – oder so normal zumindest, wie dies in Deirdres Fall möglich war.

Deirdre schlief den ganzen Tag. Am späten Nachmittag legte auch ich mich kurz hin, nachdem Mrs. Meadows mich ablösen gekommen war. Als ich wieder erwachte, war auch Deirdre bereits wach; sie ließ sich, ihren Teddy noch etwas benommen an sich gedrückt, von Mrs. Meadows mit heißer Suppe füttern, um dann bald von neuem wegzudämmern. Ich entschied, daß die Suche nach dem Schlüssel noch warten konnte. Für den Fall, daß Deirdre neuerlich zu einem ihrer verbotenen nächtlichen Streifzüge aufbrach, wollte ich im Spielzimmer auf der Couch schlafen. Allerdings war ich überzeugt, daß sie nach den Anstrengungen, die sie hinter sich hatte, tief und fest schlafen würde.

Es muß schon nach elf Uhr nachts gewesen sein, als das Telefon auf dem Flur zu läuten begann und nicht mehr aufhören wollte. Ärgerlich über die Störung, tappte ich schließlich doch nach draußen und nahm ab. Aus dem Hörer drang Brants aufgeregte Stimme: »Können Sie schnell in mein Zimmer herunterkommen, Susan? Und nehmen Sie etwas gegen eine Ohnmacht mit; Martine ist gerade umgefallen.«

Ich eilte in mein Zimmer, packte verschiedene Riechsalze und Ammoniak zusammen und klopfte damit leise an Brants Tür. Er öffnete mir im Morgenmantel, worauf ich etwas verwundert zurückwich. »Kommen Sie schon«, forderte er mich ungeduldig auf. »Sie ist bei mir.«

Beinahe hätte ich fragend die Augenbrauen gehoben, doch hatte ich etwas Derartiges fast schon vermutet.

Martine lag in einem hauchzarten Gazekleid auf Brants Bett. Ein Blick genügte, um mir zu sgen, daß dies keine Ohnmacht war. Dafür war ihre Haltung zu gefaßt, ihr Mund zu wenig erschlafft. Als ich ihr den Puls fühlte, schlug dieser, wie ich vermutet hatte, mit derselben Regelmäßigkeit wie meine Armbanduhr. Ich hatte es hier mit einer perfekten Bühnenohnmacht zu tun. Schließlich war Martine früher nicht umsonst ein gefeierter Opernstar gewesen.

Ein Streit unter Liebenden?

»Sie hat mich aufgesucht, um mit mir über die Kinder zu sprechen«, setzte Brant zu einer Erklärung an. »Sie sagte, sie wollte meinen Vater nicht unnötig beunruhigen, und deshalb kam sie hierher, wo er uns nicht hören konnte. Und dann ist sie mit einem Mal in Ohnmacht gefallen, ehe ich mich versah.« Er sprach hastig und nervös, so daß ich unwillkürlich dachte: *Von daher weht also der Wind?* Doch ich erwiderte ruhig: »Machen Sie sich deshalb mal keine allzu großen Gedanken, Mr. McLeod; sie wird sicher gleich wieder zu sich kommen.«

Es gibt ein paar ziemlich schmerzhafte Methoden, jemanden sogar aus einer echten Ohnmacht erwachen zu lassen – und einen Simulanten auf der Stelle bloßzustellen. Eine davon besteht darin, leichten Druck auf die Augäpfel auszuüben; eine andere, bei einer Frau kräftig die Brustwarze zu drücken. Aber nachdem Brant schon nicht aus der Rolle fiel, würde auch ich mich an die meine halten; ich leerte also den Inhalt einer Ammoniakampulle in ein Taschentuch und drückte es fest an Martines Nase. Heftig hustend setzte sie sich abrupt auf, um zugleich kräftig zu niesen. Der Blick, den sie Brant zuwarf, wäre nahezu als mörderisch zu bezeichnen gewesen.

Doch Brant legte seine gewohnte arrogante Unnahbarkeit an den Tag und sagte: »Bist du in Ohnmacht gefallen, Martine? Deine nächste Zeile lautet übrigens: ›Wo bin ich?‹«

Sie faßte sich mit der Hand an den Kopf. »Miß Moore, Sie hier? Ich muß wohl ohnmächtig geworden sein.« Ich überlegte, daß diese Frau auf der Bühne sehr überzeugend gewesen sein mußte, da sie nach diesem mörderischen Blick absolut unnachahmlich die Rolle einer Frau spielte, die peinlicherweise in Ohnmacht gefallen und schließlich wieder aus ihr zurückgeholt worden war. »Hat Brant Sie gerufen?«

»Ich hielt dies zumindest für das Vernünftigste«, warf Brant ein. »Wozu haben wir schließlich eine staatlich geprüfte Krankenschwester im Haus. Zudem wollte ich sonst niemanden unnötig beunruhigen.« Ich dachte mir, daß Brant, wenn es sich, wie ich ursprünglich vermutet hatte, tatsächlich um eine kompromittierende Situation gehandelt hätte, sicherlich mit einer entsprechen Erklärung herausrückte, um sowohl Martine wie sich selbst nicht in Verruf zu bringen. Hatte er sich durch Martines Ohnmacht täuschen lassen – oder nicht?

»Soll ich Ihnen auf Ihr Zimmer zurückhelfen, Mrs. McLeod?« erbot ich mich.

»Ja, bitte.« Ihre Stimme klang ungewöhnlich matt. Sie spielte ihre Rolle wirklich ausgezeichnet. Für mich? Ich reichte ihr meinen Arm. Ich konnte sehr gut zwischen echt und gespielt schwankenden Schritten unterscheiden. In diesem Augenblick ging die Tür auf, und der Anblick des alten Mr. Alexander ließ mich erschreckt zusammenzucken. Er kam in seinem Rollstuhl rasch auf uns zugefahren und rief mit sorgenvoll und zugleich ärgerlich verzerrtem Gesicht:

»Martine! Wo –«

»Ist ja schon gut, Vater«, redete Brant beruhigend auf ihn ein. »Martine wurde ohnmächtig, deshalb habe ich Miß Moore nach unten gerufen.«

»Was hatte Martine denn um diese Stunde noch hier zu suchen?« verlangte der alte Mr. Alexander zu wissen. »Haltet ihr mich wohl für einen kompletten Trottel, mit dem ihr alles machen könnt? Ich habe es endgültig satt, ständig im unklaren gelassen zu werden, was in diesem Haus eigentlich vor sich geht. Und falls du denken solltest, du könntest mir etwas vormachen, Brant –«

»Vater...!« flehte Brant fast.

»Was soll denn dieser Unsinn, Alex«, fuhr Martine ihren Mann nun scharf an. »Du weißt doch nur zu gut, daß Doktor Mason gesagt hat, wir sollten jede unnötige Aufregung von dir fernhalten. Ich wollte nur mal ungestört mit Brant reden – über diese unangenehme Geschichte mit Deirdre; sie ist nämlich wieder einmal weggelaufen.«

Mit fast verächtlich erhobenen Augenbrauen wandte der alte Mr. Alexander sich seiner Frau zu und entgegnete kalt: »Seit wann denn plötzlich diese mütterliche Fürsorge, Martine? Die Rollen der Norma oder der Adelia lagen dir doch noch nie, soviel ich mich entsinnen kann. Du brauchst uns doch hier, weiß Gott, nichts vorzumachen.« Als er sie dabei wütend anstarrte, ging sein Atem plötzlich merklich kürzer und heftiger.

»Zum Glück hatte ich ein Riechsalz bei mir, Mr. McLeod«, versuchte ich einzulenken. »Es besteht also kein weiterer Grund zur Besorgnis.«

»Hmmmm.« Er wandte sich nun mir zu. »Also sogar Sie haben sie geholt...« Dann sprach er jedoch nicht mehr weiter.

Leicht beunruhigt fragte ich den alten Herrn: »Mr. McLeod, fühlen Sie sich nicht wohl?« Seine Gesichtsfarbe verhieß nichts Gutes, und sein Atem ging in röchelnden Zügen. Sein Lächeln, ein bloßes Dehnen der Lippen, war eher die Grimasse eines Totenschädels. Nur mit größter Mühe schien er sich in seiner aufrechten Position halten zu können.

Dieser Mann ist dem Tod sehr nahe, dachte ich. *Und er ist sich dessen sehr wohl bewußt. Ein plötzlicher Schock könnte ihm das Lebenslicht wie die Flamme einer Kerze ausblasen.* Das Wort Tod war in deutlich sichtbaren Lettern auf seine Stirn geschrieben. Doch was führten die beiden im Schilde? Ich wußte zwar, daß Martine keine sonderliche Liebe oder Zuneigung für ihren Gatten verspürte, aber konnte sie nicht wenigstens warten, bis er unter der Erde lag? Lange konnte es doch nicht mehr dauern – und dann konnte sie sich ohne Bedenken jeden Mann nehmen, nach dem ihr der Sinn stand. Ross, oder vielleicht auch Brant, wobei es jedoch in letzterem Fall angesichts der Heirat zwischen Stiefsohn und Stiefmutter einiges Gerede geben mußte. Immerhin waren sie jedoch etwa gleich alt. Und wenn Martine wirklich so eiskalt und berechnend war, wie ich dachte, konnte sie auch beide haben.

Plötzlich durchzuckte ein beängstigender Gedanke meinen Kopf. Hatte Martine ihre Ohnmacht etwa inszeniert, um den alten Mann entweder zu Tode zu schockieren... *oder ihn gegen seinen Sohn aufzubringen?* Hatte sie es ganz bewußt darauf angelegt, in seinem Zimmer – auf seinem Bett – angetroffen zu werden? Und sollte Brant ihre Pläne vereitelt haben, indem er zu seiner Entlastung unverzüglich die überzeugendste Anstandsdame herbeigerufen hatte, die so schnell verfügbar war – nämlich mich, die Krankenschwester?

Ich begann nun verstohlen, Brant zu beobachten. Er wirkte gekränkt und verletzt. Er bedachte Martine mit einem strafenden Blick und forderte mich auf: »Falls Sie glauben, Deirdre so lange vernachlässigen zu können, Miß Moore, wäre ich Ihnen sehr dankbar, wenn Sie Martine in ihre Gemächer zurückbegleiten könnten. Ich werde mich währenddessen um meinen Vater kümmern. Komm, Vater, ich bringe dich auf dein Zimmer. Du sollst dich doch nicht unnötig überanstrengen. Warum hast du Lowden nicht gerufen?«

»Damit gleich das ganze Haus davon erfährt?« wies ihn der alte Herr streng zurecht. »Ich komme schon allein zurecht. Bringen Sie mich bitte in mein Zimmer, Miß Moore. Ich glaube, ich kann jetzt auch etwas Riechsalz vertragen.«

»Wie Sie wünschen, Mr. McLeod«, entgegnete ich leicht verunsichert und trat auf ihn zu, um ihn den Gang hinunterzuschieben.

Martine folgte uns, immer noch schwankend, worauf Mr. Alexander sich nach ihr umdrehte und sie schroff anfuhr: »Geh zu Bett, du hinterhältiges Miststück, und laß mich in Frieden! Such dir meinetwegen jedes Bett aus, das du willst!«

Martines sonore Stimme bebte vor Entrüstung, als sie erwiderte: »Alex, wie kannst du so etwas nur sagen! Du weißt ja gar nicht, was du redest.« Und damit rauschte sie indigniert ab. Der alte Herr sank darauf in seinem Rollstuhl zusammen und dirigierte mich mit kaum merklichen Handbewegungen in sein Quartier. Dort angekommen, ließ er sich von mir ins Bett helfen. Er fühlte sich sehr leicht und ausgetrocknet an in meinen Armen.

»Wenn Sie mir jetzt bitte noch ein Glas Wasser brächten…« Er fischte eine Tablette aus seiner Hemdtasche. »Und, Miß Moore, was halten Sie von meiner Stieftochter?«

Ich fragte mich, worauf diese Frage abzielte, und antwortete ausweichend: »Ich mag Deirdre sehr, Sir. Mit der entsprechenden Pflege, unterstützt durch sachgemäße psychotherapeutische Behandlung, könnte sie eines Tages sogar wieder ganz gesund werden…« Doch dann fiel mir wieder Brants Geschichte ein, und ich beeilte mich hinzuzufügen: »Allerdings haben Sie ja bereits alles in Ihrer Macht Stehende versucht.«

»Es gefällt Ihnen wohl hier? Finden Sie es nicht zu einsam?«

»Im Gegenteil, Sir, ich fühle mich hier ausgesprochen wohl.«

Er nickte. »Ja, ein herrlicher Platz. Mein Großvater hat das Schloß hierher schaffen lassen – Sie kennen die Geschichte ja sicher. Er hat damals während des Goldrauschs ein Vermögen gemacht und damit das Schloß hier wieder aufbauen lassen. Ich bin hier aufgewachsen. Auch die Vögel scheinen sich hier wohl zu fühlen. Ich kann sie alle an ihrem Gesang unterscheiden. Ich hatte schon immer eine Schwäche für Musik.«

Und deshalb haben Sie eine Operndiva geheiratet, dachte ich mitfühlend; und was haben Sie nun davon?

»Ich habe gehört, daß auch Deirdre sich für Vögel interessiert, wenn sie einmal einen hellen Moment hat oder wie man das heutzutage nennt.«

»Ihre Vogelstudien können sich wirklich sehen lassen, Mr. McLeod.«

»Ja, sie hatte schon immer etwas für Vögel übrig – selbst als ganz kleines Kind. Ach, war Deirdre damals ein entzückendes kleines Ding.« Seine Miene verdüsterte sich. »Inzwischen bekomme ich sie ja kaum mehr zu sehen. Das gleiche trifft auch auf meinen kleinen Sohn zu. Es muß ja auch schlimm sein für den Kleinen, einen Vater zu haben, der bereits mit einem Fuß im Grab steht. Ich war bereits einundsechzig, als er geboren wurde, Miß Moore; meine Zeit wird also bald abgelaufen sein.« Die Adern traten blau hervor, als seine Lider sich über seine Augen senkten, und ich dachte schon, er wäre eingeschlafen. Doch im nächsten Moment zuckten seine Lider wieder abrupt hoch.

»Miß Moore, bitte bleiben Sie bei Deirdre, wenn es irgendwie möglich ist. Martine ist es völlig gleichgültig, was aus dem Kind wird, und ich finde es einfach unerträglich, mitansehen zu müssen, wie die arme Kleine von einer Pflegerin zur anderen weitergereicht wird. Sie braucht jemanden, der jung und hübsch ist – damenhaft und sympathisch. Bleiben Sie noch bei uns. Bitte.«

»Das ist durchaus meine Absicht, Mr. McLeod«, erwiderte

ich. Und im stillen nahm ich mir vor: *Solange ich hier bin, wird es auch keine ›Unfälle‹ mehr geben.*

»Ich bin ein alter Mann, Miß Moore«, fuhr Mr. Alexander fort. »Und eigentlich habe ich kaum Grund, gut über die Frauen zu denken. Bleiben Sie trotzdem noch bei uns. Es ist doch eine beruhigende Vorstellung, daß es wenigstens noch ein paar anständige Menschen auf der Welt gibt. Anständige, unverdorbene Mädchen wie Sie und diese sommersprossige Kleine, die sich um den Jungen kümmert. Hester habe ich übrigens selbst eingestellt.« Er wirkte inzwischen sehr müde.

Deshalb sagte ich: »Sie sollten jetzt schlafen, Mr. McLeod.«

»In meinem Grab werde ich noch genügend Zeit zum Schlafen haben«, entgegnete er. »Reichen Sie mir bitte das Buch dort.« Er deutete auf eine alte, ledergebundene Ausgabe von *Geständnisse eines englischen Opiumessers*. Mir schien dies eine etwas ungewöhnliche Lektüre für einen Mann, der an der Schwelle des Todes stand; der alte Herr mußte meinen erstaunten Blick wohl bemerkt haben, als ich ihm das Buch reichte, denn er fragte mich: »Haben Sie das mal gelesen?«

»Nicht ganz, Sir. Glauben Sie nicht, eine etwas aufbauendere Lektüre würde Ihnen vielleicht eher guttun...«

Er lachte – ein schwaches, aber angenehmes Geräusch, das mich entfernt an Brants Lachen erinnerte. »Sie reden genau wie mein Arzt. Offenbar wollen Sie mich alten Mann auch wieder in den Kindergarten zurückschicken. Soll ich vielleicht wieder anfangen, ›Hänsel und Gretel‹ zu lesen? Keine Zigarren, kein Whisky, kein gutes Essen, nicht einmal ein spannendes Buch...« Er brach neuerlich in sein schwaches, abgehacktes Gelächter aus. »Ich sage Ihnen, Miß Moore, in meinem Alter kann man sich nur noch ein kurzes und vor allem gesundheitsschädlich aufregendes Leben wünschen.«

Ich konnte nicht umhin, in das Lachen des alten Mannes mit einzufallen. Er streckte seine Hand aus.

»Gute Nacht, Miß Moore«, verabschiedete er mich abrupt. »Und vielen Dank. Passen Sie gut auf Deirdre auf, ja?«

Das versprach ich ihm, und als ich die Tür seines Zimmers hinter mir schloß, traten mir Tränen in die Augen.

Nun stand ich endgültig und unauflöslich unter dem Bann

dieser verrückten Familie. Selbst wenn ich gewollt hätte, hätte ich mich nun nicht mehr von ihr losreißen können. Sanctuary Island hatte mich endgültig in seinen Klauen, und ich stak bis über den Hals in dem mich immer tiefer hinabziehenden Treibsand seiner leidenschaftlichen Verstrickungen.

Das ist doch alles Unsinn, versuchte ich mir einzureden. *Du hast fast zwei Tage lang kein Auge zugedrückt und bist deshalb ein fürchterliches Nervenbündel. Vergiß das Ganze so schnell wie möglich, Susan, und sieh lieber zu, daß du ins Bett kommst.*

12. Kapitel

Ich wußte nicht, wie Deirdre am nächsten Tag reagieren würde. Ich ging davon aus, daß auch diesmal alles so ablief wie bisher, wenn sie einen Anfall gehabt hatte; sie würde ausgiebig schlafen, um sich von der Erschöpfung zu erholen, und danach aufwachen, als wäre nichts geschehen. Doch diesmal sollte ich in dieser Hinsicht eine Überraschung erleben.

Als ich am Morgen nach Martines Ohnmachtsanfall erwachte, kleidete ich mich unverzüglich an und begab mich in Deirdres Zimmer, um in ihrer Nähe zu sein, wenn sie erwachte. Zu meinem Erstaunen war sie bereits wach; sie lag in ihrem Bett und sah aus dem Fenster, über das unzählige dicke Regentropfen ihre Bahnen zogen. Ich machte eine aufmunternde Bemerkung über das Wetter, auf die Deirdre jedoch nicht einging. Statt dessen drehte sie sich zu mir herum und fragte mich:

»Warum hast du mich in meinem Zimmer eingeschlossen, Susan?«

Demnach konnte sie sich also an alles erinnern? »Weshalb denkst du wohl?« entgegnete ich, um etwas Zeit zu gewinnen. »Natürlich, damit du nicht weglaufen kannst.« Nun blieb mir dummerweise allerdings keine Zeit mehr, um nach dem Schlüssel zu suchen.

»Während ich wach im Bett lag«, fuhr Deirdre fort, »habe ich mich an alles zu erinnern versucht. Habe ich das nur geträumt, oder war Doktor Mason tatsächlich hier?«

»Er war tatsächlich hier«, bestätigte ich ihr.

»Warum?«

»Wir haben uns deinetwegen Sorgen gemacht.«

Darauf erwiderte sie nichts weiter, sondern lag nur mit aufgestütztem Kinn nachdenklich da, bis ich sie schließlich fragte: »Möchtest du jetzt aufstehen? Soll ich dir dein Frühstück bringen lassen?«

Sie nickte und schwang ein Bein über die Bettkante. »O ja, bitte. Ich habe schrecklichen Hunger.«

»Du hast gestern ja auch nicht gerade viel gegessen.«

Sie runzelte ihre Stirn. »Stimmt, irgendwie bin ich etwas durcheinander, als würde mir ein Tag in meiner Erinnerung fehlen. Habe ich denn gestern den ganzen Tag lang geschlafen?«

»Ja«, bestätigte ich ihr.

Sie sah mich eindringlich an und sagte scharf: »Ich habe es allmählich satt, daß man mir nie etwas sagt. Ich bin doch kein kleines Kind mehr. Ich kann mich genau erinnern, wie hier herumgeschrien wurde und daß Doktor Mason hier war; aber das ist auch schon alles, woran ich mich – zumindest, was gestern betrifft – erinnern kann.« Und sie fügte rasch hinzu: »Sonst kann ich mich noch an alles genau erinnern.«

»Das ist ja wunderbar«, entgegnete ich. »Aber was möchtest du nun eigentlich zum Frühstück?«

»Ach, das ist mir vollkommen egal«, erwiderte sie ungeduldig. »Irgend etwas.« Doch gleich darauf fügte sie in wesentlich sanfterem Ton hinzu: »Es tut mir leid, Susan; so habe ich das nicht gemeint. Ich bin nur etwas durcheinander und versuche ständig, mich zu erinnern...«

»Mach dir deswegen mal keine Sorgen, mein Schatz.«

»Sag das doch nicht immer!« fuhr sie mich daraufhin heftig an. »Ich möchte mir darüber endlich einmal Klarheit verschaffen. Ich versuche schon so lange, mich zu erinnern, und wenn es dann plötzlich zum Greifen nahe scheint – wie neulich erst –, dann kommt irgend jemand daher und redet mir ein, ich sollte nicht einmal *versuchen*, mich zu erinnern – nein, das warst natürlich nicht du.« Ihre Stirn legte sich von angestrengtem Nachdenken neuerlich in Falten. Und dann stand sie schließlich mit einem langen Seufzer auf, um ins Bad zu tappen.

Ich klingelte nach ihrem und meinem Frühstück. Als es aufs Zimmer gebracht wurde, war Deirdre bereits fertig geduscht und angezogen; der knallrote Pullover, für den sie sich entschieden hatte, brachte etwas Farbe in den regengrauen Tag. Sie nahm am Frühstückstisch Platz und griff bereits gierig nach ihrer Tasse, um jedoch plötzlich innezuhalten.

»Das letzte, woran ich mich noch deutlich erinnern kann, ist, daß du mir heißen Kakao eingeflößt hast«, erklärte sie. »Der Kakao hat irgendwie eigenartig geschmeckt. Was ist danach passiert?«

»Danach bist du eingeschlafen.«

»Nein, ich meine davor. Warte mal. Ich weiß noch, daß Jerry hier beim Abendessen war.« Sie hatte einen Löffel voll Cornflakes halb zum Mund geführt, hielt aber mitten in der Bewegung inne. »Und dann hat er etwas gesagt. Es – es war, als wäre in meinem Kopf plötzlich etwas zerrissen – wie ein sich öffnender Vorhang –« Sie sprach nicht weiter; statt dessen verzerrte sich ihr Gesicht zu einem schmerzlichen Ausdruck, der jedoch rasch wieder verflog. Sie schüttelte nachdenklich den Kopf und steckte dann den Löffel in den Mund. »Ich weiß einfach nicht mehr, was danach passiert ist. Als du mich dann ins Bett gepackt und in meinem Zimmer eingeschlossen hast, habe ich so getan, als schliefe ich, damit ich mich noch in Ruhe erinnern könnte. Ich kletterte aus dem Bett –«

»Nachdem du dich immerhin an so vieles erinnern kannst, erzähle mir doch am besten gleich, wie du überhaupt aus dem Zimmer gekommen bist«, unterbrach ich sie.

Sie sah mich erstaunt an und sagte dann: »Genau! Das habe ich dir gar nicht erzählt. Vermutlich war es Margo, der ich davon erzählt habe. Manchmal komme ich vollkommen durcheinander, wenn *sie* mich anbrüllt und mir einredet, ich soll mich an nichts erinnern. Wenn du willst, zeige ich dir, wie ich aus dem Zimmer gekommen bin.«

»Iß erst dein Frühstück«, forderte ich sie auf, da ich aus all dem nicht recht schlau wurde. Sie schaufelte sich einen weiteren Löffel Cornflakes automatisch in den Mund, um dann von den Rühreiern mit Speck zu kosten. Als auch die ihren Appetit nicht zu wecken vermochten, legte sie ungehalten das Besteck beiseite.

»Nein, ich möchte mich an alles in der richtigen Reihenfolge erinnern können, solange mir das möglich ist. Ich war mir jedenfalls im klaren darüber, daß es da etwas gab, das ich vergessen hatte, und ich dachte, wenn ich an den Ort ginge, wo es passiert ist, könnte ich mich wieder daran erinnern.«

Hatte sie sich wieder daran erinnert, Margo umgebracht zu haben?

Ich saß inzwischen reglos am Tisch und beobachtete Deirdre mit gebannter Aufmerksamkeit. *Laß sie reden; laß sie reden...*

»Ich mußte plötzlich an Margo denken«, fuhr Deirdre fort. »Sie hatte mir versprochen, zum Abendessen wieder zurück zu sein. Aber sie kam an jenem Abend nicht zurück. Deshalb bin ich sie suchen gegangen. Ich – ich hatte Angst, diesen Weg zum Strand hinunterzugehen – du kennst ihn ja –, weil ich befürchtete, es könnte gerade Flut sein; und Margo hat mir eingeschärft, nie allein zu diesem Strand zu gehen. Aber ich bin trotzdem hingegangen. Die Flut setzte eben ein...«

Ihr Gesicht verzerrte sich, und sie begann ganz leise und ohne Tränen zu schluchzen. Diesmal verfiel sie jedoch nicht wie sonst in ihre unkontrollierten, besinnungslosen Schreikrämpfe.

»Margo lag auf den Felsen«, fuhr sie nach einer Weile fort. »Es war genau wie das andere Mal. Sie war über und über mit Blut verschmiert, und ringsum lagen lauter Steine, und auch die Steine waren voller Blut. Ich –« Ihre Stimme versagte. »Ich versuchte sie aufzuwecken, und dann wußte ich plötzlich, daß sie tot war –«

Gütiger Gott, nicht schon wieder! Doch Deirdre bewahrte die Fassung. Ihrer Stimme war beim Weitersprechen die starke seelische Belastung anzuhören, aber ansonsten klang sie vollkommen normal und vernünftig.

»Und dann sah ich oben auf den Klippen jemanden sich bewegen. Ich dachte, man würde vielleicht Steine auf uns herabwerfen, um – um auch mich umzubringen. Ich hatte schreckliche Angst, und dann hörte ich jemanden kommen; ich wußte nicht, wer es war...« Ihre Stimme bebte heftig, und ich mußte an die Szene denken, die Brant mir beschrieben hatte – Deirdre über ihrer toten Pflegerin kniend, einen blutverschmierten Felsbrocken in ihrer Hand...

»Nur war dann plötzlich Brant bei mir...« Deirdres Stimme war inzwischen zu einem kaum noch vernehmbaren Flüstern erstorben. »Und dann... an mehr kann ich mich nicht mehr erinnern.«

Mechanisch nahm sie mit der Gabel wieder einen Bissen Rühreier auf und schob ihn sich in den Mund; ihr ausgehungerter Körper verhalf sich auf diese Weise trotz ihrer Unfähigkeit, sich aufs Essen zu konzentrieren, automatisch zu seinem Recht. Mir schossen unzählige Gedanken durch den Kopf. Deirdre hatte mir eben eine durchaus stimmige, zusammenhängende Version der Ereignisse erzählt, die zudem mit meinen vagen Vermutungen übereinstimmte.

Brant hatte sofort angenommen, daß Deirdre Margo umgebracht hatte. Aus dieser Annahme heraus hatte er allerdings nur zu voreilig gerade jenes eine Beweisstück ein für allemal aus der Welt geschafft, das vielleicht den Nachweis für Deirdres Unschuld am Tod ihrer geliebten Pflegerin hätte erbringen können. Mir kam wieder Martines Warnung in den Sinn: »Lassen Sie sich von ihr nicht einwickeln!« Aber ich hielt dem meine persönliche Erfahrung mit psychisch kranken Menschen entgegen. Deirdre neigte in keiner Weise zu aggressivem, gewalttätigem Verhalten. Immer, wirklich immer, wenn sie sich bedroht und geängstigt fühlte, zog sie sich zurück; sie lief weg, sie schrie wie am Spieß, versuchte sich irgendwo festzuklammern oder verkroch sich unter einem Tisch oder in einem Schrank, aber nie, nie hatte sie jemanden angefallen oder auch nur eine drohende Geste gemacht.

Sie hatte Angst gehabt!

»Es war wie das andere Mal... als ich ihn tot am Strand liegen sah...« Ihr Gesicht entgleiste mit einem Mal, und sie begann wieder hilflos zu weinen, wodurch ich unvermutet meinen vagen Verdacht bestätigt sah.

Deirdre war Zeuge der Ermordung jenes Unbekannten geworden... des Gangsters oder wer auch immer der Mann gewesen sein mochte, von dessen grausam verstümmelter Leiche mir der alte Jim erzählt hatte. War es möglich, daß ein solcher Schock einer sensiblen, ängstlichen Achtjährigen sowohl das Erinnerungsvermögen wie die Sprache geraubt hatte? War das Kind etwa auch selbst von den unbekannten Mördern bedroht worden? Hatte es ihnen gerade noch entkommen können, um dann einen Tag und eine Nacht später in den Höhlen am Strand gefunden zu werden? War es angesichts dieser endlosen Stunden der Angst und des Grauens verwunderlich, daß das arme Kind in seiner Panik nur noch wie ein in die Enge getriebenes Tier gekratzt und um sich geschlagen hatte?

Ich trat auf Deirdre zu, worauf sie ihren Arm um mich legte und leise schluchzend ihren Kopf an meiner Brust vergrub. Ich wußte nicht, was ich tun oder sagen sollte, so daß ich sie eine Weile nur sanft streichelte, bis ich schließlich sagte: »Das ist doch schon lange her. Niemand wird dir jetzt noch etwas zuleide tun.«

»Ich weiß.« Sie sah mit tränennassen Augen zu mir auf. »Das ist mir an dem Tag bewußt geworden, an dem du sie weggeschickt hast. Das war der Tag, an dem ich mit Madeline und Amelia gespielt habe. Damals ist mir klargeworden, daß du *nie* zulassen wirst, daß sie mir etwas zuleide tut. Und deshalb hatte ich auch plötzlich nicht mehr solche Angst, mich an damals zu erinnern.«

Ich hörte ihr hilflos zu und dachte: *Deirdre braucht unbedingt einen Psychiater. Falls sie tatsächlich diese Gedächtnissperre überwunden haben sollte, falls sie diesen Mord gar nicht begangen hatte... dann war dies eine unwiederbringliche Chance, endlich die geheimnisvollen Hintergründe ihres Leidens aufzudecken und das Rätsel um Margos Tod und den vor acht Jahren am Strand gefundenen Toten zu lösen. Wenn ein erfahrener Psychiater dem Mädchen bei der langsam einsetzenden Wiederaufarbeitung jener schrecklichen Erlebnisse behilflich gewesen wäre...*

»Ich weiß, daß es schon lange her ist«, fuhr Deirdre fort. »Margo hat mir damals das Haar geschnitten, und jetzt ist es schon wieder lang. Und du bist auch schon eine Weile hier – wie lange eigentlich? Manchmal erscheint es mir, als wären es nur ein paar Tage, und dann wie eine Ewigkeit.«

»Etwas länger als ein Monat«, antwortete ich. Und plötzlich erschien auch mir diese Zeit unendlich lange.

»Ich sprach doch gerade von gestern nacht – oder war es die Nacht davor? Ich bin zu den Höhlen am Strand gelaufen, weil ich sehen wollte, ob ich die Stelle wiederfinden und mich an alles erinnern könnte. Aber jetzt ist alles wieder weg. Warum wollen eigentlich alle verhindern, daß ich mich wieder an diese Vorfälle erinnern kann?«

Das fragte ich mich allerdings auch. Und im selben Augenblick schoß mir ein schockierender Gedanke durch den Kopf:

Weshalb war Brant so rasch zu der Schlußfolgerung gelangt, daß dieses sanfte, verängstigte Kind den Mord begangen hatte? Oder lag es einfach nur daran, daß sich weder ihre Schuld noch ihre Unschuld schlüssig hatte beweisen lassen?

War Deirdre demnach zum Sündenbock gemacht worden?

Doch für wen?

Wer hatte Margo tatsächlich umgebracht? Und weshalb schob Brant die Tat jemandem in die Schuhe, der seine Unschuld unter keinen Umständen beweisen konnte? Das hätte zumindest erklärt, weshalb niemand daran interessiert zu sein schien, daß Deirdre wieder gesund wurde. Es hätte auch erklärt, weshalb niemand dem Mädchen die erforderliche Fürsorge und Unterstützung zukommen ließ, wenn sich Anzeichen einer Besserung ihres Zustands bemerkbar machten...

Doch Brant – ein Mörder? Unwillkürlich mußte ich an gestern abend und jenen kurzen Moment plötzlicher Nähe und Vertrautheit denken – eine Vorstellung, die mir einen eisigen Schauder den Rücken hinunterlaufen ließ. Das konnte und wollte ich einfach nicht glauben.

Eines war jedoch gewiß: Deirdre mußte geholfen werden. Ich redete also beruhigend auf sie ein, und während sie sich dann zum Glück mit etwas mehr Appetit über ihr Frühstück hermachte, überlegte ich, was ich am besten tun sollte.

An Martine zu appellieren wäre zwecklos gewesen. Ihr lag nicht das geringste daran, ob das Kind verrückt oder normal, lebendig oder tot war. Vielleicht hatte sie sich sogar zuviele Sorgen um Deirdre gemacht, so daß sie sich schließlich nur zu schützen gewußt hatte, indem sie ihre Sorgen mit Gewalt verdrängte und ihnen mit zunehmender erzwungener Gleichgültigkeit begegnete. Jedenfalls würde sie jetzt nichts unternehmen, um Deirdre zu helfen.

Ich hätte mich an Brant wenden können. Bis vor kurzem hätte ich das vermutlich auch getan. Doch war seit kurzem der schreckliche Verdacht in mir aufgestiegen, daß auch er nicht wollte, daß Deirdre wieder gesund wurde. Er war zwar sehr nett zu ihr – oder sollte dies nur dem Zweck dienen, sich möglichst bald Aufschluß zu verschaffen, wenn Deirdres Erinnerungsvermögen sich zu regen begann, damit er unverzüglich die nötigen Gegenmaßnahmen ergreifen konnte? Was war doch erst gestern passiert, als Deirdres Erinnerung zurückzukehren drohte?

Deirdre wäre aufgrund einer Überdosis Schlaftabletten um ein Haar ums Leben gekommen. Und Brant hatte ihr diese Schlaftabletten gegeben! Er hatte sogar versucht, dies abzustreiten. Er hatte behauptet, nicht gewußt zu haben, wie stark sie waren. Zudem hätte er Martine gut genug kennen müssen, um zu wissen, daß sie sich im Besitz eines so starken Mittels befand.

Wer hätte demnach Deirdre helfen können? Dr. Mason? Dies war keineswegs auszuschließen, wenn ich ihm von allen meinen Vermutungen erzählte; andererseits lief ich damit jedoch auch Gefahr, daß ich meine Stellung verlor und selbst für verrückt erklärt wurde. Ich überlegte, was ich wohl als erfahrener Arzt getan hätte, wenn eine Krankenschwester mit einer solch aberwitzigen Geschichte zu mir gekommen wäre. Vermutlich hätte ich die Arme auf der Stelle in eine Anstalt einliefern lassen, da sie zweifellos noch verrückter sein mußte als ihre Patientin.

Folglich blieb nur noch eine Möglichkeit. Am Abend zuvor hatte der alte Mr. Alexander McLeod ein recht unvermutetes Interesse an Deirdre gezeigt. Würde er ein offenes Ohr für meine Bitten zeigen, Deirdre in psychiatrische Behandlung zu geben? Konnte ich mit dieser Bitte jedoch ohne Brants oder Martines Wissen an den alten Herrn herantreten?

Ich konnte es zumindest versuchen.

Plötzlich stand Deirdre mit gerunzelter Stirn angestrengt lauschend vom Tisch auf. Sie trat ans Fenster und wischte mit der Hand die beschlagene Scheibe sauber, um durch den Regen zum Strand hinunterzuspähen.

»Hörst du auch diesen Lärm, Susan«, wandte sie sich kurz zu mir um. »Ich sehe mehrere Leute zwischen dem Schloß und der Anlegestelle hin und her laufen; sie rufen alle ganz aufgeregt durcheinander. Und dort ist auch Dr. Masons Boot zu sehen. Was hat das zu bedeuten, Susan?«

»Das weiß ich auch nicht, mein Schatz.« Ich war unschlüssig, was ich nun tun sollte; einerseits verspürte ich das dringende Bedürfnis, unverzüglich den alten Mr. Alexander McLeod aufzusuchen, andererseits glaubte ich, Deirdre in diesem kritischen Moment keinesfalls aus den Augen lassen zu dürfen. Schließlich fragte ich Deirdre: »Soll ich kurz mal nach unten telefonieren?«

Ich ging zu dem Wandapparat auf den Flur hinaus, von wo ich die Tür zu Deirdres Zimmer im Auge behalten konnte, falls sie in diesem kurzen unbewachten Moment zu entwischen versuchte.

Es meldete sich Mrs. Meadows: »Geht es Deirdre inzwischen wieder besser?«

»Wesentlich besser sogar«, versicherte ich ihr. »Mrs. Meadows, wie erreiche ich Mr. Alexander am besten?«

»Fragen Sie das doch lieber Mr. Brant, Miß.«

»Aber ich möchte Mr. Brant damit lieber nicht behelligen.«

»Ich kann Ihnen diesbezüglich jedenfalls nicht helfen, Miß Moore«, entgegnete Mrs. Meadows daraufhin steif. »Aber vielleicht kann Ihnen Lowden behilflich sein.«

»Könnte ich dann bitte mit Lowden sprechen?«

»Einen Moment, Miß; ich verbinde Sie mit ihm.« Daraufhin verstummte die Leitung für eine Weile, und als Mrs. Meadows sich wieder meldete, teilte sie mir mit: »Ich kann ihn gerade nicht erreichen. Wenn Sie es vielleicht später noch einmal versuchen, Miß.«

Als ich wieder in Deirdres Zimmer zurückkehrte, erwartete ich, sie würde nach wie vor am Fenster stehen und zum Strand hinunterschauen.

Aber sie war verschwunden!

Ich rief laut ihren Namen und sah im Schlafzimmer und im Bad nach. Wie hatte sie es nur geschafft, mir unbemerkt zu entwischen? Sie konnte doch unmöglich auf dem Flur an mir vorbeigeschlichen sein. Konnte Deirdre etwa durch Wände gehen? Immer wieder ihren Namen rufend, durchsuchte ich sämtliche Zimmer nach ihr. Wie hatte ich auch nur so dumm sein können, sie in dieser Situation unbewacht zurückzulassen! Ich spürte heftige Panik in mir aufsteigen.

»Hier bin ich«, hörte ich plötzlich hinter mir Deirdres Stimme. Ich fuhr herum, und da stand sie, und zwar vor dem Schrank, den ich eben erst durchsucht hatte.

Zugleich wütend und unendlich erleichtert fuhr ich sie an: »Was hast du dir dabei eigentlich gedacht? Bist du bei Houdini in die Lehre gegangen? Oder woher hast du sonst gelernt, dich in Luft aufzulösen – oder durch Wände zu gehen?«

»Durch Wände zu gehen ist gar nicht so schwierig, wenn man nur weiß, wie es gemacht wird«, entgegnete sie nonchalant, um plötzlich wieder in dem Schrank zu verschwinden. Mit einem entsetzten Aufschrei stürzte ich ihr hinterher...

Doch aus dem Schrank drang nur Deirdres ausgelassenes Kichern. »Habe ich dir einen Schrecken eingejagt, Susan? Du mußt mir verzeihen; das war allerdings nicht nett von mir... Hier, ich muß dir etwas zeigen. Ich habe bisher in Anwesenheit eines anderen Menschen noch nie davon Gebrauch zu machen gewagt; aber nachdem ich inzwischen sicher bin, daß du *ihr* nichts davon erzählen wirst...« Dabei griff sie nach einem Kleiderhaken an der Rückwand, der mir schon mehrfach aufgefallen war, weil er so unpraktisch tief angebracht war. Deirdre drückte den Haken nun nach unten, worauf die Rückwand des Schranks zur Seite glitt.

Ich stand da und starrte in ungläubigem Erstaunen auf eine dunkle Öffnung in der dahinterliegenden Wand. Deirdre kicherte erneut.

»Diese Geheimtür habe ich entdeckt, als ich noch ganz klein war«, erklärte sie mir. »Was wäre ein altes Schloß schließlich ohne einen Geheimgang? Onkel Alex hat mir damals alle möglichen Geschichten aus der Zeit erzählt, als Duncarlie Castle noch in Schottland stand. Das war, nachdem meine Mutter –« Sie schluckte krampfhaft und brach mitten im Satz ab. Mir wurde jedoch mit Erstaunen bewußt, daß Deirdre zum ersten Mal, seit ich sie kannte, von Martine als von ›ihrer Mutter‹ gesprochen hatte. Deirdre zog mich hinter sich durch den schmalen Durchgang.

Ich fand mich in einem engen Gang wieder, der durch einen winzigen Lichtschacht schwach erhellt war. »Paß auf die Stufen auf«, warnte mich Deirdre. »Und hier ist die andere Tür.« Deirdre stieß sie auf, worauf sich dahinter zu meiner Verblüffung mein Zimmer auftat. »So bin ich in der ersten Nacht, in der du hier geschlafen hast, in dein Zimmer gekommen«, klärte Deirdre mich nun auf. »Nur dachtest du damals wohl, ich wäre ein Gespenst.«

»Ich dachte, ich hätte einen Alptraum gehabt«, entgegnete ich.

»Die Treppe führt nach unten in den hinteren Teil des Schlosses«, fuhr Deirdre fort. »Und von dort kommt man durch einen Nebeneingang ins Freie. So bin ich also kürzlich entwischt.«

»Und ich dachte immer, du hättest einen Schlüssel«, erwiderte ich, noch immer fassungslos. »Wenn du wüßtest, welche Angst du mir eingejagt hast.«

Deirdre ergriff zutraulich meine Hand. »Ich werde so etwas bestimmt nie wieder tún. Nur schließe mich bitte auch nie wieder in meinem Zimmer ein; das macht mir Angst. Wenn du in Zukunft sagst, du möchtest, daß ich auf meinem Zimmer bleibe, werde ich auch nicht mehr weglaufen. Ich vertraue dir, Susan.«

Gerührt legte ich meinen Arm um sie. »Ich vertraue dir auch«, versicherte ich ihr, obwohl ich mir der damit verbundenen Risiken sehr wohl bewußt war. »Hin und wieder werde ich dich aber trotzdem einschließen müssen, weil gewisse Leute das von mir erwarten. Sie befürchten, du könntest weglaufen und dir etwas antun.«

Das ließ sich Deirdre eine Weile mit nachdenklicher Miene durch den Kopf gehen, bevor sie schließlich sagte: »Gut. Ich weiß schließlich nur zu gut, daß sie mich für verrückt halten. Ein bißchen war ich das ja sogar. Ich meine – wenn ich plötzlich Angst bekam und Jerry anbrüllte...« Ihre Stimme zitterte, und sie warf sich plötzlich an meine Brust. »Habe ich Jerry einen schlimmen Schrecken eingejagt?«

»Ich fürchte, ja«, erwiderte ich wahrheitsgemäß. Doch gleichzeitig dachte ich: *Wenn dieses Kind verrückt ist, was bin dann ich erst?*

»Vermutlich darf ich ihn jetzt wieder nicht mehr sehen«, fuhr Deirdre betrübt fort. »Ich werde mich wohl so lange benehmen müssen, bis sie mich wieder für voll nehmen. Ich gebe mir ja auch Mühe, aber – plötzlich bekomme ich dann wieder solche Angst, daß ich Dinge tue und sage...« Da sie neuerlich heftig zu zittern begann, redete ich ihr wieder gut zu.

Entschlossen forderte ich sie daher auf: »Wenn du dir ernsthaft Mühe geben willst, dann fängst du am besten jetzt gleich damit an, indem du versuchst, nicht zu weinen – und indem du auf deinem Zimmer bleibst, wenn ich dich darum bitte. Du jagst uns doch allen nur eine fürchterliche Angst ein, wenn du immer wieder wegläufst.«

»Ich werde es auch bestimt nicht wieder tun«, versprach mir Deirdre. »Ich glaube nämlich, daß ich herausgefunden habe, was ich wissen wollte.« Wir hatten inzwischen wieder den Rückweg angetreten und standen nun in Deirdres Schrank. Sie schob die Rückwand wieder vor. »Ich kann mich jetzt wieder fast an alles erinnern. Und vielleicht fällt mir beim nächsten Mal auch der Rest wieder ein.«

Ich fand, daß es besser für sie wäre, wenn wir nun nicht mehr länger darüber sprächen. Ich sagte ihr, daß ich Lust auf eine Tasse Kaffee hätte, und trat an den Frühstückstisch, um mir einzuschenken.

Deirdre kramte daraufhin eine Schachtel mit ihren beiden alten Porzellanpuppen hervor und ordnete deren Kleider.

»Susan«, fragte sie mich plötzlich, »wie alt bin ich eigentlich?«

»Sechzehn«, erwiderte ich.

»Bin ich demnach schon zu alt, um noch mit Puppen zu spielen?«

»Je nachdem«, erwiderte ich ausweichend. »In Japan zum Beispiel gibt es viele erwachsene Frauen, die richtige Sammlungen mit kostbaren Puppen haben.«

Deirdre griff nach dem blutroten Samtkleid und machte sich daran, es der Puppe mit dem braunen Haar anzuziehen, die sie Madeline nannte. »Auf dem Gemälde hat Mutter doch dasselbe Kleid an?« bemerkte sie dazu.

»Allerdings«, erwiderte ich erstaunt. »Das Porträt hängt in der Bibliothek.«

»Ich weiß nicht mehr, aus welcher Oper das Kostüm stammt. Aber sie hat es mir einmal erzählt. Sie trug dazu eine schwarze Augenklappe. Ich hatte früher Platten mit Opernmusik; aber Margo hat sie mir irgendwann weggenommen, weil ich immer weinen mußte, wenn ich sie gehört habe.« Sie hielt ein Zigeunerinnenkostüm hoch. »Das war aus *Mignon*«, erkärte sie dazu. »Daran kann ich mich noch erinnern, weil Mutter mir aus dieser Oper oft vorgesungen hat, als ich etwa sechs Jahre alt war. Jerry war damals noch ein Baby. Siehst du, ich kann mich fast an alles erinnern.« Sie begann in einer zarten, klaren Stimme zu singen: *»Connais-tu le pays, où fleurit l'oranger...«*

»Ich wußte gar nicht, daß du auch Französisch sprichst«, entfuhr es mir verblüfft. »Ist das aus einer Oper?«

»Ich bin doch Französin«, entgegnete Deirdre darauf. »Mutter stammt aus Frankreich. Mein Name ist Deirdre Adrienne Clereau. Ja, das ist aus einer Oper...« Sie runzelte die Stirn. »Ich kann mich nicht mehr an den ganzen Text erinnern. Es hat irgend etwas mit einem Land zu tun, wo die Zitronen blühen. Die Oper handelt von einem Zigeunermädchen, das als kleines Kind ihren Eltern gestohlen wurde. Ich finde die Melodie wundervoll.« Sie summte die bekannte Melodie weiter. Dabei füllten sich ihre Augen allmählich mit Tränen »Dieses Lied erinnert mich an etwas...«

»Es ist allerdings sehr traurig«, bestätigte ich ihr etwas linkisch. Ich wollte den Strom ihrer Erinnerungen nicht abreißen lassen, doch andererseits wollte ich auch verhindern, daß Deirdre wieder einen Weinkrampf bekam.

Deirdre wischte sich die Augen trocken und wandte sich wieder den Puppenkleidern zu. »Die meisten davon sind einfach nur ganz normale Puppenkleider«, erklärte sie dazu. »Janet hat sie für mich gemacht. Janet war das Mädchen, das sich früher einmal um Jerry und mich gekümmert hat. Die Opernkostüme hat jedoch Mutter aus Stoffresten ihrer Kostüme selbst für mich genäht; sie hat ihre Kostümbildnerin gebeten, ihr die Reste zu überlassen. Früher hat sie noch viel dergleichen für mich getan.« Sie verfiel in plötzliches Schweigen und legte das Zigeunerinnenkostüm in die Schachtel zurück, um dann das rote Samtkleid an der Puppe glattzustreichen. »Ich kann mich noch an viele Kleinigkeiten erinnern. Bevor ich auf die Insel kam...« Sie verstummte neuerlich und starrte schweigend in ihren Schoß. Nach einer Weile begann sie wieder leise die melancholische Melodie des französischen Liedes zu summen und wiegte dazu behutsam die Puppe auf ihrem Knie.

Von unten drangen gedämpfte Geräusche empor; in der Eingangshalle war große Unruhe, und von draußen konnte ich durch das geschlossene Fenster sogar vereinzelte Gesprächsfetzen hören. Ein Motorboot sprang an und fuhr los, bis das Motorengeräusch sich in der Ferne verlor. »Wenn ich nur wüßte, was dort unten los ist«, stieß Deirdre ungehalten hervor.

»Ich kann mich ja mal erkundigen – wenn du mir versprichst, nicht wieder auszureißen.«

»Ehrenwort.«

Ich mußte unwillkürlich an Martines Warnung denken: »Lassen Sie sich nicht von ihr einwickeln!«, und fragte mich deshalb, ob ich ihr wirklich Glauben schenken sollte. Als Deirdre mein Zögern bemerkte, schlug sie vor: »Sperr mich doch ein, wenn dir dabei wohler ist. Und ich werde nicht durch den Geheimgang entwischen.« Sie kicherte plötzlich ausgelassen los. »Nachdem du inzwischen davon weißt, würde mir das ja auch nicht mehr viel nützen.«

Das war allerdings richtig. Ich drehte mich noch einmal zu

ihr um und fragte sie: »Warum hast du mir eigentlich davon erzählt?«

»Weil ich weiß, daß du niemanden in mein Zimmer lassen wirst, der mir etwas zuleide tun könnte.«

Ich schloß also zur Beruhigung meines eigenen Gewissens die Tür ab und machte mich auf den Weg nach unten. War dieses Mädchen wirklich verrückt? Litt sie wirklich an Verfolgungswahn?

Offensichtlich gab es tatsächlich eine Person, die nichts dagegen gehabt hätte, wenn Deirdre tot gewesen wäre...

In der Eingangshalle herrschte hektisches Getriebe. Erstaunt blieb ich auf der Treppe stehen, um die aufgeregt durcheinander hastenden Hausangestellten zu beobachten. Dr. Mason kam die Treppe auf der anderen Seite der Halle herunter und ging in die Bibliothek. Kurz darauf kam Brant an die Tür, um einen stämmigen, bärtigen Mann mit stahlgrauem Haar einzulassen, der eine Aktentasche in der Hand hielt. Sein dunkler Geschäftsanzug wirkte auf der Insel sichtlich fehl am Platz. Brant forderte den Mann auf: »Treten Sie doch bitte ein, Herr Anwalt.« Darauf schloß Brant die Tür hinter dem Eintretenden wieder, ohne mich bemerkt zu haben. Wenig später eilte Mrs. Meadows durch die Halle. Während ich also nach wie vor verwundert auf der Treppe stand, hörte ich plötzlich von unten jemand meinen Namen rufen. Es war Ross Hunter, der fragend zu mir hochschaute.

»Was hast du denn, Susan?«

Auch er trug einen Anzug, der an ihm eindeutig fehl am Platze wirkte. Erstaunt sah ich Ross an, den ich sonst nur in Jeans und derben Arbeitshemden kannte. Das Licht des großen Kristallüsters in der Eingangshalle brach sich in seinem blonden Haar, und er sah in Anzug und Krawatte einfach umwerfend aus. Ich erwiderte auf seine Frage: »Ich bin wohl eher diejenige, die fragen sollte, was hier eigentlich los ist. Was soll dieses hektische Getriebe?«

Er lachte kurz, um dann jedoch mit ernster Miene zu entgegnen: »Wußtest du das denn nicht?«

»Ich war die ganze Nacht mit Deirdre beschäftigt.«

»Der alte Mr. Alexander hatte einen schlimmen Schlaganfall«, klärte er mich auf. »Sie haben Dr. Mason und einen Spezialisten herbeigerufen. Eigentlich wollten sie den alten Herrn in eine Klinik auf dem Festland einliefern, aber er wollte nicht fort von hier. Der Herr, den du vorhin die Bibliothek betreten gesehen hast, ist übrigens der Anwalt der Familie; demzufolge dürfte Mr. Alexanders Zustand ziemlich bedenklich sein. Falls du dich fragen solltest, was ich gerade jetzt hier zu suchen habe – ich soll auf Anweisung meiner Vorgesetzten versuchen, den alten Herrn wenigstens für ein paar Minuten zu sprechen. Es geht darum, ob er eventuell bereit wäre, den Rest der Insel an die Vogelwarte zu verkaufen...«

Dabei fielen mir unwillkürlich wieder die Worte des alten Jim ein, als er mich am Tag meiner Ankunft auf die Insel gebracht hatte: »Alle warten sie nur wie die Aasgeier, daß der alte Herr stirbt...« Und plötzlich konnte ich mich nicht mehr beherrschen. »Könnt ihr denn den armen, alten Mann nicht wenigstens in Frieden sterben lassen!« platzte ich los. »Der Zeitpunkt wird noch früh genug kommen, wo der alte Herr dir und Martine endgültig nicht mehr im Weg stehen kann!«

Ross' Gesicht verzerrte sich plötzlich zu einer häßlichen Grimasse. Er packte mich an den Schultern, zog mich an sich heran und sah mir wild entschlossen in die Augen. Und dann beugte er sich zu mir herab und küßte mich heftig. Ich war zu verblüfft, um mich dagegen zu wehren.

»Damit du siehst, was ich von Martine halte«, stieß er schließlich heiser hervor, nachdem er von mir gelassen hatte. »Und Brant soll ebenfalls der Teufel holen!«

Er ließ mich so abrupt los, so daß ich um ein Haar das Gleichgewicht verloren hätte. Gleichzeitig wirbelte er herum und verschwand in der Bibliothek. Im selben Moment fiel mein Blick auf Martine, die auf dem Treppenabsatz über mir stand und mit wutverzerrtem Gesicht auf mich herabstarrte. Hatte sie Ross' Worte gehört?

Doch sie sagte nur: »Ich weiß zwar nicht, was Sie wollen, Miß Moore, aber Sie werden sich wohl in jedem Fall noch etwas gedulden müssen. Mein Mann ist schwer krank. Deshalb dieses fürchterliche Durcheinander im Haus. Kümmern

Sie sich also lieber wieder um meine Tochter und sehen Sie zu, daß sie nicht auch von der allgemeinen Aufregung hier im Haus angesteckt wird. Wir hatten die letzten paar Tage weiß Gott genügend Aufregung. Wenn Deirdre also noch einmal einen Anfall hätte oder wegzulaufen versuchte, könnte dies verheerende Folgen für sie haben. Gehen Sie also bitte wieder nach oben. Kümmern Sie sich um Ihre Aufgabe und sparen Sie sich das Herumspionieren für Ihre Freizeit auf.«

Diese Beleidigung schluckte ich ohne ein Wort der Erwiderung hinunter. Was hätte es schließlich auch genützt, ihr Kontra zu bieten? Zugleich befiel mich jedoch heftige Panik. Falls der alte Mr. Alexander tatsächlich dem Tod geweiht war – wen hätte ich dann noch bitten können, Deirdre zu helfen? In Anbetracht dessen, was Martine von mir hielt, waren im Fall seines Todes meine Tage auf Sanctuary Island gezählt. Und was sollte aus Deirdre werden, wenn ich einmal nicht mehr hier war?

Konnte es in Anbetracht des Gesundheitszustands von Mr. Alexander denn allzu schwer sein, jenen lebensbedrohenden Schock herbeizuführen? Mir schien mit einem Mal das ganze Schloß wie eine einzige Bedrohung; mein Herz begann plötzlich wie wild zu schlagen, und ich rannte die Treppe hoch, um nach Deirdre zu sehen. Das letzte Mal, als ich meine Aufsichtspflicht ihr gegenüber auf sträfliche Weise vernachlässigt hatte, wäre sie fast an den Folgen einer Überdosis Schlaftabletten ums Leben gekommen. Konnte ich denn noch riskieren, sie auch nur eine Sekunde aus den Augen zu lassen? Ich stieß einen lauten Seufzer der Erleichterung aus, als ich die Tür zu ihrem Zimmer aufriß und sie in aller Ruhe mit ihren Puppen spielen sah. Sie wirkte so glücklich und unschuldig – zu unschuldig, dachte ich verzweifelt, als daß sie in dieses schmutzige Spiel hätte hineingezogen werden dürfen. Ein armes, krankes, verängstigtes Kind – verängstigt bis an den Rand des Wahnsinns… Doch weshalb? Welch gemeine Machenschaften steckten hinter diesem teuflischen Komplott?

Deirdre sah überrascht auf, als ich das Licht einschaltete,

um das bedrohliche Grau aus dem Raum zu verbannen. Ich gab mir Mühe, ganz ruhig zu klingen, als ich sagte: »Du verdirbst dir nur die Augen, wenn du bei diesem schlechten Licht nähst.«

»Was ist denn dort unten los?« wollte sie wissen.

»Ach, nichts Besonderes«, erwiderte ich möglichst beiläufig. Schließlich war Mr. Alexander nicht der erste betagte Millionär mit einem schwachen Herz, der von einer Meute von Angehörigen umgeben wurde, die nur auf seinen letzten Atemzug lauerten. In Anbetracht seiner geistigen Frische und Gewitztheit war jedoch keineswegs auszuschließen, daß er ihnen noch allen ein Schnippchen schlug. »Mr. Alexander McLeod ist krank, und deshalb hat dein Bruder einen Spezialisten hierher bestellt; das ist alles. Darf ich mal dieses rote Kleid dort sehen?«

Der Vormittag zog sich dahin. Als Carla uns wie gewohnt das Mittagessen brachte, war sie stiller und weniger gesprächig als sonst; und mir entging auch nicht, daß sie Deirdre mehrmals prüfend ansah. Immer wieder drang gedämpftes Stimmengewirr zu uns herauf. Am späten Nachmittag hörte ich wieder ein Motorboot, und als ich daraufhin aus dem Fenster schaute, sah ich Hester in ihrem altmodischen Umhang den kleinen Jeremy mit einem großen Koffer an Bord von Old Jims Boot bringen. Zumindest legten sie also noch so viel Vernunft an den Tag, daß sie den kleinen Jungen in dieser kritischen Situation wegschickten, damit er von der Aufregung um seinen sterbenskranken Vater nicht unnötig belastet wurde. Deirdre gegenüber erwähnte ich nichts von dem, was ich gesehen hatte. Sie hatte bereits genügend Probleme... Ich wollte ihr jedoch sagen, daß sie Jeremy aufs Festland geschickt hatten und ihn nicht absichtlich von ihr fernhielten, falls sie nach ihm fragte.

Später brachte uns Mrs. Meadows mit dem Tee auch etwas Gebäck aufs Zimmer. (Daraus schloß ich, daß sie mir inzwischen den Zwischenfall mit Jeremy und Deirdre vergeben hatte.) Deirdre und ich saßen gerade über unserem Tee, als mich ein Klopfen an der Tür nervös hochschrecken ließ. Die Anspannung der letzten Stunden hatte also doch mehr an mir gezehrt, als mir bewußt war.

»Ich mache schon auf«, rief Deirdre und rannte auf die Tür zu. »Ach, du bist es, Brant.«

Er küßte Deirdre zwar wie gewohnt auf die Wange, aber mir entging dennoch nicht, daß dieser Begrüßung diesmal etwas ausgesprochen Abwesendes und Mechanisches anhaftete. »Ich wollte nur mal kurz mit Susan sprechen. Was trinkt ihr denn da – Tee?«

»Möchten Sie auch eine Tasse?« bot ich ihm an.

»Sehr gern sogar. Ich habe den ganzen Tag noch keinen Bissen gegessen. Mit all den Ärzten und Anwälten bin ich keine Sekunde zur Ruhe gekommen.« Er trank seinen Tee in hastigen Zügen und stopfte sich dazu abwesend ein Plätzchen nach dem anderen in den Mund.

Nachdem ich ihm eine zweite Tasse Tee eingeschenkt hatte, wollte ich Brant fragen: »Wie geht es –?«, doch brach ich gerade noch rechtzeitig mitten im Satz ab, da ich in Deirdres Anwesenheit nicht zu deutlich werden wollte.

»Nicht gut«, antwortete mir Brant trotzdem. »Es kann nun nicht mehr lange dauern. Hören Sie, Susan; es gibt da zwei Dinge, die ich Ihnen sagen möchte, bevor wir in dem augenblicklichen Chaos hier noch vergessen, Sie darauf aufmerksam zu machen. Zum einen wird in Kürze ein Hurrikan über die Insel hereinbrechen. Lassen Sie sich durch eine vorherige kurze Wetterbesserung nicht etwa dazu verleiten, mit Deirdre schwimmen zu gehen. Sie könnten sonst, ehe Sie sich versehen haben, vom Sturm überrascht und aufs Meer hinausgetrieben werden. Falls der Hurrikan direkt über die Insel hinwegzieht, können wir uns hier auf einiges gefaßt machen. Das heißt selbstverständlich nicht, daß wir um unser Leben zu fürchten hätten. Das wäre schließlich nicht der erste Sturm, den Duncarlie Castle überstanden hat. Aber ein paar Fenster könnten natürlich zu Bruch gehen, ganz zu schweigen von dem Getöse, das Ihnen und vor allem Deirdre sicher einen gehörigen Schrecken einjagen wird.« Dabei sah er Deirdre mit solch unverstellter Zuneigung an, daß ich hinsichtlich seiner Motive neuerlich in tiefe

Verwirrung gestürzt wurde. »Esse ich dir etwa alle Plätzchen weg, meine Kleine?«

»Nein, greif ruhig zu«, forderte Deirdre ihn auf. »Ich habe schon genügend gegessen.«

Er nahm neuerlich eine Handvoll Plätzchen vom Teller und schlang sie hinunter, als stünde er kurz vor dem Verhungern. »Danke, das ist lieb von dir. Doch nun zu der zweiten Sache. Sie haben vielleicht bereits mitbekommen, Susan, daß wir Jerry aufs Festland geschickt haben, falls –« Er sprach nicht weiter, sah mich aber eindringlich an. »Wissen Sie bereits davon?«

Ich nickte, worauf er auf die offene Tür zum Gang deutete. »Hören Sie sich das mal an.« Ich lauschte eine Weile angestrengt, bis ich im Heulen und Pfeifen des aufkommenden Sturms ein fernes klagendes Geräusch zu vernehmen glaubte; es erinnerte mich an das Mark und Bein erschütternde, verzweifelte Wimmern eines Kindes – eines Riesenkindes freilich –, das heftige Schmerzen litt.

»Das ist Thumbelina«, erklärte mir Brant. »Hester hat sich strikt geweigert, den Hund mitzunehmen, was ich ihr übrigens keineswegs verdenken kann. Mit Thumbelina wäre die Überfahrt im Boot gewiß kein Zuckerlecken gewesen. Doch jetzt liegt das arme Tier in Jeremys Zimmer und heult sich die Seele aus dem Leib. Ich weiß, es ist zwar etwas viel verlangt; aber vielleicht könnten Sie sich Thumbies annehmen, nachdem auch Deirdre Thumbelina ins Herz geschlossen zu haben scheint? Das Gewinsel des Hundes macht uns noch alle ganz verrückt, und ich möchte nicht für Martine garantieren, falls Thumbelina noch länger so weitermacht. Am Ende kommt der arme Jeremy in ein paar Tagen wieder zurück, um sich unvermutet nicht nur seines geliebten Hundes beraubt zu finden, sondern auch seines –«

Ich nickte einverstanden. Zwar wußte ich so gut wie nichts über Jeremys Verhältnis zu seinem Vater, aber dessen Tod bedeutete auf jeden Fall einen erheblichen Schock für den Jungen, auch wenn seine Beziehung zu diesem alten Mann nicht unbedingt mit der anderer Kinder zu ihren wesentlich jüngeren Vätern zu vergleichen war. Wenn der Junge dazu auch noch den Verlust seiner geliebten Thumbelina hätte verkraften müssen, wäre dies mit Sicherheit zuviel für ihn geworden. »Selbstverständlich«, erklärte ich mich deshalb unverzüglich bereit. »Mich mag Thumbie ja auch. Vielleicht gelingt es uns, den armen Hund einigermaßen zu beruhigen. Du hättest doch sicher nichts dagegen, Thumbie heute nacht Gesellschaft zu leisten, oder, Deirdre?«

»Natürlich nicht!« erklärte sie sich sofort einverstanden. »Wir werden Thumbie gleich holen. Ist Onkel Alex sehr krank, Brant?«

»Eigentlich sollte ich es dir ja nicht sagen«, erwiderte Brant. »Aber ich fürchte, sein Zustand ist sehr ernst, Deedee. Deshalb hatte ich auch keine Zeit, mich mit dir zu beschäftigen.«

»Aber es ist doch selbstverständlich, daß du dich jetzt um Onkel Alex und Mutter kümmern mußt«, erwiderte Deirdre, worauf Brant erst sie und dann mich mit einem eigenartigen Blick bedachte. Deirdre wanderte indessen bereits nachdenklich durch ihr Zimmer und murmelte vor sich hin: »Thumbelina kann hier schlafen. Wir werden ihr Bett nach unten schaffen – und vielleicht auch einen von Jerrys Anoraks, damit sie Jerrys Geruch in der Nase hat. Dann wird der arme Hund sich hier bestimmt wie zu Hause fühlen.«

Brant flüsterte mir zu: »Ihr Verhalten ist irgendwie anders als sonst, wenn sie einen Anfall hatte.«

»Das finde ich eigentlich nicht«, erwiderte ich vorsichtig. Ich war unschlüssig, ob ich Brant von ihrem rapide sich bessernden Erinnerungsvermögen erzählen sollte. Ich fühlte mich fürchterlich hin- und hergerissen. Dieser Mann, den ich bisher für ausgesprochen grob und arrogant gehalten hatte, sah mich gerade mit einer solchen Treuherzigkeit an, daß mich schwere Zweifel befielen. Sollte Brant tatsächlich dieses gemeinen und hinterhältigen Komplotts fähig sein, dessen ich ihn in meinen Ängsten beschuldigte?

»Sie haben neulich übrigens großartig reagiert, Susan«, wechselte Brant nun abrupt das Thema. »Ich hatte noch gar keine Gelegenheit, Ihnen dafür zu danken, daß Sie mir damals so geschickt aus der Klemme geholfen haben, als Martine partout auf meinem Bett ohnmächtig werden mußte.

Weiß Gott, was sie damit eigentlich bezwecken will, außer mich bei meinem Vater in ein schlechtes Licht zu rücken. Und nun...« Er deutete auf Deirdre. »Sie können sich nicht vorstellen, was es für mich bedeutet, das Kind so glücklich und zufrieden zu sehen. Und nun wollen Sie sich auch noch dieses schrecklichen Hundes annehmen. Susan – Sie sind wirklich ein Engel!«

»Ach was, das ist doch nicht der Rede wert«, tat ich sein Kompliment lachend ab, wenn ich mich doch auch etwas geschmeichelt fühlte. »Ich habe schließlich auch selbst einen Hund – einen Spaniel.«

»Guter Gott – wenn ich das gewußt hätte! Sie hätten den Hund doch jederzeit mitbringen können. Wo steckt der arme Kerl denn in der Zwischenzeit?«

»Im Tierasyl.«

»Aber dann lassen Sie den Hund doch nachkommen! Auf einen Hund mehr oder weniger käme es doch in diesem riesigen Haus gewiß nicht an. Und Deirdre hätte sicher auch ihre Freude daran.« Offensichtlich hielt Brant es inzwischen für selbstverständlich, daß ich mich auf Sanctuary Island für längere Zeit aufhalten wollte. Er fuhr fort: »Die meisten Frauen haben eine Vorliebe für Katzen. Meine Sache sind diese verwöhnten und eigensinnigen Geschöpfe nicht gerade, aber mit Hunden ist das etwas ganz anderes.«

»Ich finde auch, daß Hunde irgendwie mehr Persönlichkeit haben«, pflichtete ich ihm bei. »Nicht, daß ich etwas gegen Katzen hätte, wenn man davon absieht, daß sie bei mir immer leichte Minderwertigkeitskomplexe hervorrufen.«

»Ich weiß genau, was Sie meinen«, lachte Brant amüsiert. »Ich für meine Person brauche nur eine Siamkatze anzusehen, und schon beginne ich mich zu fragen, ob wir Menschen wirklich die Krone der Schöpfung sind.« Das Gelächter ließ die Spuren der Anspannung aus seinem Gesicht weichen. Von Thumbelinas heftigem Jaulen aufgeschreckt, trat ich an die Tür und forderte Deirdre auf: »Komm, mein Schatz. Holen wir die arme Thumbelina, damit sie sich nicht mehr ganz so einsam und verlassen fühlt.«

Deirdre grinste mir verschlagen zu. »Ja, bevor sie auch

noch einen Nervenzusammenbruch bekommt. Einer in der Familie ist schließlich genug!« Mir entging nicht, wie Brant ihr auf diese Worte hin erstaunt hinterhersah, als sie sich auf den Weg zu Jerrys Zimmer machte. Ich zögerte kurz, um ihr dann sicherheitshalber hinterherzueilen.

Thumbelina lag jämmerlich winselnd auf Jeremys Bett. Doch als Deirdre sich über die riesige Neufundländerhündin beugte, um ihr den Arm um den Hals zu legen, beruhigte sie sich merklich. Und nach kurzer Zeit begann Thumbelina auch schon, freudig mit dem Schwanz zu wedeln und Deirdre mit ihrer riesigen, triefenden Zunge Gesicht und Hände abzulecken. Als Deirdre den Hund dann nach unten führte, folgte ich ihr mit dem Hundebett. Ich hatte mit dem riesigen Korb, der sicher die wöchentliche Schmutzwäsche einer Familie mit Fünflingen gefaßt hätte, meine liebe Mühe, zumal Deirdre mir dazu auch noch verschiedene andere Dinge aufgeladen hatte, die sie für Thumbies Wohlbefinden unerläßlich hielt.

Dennoch war ich froh, daß wir den Hund bei uns hatten, da der Rest des trüben, regnerischen Nachmittags wie im Flug verging; Deirdre war vollauf damit beschäftigt, den zottigen Hund zu waschen und zu striegeln und schließlich ausgelassen mit ihm herumzutollen. Während des Abendessens lag Thumbelina artig zu Deirdres Füßen, und mir entging keineswegs, wie die Knochen von Deirdres Lammkotelett klammheimlich zwischen Thumbies keinesfalls abgeneigten Kiefern verschwanden. Da ich für den Zustand des Teppichs zum Glück nicht verantwortlich war, ließ ich die beiden gewähren. Zudem war ich über jede Ablenkung froh, die Deirdre davon abhielt, sich zu sehr mit ihren immer noch nicht verdauten Erinnerungen zu beschäftigen. Als ich Deirdre schließlich zu Bett brachte, bestand Thumbelina darauf, sich quer über den Füßen des Mädchens niederzulassen. Obwohl ich den Hund mindestens viermal vom Bett gezerrt hatte, ließ Thumbelina nicht locker und sprang immer wieder aufs Bett zurück, bis Deirdre schließlich kichernd sagte: »Laß sie doch, Susan, wenn sie unbedingt will. Das Bett ist doch groß genug.«

»Na gut, wenn du meinst.« Einen Vorteil hatte das Ganze zumindest: Falls Deirdre plötzlich wieder einen ihrer nächtlichen Ausflüge unternehmen wollte, würde Thumbelina sicher mit ihren lautstarken Forderungen, mitgenommen zu werden, das ganze Haus aufwecken. Vielleicht wäre ein Hund sogar genau das Richtige für Deirdre.

In dieser Nacht wachte ich mindestens ein Dutzendmal auf; ich bildete mir ein, ferne Stimmen zu hören, und dazu kam noch das unheimliche Pfeifen des Windes um die Erker und Türmchen des Schlosses, das Brausen der stürmischen See und das wütende Prasseln des Regens gegen die Fensterscheiben. Zweimal schlich ich auf Zehenspitzen an Deirdres Schlafzimmertür; doch jedesmal lag sie friedlich schlafend im Bett, den Arm um den Hals des riesigen, zottigen Hunds geschlungen. Schließlich fiel auch ich in tiefen Schlaf, um erst gegen acht wieder aufzuwachen, als Carla an meine Tür klopfte.

»Mr. Brant läßt Ihnen ausrichten, Miß, daß Mr. Alexander gestern nacht gegen drei Uhr gestorben ist. Er bittet Sie eindringlich, dafür zu sorgen, daß Miß Deirdre heute vormittag ihr Zimmer nicht verläßt, damit sie angesichts des hektischen Getriebes im Haus nicht unnötig in Aufregung gerät.«

Wie benommen von dem Schock, den diese Nachricht in mir auslöste, erklärte ich mich automatisch einverstanden. Natürlich bedeutete der Tod Mr. Alexanders keinen persönlichen Verlust für mich, wenn der alte Herr mir auch in unserem kurzen Gespräch durchaus nähergekommen war, so daß ich in ihm doch zumindest eine Art Verbündeten verloren zu haben glaubte. Ich fragte Carla: »Hat Mr. Brant etwas gesagt, ob ich Deirdre davon erzählen soll? Oder will er das lieber selbst übernehmen?«

»Diesbezüglich hat er sich leider nicht geäußert, Miß Moore«, antwortete Carla förmlich, worauf ich beschloß, nicht weiter in sie zu dringen. Zweifellos wollte Brant die traurige Nachricht seiner Stiefschwester selbst überbringen. Gleichzeitig ertappte ich mich dabei, daß ich wünschte, er möchte auf jeden Fall kommen; ich sehnte mich danach, ihn wiederzusehen.

War ich etwa drauf und dran, mich in Brant zu verlieben?

In dieser Situation war ich fast froh über den heftigen Sturm, den wolkenverhangenen, regnerischen Himmel und das laute Trommeln des Hagels gegen die Fenster; bei diesem Wetter war es vollkommen ausgeschlossen, das Haus zu verlassen, um etwa auf Vogelbeobachtungstour oder gar schwimmen zu gehen. Thumbelina vertrieb uns die Zeit schnell genug, und darüber hinaus kramte ich noch ein paar alte Modezeitschriften hervor, die Deirdre mit Interesse durchblätterte; und schließlich stieß sie sogar auf ein Dior-Modell, das sie für ihre Puppen schneidern wollte. Ich fragte mich, was wohl die Vögel auf der Insel bei einem Wetter wie diesem taten. Waren ihre Nester fest genug gebaut, um den Wind und den Hagel, den Schnee und den Regen von ihnen abzuhalten? Oder wurden ihnen ihre Nester vom Sturm einfach fortgeblasen, so daß sie, dem Regen und der Kälte schutzlos ausgeliefert, verendeten?

Ich begann, ein Lied aus meiner Kindheit zu summen:

Der Nordwind bläst,
Und es wird bald schnei'n.
Was wird dann aus der Amsel,
Der armen Amsel?
Sie sitzt in der Scheune,
Um sich dort zu wärmen –

Plötzlich fiel Deirdre in die letzte Zeile mit ein:

Und steckt ihren Kopf
Und steckt ihren Kopf
Unter den Flügel, der arme Tropf.

Deirdre sah von ihrer Näharbeit auf: »Ich habe auch gerade an die Vögel gedacht. Den Möwen macht dieses Wetter nichts aus. Aber einige der Landvögel werden sicher erfrieren oder ihre Nester und Eier verlieren, falls der Sturm noch stärker wird. Aber sie werden natürlich versuchen, im dichten Laubwerk Unterschlupf zu finden. Mein Vater hat dieses

Lied auch immer gesungen, als ich noch *sehr* klein war«, fügte sie darauf beiläufig hinzu. »Er hat es mir beigebracht.«

Hatte sie nicht schon zu einem früheren Zeitpunkt von ihrem Vater gesprochen? Ich wagte nicht, ihr weitere Fragen zu stellen. Statt dessen sagte ich nur: »Ich habe das Lied in der Schule gelernt«, worauf dieser gefährliche Moment vorüber war.

Der Tag verging, und am Nachmittag des nächsten kam zu meiner Überraschung Mrs. Meadows hoch, um mir mitzuteilen: »Mr. Brant wünscht Sie zu sprechen, Miß. Auf Deirdre werde währenddessen ich aufpassen.«

Ich ging also nach unten, und als ich die Bibliothek betrat, fand ich dort zu meiner Überraschung die ganze Familie samt Dr. Mason und dem bärtigen Herrn versammelt vor, der mir als Anwalt der Familie vorgestellt worden war. Auch Ross war zugegen; ich hatte mich an seinen Anblick in Anzug und Krawatte immer noch nicht gewöhnen können und wünschte mir nun, ich hätte mir die Zeit genommen, mich ebenfalls dem Anlaß entsprechend umzuziehen.

Beim Eintreten wandte der Anwalt sich unverzüglich an mich: »Sind Sie Miß Moore? Mein Name ist Walter Brandwell von der Anwaltskanzlei Brandwell, Harper und Stone. Bitte nehmen Sie Platz.«

Auf meinen erstaunten Blick hin erklärte mir Brant in aller Kürze und mich kaum eines Blickes würdigend: »Wie es scheint, sind auch Sie im Testament meines Vaters berücksichtigt, Susan. Vor allem sollen Sie hier jedoch Deirdre vertreten. Nehmen Sie also bitte Platz.«

In der Bibliothek war es dunkel; die Vorhänge waren vorgezogen, um das Prasseln des Regens gegen die Scheiben etwas zu dämpfen. Obwohl der altmodische Lüster mit elektrischen Kerzen bestückt war, warf er doch unheimlich anmutende Schatten in den Raum. Martines Porträt lächelte mit unmenschlicher Schönheit auf uns herab. Die leibhaftige Martine, einschließlich der reinseidenen Strümpfe in elegantes Schwarz gekleidet, wirkte gefaßt und ausgeglichen; nur ihre Hände verrieten sie, indem sie sich unablässig schlossen und wieder öffneten. Unwillkürlich erinnerte mich das an

Deirdres abgekaute Fingernägel, obwohl die Nägel von Martine lang und makellos gepflegt waren. Sie saß sehr dicht neben Brant auf dem Ledersofa. Der einzige, den das alles in keiner Weise zu berühren schien, war Ross; er saß entspannt in einem Sessel. Auch der alte Lowden war anwesend, seine Miene vom Schmerz über das Dahinscheiden seines Herrn noch tiefer zerfurcht als bisher.

Mr. Brandwell räusperte sich leicht verlegen, als er seine Aktentasche öffnete. »Wie Sie wissen«, begann er, »hat Mr. McLeod noch vor kurzem sein Testament geändert. Offensichtlich in Erwartung seines nahenden Todes, ließ er mich vor drei Tagen noch einmal zu sich kommen. Bei dieser Gelegenheit sollte ich vielleicht gleich hinzufügen, daß einige der Bestimmungen in seinem letzten Willen etwas eigenartig erscheinen; ihre Hintergründe entziehen sich meiner Kenntnis. Dennoch versicherte er mir, seine Angehörigen würden bestimmt verstehen, weshalb er sein Testament in dieser Form festgelegt hatte. Wie gesagt, meine Damen und Herren, ich werde jegliche Erklärungen Ihrerseits gern zur Kenntnis nehmen.«

»Ich habe doch schon immer gesagt, daß er langsam immer seniler wird, Mr. Brandwell«, schaltete darauf Martine sich ein. »Vielleicht hat ihm in diesen letzten Tagen einfach sein Verstand den Dienst versagt.«

»Gnädige Frau«, entgegnete Brandwell höflich, aber bestimmt, »ich kann Ihnen versichern, daß Ihr Gatte noch bei absolut klarem Verstand war, als er diese Änderungen mit mir vornahm. Darin wird mich sicherlich auch Dr. Mason bestätigen können. Wenn Sie nun also die Güte hätten...«

Martine enthielt sich zwar eines weiteren Protests, machte sich dafür aber um so nachhaltiger an ihren manikürten Fingernägeln zu schaffen. Unvermittelt fragte ich mich, was eigentlich Ross hier zu suchen hatte – ganz zu schweigen von mir.

Brandwell schlug die Mappe mit dem Testament auf, überflog es kurz und legte es dann in seinen Schoß. »Ich hoffe, es ist auch in Ihrem Sinn, wenn ich all die rechtlichen Bestimmungen und Floskeln beiseite lasse und Ihnen den Inhalt des

Dokuments dem Sinn nach wiedergebe. Dann wollen wir also mal sehen ... Das Schriftstück beginnt mit den üblichen Sätzen: ›Ich, Alexander McLeod, im Vollbesitz meiner geistigen Kräfte‹, und so weiter, und so fort. Er bedingt sich selbstverständlich aus, daß sämtliche noch ausstehenden Schulden sowie die Begräbniskosten bezahlt werden, und bittet darum, in dem Familiengrab auf dem Festland zur letzten Ruhe gebettet zu werden. Und nun wollen wir mal weitersehen... Zuerst erhalten alle Hausangestellten, die mindestens fünf Jahre hier tätig waren, jeweils hundert Dollar. Seinem ›getreuen Freund und Begleiter Reginald Winterford Lowden‹ hinterläßt er ›in Anerkennung jahrelanger treuer Dienste‹ die Summe von fünftausend Dollar; darüber hinaus ordnet er an, daß er so lange im Hause McLeod bleiben kann, wie er dies wünscht.«

Lowden vergrub sein Gesicht in seinen Händen und schluchzte laut auf.

»Eine nicht weiter bedeutsame Summe dient wohltätigen Zwecken – ein paar tausend hier, ein paar tausend da. Doch nun zum nächsten wichtigen Punkt: Zehntausend Dollar gehen an die Metropolitan Opera, ›der ich neben zahllosen unbezahlbaren Freuden auch das zweifelhafte Vergnügen einer wunderschönen Frau zu verdanken habe‹. Diese Summe läßt sich durchaus sehen, wenn sie auch angesichts des Umfanges des Gesamtvermögens vergleichsweise klein ist.«

Ich warf einen verstohlenen Blick zu Martine hinüber, doch ihre Miene zeigte keinerlei Gefühlsregungen.

»Mr. McLeod«, wandte Brandwell sich daraufhin Brant zu, »wie Sie gewiß erwartet haben, geht Duncarlie Castle in Ihren Besitz über. ›Meinem ältesten Sohn, Alexander Brant McLeod, vermache ich meinen Wohnsitz Duncarlie Castle sowie den dazugehörigen Grundbesitz, wie er im weiteren näher aufgeführt wird –‹ die entsprechenden Unterlagen werde ich Ihnen später vorlegen, ›– sowie den Rest meines Vermögens, soweit nicht anders vermerkt.‹ Damit sind Sie ein außerordentlich vermögender Mann, Mr. McLeod, und dies auch noch, nachdem Sie den anderen Forderungen Genüge geleistet haben. Eine Aufstellung des Barvermögens werde ich Ihnen nachher zeigen. Doch vorerst weiter: ›Meiner Gattin Martine Clereau McLeod steht ein lebenslanges Einkommen von fünfzehntausend Dollar jährlich zu, dem erst bei ihrem Tod, nicht jedoch im Falle ihrer Wiederverheiratung Abbruch geleistet wird.‹ Nun hat er noch eine etwas seltsame Klausel einfügen lassen: ›Es ist mein Wunsch, daß mein Sohn Alexander Brant McLeod seiner Stiefmutter auf Duncarlie Castle solange ein Wohnrecht einräumt, als dies beide wünschen.‹«

Hatte ich mir dieses triumphierende Aufblitzen in Martines Augen nur eingebildet, als sie Brant eben einen kurzen Blick zugeworfen hatte? Ohne Martine jedoch irgendwelche Beachtung zu schenken, starrte Brant nur weiter auf seine Hände, die vor ihm auf seinen Knien ruhten. Brandwell fuhr fort:

»Nun zum weiteren Text... ›Meinem jüngeren Sohn, Jeremy Duncan McLeod, der noch minderjährig ist, hinterlasse ich die im folgenden aufgeführten Besitztümer auf dem Festland.‹ Hierbei handelt es sich um mehrere Farmen sowie umfangreiches Bauland. ›Außerdem soll er ein jährliches Einkommen von fünftausend Dollar erhalten, bis er die Volljährigkeit erreicht hat; besagte Summe soll von seinem Vormund für seinen Lebensunterhalt und seine Ausbildung aufgewendet werden; nach Erreichen der Volljährigkeit soll ihm diese Summe bis zu seinem dreißigsten Lebensjahr persönlich ausgezahlt werden, und nach diesem Zeitpunkt soll das ihm zustehende Kapital mitsamt der im Lauf der Zeit angehäuften Zinsen zu seiner freien Verfügung stehen.‹« Brandwell hielt kurz inne. »Ursprünglich«, fuhr er schließlich fort, »wurde dem Jungen ein Kapitalvermögen hinterlassen, das von Ihnen verwaltet werden sollte, Mrs. McLeod, und das im Falle seines Todes vor seinem einundzwanzigsten Lebensjahr wieder der Masse des Gesamtvermögens anheimfallen sollte. Eine ähnliche Vorkehrung war übrigens auch für Ihre Tochter getroffen worden. Als ich Ihren verstorbenen Gatten nun nach den Gründen für diese Änderung fragte, antwortete er mir, Sie wären noch eine junge Frau, die vielleicht wieder zu heiraten gedächte; und deshalb wollte er Sie nicht mit der recht mühsamen Verwaltung eines so umfangreichen Vermögens belasten.«

»Das halte ich für außerordentlich ungerecht«, brauste Martine auf. »Alex muß völlig von Sinnen gewesen sein. Das hört sich ja fast so an, als traute er mir nicht zu, daß ich Jeremys Besitz angemessen verwalten könnte!«

Keineswegs, gnädige Frau!« widersprach Brandwell, sichtlich überrascht. »Ich bin mir sicher, daß Ihr Gatte Ihnen lediglich die Unannehmlichkeiten ersparen wollte, wie sie nun einmal mit derart komplizierten rechtlichen Angelegenheiten verbunden sind. Wie Sie gleich hören werden, hat er zum Beispiel für Ihre Tochter außerordentlich komplizierte Vorkehrungen getroffen.« Er rückte seine Brille zurecht und las:

»›Meiner Stieftochter, Deirdre Adrienne Clereau, hinterlasse ich folgende Besitztümer‹ – und so weiter und so fort – ›Dabei soll für ihren Lebensunterhalt sowie für die Anstellung einer Pflegerin jährlich die Summe von sechstausend Dollar aufgebracht werden, bis sie das Alter von einundzwanzig Jahren erreicht hat; diese Regelung ist unabhängig davon, ob ihre geistige und körperliche Gesundheit sich je wieder ganz herstellt. Sollte dies jedoch der Fall sein, soll die gleiche Summe weiterhin für ihre Ausbildung aufgewendet werden. Das Kapitalvermögen soll ihr schließlich am Tag ihrer Verheiratung beziehungsweise an ihrem dreißigsten Geburtstag zur freien Verfügung gestellt werden. Sollte sich ihr Zustand dagegen nicht bessern, soll aus diesen Mitteln die Einstellung einer persönlichen Pflegerin finanziert werden.‹« Mr. Brandwell machte eine kurze Pause und blickte über den Rand seiner Brille hinweg in die Runde. »Und nun kommen wir noch zu einer weiteren, erst vor kurzem vorgenommenen Änderung des Testaments. Ursprünglich war vorgesehen, daß die für Deirdres Unterhalt vorgesehenen Geldmittel für den Fall, daß das Mädchen vor seinem einundzwanzigsten Geburtstag sterben sollte, zu gleichen Teilen an seine Mutter und die beiden Stiefbrüder gehen sollten. Diese Regelung wurde jedoch wie folgt geändert: ›Für den Fall, daß meine Stieftochter vor Vollendung des dreißigsten Lebensjahres stirbt, sollen die für ihren Unterhalt vorgesehenen

Geldmittel der National Audubon Society überwiesen werden, und zwar als eine Spende in ihrem Namen.‹«

»Dieser Mann kann doch nicht mehr bei Sinnen gewesen sein!« platzte Martine heraus, während ich erstaunt zur Kenntnis nahm, daß der alte Herr bestens vorgesorgt hatte, daß niemandem aus Deirdres Tod ein Vorteil erwachsen konnte. Nicht umsonst hatte er mir während unseres kurzen Gesprächs angedeutet, daß Martine nicht das geringste an Deirdres Wohlergehen gelegen war. Und nun wies sein Testament ziemlich unmißverständlich darauf hin, daß er es keineswegs für ausgeschlossen hielt, daß jemand Deirdre aus dem Weg zu räumen versuchte.

»Das ist noch nicht alles, Mrs. McLeod«, fuhr Brandwell leicht pikiert fort. »›Für den Fall, daß es sich als notwendig erweisen sollte, meine Nichte in eine Nervenheilanstalt einzuweisen, sollen die hierfür nötigen Aufwendungen zu gleichen Teilen aus ihren Mitteln sowie denen ihrer Mutter bestritten werden. Der ihr vermachte Besitz bleibt dann bis zu ihrem Tod unangetastet, um schließlich ebenfalls der National Audubon Society zur Verfügung gestellt zu werden.‹«

Gütiger Gott, durchfuhr es mich; er hatte wahrhaftig dafür gesorgt, daß es nur zu Martines und Brants Nachteil wurde, wenn Deirdre in eine Heilanstalt eingeliefert würde. Martine hätte die Kosten für die Unterbringung in einer Anstalt zum Teil sogar aus eigenen Mitteln tragen müssen. Zu guter Letzt wandte Brandwell sich mir zu. »Hier befindet sich nun noch eine Klausel, die sich auf Sie bezieht, Miß Moore. Sie bezog sich ursprünglich auf eine gewisse Margo Fields, die jedoch meines Wissens nicht mehr mit der Pflege von Miß Deirdre Clereau betraut ist.«

»Sie ist tot«, warf Brant kurz ein.

»Ich lese im Wortlaut«, fuhr Brandwell darauf fort: »›Um zu gewährleisten, daß meine Stieftochter so lange wie möglich unter der Obhut ein und derselben Person bleiben kann, die sie ins Herz geschlossen hat, verfüge ich hiermit, daß die gegenwärtige Pflegerin meiner Stieftochter, Miß Susan Moore, zusätzlich zu ihrem regulären Gehalt jährlich eintausend Dollar erhält, solange sie sich bereit erklärt, sich meiner

Stieftochter anzunehmen. Für den Fall, daß Deirdre wieder in den vollen Besitz ihrer körperlichen und geistigen Kräfte gelangt, so daß Miß Moores Dienste nicht länger vonnöten sind, bestimme ich des weiteren, daß sie eine Abfindung von fünfzehntausend Dollar erhalten soll.‹«

Mir verschlug es die Sprache. Und dann sah ich, wie Martine mit hochrotem Kopf aufsprang. »Das ist doch völlig absurd«, legte sie los, so daß unter ihrer Selbstbeherrschung nun zum ersten Mal die gekränkte Primadonna zum Vorschein kam. »Ich bin sicher, daß dies ebenso gesetzwidrig ist, wie es absurd und beleidigend ist. Ich werde dieses Testament von einem Anwalt anfechten lassen – koste es, was es wolle!«

Brandwell hüstelte betreten. »Ich kann Ihre Bestürzung selbstverständlich nur zu gut verstehen, gnädige Frau, aber seien Sie dennoch versichert, daß es äußerst schwierig werden dürfte, den letzten Willen Ihres Gatten anzufechten, da Mr. Alexander selbst dagegen die entsprechenden Vorkehrungen getroffen hat. Ich zitiere: ›Sollte eine der in diesem Schreiben genannten Personen den Testamentsinhalt anzufechten versuchen, so geht sie damit automatisch des ihr zustehenden Anteils verlustig. Betreffende Person wird in diesem Fall nicht einen Dollar erhalten. Statt dessen geht der ihr zustehende Anteil an die Metropolitan Opera, und zwar mit der Auflage, die bereitgestellten Mittel für eine Neuaufführung der Puccini-Oper *Gianni Schicchi* zu verwenden.‹ Ich muß Ihnen gestehen, gnädige Frau, daß diese Regelung auch mir selbst unbegreiflich ist, wenngleich Ihr Gatte mir versichert hat, Sie wären sich hinsichtlich der Beweggründe für seine Entscheidung durchaus im klaren. Nachdem Sie ehedem eine gefeierte Opernsängern waren, nahm ich an, daß es sich dabei um eine Art Scherz handelt, dessen Hintergründe nur Ihnen beiden vertraut sind.«

Martines Gesicht lief immer dunkler an, so daß ich schon zu befürchten begann, sie falle jeden Moment in Ohnmacht. Ich hatte mich bereits halb erhoben und in meiner Tasche nach dem Fläschchen mit Riechsalz zu tasten begonnen, doch anstatt in Ohnmacht zu fallen, wirbelte Martine auf dem Absatz herum und rauschte aus der Bibliothek, um mit einem lauten Knall die Tür hinter sich zuzuwerfen.

Brant stieß einen leisen Pfiff aus und erklärte entschuldigend: »Dieser Zwischenfall ist mir selbstverständlich äußerst peinlich, Mr. Brandwell; aber Sie werden doch sicher verstehen, daß Martines Nerven angesichts der jüngsten Ereignisse etwas angegriffen sind...«

»Sie brauchen sich deswegen doch nicht bei mir zu entschuldigen, Mr. McLeod; ich kann Mrs. McLeod nur zu gut nachfühlen, was sie während der letzten Tage und Stunden durchgemacht haben muß. Und ich bin mir auch sicher, daß ihr bald bewußt wird, daß ihr durch diese Regelung lediglich eine Menge Mühen und Unannehmlichkeiten erspart worden sind. Wissen Sie, ich bin es durchaus gewohnt, daß es bei einer Testamentsverkündung hoch hergeht, zumal dies ja immer zu einem denkbar ungünstigen Zeitpunkt geschieht, zu dem die Nerven sämtlicher Beteiligten noch äußerst angegriffen sind.«

Darauf wandte der Anwalt sich Ross zu: »Sind Sie Mr. Hunter von der Forstbehörde? Der Verstorbene hat nämlich dem Forestry Service der Vereinigten Staaten etwa drei Hektar Land für das Vogelschutzgebiet vermacht, und zwar ›zum Ausgleich für die zahlreichen legalen Schlupflöcher, die ich mir in all den Jahren bei der Abführung meiner Steuern zunutze machen konnte.‹ Ich muß schon sagen: Der alte Herr hatte wirklich eine ganz besondere Art von Humor, Mr. Hunter.«

Ross lachte zwar, aber ihm war trotzdem deutlich anzusehen, daß er für diese Art von Humor herzlich wenig übrig hatte. Sein Blick war unverwandt auf die Tür geheftet, durch die Martine verschwunden war. Ich fragte mich, ob er wohl damit gerechnet hatte, daß der Löwenanteil des Erbes Martine zufällt. Sollte sich Martine statt dessen nun für Brant entscheiden? Für einen Moment haftete Ross' Ausdruck geradezu etwas Mörderisches an, bevor er schließlich erklärte: »Damit wäre dieser Punkt nun also endgültig geklärt. Allerdings wird von dieser Regelung wohl nur mein Nachfolger profitieren; ich beabsichtige nämlich, noch diesen Sommer meine Tätigkeit hier auf der Insel aufzugeben. Ich war weiß Gott lange genug hier.«

»Das ist natürlich bedauerlich«, entgegnete Brandwell und erhob sich, um sich zu verabschieden. »Mr. Brant, ich stehe Ihnen selbstverständlich jederzeit zur Verfügung, sollten Sie in irgendeiner Angelegenheit meinen Rat brauchen.«

Ross stand ebenfalls auf und wandte sich zu mir: »Ist also für dich auch ein Stück vom Kuchen abgefallen, Susan. Die Frage ist nur, ob du davon allzu viel haben wirst, nachdem schließlich die Bedingung damit verknüpft ist, daß du dich weiter mit der Einsamkeit hier abfindest.« Und mit einem bitteren Lächeln fügte er hinzu: »Ich habe jedenfalls genug von dieser Insel. Mich hält hier nichts mehr.«

»Willst du denn schon bald fort?« Mir wurde bewußt, daß er mir fehlen würde. Er war auf so angenehme Weise völlig unbeteiligt an den familiären Verwicklungen und Intrigen der McLeods. Ich mußte mir eingestehen, daß ich seine bescheidene Hütte als einen willkommenen Zufluchtsort vor der angespannten Atmosphäre in Duncarlie Castle zu schätzen gelernt hatte.

»Ja, schon bald.« Und leiser, damit Brant ihn nicht hören konnte, fügte er hinzu: »Aber ich möchte dich gern noch einmal sehen, bevor ich abreise. Wann kann ich mal allein mit dir sprechen?«

»Ich weiß nicht. Deirdre wird das alles sicherlich ziemlich beunruhigen. Ich rufe dich an –«

Doch Brant unterbrach mich, indem er zu Ross sagte: »Ich wußte, daß mein Vater es so wollte. Deshalb habe ich auch von Anfang an erklärt, daß ich dagegen nicht das geringste unternehmen kann.«

»Was zum Teufel sollte eigentlich dieser ganze Blödsinn mit dieser komischen Oper?« brauste Ross nun auf. »*Gianni Schicchi?* Nie davon gehört. Ich bin natürlich nicht unbedingt ein ausgesprochener Opernfreund...«

»Glaubst du, ich verstehe das?« entgegnete Brant. »Vielleicht war es tatsächlich irgendein ganz spezieller Witz von Vater. Soweit ich mich erinnern kann, ist *Gianni Schicchi* eine einaktige Oper von Puccini – du weißt schon, von dem auch

Madame Butterfly und *La Bohème* sind. Das Ganze ist eine Komödie über einen alten Mann, der von lauter scheinheiligen Verwandten umlauert wird; und nach seinem Tod beauftragen sie einen notorischen Tunichtgut – eben Gianni Schicchi – damit, das Testament in ihrem Interesse zu fälschen... Das kann doch nicht die Möglichkeit sein!« stöhnte Brant plötzlich begreifend auf und ließ sich in den nächsten Stuhl niedersinken.

Auch mir wurde nun das Ausmaß des Verfolgungswahns von Brants Vater bewußt. Im nächsten Augenblick lachte Brant schallend los. »Gianni Schicchi fälscht das Testament also tatsächlich – allerdings so, daß das ganze Erbe nun ihm selbst, Gianni Schicchi, zufällt!« Er schüttelte sich vor Lachen. »Ist das denn zu glauben?! Wenn Vater verkalkt gewesen sein soll, als er das geschrieben hat, dann bin ich Enrico Caruso! Welch ein gigantischer Witz! Mein Gott, welch ein gigantischer Witz – sich noch auf dem Sterbebett über uns alle lustig zu machen!« Sein Gelächter steigerte sich fast ins Hysterische; Tränen flossen ihm übers Gesicht, und schließlich begann er, immer noch von Gelächter geschüttelt, vor sich hin zu murmeln:

»Armer, alter Vater, was muß nur in dir vorgegangen sein? Oh, mein Gott, Susan...« Er packte mich und klammerte sich an mir fest, so daß ich für einen Augenblick vergaß, daß er ein anmaßender und arroganter Mann war, der mindestens zehn Jahre älter war als ich. Ich legte tröstend meine Arme um ihn, wie ich das auch bei Deirdre getan hätte.

»Dachte er denn, *ich* hätte es auf sein Geld abgesehen gehabt? Ach, Vater, Vater...«

Ross war inzwischen auf Zehenspitzen aus dem Raum geschlichen. Während ich Brant nun schweigend weiter an mich drückte, wurden meine Gefühle diesem Mann gegenüber neuerlich einer einschneidenden Veränderung unterzogen. War er ein kaltblütiger Mörder oder nur ein Mann, der angesichts eines schrecklichen Unfalls lediglich von Panik befallen worden war? Oder war er an diesen grausigen Vorkommnissen der Vergangenheit in keiner Weise beteiligt? War seine Besorgnis um seine Familie und seine Trauer um seinen Vater demnach echt?

Ich wußte keine Antwort auf diese Fragen. Ich wußte nur, daß mein Herz von tiefer Zuneigung zu ihm erfüllt war, und, ungeachtet meines überraschenden Erbes, wünschte ich mir nichts sehnlicher, als daß sein Vater noch am Leben gewesen wäre.

Und dies aus mehr Gründen als nur einem...

13. Kapitel

Anläßlich eines Todesfalls tauchen mit einem Mal längst verschollen geglaubte alte Bekannte wieder auf. Und so war das auch im Fall von Alexander McLeod. Der alte Herr hatte zwar lange Jahre in vollkommener Zurückgezogenheit gelebt, aber dem war nicht immer so gewesen; und er hatte durchaus Freunde und Bekannte. Einige von ihnen kamen nach Duncarlie Castle, um ihrem alten Freund die letzte Ehre zu erweisen. Andere wiederum kamen, wie ich argwöhnte, aus purer Neugier, um zu sehen, wie ein echtes, altes Schloß von innen aussah, um dann sagen zu können, sie hätten diesen geheimnisumwitterten Ort mit eigenen Augen gesehen.

Ich persönlich hasse Begräbnisse. Zwar hatte ich den alten Mr. McLeod kaum gekannt, aber ich dachte gern an unser kurzes Gespräch unter vier Augen zurück, so daß ich nicht das leiseste Bedürfnis verspürte, das gesellschaftliche Brimborium, das um seinen Tod veranstaltet wurde, mitzuerleben. Glücklicherweise hatte ich die einleuchtende Ausrede parat, daß Deirdre das Begräbnis ihres Stiefvaters auf keinen Fall zuzumuten wäre. Ich hielt sie möglichst von dem damit verbundenen Trubel fern und nahm dankbar zur Kenntnis, daß Brant und Martine vernünftig genug gewesen waren, auch Jeremy die Teilnahme an der Trauerfeier zu ersparen.

Gleichzeitig wurde dadurch jedoch unsere Isolation noch zusätzlich verstärkt. Die meiste Zeit mußte ich Deirdre in ihrem Zimmer beaufsichtigen. Sie war ungewöhnlich schweigsam. Nur gelegentlich kam sie auf Geschehnisse aus der Vergangenheit zu sprechen, was mich in der Annahme bestärkte, daß die Nebelschleier, die sich um ihre Erinnerungen gelegt hatten, sich mehr und mehr lichteten. Mir entging keineswegs, daß das Mädchen auf dem Pfad, der die Vergangenheit von der Gegenwart trennte, dem Jetzt Schritt für Schritt näherkam. Ich beschloß daher, unverzüglich mit jemandem zu sprechen, sobald die allgemeine Aufregung sich wieder etwas gelegt hatte. Ich nahm mir fest vor, mit allem Nachdruck darauf zu bestehen, daß Deirdre in psychiatrische Behandlung gegeben wurde. Und falls Dr. Mason nicht hören wollte, würde ich mich eben an einen anderen Arzt wenden. Das Mädchen war eindeutig auf fremde Hilfe angewiesen, wenn sie ihre Gedächtnisblockade auflösen wollte. Doch falls ihr dies eines Tages gelingen sollte, stand meiner Ansicht nach ihrer Rückkehr in die Normalität nichts mehr im Wege.

Im Augenblick waren mir die Hände jedoch gebunden. Ich hätte gern mit Brant darüber gesprochen. Die Erinnerung an den Moment, als ich ihn in meinen Armen gehalten hatte, ließ mich nicht mehr los. Ich hatte regelrecht Sehnsucht nach ihm. Und doch... und doch...

Der Verdacht, der sich in meinem Hinterkopf festgesetzt hatte, wollte sich nicht so leicht wieder von dort vertreiben lassen. *Sollte Brant Margo ermordet und die Schuld dann Deirdre in die Schuhe geschoben haben?* So oft ich mir jedoch einzureden versuchte, daß er einer solchen Schandtat nicht fähig wäre, mußte ich mir auch ins Gedächtnis rufen, daß das Urteilsvermögen einer Frau erheblich beeinträchtigt ist, sobald sie sich von einem Mann über ein gewisses Maß hinaus angezogen fühlt. Ich wollte Brant so etwas Verwerfliches einfach nicht zutrauen, da ich auf dem besten Wege war, mich in ihn zu verlieben. So einfach war das.

Und ich war in jedem Fall Mitwisserin eines Mordes – falls es ein Mord gewesen war. War ich andererseits überhaupt verpflichtet, diesbezüglich etwas zu unternehmen, nachdem sowohl die polizeilichen wie die gerichtsmedizinischen Ermittlungen als Todesursache einen Unfall ergeben hatten?

Falls Deirdre ihr Erinnerungsvermögen in vollem Umfang wiedererlangte...

Alexander McLeod war inzwischen begraben worden, und ich nahm überrascht zur Kenntnis, daß sein Fehlen sich im Alltag von Duncarlie Castle kaum bemerkbar machte. Es war geradezu so, als hätte er nie gelebt. Ich hätte nur zu gern gewußt, was Martine nun vorhatte. Fünfzehntausend Dollar pro Jahr waren eine keineswegs großzügige Abfindung für die Gattin eines Millionärs. Würde sie dennoch weiterhin auf der Insel bleiben, wo nun ihr Stiefsohn Schloßherr war – ihr Stiefsohn, der sich ihren früheren Annäherungsversuchen ziemlich unmißverständlich widersetzt hatte?

Ross rief mich in dieser schwierigen Zeit zweimal an; doch mußte ich ihn beide Male vertrösten. Er wirkte angenehm unbeteiligt an den Wirren der jüngsten Vergangenheit, weshalb ich um so stärker das Bedürfnis verspürte, mich mit ihm auszusprechen. Allerdings waren sämtliche Telefone im Schloß an das verzweigte Netz von Nebenstellen angeschlossen, so daß ich nicht riskieren wollte, Ross meine Vermutungen telefonisch mitzuteilen; nur zu leicht hätte jemand unser Gespräch belauschen können.

Dazu kam schließlich auch noch die Erinnerung an die Spuren, die Martine in Ross' Hütte hinterlassen hatte. In Anbetracht all dessen war ich also sogar etwas erleichtert, mich darauf hinausreden zu können, daß ich Deirdre in der augenblicklichen Situation nicht unbeaufsichtigt lassen könnte.

Schließlich fing Ross mich eines Tages am Strand ab, als ich dort mit Deirdre schwimmen ging. Während das Mädchen außer Hörweite mit Thumbelina herumtollte, verlangte Ross zu wissen: »Weshalb gehst du mir eigentlich aus dem Weg, Susan?«

»Wieso? Das tue ich doch gar nicht. Ich kann im Augenblick nur Deirdre unmöglich allein lassen.«

Sein Gesicht verzog sich zu einem sarkastischen Grinsen. »Haben sie dich jetzt mit der Erbschaft wohl ordentlich an die Leine gelegt, wie? Willst du tatsächlich wegen des bißchen Geldes dein Leben lang mit der verrückten Kleinen hier festsitzen? Will anscheinend jeder auf dieser verdammten Insel versauern – und das nur wegen des Geldes von diesem alten Knacker?«

Ärgerlich erwiderte ich: »Ich tue das keineswegs wegen des Geldes, Ross. Ich mag Deirdre und könnte es nicht ertragen, sie von einer Person zur nächsten weitergereicht zu sehen.« Und aufgebracht fügte ich hinzu: »Um Himmels willen, ich könnte als Krankenschwester mindestens doppelt soviel verdienen, wenn ich mir die entsprechenden Patienten aussuchen würde! Glaubst du etwa im Ernst, lächerliche siebentausend Dollar im Jahr könnten mich hier festhalten, wenn ich nicht bleiben wollte?«

Als er daraufhin seine Hand auf meinen Arm legte, durchrieselte mich ein elektrisierender Schauder. »Und angenommen, ich würde dir sagen, daß ich von hier weggehe und dich bitte, mit mir zu kommen?«

In meinem Kopf herrschte mit einem Mal ein schreckliches Durcheinander. Der einzige halbwegs klare Gedanke, den ich zu fassen vermochte, war: *Das ist nicht fair. Es ist einfach nicht fair, mir diese Frage in dieser herrlichen Umgebung und in Gegenwart Deirdres und Thumbelinas zu stellen.* Folglich fiel mir keine bessere Erwiderung ein als: »Und was ist mit Martine?«

Daraufhin blitzten seine Augen unvermutet in einer Härte auf, wie ich sie bis dahin noch nie an ihm bemerkt hatte: »Wie meinst du das? Was soll mit Martine sein?«

»Ich habe ihre Fußabdrücke in deiner Hütte gesehen und ihr Parfüm gerochen.«

Mühsam um Beherrschung ringend, holte Ross erst einmal tief Luft, bevor er entgegnete: »Ich habe nie behauptet, ein Engel zu sein. Ich lebe nun schon seit Jahren auf dieser verdammten Insel, und Martine ist – nun ja, sie ist eben eine junge und schöne Frau, die einen alten und kränkelnden Mann hat. So etwas ist doch nur zu verständlich. Gerade du als Krankenschwester solltest doch zumindest so gut über die menschliche Natur Bescheid wissen...«

Ich war keineswegs prüde und sah sein Argument durchaus ein. Im Grunde genommen konnte ich sogar Martines Standpunkt verstehen, wenn es mir trotzdem auch fragwürdig erschien, den alten Mann, der ihr ein Leben in Überfluß und Luxus ermöglichte, auf so schändliche Weise zu hintergehen. Doch stand es mir nicht zu, über Martines moralische Grundsätze zu richten. Während mir also noch diese und ähnliche Gedanken durch den Kopf gingen, beugte Ross sich tiefer zu mir herab. »Glaubst du im Ernst, daß mir an Martine etwas gelegen ist, wenn man einmal von der Tatsache absieht, daß sie nun mal zufällig auch auf der Insel lebte und ich nicht von hier weg konnte? Gehen wir fort von hier, Susan!

Soll diese verrückte Bande sich doch selbst um ihren Kram kümmern. Ich werde dir eine Welt zeigen, wie du sie dir nicht einmal hättest träumen lassen.«

Ich vermochte nur ausweichend zu erwidern: »Ross, ich weiß nicht. Das kommt mir alles etwas plötzlich...«

»Ach ja?« höhnte er verbittert. »Oder solltest du vielleicht ein Auge auf Brant geworfen haben? Immerhin ist er inzwischen ein steinreicher Mann...«

Wütend stand ich auf. »Das lasse ich mir nicht bieten –«

Ross versuchte darauf unverzüglich wieder einzulenken. »Susan, so kannst du doch nicht gehen –«

»Ich muß mich jetzt um Deirdre kümmern«, wimmelte ich ihn ab und rief auch gleich nach dem Mädchen. Und während sie bereits auf mich zugelaufen kam, packte Ross mich an den Schultern, beugte sich über mich und zischte mir ins Gesicht: »Überleg dir das Ganze noch einmal in Ruhe, Susan. Komm mich in meiner Hütte besuchen, damit ich dir alles in Ruhe auseinandersetzen kann –«

Mit dem Versprechen, dies zu tun, riß ich mich von ihm los und wandte mich Deirdre zu, die mit der zottigen Thumbelina auf mich zugestürmt kam. Ich war ganz durcheinander; mein Herz klopfte wie wild. *Ross.* Fühlte ich mich wirklich zu ihm hingezogen, oder lag es nur daran, daß er wie ich ein Außenstehender war und nichts mit der verrückten Verwunschenheit im Schloß zu tun hatte? Doch gleichzeitig schoß mir ein beschämender Gedanke durch den Kopf: Sollte Ross vielleicht nur gewartet haben, um zu sehen, wieviel Martine nach dem Tod ihres Mannes erben würde? Und sollte er angesichts der Tatsache, daß dieser ihr nur eine bescheidene Apanage von fünfzehntausend Dollar hinterlassen hatte, zu der Überzeugung gelangt sein, daß ihm das Martine nicht wert war?

Doch ich wies diesen Gedanken entschlossen von mir und wandte mich Deirdre zu. »War es schön im Wasser?« fragte ich sie. »Was ist denn plötzlich in dich gefahren? Du siehst ja aus wie drei Tage Regenwetter.«

»Ich mag diesen Mann nicht«, erwiderte sie trotzig. Und das war auch schon alles, was ich aus ihr herausbekam. Wir packten unsere Sachen zusammen und gingen zum Schloß hoch. Dabei entging mir nicht, daß Deirdre etwas beschäftigte. Und schließlich fragte sie: »Ist er in dich verliebt, Susan?«

»Das weiß ich nicht«, antwortete ich ihr wahrheitsgemäß, worauf sie meine Hand ergriff und den ganzen Weg nicht mehr losließ. Ihre Eifersucht war nur zu verständlich. Sie mochte zwar bereits sechzehn sein, aber aufgrund ihrer langen Gedächtnislücke war sie von ihrer emotionalen Entwicklung her eher mit einer Acht- bis Zehnjährigen zu vergleichen. Und ich war schließlich der einzige Mensch, den Deirdre hatte.

»Warum heiratest du eigentlich nicht Onkel Brant?« fuhr sie überraschend fort. »Dann würdest du hier richtig hergehören.«

Mit einem verlegenen Lächeln erwiderte ich: »Aber dazu müßte er mich doch erstmal fragen, mein Schatz.«

Sie runzelte die Stirn. »Ach so, natürlich. Vermutlich hat *sie*...« Deirdre sprach den Satz nicht zu Ende. Kaum hatten wir das Haus betreten, bemerkte ich entsetzt, daß Martine in der Eingangshalle stand und telefonierte.

»Ach, wie Sie meinen, Mrs. Meadows«, hörte ich sie sagen. »Wenn Sie keinen Spargel bekommen können, dann nehmen Sie eben etwas anderes. Wozu habe ich schließlich eine Haushälterin, wenn ich mich am Ende doch um jedes einzelne Detail selbst kümmern muß!« Sie knallte den Hörer auf die Gabel zurück, und als sie sich darauf zum Gehen wandte, erblickte sie uns. Ihr Gesicht nahm den üblichen wachsam gespannten Ausdruck an, wie das immer der Fall war, wenn sie Deirdre sah.

Ich behielt Deirdre sorgsam im Auge, da ich damit rechnete, daß sie jeden Augenblick laut loskreischen würde, um dann überstürzt die Flucht zu ergreifen und sich in irgendeiner Ecke zu verkriechen. Zu meiner Verwunderung ließ sie sich jedoch nicht ins Bockhorn jagen, sondern sah unverwandt ihre Mutter an.

Und schließlich sprach sie Martine sogar an: »Du glaubst wohl, Brant will dich heiraten, nicht wahr, Mutter?« Deirdres

Stimme klang dabei erstaunlich fest, wenn ich auch einen leicht schrillen, verängstigten Unterton heraushören konnte. Ihre Worte überraschten mich in ihrer Direktheit. Doch auch aus einem anderen Grund kam ich nicht aus dem Staunen heraus. Deirdre hatte zum ersten Mal der Person, die sie am meisten fürchtete, die Stirn geboten und sie sogar mit *Mutter* angesprochen. Zwar haftete ihren Worten etwas eindeutig Sarkastisches an, aber war nicht gerade dies ein Anzeichen, daß sie ihre Angst allmählich unter Kontrolle bekam?

Auf Martine übten ihre Worte freilich eine gänzlich andere Wirkung aus. Sie lief vor Wut puterrot an und zischte böse: »Du unverschämtes, kleines Biest, wie kannst du es wagen –«

Ich wandte mich einlenkend an Martine: »Ich bitte Sie, Mrs. McLeod...« Und dann wies ich nachsichtig Deirdre zurecht: »So kannst du doch mit deiner Mutter nicht reden.«

»Ich werde dich lehren, so mit mir zu sprechen!« Wie eine Furie kam Martine auf uns zu, worauf Deirdre zurückwich und automatisch ihre Hände hochhob, um sich zu schützen. Entsetzt sah ich Martine auf das verängstigte Kind zustürzen. Sollte sie es tatsächlich darauf anlegen, in ihrer Tochter einen hysterischen Anfall hervorzurufen? Jedenfalls legte ich Martine energisch meine Hand auf den Arm. Deirdre war indessen mit dem Rücken an die Wand der Eingangshalle zurückgewichen und starrte mit ihren weit aufgerissenen blauen Augen ihre Mutter an. Sie schluckte schwer, und dann sah ich, wie ihre Lippen sich zu bewegen begannen.

»Willst du ihn auch umbringen, Mutter? Wirst du auch mich umbringen? So, wie du –«

Mit einem wütenden Aufschrei hatte Martine sich auf ihre Tochter gestürzt, um mit ihren langen, spitzen Fingernägeln nach Deirdres Augen zu krallen. Und dann packte sie das arme Kind an den Schultern und schüttelte es so lange, bis sein Kopf wie der einer Puppe schlaff hin und her baumelte. Deirdre brach in krampfhaftes Schluchzen aus; ihr Atem ging heftig keuchend; und ihre Augen verdrehten sich, so daß nur noch das Weiße sichtbar war. Nun erst vermochte ich mich aus der Erstarrung zu lösen, die mich befallen hatte. Wohl wissend, wie man mit tobsüchtigen Patienten umging, packte ich Martine unter den Armen, riß sie von Deirdre zurück und drehte ihr den Arm auf den Rücken, so daß sie bewegungsunfähig war. Während Deirdre schluchzend am Boden kauerte, versuchte Martine verzweifelt, sich zu befreien. Doch ich hatte sie fest im Griff. Mit wutverzerrtem Gesicht stieß sie hervor: »Haben Sie gehört? Haben Sie denn nicht gehört, was sie gesagt hat? Verdammt noch mal, so lassen Sie mich doch endlich los!«

Ihre Wut verlieh Martine fast übermenschliche Kräfte, so daß mich ernste Zweifel befielen, ob ich sie noch länger in Schach halten konnte. Aber im selben Moment wurde mir von unerwarteter Seite Hilfe zuteil. Thumbelina kam wie der Blitz durch die Halle auf uns zugeschossen und sprang so stürmisch an Martine hoch, daß sie zu Boden ging. Ich schrie den Hund heftig an und stieß ihn beiseite. Deirdre war indessen zu einem Häufchen Elend zusammengesunken und gab ein leises, klägliches Schluchzen von sich. Außer mir vor Wut, riß ich Martine hoch.

»Bleib hier, Thumbelina!« befahl ich dem Hund, worauf er sich schnüffelnd neben Deirdre niederließ. Gleichzeitig schob ich Martine vor mir her in die Bibliothek, drückte mit dem Absatz die Tür hinter mir zu und stieß Martine unsanft auf einen Stuhl nieder.

Mit wutverzerrtem Gesicht sah sie zu mir hoch. »Was bilden Sie sich überhaupt ein!« fuhr sie mich an.

»Was bilden *Sie* sich überhaupt ein!« schrie ich zurück. In meiner Wut hatte ich inzwischen jede Rücksichtnahme abgelegt. »Sie herzlose, selbstsüchtige Sadistin! Sind Sie jetzt zufrieden, nachdem Sie Deirdre endlich wieder soweit gebracht haben, daß sie einen ihrer Anfälle erlitten hat! Gütiger Gott, Mrs. McLeod, Sie wollen eine Mutter sein? Ihne könnte man ja nicht einmal ein Kätzchen guten Gewissens zur Pflege überlassen!«

»Sie haben doch selbst gehört, was sie zu mir gesagt hat, dieses unverschämte kleine Biest –«

»Das habe ich sehr wohl gehört«, fiel ich ihr ins Wort. »Außerdem erzählen Sie mir schon die ganze Zeit, ich soll nicht auf das hören, was Deirdre alles sagen mag. Und trotzdem brechen Sie gleich in Hysterie aus, wenn das Kind auch nur eine häßliche Bemerkung von sich gibt. Nennen Sie dieses Verhalten vielleicht vernünftig? Reagiert so etwa eine erwachsene und angeblich normale Frau? Und jetzt hören Sie mir mal gut zu!« Ich stand mit in die Hüften gestemmten Fäusten und zitternd vor Wut über ihr. »Sollten Sie es noch einmal wagen, Hand an dieses arme, wehrlose Kind zu legen, dann können Sie sich schon jetzt darauf gefaßt machen, daß ich auf der Stelle wegen Kindsmißhandlung Anzeige gegen Sie erstatten werde! Haben Sie tatsächlich versucht, Deirdre so zu erschrecken, daß sie einen Anfall bekam?«

»Sie hat mich immerhin eines Mordes beschuldigt!«

Ich gab mir Mühe, mich wieder einigermaßen zu beruhigen, und fuhr in gefaßterem Ton fort: »Mrs. McLeod, Sie haben mir doch selbst immer wieder gesagt, daß Deirdre an Wahnvorstellungen leidet. In letzter Zeit bessert sich ihr Zustand jedoch merklich; ihr Gedächtnis kehrt wieder zurück. Aber Sie können selbstverständlich nicht erwarten, daß diese Entwicklung sich von einem Tag auf den anderen vollzieht. Wenn Sie Ihrer Tochter gegenüber also etwas mehr Liebe und Geduld an den Tag legen könnten, anstatt sie in der Heftigkeit ihrer hysterischen Anfälle und Zornesausbrüche zu übertreffen zu versuchen, könnte sich Deirdres Zustand unter Umständen wesentlich rascher bessern.«

»Wie lange, glauben Sie, werde ich mich von Ihnen eigentlich noch herumkommandieren lassen?« zischte sie mich an. »Oder ist es Ihnen inzwischen auch schon gelungen, Brant auf Ihre Seite zu ziehen? Mir ist keineswegs entgangen, wie gerissen Sie sich das Vertrauen meines Mannes erschlichen –«

»Mrs. McLeod, ich bitte Sie!« Ich starrte Martine mit unverhohlenem Abscheu an. »Sie sind ja richtig hysterisch! Langsam beginne ich mich tatsächlich zu fragen, ob Sie nicht ebenso an Wahnvorstellungen leiden, wie Deirdre das tut. Als Krankenschwester bin ich in jedem Fall verpflichtet, meine Patientin vor gewaltsamen Übergriffen zu schützen; und dies gilt um so mehr, wenn sie von seiten ihrer eigenen

Mutter erfolgen. Man könnte geradezu denken, Sie würden das Mädchen absichtlich so erschrecken, daß es immer wieder seine Anfälle bekommt. Haben Sie etwa gar Angst, Deirdre könnte ihr Erinnerungsvermögen wiedererlangen? Um Himmels willen, woran sollte sie sich denn schon erinnern können?« Ich rang mühsam um Beherrschung, da mir bewußt geworden war, daß ich mittlerweile nicht minder außer mir geraten war als Martine. Ich kehrte ihr den Rücken zu und erklärte: »Ich muß mich jetzt wieder um Deirdre kümmern. Und vergessen Sie nicht, was ich Ihnen gesagt habe. Sollten Sie es noch einmal wagen, Ihrer Tochter auch nur ein Haar zu krümmen, werden Sie sich vor Gericht verantworten müssen!«

Ich warf die Tür zur Bibliothek hinter mir zu und rannte durch die Eingangshalle auf Deirdre zu, die noch immer heftig schluchzend auf dem Boden lag. Thumbelina umkreiste sie besorgt und leckte hin und wieder mit ihrer Zunge an ihrem totenblassen Gesicht. Als ich Deirdre hochhob und die Treppe hochtrug, spürte ich, wie ihr ganzer Körper von heftigen Weinkrämpfen geschüttelt wurde. Sie fühlte sich jämmerlich leicht in meinen Armen an. Ich legte sie auf ihr Bett und ließ auch Thumbelina ins Zimmer, da der Hund andernfalls sicherlich ein füchterliches Theater gemacht hätte. Nach einer Weile öffnete Deirdre matt die Augen und tastete geistesabwesend nach Thumbelinas Kopf.

»Hast du jetzt gesehen, Susan?« stieß sie schließlich zwischen zwei keuchenden Atemzügen hervor. »Genauso war es damals auch. Sie haßt mich, sie haßt mich... sie hat mich geschüttelt und geschüttelt, bis ich kein Wort mehr sagen und keinen klaren Gedanken mehr fassen konnte... Wenn niemand es merkte, kam sie in mein Zimmer, und dann hat sie mich gezwickt und geschüttelt und mir immer wieder eingeschärft, kein Wort zu sagen und zu behaupten, ich könnte mich an nichts mehr erinnern...«

»So beruhige dich doch wieder, mein Schatz. Nun ist ja alles wieder gut. Versuche nicht weiter daran zu denken.« Was hätte ich denn sonst sagen sollen? Martine haßte Deirdre; das stand für mich inzwischen völlig außer Zweifel. Doch was sollte ich von diesen wilden Anschuldigungen halten? Ich konnte es Deirdre keineswegs übelnehmen, daß sie in bezug auf ihre Mutter an einem massiven Verfolgungswahn litt. Wie konnte die Frau das arme Kind auch so behandeln? Zudem war dies nicht der erste Vorfall dieser Art gewesen. Deirdre hatte geradezu Todesangst vor ihrer Mutter. Hatte Martine ihre Tochter schon so behandelt, bevor sich ihr Leiden bemerkbar gemacht hatte?

»Sag doch nicht immer, es wäre nichts gewesen!« protestierte Deirdre.

»Hör zu, mein Schatz«, redete ich ihr nun gut zu. »Ich habe ihr ordentlich die Meinung gesagt. Sie wird es nicht mehr wagen, dir auch nur ein Haar zu krümmen. Dafür habe ich ein für allemal gesorgt.«

Draußen regnete es in Strömen, und entsprechend düster war es in Deirdres Zimmer. Ich zog die Vorhänge zu und schaltete das Licht ein. Und jetzt erst stellte ich zu meiner Bestürzung fest, daß Deirdres Gesicht von Martines langen Nägeln tatsächlich blutig gekratzt war. Fassungslos holte ich einen Schwamm, um die Wunden zu säubern und mit Jodlösung zu betupfen.

Nicht einmal die heruntergekommenste Mutter aus einem Großstadtslum würde ihr krankes Kind so behandeln, dachte ich, schäumend vor Wut. *Martine mußte mindestens ebenso gestört sein wie Deirdre – und ich wollte nicht mehr ruhen, bis endlich jemand der Sache auf den Grund ging.*

Deirdres Schluchzen hatte inzwischen nachgelassen; nur als ich ihre Verletzungen mit dem beißenden Jod betupfte, zuckte sie leicht zusammen. Sie klammerte sich jedoch geradezu in panischer Angst an meine Hand. »Sie wird doch nicht wiederkommen, oder? Das läßt du doch nicht zu?«

»Auf keinen Fall.«

»Aber wie willst du sie denn daran hindern?« Sie befeuchtete sich mit der Zungenspitze ihre trockenen Lippen. »Sie ist doch meine Mutter...«

»Hör zu«, erklärte ich bestimmt. »Mutter hin oder her – falls sie dir noch einmal weh zu tun gedenkt, wird sie schnell genug feststellen müssen, daß es gewisse Gesetze zum

Schutz von Kindern gibt. Du weißt doch, daß du sehr krank warst und dir bestimmte Dinge eingebildet hast –«

Ihre Hände zuckten an ihr Gesicht hoch. Sie sah mich strafend an und stieß hervor: »Aber das habe ich mir doch nicht eingebildet!«

»Nein, natürlich nicht«, beeilte ich mich zu erklären. »Ich wollte damit nur sagen, daß es Gesetze zum Schutz kranker Menschen gibt – und vor allem kleiner Mädchen. Ich bin eine staatlich anerkannte Krankenschwester und trage die Verantwortung für dich.« An diesem Punkt überlegte ich kurz, ob es mit meiner Berufsauffassung vereinbar wäre, mit meiner Patientin über meinen Arbeitgeber zu sprechen. Doch nach kurzem Nachdenken gelangte ich zu der Überzeugung, daß Deirdre ruhig wissen sollte, daß sie nichts zu befürchten hatte, da ich inzwischen nicht einmal davor zurückgeschreckt wäre, notfalls zu ihrem Schutz rechtliche Maßnahmen zu ergreifen. Der Geisteszustand des Mädchens besserte sich ganz offensichtlich, und zudem verstieß das Verhalten ihrer Mutter einfach gegen jedes moralische und menschliche Empfinden.

»Leute, die wie du von einem psychischen Leiden befallen sind, werden normalerweise in eine Klinik eingewiesen«, erklärte ich Deirdre nun näher. »Und die Ärzte und Schwestern dort sind laut Gesetz ermächtigt, das zu tun, was sie für ihre Patienten als das Beste erachten – vollkommen ungeachtet dessen, was deren Angehörige wollen. Ich bin Krankenschwester, und man hat mir die Verantwortung für dich übertragen. Wenn ich also vor Gericht aussagen würde, wie deine Mutter dich behandelt hat, würde der Richter auf der Stelle anordnen, daß sie dich künftig in Frieden lassen muß; sie dürfte dann nicht einmal mehr in deine Nähe kommen, ohne vorher zu versichern, daß sie sich so benehmen wird, wie sich das für eine Mutter gehört. Kannst du das verstehen?«

»Und das tätest du wirklich für mich?«

»Wenn sie noch einmal versuchen sollte, dich auch nur anzurühren, wird mich nichts mehr davon abhalten können. Und das habe ich ihr auch unmißverständlich klargemacht.«

Deirdre gab einen langen, erleichterten Seufzer von sich und sah treuherzig zu mir hoch. »Ich hatte solche Angst vor ihr«, erklärte sie schließlich krampfhaft schluckend. »Es war genau wie damals. Sie hat mich geschüttelt und geschüttelt, bis ich nicht mehr sprechen konnte ...«

Ihr Gesicht verzerrte sich, und sie brach neuerlich in heftiges Schluchzen aus, das ihren ganzen Körper schüttelte. Sie hielt schützend die Hände vors Gesicht, als wollte sie einen Angriff abwehren. Und plötzlich schrie sie gellend los: »Nein! Nein! Nicht, Mami! Tu's nicht, Mami! Tu's nicht – Papa! Papa!«

Bestürzt über die Plötzlichkeit des Anfalls, schloß ich das kreischende Kind in meine Arme und drückte es fest an mich.

»Nicht weinen, mein Schatz – das hast du doch nur geträumt«, versuchte ich sie zu trösten. »Hier ist doch niemand. Niemand wird dir weh tun –«

Doch ihre Augen verdrehten sich, als starrten sie auf jemanden, den ich nicht sehen konnte. »Nein, nicht ... oh, mein Gott, sein Kopf ist ja voller Blut, sein Kopf – was tust du da? Mami, Mami!« Sie stieß einen markerschütternden Schrei aus und krümmte sich schluchzend in sich zusammen. Wortlos hielt ich sie weiter an mich gedrückt. Und dann schlug sie unter einem heftigen Schaudern, das ihren ganzen Körper durchlief, blinzelnd die Augen auf und sah zu mir hoch. Sie war totenbleich im Gesicht und zitterte heftig, aber der Ausdruck ihrer Augen war vollkommen gefaßt und normal.

Mit bebender Stimme stieß sie hervor: »Aber nein, das war doch vor vielen Jahren; das muß schon Jahre zurückliegen ... Susan, sie hat ihn umgebracht! *Sie hat ihn umgebracht!*«

Voller Entsetzen über das seelische Drama, das sich eben vor meinen Augen abgespielt hatte, brachte ich nur heiser hervor: »Wen?«

»Meinen Vater! Ach, Papa! Papa!« Damit begann sie neuerlich zu schluchzen. Doch war es diesmal nicht das hysterische, verängstigte Schluchzen, das ich sonst von ihr gewohnt war; vielmehr weinte sie auf eine eigenartige Weise fast lautlos vor sich hin, wie ich es bei ihr bis dahin noch nie bemerkt hatte. »Als sie mich vorhin gepackt und geschüttelt hat, hat mich das an damals erinnert. Ich glaube, ich bin dann mit dem Kopf gegen die Felsen geschlagen. Und sie hat immer und immer wieder auf mich eingeredet, ich dürfte nichts erzählen, ich dürfte kein Wort sagen – nicht ein Wort... Und er lag mit blutüberströmtem Gesicht auf dem Boden...«

»Deirdre, weißt du auch, was du da sagst?« Ich mußte inzwischen ebenso blaß wie Deirdre sein.

»Du glaubst mir doch auch nicht«, stieß Deirdre verzweifelt hervor. »Du denkst auch nur, ich sei verrückt. Alle denken, ich sei verrückt...« Sie schluckte schwer und ballte ihre zierlichen Hände zu Fäusten, um ihre Fassung wiederzuerlangen. »Hör mich bitte an, Susan. Genau das ist es, was ich Margo zu erklären versucht habe. Und als sie dann zu der Stelle gegangen ist, um sich selbst zu überzeugen, ist sie... Ich habe sie tot dort gefunden – genau wie damals. Und ich hatte solche Angst und wagte nicht, irgend jemandem davon zu erzählen. Und dann – ich glaube, dann bin ich tatsächlich für eine Weile verrückt geworden. Aber du hast keine Angst vor Mutter. Deshalb kann ich dir zeigen...«

Gütiger Gott, durchzuckte es mich; welche neuen Wahnvorstellungen hat Martine damit nun wieder ausgelöst? Wenn ich es nur über mich bringen könnte, mich an Brant zu wenden...

»Deirdre«, versuchte ich meinen Schützling zu beruhigen. »Du warst sehr krank. Ich glaube, du hast einfach schlecht geträumt und bildest dir das alles...«

Die Verzweiflung in ihrer Stimme war unverkennbar, als sie mir ins Wort fiel: »Ich habe doch gleich gesagt, daß du mir auch nicht glauben willst. Aber ich kann dir beweisen, daß es tatsächlich so war, wie ich sage. Ich kann es dir beweisen –«

Was immer Deirdre vor sieben Jahren zum Zeitpunkt des Mordes gesehen haben mochte, war möglicherweise von entscheidender Bedeutung für die Entstehung ihres psychischen Leidens und ihren Gedächtnisverlust. Oder war dies bereits das Vorspiel einer Wiederholung der Tragödie, der Margo Fields zum Opfer gefallen war? Gegen meinen Willen stieg in mir plötzlich die bange Frage auf: *Wird sie auch über mich plötzlich herfallen?* Doch ich hatte keine Angst. Margo war vermutlich nicht auf der Hut gewesen. Falls Deirdre mich angreifen sollte, würde ich mich schon zu wehren wissen... Zudem war nicht auszuschließen, daß sich aus dem, was sie mir nun zeigen wollte, wichtige Rückschlüsse auf die Natur ihres Leidens ziehen ließen.

»Also gut«, forderte ich sie auf. »Erzähl schon.«

»Ich – ich habe doch eben von Papa gesprochen«, begann sie daraufhin stockend. »Mutter und er haben sich getrennt, als ich fünf war. Sie war damals noch Sängerin, und eines Tages – ging er einfach fort. Er versprach mir jedoch, daß er wieder zu mir zurückkommen würde. Daraufhin hat Mutter Onkel Alex geheiratet, und wir sind hierher gezogen.« Sie warf mir einen wissenden Blick zu und sagte: »Onkel Alex ist doch kürzlich gestorben, nicht wahr?«

»Ja. Wir haben dir nichts davon erzählt, da wir befürchteten, du könntest dich unnötig aufregen.«

»Wir sind also hierher gezogen. Dann bekam ich eines Tages einen Brief von Papa. Er schrieb, daß er auf die Insel kommen wollte, um Mutter zu treffen...« Ihr Gesicht verzerrte sich plötzlich. »Er wollte mich holen, damit ich künftig bei ihm leben kann...«

»Deirdre –«

»Ich habe gesehen, wo Mutter die Schachtel mit den Briefen vergraben hat!« fiel sie mir energisch ins Wort. »Ich kann sie dir zeigen: Ich kann dir alles beweisen. Ich habe selbst mit ihm gesprochen – dort unten am Strand bei den Höhlen...«

Unvermutet sprang Deirdre vom Bett auf. »Komm mit! Ich werde sie dir zeigen. Ich weiß, wo die Schachtel ist...«

»Deirdre, draußen regnet es doch fürchterlich, und außerdem ist es kalt –«

»Du glaubst mir nicht«, entgegnete sie vorwurfsvoll. »Du willst ja gar nicht, daß ich sie dir zeige!« Sie schritt aufgeregt auf und ab und schleuderte mir schließlich zornig entgegen: »Ich muß mich selbst vergewissern, Susan! Ich muß Gewißheit haben, ob ich das alles nur geträumt oder mir eingebildet habe. Ich muß es wissen! Wie viele Nächte habe ich wach gelegen und mich zu erinnern versucht, ob ich das alles tatsächlich nur geträumt habe; ich habe mir den Kopf mit der Frage zermartert, ob ich wirklich so verrückt bin, wie alle behaupten.« Sie trat auf mich zu und faßte mich mit einem flehentlichen Blick an den Händen. »Ach, Susan, hilf mir bitte, bitte herauszufinden, ob das alles wirklich passiert ist oder ob ich es mir nur einbilde... Ach, wenn es doch nur ein Alptraum wäre! Doch als sie mich vorhin so geschüttelt hat, sah ich alles plötzlich ganz deutlich wieder vor mir.«

Gegen mein besseres Wissen erwiderte ich zögernd: »Wohin willst du mich denn führen, Deirdre?«

»Zu den Höhlen am Strand, wo ich Margos Leiche entdeckt habe – wo sie die Schachtel vergraben hat und wo sie ihn umgebracht hat, während ich mich in der Höhle versteckt hielt. Ich habe mit eigenen Augen gesehen, wie sie ihm mit einem Stein den Schädel eingeschlagen hat!«

»Deinem Vater?« Gegen meinen Willen vermochte ich mich der Überzeugungskraft in ihrer Stimme nicht ganz zu verschließen.

»Ja, meinem Vater! Sie hat ihn dort unten am Strand umgebracht, und ich habe es aus einer Höhle beobachtet. Und dann hat sie mich entdeckt. Sie wußte sofort, daß ich alles gesehen hatte!« Blaß und am ganzen Körper zitternd, zerrte Deirdre an mir. »Susan, komm mit mir, damit ich endlich weiß, ob das alles tatsächlich passiert ist oder ob es nur ein böser Traum war. Wie soll ich denn sonst je wissen, was wirklich ist und was nicht!«

14. Kapitel

Ich starrte Deirdre entsetzt an und fragte mich, ob wohl je eine einfache Krankenschwester mit einem solch schwerwiegenden Problem konfrontiert worden war. Fiel ich nicht auch ihren Wahnvorstellungen anheim, wenn ich ihrem Drängen nachgab? Und doch – und doch...

Deirdre wollte den Realitätsgehalt ihrer eigenen Anschauungen überprüfen. Dies konnte ein Zeichen für die zunehmende Normalisierung ihres Zustands sein. Und wenn sie an der betreffenden Stelle nicht finden würde, womit sie gerechnet hatte, würde das dem Spuk ihrer Wahnvorstellungen vielleicht für immer ein Ende bereiten.

Und wenn sie sich das alles nicht eingebildet hatte? Allein der Gedanke an diese Möglichkeit jagte mir einen eisigen Schauder den Rücken hinunter. Falls Deirdre die Wahrheit sagte, falls sie tatsächlich gesehen hatte, was sie mir eben erzählt hatte, was würde dann Martine unternehmen, wenn sie erfuhr, daß sie überführt war?

Würde sie nicht vielleicht sogar versuchen, Deirdre selbst zu ermorden? Ich war doch selbst Zeuge geworden, wie Martine sich über Deirdres Anschuldigungen erregt hatte. *Warum?*

Die Sache war jedenfalls einen Versuch wert. Schlimmstenfalls konnte Deirdre sich eben weigern hinzunehmen, daß diese mysteriöse Schachtel tatsächlich nicht am Strand vergraben war. Und ich hatte danach zumindest Gewißheit, daß ich es mit einem Kind zu tun hatte, das tatsächlich in einem erheblichen Maße geistesgestört war und keineswegs, wie ich mir zuweilen eingebildet hatte, mit voller Absicht in den Wahnsinn getrieben worden war.

Sorgsam darauf bedacht, jedes Zittern in meiner Stimme zu unterdrücken, forderte ich Deirdre schließlich auf: »Also gut, hol deinen Mantel. Es ist kalt. Und dann sehen wir uns mal an, was du mir zeigen willst.«

Als Deirdre die Schranktür öffnete, began Thumbelina unruhig im Zimmer auf und ab zu laufen. Deirdre sah sie mit einem zaghaften Lächeln an. »Sie glaubt, sie darf auch mitkommen.«

»Kommt gar nicht in Frage«, erklärte ich bestimmt. »Thumbie, du bleibst hier!« Ich ging in mein Zimmer, um meinen Mantel zu holen. Einer plötzlichen Eingebung folgend, nahm ich aus meiner Medikamententasche eine Spritze mit einem starken Beruhigungsmittel und ließ sie in meine Tasche gleiten. Falls Deirdre in ihrer Enttäuschung einen neuerlichen Anfall erleiden sollte, konnte ich sie damit zumindest beruhigen. Dies war übrigens auch der Grund, weshalb ich auf keinen Fall Thumbelina mitnehmen wollte. Ich hatte selbst gesehen, wie der Hund Martine attackiert hatte, als sie sich auf Deirdre stürzte, und ich hatte keine Lust, mich erst eines wütenden Neufundländers erwehren zu müssen, bevor ich Deirdre eine Spritze geben konnte.

Der Regen war unangenehm kalt, und das allgegenwärtige Vogelgezwitscher war zu einem vereinzelten zaghaften Piepsen geworden. Ich mußte an die Sturmwarnung denken. Lag die Insel im Zentrum des herannahenden Hurrikans, oder würde dieser Sanctuary Island verschonen und irgendwo draußen auf dem Meer vorüberziehen? Die Hände tief in den Taschen ihres weißen Regenmantels vergraben, stieg Deirdre schweigend neben mir her den Weg zum Hügelkamm hinauf. Als wir auf dem höchsten Punkt angekommen waren, von wo man auf den Strand mit den Höhlen hinabblikken konnte, verlangsamten sich ihre Schritte merklich. Schließlich blieb sie vollends stehen und wandte sich mir zu.

»Susan – ich habe Angst...«

»Du mußt nicht zum Strand hinuntergehen, wenn du nicht willst. Wir können auch wieder ins Schloß zurück.«

Sie sah mich an, als hätte ich ihr ins Gesicht geschlagen, aber sie sagte nur: »Nein, ich kann nicht anders. Nur – nur halte mich bitte ganz fest an der Hand, ja?«

Schweigend streckte ich ihr meine Hand entgegen, worauf sie sie mit ihren zierlichen, klammen Fingern ergriff. Unwillkürlich erinnerte sie mich an die zahlreichen Patienten, die ich früher zu einer Elektroschockbehandlung begleitet hatte.

Sie bewegte sich ruckartig und schleppend, als ginge sie durch sumpfiges Gelände. Aber sie blieb nicht stehen. Ihr blasses Gesicht wirkte gefaßt; ihre Augen schienen tief eingesunken und düster. Der Wind peitschte ihr die blonden Elfenlocken um die Wangen. Ich begann mich indessen zu fragen, worauf ich mich da nur wieder eingelassen hatte. Würde das Ganze etwa damit enden, daß es zu einem verzweifelten Handgemenge mit einem tobsüchtigen Kind kam? Schritt für Schritt stiegen wir also den Pfad zum Strand hinunter.

Der Wasserstand, stellte ich fest, war sehr tief, wenn ich auch nicht wußte, wann die Flut einsetzen würde. Ich versuchte mich zu erinnern, wie der Gezeitenstand um diese Tageszeit in der Regel war, doch dann zog plötzlich Deirdre meine Aufmerksamkeit wieder auf sich. Sie hatte meine Hand losgelassen und rannte auf die größte der Höhlen zu. Mich im stillen selbst verwünschend, lief ich ihr hinterher. Deirdre blieb jedoch am Eingang der Höhle stehen und sah sich in deren Umgebung nachdenklich um, als versuchte sie sich zu orientieren.

»Papa ist von dort gekommen«, stieß sie mit angehaltenem Atem hervor. »Ich stand hier und habe mit ihm gesprochen. Wir haben am Strand Muscheln gesammelt. Sie müßten eigentlich noch in der oberen Höhle sein.«

»Glaubst du nicht, daß die Wellen sie längst fortgespült haben?«

Statt einer Antwort deutete Deirdre in den hinteren Teil der Höhle, wo grob in den Fels gehauene Stufen nach oben führten. »Wenn man dort raufklettert«, erläuterte sie mir, »gelangt man in die obere Höhle. Das Wasser kommt dort nicht hin...« Sie begann den Felsen hochzusteigen. Ich folgte ihr, und kurz darauf sah ich ihre langen, schlanken Beine in einem zerklüfteten Loch in der Höhlendecke verschwinden. Ich kletterte ihr hinterher, machte mich aber darauf gefaßt, daß Deirdre mich möglicherweise angriff, wenn ich mich durch die enge Öffnung zwängte...

Die obere Höhle war sehr geräumig und aufgrund eines mächtigen Felsspalts in ihrer Decke verhältnismäßig gut erleuchtet. Deirdres Stimme hallte wie in einer Kathedrale von den Wänden wider, als sie leise flüsterte: »Schau, dort auf dem Felsabsatz; das sind die Muscheln...«

Ich folgte ihrem Blick und entdeckte auf einem schmalen Felsvorsprung tatsächlich eine Ansammlung kleiner, rosa Muscheln, die zu einem fünfzackigen Stern angeordnet waren. Deirdre hob eine der Muscheln hoch und deutete stumm darauf. Von der Hand eines Erwachsenen – die Schrift war zu fein und ausgereift, als daß Deirdre als Urheberin in Frage gekommen wäre – war mit einem spitzen Gegenstand *D. A. C. 1958* in ihre Unterseite eingeritzt worden.

»Siehst du?« flüsterte Deirdre. »Das sind meine Initialen. Papa hat sie damals hier eingeritzt.«

Mir lief ein eisiger Schauder des Entsetzens den Rücken hinunter. *Deirdre Adrienne Clereau 1958*. Das war also vor sieben Jahren gewesen.

Im Jahr des Mordes.

Sollte seitdem niemand mehr in der oberen Höhle gewesen sein?

Deirdre gab einen langen, erleichterten Seufzer von sich, und in dem Licht, das durch den Felsspalt in die Höhle fiel, konnte ich erkennen, wie ihre Gesichtszüge sich entspannten, als sie flüsterte: »Das habe ich also schon mal nicht geträumt.«

Darauf kniete sie nieder und begann im Sand zu scharren. Ich sah ihr dabei kurz verwundert zu und warnte sie schließlich: »Paß auf, du brichst dir nur die Fingernägel...«

»Dann gib mir doch einen Stock.«, forderte sie mich auf. »Schau.« Sie deutete auf eine Markierung an der Höhlenwand. »Ich konnte die Stelle noch kennzeichnen, bevor *sie* zurückkam...«

Tatsächlich war in den Fels ein grobes X eingeritzt. Die Sandschicht in der Ecke der Höhle, in der Deirdre nun wühlte, schien schon jahrelang nicht angetastet. Nachdem sie eine Weile darin gegraben hatte, gab Deirdre schließlich einen lauten Triumphschrei von sich.

»Hier ist es, Susan! Es ist hier!« stieß sie atemlos hervor. »Ich habe das alles also nicht geträumt; es ist hier...«

Und dann verzerrte ihr Gesicht sich plötzlich, und sie brach in leises Schluchzen aus.

»Demnach hat sie ihn also wirklich umgebracht ...«

Wie gelähmt vor Grauen, beugte ich mich über eine verrostete Geldkassette. Das vom Rost zerfressene Schloß fiel unverzüglich ab, als ich kurz daran rüttelte. Die Kassette klappte unvermutet auf, und ein paar Briefe fielen heraus und glitten zu Boden. Ich bückte mich und hob sie auf.

Zuoberst lag ein länglicher Briefumschlag, als dessen Absender die National Audubon Society in Philadelphia angegeben war. Er war an Deirdre Clereau adressiert. Mit einem fragenden Blick auf Deirdre zog ich den Brief heraus. Er war mit Maschine geschrieben. Um besser sehen zu können, trat ich direkt an den Eingang der Höhle. Als ich dabei einen kurzen Blick nach draußen warf, stellte ich fest, daß der Strand sich verengt hatte; die Flut hatte eingesetzt.

Ich las:

Liebste Deedee,
wußtest Du, daß ich schließlich doch herausgefunden habe, wo Du bist? Ein Vogelschutzgebiet ist keineswegs der schlechteste Platz für mein kleines Vögelchen, wenn Deine Mutter auch kein Recht hatte, Dich dorthin zu bringen, ohne mir Bescheid zu sagen. Ich werde Euch demnächst aufsuchen, um das Ganze mit ihr und mit Dir ausführlich zu besprechen. Erzähl Deiner Mutter nichts von meinem Brief. Ich habe ihr bereits mehrfach geschrieben, ohne daß sie mir geantwortet hätte. Warte morgen nachmittag am Strand mit den Höhlen auf mich. Sollte ich nicht da sein, bis die Flut einsetzt, komme ich am nächsten Tag dorthin.
Ich habe Dich sehr lieb

Dein Papa

Mich befiel ein schrecklicher Verdacht. Hastig nahm ich mir den zweiten Brief vor, der an Martine adressiert war. Meine Bedenken waren längst verflogen, so daß ich den Brief ohne Zögern herausnahm und zu lesen begann:

Meine liebe Martine,
es war nicht gerade einfach, Dich aufzuspüren, und es wird Dich gewiß ärgern, daß es mir schließlich doch gelungen ist. Doch sei unbesorgt; es liegt mir nicht das geringste daran, einen Skandal zu provozieren. Und dies ist heute nicht mehr und nicht weniger der Fall als damals, als Du mich ohne ersichtlichen Grund verlassen und Deirdre mitgenommen hast. Ich habe mich Deiner Karriere doch in keiner Weise in den Weg gestellt; vielmehr wollte ich nur gewährleistet wissen, daß Deirdre auch die entsprechende Liebe und Fürsorge zuteil wurde.
Bigamie gilt als ein schweres Vergehen. Ich habe mich diesbezüglich genauestens erkundigt. Versuche deshalb also bitte nicht, mir mit einer in Reno oder Mexiko erwirkten Scheidung zu kommen, zumal Du Dich wohl auch schwerlich auf die Annahme herausreden kannst, ich sei tot gewesen, da du sieben Jahre nichts mehr von mir gehört hast. Nur zu gern wüßte ich, ob du Alexander McLeod je von mir erzählt hast? Leider kenne ich mich mit Millionären zu wenig aus, um sagen zu können, ob für Leute wie ihn ein ehemaliger, nicht geschiedener Ehemann ein nennenswertes Problem darstellt.
Du hattest Dich schon immer nach Reichtum und Luxus gesehnt; das hättest Du nun also. Ich möchte Dich keineswegs erpressen; ich werde mich vielmehr still in das Unvermeidliche fügen und selbst die Scheidung erwirken, die Du zu beantragen versäumt hast. Auf eines muß ich allerdings doch dringen: Ich möchte das Recht haben, Deirdre sehen zu können; umgekehrt soll auch sie mich jederzeit besuchen können. Falls Du eine Deiner berüchtigten Szenen machen solltest oder falls Du glaubst, die ganze Angelegenheit unter den Teppich kehren zu können, indem Du Dich weigerst anzuerkennen, daß ich durchaus noch existiere, dann wird Alexander McLeod von Deinen Machenschaften erfahren. In diesem Fall werde ich selbst – oder mein Anwalt – ihm mitteilen, daß er eine Frau geheiratet hat, die sich der Bigamie schuldig gemacht hat, ganz zu schweigen davon, daß Du ihm auch noch einen Sohn ge-

schenkt hast, auf dem der Makel der unehelichen Geburt lastet.
Ich will absolut nichts mehr von Dir. Aber ich werde nicht dulden, daß Du meiner Tochter verschweigst, daß ich noch am Leben bin.
Solltest Du Dich weigern, dieses Schreiben wie all die anderen zu beantworten, wirst Du die Konsequenzen tragen müssen.
Mit nicht unbedingt hochachtungsvollen Grüßen
André Clereau

Der Brief entglitt meinen Fingern. Ich konnte mir die Wirkung eines solchen Schreibens auf die stolze Martine unschwer vorstellen; und sehr gut konnte ich mir auch das Gesicht des alten Alexander McLeod vorstellen, wenn er erfahren hätte, daß die große Primadonna, mit der er sich als der stolze Schloßherr noch zusätzlich zu bekränzen geglaubt hatte, nichts weiter als eine gewöhnliche Bigamistin war. Rasch überflog ich die anderen Papiere, unter denen sich auch ein Schreiben einer Anwaltskanzlei befand. Darin wurde »Mrs. Clereau« dringend ersucht, sich hinsichtlich des Sorgerechts für ihre Tochter unverzüglich mit ihrem Gatten in Verbindung zu setzen. Dem Schreiben war eine Fotokopie von Deirdres Geburtsurkunde beigefügt, auf der ihr Geburtsjahr mit 1947 angegeben war. Demnach war Deirdre zwei Jahre älter, als ich gedacht hatte. Lag dies vielleicht daran, daß Martine dadurch älter zu scheinen befürchtet hatte, als sie tatsächlich war?

Hatte Martine die Briefe hier versteckt? Doch weshalb hatte sie sie dann nicht verbrannt? Oder hatte sie sich – wie Deirdre – nicht mehr an den Ort ihres grauenvollen Verbrechens zurückgewagt? Ich sah Deirdre eindringlich an. Sie stand nur reglos und mit blassem Gesicht da und starrte zurück.

»Ich bin hierhergekommen«, fuhr sie schließlich in ihrer Erzählung fort. »Und dann haben Papa und ich diese Muscheln gefunden. Dabei hat er mir erzählt, daß Mutter nicht wirklich mit Onkel Alex verheiratet wäre, weil es gegen das

Gesetz wäre, einen anderen Mann zu heiraten, solange der erste noch am Leben und nicht von ihr geschieden ist. Um jedoch einen Skandal zu vermeiden, wollte er sich von sich aus scheiden lassen. Er meinte, das stünde zwar im Widerspruch zu seiner religiösen Überzeugung, aber andererseits wollte er auch Jerry nicht in aller Öffentlichkeit zu einem unehelichen Kind machen. Er wollte sich lediglich das Recht ausbedingen, mich jederzeit sehen zu können. Außerdem wollte er alles über das Vogelschutzgebiet wissen. Er hatte vor, es mit mir beim nächsten Besuch zu durchstreifen.«

Sie zitterte am ganzen Körper, und ihre kalten Hände tasteten nach den meinen. »Inzwischen hatte die Flut zu steigen begonnen. Ich warnte Papa, daß er gehen müsse, bevor die Flut zu hoch stieg. Wir kletterten in die untere Höhle hinunter. Und dann hörte ich Mutter nach mir rufen. Ich – ich hatte Angst, daß sie mich schlagen würde. Doch Papa sagte, ich sollte keine Angst haben, er würde mit ihr reden. Darauf trat er an den Eingang der Höhle und rief: ›Martine!‹ Sie – sie wurde daraufhin kreidebleich und begann in sehr schnellem Französisch auf ihn einzureden. Ich war zu weit weg, um sie verstehen zu können. Aber ich bekam doch mit, daß sie ihn mit *vous* ansprach und nicht mit *tu*. Daher wußte ich, daß sie wohl sehr wütend war. Und dann kreischte sie ihn plötzlich an.«

Deirdres Gesicht verzerrte sich, als sie mit einer Stimme, die erstaunliche Ähnlichkeit mit der Martines aufwies, atemlos hervorstieß: »*Fils d'enfer! C'naille! Cochon! Je vous v'rrai la tête au cul de diable avant que j'vous laisse m'tromper ... Dieu me damne,* Aleck denkt, ich bin eine Witwe, und eher werde ich mich auch zu einer solchen machen, bevor ...«

Deirdre wurde von einem heftigen Zittern befallen, so daß ich sie fest an mich drückte. Die Worte brachen gequält aus ihr hervor. »Sie hob einen Stein auf ... Er dachte, sie wollte ihn nur einschüchtern, denn er lachte schallend los und sagte: ›Das sieht dir wieder mal ähnlich! Schlägt jetzt doch wieder deine Gossenherkunft durch? Oder probst du gerade eine neue Opernrolle?‹ Und dann schlug sie mit dem schweren Stein auf ihn ein – mein Gott, Susan, er lachte immer noch über sie... und sie schlug ihm den Schädel ein; sie wollte gar nicht aufhören, auf ihn einzuschlagen, obwohl er sich schon lange nicht mehr bewegte...«

Ich drückte das Mädchen fest an mich. Sie vergrub ihren Kopf an meiner Brust und schluchzte haltlos, während ich sie sanft hin und her wiegte. Ich konnte kaum fassen, was Deirdre mir eben erzählt hatte, wenn ich auch den Wahrheitsgehalt ihrer Ausführungen längst nicht mehr anzweifelte. Wie hätte sich ein elfjähriges Kind eine solche Schauergeschichte ausdenken sollen? Woher sollte ein Kind in diesem Alter diese ordinären französischen Ausdrücke kennen, wie ich sie bisher nur von Kanadiern der übelsten Sorte gehört hatte? Ich war wie gelähmt vor Entsetzen über die Vorstellung, wie das kleine Mädchen, vor Grauen erstarrt, am Eingang der Höhle gestanden und hilflos mitangesehen hatte, wie ihre Mutter wie von Sinnen ihrem Vater den Schädel zertrümmert hatte...

Deirdre sah zu mir hoch. »Ich – ich brachte nicht ein Wort hervor. Ich stand nur wie angewurzelt da, und dann begann ich wie von Sinnen loszuschreien. Nun wurde Mutter erst auf mich aufmerksam; sie kam auf mich zugestürzt und packte mich, so daß ich schon dachte, sie würde auch mich umbringen. Doch sie schüttelte und schüttelte mich nur, bis mir übel wurde und ich mich übergeben mußte... Ich erbrach mich über ihr Kleid, worauf sie mich zu Boden stieß und immer wieder auf mich einschrie: ›Du darfst kein Wort davon sagen! Du darfst kein Wort davon sagen...‹ Und dann zerrte sie mich in eine Ecke der Höhle und vergrub die Kassette mit den Briefen. Vermutlich habe ich irgendwann wieder zu schreien angefangen, weil sie mich schlug, und ich fiel in die untere Höhle, und – und an mehr kann ich mich nicht mehr erinnern.« Sie stieß einen langen Seufzer aus. »Als ich schließlich wieder zu mir kam, war es Nacht, und ich war ringsum von Wasser umgeben. Papa lag reglos im Wasser. Sein Gesicht war nicht mehr zu erkennen... Ich schrie und schrie, aber niemand kam, und das Wasser stieg immer weiter, und mir war so kalt, so fürchterlich kalt... Schließlich kletterte ich zu der oberen Höhle hoch. Ich hatte solche

Angst, daß das Wasser auch dorthin kommen würde. Ich saß endlos in der Kälte und hatte fürchterliche Angst, daß Mutter zurückkommen und auch mich umbringen würde. Mir wurde immer kälter, so daß ich schon befürchtete, ich würde erfrieren, und – und an mehr kann ich mich nicht erinnern.« Ihre Stimme war zu einem kaum noch hörbaren Flüstern erstorben. »Und als ich dann wieder zu mir kam, weiß ich nur noch, daß ich mit meinen Puppen spielte. Ich hatte frische Kleider an, und Margo war bei mir, und Jeremy war kein Baby mehr…«

Mit zitternden Knien drückte ich Deirdre fest an mich. Nun waren auch meine letzten Zweifel ausgeräumt. Das war also die Lösung jenes ersten Mordfalls. Für Deirdre mußte es ein entsetzlicher Schock gewesen sein, erst mit ansehen zu müssen, wie ihre Mutter ihren Vater umbrachte, und dann auch selbst von ihr bedroht und geschlagen zu werden. Und war sie schließlich nicht sogar von ihrer eigenen Mutter am Strand zurückgelassen worden, damit sie von der steigenden Flut aufs Meer hinausgespült wurde und dort ertrank? War es angesichts dessen also ein Wunder, daß ihr Verstand diese schrecklichen Erlebnisse nicht mehr hatte verkraften können? Und als schließlich ihre Erinnerung und ihr Sprechvermögen allmählich wiederkamen, hatte Martine sie unablässig bearbeitet und ihr einzureden versucht, daß sie alles nur geträumt hatte. Martine hatte das arme Kind weiterhin so verängstigt und eingeschüchtert, daß ihm nichts anderes übriggeblieben war, als sich in Stummheit und Wahnsinn zurückzuziehen.

Doch was konnte ich nun tun, nachdem ich die Wahrheit wußte? Würde irgend jemand Deirdres Version der Geschichte Glauben schenken? Wie konnte ich die Richtigkeit ihrer Behauptungen beweisen?

Brant, zuckte es mir in meiner hilflosen Verzweiflung unwillkürlich durch den Kopf. Wenn ich nur Brant davon erzählen könnte! Doch im selben Augenblick mußte ich mit einem entsetzten Schaudern an Margo denken. Angenommen, Margo hatte genau dieselbe grauenhafte Entdeckung gemacht wie ich eben und war damit zu Brant gegangen?

Hatte er mit Martine unter einer Decke gesteckt und deshalb Margo umgebracht, um die Schuld schließlich auf Deirdre zu schieben?

Ich fühlte mich schrecklich allein und hilflos. Über allem schien mit einem Mal der Schatten des Todes zu liegen. Und das bedauernswerte Kind klammerte sich schutzsuchend an mich und erwartete von mir, daß ich es gegen die Konsequenzen seiner grauenhaften Enthüllungen beschützte.

Was sollte ich nur tun?

15. Kapitel

Ich warf einen besorgten Blick auf den Strand hinaus. Die Flut kam näher, und der Sand war nur noch in einer Breite von gut einem Meter passierbar. Gelegentlich erreichte eine besonders hohe Welle sogar schon die dahinter aufsteigenden Felsen. Es regnete in Strömen und der Wind, dessen Heulen durch das Echo in der Höhle hundertfach verstärkt wurde, peitschte die Brandung höher und wilder auf als sonst.

Ich nahm Deirdres eiskalte Hand in meine.

»Wir müssen zurück, mein Schatz«, redete ich ihr gut zu. »Es ist schrecklich kalt hier, und die Flut steigt immer höher.«

Gehorsam folgte sie mir zum Ausgang der unteren Höhle, wo sie jedoch zitternd stehenblieb und sagte: »Ich habe Angst zurückzugehen, Susan. Jetzt, da ich weiß, daß ich das alles nicht geträumt habe...«

Ich gab mir Mühe, entschlossen und zuversichtlich zu klingen, als ich erwiderte: »Aber wie soll denn irgend jemand merken, daß du dich wieder an alles erinnern kannst, solange du niemandem etwas davon erzählst? Du hast also nicht mehr zu befürchten als bisher.«

»Aber eines Tages werden wir es ihnen doch sagen müssen –«

»Das ist allerdings richtig«, bestätigte ich ihr nachdenklich. Die Wahrheit mußte an den Tag kommen. Mit grimmiger Entschlossenheit schob ich die feuchten Briefe in meine Manteltasche. »Aber nicht sofort. Erst werde ich dich in Sicherheit bringen; ich muß versuchen, dich aufs Festland zu schaffen, wo du nichts zu befürchten hast.« Ich wollte Deirdre auf jeden Fall vor dem Zugriff ihrer Mutter schützen, wenn ich sie des Mordes an ihrem ersten Ehemann beschuldigte. »Ich werde deshalb mal mit Dr. Mason sprechen. Vielleicht kannst du ja auch dort unterkommen, wo Jeremy und Hester sich im Augenblick aufhalten.«

»O ja, das fände ich gut«, nickte Deirdre zustimmend. »Aber was soll bis dahin werden...?«

»Bis auf weiteres bleibt uns wohl nichts anderes übrig, als ins Schloß zurückzukehren und so zu tun, als wäre alles beim alten und als könntest du dich nach wie vor an nichts erinnern.«

Darauf machte Deirdre sich daran, in die untere Höhle hinunterzuklettern. Geschickt setzte sie dabei einen Fuß vor den anderen und reichte mir sogar hin und wieder die Hand, wenn ich das Gleichgewicht zu verlieren drohte. Wie würde dieses Mädchen wohl sein, wenn es sich, endlich befreit von den grausigen Erinnerungen an einen Mord, wieder wie ein normaler Mensch in der Außenwelt bewegen konnte? Ich hoffte von ganzem Herzen, diesen Tag noch erleben zu können. Sie klammerte sich mit kindlichem Zutrauen an meiner Hand fest, als wir aus der Höhle in den heftigen Sturm hinaustraten, der uns unsere Regenmäntel gegen die Beine klatschte und das Haar wild zerzauste. Eine Welle brach sich unter lautem Getöse und schwappte auf den Höhleneingang zu, so daß wir beide zurücksprangen.

»Sobald diese Welle wieder zurückweicht«, rief Deirdre, »müssen wir loslaufen! Noch ein paar von der Sorte, und wir sind hier eingeschlossen!«

Wir warteten also, bis das Wasser sich wieder zurückzog, und rannten dann los. Die nächste Welle erfaßte uns mit unvermuteter Wucht an den Knöcheln, so daß ich um ein Haar das Gleichgewicht verloren hätte. Wir versuchten uns gegenseitig zu stützen und warteten, bis das Wasser zurückwich und wir wieder weiterlaufen konnten. Der nasse Sand schmatzte dabei unter unseren Füßen, aber schließlich erreichten wir doch den Pfad, der noch oben führte. Wir waren in Sicherheit. Als wir uns ein letztes Mal umblickten, war auch der letzte schmale Strandstreifen von weiß schäumendem Wasser überspült, das inzwischen auch schon über den Eingang der unteren Höhle schoß. Fünfzehn Minuten später, und wir wären so lange in der oberen Höhle eingeschlossen gewesen, bis das Wasser wieder zurückging.

Ich empfand das Schloß mit seiner schützenden Wärme

nun zum erstenmal, seit ich dort lebte, als einen Ort der Zuflucht und der Geborgenheit. Deirdre war bis auf die Knochen durchgefroren. Ich steckte sie in die heiße Badewanne und rief Mrs. Meadows an, sie sollte uns eine heiße Suppe und Kakao aufs Zimmer bringen. Als sie kurz darauf damit hochkam, warf sie mir einen tadelnden Blick zu.

»Also so was! Sie sind ja bis auf die Haut durchnäßt, und zwar beide.« Ihr Blick fiel auf Deirdres Regenmantel und Schuhe, die völlig durchnäßt auf dem Boden lagen. »Sie werden sich noch beide eine Lungenentzündung holen. Welcher Teufel hat sie denn diesmal geritten, Miß Moore, an einem Tag wie heute mit Miß Deirdre ins Freie zu gehen?« Sie stellte das Tablett auf den Tisch und schöpfte Deirdre einen Teller mit dampfend heißer Suppe voll. Außerdem hatte sie noch ein paar Kuchenstücke und eine Kanne Kaffee für mich gebracht. Die liebevolle Besorgtheit, mit der sie Deirdre Löffel und Serviette reichte, strafte ihre strengen Worte allerdings Lügen.

Nach ein paar Schlucken von dem heißen Kakao ließ Deirdres Zittern allmählich nach. Nachdem Mrs. Meadows sie eine Weile beobachtet hatte, wandte sie sich zu mir: »Ach, bevor ich's vergesse, Miß. Mister Hunter ruft schon die ganze Zeit jede halbe Stunde an und versucht Sie zu erreichen.«

»Herrje!« In meiner Aufregung hatte ich Ross völlig vergessen. »Ich wollte mich doch heute mit ihm treffen...«

»Bleiben Sie bei dem Regen lieber im Haus, Miß«, riet mir Mrs. Meadows. »Mr. Hunter läßt Sie bitten, ihn anzurufen, sobald Sie zurück sind.«

Ich sah kurz zu Deirdre hinüber, die mit wahrem Heißhunger ihre heiße Hühnerbrühe löffelte, so daß in ihre Wangen langsam wieder ihre gewohnte gesunde Farbe zurückkehrte. »Das werde ich gleich mal machen. Und dann muß ich mir selbst noch trockene Sachen anziehen.«

»Wenn Sie wollen, kann ich solange auf Miß Deirdre aufpassen. Wir haben sowieso schon ewig nicht mehr Dame miteinander gespielt.« Ich nahm Mrs. Meadows' Angebot gern an und ging auf mein Zimmer, wo ich kurz duschte und in frische Sachen schlüpfte. Dann rief ich Ross in seiner Hütte an.

Der vorwurfsvolle Unterton in seiner Stimme war unüberhörbar. »Susan, du hast mir doch versprochen –«

»Ross, ich bitte dich! Bei dem Regen –?«

»Mach mir doch nichts vor. Ich habe dich doch eben erst mit der Kleinen bei den Höhlen unten gesehen. Außerdem muß ich dich unbedingt heute noch sprechen, Susan. Ich verlasse die Insel schon morgen. Kannst du nicht doch ganz kurz bei mir vorbeikommen?«

Ich zögerte. Deirdre war bei Mrs. Meadows gut aufgehoben. Zudem wäre es nicht sonderlich taktvoll gewesen, Ross einfach so gehen zu lassen. Also versprach ich zu kommen. Als ich darauf wieder in meinen tropfnassen Regenmantel schlüpfte, dachte ich: *Warum nehme ich eigentlich nicht den Geheimgang? Dann müßte ich nicht immer über den Flur in Deirdres Zimmer gehen.* Doch dabei handelte es sich schließlich um Deirdres Geheimnis, das ich in Mrs. Meadows' Gegenwart unmöglich verraten durfte.

Ich schlug also den gewohnten Weg über den Flur ein und betrat Deirdres Zimmer. Sie lag inzwischen schläfrig auf dem Bett, und Mrs. Meadows sagte: »Ich glaube, der Ausflug bei diesem Wetter hat sie ganz schön erschöpft. Sie wird sicher gleich schlafen, Miß.«

Deirdre setzte sich auf und fragte mich: »Gehst du noch mal weg, Susan?«

»Ja, aber ich bin gleich wieder zurück. Außerdem hast du doch hier nichts zu befürchten.«

Sie nickte und schloß die Augen. Schließlich hatte sie einen anstrengenden Tag hinter sich. Ich nahm mir fest vor, auf keinen Fall länger als eine Stunde bei Ross zu bleiben. Es war höchstens sechs Uhr abends und demnach noch nicht sonderlich spät, aber da auch ich mich nach diesem ereignisreichen Tag etwas angegriffen fühlte, konnte es nicht schaden, wenn ich früh zu Bett ging. Außerdem hatte ich dann noch etwas Zeit, um in Ruhe darüber nachzudenken, wie ich nun weiter vorgehen sollte.

Mrs. Meadows warf einen mißbilligenden Blick auf Thumbelina, die in einer Ecke von Deirdres Schlafzimmer lag. »Eigentlich hat der Hund doch hier nichts zu suchen.«

»Ach, lassen Sie ihn doch. Sie wissen doch selbst, wie Thumbelina sich dann immer aufführt.« In Wirklichkeit dachte ich dabei jedoch an etwas ganz anderes. Falls Martine auf die Idee kommen sollte, sich in Deirdres Zimmer zu schleichen, während ich fort war, würde Thumbelina Deirdre zumindest vor jeglichen Attacken physischer Natur von seiten Martines wirkungsvoll beschützen.

Mrs. Meadows gab also widerwillig nach, worauf ich mich zu Deirdre hinabbeugte und sie kurz auf die Stirn küßte.

»Versprichst du mir, daß du noch kurz zu mir hereinschaust, wenn du zurückkommst?« rief Deirdre mir hinterher.

Ich drehte mich an der Tür noch einmal kurz um, nickte ihr zu und verließ das Zimmer.

Draußen wurde es nun rasch dunkler, und der Regen nahm an Heftigkeit noch zu. Ich fragte mich, wie Ross bei diesem Wetter mit seinem Motorboot aufs Festland übersetzen wollte. Gleichzeitig hätte ich gern gewußt, ob bereits ein Nachfolger bestimmt war, der seine Aufgabe auf der Insel übernehmen würde. Ich war bereits ein gutes Stück unterwegs, als mir wieder einfiel, daß Ross eigentlich von mir hören wollte, ob ich mit ihm kommen will. Allerdings verspürte ich dazu nicht die geringste Lust. Ich mochte Ross zwar, und er war mir ein guter und willkommener Freund gewesen, zumal er auf so angenehme Weise nicht in die undurchsichtigen Machenschaften im Schloß verstrickt gewesen war, aber trotz seiner unleugbaren starken körperlichen Anziehungskraft war Ross doch nicht der Mann meiner Träume. Ob ich wollte oder nicht – ich mußte einfach auf Sanctuary Island bleiben, bis die Tragödie, deren Schauplatz die Insel nun schon seit Jahren war, zu ihrem endgültigen Abschluß kam. Ich fand es auch nicht ganz richtig, daß Ross von hier verschwand, bevor die Wahrheit ans Tageslicht kam, zumal ihm doch auch einiges an Martine gelegen zu sein schien; er stritt dies zwar energisch ab, aber *irgend etwas* mußte sie ihm doch bedeutet haben.

Ich nahm die Abkürzung zu Ross' Hütte und mußte unterwegs unwillkürlich an mein zufälliges Zusammentreffen mit

Martine denken, als sie gerade von Ross' Hütte ins Schloß zurückgekehrt war. Sicher bedeutete es für sie eine schreckliche Demütigung, nun mit einem Mal sowohl von Brant wie von Ross verschmäht zu werden. Dabei würde in Bälde noch wesentlich Schlimmeres auf sie zukommen, dachte ich grimmig, wobei sie mir schon fast wieder leid tat. Denn diese Frau war zweifellos unzurechnungsfähig. Sie hatte sich aus übertriebenem Geltungsbedürfnis der Bigamie schuldig gemacht, hatte sich aber durch den in ihrer zweiten Ehe erheirateten Luxus und Reichtum lediglich von der Welt ihrer Operntriumphe abgesondert. Und schließlich hatte sie in einem Moment der Unbedachtheit sogar einen Mord begangen, um danach für immer mit dem Wissen leben zu müssen, daß sie verloren war, sobald der Geisteszustand ihrer Tochter sich besserte und diese sich wieder an jene schrecklichen Ereignisse erinnerte. Und mit ebendieser ihrer Tochter, die sie allein durch ihre Existenz ständig an ihre grauenhafte Tat erinnerte, hatte diese Frau all die Jahre unter einem Dach leben müssen. Konnte Martine angesichts dessen überhaupt normal sein?

Die Lichter von Ross' kleiner Hütte strahlten etwas Warmes und Anheimelndes aus, und als ich schließlich, von Ross herzlich in Empfang genommen, eintrat, fühlte ich mich fast wie zu Hause. Er half mir aus dem Mantel, drückte mir ein Glas in die Hand und begleitete mich an den Kamin, in dem ein wärmendes Feuer brannte.

»Es war wohl doch ziemlich egoistisch von mir, dich in diesem Regen aus dem Haus zu jagen«, begann er. »Laut Wetterbericht soll morgen ein Hurrikan über die Insel hinwegziehen. Aber ich wollte dich vorher unbedingt noch einmal sehen.« Seine Hand legte sich zärtlich auf die meine. In der kleinen, gemütlichen Hütte, die in auffallendem Kontrast zu dem düsteren Prunk von Duncarlie Castle stand, fühlte ich mich mit einem Mal wieder in die normale Welt zurückversetzt; ich hatte den Eindruck, als wäre plötzlich ein böser Zauber von mir abgefallen. Und wie im Traum ließ ich mich von Ross küssen.

»Sobald du dich nur aus diesem verrückten Schloß fortlokken läßt, bist du wie ausgewechselt«, versicherte er mir. »Was ist eigentlich los mit dir, Susan? Manchmal wirkst du richtig verstört. Allmählich scheint diese verrückte Atmosphäre im Schloß auch auf dich überzugreifen. Du solltest so schnell wie möglich fort von hier.«

»Ich kann doch jetzt Deirdre nicht im Stich lassen«, entgegnete ich hilflos. Die Aufregung und die Anspannung der letzten Stunden machten sich nun doch in aller Deutlichkeit bemerkbar. Ich spürte, wie mir die Tränen in die Augen schossen. Wenn ich doch die Unannehmlichkeiten, die mir nun bevorstanden, irgendwie umgehen könnte!

»Wird dir diese verrückte Kleine allmählich doch zuviel?« fragte Ross. »Solch eine Verantwortung würde ich mir nicht um alles Geld in der Welt aufhalsen lassen.«

Plötzlich wurde mir bewußt, daß ich das, was nun auf mich zukam, unmöglich allein durchstehen konnte. Bei Ross fühlte ich mich geborgen; er war irgendwie so handfest und bodenständig – ein Teil jener Welt, der ich den Rücken gekehrt hatte, als ich auf diese verwunschene Insel gekommen war. Und unter dem Eindruck dieser Gefühle stieß ich nun atemlos hervor: »Ross, Deirdre ist nicht verrückt!«

»Wie bitte?« Er starrte mich fassungslos an.

»Sie hatte die ganze Zeit nur schreckliche Angst – übrigens völlig zu Recht. Sie kann sich wieder an alles erinnern.« Und dann brach plötzlich alles aus mir hervor. Ich erzählte Ross, wie Martine sich wie von Sinnen auf das arme Mädchen gestürzt hatte und wie von dem damit verbundenen Schock Deirdres Erinnerungsvermögen zurückgekehrt war.

Je mehr ich erzählte, desto nachhaltiger veränderte sich Ross' Gesichtsausdruck. Schließlich sah er mich argwöhnisch an und sagte: »Woher willst du wissen, daß das nicht wieder nur eine neue Form von Verrücktheit ist? Vielleicht hat sich die Kleine das alles auch nur aus den Fingern gesogen?«

»Ich habe Beweise für die Richtigkeit von Deirdres Aussagen«, entgegnete ich und stand auf, um die Briefe aus der Tasche meines Regenmantels zu holen. »Diese Briefe hat

Deirdre in einer der Höhlen unten am Strand gefunden, wo Martine sie vor sieben Jahren vergraben hat.«

Ross nahm mir die Briefe aus der Hand und starrte sie mit angespanntem Gesicht an.

»Diese dumme Kuh«, stieß er dann hervor. »Warum hat sie diese Briefe nicht vernichtet! Aber das kann ich ja jetzt nachholen!« Damit schleuderte Ross die Briefe mit einer kurzen heftigen Armbewegung in das Kaminfeuer, ohne daß ich ihn daran hindern konnte.

»Was tust du denn da?« protestierte ich, um schon im nächsten Moment entsetzt vor ihm zurückzuweichen. Denn Ross kam inzwischen mit einem mörderischen Ausdruck in den Augen auf mich zu.

»Was mußtest du dich da einmischen?« zischte er mich haßerfüllt an. »Weshalb konntest du dich da nicht raushalten? Und ich bin doch tatsächlich auf deine süße Unschuldsmiene hereingefallen...«

Ich wich vor Ross zurück und suchte hinter dem Tisch Deckung. Aus seinen Augen leuchtete ein Haß, wie ich ihn nie zuvor gesehen hatte. Und jetzt erst, viel zu spät freilich, wurde mir schlagartig bewußt, daß die Bande, welche Ross und Martine verbunden hatten, nicht Bande der Liebe gewesen waren; ihre Gemeinschaft war keineswegs die zweier Liebender gewesen, sondern die von Verschwörern – oder von Erpresser und Erpreßtem! Aus welchem anderen Grund hätte eine zwielichtige Gestalt aus den Spielcasinos von Las Vegas sonst Jahr für Jahr auf dieser einsamen Insel ausharren und geduldig warten sollen, bis Martine das Vermögen ihres steinreichen Gatten erbte – um sich schließlich unverzüglich aus dem Staub zu machen, sobald sich herausgestellt hatte, daß Martine bei der Verteilung des Erbes leer ausgegangen war.

Ich schrie laut auf, doch alles, was ich hören konnte, war das laute Trommeln des Regens gegen das Dach der Hütte – und die Schritte von Ross, der unaufhaltsam näherkam. Dann verspürte ich plötzlich einen stechenden Schmerz in meinem Hinterkopf, und bevor es um mich herum endgültig dunkel wurde, war mein letzter Gedanke: *Wie konntest du nur so dumm sein? Nun bist du vom Regen in die Traufe geraten.*

Als ich wieder zu mir kam und mich zu bewegen versuchte, stellte ich fest, daß ich an Händen und Füßen gefesselt war. Hinter mir hörte ich ein leise schnarrendes Geräusch, das ich schließlich als das Wählgeräusch eines Telefons erkannte.

Nach einer kurzen Pause hörte ich Ross sagen: »Martine? Können wir ungestört sprechen?... Gut, dann hör zu – und zwar gut! Die ganze Sache ist aufgeflogen... ja, wegen dieser verfluchten Krankenschwester. Wir müssen jetzt also auf Gedeih und Verderb zusammenhalten, ob wir wollen oder nicht. Ist dir das klar?... Wir dürfen jetzt nicht zögern. Schließ die Kleine auf der Stelle ein und gib ihr wieder eine ordentliche Dosis Schlaftabletten; und sei diesmal nicht zu zimperlich damit. Sieh zu, daß sie diesmal auf keinen Fall wieder davon aufwacht. Wenn du damals vor acht Jahren nicht dem Meer überlassen hättest, was du selbst zu tun dich gescheut hast, hätten wir uns das alles ersparen können. Um die Krankenschwester werde ich mich kümmern – eben wieder einmal ein Unfall. Außerdem sind wir beide bis dahin längst über alle Berge.« Nachdem er darauf eine Weile in den Hörer gelauscht hatte, fuhr er fort: »Das kann ich nicht riskieren. Mach dir wegen des Sturms mal keine Sorgen; ich bin schon bei schlechterem Wetter rausgefahren. Außerdem können wir uns jetzt nicht mehr erlauben, lange zu zaudern.« Damit knallte er den Hörer auf die Gabel zurück und trat auf mich zu.

Seine blauen Augen starrten undurchschaubar und rätselhaft auf mich herab. »Zu schade«, flüsterte er kaum hörbar. »Und dabei hatte ich geglaubt, in dir schon fast die Frau fürs Leben gefunden zu haben.«

»Du kannst doch nicht auch noch verrückt geworden sein?« erwiderte ich mit dem Mut der Verzweiflung. »Komm doch endlich zur Besinnung, Ross! Damit wirst du doch nie ungestraft davonkommen.«

»Und ob ich das werde«, erwiderte er mit einem wilden Lachen. »Nur schade, daß du nicht mehr am Leben sein wirst, um dich selbst davon zu überzeugen. Wer weiß? Vielleicht verdächtigen sie sogar deinen geliebten Brant, dich und die Kleine um die Ecke gebracht zu haben – und mich und Martine vielleicht auch noch gleich mit dazu, wenn wir plötzlich wie vom Erdboden verschluckt sind. Schließlich ist in allen guten Schauergeschichten der letzte Überlebende in der Regel der Mörder. Wenn am Schluß also nur noch Brant übrigbleibt, wird er erst einmal ausgiebig damit beschäftigt sein zu erklären, weshalb in seiner Umgebung plötzlich eine ganze Reihe von Personen verschwunden beziehungsweise ums Leben gekommen sind.«

Und ich hatte Brant immer mißtraut!

»Du bist ja von Sinnen, Ross«, keuchte ich.

»Halt den Mund!« Er hob mit verzerrter Miene die Hand und schlug mir mit voller Wucht ins Gesicht, so daß ich neuerlich das Bewußtsein verlor.

Diesmal war es die Kälte, die mich wieder zu mir kommen ließ. Um mich herum war es dunkel, und ich lag auf etwas Hartem und Kaltem. Nachdem ich mich mühsam etwas hin und her gewälzt hatte, stellte ich fest, daß ich auf nassem, von Muschelüberresten übersätem Sand lag. Der Salzwassergeruch in meiner Nase verriet mir, daß ich in der Höhle am Strand lag. Am Höhleneingang sah ich einen flackernden Lichtschein, und dann hörte ich Martine etwas sagen.

Ross versicherte ihr beschwichtigend: »Solange wir losfahren, bevor sich die starken Strudel bilden, haben wir nichts zu befürchten. Komm jetzt! *So komm schon!*«

»Mir wäre trotzdem wohler«, entgegnete Martine, »wenn du sie vorher noch zum Schweigen brächtest.«

»Damit wir dann unser Leben lang die Polizei auf den Fersen haben? Kommt gar nicht in Frage! Sie wird ertrinken, sobald die Flut sie aufs Meer hinausschwemmt. Das wird«, er machte eine kurze Pause, »in etwa zwei Stunden der Fall sein. Schon jetzt ist der Strand schon so weit überflutet, daß sie nicht mehr von hier weg kann. Los, komm jetzt! Wenn das Wasser erst einmal bis zum Höhleneingang reicht, werden die Strudel verdammt tückisch.«

Ich hörte das abrupte Aufheulen eines Außenbordmotors

und zerrte verzweifelt an meinen Fesseln. Doch der Motorenlärm und das Heulen des Sturm übertönten meine Schreie.

Die Flut stieg unaufhaltsam, und niemand wußte, daß ich hier war! Und Deirdre lag indessen mit einer Überdosis Schlaftabletten, die Martine ihr gegeben hatte, in ihrem Zimmer eingeschlossen.

Nachdem meine Augen sich an die Dunkelheit gewöhnt hatten, konnte ich die Umrisse des Höhleneingangs und den bereits unter Wasser stehenden Strand dahinter erkennen. Hätte ich mich frei bewegen können, hätte ich zumindest in die obere Höhle klettern und dort warten können, bis das Wasser wieder zurückging, wenn ich auch nicht mehr über den Strand entkommen konnte. Aber Ross hatte meine Fesseln fest verknotet, so daß alle meine Bemühungen, mich zu befreien, vergeblich waren.

Wie hatte ich nur so dumm sein können, Ross zu vertrauen? Und das alles etwa nur, weil er mich vage an Raymond Grantham erinnerte? Und Brant hatte ich lediglich aufgrund seiner arroganten Art mißtraut, obwohl mir mein Gefühl doch gesagt hatte, daß unter dieser rauhen Schale ein weicher Kern steckte. Und für diese meine Dummheit mußte nun außer mir auch noch Deirdre mit dem Leben bezahlen, während Ross und Martine, durch dieses neuerliche Verbrechen nur noch fester aneinandergeknüpft, ungestraft davonkamen. Zu beneiden waren diese beiden Wahnsinnigen um ihre Lebensgemeinschaft auf einer solchen Basis allerdings nicht.

Eine Welle schwappte über mich hinweg, so daß ich eine kräftige Ladung Salzwasser schluckte. Hustend und würgend merkte ich jedoch, daß ich noch nicht aufs Meer hinausgespült worden war. Aber jede folgende Welle würde höher und höher werden, bis die Höhle nur noch von schäumender Gischt erfüllt war. Und ich – ich mußte in der unaufhaltsam steigenden Flut ertrinken! Starr vor Schrecken und Kälte lag ich da und wartete angstvoll auf die nächsten Wellen. Sie kamen mit quälender Langsamkeit auf mich zu; ein paar wichen ganz knapp vor meinen Füßen wieder zurück, ein paar reichten mir bis an die Hüfte und wieder ein paar sogar bis an meinen Kopf. Jede vierte oder fünfte Welle rollte schließlich gänzlich über mich hinweg, ohne daß ich mich hätte bewegen können. Es konnte nicht mehr lange dauern, bis ich ganz im Wasser lag. Und meine Füße waren nun auch tatsächlich schon von eiskaltem Salzwasser umspült.

Plötzlich ließ mich ein ungewohntes Geräusch aufhorchen – ein heftiges Spritzen, gefolgt von einem tiefen, dröhnend von den Höhlenwänden widerhallenden Bellen. Der Lichtstrahl einer Taschenlampe zuckte durch das Dunkel, und dann vernahm ich einen Aufschrei. Nachdem gerade wieder eine Welle über mich hinweggerollt war, hörte ich das Bellen neuerlich, und im nächsten Augenblick sah ich auch schon Thumbelina aufgeregt um mich herumspringen. Und während sie mir dann winselnd das Gesicht leckte, beugte Deirdre sich über mich und stieß entsetzt hervor:

»Gütiger Gott, Susan!«

»Deirdre! Thumbelina!« konnte ich gerade noch erwidern, bevor neuerlich eine Welle über mich hinwegschwappte, so daß ich kräftig Wasser schluckte. Deirdre klammerte sich mit den Händen an einem Felsvorsprung fest, um nicht von den immer heftiger anbrandenden Wellen zu Fall gebracht zu werden. Nachdem die letzte Welle zurückgewichen war, eilte sie wieder auf mich zu, um mich in eine sitzende Haltung zu bringen.

»Ich muß unbedingt deine Füße freibekommen«, stieß sie keuchend hervor, »damit wir in die obere Höhle klettern können. Über den Strand können wir auf keinen Fall mehr zurück. Wenn Thumbelina nicht gewesen wäre, hätte ich es nie bis hierher geschafft; aber sie schwimmt wie ein Fisch und hat mich hinter sich hergezogen.« Deirdre kniete neben mir nieder und zerrte mit ihren steif gefrorenen Fingern an meinen Fesseln. Sie war nur mit einem Flanellpyjama und einem alten Pullover bekleidet.

»Wie bist du denn aus dem Schloß entkommen?« fragte ich sie.

»Das erzähle ich dir später – oh, Gott sei Dank!« Der Knoten hatte sich plötzlich gelockert, und wenig später hatte sie meine Füße befreit. »Komm jetzt! Schnell!«

Ich glitt aus und fiel kopfüber ins Wasser, doch Thumbelina packte mich am Kragen meines Pullovers und zog mich wieder hoch. Darauf nahm Deirdre mich am Arm und half mir, die steile Felswand hinaufzuklettern. Als wir schließlich mit Mühe und Not die rettende obere Höhle erreicht hatten, wurde mir bewußt, daß wir dies nie geschafft hätten, wenn ich am Morgen dieses Tages nicht schon einmal mit Deirdre dort hinauf geklettert wäre. Bedauerlicherweise war Deirdre jedoch auf halbem Weg ihre Taschenlampe entglitten und ins Wasser gefallen, so daß wir unserer einzigen Lichtquelle beraubt waren.

Ich mußte daran denken, wie Deirdre vor sieben Jahren mit knapper Not dem Tod entronnen war, indem sie ebenfalls auf der Flucht vor der unaufhaltsam steigenden Flut in die obere Höhle geklettert war. Indessen hatten draußen auf dem Meere Ross und Martine mit den gefährlichen Strudeln und Unterströmungen zu kämpfen, aber irgendeine innere Stimme sagte mir, daß sie es schaffen konnten. Ross wußte schließlich nur zu gut, welche Risiken er gerade noch eingehen konnte.

Zitternd vor Kälte legten wir uns der Länge nach auf den Boden der oberen Höhle. Deirdre flüsterte mir ins Ohr: »Bis hier herauf kommt das Wasser nie, obwohl ich den Wasserstand noch nie so hoch gesehen habe wie heute...«

Als sie daraufhin verstummte, mußte ich an Meldungen von immensen Sturmfluten denken, welche den normalen Wasserstand oft um drei bis fünf Meter überstiegen hatten. Falls das Wasser bis hier oben stieg, waren wir verloren. Doch hatte es keinen Sinn, sich deswegen ständig Sorgen zu machen. Für den Augenblick waren wir immerhin mit knapper Not dem Tod entronnen, auch wenn wir bis auf die Haut durchnäßt waren und jämmerlich froren. Um uns wenigstens ein wenig zu wärmen, drückten wir uns eng aneinander. Und nachdem ich mich langsam wieder von meinem anfänglichen Schock erholt hatte, fragte ich Deirdre erstaunt:

»Wie hast du es eigentlich geschafft, aus dem Schloß zu entkommen? Ross hat am Telefon doch gesagt, deine Mutter...«

»Ja«, bestätigte mir Deirdre. »Sie kam in mein Zimmer. Ich merkte sofort, daß irgend etwas nicht stimmte, da sie fast nett zu mir war. Sie sagte, ich müßte jetzt schlafen, nachdem ich mich völlig durchnäßt im Freien herumgetrieben hätte, sonst bekäme ich eine Lungenentzündung. Ich machte mir bereits Sorgen um dich, weil du immer noch nicht zurück warst. Dann gab sie mir mehrere Tabletten – das heißt, sie zwang mich, sie zu nehmen...«

»Oh, mein Gott!« hauchte ich entsetzt. »Und was hast du dann gemacht?«

»Ich habe sie genommen«, erwiderte Deirdre gelassen. »Was hätte ich denn sonst tun sollen? Andernfalls hätte sie mich möglicherweise noch umgebracht. Also habe ich sie alle brav geschluckt und so getan, als wäre ich kurz darauf eingeschlafen. Als sie dann aus dem Zimmer ging und die Tür abschloß, bin ich ins Bad gerannt und habe mir den Finger in den Mund gesteckt, so daß ich alles wieder erbrechen mußte.«

Ich nahm sie fassungslos in die Arme. Wenn dieses Mädchen verrückt war, konnte ich mir nur wünschen, daß alle meine Kinder auch einmal so verrückt werden würden.

»Aber sie hatte doch die Tür abgeschlossen...«

»Ich habe einfach den Geheimgang benutzt«, kicherte Deirdre. »Zum Glück habe ich Thumbelina mitgenommen. Ich hatte schreckliche Angst, weil du noch nicht zurück warst.« Das Gelächter war inzwischen wieder aus ihrer Stimme verflogen. »Und natürlich fürchtete ich, jemand könnte mich entdecken. Aber ich wußte, daß ich mich notfalls hier verstecken konnte. Und dann hörte ich das Motorboot. Ich bekam es mit der Angst zu tun, aber Thumbie begann schrecklich zu bellen und führte mich hierher, wo ich dich schließlich gefunden habe, Susan...«

Als sie sich darauf zitternd an mich klammerte, drückte ich sie fest an mich. Für den Augenblick hatten wir nichts zu befürchten, auch wenn der eisig kalte Wind Regen und salzige Gischt durch die Öffnung der Höhle peitschte.

Uns wurde immer kälter. Um uns wenigstens etwas zu wärmen, drängten wir uns dicht an Thumbelina. Die Nacht zog sich endlos hin. Ein paarmal schwappte eine besonders hohe Woge sogar über den Eingang der oberen Höhle, ohne daß das Wasser jedoch unsere Füße erreicht hätte. Und irgendwann – uns schien eine Ewigkeit verstrichen zu sein – fiel ein schwerer, gräulicher Lichtschein in das Innere der Höhle, so daß wir an den Höhleneingang krochen und nach draußen spähten. Zwar war der ganze Strand noch immer überflutet, aber das Wasser ging inzwischen eindeutig wieder zurück.

»Jetzt haben wir es gleich überstanden«, tröstete ich die zitternde Deirdre. »Dann können wir über den Strand ins Schloß zurück...«

Die dichte Bewölkung hatte sich etwas aufgelockert, und nach einer Weile war der Wasserstand so weit zurückgegangen, daß wir, steif vor Kälte, in die untere Höhle hinabklettern und über den Strand zurücklaufen konnten.

Thumbelina sprang aufgeregt bellend um uns herum, während wir durch den schweren, nassen Sand auf den rettenden Pfad zueilten. Plötzlich hörte ich von oben eine Stimme rufen: »Susan! Deirdre!« Und dann etwas schwächer: »Sie müssen hier irgendwo sein! Ich kann den Hund bellen hören!« Und im nächsten Augenblick kam Brant McLeod den Weg zum Strand heruntergestürmt. Als er uns entdeckte, stieß er einen freudigen Aufschrei aus und rannte auf uns zu, um uns alle drei – Deirdre, den Hund und mich – gleichzeitig in die Arme zu schließen.

Nachdem wir in einem aufgeregten Durcheinander die ersten wirren Erklärungen für unser Verschwinden hervorgestammelt hatten, legte Brant seine Arme um Deirdre und mich und erklärte bestimmt: »Jetzt kommt erst einmal ins Schloß, damit ihr euch wieder aufwärmen könnt. Alles weitere könnt ihr mir ja später erklären.« Er führte uns den Pfad hinauf, und als Deirdre vor Erschöpfung stolperte und hinfiel, hob er sie behutsam auf, um sie zu tragen. Dabei flüsterte er mir über ihren Kopf hinweg zu: »Ich wäre letzte Nacht fast verrückt geworden vor Angst, Susan. Ich hatte Ross und

Martine nämlich schon lange im Verdacht – und damit meine ich keineswegs nur ein kleines Techtelmechtel hinter Vaters Rücken. Und dies hat sich ja nun wohl bestätigt. Vermutlich sind sie unbehelligt entkommen?«

Plötzlich wand Deirdre sich in seinen Armen herum und stieß einen lauten Schrei aus. Brant ließ sie behutsam zu Boden, worauf Deirdre aufs Meer hinauswies. »Gütiger Gott!« stieß Brant entsetzt hervor und stürzte davon. Immer noch starr vor Kälte, folgten Deirdre und ich ihm schwerfällig. Von den Wellen an Land gespült, lagen auf dem Strand die Überreste eines kleinen Boots verstreut. Als ich Brant schließlich eingeholt hatte, deutete er stumm auf eine blau gestrichene Planke.

Darauf stand in weißer Schrift zu lesen: PHOENIX.

»Mit seinem Boot hat er sich ja immer schon etwas zuviel zugetraut«, murmelte Brant konsterniert. »Und daß sie sich bei diesen gefährlichen Strömungsverhältnissen schwimmend an Land gerettet haben können, halte ich für völlig ausgeschlossen.« Wortlos schüttelte er den Kopf. »Hat es ihn nun doch erwischt, den armen Teufel – und die arme Martine. Sie waren ja, weiß Gott, ein Paar von – von Mördern, aber trotzdem...« Er schaute auf die mächtig tobende Brandung hinaus und schloß unter kurzem Erschaudern für einen Moment die Augen.

Doch im nächsten Augenblick wandte er sich auch schon wieder entschlossen mir zu und sagte: »Wir müssen Deirdre nach Hause bringen, Susan. Und dann...« Seine Hand umschloß wie in einem wortlosen Versprechen die meine. Er beugte sich zu mir herab und küßte mich zärtlich, bevor er neuerlich Deirdre in die Arme nahm, um sie zum Schloß zurückzutragen. »So, meine kleine Deedee, jetzt aber schleunigst ab ins Bett.«

Sie bedachte ihn mit einem erschöpften, aber glücklichen Lächeln. »Du brauchst doch nicht mit mir zu sprechen, als wäre ich noch ein kleines Kind«, erklärte sie schläfrig. »Ich bin immerhin schon achtzehn, Brant.« Und im nächsten Moment war sie auch schon in seinen Armen eingeschlafen.

Schweigend überquerten wir den Strand, um den Pfad

zum Schloß hinaufzusteigen. Dabei war uns beiden bewußt, daß wir den ersten Abschnitt eines Weges zurückgelegt hatten, den wir nun zu Ende gehen mußten, wie mühsam und beschwerlich er sich auch gestalten sollte – Deirdres allmähliche Rückkehr in ein normales und gesundes Leben. Und was unser gegenseitiges Kennenlernen betraf, so hatten wir damit erst den Anfang gemacht – einen Anfang freilich, von dem ich wußte, daß er kein Ende fand.

Die dicke Wolkendecke begann sich zusehends aufzulösen, und dann brach der erste Sonnenstrahl durch den bedeckten Himmel und tauchte die grauen Türme von Duncarlie Castle in grelles Licht, während hinter uns im Wald das morgendliche Gezwitscher der Vögel zu einem triumphierenden Jubelgesang anschwoll und den neuen Tag begrüßte.

Der Sturm hatte sich gelegt, und vor uns tat sich ein neues Leben auf.

PAVILLON

Jayne Ann Krentz
Erbe der Leidenschaft
02/61 · nur DM 8,-
öS 58,- / sFr 8,-

Max Fortune sucht sein Erbe: Fünf unbezahlbare Gemälde, versteckt bei der ebenso attraktiven wie reservierten Cleopatra Robbins. Er ahnt nicht, zu welch heftigen Gefühlen Cleo fähig ist – und in welche Gefahr er sie bringt.

Colin Forbes
Nullzeit
02/68 · nur DM 6,-
öS 44,- / sFr 6,-

Evelyn Sanders
Hühnerbus und Stoppelhopser
02/69 · nur DM 6,-
öS 44,- / sFr 6,-

Karen Robards
Trügerisches Glück
02/70 · nur DM 6,-
öS 44,- / sFr 6,-

Cheryl Mildenhall
Privatstunden
02/71 · nur DM 6,-
öS 44,- / sFr 6,-

Alistair MacLean
Eisstation Zebra
Der Satanskäfer
Zwei spannende Thriller
02/72 · nur DM 10,-
öS 73,- / sFr 10,-

Pavillon
Die neuen Taschenbücher